サンスクリット文学史

辻 直四郎著

岩波全書 277

まえがき

古来インドに隆昌した諸種の文学の中，本書はヒンドゥー教(インド教)系の古典サンスクリット文学の最盛期(厳密にはおよそ4-10世紀)を扱う入門書である．大文典家パーニニ(前5世紀)以来確立した古典サンスクリット語の範囲に限定したから，一方においてそれより古いヴェーダ語で書かれた文献は除外される．1) 他方においてプラークリット語(中期インド・アリアン語)その他の言語による作品も本書のそとに置かれる．次に古代インドの国民的二大叙事詩すなわちマハー・バーラタ「バラタ族の戦争に関する大叙事詩」とラーマーヤナ「ラーマの事蹟」ならびに前者の大附録ハリ・ヴァンシャ「ハリ(＝ヴィシュヌ)神の系譜」の流れを汲む疑似歴史書プラーナ「古譚」文献も対象とならない．2) 部分的には「ナラ王物語」や「サーヴィトリー物語」のような佳篇を含むとはいえ，大叙事詩は，言語・文体の上から見て，厳格な意味の古典文学に属さないからである．しかし二大叙事詩，特にラーマーヤナの古典文学に及ぼした影響は甚大であるから，必要に応じてそのつど関説することとした．ヒンドゥー教系に限定したのは，原則として仏教およびジャイナ教の文学に言及しないことを示すためである．またインドでは学術書と文学との境界が明確でなく，学問の各領野の専門書或いは辞典にすら韻文を用いる傾向がある．しかし哲学・宗教書類を始めとして，これらは純文学書とは認められないからすべて省略した．

これだけ諸方面に向って制限を加えても，古典サンスクリット文学の重要な作品についてのやや詳しい記述を，一書の中に収めることはむずかしい．ただ作家・作品の名を羅列するだけでは，全く興味のない鳥瞰図となる．本書では各ジャンルの代表的作家或いは作品を少数選んで，重点的に解説することとした(第一類)．もし紙幅が許せば同様に取りあげたかった作家・作品については，説明・文献列挙を簡略にして紙数の節約に努め(第二類)，このほか必要に応じて名称のみを記するにとどめたものもある(第三類).

本書は二重の目的をもっている．本文は入門書の役割を果たすため簡潔を旨とし，問題の所在を明らかにし，できるだけ妥当な結論を述べることを期した．参考書目や細かい論議は注記にゆずって，すでにある程度の予備知識をもつ読者の参考に供した．第一類の作品に対しては，まず総合的文献目録を載せる書物を示し〔**Bibl.**〕,[3] 一般に行なわれるサンスクリット文学史或いは概説書の当該個所に参照し〔**Gen.**〕，次いで主要な出版〔**Ed.**〕と翻訳〔**Tr.**〕とを挙げ，最後に特に重要な参考文献(研究史的に価値あるものをも含む)を添えた〔**Ref.**〕．第二類の作品については，第一類のものに準じつつ，もっぱら簡略を旨とした．読者の便宜を考え，いずれの場合にも外国語の参考書は，原則として英・独・仏の範囲に限った．また紙数の増大を防ぐため，著者名・書名の表示に書誌学的な正確を期さず，多少の曖昧をあえて忍んだ.[4] 混同をきたさずまた読者の理解を妨げない程度に簡素化し，略符・略字を自由に使用した.

一般参考書〔**Gen.**〕の略符は原則として次の順序に従った：**WHIL., SILC., SLTI., MHSL., OLAI., VHLI., PIL., SKID., WGIL., KCSL., KSD., KHSL., GLI., DHSL., RIC.**(略字の説明を見よ)．重要な問題の所在は，これらの概説書中に提示され，多くの場合参考文献も列挙されている．学術的研究に進もうとする読者は，もしできれば少なくも **WGIL.** または **KHSL.**，劇の場合には **SKID.** または **KSD.** を座右に備えて，本書の記述の欠を補われんことを望む.

本書の筆者はヴェーダ文献学を専攻し，古典サンスクリット文学に対しては，常に関心を寄せつつも，専門家をもって任じる者ではない．学説の取捨，参考書の選択に誤りをおかし或いは最近の学術論文を見落としていることも多いと思う．この入門書がサンスクリット文学史の興味を喚起し，さらに高度の研究に志す人に幾分なり役立てば幸いである．最初の計画では重要な作品の一部を和訳して附録とするつもりで用意したが，これ以上紙数を増すことを恐れてカーリダーサ抄以外はすべて割愛した．なお長い固有名詞にはしばしば切れ目をいれて読み易くしたが，これはあくまでも便宜上のことで，厳密な統一を期したものではない．

最後に本書の出版に当り岩波書店編集部の朝蜘圭一郎氏，出版部の伊藤寛明氏ならびに校正部の水野清三郎氏に負うところ甚だ多い．ここに記して深く感謝する．

1973 年 1 月 10 日

著　　者

サンスクリット語の読み方

詳細な理論は別として，実用的には次の諸点に注意すればよい．母音：a ア，ā アー，i イ，ī イー，u ウ，ū ウー；e と o とは常に長い：エー，オー；ai アイ，au アウは二重母音．ṛ は r が母音的機能をもつ場合で，実用的には ri と発音すればよい．子音：k, g; t, d, n; p, b, m; y, v; r, l; s; h は，普通の発音に従えば混乱を起さない．c は英 church の ch, j は judge の j のように発音する．kh, gh 等は単純子音(k, g)のあとに，気音 h を密着させて発音する．ただし kh, gh 等は常に一音韻と見なされ，aka も agha も韻律上は 2 個の短音節である．ṅ は英 song の ng に，ñ は仏 campagne の gn に相当する．ṁ(または ṃ)は舌を特定の場所に接触させないで発音される中性鼻音．なお ṁ と ṃ とは ṁ に統一した．ṭ, ḍ, ṇ は歯音 t 等と異なり，舌端をそらせて裏側を上顎の歯茎に当てて発音する(いわゆるセレブラル音；r も理論的にはこれに属する)．ṣ はセレブラルとして発音される sh 音；ś は口蓋音としての sh 音．ḥ は単純な気音．

略字の説明

ABAW.	Abhandlungen der Berliner Akademie der Wissenschaften, philos.-histor. Klasse.
ABORI.	Annals of the Bhandarkar Oriental Research Institute, Poona.
AGGW.	Abhandlungen der Göttinger Gesellschaft der Wissenschaften, philolog.-histor. Klasse.
AIOC.	Proc., Trans., etc. of the All India Oriental Conference.
AJPh.	American Journal of Philology, Baltimore.
AKM.	Abhandlungen für die Kunde des Morgenlandes, Leipzig.
AM.	Asia Major, Leipzig.
AO.	Acta Orientalia, Leiden.
Arch. Or.	Archiv Orientální, Praha.
ASAW.	Abhandlungen der sächsischen Akademie der Wissenschaften, philolog.-histor. Klasse.
As. Res.	Asiatick Researches, Calcutta, repr. London.
BB.	Bezzenbergers Beiträge, Göttingen.
BEFEO.	Bulletin de l'École française d'Extrême-Orient.
BenSS.	Benares Sanskrit Series.
BHS.	Buddhist Hybrid Sanskrit.
BI.	Bibliotheca Indica, Calcutta.
BSGW.	Berichte der sächsischen Gesellschaft der Wissenschaften, philolog.-histor. Klasse.
BSO(A)S.	Bulletin of the School of Oriental (and African) Studies, London.

BSS.	Bombay Sanskrit and Prakrit Series.
BTLV.	Bijdragen tot de Taal-, Land- en Volkenkunde van Nederlandsch-Indië, 's-Gravenhage.
CC.	Th. Aufrecht: Catalogus catalogorum. Leipzig, 1891–1903; repr. Wiesbaden, 1962.
CII.	Corpus inscriptionum indicarum.
DGHSL.	Dasgupta *in*: **DHSL.** *q. v.*
DHSL.	S. K. De *in*: A history of Sanskrit literature. Classical period, vol. I, ed. by S. N. Dasgupta. Calcutta, 1947.
EI.	Epigraphia indica.
ERE.	Encyclopaedia of Religion and Ethics, ed. by J. Hastings. Edinburgh, 1908–1926.
EUL.	M. B. Emeneau: A union list of printed Indic texts and translations in American libraries. New Haven, 1935.
Fs.	Festschrift, Mélanges, Commemorative Volume, etc.
GGA.	Göttingische Gelehrte Anzeigen.
GLI.	H. von Glasenapp: Die Literaturen Indiens. Wildpark-Potsdam, 1929. Ed. 1961=Kröners Taschenausgabe, Bd. 318.
GOS.	Gaekwad Oriental Series, Baroda.
GSAI.	Giornale della Societa Asiatica Italiana, Roma, etc.
HCIP.	The history and culture of the Indian people, ed. by R. C. Majumdar, Bombay.
HIL.	v. **WGIL.**
HOS.	Harvard Oriental Series. Cambridge (Mass.).
IA.	Indian Antiquary, Bombay.
IF.	Indogermanische Forschungen, Strassburg; Berlin.

IFA.	IF. Anzeiger.
IHQ.	Indian Historical Quarterly, Calcutta.
IIJ.	Indo-Iranian Journal, The Hague.
IS.	Indische Studien, hg. von A. Weber.
IStr.	A. Weber: Indische Streifen, 3 Bde. Berlin-Leipzig, 1868–1879.
JA.	Journal Asiatique, Paris.
JAOS.	Journal of the American Oriental Society, New Haven.
JB(O)RS.	Journal of the Bihar (and Orissa) Research Society, Bankipore, later Patna.
JDLC.	Journal of the Department of Letters, Univ. of Calcutta.
JGIS.	Journal of the Greater India Society, Calcutta.
JGJRI.	Journal of the Ganganatha Jha Research Institute, Allahabad.
JOIB.	Journal of the Oriental Institute, Baroda.
JORM.	Journal of Oriental Research, Madras.
JRAS.	Journal of the Royal Asiatic Society, London.
J(R)AS-Beng.	Journal of the (Royal) Asiatic Society, Calcutta.
JRAS-Bomb.	Journal of the Royal Asiatic Society, Bombay Branch.
JUB.	Journal of the University of Bombay.
JUP.	Journal of the University of Poona.
KCSL.	A. B. Keith: Classical Sanskrit literature. Calcutta-London, 1923.
KGSRK.	D. D. Kosambi and V. V. Gokhale: The Subhāṣitaratnakoṣa. Cambridge (Mass.), 1957.

KHSL.	A. B. Keith: A history of Sanskrit literature. Oxford, 1928.
KM.	Kāvyamālā, Bombay.
KSD.	A. B. Keith: The Sanskrit drama. Oxford, 1924.
KZ.	Kuhns Zeitschrift, Berlin; Göttingen.
MASI.	Memoirs of the Archaeological Survey of India.
MBAW.	Monatsberichte der Berliner Akademie der Wissenschaften, philos.-histor. Klasse.
Mbh.	Mahābhārata
Mél.	Mélanges, cf. Fs.
MHSL.	A. A. Macdonell: A history of Sanskrit literature. London, 1900, etc.
MO.	Le Monde Oriental, Uppsala.
NCC.	V. Raghavan: New Catalogus catalogorum. Madras, 1949—.
NGGW.	Nachrichten der Göttinger Gesellschaft der Wissenschaften, philolog.-histor. Klasse.
OC.	Proc., Trans., etc. of the International Congress of Orientalists.
OLAI.	H. Oldenberg: Die Literatur des alten Indien. Stuttgart u. Berlin, 1903: 2. u. 3. Aufl. 1923.
OLZ.	Orientalistische Literaturzeitung, Berlin; Leipzig.
Or. Gand.	Orientalia Gandensia, Leiden.
OZ.	Ostasiatische Zeitschrift, Bonn-Leipzig.
PASBeng.	Proceedings of the Asiatic Society of Bengal.
PDSV.	P. Peterson and Durgaprasāda: The Subhāshitāvali of Vallabhadeva. Bombay, 1886.
PIL.	R. Pischel: Die indische Literatur, *in*: Die Kultur der Gegenwart, Teil, I, Abt. VII: Die oriental.

Literaturen. Leipzig-Berlin, 1906; 2. Abdruck, 1925, p. 170–223 mit Nachträgen von M. Winternitz (p. 224–7).

Pkt. Prakrit (中期インド・アリアン語)

Pur. Purāṇa

Rām. Rāmāyaṇa

RHLS. L. Renou: L'histoire de la langue sanskrite. Paris, 1956.

RIC. L. Renou et J. Filliozat: L'Inde classique, tome I. Paris, 1947; tome II. Paris-Hanoi, 1954. 特に指定のないかぎり, t. II を意味する.

RLI. L. Renou: Les littératures de l'Inde. Que sais-je? no. 503, 1951.

RO. Rocznik Orientalistyczny, Warszawa.

RSO. Rivista degli Studi Orientali, Roma.

SBAW. Sitzungsberichte der Berliner Akademie der Wissenschaften, philos.-histor. Klasse.

SBE. Sacred Books of the East, Oxford.

SBSD. M. Schuyler: A bibliography of the Sanskrit drama. New York, 1906.

SILC. L. von Schroeder: Indiens Literatur und Cultur in historischer Entwicklung. Leipzig, 1887.

SKID. Sten Konow: Das indische Drama. Berlin u. Leipzig, 1920.

SKMS. Kühnau: Metrische Sammlungen aus Stenzler's Nachlass. ZDMG. 44 (1890), p. 1–82.

Skt. Sanskrit (古代インド・アリアン語, 古典語)

SLTI. Sylvain Lévi: Le théâtre indien. Paris, 1890. Cf. L. Renou: La recherche sur le théâtre indien depuis

1890=L'Annuaire 1963–1964. École pratique des hautes études, p. 27–49 (abbrev.; Ren. Rech.).

SWAW. Sitzungsberichte der Wiener Akademie der Wissenschaften, philos.-histor. Klasse.

TKVS. F. W. Thomas: Kavīndravacanasamuccaya, a Sanskrit anthology of verses. Calcutta, 1912.

TP. T'oung Pao, Leide.

TRAS. Transactions of the Royal Asiatic Society, London.

TSS. Trivandrum Sanskrit Series.

VHLI. V. Henry: Les littératures de l'Inde. Paris, 1904.

VishIJ. Vishveshvaranand Indological Journal, Hoshiarpur.

WGIL. M. Winternitz: Geschichte der indischen Litteratur, 3 Bde. Leipzig, 1905, 1909, 1922. ——English transl.: A history of Indian literature (**HIL.**), vol. I by S. Ketkar, Calcutta, 1927; vol. II by S. Ketkar and H. Kohn, 1933; vol. III, fasc. 1; Ornate poetry, by H. Kohn, 1959; vol. III (complete) by Subhadrā Jhā, 2. parts. Delhi, etc., 1963, 1967. ——(和訳)中野義照：ヴェーダ文学．高野山，1964 (: vol. I, pt. 1)；叙事詩とプラーナ．1965 (: vol. I, pt. 2)；インドの純文学．1966 (: vol. III, pt. 1)；中野義照・大仏衛：印度仏教文．東京，1923 (: vol. II, pt. 1)．——特に指定のないかぎり，vol. III を意味する．読者の便宜のため，S. Jhā の英訳の対応個所を添えた．

WHIL. A. Weber: The history of Indian literature. Transl. from the second German edition by J. Mann and Th. Zachariae. London, 1878; 4th ed., 1904.

WRIG. Wackernagel-Renou: Altindische Grammatik. Introduction générale. Göttingen, 1957.

WZKM.	Wiener Zeitschrift für die Kunde des Morgenlandes.
WZKSO.	Wiener Z. f. die Kunde Süd- und Ostasiens.
ZDMG.	Zeitschrift der Deutschen Morgenländischen Gesellschaft, Leipzig; Wiesbaden.
ZII.	Zeitschrift für Indologie und Iranistik, Leipzig.
ZKM.	Zeitschrift für die Kunde des Morgenlandes, Göttingen; Bonn.

このほか各段落の始めに脚注として挙げた略字に注意. また簡便のため普通用いられる略符，例えば e. g., loc. cit., op. cit. などのほかに v.=vide '見よ', c.=cum 'ならびに' をも用いた. 用例: v. § 5 c. n. 30(*lit.*)は，'パラグラフ 5 ならびに注 30(文献の列挙あり)を見よ' を意味する.

目　　次

まえがき
サンスクリット語の読み方
略字の説明

第1章　サンスクリット文学の特徴 …………………………… 1

§1. カーヴィア　§2. 古典文学の起原　§3. マハー・カーヴィアの定義　§4. 技巧優先の傾向　§5. 古典サンスクリット劇　§6. サンスクリット劇の起原　§7. サンスクリット文学の背景としての人生観

第2章　カーリダーサ以前…………………………………… 11

一　アシュヴァ・ゴーシャとその作品 ……………………… 11

§8. アシュヴァ・ゴーシャの伝記と年代　§9. アシュヴァ・ゴーシャの作品　§10. ガンディー・ストートラ　§11. シャーリプトラ・プラカラナおよび二仏教劇　§12. ラーシュトラパーラ・ナータカ　§13. ブッダ・チャリタ(「仏所行讃」)　§14. サウンダラ・ナンダ・カーヴィア

二　マートリチェータとその作品 …………………………… 17

§15. マートリチェータの伝記と伝説　§16. マートリチェータの年代　§17. シャタ・パンチャーシャトカ・ストートラ(「一百五十讃」)　§18. チャトゥフシャタカ・ストートラ(「四百讃」)

三　アーリア・シューラとその作品 ………………………… 20

§19. アーリア・シューラの伝記と年代　§20. ジャータカ・マーラー(「菩薩本生鬘論」)

四　バーサとその作品 ………………………………………… 22

§21. バーサ劇の真正問題と年代　§22. トリヴァンドラム劇の言語・文体・韻律　§23. 作品の分類　§24. a. ウダヤナ劇　§24. b. 説話劇

五　ムリッチャカティカー …… 29

§25. 作者と年代　§26. 内容・評価・言語

六　ヴィシャーカダッタとその作品 …… 34

§27. 年代考　§28. ムドラー・ラークシャサの内容　§29. 評価・言語　§30. 断片的に知られる作品　a. デーヴィー・チャンドラグプタ　b. アビサーリカー・ヴァンチタカ

第3章　カーリダーサとその作品 …… 41

§31. カーリダーサの伝記と伝説　§32. 年代考　§33. カーリダーサの作品　§34. カーリダーサの信仰・思想　§35. 他の詩人との関係　§36. 評価　§37. 言語・文体・韻律

一　シャクンタラー …… 46

§38. 序説　§39. 出典　§40. 伝本　§41. 内容　§42. 結語

二　ヴィクラマ・ウルヴァシーヤ …… 50

§43. 序説　§44. 伝本　§45. 内容　§46. 結語

三　マーラヴィカーとアグニミトラ …… 53

§47. 序説　§48. 内容　§49. 結語

四　ラグ・ヴァンシャ …… 55

§50. 序説　§51. 内容　§52. 結語

五　クマーラ・サンバヴァ …… 56

§53. 序説　§54. 内容　§55. 結語

六　メーガ・ドゥータ …… 57

§56. 序説　§57. 内容　§58. 結語

七　リトゥ・サンハーラ …… 59

§59. 総説・真正問題

第4章　カーリダーサ以後のカーヴィア(叙事詩) …… 61

一　バーラヴィのキラータ・アルジュニーヤ …… 61

§60. 序説　§61. 内容　§62. 評価　§63. 言語・文体・韻律

二　マーガのシシュパーラ・ヴァダ …… 63

§64. 序説　§65. 内容　§66. 評価　§67. 言語・文体・韻律

三　その他 …… 66

§68. バッティ・カーヴィア　§69. ジャーナキー・ハラナ　§70. シュリーカンタ・チャリタ　§71. ナイシャダ・チャリタ

四　歴史的カーヴィア …… 70

§72. ヴィクラマーンカ・デーヴァ・チャリタ　§73. クマーラパーラ・チャリタ　§74. ラージャ・タランギニー

第5章　カーリダーサ以後の戯曲 …… 75

一　ハルシャとその作品 …… 75

§75. 詩人ハルシャ王　§76. 三戯曲の作者問題　§77. プリヤダルシカー　§78. ラトナーヴァリー　§79. ナーガーナンダ　§80. 評価・言語・文体・韻律

二　バヴァブーティとその作品 …… 84

§81. バヴァブーティの伝記と年代　§82. マハーヴィーラ・チャリタ　§83. ウッタラ・ラーマ・チャリタ　§84. マーラティーとマーダヴァ

§85. 評価・言語・文体・韻律

三 その他 …… 93

§86. ヴェーニー・サンハーラ　§87. アナルガ・ラーガヴァ　§88. ラージャシェーカラとその作品 1. バーラ・ラーマーヤナ 2. バーラ・バーラタ 3. ヴィッダ・シャーラバンジカー 4. カルプーラ・マンジャリー　§89. チャンダ・カウシカ　§90. マハー・ナータカ　§91. 1 ドゥータ・アンガダ 2 ゴーパーラ・ケーリ・チャンドリカー　§92. プラボーダ・チャンドローダヤ　§93. 笑劇プラハサナとバーナ 1. チャトゥル・バーニー 2. マッタ・ヴィラーサ

第6章 美文体散文の三大家ならびにチャンプー ……109

一 ダンディン ……109

§94. ダンディンの作品と年代　§95. ダシャ・クマーラ・チャリタ

二 スバンドゥ ……114

§96. スバンドゥの年代　§97. ヴァーサヴァダッター

三 バーナ ……116

§98. バーナの伝記と年代　§99. バーナの作品 1. ハルシャ・チャリタ 2. カーダンバリー 3. その他の作品

四 チャンプー ……121

§100. 主なチャンプー 1. ダマヤンティー・カターまたはナラ・チャンプー 2. ラーマーヤナ・チャンプー 3. バーラタ・チャンプー 4. ヤシャス・ティラカ

第7章 抒情詩と教訓詩 ……125

A 抒情詩 ……125

一　バルトリハリ……125

§101. バルトリハリの伝記と年代　§102. シャタカ・トラヤム　§103. その他の作品

二　ア　マ　ル……130

§104. アマルの伝記と年代　§105. アマル・シャタカ

三　そ　の　他……131

§106. チャウリー・スラタ・パンチャーシカー　§107. ギータ・ゴーヴィンダ　§108. アーリアー・サプタシャティー　§109. 恋愛小詩集 1. シュリンガーラ・ティラカ 2. ガタカルパラ　§110. 宗教的抒情詩 1. スーリア・シャタカ 2. チャンディー・シャタカ

B　教　訓　詩……136

一　チャーナキアの箴言詩……136

§111. 伝本と年代　§112. 内容等

二　そ　の　他……138

§113. クッタニー・マタ　§114. クシェーメーンドラの教訓詩 1. サマヤ・マートリカー 2. カラー・ヴィラーサ 3. ダルパ・ダラナ　§115. シャーンティ・シャタカ　附記 バーミニー・ヴィラーサ

C　詞　華　集……141

§116. スバーシタ・サングラハ(サンスクリット詞華集)

第8章　物　　語……143

A　ブリハット・カタ一系……143

§117. ブリハット・カター　§118. カシュミー

ル本ブリハット・カター §119. ブリハット・カター・マンジャリー §120. ブリハット・カター・シュローカ・サングラハ §121. ヴァスデーヴァ・ヒンディ §122. カター・サリット・サーガラ

B その他の説話集 ……………………………………………151

§123. ヴェーターラ・パンチャヴィンシャティカー §124. シュカ・サプタティ §125. シンハーサナ・ドゥヴァートリンシカー §126. 附録 1. バラタカ・ドゥヴァートリンシカー 2. プラバンダ・チンターマニ 3. プラバンダ・コーシャ 4. ボージャ・プラバンダ

C パンチャタントラ系 ……………………………………157

§127. 序説

一 タントラ・アーキアーイカ系 ……………………………158

§128. タントラ・アーキアーイカ §129. 小本パンチャタントラ §130. 広本パンチャタントラ 附記1–3(メーガ・ヴィジャヤ作パンチャ・アーキアーナ・ウッダーラ)

二 ブリハット・カター系 …………………………………162

§131. ブリハット・カター・マンジャリーおよびカター・サリット・サーガラ中のパンチャタントラ

三 南印パンチャタントラ系 ………………………………163

§132. 南印パンチャタントラ §133. ネパール本パンチャタントラ 附記 タントラ・アーキアーナ §134. ヒトーパデーシャ

四 パーラヴィー訳本系 …………………………………165

§135. 世界におけるパンチャタントラの伝播
§136. 動物寓話の故郷

第1章　サンスクリット文学の特徴[5)]

§1. カーヴィア

古典サンスクリット〔Skt.〕文学の特徴をなすものは，カーヴィア(kāvya, 以下 k. と略す)体と称する特殊の美文体で，この文体で書かれた個々の作品もまた k. と呼ばれる．k. とは文法・修辞・韻律の規定に従う文学的作品で，外形(言語)と内容との調和が常に慎重な考慮のもとに維持され，カーヴィア「詩人」は諸般の学術(文法・修辞・語彙・韻律・詩論・劇論・哲学・論理・宗教・法制・政治・外交・処世・性愛・天文・占術等々)に関する完全な知識を作中に発揮しなくてはならない．Skt. 語のもつ機能を極度に利用し，語彙・合成語の選択，音韻の配列，比喩その他の修辞技巧に，詩人は身を削る苦心を払い，微妙な効果を狙った．k. 作品の各詩節は一般に一個の完成品をなし，その連続は物語の筋を追いつつも，一聯の名句集のごとき観を呈する．若干の例外(例えば劇中の対話，或る種の散文物語，単純な教訓詩節)を除き，古典期のすべての文学作品は，k. 体にのっとって作られた．k. は必ずしも韻文であることを要しない．これと同等の技巧をこらした散文の作品(特に第六章の伝奇小説)，或いは韻文と散文とを併用したもの(特に§100：チャンプー)もある．また「聞くための k.」に対し，「見るための k.」は戯曲を意味する．従って k. 体は，古典期の叙事詩，抒情詩，劇中の詩節，詩論・劇論・詞華集の中に挙げられる詩節，高尚な文体による物語，伝奇小説，(疑似)史伝詩，頌徳詩文，宗教詩はもとより，普通美文体の予期されない作品の一部または学術書のある部分にも使用されている．[6)] k. 体はヒンドゥー教に属する作品ばかりでなく，仏教・ジャイナ教の作品中にも広く用いられ，Skt. による著作のみならず，諸種のプラークリット〔Pkt.〕(中期インド・アリアン語)ならびにアパブランシャ(近代インド・アリアン語への過渡語)のそれにも応用された.

§2. 古典文学の起原

宗教文献ヴェーダ，特に最古の讃歌集リグ・ヴェーダの表現・比喩・措辞の中には，古典文学へと発達する要素を多分に含んでいた.[7] また二大叙事詩は古典作家に尽きることなき題材を提供し，ことにラーマーヤナはアーディ・カヴィ「最初の詩人」と仰がれるヴァールミーキに帰せられ，インドの伝承はこれをアーディ・カーヴィア「最初のk.」と呼んでいる．しかしk.体がいつどこで興ったか，k.の規定は作品に先行して存在したか否かの問題は容易に決定されない．年代未詳のラーマーヤナはしばらくおき，しばしば指摘される通り，文典家パタンジャリのマハー・バーシア(パーニニ文典の「大注釈」)に含まれる詩句は，前2世紀の中葉に，叙事詩・抒情詩・箴言詩の存在を示唆し，韻律の発達を思わせ，また動物寓話の行なわれたことを教えている.[8] その後もk.体の伝統が連綿として継承されたことは，碑文によって証明される．ことにシャカ藩王ルドラダーマンの残した西印ギルナール出土の碑文(およそ150 A. D.)は，発達した散文k.体の最も古い例証と認められる.[9] ここに時代はすでに仏教詩人アシュヴァ・ゴーシャ(§8)の出現につながる．いずれにせよ，最初若干の単純な規範を基礎として詩作が試みられ，制作の進むにつれ，これらから帰納して規則も繁多となり，相互に影響しあって次第に複雑化の一路をたどったと考えられる.

k.体は一方において，時代の進むと共に煩瑣・難解の度を増したが，他方において，詩論・劇論の異常な発達を促し，厖大な文献を生んだ.[10]

§3. マハー・カーヴィアの定義

詩論の歴史を理論の推移に照らして記述し，有名な詩論家の系譜を明らかにし，その著作の内容を紹介することは容易でなく，筆者の意図するところでない．ここにはk.の代表とされるマハー・カーヴィア「大k.」(叙事詩的筋をもち8ないし30サルガ「章」からなるもの)に対する古い詩論家ダンディン(§94)による定義(カーヴィアーダルシャI. 14–19)を訳出して，詩人に課せられた羈絆がいかに厳しいかを示すこととする．

> サルガ「章」に区分された作品はマハー・カーヴィアと称せられる．その特徴は次の通りである．祝福・敬礼または内容の提示がその冒頭をなす(14)．それは「古説話」(主として二大叙事詩を指す)の物語から発し，或いはまたある事実に基づく．人生の四目的(cf. §7)の達成を含み，主人公は練達で高尚である(15)．都市・海・山・季節・月出・日出の描写により，苑林・水中の遊戯・酒宴・恋愛の饗宴により(16)，別離および結婚・王子の生誕の描写により，また会議・使者・出征・戦闘・主人公の勝利により(17)飾られ，簡略に過ぎず，ラサ「情調」とバーヴァ「感情」(cf. §5)とに滲透される．章は長きに過ぎず，韻律は快適に，「連結」(劇論の術語，cf. §5)は巧妙に(18)，章の終りごとに韻律は変化する．このようにいみじき修辞に満ち，世人を喜ばすカーヴィアは，劫末(世界の終り)を越えて永存する(19)．

k.には数種のリーティ「文体」が区別される．最も主要なものはヴァイダルビー体とガウディー体とである．前者は単純・明瞭・快適を特徴とし，後者は長い合成語と響きの強い音の多用とを特徴として荘重かつ晦渋である．このほかにも文体の名は知られているが，上記の二種の折衷ないし亜流に過ぎない．ただしこれらの区別は全く伝統的なもので，作者の個性の流露というよりも，外面的要素によって規定され，詩人はむしろその目的に合わせて既成の文体を選んだものと思われる．

§4.　技巧優先の傾向

k.体は一般に時代の進むにつれて複雑化し，好んで合成語を用い，措辞・行文に極度の粉飾を施し，多種多様の巧緻な修辞法を誇り，困難な韻律の駆使を能事とし，音韻の遊戯[11]に耽るにいたった．シュレーシャ(一語に二義をもたせる修辞法，'double entendre')の愛好もその一例である．Skt. および音節文字の性質にもよることであるが，一詩節に全く異なる二つの意味を盛ることはもとより，[12]全作品に二つの意義を与えることも可能である．[13] また各行を左から読むのと右から読むのとに従って二義を呈する作品もある．

このように内容よりも技巧を重んじる傾向の原因は主としてインド特有の伝統主義に求められる．詩人は生計のため王侯貴紳の庇護を必要として，互いに他を凌駕するに努めたこともその一因に相違ないが，Skt. は社会の実用語とちがい全く伝統の中に封じこめられ，詩論・劇論の拘束はますます強まった結果，詩人は伝統の殻の中にあって頭角を現わすためには，極端に洗練された技巧に活路を見いだす以外に方途をもたなかった．文学作品の題材・内容・形態の自由が狭められれば，外面的粉飾に新機軸を求める風潮が盛んとなり，その結果現代の標準から見て全く悪趣味と認められる技巧過剰に走ったのは自然の勢いである．この点において古代のインド人とわれわれとの間に，文学鑑賞の標準に大きな差異のあることをも考慮に入れなければならない．

k. 詩人は語句の琢磨に肝胆を砕いたが，即席の作詩競争も愛好され，その才能に長じた者は，アーシュ・カヴィ「即興詩人」と呼ばれた．ただし古代のインド人には現代人のもつ著作権の観念がなく，意識的にせよ無意識的にせよ，前人の詩句の借用は珍しくない．また既存の詩節の一部(或いは競技の課題)に自作の部分を添えて完成する技術すなわちサマスヤ・プーラナも発達し，これを応用してできた作品も残っている．[14]

§5. 古典 Skt. 劇

詩論と並んで劇論も早く発達した．[15] 演劇の神話的開祖バラタに帰せられるナーティア・シャーストラ「戯曲論」は最も古くかつ最も高い権威をもっている.[16] 現存の形では6世紀或いは8世紀以前にさかのぼりえないとしても，その原形は古く，内容の主要部分は，カーリダーサ(4–5世紀)に知られていたと思われる．現存する最古のSkt.劇(おそらく2世紀)さえ，大体において古典劇の規矩に合致している.

インドの詩論全般に対していえることであるが，特に戯曲において重要な意味をもつのは，ラサ(字義は「味」)すなわち情調の理論である.[17] 劇の目的は舞台上の演技を通して，観客の心に印象として潜在するバーヴァ「感情」を目覚まし，ラサを喚起するにある．甘いもの塩辛いものが，それぞれの味を起こすのに似ているから「味」と呼ばれる．通常8種のラサおよびこれに対応するバーヴァが区別されるが，実例に即して見れば，「恋情」と「勇武」のラサが最も重要視される．正統なSkt.劇の内容は，古来の説話に基づくか，詩人の創作によるか，または両者の混淆による．理論家によれば，戯曲の筋は次の5「段階」に分かれる：(一)発端，目的達成の欲求を起こす段階，(二)そのための努力，(三)成功への希望，(四)特別の障礙さえ除かれれば成功するという確信をもつ段階，(五)目的の成就．これと並行して次の5「連結」，すなわち発端・進展・発展・停滞・大団円の進行順序が説かれている．従ってSkt.劇は例外なくハッピー・エンドをもって終了し，真の悲劇は存在しない.[18]

古典劇の登場人物は，社会的地位・職業に従って，使用する言語を異にする．Skt.はバラモン・王等高級の男子に属し，第一女王のような女性もこれを話すことがある．その他の人物は一定の規則に従い，身分に応じて特定のPkt.を用いる.[19]

戯曲には多数の種類(正劇10種，副劇18種)がある．その中で最も基本的な形式をナータカとする．内容は古来の説話から取られ，前述の5段階を経て進展し，「勇武」または「恋情」を主要情調とするが，大団円には「奇異」の情調を適当とする．主人公は王・王仙(王族出身の聖賢)または人間の姿で現われる神で，幕数は5ないし10，題名は主人公にちなむか或いは内容を示すものとする．例えばカーリダーサ作「シャクンタラー」(§§38–42)．次に重要なのはプラカラナで，内容は作者の創意にかかる．その他の点は大体ナータカに準じる．筋はバラモン・商人・大臣等が艱難を克服して，正義・利得・恋愛の目的を達成する経緯を描き，女主人公は良家の婦人・高級娼婦または両者とする．幕数は5ないし10，題名は一般に主人公と女主人公との名を含むものとする．ナータカに比べて市井の出来事を取り入れる余地が多い．[20] 例えばバヴァブーティ作「マーラティーとマーダヴァ」(§§84–85)．副劇に属するナーティカーは上記両代表形の折衷に過ぎず，「恋情」を主要情調とする．主人公は伝承によって知られる王で，ある事情のため後宮にはいった王女との恋愛を描き，女王の嫉妬に妨げられつつも，ついにその承諾を得て，幸福な結末に達する．例えばハルシャ作「ラトナーヴァリー」(§78)．

以上の3種を比較しても，主人公や筋に関する制限を除いては，根本的な差別がなく，細部にわたって見れば，理論と実際とは必ずしも常に一致しない．他の種類について一々解説しないが，笑劇(プラハサナとバーナ)に関しては§93参照．

§6. Skt.劇の起原

演劇の起原については多くの説が提唱され，活潑な論争の的となった．[21] Skt.劇研究の初期においては新アッティカ喜劇との間に類似点を求めて，ギリシャ劇の影響を主張した学者があったが，[22] 研究の進むにつれ，この説は支持者を失った．Skt.劇が外国文化の影響なく成立したことが認められても，その発達の経路を歴史的に跡づけることは容易でない．戯曲の起原を特定の一要因に帰することは困難で，むしろその成立を促した諸種の要素が相寄って素地を作ったと見るのが妥当である．インド人は元来歌舞・音楽を愛好し，最古の文献リグ・ヴェーダの中には，対話を交えた若干の讃歌が存在し，古代の祭式の中には，茶番に似た要素が含まれていた．

神秘的・呪法的効果を狙ったものであるが，その原形としての茶番或いは身振狂言が早く民衆の娯楽として発達したことは想像に難くない．少し新しいヴェーダ文献には歌謡を職業とした者をシャイルーシャと呼んだ例はあるが，[23] 古典期に最も普通に俳優を意味する単語ナタはまだ用いられていない．この語は「舞踊」を意味する語根から作られ，ナーティア「演劇」，ナータカ「戯曲」などと同一の語原をもつ.[24] 大文典家パーニニ(前5世紀)の挙げるナタ・スートラはおそらく舞踏家或いは身振狂言師の綱要書を意味し，注釈家パタンジャリ(およそ150 B. C.)はしばしばナタについて述べ，ナタは暗誦または唱歌を業とし，その素行は芳ばしくなく，社会的地位が低いとし，男で女に扮する者をブルークンシャと呼ぶといっているが，ナタが演劇に従事したという確証はない．さらに当時クリシュナによる悪王カンサの誅戮，悪魔バリの捕縛が，何らかの形で，シャウビカと呼ばれる職業的演技者によって上演されたことを伝えているが，これもまた真の演劇か或いは身振狂言の一種か，にわかに決定することはできない．ほぼ同時代に属する遺跡として，中印チョター・ナーグプル地域のいわゆるシーターベンガー洞窟に残る碑文によって，この洞窟が，たとい劇場ではなくとも，ある種の演技に使用されたことが想像される.[25] このほか影絵芝居および人形芝居に演劇の起原を求めた学者もあるが，[26] これを真の演劇の先駆と見なすべき確実な証拠はない．

劇の発達と宗教との密接な関係も看過できない．ヒンドゥー教の大神シヴァはナテーシュヴァラ「舞踏者の主」，マハー・ナタ「大舞踏者」と呼ばれ，演劇の保護者と仰がれる．後世においても，戯曲上演の主な機会は春の祭典であり，民族信仰の的であった諸神の祭礼である．ただし演劇の起原を宗教儀式にだけ求めることは，一方的見解の恐れがある．最後に二大叙事詩の暗誦と演劇との親密な関連を考えなければならない．戯曲の代表的形式ナータカは，主としてその題材を二大叙事詩に仰ぐ．叙事詩の暗誦の流行は非常に古い時代に始まり，上記のパタンジャリは，シャウビカのほかにグランティカについて述べ，後者が会話の分担を行なったことを暗示している．後世俳優を意味する単語の一つバラタまたはバーラタが，現代の吟遊詩人のカースト名バートに相当することも，演劇と暗誦との関係を思わせる．またサーンチーの浮彫像(前1世紀)の中に，楽器を手にしつつ身振をしている群があり，職業的暗誦者カタカに比定される．語原はしばらくおき，クシーラヴァ「俳優」とラーマーヤナを最初に暗誦した二少年クシャとラヴァとの間に関係のあることは否めない．叙事詩の暗誦は単なる吟詠にとどまらず，早くから演劇の領域に一歩を進めていたものと推定される．

要するに西紀前に真の演劇の存在したことを直接証明する資料はないが，前5世紀から前2世紀までの間に，その発達に必要な要素は十分に備わっていたと考えられる．しかも中央アジア発見の仏教劇の断片(おそらく2世紀)は，演劇がすでに発達をとげたことを実証している．Skt. 劇の成立は，パタンジャリと仏教詩人アシュヴァ・ゴーシャ(§8)との間，おそらく西紀前後に置いて大過ないと信じる．

§7. Skt. 文学の背景としての人生観

古典 Skt. の美文体詩も戯曲も伝統的思想・信仰に支えられ，深刻な社会問題を扱った作品や，苛酷な運命を内容とする悲劇は生まれなかった．これには古代インド人の抱いた人生観が常にその背後にあったことを忘れてはならない．彼らはカーマ「愛」・アルタ「利」・ダルマ「法」を人生の三大目的とし，結婚後の家庭生活・家長としての理財活動・敬虔適法の生涯を理想とした．(後にはこれにモークシャ「宗教的解脱」を加えて四大目的とした．) この各項は特別な学問分野として発達し，詩人はこれに精通してその蘊蓄を作品中に披瀝しなくてはならない．各分野はそれぞれ多量の文献をもつが，今は代表的典籍の名を挙げるにとどめる．

ヴァーツヤーヤナのカーマ・スートラ「性愛綱要書」[27] (4世紀?)

は散文を主体とし，性愛のほか，結婚儀礼，高級娼婦とこれをとり巻く風雅な生活を描き，当時の社会・文化を偲ばせる貴重な資料を含んでいる．

アルタは一切の実益・利得を意味するが，狭義においては政治に関して用いられ，カウタリア(またはカウティリア)[28]のアルタ・シャーストラ[29](およそ150 A. D.?)により代表される．15巻・180章に分かれ，主体をなす散文の中に詩節をさしはさむ．政治・密偵政略・司法・外交の要訣を説き，Skt. 文献中ユニークな存在として尊重される．

カウタリアのアルタ・シャーストラの流れを汲み，一般に知られるものにカーマンダキーヤ・ニーティサーラ(またはカーマンダカ)「カーマンダキの政治精髄」[30](おそらく8世紀)がある．韻文で書かれ，文学的作品の形態をとり，箴言詩の様相を呈する部分も少なくない．

最後にダルマの領域は，「マヌの法典」として知られる有名なマーナヴァ・ダルマ・シャーストラ(またはマヌ・スムリティ)によって代表される．[31] 12章からなる韻文の法典で(前2世紀ないし後2世紀)，各階級の権利・義務・生活法を規定し，現今の民法・刑法に属する諸般の事項を含み，古来絶大な権威を賦与されている．多くの注釈を有し，近代Skt. 文献学の勃興と共にいち早く熱心に研究された．

他の法典中，マヌ・スムリティに次ぐ重要な地位を占めるものに，ヤージュニャヴァルキア・スムリティ[32](およそ4世紀)がある．3章からなる韻文の法典でマヌより簡潔である．多数の注釈書を生んだが，特にヴィジュニャーネーシュヴァラのミタークシャラーはそれ自体独立の権威をもっている．

第2章　カーリダーサ以前

一　アシュヴァ・ゴーシャとその作品*

§8.　A.の伝記と年代[33]

ヴェーダ文献および二大叙事詩のあとをうけ，古典Skt.文学の記述は，バラモン教系の詩人ではなく，仏教界の巨匠であり勝れた文学者であったA.(馬鳴)をもって始まる．本書は仏教文学を除外するとはいえ，ラーマーヤナとカーリダーサ(第三章)との間にあって，古典期の黎明を告げる彼の作品を看過することは許されない．彼の伝記については，クマーラジーヴァ(鳩摩羅什，350–409 A. D.)の「馬鳴菩薩伝」を始めとし，玄奘(600–664 A. D.)の「大唐西域記」巻八，義浄(635–713 A. D.)の「南海寄帰伝」第四などに記事が残っているが，[34] 伝説的要素を排除して正しい史実のみを再建することは困難である．しかし諸種の資料を勘案すれば，次のことが推定される．スヴァルナークシーを母として，サーケータ(＝アヨーディアー，現アウド)に生まれ，[35] 元来バラモン階級に属し，高い教養と深い学識とを体得した．のち仏法に帰依して頭角を現わし，北西インドに君臨したクシャーナ朝の英主カニシュカの尊崇を受けて大いに仏教の隆昌に寄与した．カニシュカ王との友好を是認すれば，同時代の人となるが，王の年代自体がインド史の一大課題で容易に決定されない．[36] 有力な学説に従えば，王の即位は1世紀の後半或いは2世紀の前半に置かれるから，A.の活動期はおよそ西紀100年を中心とするものと考えられる．もしこの推定が正しければ，その時代は北方仏教にとり小乗から大乗への過渡期にあたり，A.の著作

---

*　本節の略字．A.＝アシュヴァ・ゴーシャ．Bc.＝ブッダ・チャリタ．Sk.＝サウンダラ・ナンダ・カーヴィア．

の内容とも矛盾しない．仏教者としての A. に関しては専門家の論説に譲り，ここにはただ彼の属した部派につき，種々の見解があることを述べるにとどめる．[37]

§9. A. の作品

A. に帰せられる著作の数は少なくない．[38] ここでは Skt. で書かれた現存作品の中，文学的価値をもち，かつ真正性の高いものだけを問題とする．従って有名な大乗起信論に関する論争には触れず，真正度の疑わしい宗教的著作[39]や漢訳のみから知られる作品は除かれる．しかし Skt. 文学史の立場から見て，次の二点を看過することはできない．

1. ヴァジュラ・スーチー[40]　バラモン階級の優越権を明快に否定し，いかなる階級の人間もすべて平等であると主張する．散文を主体とし，バラモン教系の典籍から多数の詩節を引用している．[41] この著作に対し注意すべき点は，一方においてこれに対するバラモン教版ともいうべきヴァジュラ・スーチー・ウパニシャッドが存在すること，[42] 他方において漢訳「金剛針論」は法称(ダルマキールティ，7 世紀中葉)を作者としていることである．[43] 真否を決定すべき確証はないが，[44] もし漢訳の伝承が正しいならば，その底本は A. の原作に対する改訂版と解される．[45]

2. 大荘厳論経[46]　散文と韻文とをまじえ，因縁・比喩の説話 90 種を収めている．フランスの学者により研究・翻訳されて世界の学壇に紹介された．[47] ただし Skt. 原典は知られていなかった．ドイツの学者リューデルスは中央アジア出土の Skt. 写本断片を整理し，クマーララータ(童受，2 世紀後半)の一著作を復元し，コロフォンに基づいてその名称をカルパナーマンディティカーと決定し，これを上記荘厳論の原本と論断した．[48] 従ってこれを馬鳴造とした古来の伝承は誤りとなる．これに対しシルヴァン・レヴィは同じコロフォンの中から回復しうるドリシュターンタ・パンクティという語に留意し，これを譬喩師童受の作品名「喩鬘論」の原名と解し，中央アジア出土の写本は荘厳論ではなく喩鬘論にほかならぬと主張した.[49] 従ってこれはA.作スートラ・アランカーラ(漢訳大荘厳論経)のクマーララータ(童受)による改訂本とみなされる. しかし両書の関係に関する問題は複雑で, 今もリューデルスの説を支持する学者があり, またレヴィの命名に反対する学者もある.[50] 現状においては, レヴィ説に従い, クマーララータの著作の名はドリシュターンタ・パンクティ(またはドリシュターンタ・マーラー)であり, これは譬喩師の立場からA.作スートラ・アランカーラを補修したものと考えるのが最も妥当である.[51]

§10. ガンディー・ストートラ[52]

漢字音による転写とチベット語訳とから知られ, これからSkt.への還元が試みられた.[53] 古典期に常用される技巧的な韻律を用いた29詩節からなり, 仏徳を讃仰し, ガンディーの威力を称えてその守護を乞う. ガンディーとは細長い木片で, これを木製の槌で敲き, 僧房において僧侶を招集するに用いた器具である.[54] 詩人はその快い音調の効果に留意し, 多くの擬音的音節を挿入して, 宗教的な情緒を喚起するに努めている. 文体・措辞が技巧に走る点から見て, この作品をA.の真作と認めない学者もある.[55] 真偽は不明であるとはいえ, 主観的評価を離れて断定するに足る根拠はない. たといA.の真作でないとしても, この讃歌は仏教文学の中に特異な存在たるを失わない.

§11. シャーリプトラ・プラカラナおよび二仏教劇

Skt.劇の最初の実例は, リューデルスにより中央アジア出土の写本断片から発見された(1911 A. D.).[56] 仏教は本来歌舞音曲の享楽を禁じたが, ここに発見された3篇の戯曲の断片はいずれも仏教劇で, しかもその中の1篇が, 明らかにA.作シャーリプトラ・プラカラナであることは, 幸いに残存するコロフォンから知られた. 他の2篇の作者は不明であるが, 前者と時代を同じくし,[57] 共に或る合本写本の一部をなしていたと思われる点から考えて, A.(或いはその周辺の人)の作である可能性は否定できない．少なくも Skt. 戯曲史の見地からは，一括して検討することが便利である．[58]

シャーリプトラ・プラカラナ(またはシャーラッドヴァティープトラ・プラカラナ)は，仏伝からよく知られている一挿話，仏陀によるシャーリプトラ(舎利弗)とその友人マウドガリアーヤナ(目連)との改宗を内容とする．本来9幕からなっていたもので，古典劇の一種プラカラナ(§5)の要求を満たし，仏陀および仏弟子は Skt. を使用し，シャーリプトラに伴う道化役(ヴィドゥーシャカ)は Pkt. を話す点も，古典期の規約に適っている．ことに宗教劇には特別の必要のない道化役の出現は，登場人物に関する規定がすでに確立していたことを窺わせる．内容はもちろん断片的にしか回復できないが，[59] 全篇は，「今より以後，感覚を制御して，この智を間断なく勤修すること，解脱のために，……」という詩節をもって終り，コロフォンがこれに続いている．[60]

作者不明の2篇の中，一つは寓話劇で，抽象概念ブッディ「理性」，ドリティ「堅固」およびキールティ「名誉」が擬人化されて Skt. で会話し，後光に輝く仏陀も登場する．クリシュナミシュラ(11世紀)のプラボーダ・チャンドローダヤ(§92)によって代表される寓話劇の先駆をここに見いだすことは，文学史上特筆すべきである．しかし写本1葉の両面に残るだけの断片から，内容を再現することはできない．

作者不明の第二の戯曲は，便宜上「遊女劇」と呼ばれ，余りに断片的で，一貫した筋を推測しえない．ここでも道化役は古典劇におけると同一の性格を示し，多数の登場者はそれぞれ所定の言語で会話する．主人公ならびに仏弟子(舎利弗と目連)は大体において正確な Skt. を，その他の人物は3種の Pkt. を使用するが，その音韻・語形は後世の標準より古い段階を示す．[61] これを古い碑文に見られる言語と比較するとき，Pkt. の歴史的研究に貴重な資料を提供する．また韻律の種類も多く，古典期におけると同様に，劇作家の

技倆を発揮する目的を担っている.[62]

§12. ラーシュトラパーラ・ナータカ(仮定)

A. が戯曲にも手を染めたとすれば，彼に「妙伎楽頼吒和羅」の作のあったという記載[63]と，このラーシュトラパーラと称する劇の上演によって多数の改宗者を出したと伝えるジャイナ教徒の証言[64]とから，これもまたA. 作の一戯曲であったことが推定される.[65] さらにダルマキールティのヴァーダ・ニアーヤにA. 作の戯曲ラーシュトラパーラの名が見いだされるにいたり,[66] この想像は有力な支持を得た.[67] A. の作品自体は発見されないが，仏典から知られるラーシュトラパーラ物語を題材とした彼の戯曲が世に行なわれたと考えることは可能である.[68]

§13. ブッダ・チャリタ[69]

確実にA. の作品と認められるBc.(仏所行讃)は,[70] まず漢訳から英語に重訳されてヨーロッパの学界に紹介された(1883 A. D.).[71] 次いでシルヴァン・レヴィはパリの国立図書館所蔵の写本からSkt. 原典の第一章を印行・仏訳して，内容の一斑を提示した(1892 A. D.).[72] 続いて全篇はカウエルの手によって出版され(1893 A. D.)かつ英訳され(1894 A. D.)，その後長らくBc. 研究の基礎となった.[73] しかしこの出版は，漢・蔵訳が28章からなるに反し，17章を含むに過ぎず，しかも第十四章第三十三詩節以下第十七章にいたるテキストは，1830 A. D. にこれを書写したアムリターナンダの補筆であることが，彼自身の記述によって判明した.[74] これより四十余年を経て，ジョンストンがネパール・カトマンドゥ図書館所蔵の古写本に基づいて，批判的に出版し(1935 A. D.)，注釈を附して英訳するにいたり(1936 A. D.),[75] Bc. の研究は新時代を迎えた. この写本は冒頭の7詩節を欠き，IV. 1–35に当たる部分を失い，XIV. 31(カウエル版32)をもって終っている.[76]

漢・蔵両伝から知られる通り，Bc. は本来28章からなったカーヴィア体の仏伝で，釈尊の誕生から出家・苦行・降魔・成道・転法輪・教化・涅槃・分舎利にいたる生涯を歌ったものである．伝承を離れず，奇蹟を誇張せず，在来の仏伝を整理し，場面の描写には生彩がある．A. はここに詩人としての面目を発揮し，よくマハー・カーヴィア(§3)の要求を満たしている．後世のカーヴィア体に見られる過度の技巧と粉飾に走らず，大体において簡素の印象を与える．王宮の婦女子の姿態・言動を描いてはカーマ・スートラ(§7)の要素を導入し，マーラ(悪魔)の軍勢を破る場面に戦争の光景を点出し，悉達太子(仏陀の幼名)の伴侶ウダーインをして処世の常道を説かせてニーティ・シャーストラ(処世の学)の知識を示す．仏法を豊富に交織しつつ，さらにバラモン教系の哲学，サーンキアおよびヨーガの古い段階に参入して，[77] 広汎な学識を窺わしめている．[78]

§14. サウンダラ・ナンダ・カーヴィア[79]

Bc. とならんで A. の真作と認められる Sk. の写本は，20 世紀の始めに発見された．貝葉(パーム・リーフ)と紙本との 2 写本から，これを最初に出版した功績は，ハラプラサード・シャーストリーに帰せられる(1910 A. D.)．[80] 18 章からなるこのカーヴィアの Skt. 原典は，首尾を具備してほぼ全貌を伝えるが，写本には破損・磨滅・誤謬があり，テキストの伝承は決して良好とはいえない．後さらにジョンストンはこれを批判的に校訂し(1928 A. D.)，かつ英訳・注解を世に問うにおよび(1932 A. D.)，Bc. と合わせて詩人 A. の研究をいちじるしく促進した．[81]

Sk. はその題名の示す通り，仏陀の異母弟で美貌をもって名高かったナンダの改宗を内容とする．[82] おそらく Bc. より先に作られたものと思われるが確証はない．[83] 物語としての興味は前半(主として第一から第十章)にあり，後半はもっぱら仏教の教義の宣揚を旨とし，文学的魅力は弱い．作者自身の言葉に従えば，この作品は快楽のためではなく，寂静のために書かれ，苦い薬も蜜を加えれば飲み易くなると考えて，カーヴィア体を利用したという．[84]

Sk. には漢訳も蔵訳もないが，[85] その XIII. 18 はヴァスバンドゥ

(世親，5世紀)に引用されている.[86] しかしA.の詩節が後世の詞華集に収められていることは極めて稀で，しかもそれらは現存の作中に見いだされない.[87]

上記の両カーヴィアから知られるA.の言語・文体は,[88] 過度の文飾よりも内容を重んじ，物語・描写・説教が重要な役割を演じている.[89] しかし前述のごとく，カーヴィア体は方便に過ぎないと称しつつも，恋愛の場面を描いては濃艶な筆力を発揮する．詩人としてのA.は，修辞の技巧と高度の教養とを示すことを忘れない．巧妙な比喩のほか好んで音韻上の効果を意図し，ことにSk.においては，困難な動詞の変化形を列ね，単語の異常な使用法によって文法の知識を表わす．仏教の作品に共通する言語の特徴，時には正規のSkt.の範囲を超える語形等により，厳格な古典語に合致しない場合もあるが，大体においてそのSkt.は正確であり，概して平明・温雅で迫力に富み，簡素ながらに真摯で，読者の心を引きつける．韻律の用法もまた適切である．もちろんカーリダーサ以後に見る巧緻な作品に比べては，洗練の度が低く，少なくもインドの標準に照らせば，素朴・未完成の域を脱しない．

Skt.文学史上にA.の占める地位の最も肝要な点は，一方において彼がラーマーヤナの影響を受け，他方においてカーリダーサの先駆であった事実に存する.[90] この三者を結ぶ線上に，古典カーヴィアの発達があったことを思えば，A.の重要性は過少に評価されてはならない．

二　マートリチェータとその作品*

§15. M.の伝記と伝説

チベットの伝承に従えば，アシュヴァ・ゴーシャ(§8)もシューラ(＝アーリア・シューラ，聖勇)もM.のもつ多くの別名の中に含ま

* 本節の略字．M.＝マートリチェータ．

れる.[91] 他の名称はしばらくおき,[92] Skt. 文学史の立場から最も注目すべきは，M. とアーリア・シューラとである．もちろんアシュヴァ・ゴーシャを M. 或いはアーリア・シューラと同一視することは許されず，また M. とシューラとは別人であるが,[93] アシュヴァ・ゴーシャを去る遠くない讃仏詩人として，M. を看過することはできない．

M. (摩咥里制吒)の生地・伝記および年代については，信頼するに足る資料がない.[94] 唐の義浄の叙述を信じれば,[95] M. の名声は7世紀末においても群を抜き，その「四百讃」と「一百五十讃」とは讃頌文学の模範として，始めて出家する者も，五戒・十戒を誦得し終れば，まずこの二讃を教えられ，大乗・小乗の区別なく愛誦されたといい，義浄みずから「一百五十讃」を訳出している．義浄とターラナータの伝えるところを総合して知りうることは，最初 M. は外道で大自在天(シヴァ天)を信奉したが，ナーランダ寺において，アーリア・デーヴァ(提婆)により仏教に改宗させられたという点である．M. という名は，シヴァの神妃「ドゥルガーの僕(しもべ)」と解しうる.[96] また四百讃の冒頭の詩句は，彼が前非を悔いて仏法に帰依した意味に解される．M. の改宗に関連して広く流布する伝説がある.[97] M. が前世に鶯であったとき，林中に仏陀を見て，覚えず讃詠に似た雅音を発した．仏陀は予言して，この功徳によりこの鳥は，後に生まれて M. と呼ばれ，仏徳を称讃するであろうといった．彼はこの予言のあったことを知り，仏法に帰依するにいたった.[98]

§16. M. の年代

彼に帰せられる著作の数は多いが,[99] Skt. 原文を今日に伝えるものは，上記の二讃のほか，短い讃頌「アナパラーダ・ストートラ」(「罪過なき者の讃頌」)の断片があるばかりである.[100] しかしチベット語訳で知られる作品の一つに，マティチトラ作「カニ(シュ)カ大王に呈する書簡」がある.[101] マティチトラが M. を指すことは明瞭で，彼が老齢のゆえをもって王の招聘を辞退し，治世の教誡を献じたものである．ここに名指されたカニ(シュ)カ大王が，クシャーナ朝の最盛期を代表するカニシュカ一世であるか，或いはカニシュカ二世であるかは断定できないが，一方にアシュヴァ・ゴーシャとカニシュカ一世との関係を考え(§8)，他方にM.をアシュヴァ・ゴーシャ以後と見なす通例の説に従えば，上記の書簡はむしろカニシュカ二世に宛てられたものと推定される．これによりM.の年代は，2世紀或いはむしろ2世紀末から3世紀にまたがるものと考えられる．ナーガールジュナ(龍樹，2世紀)の門にでたアーリア・デーヴァ(3世紀)による改宗に関する伝承もこれと矛盾しない．

仏教者としてのM.の立場が大乗か否かも問題とされるが，四百讃VIII. 23にある「勝れたる大乗」という句から見て，大乗者であったと認められる.[102] また同讃III. 21において「空性」を真理の中で最も勝れたものとしていることから考えて，M.は龍樹・提婆の流れを汲む中観派の人であったと思われる.[103]

§17.　シャタ・パンチャーシャトカ・ストートラ(「一百五十讃」)

20世紀初頭に行なわれた中央アジアの発掘は，未知のテキストを世にだしたが，その中にM.の両讃も発見された．一百五十讃[104]は諸家の努力により，1910–1916 A. D.の間に全篇の約5分の2が学界に紹介された.[105] 次いで1936 A. D.にチベットのサキア僧院で完本が発見され，直ちに出版されて全貌を現わした.[106] 全篇は153詩節を含み，最後の2詩節以外は最も普通のシュローカ韻律で書かれ，内容に従って13章に分かれている．言語・文体は簡素で，仏徳・仏法の讃歎に終始している.[107]

§18.　チャトゥフシャタカ・ストートラ(「四百讃」)

義浄によれば，M.は始めにこの讃を作り，次に一百五十讃を作ったという．四百讃はヴァルナールハ・ヴァルナ・ストートラ「称讃に値いするものの称讃」とも呼ばれ，漢訳はないが，チベット語訳は存在する.[108] 最初の4章(153詩節)のチベット文は，つとに英訳を添えて公刊されたが,[109] 中央アジアからもたらした断片を整理して全貌を明らかにするまでには，多くの学者の協力を必要とした.[110] 四百讃は12章に分かれ，386詩節を含む.[111] 内容は一百五十讃の場合と同じく，讃仏の真情を吐露し，仏法帰依の功徳を宣揚している.

両讃の言語・文体・韻律を一語で表わせば素朴というに尽きる.[112] 比較的に粉飾の少ないアシュヴァ・ゴーシャの作品に比べても，技巧的傾向はさらに弱い．ただ一百五十讃には一種の脚韻を利用して，讃詠の効果を高めようとした意図が認められる．ここには古典期のカーヴィアに見る複雑な修辞法の影なく，単純なシュローカを主体として他の韻律は極めて稀である．しかしこの平明な措辞こそ，文学的素養のさまで高くなかった教徒の心情に訴えて，宗教的感銘を喚起するに成功した原動力であったに違いない.

附記　中央アジア出土の写本断片に残る讃仏詩の中には，文学的に見て，M. の両讃に劣らぬもの或いは文体・韻律の技巧において，カーヴィアの域に達しているものもあるが,[113] M. の作品が特にインドのみならず中央アジアにおいて愛誦されたことは，写本断片の数量に照らして明らかであるばかりでなく，トカラ語両方言に翻訳されていた点からも窺われる.[114]

三　アーリア・シューラとその作品*

§19.　Ā. の伝記と年代

Ā.[115]に帰せられる著作は，Skt. のほか漢訳・蔵訳によって伝えられ,[116] 詩人としての彼の文名は非常に高かったが,[117] その生涯および年代については，正確な記録がない．一方において彼の生時はアシュヴァ・ゴーシャより後とされ，他方において434 A. D. に訳出された大勇菩薩分別業報略経[118]を彼の著作と考えて，従来一般

---

*　本節の略字．Ā. ＝アーリア・シューラ．Jm. ＝ジャータカ・マーラー.

に彼の生存期を4世紀に置いていた.[119] しかしアヴァダーナ・シャタカ(「撰集百縁経」, おそらく2世紀)[120]の中にJm.の一詩節が借用されている事実が指摘され,[121] Ā.の年代も従来より数世紀古く, アシュヴァ・ゴーシャとほぼ同時代と見られるにいたった.

§20. ジャータカ・マーラー(「菩薩本生鬘論」)

Ā.の真作としてSkt.原典の今日に伝わるものはJm.のみであり, 漢訳および蔵訳を備えている.[122] Jm.[123]はジャータカすなわち仏陀の前生物語34篇からなり,[124] アシュヴァ・ゴーシャの場合と同様に, 教化の目的に高尚なカーヴィア体を適用し, 菩薩による波羅蜜多の実践を称揚している. ここに含まれる物語のほとんど全部は, パーリ語ジャータカの中に類話をもち, 12篇はチャリヤー・ピタカ(パーリ語35本生話集)に相応個所を見いだす.[125] 各話はまず宗教・道徳の主題を単純な散文で提示し(序分), 次いで散文に韻文を混じた本生話に移り(主要部), 最後に序分を繰返し, 原則としてさらにその物語の応用を教える(結尾).[126]

捨身の理想が誇張される等, 現代の読者の興味をそぐ点なしとしないが, 敬虔な仏教信者に多大の感銘を与えたことは疑いをいれない. インド外にも知られ, 写本の断片が中央アジアから発見された.[127] またアジャンターの壁画(6世紀)には, Jm.からとった場面と詩節が残り,[128] Jm.の物語はほとんどそのままの順序で, ボロブドルに彫刻されている.[129]

物語作者として決して凡手でなかったĀ.は, 古典的な言語・文体[130]において一層異彩を放っている. 散文においても韻文においても彼のカーヴィア体は中庸をえて優雅, 煩瑣の弊なく, 近代の研究者も讃辞を惜しまない. 特に韻律に秀でていたことは逸話を生み,[131] Jm.によって実証されている. 彼の言語の醇正であることは, インドにおいても高く評価され, Jm.の詩節は詞華集に収められ, また詩論家にも引用されている.[132]

附記　Ā. に帰せられる作品の中，Skt. 原文の知られているものにスバーシタ・ラトナカランダ・カター「名句の宝筐物語」[133]がある．ネパール発見の誤謬の多い一写本から出版されたテキストは27節からなり，最後に全体を総括する詩節を置く．編纂に混乱のあとがあり，内容も平凡で説教用の詞華集に過ぎず，到底 Ā. の真作とは思えないから細説を省く．

四　バーサとその作品*

§21. Bh. 劇の真正問題と年代

1910 A. D. まで劇作家 Bh. について知られたところは多くなかった．[134] カーリダーサはその「マーラヴィカーとアグニミトラ」(§§47–49)の序幕で，Bh. およびサウミッラとカヴィプトラとを高名な先輩として挙げ，[135] バーナはそのハルシャ・チャリタで，Bh. 劇の特徴を列ね，「バーサは名声を博したり，座頭(ざがしら)によって開始され，多くの登場人物をもち，挿話(パターカ)に富む戯曲により，あたかも木匠(こだくみ)によって始められ，多くの階層をもち，旗もて飾られたる社殿によってのごとく」と述べ，[136] ラージャシェーカラ(およそ 900 A. D.)は Bh. の戯曲 Sv. が火の試練に耐えたことを伝えている．[137] またプラサンナ・ラーガヴァの作者ジャヤデーヴァ(およそ 1200 A. D.)は諸大家の特徴を挙げ，カーリダーサに優美を，ハルシャに歓喜を配しつつ，Bh. には嘻笑を当てている．[138] さらに諸種の詞華集は Bh. に帰せられる若干の詩節を含んでいる．[139]

しかし 1909–1910 A. D. にガナパティ・シャーストリー(以下 G. Ś. と略す)が，トラヴァンコールにおいて，マラヤーラム文字で書かれた古写本を発見し，[140] これを Bh. の作品と推定し，1912–1915 A. D. の間に 13 種の戯曲をトリヴァンドラム梵語叢書に収め

---

*　本節の略字．Bh. ＝バーサ．各作品の略字は必要に応じて用いる，e. g. Sv. ＝スヴァプナ・ヴァーサヴァダッター．Cd. ＝チャールダッタ．

て出版するにいたり（以下 Triv. 劇と呼ぶ），Bh. およびその作品に対する学界の関心は異常に高まった.[141] 古典期の作品と異なり，Triv. 劇の序幕には作者の名も題名も明示されていない.[142] しかし古来 Bh. の代表作として知られる Sv.「夢のヴァーサヴァダッター」がその中に含まれていることが判明し，他の戯曲もこれと共通する点を示すことから，G. Ś. はすべてを同一作者すなわち Bh. の作品と推定した．古典劇にあっては，ナーンディー「祝禱」の終了後，スートラ・ダーラ「座頭（ざがしら）」が登場し，ただちに序幕の対話が始まる．これに反し Triv. 劇では「祝禱」の後に登場する座頭が冒頭に改めて祝福の詩節を唱え，概して簡単な序幕[143]に移る．Bh. 劇の一特徴としてバーナが挙げている「座頭によって開始され」とは，これを指したものと解される．劇の結尾に唱えられるバラタ・ヴァーキア「バラタ祝詞」[144]は，多少の変化を伴いつつも，ほとんどすべての Triv. 劇において同一である．さらに言語・文体・語彙の上にも多くの共通点が指摘される.[145]

これらの諸点は Triv. 劇を Bh. に帰する有力な論拠として認められ，当初は発見者 G. Ś. の意見に賛同する学者が多かった．しかしすべての論点は別の角度から反駁することも可能であり，インドの内外に活潑な論争を喚起し，賛否両方面に関して厖大な文献を生んだ.[146] Triv. 劇の文学的価値は不同であり，必ずしも同一作者説を支持せず，その特徴といわれる諸点は，7世紀に属する南インドの戯曲にも見いだされる.[147] 言語もまた真否を決定するに足る力をもたない．詞華集が Bh. に帰している詩節は Triv. 劇中に発見されず,[148] 詩論家の引用する詩節で Triv. 劇中に見いだされるものは，作者の名を伴わない.[149]

これらの議論を経た現在においては，一種の妥協説が提唱され，現存の Triv. 劇――特に「夢のヴァーサヴァダッター」と「誓約固きヤウガンダラーヤナ」――の本源が Bh. にあることは，必ずしも否定しないが，原作が改変または短縮され，南印ケーララ地方のいわゆるチャーキアル(社祠附き俳優)によって上演されたものとしている.[150] 要するに南印の演劇の伝統の下に改変されたことは否みがたいが，すべてのTriv.劇がBh.と無縁のものであるとする見解には無理がある．少なくもSv.はおそらく非凡の劇作家Bh.の傑作の面影を伝えるものと信じる.

Triv.劇はBh.の真作か否かについて問題を残しているのと同様に，その年代も明確にすることができない.[151] 在来提唱された諸説の一覧表に従えば，前6世紀から後11世紀に及ぶ長期間に跨がっている.[152] 例えばTriv.劇の発見者G. Ś.自身はこれを非常に古く見る学者の一人で，前6世紀ないし5世紀に置いている.[153] Triv.劇全体を一人の作者に帰し，或いは同一時代に属するものとする保証はないが，今かりにほぼ時代を同じくする同一グループの作者の筆に由来するものとして扱うことが許されるならば，他の戯曲との比較から，Triv.劇の年代を想定することが可能となる．もしこれをアシュヴァ・ゴーシャ(§8)より新しく,[154] カーリダーサ(§32)より古い[155]とする主張を認容するならば，おのずから限度が生じ，およそ300–350 A. D.が最も妥当な年代と考えられる.[156] またBh.の伝記については，ヴィシュヌことにクリシュナの崇拝者であったと思われるほか，確実なことは何も知られていない.[157]

§22. Triv.劇の言語・文体・韻律

Skt.は概して簡潔・平明で，過度の粉飾なく，時には優雅に時には諧謔を交え，また時には迫力を発揮する．大体において正規の文法に合致するが，過半数の戯曲に題材を提供している二大叙事詩の影響も強く，特に韻律の拘束を受ける場合に不規則形が用いられている.[158]

韻律も二大叙事詩の伝統にたがわず，シュローカが優先的地位を占めているが，古典期に常用される韻律も使用され，共に概してよく規範に従っている.[159]

Pkt.としては,[160] 主体をなすシャウラセーニーのほか，2種のマーガディーとアルダ・マーガディーの1種とが用いられている．Triv. 劇の Pkt. には古風の特徴が認められ，この場合にもアシュヴァ・ゴーシャとカーリダーサとの中間に置かれるが，この事実が果して年代の古さに因るものか，或いは後世にも見られる南印の写本の傾向を反映するものか断定しがたく，年代を決定する鍵とならない.[161]

§23. 作品の分類

Triv. 劇は出典・内容に従って，次のように分類される.[162] 劇の筋・形態・言語(韻文と散文との割合，文法の正確度)，作劇技術の巧拙等を基準として，成立の順序を定めようとする諸種の試みが企てられたが，問題は複雑で，一般に承認される結果は生じない.[163]

I. マハー・バーラタ群:[164]　1. マディアマ・ヴィアーヨーガ「中息子(＝第三王子ビーマ)」.[165]　2. ドゥータ・ヴァーキア「使節」.[166]　3. ドゥータ・ガトートカチャ「使者ガトートカチャ」. 4. カルナ・バーラ「カルナの重任(＝鎧)」. 5. ウール・バンガ「大腿粉砕」.[167]　6. パンチャラートラ「五夜」.[168] この中 1.–5. は1幕の武勇劇で，戯曲の分類に従えばヴィアーヨーガと呼ばれ，6. のみは3幕からなる．題材を大叙事詩に仰ぎつつも，内容は自由に扱われている．一幕物の中最も傑出しているのは 5. で，感動的な場面とカーヴィア体の駆使とは，Triv. 劇中の一異色たるを失わない．敵の総帥ドゥルヨーダナは，武技の法則を無視するビーマにより腿を砕かれ，Skt. 劇の通念に反し，瀕死の状態で登場する．この作品が果して悲劇か否かについては，しばしば論議されてきたが,[169] 少なくも普通の意味における「幸福な大団円」に終っているとはいえない．しかし神意に基づく謀略とドゥルヨーダナの昇天とは，インドの観念に従うかぎり，ここにも悲劇を成立させず，ただ Skt. 劇中最も悲劇に近いものといえるだけである．

II. クリシュナ劇:　7. バーラ・チャリタ「若きクリシュナの事蹟」, 5幕.[170] ヴィシュヌの権化クリシュナの幼時の武勇譚を自由に脚色したもの．5.の場合と同様に，死の場面，ことに悪王の最期が演出される点は注目に値いする．

III. ラーマ劇：　8. プラティマー・ナータカ「肖像」，7幕.[171] ラーマーヤナ第二・第三篇の内容を自由に戯曲化したもの．——9. アビシェーカ・ナータカ「即位」，6幕.[172] 8.のあとをうけ，ラーマーヤナ第四・第五篇の内容を圧縮したもの．

§**24**.a. IV. ウダヤナ劇：　次の2篇はかつて存在したブリハット・カター(§117)の説話圏に属するウダヤナ王物語に取材し,[173] Triv. 劇中に最も重要な地位を占めている．10. プラティジュニャー・ヤウガンダラーヤナ「誓約固きヤウガンダラーヤナ」，4幕.[174] ヴァッツァ族の王ウダヤナ〔Ud.〕の大臣ヤウガンダラーヤナ〔Y.〕の深謀と忠誠とが劇的葛藤の中心をなす一種の政治劇である.[175] 象狩りに出たUd. 王は，ウッジャイニー王プラディオータ・マハーセーナ〔Prad.〕の大臣バラタローハカの計略によって囚われの身となる．この際内部に兵士をかくした木製の象が使用されることは注目に値いする.[176] Prad. 王の宮廷に送られてUd. は王女ヴァーサヴァダッター〔V.〕に音楽を教え，両人は恋愛におちる．Y. は固く王の救出を誓い，狂人をよそおってPrad. 王の居所に入り，勇敢に戦って目的を達するが，彼自身は負傷して捕虜となる．しかし毅然として敵手バラタローハカと対決し，結局Prad. 王は彼を釈放し，Ud. 王とV. との婚姻を許可する．

これ以下の戯曲にも共通していえることであるが，詩節の数は減少して会話が増し，Pkt. はSkt. に席をゆずり，道化役(ヴィドゥーシャカ)が登場して，規定通りの役割を演じ，諧謔をふりまくと同時に主人公の忠実な伴侶となっている．

11. スヴァプナ・ヴァーサヴァダッター「夢のヴァーサヴァダッター」，6幕.[177] 筋は10.と同じくブリハット・カターにさかのぼるとしても，内容の細部は詩人の創意によって改変されている.[178] Sv. は名実ともにTriv. 劇中の白眉で，出版・翻訳は非常に多い.[179] Bh. に Sv. の作のあったことは，詩論家の伝えるところである.[180] その原作と Triv. 劇中のものとの関係は，容易に決定されないとしても,[181] 現存の Sv. が Skt. 劇中特筆すべき作品であることは疑いを容れない.

Ud. 王とその王国の安全のため，賢明な宰相 Y. は，王とマガダ国の王妹パドマーヴァティー〔Pad.〕との結婚が必要であると認めるが，寵妃 V. に対する王の愛情の深さを考え，火事のため V. も彼自身も落命したという噂を流布させる．この事情を知る V. を伴い，彼は変装してマガダ国に入り，V. をアーヴァンティカーと名のらせ，自己の妹と偽って，Pad. の庇護のもとに置く．最愛の V. が焼死したと信じる Ud. 王は，やむなくこの政略結婚に同意する．しかし Pad. は王の思慕が依然として V. にあることを知って，激しい頭痛を訴え，王は彼女を見舞うが見当たらず，そこの寝台に休息してまどろむ．V. も見舞いのため現われ，誤って王を Pad. と思い，その傍らに坐る．王が睡眠中に V. の名を呼ぶのを聞いて自己の誤解を悟るが，しばし王と言葉を交え，王が完全に目覚める前にその場を去る．王は V. の声を聞き姿を見たのは矢張り夢であったと信じる．このような情況のおり，王のすべての敵は撃滅されたという報知が届き，V. の両親からも王の戦勝を祝う使者が到着し，王と彼女との婚礼の絵をもたらす．Pad. はそれを見て自己の友達アーヴァンティカーが実は V. であることを悟る．このとき Y. が現われて一切の事情を説明し，すべては円満な解決に達する.

§**24. b**. V. 説話劇:　次の2篇は説話文学おそらく失われたブリハット・カターに基づいたものかと思われる．12. アヴィマーラカ，6幕.[182] 悪魔アヴィの退治者という名を得たヴィシュヌセーナと王女クランギーとの数奇な恋愛物語を内容とする.[183] 詩人はカーヴィア体に習熟し，メロドラマ的雰囲気と生彩ある人物の描出に成功している.

13. ダリドラ・チャールダッタ「貧しきチャールダッタ」または

単にチャールダッタ，おそらく未完成のまま伝わった4幕のプラカラナ．この戯曲の重要性は，ムリッチャカティカー「土の小車」(§25)の初4幕の粉本をなす点にある．後者と比べてチャールダッタ〔Cd.〕は一般に簡略であり，文体は平易で，詩節の数は少ない.[184] 登場人物の名，筋の運びの順序など，細部にわたっては多少の相違があるとはいえ，大体において一致している.[185] この点を考慮して，Cd. の内容を少し詳しく紹介する．

この戯曲の主人公 Cd. はウッジャイニーに住む商人で，過度の施物のために貧困を招いた．彼は或る祭礼で高級遊女ヴァサンタセーナー〔Vas.〕(女主人公)を見そめ，二人は恋仲の関係にある．序幕が終って Cd. 登場，道化役マイトレーヤ〔Mt.〕と貧困の不利について語る．他方 Vas. は，執拗につきまとう王の義弟(役名シャカーラ；この劇の悪役)およびその随伴者(役名ヴィタ；Vas. には好意的)とから逃れて暗闇の中に佇む．Cd. は Mt. と下女ラダニカーとを聖母神に供物を捧げるために派遣する．Vas. はそのすきに戸口から中に入る．シャカーラとヴィタとは Vas. と見違えて下女にからむが，Mt. が現われ危難を救って帰る．Cd. は始め室内の女性をラダニカーと思い違うが，やがて Vas. と知って歓迎する．途中の安全のため，Mt. に送られて辞去する際，彼女は宝石を Cd. の家に預けてゆく(第一幕)．Vas. が Cd. に対する愛情を女中に打開けているとき，あわただしくマッサージ師が現われ，債鬼に追われている旨を告げて庇護を求める．彼は元の主人の身心の美点を，口をきわめて称讃し，これこそ今困窮している Cd. であることが判明する．彼はその専門技術を Cd. 以外の人に施すのを潔しとせず，賭博者となり，負債に悩んでいるという．Vas. は彼の債務を弁済してやり，彼は一念発起して出家の決意をする．そのとき突然小姓が登場し，彼が暴れる聖象から苦行者を救った褒美として，或る紳士から外套をもらった旨を語る．Vas. はバルコニーから，はたして外套なしで歩む Cd. の姿を眺める(第二幕)．夜 Cd. と Mt. とは音楽会から帰り，下女は宝石の箱をMt.に渡し，彼らは寝につく．盗賊サッジャラカは壁に穴を穿って入り，Mt.は眠気と暗黒とのため，盗賊をCd.と思い誤り，彼に宝石を渡す．翌朝盗難の件が判明し，Cd.は身に疑惑のふりかかるのを恐れ，彼の妻はまた夫を苦境から救うため，Mt.を介して高価な真珠の頸飾を，盗まれた宝石の代償としてVas.に贈る(第三幕)．Vas.は女中と話しながらCd.の肖像を画いている．他の女中がシャカーラからの贈物をもって現われるが，Vas.はこれを拒絶し，Cd.のため以外には装いをこらさない旨を告げる．サッジャラカが登場し，その情人でVas.に仕えるマダニカーに窃盗の事情を明かす．Vas.は両人の会話から，マダニカーを身請けするための犯行であることを知る．マダニカーはその宝石箱がVas.のものであることを告げ，Cd.に依頼されたとしてVas.に返すように説得し，サッジャラカはしばし身をかくす．そのときMt.が訪れ，Vas.の華麗な邸宅を称え，Cd.は預かった宝石を賭博で失い，その代償として真珠の頸飾を贈ると告げて去る．他方サッジャラカも登場し，Cd.に頼まれたと称して宝石箱を渡そうとする．しかしVas.は却ってマダニカーを飾りたて，花嫁としてサッジャラカに与える．彼はいつかVas.の好意に報いると述べ，マダニカーを伴い，用意された車に乗って去る．Vas.は頸飾をCd.に手渡すため女中チャトゥリカーをつれ，近づく嵐を冒して外出しようとする(第四幕)．ここで戯曲Cd.は突如終了している．

五　ムリッチャカティカー[186]*

§25.　作者と年代

Mṛc.「土の小車」[187]は10幕よりなるプラカラナで，バラモン階級出身の商人Cd.を主人公とし，高級遊女Vas.を女主人公とし，

---

*　本節の略字．Mṛc.＝ムリッチャカティカ(ー)．Ś.＝シュードラカ．Cd., Vas., Mt.は§24と同じ．

インドの伝承は一致してこれをŚ. 王の作としているが，確実なことは知られていない．作者の名はこの戯曲の序幕に挙げられているとはいえ，当該詩節が作者生前の筆になるものとは信じがたいからである．この問題に関するすべての議論の出発点，すなわち座頭が観客に作者を紹介する言葉を次に引く．

「象王の歩み，チャコーラ鳥の目差，顔望の夜の月に似て，姿うるわし．再生族(上位の三階級)の勝れ人，シュードラカとて名高き詩人なりき．そのよき性は浅からず(3)．讃歌・歌詠のヴェーダに明るく，算術にたけ，象の知識に暗からず，遊び女の技芸の道を知り，シャルヴァ(＝シヴァ神)の恵みもて，翳りし眼の病癒え，王位に息子の即くを見とどけ，無上完備の馬祀(馬を犠牲獣とする大規模な祭式)を行ない，百年あまり十日の齢に達し，シュードラカは火に入りぬ(4)．戦の庭に勇みたち，懈怠なく，ヴェーダ学者の最高峰，はたまた苦行者．徒手好んで敵の象を打つ．人も知る，シュードラカはかくありき．」

いかに解釈しても，作者が自身の寿命を正確に，しかも動詞の過去形で語っている点は奇異である．シュードラ(奴婢階級)を連想させる名称は，バラモン或いは王族階級出身の人にふさわしくなく，歴史上の人物としてŚ. の名は古い碑文や貨幣に現われない．これに反しŚ. 王は説話文学或いは疑似歴史文献において，一中心をなしている．[188] すでに述べた通り(§ 24)，この戯曲の初4幕の筋は，バーサに帰せられる未完劇Cd. とほとんど全く一致する．[189] これを基礎として現存のMṛc. を完成した作者が，何らかの理由によって自身の名を明示することを好まず，これを古来伝説的に知られたŚ. 王に仮託したか，或いは後世上記の詩節が序幕に附加されたかと見るべき公算は大きい．また完成者の名がたまたまŚ. であったため，後にŚ. 王との混同を招き，序幕にその名が加えられたとも考えうるが，その可能性は保証の限りでない．インドの詩論家は，比較的に単純なMṛc. が彼らの嗜好を満足させなかったためか，これを援用することは少ないが，[190] ヴァーマナ(8世紀)はŚ.を作家の名として挙げ，[191] Cd.にはなくMṛc.のみに存在する文句を引用している.[192] おそらくヴァーマナの時代には，Mṛc.がŚ.の作として知られていたものと思われる．しかしこれらの事実から，Mṛc.の制作年代を的確に論定することはできない.

Mṛc.の作者の年代については種々な見解が表明された.[193] この戯曲がCd.の継続と見られるかぎり，その作者はもちろんTriv.劇のそれ(およそ300–350 A. D.)より後であり，言語・文体および作劇技法の上から見て，おそらくカーリダーサ以前と推測されるから，その年代は350–400 A. D.に措定するのが妥当と思われる．カーリダーサがその「マーラヴィカーとアグニミトラ」の序幕で，彼の先駆の一人としてサウミッラの名を挙げ(§21)，ラージャシェーカラによれば，ソーミラとラーミラとは「シュードラカ・カター」(「Ś.物語」)の共著者と伝えられる.[194] 従ってŚ.はカーリダーサ以前に属すると主張されたこともある．しかしŚ.をMṛc.の真作者と見なければ，この事実は何らの証明力もなく，ただŚ.王が早くから説話文学の一主題であったことを教えるにとどまる.

Mṛc.の伝統的作者Ś.は，「チャトゥル・バーニー」(§93.1)中の1篇「パドマ・プラーブリタカ」(「蓮華の贈物」)の著者とされ，また「アヴァンティスンダリー・カター」(§94)によれば自伝を書いたといわれるが，明確なことは分かっていない.[195]

§26. 内容・評価・言語

Mṛc.の初4幕とCd.との関係はすでに述べた(§24)．しかし第四幕の終りに近く，重要な相違があり，恋愛劇と政治劇との連鎖をなしている点のみに触れておく．すなわちシャルヴィラカ(Cd.ではサッジャラカ)が花嫁を連れて去ろうとするとき，彼の友人アーリアカがパーラカ王の命令で逮捕されたという報知を聞く.[196] シャルヴィラカは友人を救助するため新妻と別れて去る．このあとでCd.におけると同様，道化役マイトレーヤ〔Mt.〕が真珠の頸飾を携えて現われる．(Vas. の豪壮な邸宅の描写.)

Mt. は帰って頸飾を Vas. に渡した始終を Cd. に報告する．頸飾を持ち，暴風雨を冒して Cd. を訪れた Vas. は，賭博で失った頸飾の代りと称して，宝石の箱を Cd. に渡す．彼はこれがかつての宝石箱であることに気づき，一切のいきさつを了解する．荒天のため Vas. はその夜を Cd. の家で過ごす(第五幕)．翌朝 Vas. は頸飾を Cd. 夫人に返却しようとするが，夫人は受取らない．——Cd. の子ローハセーナは玩具の土車に満足せず，黄金の車をほしがる．これを見て Vas. は，黄金の車を買えるように彼女の宝石を与える．(題名はこの場面に由来する.)——Vas. は遊園で Cd. に逢うために外出し，誤って悪漢シャカーラの車に乗り，すでに脱走したアーリアカは Cd. の車にかくれて逃れる．二人の警吏はその乗物を止めるが，その中の一人の好意によって見のがされる(第六幕)．Cd. は Mt. と会話しつつ Vas. を待つところへ，自身の乗物がアーリアカを乗せて来るのを見，そのまま逃走することを許し，自身は Vas. を探して退場(第七幕)．シャカーラ，ヴィタおよび下僕登場．遊園で，今は仏教僧侶となっているかつてのマッサージ師(Cd. 第二幕参照)が衣を洗濯しているのを見つけ，激しく罵って打つ．そこに Vas. を乗せた車が到着する．シャカーラは甘言をもって誘うが，Vas. の拒否にあい，ヴィタおよび下僕に彼女を殺せと命じる．両人が憤慨してこれを拒むので，シャカーラは彼らを去らせたあと，みずから暴力を振って Vas. を死の状態におとしいれる．ヴィタはこれを窺い，卑劣なシャカーラを見放す．シャカーラは死体を木の葉で蔽いかくして立去るが，前記の僧侶が再び登場して Vas. を蘇生させ，介抱のため僧庵に伴う(第八幕)．シャカーラは Vas. 殺害の廉で Cd. を告発し，有名な法廷の場が演じられる．あらゆる情況は Cd. に不利となり，裁判官は流罪を宣告するが，パーラカはこれを死刑に変更する(第九幕)．Cd. は二人のチャンダーラ(卑賤人)により刑場に導かれ，まさに断頭の刑が執行されようとするとき，Vas. と僧侶とが現われ，恋人たちは再会を喜ぶ．他方アーリアカがパーラカを殺して王位に即き，Cd. を一国の領主に任じたということが報じられる．群衆はシャカーラを殺そうとするが，Cd. はこれを赦す．僧侶は領土内の全僧院の長に任じられ，Vas. はその職業から解放されて自由の身となり，Cd. の正妻と同等の地位を与えられる(第十幕)．[197]

Mṛc. は恋愛と政変とを織りまぜて，変化に富む多くの場面を展開し，Skt. 戯曲文学中に異彩を放っている．作者は，[198] カーリダーサ以後厳重に遵守された劇論の規定に必ずしも拘泥せず，その題名を主人公或いは女主人公の名から取らず，插話的一場面(第六幕)に借り，古典劇が舞台上に演出することを避けるような場面を含んでいる．ことに第八幕における Vas. 絞殺の場(もちろん後に蘇生する)，第十幕の刑場の場(Cd. は釈放される)は，その好例である．他面において第九幕の法廷の場はユニークなものとして名高く，[199] その他文化史的に興味ある内容に乏しくない．説話文学に本源をもつ戯曲に実社会の忠実な描写を求めることはできないが，少なくもその反映を通して生活の種々相が窺い知られる．例えば諸階級の関係，さまざまな職業，高級遊女の豪奢な日常と社会的地位，裁判，窃盗，賭博，仏教僧院等に関する記述は過少に評価すべきでない．

Mṛc. の作者は洗練された趣味をもち，通俗な素材を利用し適度の諧謔を交えながら低調に堕せず，27 人にのぼる登場人物の主要な者はそれぞれ個性を備えて生動している．Cd. は高潔で友誼に厚く，真摯な愛情を Vas. に注ぎ，同情に富み，名誉を重んじる紳商である．Vas. はその職業にもかかわらず，高尚な情操に恵まれ，Cd. に対し純粋な慕情を捧げる．この魅力ある一対の君子・佳人と対照的に，シャカーラは残忍・無知・臆病な悪漢として描かれている．これに反しその随行者ヴィタは学識があり，Vas. に好意を示し，ついに陋劣なシャカーラと袂を分かち，反対側に加担する．また Mt. は通常の道化役に見られる以上に忠実であり，献身的である．このほか比較的に重要でない登場者も，適当な性格が附与され，作者の凡手でなかったことを示している．

Mṛc. の言語・文体[200]は概して簡明で，詩節においても過度の技巧を弄ばない．バーサに帰せられる Cd. に比べて，後者における難解な単語や珍しい語彙・語形を解り易いものに置き代えるか削除し，或いは力強い適切な表現を使用している．その Skt. は必ずしも完全とはいえないが，[201] Cd. の語法・構文を改善した跡は明らかに認められる．

注釈者プリトヴィーダラ(年代未詳)によれば，Pkt. の数は7種に達する．大体において話者の身分に応じ劇論の規定に従って使用されている．しばらく細部の差異を度外視すれば，シャウラセーニーとマーガディーとの2大別に摂することができる．[202]

Mṛc. の作者は韻律の使用にも秀でている．[203] 回数の最も多いのはもちろんシュローカであるが，その他古典 Skt. 文学に見られる多数の韻律が用いられ，Pkt. 韻律の種類も少なくない．

六　ヴィシャーカダッタとその作品*

§27. 年代考

戯曲 Mud.「ラークシャサと印章」の作者 Vd.(またはヴィシャーカデーヴァ[204])は，その序幕でサーマンタ(封建領主)ヴァテーシュヴァラダッタの孫，マハーラージャ・バースカラダッタ(またはプリトゥ)の子と自称しているほか，生時も伝記も知られていない．従ってその年代は臆測にまかされ，広範囲にわたる推定が行なわれ，一方では7ないし9世紀に，他方ではグプタ朝の Cg. 二世(375–414 A. D.)の治下に置いている．[205] これら諸説の論拠・長所を批判する煩を避け，ここには最も妥当と思われる結論だけを述べる．劇の

---

*　本節の略字．Vd.＝ヴィシャーカダッタ．Mud.＝ムドラー・ラークシャサ．Cg.＝チャンドラグプタ．Cā.＝チャーナキア．Rā.＝ラークシャサ．

末尾のバラタ・ヴァーキア(祝詞)に見える王名をグプタ朝の英主 Cg. 二世に比定し,[206] Vd. にはデーヴィー・チャンドラグプタ(infra §30. a)の作があったことを考慮し,彼の活動期をムリッチャカティカーの作者(およそ 350–400 A. D., v. supra §25)より少しくあと,カーリダーサとほぼ同時代と想定する(およそ 400 A. D.).

§28. Mud.[207]の内容

Mud. は Skt. 劇中破格の作品である.ここには恋愛もなく,重要な役割を演じる女性も登場しない.中心をなす人物は政略術策に富む二人の宰相である.Vd. がバーサおよび「土の小車」(§25)の作者の影響を受けたことは否めないとしても,バーサの「誓約固きヤウガンダラーヤナ」[208]或いは Vd. 自身の第二作「デーヴィー・チャンドラグプタ」におけるごとく,恋愛と政治との絡(からみ)合いは見られず,まして「土の小車」におけるごとく,恋愛に政治を従属させたものとは趣きを異にする.

Mud. は王朝の興亡を背景としている.これを正史に照せば,一代の風雲児 Cg.(ギリシャ史家のサンドロコットス,313–289 B. C. に相当)が,ガンガー河地域に大領土と強力な軍隊とを誇りつつも,民衆の離反を招いたナンダ王朝(335–313 B. C.)を覆して,マウリア朝を創始した事件に該当する.しかし戯曲は史実と作為とを交織し,開幕以前に相当複雑な角逐を前提としている.[209] すなわち卑賤の出である Cg. は,[210] かつてナンダ王に辱められ・これを不倶戴天の仇敵とし・復讐の成就するまでは再び髻(もとどり)を結ばないと誓うバラモン・チャーナキアの援助によって,サルヴァールタ・シッディ王[211]を破って王位につく(首都パータリプトラ).[212] 兵力を強化するため,ヒマーラヤ山地方のパルヴァタカ王と結び,これにナンダ国の半分を与えることを約束する.戦勝後その死によって,[213] 却って邪魔者を除きえたが,半領の請求権はその子マラヤケートゥに移る.王子はパータリプトラから逃れ,ナンダ王の宰相であったラークシャサはこれを擁立し,両人は強力な軍勢を率いて首都に迫る.戯曲

Mud.(7幕)はこの時点において始まる.[214)]

Cā.は独白でナンダ王家に対する嫌悪を吐露し，ただその賢明な宰相Rā.を迎えて，自身の代りに新王を補佐させたい旨を述べる．彼の密偵の一人[215)]は，Rā.の印章指環[216)]をもたらす．Rā.の妻子をかくまう忠実な宝石商人チャンダナダーサ〔Cand.〕の門前で拾ったものである．Cā.はこれを利用し，マラヤケートゥ〔Mal.〕の支援者Rā.は背後でCg.に加担している旨を分からせる手紙を，事情を知らぬ書記シャカタダーサ〔Śak.〕(実はRā.の友人)に書かせ，上記の指環をもって封印させる．かたわらMal.をしてRā.を疑わしめるための噂を流し，Cand.はRā.の家族を隠匿したかどで投獄され，刑の執行を待つ身となっている(第一幕)．Cā.に対抗して企てるRā.の計画は事ごとに挫折する．Rā.の密偵[217)]はCg.を亡きものとするための陰謀がすべて失敗に帰したと報告する．この苦境に一道の光明のさすごとく，シッダールタカ〔Siddh.〕(実はCā.の密偵)がRā.の親友ですでに死刑の宣告を受けたŚak.を伴って現われ，Cand.の家で拾ったと称して前記の印章指環を渡し，そのもとに留まることを許される．またRā.の密偵の報告によれば，Cg.は横暴なCā.に不快を感じているという．Rā.は宝石を購うように奨められ，Cā.の仕掛けた罠とも知らず，これを承諾する(第二幕)．Cg.とCā.との見せかけの不和は，真実味を呈してくる．Cā.はCg.が長い戦乱のあとで復活させようとする祭典の挙行を無断で禁止する．王はこれを難詰し，Cā.は無礼にも王を責め，ついにその職を辞し，王の忘恩を憤って去る(第三幕)．他方Mal.とRā.との間に実際の不和が始まる．Cā.の密偵バーグラーヤナ〔Bhāg.〕は，Rā.を経ることなくMal.と直接に交渉しうることこそ，王子のもとに走った者たちの希望であると伝え，Rā.はCā.に代ってCg.に仕える下心があるとほのめかす．Mal.は疑心暗鬼の中に悩み，Cg.とCā.との決裂を喜ぶRā.の心事を曲解して進撃を鈍る．Mal.は，本来Cā.の密偵であるジャイナ教徒ジーヴァシッディ〔Jīv.〕に出発の時期を問い，Jīv. はあいまいな言辞に託してむしろ王子の悲運を予告する（第四幕）．Mal. と Rā. とを離間する Cā. の謀略は着々効を奏し，両者の関係は一路破綻に向って進む．Jīv. と Bhāg. との計画的な会話は，王子にその父の真の暗殺者は Cā. ではなく Rā. であったことを知らせる．Siddh. は今や囚われの身となり，旅券なしに逃亡を企てて捕えられ，拷問の結果，第一幕で制作され・Rā. の指環で封印された書簡を，Cg. に渡す使命をもつと自白する．王子は Rā. の謀反を信じ，これと対決するが，あらゆる証拠は宰相にとり不利であり，友人 Śak. さえも彼を裏切ったかと疑う．さらに第二幕の終りで買い求めた宝石が，Mal. 王子の父の所蔵物であったことが判明するにいたって万事は休する．激怒した王子は叛逆者一同を極刑に処せと命じる．Rā. は不名誉の中に，親友 Cand. を救出するために逃れ去る（第五幕）．Rā. は首都パータリプトラに潜入する．Cā. の密偵は彼に Cand. を刑死から救う道のないことを告げ，Rā. は残された唯一の方法として，自身を犠牲にすることを決意する（第六幕）．Cand. は刑場に導かれ，彼の妻はそのあとを追って死ぬという．このとき Rā. が現われ，次いで Cā. と Cg. とが登場し，Cand. 助命の条件を提示する．すなわち Rā. 自身が Cg. の宰相として国政を掌り，Cā. が隠退することに同意するか否かにかかっている．その結果，敗残の Mal. は旧領に安堵され，Cand. は釈放されるという．Rā. はやむなくこれを受諾して Cg. に忠誠を誓う（第七幕）．

§29. 評価・言語

劇論ダシャルーパの注釈者ダニカは，ブリハット・カター（§117）を Mud. の出典と述べているが，[218] 確証はない．ナンダ朝の覆滅を主題とする説話は，ブリハット・カターのみならず，多くの文献に残り，[219] Vd. 自身の創作と見るべき要素も少なくない．[220] インド的政治外交の手段・教訓を重視する内容から考えて，カウタリアに帰せられるアルタ・シャーストラ（§7）ならびに処世・政略を教え

るタントラ・アーキアーイカ(§128)系の寓話文学との関係も軽視できない.[221]

前述のごとく，Mud. の内容は恋愛の葛藤で彩られず，Skt. 劇の常識を超え，文体・修辞も比較的に簡素であるため，詩論家・劇論家の嗜好に適しなかったらしく，引用され或いは関説されることは稀である.[222] それにもかかわらず Mud. は特筆に値いする作品である．劇の主軸をなす二人の宰相の性格は対照的に書きわけられている．Cā. はナンダ王家に対する憎悪に燃え，明晰な頭脳で計画し，自信に満ち，権謀術策を施すに躊躇するところなく，虚偽をも暗殺をも辞すことがない．ただその主君と定めた Cg. への忠誠は終始変らず，その王室の繁栄のためには，好敵手 Rā. の真価を認めて，みずから宰相の地位に執着しない．これに対し Rā. はナンダ王家への忠勤に励み，勇敢で智略に富みつつも，やや好人物の弱点を示して誤算を犯すが，そこに却って一抹の人情味を感じさせる．特に親友 Cand. を救うための献身的精神，マウリア王国の宰相の座につくことを肯んじる高貴な情操は深い感銘を与える．それぞれこの二人に援護される Cg. と Mal. もまた対立的に描かれている．前者は威厳に満ち，強い性格に恵まれて宰相に対する尊敬と信頼とによって王者の風格を発揮する．後者は若い貴公子として思慮に乏しく，かつ猜疑心が強く，大臣に対しても信用と疑念との不均衡に禍いされて成功しない．両主役を取りまく多数の登場人物，特に入り乱れて活躍する両宰相の密偵たちも，それぞれ個性が与えられ，単なるロボットに終っていない．

Vd. の Skt. は古典文法に則り，雄勁・直截である．文体はバーサ或いはシュードラカのそれ(§22, §26)よりも少しく複雑であるが，一般に明瞭で迫力に富み，長い合成語を用いる弊に陥っていない．Pkt. としては古典劇の常用する3種が使われているが，シャウラセーニーが詩節にも用いられた跡のある点は注目に値いする.[223]

§30.　断片的に知られる作品

Vd. の代表作が Mud. であることは周知の事実である．しかしこのほかに引用によって断片的に知られる戯曲2篇(infra a., b.)がある．さらにまた詞華集に収められた若干の詩節がある．[224)]

a.　デーヴィー・チャンドラグプタ「Cg. と王妃」

引用された断片[225)]から知られるこの戯曲は，10幕からなるプラカラナであったといわれる．現存の断片から推定される限り，この劇もまた政治上の事件を骨子としているが，Mud. と異なり，恋愛の要素も加わっている．[226)]

グプタ朝のラーマグプタ王は，シャカ藩王と戦って敗れ，媾和の条件として求められた通り，その妃ドゥルヴァ・デーヴィーを引渡すことを受諾しようとする．王弟 Cg.(後の Cg. 二世)は女王に変装してシャカ藩王の陣営に入り，これを殺して王妃とグプタ王家とを不名誉から救う．Cg. と遊女マーダヴァセーナーとの恋愛物語がさしはさまれ(第四幕)，また Cg. は上記の冒険に成功したのち，何らかの危険を感じて一時狂気を装う(第五幕)．結局 Cg. はラーマグプタを殺して王位に即き，その妃ドゥルヴァ・デーヴィーと結婚したと思われるが，遺憾ながらこの結末がいかに脚色されていたかは，残存断片から窺い知られない．

歴史家にとって重要なことは，グプタ朝の王位継承に関し，サムドラグプタと Cg. 二世との間に，ラーマグプタが在位したか否かの問題である．[227)] ラーマグプタの治世を示す貨幣・碑文の発見されないことが，その実在を疑わせていたが，1951年以来彼の名を載せる銅貨がヴィディシャー(＝ビールサ)地区から発掘され，さらに最近(1969年)ヴィディシャーを去る遠くない所から，三体のジャイナ教石像が発見され，その台座の碑銘から‘マハーラージャ・アディラージャ’(大君王)の称号を伴うラーマグプタの名が読みとられ，彼の史実性は有力な支持をうるにいたった．彼の貨幣は銅製のものばかりで，グプタ皇帝にふさわしい金貨のないことになお弱点が残るとはいえ，碑銘の称号はグプタ皇帝の一人であったことを指示し，「デーヴィー・チャンドラグプタ」等の示唆するCg.二世との関係は，必ずしも架空のフィクションでないと思われる．

b. アビサーリカー・ヴァンチタカ「媾曳女の欺瞞」(またはアビサーリカー・バンディタカ「媾曳女の虜」)

上記の2作と異なり，これはウダヤナ王(注記173)とパドマーヴァティーとのロマンスに取材したナータカであるが，極めて僅少な断片によって知られるのみである．[228] ウダヤナ王の寵を失った第二女王パドマーヴァティーは，王の愛情を取戻すために，シャバリー(女猟師)に変装する．しかし内容全般を推定することはできない．ウダヤナ王の彼女に対する不興の原因は，その子が彼女によって殺されたと想像するにあるらしいが，既知のウダヤナ伝説にはこれに相当する記述がない．

第3章　カーリダーサとその作品*

§31.　K. の伝記と伝説

K. が Skt. 文学の最高峰をなすことは，何人も疑わない．しかし他の多くの詩人の場合と同じく，彼の生涯は伝説の霧に蔽われ，彼の年代は臆測の域をいでない．K. の年代に関する諸説を通覧・批判し，彼にまつわる伝説を検討すれば，1冊の書物を満たすに足りる．それゆえここにはまず最初に結論を掲げ，次いで最少限度に問題点を紹介するにとどめる．

K. はバラモン階級に属し，およそ 400 A. D. を中心として，グプタ王朝の最盛時を代表するチャンドラグプタ二世(375–414 A. D.)およびクマーラグプタ(414–455 A. D.)の治下に，おそらくアヴァンティの文化都市ウッジャイニーに住み，文学的活動を展開した．穏健なヒンドゥー教徒としてシヴァ神を尊崇したが，排他的傾向はなく，ヴィシュヌ神をも讃美した．その思想としては，有神的サーンキア・ヨーガ哲学の世界観に立って，いわゆる通俗ヴェーダーンタ主義を信奉した．

最もよく知られている伝説は彼の生い立ちと死とに関係する．[229] バラモンの家に生まれた K. は早く孤児となり，牛飼に育てられた．ベナレス王はその娘を学匠ヴァラルチに与えようとしたが，王女はみずからこれより学才ありと自負して拒絶する．ヴァラルチは復讐のため，非常に愚かな牛飼の美少年を大学者と偽って王女に推薦し，その夫とすることに成功した．この欺瞞は露見するが，少年はシヴ

---

* 本章の略字．K.＝カーリダーサ．Kum.＝クマーラ・サンバヴァ．Māl.＝マーラヴィカーとアグニミトラ．Megh.＝メーガ・ドゥータ．Ragh.＝ラグ・ヴァンシャ．Ṛtu.＝リトゥ・サンハーラ．Śak.＝シャクンタラー．Vik.＝ヴィクラマ・ウルヴァシー(ヤ)．

ァの神妃カーリーに祈願をこめ，その恩寵によって，論理・文法・詩作に卓抜な知能を得た．K.すなわち「カーリーの下僕（しもべ）」という名はこれに由来する．

これに似た逸話は，後日譚としてK.の死因につき次のように語っている．あるときボージャ王(11 世紀！)は遊女の室の壁に，「花上花生ず，聞くといえどもいまだかつて見ず」と，詩節の前半を書き，よく後半を補いえた者に賞を懸けた．たまたまK.もその室を訪れ，「手弱女（たおやめ）よ，蓮（はちす）なすなが花の顔（かんばせ）に，蓮華両輪(両眼)咲けるはいかに」と続けた．遊女は慾心を起こし，賞を横領するために詩人を殺した．セイロン島の伝説に従えば，この不祥事は詩人がその友人クマーラダーサ王(6 世紀)をセイロンに訪ねた際に起こったといい，王は親友の死を悼んで，火葬の火に身を投じたと伝える．[230]

§32. 年 代 考

K.の年代に関する論文は枚挙にいとまがない．[231] 同一資料に対する学者の評価はまちまちであり，いまだに決定的論断は下されていない．最もしばしば援用されかつ具体性のある論拠は次の諸点である．

1. アイホーレ碑文[232]においてK.はバーラヴィ(§60)と共に，すでに有名な詩人として挙げられている．これにより年代の下限は634 A. D.となる．

2. マンダソール碑文[233]第三十一詩節[234]において，作者ヴァッツァバッティはṚtu.第二・三詩節を模倣したと思われる．[235] たといṚtu.がK.の真作でないとしても，同碑文第十・十一詩節[236]がMegh.の一詩節を予定していたとすれば，[237] K.の生存期は472/73 A. D.以前に置かれる．

3. K.の作品に見られる占星術の知識を検討した結果に従えば，K.の年代は4 世紀中葉以前に求めがたいという．[238]

以上により最も可能性の大きい時期は，およそ350–450 A. D.の間と認められる．

インドにはK.をウッジャイニーに都したヴィクラマ・アーディティア王の宮廷詩人とし，この王に仕えた詩人・学匠，しかも明らかに時代を異にする九人の名を列ねて九宝と呼ぶ伝承がある.[239] その出典は新しく，もちろんそのまま信じるに足りないが，これに幾分なり史実が反映しているとすれば，ヴィクラマ・アーディティアと号し，ウッジャイニーに都したグプタ朝の英主チャンドラグプタ二世(375–414 A. D.)との関係が問題となる．K.がこの都市の描写に詳しいことから見て(Megh. 参照)，彼はここを故郷としたか，或いはここに居住したと想像される．これによってK.の年代は，およそ400 A. D.を中心とし，4世紀の後半と5世紀の前半に跨がるものと考えられる.[240]

チャンドラグプタ二世のみならず，グプタ朝の他の皇帝との関連をK.の作品の中に求めることも行なわれた.[241] 特にRagh. IV. 68にフーナの名の見えることが注目される．クマーラグプタの治世(414–455 A. D.)の終りに近く，いわゆるシュヴェータ・フーナ(白匈奴，ヘフタル)が西北インドを侵し，やがてグプタ王朝衰微の原因となったが，王はその子スカンダグプタをしてこれを撃退させた．上記の個所にはこの戦勝の祝意がこめられているとして，K.の活動期はスカンダグプタの治世(455–467 ? A. D.)にも及ぶと考え，5世紀後半説を採る学者も少なくない．しかし前後の関係から考えて，Ragh. の当該個所は必ずしもこの歴史的事実を前提としているとは限らず，K.の年代に対する証明力は弱い．

また注釈者マッリナータ(15世紀)に従い，K.がMegh. 第十四詩節において，仏教論理学者ディグナーガ(陳那，おそらく5–6世紀)を諷刺したとする説は信じられない.[242]

§33.　K.の作品[243]

著名な文人の例にもれず，真作と認められるもののほか，多くの作品が彼に帰せられ，その数は約30篇にのぼる.[244] 真作として疑いのないものに，カーヴィア2篇(Ragh., Kum.)，抒情詩1篇

(Megh.)，戯曲 3 篇(Śak., Vik., Māl.)があり，真偽に関して賛否の分かれるものに抒情詩 Ṛtu. がある．引用によって断片的に知られる「クンタレーシュヴァラ・ダウティア」(「クンタラ王への遣使」)の実態については，いまだ詳細が判明しない.[245] K. が使者として赴いたクンタラ王が歴史上のいかなる人物と一致するかについて，何らの確証も得られない.[246]

真作についても制作の順序を正確に決定することは困難である.[247] 本書の採用した序列は全く説明の便宜に従ったに過ぎない.

§34. K. の信仰・思想[248]

K. は正統のヒンドゥー教徒として，善悪の業による輪廻の教理を疑わず，学習期・結婚生活期を経て，閑寂な隠棲期を送ることを理想とし，愛情・利殖・遵法・解脱の実現を人生の目的とする社会制度を肯定した．その作品は伝統の規範の中に息づきながら，世間を明るく朗かに評価し，恋愛を繊細・優雅に歌いあげ，鋭い感受性をもって自然の美と情緒との共感交流を巧妙に表現した．

彼の思想もまた偏見なく，古来の法規を正邪の基準とし，バラモン社会に普及した宗教を信条とした．個人の霊体と物質世界とを峻別するサーンキア・ヨーガ哲学を基礎とし，しかも物心二元の上に最高神を認め，シヴァ神をこの最高・絶対者の顕現として信奉し，ヨーガの修練の功力をも重んじた．要するに彼の思想は当時一般に行なわれた通俗的ヴェーダーンタ主義に属していた．しかし彼は偏狭なシヴァ教徒ではなく，三神一体を形成する他の二大神，ブラフマン(梵天)[249]ならびにヴィシュヌ[250]に対しても，敬虔な讃美を惜しまない．

平和と繁栄とに恵まれ，伝統を固守する社会に育ち，強力な王朝の庇護を受けたと思われる詩人の作品に，深刻な心理的葛藤や，性格の破綻に基づく真の悲劇は求められない．しかし K. は詩人に要求されるあらゆる領野の教養を身につけていた．その知識はウパニシャッド哲学・天文・法典・詩論・劇論はもとより，政治・外交の学[251]にも及び，その蘊蓄は作品の随所に活用されている．またカーマ・スートラに代表される恋愛の学に通じ,[252] かつシャクンタラーを始めとする女性の描写に非凡の筆を揮っている.[253]

§35. 他の詩人との関係

K. はその戯曲 Māl. の序幕において，みずからバーサ等を先輩として挙げていること(§21)，作品自体の比較により，アシュヴァ・ゴーシャおよびバーサを彼の先駆と見るべきことはすでに述べた(§14, §21)．K. はもちろん二大叙事詩マハー・バーラタとラーマーヤナを知ってその著作に利用したが,[254] 逆に後代の作家は K. を範として影響を受けたから，後者の作品に多くの模倣句或いは類似句が見いだされるのは異とするに足りない.[255]

§36. 評　価

K. はインドの詩論家により模範的文豪として尊敬され，各種の詞華集は K. に帰せられる多数の詩節を収めている.[256] 詩人としての K. はいかなる時代にも高く評価され,[257] その文体はヴァイダルビー体(§3)の正鵠を得たものといわれ，「優美なるヴァイダルビー詩調はヴァールミーキ(ラーマーヤナの作者)を父として生まれ，ヴィアーサ(マハー・バーラタの伝説的作者)により，その美点を周知せしめられ，K. を夫として選べり」という詩節はすでに W. ジョウンズに知られていた.[258] 修辞法中ことに直喩は彼の特技とされ,[259] Ragh. VI. 67 に見える巧妙な比喩により，「燈檠(とうけい)詩人」と呼ばれた.[260] また前述のごとく(§21)ジャヤデーヴァは諸大家の特徴を列挙して，優美を K. に配している.[261]

彼の令名は7世紀前半のアイホーレ碑文(§32. 1)によって証明され，同じく7世紀の詩人バーナも彼を称えて，「K. の美辞麗句にいかなる人か愉悦を覚えざらん，蜜に潤える花房におけるがごとく」といっている.[262] 彼の右にでる詩人のないことは，ほとんど諺となっている.[263] K. の名のもとに引用される詩節が必ずしも真作中に発見されないという事実は，種々に説明されうるとしても，K. の

名をもつ詩人が一人に限らなかったことも，その一因と考えられる.[264]

§37. 言語・文体・韻律

K. の用語および詩的技術は常に学者の注意をひき，部分的にはよく研究されているが，文法・語彙を総括した学術的成果はいまだ現われていない.[265] 彼の言語は格調正しい古典 Skt. の完成を示し，文体も後の大家のそれに比べて平易・流暢である. Pkt. の使用は古典劇の正常な状態に合致し，散文にシャウラセーニーを，韻文にマーハーラーシュトリーを用い，Śak. における警吏・漁夫はマーガディーを話す. 巧妙な比喩を駆使しつつ，難解な修辞法の弊におちいらず，概して簡明な美点を発揮している. Megh. において，17音節4行からなる荘重な韻律マンダークラーンタに終始したことは，この方面にも卓抜した技能をもった証左として称讃されている.[266]

一　シャクンタラー〔Śak.〕[267]

§38. 序　説

Śak.[268]は7幕からなるナータカで，Ragh. とならんで K. の代表作であるばかりでなく，Skt. 劇中の白眉として，その名声はインドの内外に喧伝されている. 18世紀の末 W. ジョウンズの英訳ならびにこれからの独訳によってヨーロッパに紹介されたとき，特にドイツ文壇の巨匠によって歓迎された.[269] ヘルデルはフォルステルの独訳第二版に序文を寄せて，この東洋の戯曲を称讃し，ゲーテはその感激を周知の一詩節にこめて歌った.「年の始めの春の花，豊けき秋のその木の実，心すずろに喜ばすもの，満ち足らわして育むもの，げに天も地も一言に，こめて尽して言わませば，われは宣りなんなれが名を，ああサコンタラ，残るものなし.」

§39. 出　典

アプサラス(天女)Śak. の名はバラタの母としてヴェーダ文献に

見えるが,[270] 連絡ある物語は，マハー・バーラタに伝えられている.[271] Śak. 物語は大叙事詩の他の個所或いはその附録ハリ・ヴァンシャ(I. 32. 9–13)において関説され，また諸種のプラーナにも含まれているが,[272] パドマ・プラーナに見える物語は特筆に値いする.[273] 大叙事詩の物語が，K. の戯曲の筋に重要な役割をもつ2要素,「思い出の指環」と「仙人の呪詛」とを欠くに対し，パドマ・プラーナはこれを含んでいる．従ってŚak. 劇の典拠をここに求める説がある.[274] しかし両者が余りに密接に一致する点にかえって疑いの余地があり，むしろK. の作品が先行し，プラーナの作者はこれを模倣したものと信じる.[275] なお指環を思い出のしるしとするモチーフは，仏教の本生話に好例があり，インドの内外にも類例がある.[276]

§40. 伝　本

Śak. には種々な伝本が存在し,[277] 注釈書も約25種を数える.[278] 混淆本はしばらくおき，伝本は次の4種に大別される．その中1. と3. とが重要である.

1. デーヴァナーガリー文字本(中印本)　3. と比べて短く，ことに第三幕は簡潔であり，登場人物の名に相違がある.[279] 注釈としては，ラーガヴァバッタのものが行なわれる.

2. ドラヴィダ本(南印本)　1. と同類の伝本で，これよりやや短い．アビラーマ，カータヤヴェーマ等による注釈がある.

3. ベンゴール本　1. よりも相当に長く，詩節の数も多い.[280] 注釈者としては，シャンカラ，クリシュナナータ,[281] チャンドラシェーカラ等の名が挙げられる.

4. カシュミール本　第三幕の中途までは1. と同じ形で進行するが，それ以下は少なくも部分的に3. よりさらに拡張され，3. と同類をなす．第七幕の始めに「プラヴェーシャカ」(序曲)をはさむのを特徴とし，他の伝本に見られない若干の詩節を含む.

以上の諸伝本の優劣は活潑に論議された．しかしいずれか一つの伝本が本初の形態を代表するとは考えられない．どの伝本もそれぞれの地域で筆写を重ねるうちに，無批判な追補を免れなかったに違いない．また他面において，部分的には原形が一伝本に保存されている可能性も考えられる．3. の優越を確信したピシェルとこれに反対して 1. を支持したウェーベルとの激しい論争を経たのちも，断定的結論は得られなかった．前者が主張したように，劇中の Pkt. がヴァラルチの文典プラークリタ・プラカーシャの規定に合致するか否かを規準として優劣を判別することは許されない．概していえば，むしろ 1. が 3. より追加・改竄の跡が少ないと考えられる．また原典批判の方法によって原形を再現しようとする試みも行なわれたが，[282] 全般的に承認をうることは困難である．

§41. 内 容

（登場人物の名前は伝本 3. に従った．）狩猟にでたドゥフシャンタ〔D.〕王は，獲物を追ってカンヴァ仙の苦行林に入る．ヴィシュヴァーミトラ仙と天女メーナカーとの娘 Śak. は養女としてそこに住み，親友プリヤンヴァダーおよびアナスーヤーと共に花に水を注いでいる．王は隠れてその様子を窺い，Śak. が蜂に悩まされる機会を捉えて彼女に近づき，両人は互いに愛情を抱く（第一幕）．道化役マーダヴィア〔Mādh.〕は王の狩猟好きに辟易して愚痴をこぼし，王は Śak. に対する思慕のために狩を中止し，意中の恋を Mādh. に告げる．苦行林に徘徊する悪魔を退散させるため王は居残り，固く口止めした上，自己の名代として Mādh. を都城に返す（第二幕）．Śak. は恋患いのため親友の看護をうけている．王は娘たちの会話から Śak. の愛情を知って喜び，姿を現わして恋を語らう（第三幕）．Śak. の二人の親友は，彼女と王とがガーンダルヴァ婚[283]によって結ばれ，王ひとり都へ帰る旨を話しあっている．このとき Śak. は恋慕に心奪われ，怒りの権化ともいうべきドゥルヴァーサス仙の来訪に気づかず，仙人の呪詛を受ける．その結果王は全く Śak. を忘れてしまうという．二人の親友は驚いて呪いの緩和を歎願し，仙人は呪詛の期限を，王が「思い出の品」[284]を見るまでとする．しかし二人の親友はŚak.を労わり，すべてを彼女に秘しておく(序曲)．王が約束を守らず，いつまでも迎えの者をよこさないため，Śak.の養父カンヴァ仙は二人の門下生シャールンガラヴァとシャーラッドヴァタ，ならびに老苦行女ガウタミーを随行させて，彼女を王のもとに送りだす．Śak.は住みなれた苦行林を去るにあたり，草木・牝鹿などに別れを惜しみ，カンヴァ仙は王妃としての心得を説き，道中の安全を祈り，前途を祝福する(第四幕)．[285] Śak.の一行は王宮に到着し，王に謁見するが，呪詛の効果によって王は何事も思いださず，Śak.の迫力に満ちた訴えにもかかわらず彼女を拒否する．この場合に最も肝要な「思い出の指環」を，Śak.は途中水に落として失ったため，何の証拠も示しえない．苦行者たちは憤慨して彼女独りを残して去る．王室附の祭官が，分娩まで彼女を世話し，もし或る予言の通り，転輪聖王[286]の吉相ある子が生まれれば，そのとき彼女を後宮に迎えることとする．このとき天空から女形の光り物が現われ，Śak.を掠って消え失せる(第五幕)．漁師が捕えた魚の腹中から宝石を嵌め込み王名を刻んだ指環が発見される．始め漁師にかけられた嫌疑も晴れ，王もこれによって忘却の闇を脱し，Śak.に関する記憶を回復する．しかし同時に王は彼女に対する無情な仕打ちを悔い，かつ世継の男子のないことを歎き，憂鬱な日を送る．毎年花咲く禁苑で催す祭典をも停止し，彼女の絵姿を描いて愁いをまぎらす．王をその無気力な絶望から醒ますため，インドラ神の御者マータリは，故意にMādh.を虐待して王の発憤を促し，悪魔退治に加勢させるべく，車に乗せて天上に赴く(第六幕)．悪魔を征服した帰途，王は苦行者の霊場ヘーマクータ山にいたり，一人の勇敢な少年が仔獅子と戯れているのを眺める．これこそカシアパ大仙(別名マーリーチャ)およびその妻アディティに保護されていた・王とŚak.との子サルヴァダマナ(「一切の克服者」)である．Śak.自身も現われ，大仙の口から一切の事情を聞き，王とŚak.とは再会を喜び，やがてバラタの名を負い四海に君臨すべき息子ともども，インドラ神の車に乗って地界の都城に帰還する(第七幕).

§42. 結 語

K.の作品中，Śak.が年代順にいかなる位置を占めるとしても,[287] 構成・詞藻の点から見て，詩人の最も円熟した技能・筆力を示したものといってよい.[288] 苦行林の牧歌的生活，単純可憐の中に冒しがたい気品を湛えるŚak.,[289] 彼女の親友の繊細な心使い，禁苑のメロドラマ的雰囲気，王者の義務と宮廷生活，Śak.否認の緊迫した場面，道化役の巧妙な使用，漁夫と警吏との対話，少年サルヴァダマナと仔獅子との遊戯等，喜悲こもごもいたる筋の運びと洗練された詩節の交織とは，実に古今東西の声価に恥じないものがある.

二 ヴィクラマ・ウルヴァシーヤ〔Vik.〕[290]

§43. 序 説

Vik.「勇気によりて得られたるウルヴァシー」または「ヴィクラマ(＝プルーラヴァス)とウルヴァシー」は5幕からなるナータカで,[291] プラティシュターナのプルーラヴァス〔Pu.〕王と天女ウルヴァシー〔Ur.〕との恋愛を主題とする．この物語は古いヴェーダ文献を始めとし，マハー・バーラタ，諸種のプラーナ，カター・サリット・サーガラ等に伝えられ,[292] 多くの学者によって研究された.[293] マツヤ・プラーナの所伝(XXIV. 10–32)がK.の戯曲に最も近いことはつとに指摘され，その後もしばしば繰返されているが,[294] 必ずしも特定の一書を出典と見る必要はない.[295]

§44. 伝 本

この戯曲には南北2種の伝本がある．北印本はベンゴール文字写本，デーヴァナーガリー文字写本の大部分によって伝えられ，トロータカと呼ばれ，ランガナータにより注釈された(1656 A. D.).[296] 第四幕に一群のアパブランシャ語およびPkt.の詩節があり，その演出に関する指定の添えられていることが特徴である．これに対し南印本は，南インドの写本の大部分によって伝えられ，単にナータカと呼ばれ，カータヤヴェーマにより注釈された(およそ1400 A.D.).[297] 第四幕は上記の詩節を含まない．ここに問題となるのは，南印本にない第四幕の32詩節[298]が果してK.の筆になったものか否かである．その真正性を熱心に主張したのはピシェルであったが,[299] これに対し有力な学者は，K.の時代すでにアパブランシャ語がこの段階に発達していたとは信じられないとして強く反論した.[300] しかし比較的新しくこの問題を詳細に検討し，アパブランシャ詩節の真正性を弁護した学者もある.[301] これらの詩節自体に文学的価値があるとしても，インド・アリアン語の発達史に照らして，アパブランシャ語の段階をK.時代にさかのぼらせることは困難であり，第四幕におけるPu.王の独白は，これを欠いても多くを失うとは思われない．従って後世の插入と見て差支えなく,[302] これを含む北印本の優先を認めることはできない．またVik.とŚak.との後先問題には両論があり，にわかに決定することはできない.[303]

§45. 内　容

アプサラス(天女)Ur.は聖山カイラーサの主クベーラの宮殿からの帰途魔物に襲われ，太陽神に奉仕して帰還するPu.王に救われ，ここに両者はたちまち恋仲となる．一旦別れたのちUr.は他のアプサラスたちと共に現われ，愛の告白を樹皮に書いて王に渡す．王はこれを道化役に保管させる．この手紙は後に，道化役の粗漏により王妃の手に入り，王はその怒りを鎮めるのに苦心する．他方天界にあってはバラタ仙が，ラクシュミー・スヴァヤンヴァラ「ラクシュミー(ヴィシュヌの神妃)の選夫式」と題する戯曲を上演し，Ur.をしてラクシュミーに扮するように命じる．王を思慕するあまりUr.は劇中で，誰を夫に選ぶかという問いに対し，プルショーッタマ(＝ヴィシュヌ)と答えるべきところで，プルーラヴァスといい，バラタ仙に呪われて天界から放逐される．しかしインドラ神は憐んでこの呪詛を緩和し，Pu.がUr.の生む子の顔を見るまでを，流謫の期限とする．Ur.は地上に降り，王妃が王と和解し，彼のいかなる愛人とも友達となると語るのを聞く．幸福な生活が続いた或る日，Ur. は突然嫉妬にかられ，王を棄てて女人禁制のクマーラ神の森に走り入り，蔓草に化せられる．

ここに前述のごとき問題をはらむ第四幕は始まり，王は悲歎にくれ，狂態を演じて Ur. を探し求め，雲を悪魔と見ちがえて叫び，孔雀・郭公・ハンサ鳥・チャクラヴァーカ鳥に行方を尋ね，蜜蜂・象・羚羊のみならず，山にも川にも呼びかける．彼は再会をもたらす功力(くりき)をもち・赤光を発する石を拾い，心ひかれるままに前述の蔓草を抱くと，双腕の中に Ur. を見いだす(第四幕)．共に雲に乗って帰り，再び享楽の日を送るうち，或る日のこと赤光を放つかの宝石が兀鷹に奪い去られる．幸いに一少年がその鳥を射落し，その矢に刻まれた銘記から，持主は王の子アーユスであることが判明する．Pu. が男子の顔を見るや別れねばならぬ運命を恐れ，Ur. はそれまで王にかくしてその少年を森林中で苦行女に育てさせていたのである．かねてから王は世継の男子のないことを憂慮していたが，その願望の成就すると同時に，最愛の Ur. と別れなければならなくなった．Pu. は傷心して王位をも棄てようとする．このときインドラの使者としてナーラダ仙が現われ，神々と魔類との闘争において，王が神軍を援助して勝利を博することを要請し，その報償として，この世の生命の終りまで Ur. と同棲することを許す．

§46. 結　語

神話的雰囲気の中に超自然の要素が多く，ことに第四幕はメロドラマめき，歌舞の補助を考えなくては単調の嫌いがある．しかし自然の事物と綿々たる情緒の共感はここにもいちじるしく，優雅な詞藻に支えられている．古来の伝説に立脚しつつも，新しい趣向を加えて戯曲化した手腕は称讃に値いする．[304)]

三　マーラヴィカーとアグニミトラ〔Māl.〕[305]

§47. 序　説

Māl. は5幕からなるナータカで，ヴィダルヴァ(現ベラール)の王女マーラヴィカー〔Mv.〕とヴィディシャー王アグニミトラ〔Ag.〕との恋愛を主題とする．主人公 Ag. は前2世紀の後半マウリア朝のあとに興ったシュンガ朝の創始者プシアミトラ(またはプシュパミトラ)の子である．その息子ヴァスミトラをも加えてこれら3名は，明らかにシュンガ朝興起時代の歴史に属している．[306] しかしこの作品は歴史劇ではなく，粋人 Ag. 王を中心とする後宮の恋愛三昧に終始し，バーサにおけるウダヤナ劇(§24. a)の系統をつぎ，後世多くの類型を生んだ．身分をかくす王女と王との恋慕のテーマは，ハルシャのラトナーヴァリー(§78)にも用いられている．

序幕において，先輩バーサ等の戯曲に対し，Māl. は新人 K. の作とされている(cf. §21)．Śak. における洗練・円熟の境を考慮して，Māl. は K. の三戯曲のうち最初の作であると一般に信じられている．[307]

§48. 内　容

Mv. は Ag. 王の妃となることに定っていたが，ヴィダルバとヴィディシャーとの両王室間に不和が起こり，ヴィダルバ王ヤジュニャセーナは報復のため，その従兄弟で Mv. の兄に当たるマーダヴァセーナを捕えた．Mv. は難を逃れてヴィディシャーに赴く途中，山賊に襲われ，随行者たちを失い，身をもってヴィディシャーに到達する．身分をかくして Ag. 王の第一夫人ダーリニーに仕え，有名な師について舞踏を習得する．Ag. 王はたまたま彼女の画像を見て恋慕の心を起こす．道化役ガウタマ〔Gaut.〕の機転によって催された舞踏の競技会において，王・王妃・尼僧カウシキー[308]列席のもと，Mv. は完璧の演技に成功し，その美貌によってますます王の関心をそそる．

王妃ダーリニーは名代として Mv. を遊園に派遣し，アショーカ樹の開花を促すため，古来の慣習に従い，足で樹に触れさせる．王はGaut.を伴って茂みにかくれ，Mv.とその友達との会話から，彼女もまた王を慕っていることを知り，姿を現わして抱擁する．しかしこの会合は同じ場所で一部始終を窺っていた第二夫人イラーヴァティーにより妨げられ，Mv.は第一夫人によって監禁される．Gaut.は苦肉の策をこらし，王とMv.との再会を実現させようとするが，計画はまたもイラーヴァティーに邪魔されて挫折する．

折よくこのときしきりに吉報がもたらされる．Ag.の軍勢がヴィダルバ国において勝利を博した旨が伝えられ，捕虜が送られてくる．その中にいた二人の若い歌女（うたいめ）により，Mv.とカウシキーとの素性が明らかにされ，カウシキーは故あってMv.の身分を秘した旨を告げる．他方Ag.の父プシアミトラの北方における戦勝が伝えられ，Ag.の子ヴァスミトラが馬祀のための馬を護って，シンドゥ（インダス）河畔にヤヴァナ勢（ギリシャ人）を撃破したことも報ぜられる．正妃ダーリニーはかねてよりアショーカの開花に対する報酬をMv.に負い，かつまた愛児の武功に歓喜し，寛大にMv.が妃となることを認め，イラーヴァティーもMv.の宥恕を乞い，万事めでたく終結する．

§49. 結　語

Māl.[309]は王宮内の愛情の葛藤を中心とする恋愛劇にすぎないが，優雅なAg.王をめぐる三人の女性の性格を書き分けて，全体として統一ある戯曲となっている．年長の正妃ダーリニーは冷静で落ちつきがあり，その行動は温情と寛大に裏づけられ，若い第二夫人イラーヴァティーは性急で熱情的であるが，最後にはMv.と和解するに吝かでない．これに対しMv.は王に対する思慕のため苦境に立ち，両王妃の嫉視を恐れ悩みつつも，その高貴な出身にふさわしい威厳を失わない．[310] 王に忠実な伴侶Gaut.は術策にたけ，失敗にめげず，適度の諧謔をみなぎらしている．[311]

四　ラグ・ヴァンシャ〔Ragh.〕[312]

§50. 序　説

Ragh.「ラグの系譜」は19章からなるK.の代表作で，ヴァイダルビー体で書かれた典型的マハー・カーヴィア(§3)で，ラグ・カーラ「Ragh.の作者」がK.の通称として用いられるゆえんである．ラーマーヤナが主要な資料となっていることは疑いを容れないが，Śak.のみならずRagh.の典拠をもパドマ・プラーナ中の当該物語に求めた学者がある．[313] しかしŚak.の場合に述べた通り，むしろパドマ・プラーナの作者がK.の作品を知っていたことを示すものと思われる．

§51. 内　容

ラーマの事蹟を中心としてその祖先と後裔との歴史を歌う．まず最初に(I–IX)順を追って，先王ディリーパ，ラグ，アジャ，ダシャラタの光輝ある治世を称える．ことにラグの世界制覇と国家的大祭アシュヴァ・メーダ(馬祀)の執行(IV)とは，グプタ朝のサムドラグプタ王の偉業を偲ばせる．その子アジャは，古制に則るスヴァヤン・ヴァラ(選夫式)において(VI)，隣国の王妹インドゥマティーに選ばれ，幸福の絶頂に達しながら，才色兼備の愛妻の急逝にあって悲哀の淵に沈む(VIII)．ラグに関する章と並んで詩人が最もよく創作力を発揮した部分である．中核部(X–XV)はラーマの生涯を大体においてラーマーヤナに従って叙述し，その間にK.特有の麗筆による描写がちりばめられている．

これに続く2章(XVI–XVII)はラーマの子孫3人を，最後の2章(XVIII–XIX)[314]は24王の事蹟を対象とするが，カーヴィアとしての興味は漸減する．ただ最後の章(XIX)は放縦な君主の典型アグニヴァルナを描きいだし，[315] それ自体に興味なしとしないが，結末はむしろ悲劇的で，王妃が懐妊したまま寡婦として残されることは読者の期待に背き，少なくも王子出誕に筆を納めるべきであったと思われる．従って未完成の疑いが濃いが，その理由は判明しな

い.[316)]

§52. 結 語

Ragh. において K. はカーヴィア詩人としての真髄を示したといわれるが，概して平明な文体・修辞に終始し，奇矯の弊に走らない．ただ第 IX 章では詩的技巧の才を発揮し，ことに IX. 55–82 において多様の韻律にその手腕を見せている.[317)]

五 クマーラ・サンバヴァ〔Kum.〕[318)]

§53. 序 説

Kum.「クマーラ神の誕生」[319)]は 8 章からなるマハー・カーヴィア(§3)で，これに続く第九―十七章は後世の追加である．Kum. はインドの詩論家によって頻繁に引用されると同時に，[320)] 非難の的となった語句・内容を含んでいる．ことに第八章はシヴァ神と神妃との性愛を大胆に表現しているために物議をかもした．しかしこれに対する弁護論も行なわれた.[321)] 今は言語・修辞の上から見て，K. の真作たることを疑う余地はない．これに反し第九―十七章は内容ならびに言語の教える通り，後世の追加にすぎない.[322)]

§54. 内 容

クマーラとはシヴァ神とヒマーラヤの娘ウマー(＝パールヴァティー)との子として生れた軍神スカンダを指す．このマハー・カーヴィアは壮麗なヒマーラヤ山の叙景に始まり，未来のシヴァ神妃ウマーはあらゆる美を一身に集めてこの環境に育つ．雪山の聳え立つところにシヴァは虎皮を敷いて坐し，黒い羚羊の皮を纏(まと)い，厳しい苦行に沈潜している．父の命によりウマーはその友達ともども花を摘み，祭儀に要する水や草をもたらして，まめまめしくシヴァにかしずく．神々は悪魔ターラカの暴威に悩み，これが克服のためには，シヴァとウマーとの子を総帥として戦う以外に道のないことを知る．そこで愛の神カーマはインドラ神の命令をうけ，その妻ラティ(「愛欲」)および友なるヴァサンタ(「春」)を伴い，シヴァを誘惑して，恐るべき苦行を阻止しようとする．しかし神の尊容に圧倒されて逡巡する．若く美しいウマーが現われるのを見て勇気を起こし，好機を利用して愛情の矢を射放そうとするが，シヴァの前額にある第三眼から放射する火炎に焼かれて灰燼に帰する．ウマーも意気沮喪して帰り，ラティは夫を失って悲歎にくれる．ウマーは樹皮の衣を纏い，みずから酷烈な苦行に服する．シヴァもついにウマーの敬虔な修行に心動かされ，両者の結婚が成立する．その豪華な儀式は詳細に描かれ，人間の婚姻の模範を示す．最後の第八章において詩人はカーマ・スートラの知識を発揮し，熱烈な性愛の場面をあからさまに歌っている．しかし題名から予期される軍神の誕生にはいたらずして終っている．ここに当然未完成説の起こる余地があるが，その理由を見いだすこともまた困難である．

§55. 結　語

Kum. と Ragh. とには共通する詩節もあり，[323] 両者の関係は密接である．従ってその後先問題は注意をひくが，詩的技巧の上から見て，Ragh. に洗練度の増進を認め，一般に Kum. 先行説が主張される．[324] しかし前述のごとく Kum. の真正部が第八章で終り，その表題に照らして未完成の観を呈することは否めない．中絶の理由も考察されているが臆測の域をいでない．[325] おそらく軍神の誕生に関する部分はむしろ簡略であったため，それを不満とする後世の増補者は，この部分のみならず，題名の約束を超えて，悪魔ターラカ退治までを添えて，第九─十七章を追加したものと思われる．[326]

クマーラの誕生という主題は二大叙事詩に知られ，諸種のプラーナにも伝えられているが，この題材を醇化し，カーヴィアの水準に高めたのは K. の詩的才能を証明するものである．[327]

六　メーガ・ドゥータ〔Megh.〕[328]

§56. 序　説

Megh.「雲の使者」は短篇ながら古来インドの伝承により極めて

高く評価され，マハー・カーヴィアの名を与えられている．H. H. ウィルソンの英訳(カルカッタ，1813 A. D.)によってヨーロッパの文壇に紹介されたとき，ゲーテはシャクンタラー劇・ナラ王物語とならべてこれを称讃した．[329)]

§57. 内　容

財宝の神クベーラ(シヴァ神の眷族)に仕える一ヤクシャ(半神族)は，義務を怠ったかどで，1年間の流謫をかこつ身となり，ラーマの妃シーターの水浴によって浄められた流れのほとり，中印ラーマギリ(現ナーグプル近傍)の山蔭に庵を結んでいた．雨季の近づきを知らせる雲の北へ向って進むのを見て，聖山カイラーサ(ヒマーラヤ山中シヴァの居所)の懐に抱かれる神都アラカーに残した愛妻を思う心に堪えず，空ゆく雲に音信を託し，まず詳しくその行程を説く(前篇)．ラーマギリから西方ダシャールナの都ヴィディシャーを過ぎ，アヴァンティの雅びた都ウッジャイニーを訪れる．やがて道を北にとり，ダシャプラを経て，マハー・バーラタの古戦場クルクシェートラを眼下に見，聖河サラスヴァティーの水に渇を癒し，さらに東方ガンガー河が天上から落下する地点を究め，ついに目的地アラカーに到達するであろう．道すがら群鳥浮ぶ河川あり，芳樹花咲く森林あり，美女あり，都邑あり，神殿あり，自然の風物に伝説・慕情を交織し，ことにウッジャイニーの描写は精密で，詩人の経験を偲ばせる．後篇は宏壮華麗目を驚かすアラカーを叙し，愛妻の住む邸宅のたたずまいを詳しく伝え，夫との別離の悲しみに憔悴する恋人をいかに慰めるべきかを教え，やがて無事再会の日の来ることを告げさせる．

§58. 結　語

わずか1年の別居を嘆くヤクシャの思慕は，誇張の嫌いなしとしないが，繊細な抒情は全篇にみなぎり，悠々として荘重なマンダークラーンタ韻律と詞藻の佳絶とは，他の追随を許さず，Megh. をSkt. 文学中まれに見る傑作とした．[330)] 詩節の数は110から125の間を往来するが，[331] 重要な異読は少なく，[332] 挿入によって詩節の数が増加したものと思われる．

詩論家バーマハは，雲・風等の無生物を使者とすることを不適当と断じたのち，熱心のあまり正気なきがごとく語る場合はその限りでないと述べている．おそらく Megh. 第五詩節を顧慮した結果と思われる．[333] Megh. の一詩節がマンダソール碑文の中に反響していることはすでに述べた(§32)．いずれにせよ Megh. は広く愛唱され，その模倣は40種をくだらない．使者に擬せられるものの種類も多様で，K. の Megh. に匹敵する名作はないが，いわゆる「使者文学」の流行をきたした．[334] 単に形式の模倣にとどまらず，Megh. の各詩節から1行或いは2行を借用し，みずから他の部分を補足する詩作も行なわれた．[335] ジャイナ教徒ジナセーナ作パールシュヴァ・アビウダヤ(8世紀，120詩節)は比較的に古く，[336] 同じくジャイナ教徒ヴィクラマはその著ネーミ・ドゥータ(17世紀，125詩節)の各詩節の最後の行に，Megh. の各詩節の最後の行を用いている．[337] これらの作品自体は高い文学的価値をもたないとしても，Megh. の原典批判の一助たる役割を果している．

七　リトゥ・サンハーラ〔Ṛtu.〕[338]

§59.　総説・真正問題

Ṛtu.「季節略記」または「季節のめぐり」は6章に分かれ，合計153詩節からなる短篇である．各章はインドの1年を形成する6季節すなわち夏・雨季・秋・冬・冷季・春[339]を順次に主題とし，各季における自然界の風景を平明にしかも詩情豊かに描きつつ，季節ごとに異なる恋愛の情緒と結びつけている．すでにラーマーヤナに先例をもつ季節描写の伝統をつぐこの抒情詩は，6季を一詩集にまとめた最初の試みである．すでに述べた通り，マンダソール碑文(472/73 A. D.)の作者は Ṛtu. の2詩節をまねているから，年代は保証され(§32)，内容から見ても十分鑑賞に値いする佳什たるを失わない．ただ果してこれが Megh. や Ragh. と同一詩人の筆になったか否かについて，賛否両論が対立する．[340]

簡素・平易はそれ自体決して欠点ではないが，古い注釈をもたず，K. の名注釈家マッリナータにも顧みられず，詩論家にも引用されないこと等が，[341] 否認の論拠として挙げられる．しかし簡易そのものが理論家の嗜好に適しなかったとも考えられる．筆致の濃淡の差をいかに解釈するかが問題であり，結論は多分に主観的判断にかかっている．詩人の最初期に属する作品とする見解も提唱されているが，[342] 積極的証拠はない．幾分の疑惑を残しつつも，ここでは K. の作品中に加えておく．

第4章　カーリダーサ以後のカーヴィア(叙事詩)

一　バーラヴィのキラータ・アルジュニーヤ〔Kir.〕343) *

§60. 序　説

Kir.「キラータ(シヴァ神)とアルジュナとの戦闘」は，18章からなる典型的マハー・カーヴィア(§3)の一つであるが，その著者Bhā. について知られていることは非常に少ない．アイホーレ碑文(634 A. D., §32)にカーリダーサと並び挙げられているところから見て，7世紀の前半すでに著名の詩人であったと思われ，Kir. の一詩節が文法書カーシカー・ヴリッティ(およそ650 A. D.)に引用されている点もこの推定を裏づける.[344] 一方においてカーリダーサの影響が認められ，他方においてマーガ(§64)は Kir. を前提として詩作技巧を競った.[345] 以上により Bhā. の年代は6世紀中葉と見るのが最も妥当である.[346]

§61. 内　容

Bhā. はその題材を大叙事詩の一節にとっている.[347] 世を忍ぶパーンダヴァ五王子は協議の末，ヴィアーサ仙の勧告を容れ，隠棲所をドゥヴァイタの森からカーミアカの森に移し，長兄ユディシュティラは，敵手カウラヴァ軍を破るため，天的武器の獲得を舎弟アルジュナに命じた．ヒマーラヤ山中に赴いたアルジュナ王子は，バラモンの苦行者に姿を変えたインドラ神に会う．神は王子に翻意を促すが，その決意の動かないのを知り，かえって祝福を与え，大神シヴァのもとへ送る．王子の激烈な苦行は神々を驚かせ，シヴァはみずからキラータ(山棲者)の姿をとって現われ，両者は同時に仕とめ

---

*　本節の略字．Bhā. ＝バーラヴィ．Kir. ＝キラータ・アルジュニーヤ．

た野猪の所有権について口論し，闘争の末，シヴァは神の本体を示現し，王子の勇気を愛でて，所望の武器を授けた．

Bhā. はこの物語を枠として，改作し，補足し，詩的修飾を施した．[348] まず冒頭ユディシュティラの密偵が，カウラヴァ百王子の頭領スヨーダナ[349]の善政の模様を報告する．ヴィアーサ仙の忠告に従い，来るべき戦争に備えてインドラの神助を得るため，アルジュナはヒマーラヤ山中にいたり，猛烈な苦行を修する．その激しさにインドラ自身も畏怖を感じ，天界の精女アプサラスと楽人ガンダルヴァとを派遣して，それを阻止しようとするが，王子は初志を翻さない．インドラはその不動の決意を嘉みし，大神シヴァの援助を乞えと忠告する(I–XI)．[350] そこでアルジュナ王子は大神の恩恵に浴するため，再び大雪山の居住者を驚かすほどの大苦行に従事する．悪魔ムーカは野猪に変じて王子を襲い，シヴァと王子とは同時に矢を放って野猪を斃すが，互いに獲物に対する権利を主張してゆずらない．王子は軍神スカンダの率いるシヴァの軍勢と勇敢に戦い，最後にキラータの姿をとる大神とおのおの魔法の武器をもって激闘する．大神はついに本体を示して王子の武勇を称讃し，これに天的武器を授与し，他の神々もそれにならってさまざまな武器を贈る(XII–XVIII)．[351]

§62. 評 価

カーリダーサ以後のカーヴィアの常として，物語の筋は単に骨組として利用され，これに粉飾を凝らし，学殖を誇示するための口実にすぎない．Kir. において詩人はまず政治外交の知識を発揮し(I–II)，アルジュナのヒマーラヤ山への行程によって，秋の風景(IV)と大雪山の自然(V)とを描写する機会を捉えている．天女の媚態・花摘み姿・ガンガー河の水浴，6季節の特徴，黄昏・日没・月出・黎明，天的軍勢中の象群(VII)など，古典期の詩論家が要求する諸要素を，詩人は大叙事詩の原形を離れて自由にかつ豊富に補充し挿入している．従って Kir. は詩論家によって大いに推称され，

その詩節は詞華集に収められ,[352] 多数の注釈書を生んだ.[353]

§63. 言語・文体・韻律

Kir. の文体は概して簡潔・平静で，奇抜な空想に富みつつも，力強い筆致に支えられ，長大な合成語に煩わされず，全体としては特に晦渋難解とはいわれない．Bhā. の特徴としては「意味の深遠」[354]が挙げられているが，彼は文飾の技巧にも長じ，従来知られた音形・意味両面の修辞法を駆使している.[355] しかし当時の文壇の嗜好に影響されてか，彼は第十五章(戦闘の場)において，集中的に文字の遊戯に耽り，インドの伝統的鑑賞の規準をほかにしては，無趣味の譏りを免れない．これら奇矯な技巧は原文によらなければ説明しがたいから，ここにはただ一例を示すにとどめる．第十四詩節は最後の t 音を除き，子音としては n のみが用いられている：na nonanunno etc., etc.[356]

Bhā. は文法の蘊蓄を傾け，古典 Skt. のもつ 3 種の過去形を，厳格にパーニニ文典の規定する区別に従って使用し,[357] 文法上の概念を比喩に用いることをも躊躇しなかった.[358]

Bhā. はまた韻律の使用にも熟達し，その数は実に 24 種に達し(そのうち頻度の高いものは 11 ないし 12 種)，第五章だけでも 16 種にのぼっている.[359]

要するに詩人としての Bhā. は長所と短所とを併有し，古代インドの詩論家の評価と近代学者のそれとの間に，大きな差異があるとはいえ，秀でた才能に恵まれた非凡な作家であったことに疑いはない．Kir. はマハー・カーヴィアの模範としてその影響力は絶大であった．

二　マーガのシシュパーラ・ヴァダ〔Śiṣ.〕[360] *

§64. 序　説

Śiṣ.「シシュパーラの殺戮」またはマーガ・カーヴィアは，20 章からなるマハー・カーヴィアで，前節に説明したキラータ・アルジュニーヤと好一対をなす．著者Mā.はグジャラートのシュリーマーラ(現ビンマール，アーブー山の北西40マイル)を故郷として，富裕な家に生まれたと伝えられ，父はダッタ・サルヴァーシュラヤ，祖父はスプラバデーヴァと呼ばれた．後者が或る碑文(625 A. D.)に挙げられるヴァルマラータ王の宰相と同一人であったとすれば，Mā.の年代は7世紀後半(およそ700 A. D.)に措定される．[361] Mā.がバーラヴィ(6世紀中葉)の作品を知って，これと技巧と競ったことは確実であるから，この推定は妥当である．[362]

§65. 内 容

Mā.もKir.におけるBhā.と同様に，Śiṣ.の題材を大叙事詩の一節に仰いでいる．[363] クリシュナに勧められてユディシュティラが，即位の大祭ラージャ・スーヤを挙行した際，元老ビーシュマの提言に従い，まず栄誉の賞をクリシュナに与えた．かねてクリシュナに怨恨をもつチェーディ王Śiṣ.は大いに怒り，諸侯をそそのかしてパーンダヴァ諸王子に反抗させ，祭儀を混乱に導こうとする．彼は最初にビーシュマを次いでクリシュナを罵った．Śiṣ.の母との約束を守って隠忍していたクリシュナも，その限度のつきたとき，ついにŚiṣ.の頭を刎ね，後者の光輝と武力とはクリシュナに移った．

この比較的単純な物語はMā.にとり詩的才能を揮うための輪郭にすぎず，まず冒頭に改変を加えている．[364] クリシュナは一方において，悪王Śiṣ.の殺戮を，ナーラダ仙を通じてインドラ神から依頼され，他方において，ユディシュティラ王によりその即位の大祭に招かれる．彼は後者の招待に応じて王都インドラプラスタに赴くことを選ぶ(I–II)．彼がその都城ドゥヴァーラカーから王都に到着するまでの旅程は，詩人に描写の機会を提供する(III–XIII；IV以下は詩人の創意に基づく)．これ以後(XIV–XX)においても，詩人

---

* 本節の略字．Mā.＝マーガ．Śiṣ.＝シシュパーラ(・ヴァダ)．Bhā., Kir. 前節に同じ．

は大叙事詩の内容を効果的に改善し，或いは拡大し(XIV の祭式)，或は短縮し(例えば冗長な討論の削減)，戦闘の長い叙述のあと，最後にクリシュナと Śiṣ. との一騎討となり，後者の敗死をもって終結する．

§66. 評 価

Mā. の詩的才能に関しては，Kir. の作者について述べたところを(§62)さらに強化して繰返すべきである．後者の比較的に簡潔なのに対し，Mā. の文体は豊満・婉麗であるが，多弁を弄し，好色に傾く弊がある．インドの詩論家は好んで彼の作品から引用し，[365] 詞華集も彼の詩節を載せている．[366] 古来一般に珍重されてきたことは，約 30 種の注釈をもつ点からも肯ける．[367]

Mā. があらゆる点で意識的に Bhā. に対抗し，これを凌駕するに努めたことは，学界一般の承認するところである．[368] Kir. における大神シヴァの威徳に対し，Śiṣ. はクリシュナ・ヴィシュヌの栄光を称える．政治外交の知識(II: Kir. I–II)，女王から娼婦にいたる女性の描写に示される性愛の知識，文法・語彙・修辞・韻律の知識の発揮は，よかれあしかれ Bhā. に対する競争意識の現われである．しかもその最も顕著な証拠は，Kir. XV と同じく戦闘の描写に当てられた Śiṣ. XIX において，文字の遊戯に耽っている点である(§67)．

§67. 言語・文体・韻律

Mā. は当時の詩人として及ぶ限りの教養を習得していたにちがいない．文法・詩論はもとより，音楽，カーマ・スートラ，諸派の哲学，政治外交の学，天文・医学に通じていたことは，Śiṣ. の随所に認められる．Mā. の文体はガウディー体(§3)に属し，Bhā. のヴァイダルビー体と比べて複雑であり，難解の度を増している．しかし彼は豊富な語彙をもち，表現・想像の能力に恵まれ，修辞法は巧妙を極める．[369] 例えば第十六章の冒頭において(2–15)，Śiṣ. の使者はクリシュナに対し，各詩節に二義をひそめ，表面は恭順の意を表わすかに見えて，裏面では傲慢非礼に戦争を宣言する．しかしBhā. と競って徒らに末梢的技巧に走った例は第十九章において最もよく窺われる．[370]

Bhā. と同じく，Mā. は文法の知識を誇示して稀な語形・語法を使用し，[371] 文法上の概念を比喩に用いている．[372]

Mā. は韻律においても卓抜な才能を示し，Bhā. の 24 種に対して 41 種を使用し，第四章だけで 22 種を駆使し，これに相応する Kir. 第五章の 16 種を凌いでいる．[373]

自然の風物や恋愛の場面の描写に示された非凡な文才は，他面において文字の遊戯に濫費された嫌いがある．Mā. は Bhā. の長所と短所とを共に増長させたというのは，けだし適評である．しかし Mā. はカーリダーサ，バーラヴィと並んで古典期のマハー・カーヴィアの頂点に立つ巨匠の一人であることに異論はない．

三　その他

以上のほかカーヴィア体叙事詩の数はおびただしく，ことに 9 ないし 10 世紀に多産の傾向を示した．しかし多くの場合ラーマ或いはクリシュナを中心とする二大叙事詩或いはプラーナ文献の插話に取材し，外飾に力を注いで定型化し，特筆に値いするものは比較的に少ない．ここには Skt. 文学の上から見て重要なもの若干を追記する．

§68.　バッティ・カーヴィア〔Bhk.〕[374]

ラーヴァナ・ヴァダ「ラーヴァナの殺戮」とも呼ばれ，その作者バッティは，これをヴァラビーでシュリーダラセーナ王の治下に作ったとみずから述べている(XXII. 35)．しかし 495 と 641 A. D. との間に同名の王が 4 名在位したため，彼の年代を確実に定めることはできない．彼は詩論家バーマハ(7 世紀)に知られ，[375] マーガ(およそ 700 A. D.)に模倣の跡が認められるから，[376] おそらく 6 ないし 7 世紀の人と考えられる．

Bhk. は4篇・22章からなり，その目的はラーマ物語(ラーヴァナ征服・ラーマ即位まで)に託して，文法[377]および修辞法[378]を用例によって説明するにある．みずから課したこの制限のもとにおいて，バッティはよくその才能を発揮し，時には文学的鑑賞に堪える詩節を作りあげている．インドの批評家は芸術的価値を認めて，彼をマハー・カヴィ(「大詩人」)の列に加え，少なくも14種の注釈が書かれた．文法の規定を例証するという条件は，むしろ長い合成語或いは難解な構文を避け，文体を概して平易にする結果を生んだ．韻律も上記の目的に適応して使用されている．[379]

バッティはこの詩の末尾において自己の抱負を次のように述べている．「この作品は文法を眼としてもつ者にとりて灯明のごとし．しかし文法を知らざる者にとりては，盲者の手にする鏡のごとし．この詩は注釈によりて〔始めて〕理解せらるべし．そのとき賢明なる者にとり実に饗宴たり．されど愚昧なる者はここにおいて絶望に陥らん，我はただ賢者をのみ愛好するがゆえに．」[380]

§69.　ジャーナキー・ハラナ〔Jh.〕[381]

Jh.「ジャーナキー(＝シーター)の掠奪」の作者クマーラダーサ〔Kd.〕またはクマーラバッタは，セイロンの伝承に従えば，同名の王(517–526 A. D.)と同一人物で，カーリダーサの友人であったという．[382] これは単なる伝説で信を置くに足りないが，Kd. の年代に関しては種々な説が提唱された．[383] 最も妥当と思われる点を要約すれば，次のような結論に達する．Kd. は Jh. において強くカーリダーサのラグ・ヴァンシャおよびクマーラ・サンバヴァの影響を受け，[384] かつ文法書カーシカー・ヴリッティ(およそ650 A. D.)を知り，[385] 他方においておそらくマーガ(およそ700 A. D.)および詩論家ヴァーマナ(8世紀)に先だつと考えられるから，[386] 彼は7世紀後半に属したと推定される．[387]

Jh. の Skt. 原典は完全に伝わらず，最初サンナと呼ばれる古いシンハラ語の逐語訳から還元して出版され，次いで Skt. 写本の発見に伴って補足された.[388] 本来おそらく25章からなっていたと思われる．カーヴィア作品の常として，物語はむしろ輪郭として利用されるにすぎず，慣用の主題(四季・日出・月出等々)の描写に満ち，文体・取扱い方においてカーリダーサに学ぶところが多い．詩的技巧の複雑さはこれより進んだ段階にあるが，後世の作品に見られるような極端にはいたらない．言語は単純とはいえないが平易の部に属し，修辞法も韻律の用法も奇矯に走らない.[389] あらゆる面でカーリダーサに最も近く，Kd. は優秀な詩人であったと思われる．彼の詩節は詞華集にも収められ,[390] ラージャシェーカラに帰せられる一詩節は,[391] 一語二義の修辞法を用いて次のように詠じている.「ラグ・ヴァンシャ[392]が厳として存在するとき，詩人クマーラダーサと〔悪魔〕ラーヴァナを除き，誰か敢てジャーナキー・ハラナ[393]を企て得んや.」

§70. シュリーカンタ・チャリタ[394]

「シュリーカンタ(＝シヴァ神)の勲」の作者マンカまたはマンカカは12世紀の人でカシュミールに生まれた．この詩の第三章で自身・家族ならびに故郷について語っているが，彼は四人兄弟の一人で，いずれも学者・文人でありかつ宮臣であった．その一人アランカーラはジャヤシンハ王(1128–1149 A. D.)の大臣であった．マンカは詩論家ルッヤカ(12世紀始)に師事し,[395] カルハナ(12世紀, §74)とも時代を同じくし,[396] 辞典アネーカールタ・コーシャまたはマンカ・コーシャをも著わした．

この詩は1135–1145 A. D. の間に作られ，25章からなり，シヴァ神による悪魔トゥリプラ退治を歌っている．周知の物語は従で，主力はマハー・カーヴィアに共通する主題(四季・日出・月出等)の描写に注がれ，語彙の知識を駆使し，極端な修辞の技巧に走り，この種の作品の中で最も難解なものの一つとなっている．しかしインドにおいてはこの点がむしろ高く評価され，また実際この観点に立てば，彼の修辞・韻律における手腕を否むことはできない.[397]

第二十五章は平明なシュローカ韻律で書かれ，当時の文学的サバー(集会)の模様を伝えて，多大の興味をそそる．彼の兄弟アランカーラは，マンカの完成した作品を披露させるため，文人・学者・高官を集めて，その面前で彼に朗読させた．彼はこの集会に列席した32名士(ルッヤカ，カリアーナ＝カルハナを含む)の専門・特徴を描いて後世に残した．

§71. ナイシャダ・チャリタ〔Nc.〕[398)]

大叙事詩の有名な插話「ナラ王物語」はしばしばカーヴィアに題材を提供したが，その最も重要な実例はシュリー・ハルシャのナイシャダ・チャリタまたはナイシャディーヤ・チャリタ「ニシャダ王(＝ナラ)の勲」である．古来インドの批評家は，これをカーリダーサ，バーラヴィおよびマーガの作品の次に位置させるのを常とする．[399)] 作者の年代・伝記はつまびらかでないが，12世紀の後半カーニアクブジャ王ヴィジャヤ・チャンドラおよびジャヤ・チャンドラの宮廷にあった詩人と見て大過ないと思われる．[400)]

Nc. は22章からなり，約2,800詩節を含む大作で，第一―十一章を前篇，残りを後篇に分かつことには特別な意味がない．筋の進行は緩慢で，ナラとダマヤンティーとの結婚に続く日の月出の描写をもって終り，「ナラ王物語」が僅か200に足らぬ詩節をもって語るところを，約14倍に膨脹させている．もちろん物語は名のみの方便に過ぎず，詩人の真の目的は，詩論の教えるあらゆる技巧を応用し，多くの困難な韻律(19種)[401)]を駆使する能力を誇示し，神話，カーマ・スートラの知識はもとより，詩論・韻律・文法ならびに哲学・宗教[402)]に関する深い学殖を発揮するにあった．この意図は遺憾なく達成され，作者は修辞と韻律との名手として詩論家の間に令名を馳せている．また実際言葉の綾を巧みに利用し，自然を描写する技能に非凡の文才が閃いている．しかし全体として見るとき，カーリダーサ以後のカーヴィア詩人の陥った外飾偏重の弊を極端に進めたものというべく，「ナラ王物語」の示す素朴な力と美とは全く影をひそめるにいたった.

四　歴史的カーヴィア

すでに挙げたムドラー・ラークシャサ(§28)は歴史上の事件を背景とする一種の史劇であった. 後節に説くバーナのハルシャ・チャリタ(§99.1)が美文体散文をもってハルシャ王の事蹟を謳歌したと同じく, Skt. 文学は一群の歴史的カーヴィアを含んでいる.[403]

§72. ヴィクラマーンカ・デーヴァ・チャリタ〔Vc.〕[404]

Vc.「ヴィクラマの名にし負う諸王の事蹟」の著者ビルハナ〔Bil.〕はカリアーナのチャールキア朝ソーメーシュヴァラ一世, 同じく二世, 特にヴィクラマ・アーディティア六世(1076-1127 A. D.)の治世を称えて Vc. を作った. この種の作品の常として王家の起原は神話の栄光に彩られ, 誇張と過大の讃辞とによって歪曲されて, 史実の正鵠を得ず, 歴史を忠実に伝えるよりは, 詩的表現を重んじ, カーヴィアの規定に即した描写に筆力を傾けている. しかし記述から無用の粉飾を除去したのちに残る部分は, 碑文等の証拠に裏づけられる事実を伝え, 史家の参考に値いする.

Bil. は自身の生涯について誇り高く語ることを躊躇しない詩人であった.[405] Vc. 第十八章(特に vv. 70–108)に含まれる自伝は, 文学者として活躍した彼の時代を決定する資料となる. Bil. はカシュミールの一村落[406]の学芸に秀でたバラモンの家に生まれた. 若くしてヴェーダ・文法・詩論を修め, ことに詩人としての令名が高かった. カラシャ王(1064–1088 A. D.)の治世中に彼は故郷を離れ(およそ 1065–1070 A. D.), インドの文人・学者の例にならい, 広く北印の諸都市・聖地を巡歴し, 比較的長くダーハラ(ブンデルカンド)のカルナ王のもとに滞留し, 最後に南印カリアーナ(ハイデラバード)に達し, ヴィクラマ・アーディティア六世の礼遇を受けて定住し, その宮廷詩人としてヴィディアー・パティ(「碩学第一」)の称号を授けられ, 日傘と象とを賜わった. Vc. はこの王の治下に作られたに相違ないが，王の中印遠征(1088 A. D.)に触れていないところから判じて，その制作はこれより少し以前と推定される．彼は詞華集にも名を留めているが，[407] 没年を明らかにすることはできない(12世紀始?)．

Vc. の文体は平易とはいえないが優雅であり，カーヴィアの拘束を脱し得ないが過度の修辞法に煩わされていない．言語は概して正確で，韻律[408]の使用も適切である．なお§106参照．

§73. クマーラパーラ・チャリタ〔Kc.〕[409]

Kc.「クマーラパーラ王の事蹟」の著者ヘーマチャンドラ〔Hem.〕(1089–1173 A. D.)[410]は，グジャラートに生まれたシュヴェーターンバラ派(白衣派)のジャイナ教徒で，アナヒッラプラ(アンヒルヴァード)のチャールキア朝ジャヤシンハ王ならびにクマーラパーラ王(12世紀中葉)[411]の庇護をうけた．その驚くべき学識は多方面にわたり，著作の数も群を抜いている．範囲は宗教・聖者伝・叙事詩[412]から文法・語彙・詩論[413]・韻律・論理・政治・法律等諸般の学術にわたっている．また彼は熱心な宗教家として，グジャラートを模範的ジャイナ王国たらしめるために努力した．著書のおのおのについて詳説すれば別に一書を必要とするから，ここにはただ本節に関係ある歴史的叙事詩 Kc. について一言する．

Kc. は28章からなり，第一—二十章は Skt. をもって書かれ，残りの8章は Pkt. をもって書かれている．[414] Skt. の部分は特にクマーラパーラ王の事蹟を歌い(XVI–XX)，[414a] 王を敬虔なジャイナ教徒として称讃している．Pkt. の部分もこの王を主題とするが，初7章は自作の文典の Skt. に関する規則の説明を兼ね，最後の章は Pkt. 文法の説明に当てられている．[414b] このような二重の目的に照らして容易に了解される通り，Kc. はカーヴィアの体裁を保ちつつもむしろ歴史・宗教・言語の研究家に好資料を提供するが，文学書としての興味は薄い．

§74. ラージャ・タランギニー〔Rt.〕[415]

カルハナ〔Kal.〕著 Rt.「諸王の流れ」(王統流覧)は，厳密な意味における史家・史書を欠いたインドにあって，ある程度までこの要望に応え，単に歴史的事実に名を借りた作品[416]とは撰を異にする．

Kal. は 12 世紀の始めカシュミールのバラモンの家に生まれた．その父チャンパカはカシュミール王ハルシャ(1101 A. D. 没)の忠実な大臣であったが，王の死後政界を退いた．教養の高い家庭に生長した Kal. は，博学で詩才に恵まれ，二大叙事詩その他の文学書に精通した．信仰はカシュミール・シヴァ派に属したが，狭量な狂信の徒ではなく，仏教に対しても好意をもっていた．当時カシュミールは陰謀・圧制の暗雲に包まれ，政治的混乱の時代であった．彼は政変の外にあって官途につかず，宮廷詩人とならず，局外から冷静に時世を観察しうる地位にあった．歴史を書き伝えることは詩人にして始めて可能であると信じ，その目的は法典および政治・処世の学の規定に従って正邪を顕彰するにあるとした．彼は批判的精神と公平な判断力とを備え，高邁な道徳的見地から事象を眺めることができた．もちろん彼は 800 年前のインド人として，輪廻の教義・超自然の神秘力・呪法の効験を信じて疑わなかった，畢竟するに彼は詩人であり，道徳家であり，現代の意味における歴史家ではなかった．

Rt. はジャヤシンハ王(1128–1149 A. D.)の治下に完成したもので，8 タランガ(「浪」＝章)に分かれ，合計 7,826 詩節を含み，第七章(1,732 詩節)と第八章(3,449 詩節)が特に長い．執筆に際し Kal. は，当時手にしうる先人(ビルハナ等)の著作を総覧し，碑文・銅板・貨幣・文書類・系譜・伝記および民間伝承を利用した．しかし上述の通り，彼は古来の伝承に信を置き，神話・伝説をそのままに採用したため，上代の記述は時代錯誤に満ちて史書としての価値を欠く．[417] 第四章(カルコータ朝)にいたって漸く歴史的事実に忠実となり(7 世紀)，第五章(ウトパラ朝)は 9 世紀から 939 A. D. におよび，第六章は女王ディッダーの死(1003 A. D.)までを載せている．Kal. 自身の時代に近づくにつれ詳細となり，かつ信頼度を増している．すなわち第七章(ローハラ朝)はハルシャ王の悲劇的死に終り(1101 A. D.)，第八章はウッチャラ王(1111 A. D. 没)の即位から約半世紀の歴史を収めている．

Kal. は歴史の学術的研究者たることを意図せず，詩論の要求を満たすカーヴィアを書くことを念願とした．年代記的な部分は詩的昂揚の機会に乏しく，淡々としてただ散文を韻律の規矩に嵌めたに過ぎないが，挿話において彼の文才は発揮され，人物の性格・事件の推移の描写に生彩・迫力が躍出し，過度の粉飾を自制しつつ，平明ながら彼独自の文体の中に，巧妙な比喩を駆使し，教誡を交え，きわめて印象深く劇的場面を彷彿とさせている．[418] 地上の栄枯興亡，財宝と権勢の不常住をつぶさに眺めた Kal. が，その大著の主要情調(ラサ)をシャーンティ(諦観)としているのは至当である．しかし Rt. は単に歴史的カーヴィアとして勝れているばかりでなく，11 ないし 12 世紀のカシュミールの文化事情特に宗教・民間信仰，制度・行政，地誌・芸術に関する貴重な資料の宝庫として尊重される．

Rt. の影響は強く，15 ないし 16 世紀にわたり，その続篇が現われた．しかしいずれも Kal. を模倣し，文学的作品として紹介するに足りない．[419]

第5章　カーリダーサ以後の戯曲

一　ハルシャとその作品*

§75.　詩人ハルシャ王

バーナ(§98)・マユーラ(§110.1)等の詩人を庇護し，その宮廷に文雅の士を集めたハルシャ王(またはハルシャ・デーヴァ，ハルシャ・ヴァルダナ，シュリー・ハルシャ；606–647 A. D.)は，みずから劇作者として文名を馳せた．彼の作品としては，Pr., Rv.およびNg.の三戯曲が最もよく知られているが，このほか彼に帰せられるストートラ(讃歌)に，宋の法賢が音訳した「八大霊塔梵讃」とスプラバータ・ストートラ[420]とがある．前者は5詩節からなり，後者は暁の仏讃で24詩節を有し，チベット語訳も存在する．

諸種の詞華集がH.の名のもとに載せる詩節は，[421] ほとんど例外なく彼の戯曲(ただしPr.からは一詩節のみ)から採られている．その他銅板・碑文の中にはさまれた若干の諸節も，彼の筆になった可能性が認められている．[422]

歴史上の人物としてのH.の生涯は，碑文・貨幣・バーナの「ハルシャ・チャリタ」(§99.1)・玄奘の西域記[423]・義浄の南海寄帰伝[424]等から窺い知られる．[425] 7世紀前半北印に割拠した諸勢力に伍して，ドーアーブの北方スターンヴィーシュヴァラ(ターネーサル)に都したプラバーカラ・ヴァルダナ王(605 A. D. 没)には，ラージア・ヴァルダナとハルシャ・ヴァルダナとの二男および一女ラージア・シュリーがあった．ガウダ国(西部ベンゴール)の梟雄シャシャーンカ王に殺された兄ラージア・ヴァルダナのために復讐を志した

---

* 本節の略字．H.＝ハルシャ．Ng.＝ナーガーナンダ．Pr.＝プリヤダルシカー．Rv.＝ラトナーヴァリー．

H. は，年歯僅かに十六にして奮起し，逃亡中のラージア・シュリーを危難から救い，ついにシャシャーンカを駆逐し，征戦5年の後に王位についた(611 A. D.). シーラ・アーディティア(戒日王)と号して都をカニアークブジャ(曲女城)に移し，パンジャーブとラージャスターナとを除きデカン以北の全インドに号令した．強大な軍隊と国富とを誇り，チャールキア朝の英傑プラケーシン二世に敗れて南印への進出を阻まれたが，北印に一大安定勢力を確立した．

有名なアショーカ王(前3世紀)に似て，宗教には極めて寛大な態度を持し，父祖にならってみずからシヴァ神と太陽神とを尊崇したばかりでなく，少なくも晩年には兄妹と同じく仏教に帰依した．このことは王に優遇された唐の玄奘三蔵(在印 630–644 A. D.)の詳細な記録から推して知られる．王が上記の仏讃2篇を作ったことも故なしとしない．[426] 王はグプタ朝最盛期の再現を期し，軍事・行政・教育の振興に努め，大いに文芸・学術を重んじた．しかしインドにおける大帝国の例にもれず，ハルシャ王の没後，その国威はたちまちに衰微したもののごとく，王の死後まもなく唐の太宗の使者として二度目の渡印を行なった王玄策によれば，すでに王統は変わり，治安は乱れていたという．

§76. 三戯曲の作者問題

H. に帰せられる三戯曲は，語句・場面・構成上の技術に多くの類似点を有し，同一の作者の手になったことは明瞭である．[427] Pr. の結尾と Rv. のそれとはほとんど全く一致し，[428] Pr. と Ng. とは2詩節を共通にし，[429] 作者として H. の名を挙げるほとんど同一の詩節が3篇の序幕に用いられている．[430] たとい宮廷詩人の誰れ彼れを間接に利用することはありえたとしても，これらの3篇が H. 王の著作であったことを疑う余地はない．

他方において，「ハルシャ王紀」の著者バーナは王の文才を称讃し，[431] 義浄は雲乗菩薩の物語に取材した戒日王(＝H.)の作品(＝Ng.)に言及し，カシュミールの詩人ダーモーダラ・グプタ(8世紀末)は，Rv. の上演を伝え，これを或る王者の作としている.[432] さらに新しい時代にも，詩人としての H. を称える証拠は乏しくない.

これに対し，真の作者を H. 王と認めない代作説が提唱されて，一時学界を賑わした.[433] 詩論家マンマタ(11 世紀末)はその著カーヴィア・プラカーシャ(I. 2)において詩作の効能を列挙し，その中に名声および利得に資することをも述べ，これを説明する散文の中に，名声獲得の例としてカーリダーサ等を挙げ，ダーヴァカ(カシュミールの写本によればバーナ)等が H. から得た財貨を利得の例としている. これを率直に解すれば，H. 王がダーヴァカにあれバーナにあれ，その宮廷詩人に巨額の富を贈与したことを意味するにすぎない.[434] しかるに後世カーヴィア・プラカーシャの注釈家(およそ 17 世紀)は，ダーヴァカ(またはバーナ)の作品 Rv. を金銭をもって購いとったことを指すものと解釈した. 明らかにマンマタの真意を誤解したものである. 前述の通り内的・外的の証拠は三戯曲を王の真作と認めしめるに足り，代作説を否定するのが現時の学界の通説である.

制作の順序としては，一般に Pr. を先頭とし，円熟の技巧を示す代表作 Rv. を次とし，仏教思想の影響を受けている Ng. を最後に置く.[435]

§77. プリヤダルシカー〔Pr.〕[436]

Pr. は 4 幕からなるナーティカー(§ 5)で，この種の劇の慣例に従い，女主人公の名を表題としている. バーサのウダヤナ劇(§ 24. a)と同じく，ブリハット・カターにさかのぼるヴァッツァ王ウダヤナの物語に取材したものである.[437] 一言でいえば，ヴァッツァ王は故あって正妃ヴァーサヴァダッター〔V.〕の侍女となったアーラニアカー〔Ār.〕(実はアンガ国の王女 Pr.)に恋慕し，さまざまな支障を排してついに結婚する. 次節に説く Rv. との類似はいちじるしく，[438] 後者においては女主人公をサーガリカー(実はセイロンの王女 Rv.)としている. 両篇の中の主要な登場人物の名はウダヤナ伝説から取られ，主人公ウダヤナ〔Ud.〕，その伴侶の道化役ヴァサンタカ〔Vas.〕，王の正妃V.とその忠実な侍女カーンチャナマーラー〔Km.〕は共通し，Rv.においては古い伝統に従い，ヤウガンダラーヤナを智謀の大臣とし，ルマンヴァットを勝利の将軍としているが，Pr.ではルマンヴァット〔Ru.〕が大臣の職にあり，将軍の名はヴィジャヤセーナとなっている．その他細部の類似も顕著で，両篇は分離できない関係にある．

アンガ国王ドリダヴァルマンはその娘Pr.をカウシャーンビーのヴァッツァ王Ud.に与えることに定めたが，かねて彼女を切望していたカリンガ王との間に戦端が開かれ，敗れて囚われの身となる．Pr.は王の忠義な侍従に救われ，森林の王ヴィンディア・ケートゥに預けられる．侍従は短い旅から帰って，森林の王の死と王女の行方不明とを知る．アヴァンティの強力な王マハーセーナ・プラディオータに捕えられていたUd.王は，前者の娘V.を奪って逃れ，これを王妃とした(以上序曲)．この状況のもとに第一幕は始まり，大臣Ru.と将軍とが登場し，後者は森林の王を撃滅し，おそらくその娘とおぼしき女性(実は前記のPr.)を捕虜として連れ帰った旨を報告する．王はその少女をV.の侍女として教育させよと命じる(第一幕)．(約1年の後.) 王が道化役Vas.を伴って禁苑を逍遙しているとき，Ār.(侍女としてのPr.の名)は，王妃の命により他の侍女と共に蓮華を摘みに現われる．王はĀr.の美しさに打たれ，隠れて両女性の会話を聞き，Ār.が捕虜の娘であり，今や結婚適齢に達したことを知る．彼女はたまたま独りになったとき蜜蜂に襲われ，王はこれを払いのけ，彼女の頸(うなじ)を抱く機会に恵まれる．Ār.はこれこそ父王が未来の夫と定めた人であることを知って初恋におちる(第二幕)．王妃V.を慰めるため演劇が催され，[439] Ār.は王妃に扮し，王の役は彼女の友人マノーラマー〔Man.〕によって演じられ，王妃の侍女Km.も登場することとなる．王命によりĀr.を探すVas.にMan.は一計を授け，王とĀr.との会合を策する．すなわちMan.

に代って王みずから自身の役を演じる．しかし余りに熱情をこめるため，王妃の疑惑を喚起する．かつ隣室に眠って覚めやらぬ Vas. の不用意な言葉から真相が暴露し，V. は激怒して Ār. と Vas. とを投獄する．王の哀願も空しい(第三幕)．Ār. は王妃の赦しがなく，依然獄中にあって絶望し自殺を考えている．王妃は叔母の夫アンガ国王ドリダヴァルマンがいまだカリンガ王のため抑留されていることを歎く．すでに放免された Vas. と王とは王妃を宥め，Ār. を救出する手段を工夫する．このとき将軍ヴィジャヤセーナはカリンガ王を敗死せしめた朗報をもたらし，同伴したドリダヴァルマン王の侍従はヴァッツァ王 Ud. の援助を感謝する．ただ Pr. の行方はいまだ杳として判明しない旨を伝える．他方 Man. は Ār. が服毒したことを知らせ，王妃 V. は激しい悔恨の情に苦しみ，直ちに彼女を連れてこさせる．瀕死の彼女を見て侍従は，これこそ正にドリダヴァルマン王の娘 Pr. であると認める．解毒の術に長じたヴァッツァ王 Ud. の力によって Ār. は危機を脱する．王妃は素性の判明した Pr. を妃の一人として王に与え，万事めでたく終結する(第四幕)．

§78.　ラトナーヴァリー〔Rv.〕[440]

Rv. は Pr. と同じく4幕からなるナーティカーで，すでに述べた通り(§77)，内容においても構成においても Pr. と密接な関係にある．しかも Pr. より洗練された技巧を示し，H. の代表作であるばかりでなく，典型的ナーティカーとして，Skt. 劇文学の一佳篇たるを失わない．

ヴァッツァ王 Ud. の大臣ヤウガンダラーヤナ〔Y.〕は予言により，セイロン王の娘 Rv.[441] を娶る者は世界の支配者となることを知る．しかし王の正妃ヴァーサヴァダッター〔V.〕に対する愛情が深いため，両者に無断で王と Rv. との婚姻を計画する．セイロン王は Y. の懇願を容れて王女を海上 Ud. のもとに送る．不幸にして船は途中で難破し，Rv. はカウシャーンビーの富商に救われて死を免れるが，Y. は彼女をサーガリカー〔Sā.〕の名のもとに侍女として王の後宮に入れる．王妃 V. は優麗な Sā. が王の目にとまらぬように苦心するが，春の祭典の日に，王は道化役ヴァサンタカ〔Vas.〕を伴って禁苑に現われる．王妃は飛去った鸚鵡を探させるという口実を設けて Sā. を遠ざけるが，Sā. はひそかに隠れて王と妃とが愛の神カーマを崇拝するさまを見，美しい王をカーマの顕現かと思うが，これこそ自分の未来の夫 Ud. 王であることを知る（第一幕）．Sā. が熱心に王の肖像を画いているとき，友人スサンガター〔Su.〕が現われて，その傍らに Sā. の姿をかき添える．Sā. は意中を友人にうちあける．鎖を切って逃げた猿のため，後宮は恐怖に襲われ，Sā. と Su. もその場を去り，王妃に託された鸚鵡は飛立って茂みの木にとまる．このとき王は Vas. と共に茂みに入り，2 女性の会話を鸚鵡が繰返すのを聞き，かつまた上記の絵を見て，たちまち Sā. に対し激しい恋心を抱く．2 女性は絵を取りに戻り，王の熱烈な愛の告白を聞き，Su. はまのあたりに王の恋人を示す．王は Sā. の手をとり，その意中を伝えるとき，王妃は侍女カーンチャナマーラー〔Km.〕を伴って登場し，王の肖像を眺め，王の哀願をよそに黙って立去る（第二幕）．Vas. は Su. の協力を得て，王と Sā. との会合を計画し，Sā. に王妃の服装をまとわせ，Su. はその侍女に扮して随行することとする．しかしこの策略は密告によって王妃に知られ，王妃はみずから禁苑で王に逢う．王はこれを Sā. と信じて思慕の情を吐露する．王妃は嫉妬に燃え，王の謝罪も効を奏しない．王が独り悲歎にくれているところに，王妃の服装で Sā. が到着して王の声を聞く．彼女は今や不運の生涯に倦み疲れ，縊死により自己の生命を断とうと決意する．Vas. はこれを見て王妃とまちがえ，王も救助のために馳けつけるが，実は Sā. であることを発見する．一方 V. は軽率な憤激を悔い，王の赦しを乞うために登場する．しかしそこに彼女が見るのは王と Sā. との愛情の場面である．王妃は大いに怒って，Sā. と Vas. とを牢獄に投じる（第三幕）．王妃は Vas. だけを放免し，彼は独り監禁される Sā. から高価な頸飾を贈られ，これを王に渡し，王はそれを頸にかける．このとき将軍ルマンヴァットがコーサラ国を征服したという朗報が伝えられる．時を同じくして旅廻りの奇術師が，王と王妃との面前でその技術を披露する．その最中にセイロン王の使者二人が到着し，難破の結果 Rv. が行方不明になった事件を物語る．さらに後宮に火事が起こって恐しい叫喚が聞える．王妃は自己の残酷を悔い，王に Sā. の救出を請願する．王は燃える宮殿に突進し，気絶した Sā. をつれだす．火は忽然として消え，上記の奇術師の手品に過ぎなかったことが分かる．セイロン王の使者たちは，まず頸飾により，次いで Sā. 自体を見て，それが王女 Rv. であることを確認する．王妃 V. は，Sā. が実の従姉妹であることを悟り，王との結婚を許可する．最後に一切は大臣 Y. の策謀によることが明かされ，万事は幸福な大団円に終る（第四幕）．

§79. ナーガーナンダ〔Ng.〕[442]

Ng.「龍王の喜び」は5幕からなるナータカ（§5）で，前半3幕の内容は，神話的ヴィディアーダラ衆（半神族）の王ジームータ・ヴァーハナ（雲乗太子，〔Jīm.〕）とシッダ衆（半神族）の王女との恋愛を主題とし，筋の運びも上記2篇のウダヤナ劇と同工異曲である．しかし後半2幕は仏教的慈悲に徹する Jīm. の物語に移行する．義浄が南海寄帰伝第四に，[443]「戒日王は雲乗菩薩が身を以て龍に代るの事を取りて，緝（あつ）めて歌詠を為（つく）り，奏して絃管に諧（かな）い，人をして楽を作さしめ，これを舞い，これを踏みて，代（よ）に流布せしむ」と述べているのは，この戯曲を指すに相違ない．Jīm. 物語はブリハット・カターに基づくカター・サリット・サーガラ（§122）とブリハット・カター・マンジャリー（§119）とに伝えられ，「ヴェーターラ鬼二十五話」（§123）その他にも載せられている．[444]

ヴィディアーダラ衆の王子 Jīm. は孝心厚く，父王ジームータ・ケートゥに隠棲を勧め，老王は臣民の安祥を確認したのち，妻を伴って俗塵を避け，王子は父のためマラヤ山に近い森の中に新たな庵を探す．或る日王子は，ガウリー女神（シヴァ神妃）に仕えて苦行生活を送るシッダ衆の王女マラヤヴァティー〔Mal.〕が琵琶(ヴィーナー)を弾じつつあるのに出逢い，彼女がその夢を侍女に語るのを聞く．すなわちガウリー女神が夢に現われ，ヴィディアーダラの聖王が彼女の未来の夫となることを予言したという．王子はたちまち深い恋情の囚(とりこ)となり，道化役アーレーヤは若い二人を接近させ，王女もまた恋におちる．しかしこのとき王女は苦行者により庵に呼び戻され，愛人の会合は中断される．その苦行者によれば，シッダ衆の王ミトラーヴァス〔Mit.〕はその妹(＝Mal.)を Jīm. に与えるため，王子を探しに出たという(第一幕)．Mal. は恋に悩んで発熱し，石の寝台を用意させ，意中を伴侶たる侍女に告白する．Jīm. はアーレーヤを伴って登場，石台の上に坐って思慕の念を吐露し，台上に恋人の姿を描く．Mit. が現われて王子に妹 Mal. との結婚を申入れる．王子はこれが恋人の名であることを知らないため拒絶する．Mal. はこれを聞いて縊死を企てる．監視を怠らない侍女は驚いて助けを求め，王子は馳せつけて愛情を明かし，前述の絵姿を王女に示す(第二幕)．婚姻の祭典の酒に酔ったヴィタ(食客)とアーレーヤとの滑稽な場面のあと，新婚の夫妻が遊園を散歩しているとき，Mit. は Jīm. の親族マタンガが王国を簒奪した旨を報じ，直ちに出陣してこれを覆滅することを乞う．しかし Jīm. は殺生の残酷を厭い，報復の征討を拒む(第三幕)．Jīm. は Mit. と海辺を歩み，おびただしい骨の山を発見し，そのいわれを義弟に問う．鳥王ガルダとナーガ衆(蛇族)との協定により，日々ガルダに捧げられる蛇の遺骨であるという．Jīm. は憐愍の情に堪えず，身をもって蛇に代ることを決意する．この日の犠牲に定められた蛇シャンカチューダとその母との悲しい別れの光景を目撃して Jīm. は，身代りになることを申しでる．しかし蛇たちはこれを謝絶し，シヴァ神の祠に詣でる．このあいだに王子は犠牲のしるしたる赤衣をまとい，定めの石上に座を占める．飛来したガルダは王子を攫ってヒマーラヤ山に赴く．このとき花は大空より降り，天鼓は鳴り響く(第四幕)．Jīm. の父のもとに王子の冠から一個の宝石が血に染まって落下する．ガルダはこの日の犠牲がヴィディアーダラ衆の王子であったことを知り，贖罪のため身を火中に投じようとする．このとき Jīm. の両親と妃とが，みずからの火葬の薪を携えて登場．Jīm. はいとしい者達の面前で失神し，これらの者もまた気絶する．ガルダは前非を悔い，瀕死の王子に以後蛇を食らわぬことを誓う．またガルダは，インドラ神に甘露の雨を降らせて，王子のみならずすでに犠牲となったすべての蛇を蘇生せしめることを乞う．他方 Mal. は，ヴィディアーダラ衆の聖王を彼女の夫として与えなかったガウリー女神の違約を責める．女神が現われて王子を蘇生させ，聖王の位につけ，インドラ神は甘露の雨によってすべての蛇を生きかえらせる．ガウリーは新聖王に天的宝珠を授け，簒奪者マタンガの降伏によって王国を回復させる(第五幕).

§80. 評価・言語・文体・韻律

Rv.(および Pr.)の場面・主要な登場人物は劇論家の規定するナーティカーの細則に合致し，一見独創性に乏しく思われるが，定型を忠実に守る点こそ，インドの理論家によりナーティカーの模範として高く評価され，ダシャルーパ等の劇論にしばしば例証として援用されるゆえんである．[445] Pr. は Rv. のための習作と見えるほど似ているが，前者の第三幕に含まれる劇中劇[446]は，後者の中に対応場面をもたない．H. はバーサおよびカーリダーサの手法を学び，[447] 特に Rv. が「マーラヴィカーとアグニミトラ」(§§ 47–49)に負うところの多いのは一目瞭然である．しかし登場人物の性格を描きわけ，[448] 筋は比較的に単純ながら前後よく照応し，冗漫におちいらない．カーリダーサに見られる新鮮味或いは豊富な想像力には及ばずとも，洗練された技巧と温和な筆致に，劇作者としての H. の本領があった．これに対し Ng. は第三幕まで常套の恋愛物語に過ぎないが，第四・第五幕にいたって俄然様相を変じ，主調は甘美な恋情から自己犠牲の悲愴に移る．この劇がインドラ神の祭典に上演され，また結末がガウリー女神の恩恵による点から見て，仏教劇とはいえないが，仏法の説く慈悲・利他行および堅固な信仰を戯曲化したところに独特の興味がある．前半と後半との連絡に唐突の嫌いがあり，細部に欠点が見いだされるとしても，Jīm. の崇高な心情・行動を舞台にのぼせたことは，Skt. 劇中に異彩を放っている．

H. は恋愛の情緒豊かな詩節に卓抜した技能を発揮するが，自然の風物・季節の景色・華麗な結婚式(Ng. III)・潮汐の現象(同 IV)の描写にも秀で，鸚鵡の饒舌(Rv. II)，変装から起こる手違い(同 III)，奇術・火災・戦争(同 IV)等の場面，Pr.(III)の劇中劇は巧妙に使用されている．Ng. は超自然の要素を多分に含むが，H. は健全な趣味に支えられ，いずれの劇においても，歌謡・舞踏と動作との調和を保つことを忘れない．

(言語・文体)[449] H. の文才がバーナによって称揚されたことはすでに述べた(§76 c. n. 431)．彼の文体は軽快・繊細で，その特徴は「心に宿る歓喜」と伝えられる．[450] 会話においても詩節においても節度を失わず，Skt. においても Pkt. においても文法の規則を守り，長大・難解な合成語を避け，概して単純・簡明な表現を用い，しかも劇的効果を挙げている．カーヴィア体に欠くことのできない音韻・意義に関する修辞法を使用しつつも過度の複雑の弊を犯さない．Pkt. としては普通の 2 種のほか，Ng. においてはマーガディーをも用いている．

(韻律)[451] H. は作詩法にも通じ，カーリダーサよりもむしろ複雑な韻律を好んで使用した．ただし Pr. は他の 2 篇に比し，詩節の数も種類も少ない．

二　バヴァブーティとその作品*

§81. Bhav. の伝記と年代

カーリダーサ以後その塁を摩する劇作家としては Bhav.[452] に及

*　本節の略字．Bhav. ＝バヴァブーティ．Mm. ＝マーラティー・マーダ

ぶ者はない．彼の家系はその三戯曲の序幕から知られる．[453] 南印ヴィダルバ(ベラール)のパドマプラ[454]を故郷とし，その家柄[455]はいわゆるウドゥンバラ・バラモンで，カシアパを祖とする種姓(ゴートラ)に属し，黒ヤジュル・ヴェーダのタイッティリーヤ派を奉じ，かつその学匠であった．五聖火を安置し，ソーマ祭を執行した．彼の五代の祖はヴァージャ・ペーヤ祭に参加し，マハー・カヴィ(大詩人)の称号で呼ばれた．彼は本来シュリー・カンタと称したらしく，[456] 最高級の苦行者ジュニャーナ・ニディに師事し，敬虔で学識の深い詩人であり，かつ俳優とも親密な関係を保った．彼の戯曲がいずれもカーラプリヤ・ナータ(＝シヴァ神)[457]の祭典に上演するために作られたことから見ても，信仰はシヴァ派に属したと見られるが，必ずしも熱烈な教徒ではなく，一元哲学思想にも習熟していたと思われる．彼の学殖が非常に広い範囲にわたったことは，みずから語るところならびにその作品から窺われる．すなわちヴェーダ[458]・ウパニシャッドからサーンキア・ヨーガ等の哲学諸派に及び，文法・修辞の学に精しく，論理・法典，カーマ・スートラ[459]についても造詣が深かった．

Bhav. の年代は，カニアークブジャ(カナウジュ)のヤショーヴァルマン[460]の宮廷詩人で，Pkt. の叙事詩ガウダ・ヴァホー「ガウダ王誅戮」の作者として知られるヴァークパティ・ラージャと同時代に生存したことから推定される．ヤショーヴァルマンは文武の誉れ高く，その宮廷に多くの文人を集めたが，ラリタ・アーディティアと号した敵手カシュミール王ムクターピーダの威武に屈した．[461] これは 740 A. D. ごろの出来事であり，Bhav. はヴァークパティ・ラージャの先輩であったと思われるから，[462] 詩人としての彼の活躍は，8世紀の前半に措定される．[463]

ヴァ．Mvc. ＝マハーヴィーラ・チャリタ．Urc. ＝ウッタラ・ラーマ・チャリタ．

現存する三戯曲の制作順序については，熟達の程度を勘案して，一般に Mvc.—Mm.—Urc. の序列が考えられている.[464] ここではまずラーマ物語を主題とするナータカ2篇を説明し，次いでジャンルを異にする Mm. について述べることとした.

§82. マハーヴィーラ・チャリタ〔Mvc.〕[465]

Mvc. は7幕からなるナータカで，ラーマーヤナ I–VI に相当するラーマ物語を適宜に改変しつつ戯曲化したものである.[466] ラーマの幼少時代の事蹟，シーターとの結婚，流謫，シーターの掠奪と回復，ランカーからの凱旋ならびに即位を内容とし，ラーマの高潔な性格を浮彫りにし，騎士道の理想をこれに託して，義務の観念，寛大・勇敢の美徳をこれに集中している. 悪魔ラーヴァナとの関係は，正義と邪曲，率直と陰険の対比として表わされ，シーターにおいてもまた女性の理想化の傾向が強い. 個性ある人物の内面的発達を描くよりも，一聯の場面の連結に終った観があり，作劇技術に熟達を欠く憾みがある. もちろん Bhav. 独特の詩節に見るべきものがあるが，適度を超えて多弁を弄する弊が認められ，言語・文体の洗練度および韻律の上から見て，Bhav. の第一作と考えられる.

しかし原典の伝承に関しては問題がある.[467] すなわち Mvc. V. 46から終りまでのテキストに3種の異本がある点である. (1)概して北方系の写本に含まれ，一般に流布しかつ多くの出版によって代表されるもの(流通本)； (2)これと VI–VII を共通にしつつ，V. 46 (ほとんど(1)の詩節に同じ)から V の終りまでを異にし，ヴィナーヤカに帰せられるもの；[468] (3)南方系写本に含まれ，上記2伝本と V. 46 以下を異にしスブラフマニアに帰せられるものがある.[469] 従って(1)の V. 46 以下が Bhav. の真作か否かが疑われ，種々な見解が提出された. V. 46 から V の終りまでの部分は，詩論家により引用されているから真正性が強い. これに反し VI–VII は全く顧みられていない. 全篇を Bhav. の真作であると主張する学者もあるが，[470] いまだすべての疑問が氷解されたとはいえない. 当初から未完成の作品として上演されなかったとは断定しえないが，たといBhav. によって完成されたとしても，何らかの理由により，VI–VIIが他の作家により改作された可能性は否定できない．

§83. ウッタラ・ラーマ・チャリタ〔Urc.〕[471]

Urc. は7幕からなるナータカで，ラーマーヤナの後篇ウッタラ・カーンダに取材し，内容上Mvc.(§82)の続篇をなしている．[472] すなわちラーマの即位に始まり，シーターの放棄を経て最後の和合に終る．ただし第四幕以下ラーマの物語から離れ，最後の3幕においてはいちじるしく改変されている．[473] Mvc. に比べて形式・技巧に熟達の境地を示し，カーリダーサの作に匹敵する傑作と認められる．しかし劇的発展の興味より，時に抒情的な時に描写的場面の連続が主体をなし，ややともすれば冗漫に流れる叙述，同音反覆を含む長い合成語の頻出などの欠点に煩わされて，軽快を欠く憾みがある．ただし人間的悲哀に悩むラーマと影のごとくこれに伴うシーターとの心理を把握し，彼らの双生児クシャとラヴァとの性格を描出することに成功している．

ラーマの即位式が終了し，列席者はアヨーディアーを去って各々家路につき，ヴァシシュタ仙夫妻，ダシャラタ王の寡婦たちは，リシア・シュリンガ仙の庵に赴く．シーターの潔白は聖火の審判によりすでに証明されたにもかかわらず，巷間に悪意ある風説が流れている．この状況を背景として第一幕は始まる．ラクシュマナの勧告に従いラーマとシーターとは画廊を訪れ，ラーマの過去の事蹟を示す絵画を次々に見て感慨に耽る．ラーマは魔法の武器ジュリンバカが彼の息子に使用されること，ガンガー河がシーターを守護することを希望する．シーターはかつてラーマと共に暮した森を訪ねたいといい，ラクシュマナはその旅行の準備にかかる．シーターは疲れて眠る．——世評を探るため派遣されたドゥルムカは好ましからぬ噂をラーマに伝える．ラーマは王者の義務のために愛情を犠牲にし，すでに妊娠しているシーターを上記の森に棄てる決意を固め，大地の庇護を祈りつつ深い悲しみに打たれる(第一幕)．(12年の後.)ダンダカーの森の中で出逢った2女性――かつてヴァールミーキ〔Vāl.〕の弟子であった苦行女アートレーイーと森の精女ヴァーサンティー――の会話から次のことが知られる．大仙Vāl.に二人の子供(クシャとラヴァ)が託され，彼らは薫陶を受けて他の門人を凌駕した．他方Vāl.仙はラーマの事蹟を未曾有の韻律により歌って大作を完成した．しかしシーターの行方は知られず，ラーマは馬祀の大祭を志し，シーターを忘れえず，その代りとして黄金の像を作らせたという．――(ラーマ剣を手にして登場.) シュードラには許されない苦行を修するシャンブーカに一撃を加えるが，シャンブーカはこれによって浄化され，再び現われてラーマを伴い，アガスティア仙の庵へ赴く(第二幕)．河神タマサーとムララーとの対話からシーターの消息が知られる．一旦は自殺を決意したが，シーターはガンガー河と大地との2神格に救われ，無事に分娩した双生児はVāl.仙に託されたという．ガンガーの好意により彼女はかつての住居の跡を訪ねるが，他からは全く見られない．ラーマもまた同じ場所に来て懐旧の情に堪えず，しばしば失神する．その度ごとに影のごとく不可視のシーターに撫でられて意識を回復し，ますますシーターに対する思慕を増し，ついにその場を去る(第三幕)．ヴァシシュタ仙夫妻，ダシャラタ王の寡婦たちは，リシア・シュリンガ仙の12年にわたる祭式終了後，Vāl.仙の庵に到着し，さらにシーターの父ジャナカ王もこれに加わる．ジャナカはラーマの母カウサリアーを見て憤懣を爆発させ，ヴァシシュタ仙の妻アルンダティーによりようやく宥められる．――Vāl.仙を父と思いクシャを兄弟と呼ぶ少年ラヴァは，Vāl.作ラーマーヤナの知識により，ジャナカおよびカウサリアーにラーマとシーターとの事蹟を語り，Vāl.仙はその続きをさらに戯曲に作ったことを話す．このときラーマの馬祀のための馬を護衛する一行が到着し，ラーマを称揚して他のクシャトリア(武人階級)に勝るというのを聞き，少年ラヴァはクシャトリアの面目にかけ，敢然として武装した部隊に立ち向かう(第四幕)．護衛長官チャンドラ・ケートゥ(ラクシュマナの息子)はラヴァの勇気に感激し，老齢の御者は，かつてラーマに授けられた魔法の武器ジュリンバカを少年が使用するのを見て驚く．両若人は一騎討を試みようとしつつ，内心たがいに惹かれるもののあるのを覚える(第五幕)．しかし誇り高いラヴァの激しい言葉に刺戟されて戦闘は開始され，ラーマの出現によって終止するまで継続する．ラーマはチャンドラ・ケートゥから勇敢な相手について聞き，ラヴァは馬祀の馬の護衛者を妨げたことを詫びる．使命を果して帰還したラヴァの兄クシャもこれに加わり，両少年がラーマーヤナの部分を暗誦するのを聞いてラーマは非常に感動する．ジャナカおよびダシャラタの寡婦たち登場(第六幕)．Vāl. は彼の新作の戯曲の上演に多数の見物を招く．(劇中劇) ガンガーと大地との二女神が，悲歎にくれるシーターを支え，おのおの一人の幼児を連れて登場．大地は娘シーターの不運をかこち，ラーマを非難し，ガンガーはこれを宥める．シーターは永遠に身を隠そうとするが，両女神の説得により，離乳期まで幼児を育み，その後彼らを Vāl. 仙に託することとする．魔法の武器の声があり，かつてラーマが画廊で望んだ通り(第一幕参照)，彼の息子に使用される旨を告げる．シーターは地下に隠れ，ラーマはすべてを現実の出来事と信じて絶望する．しかしアルンダティーは真実のシーターを伴って現われ，彼女の完全な潔白を高らかに宣示する．Vāl. 仙みずから両少年クシャとラヴァとをラーマに引渡す(第七幕)．

§84.　マーラティーとマーダヴァ〔Mm.〕[474)]

Mm. は 10 幕からなるプラカラナ(§5)で，内容は作者の考案によるとされるが，この場合ブリハット・カター(§117)系の物語に負うところが多い．[475)]

パドマーヴァティーの王の大臣ブーリヴァスとヴィダルバの都クンダナプラの王の大臣デーヴァラータとは，かつて学友であったとき，将来家庭をもったあかつきには，できうれば双方の子供を結婚させて，友情を次の世代に受け継がせたいと，同門のカーマンダキー〔Kām.〕とその門人サウダーミニーの面前で約束した．デーヴァラータはその息子マーダヴァ〔Mādh.〕をまず，仏教の尼僧となったKām. のもとに送る．その仲介でMādh. とブーリヴァスの娘マーラティー〔Māl.〕とは相思の仲となる．しかしパドマーヴァティーの王はMāl. を寵臣ナンダナと結婚させる意図を明らかにするため，ブーリヴァスは主人の要請を拒み難く苦境におちいる．Mādh. は失望し，生肉を悪魔に売って，超自然力を得ようとする．夜中恐ろしい墓地で，カラーラー女神の司祭ゴーラガンタが魔法によって攫ってきたMāl. を，弟子カパーラ・クンダラーに手伝わせて犠牲に捧げようとするのを見て，ゴーラガンタを殺し，愛人の生命を救う．これに対しカパーラ・クンダラーは師匠のために復讐を誓う．

この主筋の進行に並行して，他の一組の男女の間に恋愛が発展する．すなわちMādh. の友人マカランダ〔Mak.〕は，ナンダナの妹マダヤンティカー〔Mad.〕が虎に襲われてすでに生命を落とすところを救い，二人はたがいに激しく愛し合うにいたる．Kām. の計画に従い，Mādh. とMāl. は逃亡し，Mak. はMāl. に代って花嫁姿を装い，ナンダナと偽りの結婚式を挙げる．しかしナンダナの情熱は激しく拒否され，彼は当惑して妹Mad. をして宥めさせようとする．Mad. はMāl. に変装している恋人Mak. を見いだし，二人は逃亡する．兵士たちの追跡を受けてMak. は奮闘し，Mādh. はこれを知って友人の救援に赴く．このすきに上記のカパーラ・クンダラーはMāl. を掠奪する．Mādh. はいたるところに彼女を探し求めるが効果なく，ついに自殺を決意する．しかしKām. の門人サウダーミニーはMāl. の生存を示す証拠の花環をもたらし，一同がその安否を気づかうところへ，突然Mādh. はMāl. を伴って戻って来る．王は若人たちの勇気を愛で，Mādh. とMāl. との結婚を許すばかりでなく，Mad. をMak. に与える．

この劇には2件の恋愛物語が対照的に組合わされ，主調は恋情であるが，[476] 驚愕・奇異・悲愴・勇武等の情調(ラサ)も喚起され，筋の運びにスリルなしとしない．他の2作と同様に，誇張・極端・長大な合成語などの欠点はここにも認められ，事件の進展に必然性を欠くとはいえ，Mvc. に比べて，表現力・描写力・作劇技術において，進歩の跡がいちじるしい．

§85. 評価・言語・文体・韻律

Bhav. に対するインド人の評価は古来非常に高く，少なくもその代表作 Urc. は他の追随を許さないとされた．[477] 彼は強い自負心を持ったに違いなく，その名声の定まるまでに時間を要したらしく，みずからその不平をもらしているかに見える．「われらを軽蔑なさる方々は，何かご承知には相違ない．とはいえわれらの骨折はそのような方々に向けられてはおりませぬ．われらと意向を同じくする人も，いつか生れて参りましょう．時間は無限，大地は広いものでありますから．」[478] Bhav. はヴァーマナ(8 世紀)[479]を始めとして詩論家・劇論家に引用されているほか，諸種の詞華集に載せられる詩節の数も少なくない．その中には現存の三戯曲の中に見いだされないものもある．[480]

Bhav. はシュードラカの「土の小車」(§§25–26)を知り，Mm. によってこれに対抗する意図を示したと思われるが，カーリダーサに負うところの多いことは，その作品自体が明示している．Mm. の第九幕(マーダヴァの彷徨)とヴィクラマ・ウルヴァシーヤ第四幕(§45)との類似はしばしば指摘されるが，メーガ・ドゥータ(§57)の影響もまた否まれない．[481]

(言語・文体)[482] Bhav. が古典 Skt. の文法に通暁していたことはもちろんであるが，[483] 若干パーニニの規定を逸脱した例もある．[484] 語彙はすこぶる豊富で，しばしば珍奇な単語を使用し，好んで響の強い単語を選んで音韻上の効果を狙った．また同一語の反覆は特徴的である．[485]

Pkt. としてはシャウラセーニーのみが用いられ,[486] しかも散文以外には使用されない．その分量は Mvc. において少なく，Mm. において増大するが，その文体は Skt. のそれと選ぶところがない．

作品によって差異はあるが，Bhav. の文体は直截・雄勁を特徴とする．しかしカーリダーサの穏和・明朗に比べて哀愁の暗影が漂う．修辞法は比較的に簡素であるが，Bhav. は何にも増して情調(ラサ)を重要視する．その最も得意としたのは「悲愴」で，ために石も泣くとさえいわれる．[487] このほか彼は必要に応じて「恋情」のみならず種々の情調を喚起するに努めている．[488]

Bhav. の文体・用語には長所と短所とが同居している．Mvc. および Mm. にあっては詩節・散文，Skt.・Pkt. を問わず長大な合成語が多く，ガウディー体(§3)の特徴を示すが，Urc. にいたっては，冗漫な描写は簡明・率直な表現にかわり，単純な語句と長い合成語との交錯により，対照的な妙味を発揮する．一般に誇張・多弁の傾向があり，感情の激発，超自然の要素が多く，晦渋・難解の個所も少なくなく，学識に任せて専門的知識を要求する語句の使用をも厭わない．この反面自然の描写に勝れ，特に心理的観察は鋭く，この点 Skt. 詩人中彼に及ぶ者はない．また人物相応の科白を用いる才能にも恵まれていた．彼の戯曲は場面の羅列に終始し，全体としての総合力に欠けていると評されるが，彼の偉大は作劇の技巧よりもむしろ作詩の天分に存し，真に言語の駆使者の名に恥じない．[489] 義務・正義の観念が非常に強く，不動の友誼・愛情の尊さを強調する．このような性格のしからしめたところか，慣習を破って彼の戯曲のいずれにも道化役ヴィドゥーシャカが登場しない．その結果軽快な諧謔に乏しく，僅かに一抹の皮肉によってこの欠陥を補っている．[490]

(韻律)[491] Bhav. は韻律に関しても人後におちず，ラーマ劇2篇はラーマーヤナとの関係上，多数のシュローカ詩節を含むが，その他の場合に困難な韻律を駆使する手腕を発揮することを忘れていない．

三 その他

Skt. 劇の数は600に達するといわれ,[492] 今は散佚して名のみ知られ或いは僅少の断片を残すものも少なくない.[493] 内容はカーヴィアの場合と同じく, 二大叙事詩・プラーナ文献に取材したもの, 恋愛物語を劇化したもの, 伝説或いは歴史を背景にもつもの, 宗教劇・寓話劇・笑劇等多岐にわたっている. 以下特色ある作品若干を例とする.

§86. ヴェーニー・サンハーラ〔Veṇ.〕[494]

Veṇ.「結髪」はSkt. 劇中インドで最も愛好されたものの一つである. 著者バッタ・ナーラーヤナ[495]の伝記および年代については, 多くの論議を招いたが, 確定的結果には到達していない. 最も普通に行なわれる説明によれば, 彼は, パーラ朝以前に一王朝を創始したアーディ・シューラ(またはアーディーシャ)王により, カニアークブジャからベンゴールに招かれたバラモンの一人とされる. この伝承を史実と認め, 他の事実をも傍証として, 彼を6世紀と9世紀との間に置く種々な試みが行なわれた. しかしこの伝説の信頼性は確かでなく, これを基礎としての推論には難点がある. Veṇ. はすでに詩論家ヴァーマナ(8世紀)およびアーナンダ・ヴァルダナ(9世紀)に知られ, 文体もバヴァブーティ(§81)とほぼ同時代を示唆するから, おそらく8世紀の作品と考えて支障はない.[496]

Veṇ. は6幕からなるナータカで, その名の示す通り, 題材を大叙事詩にとっている. パーンダヴァ五王子の長兄ユディシュティラが賭博に敗れ, 彼らの共通の妃ドラウパディーは, カウラヴァ百王子の一人ドゥフシャーサナにより, 衆人の眼前で, 頭髪を摑んで曳きずられた屈辱を憤り, 復讐の遂げられるまで, 解かれた髻(ヴェーニー)を再び結ばないと誓う. この報復の実現が中核をなすべきであるが, 実際は使者クリシュナの調停が不成功に終るところから, 前記のドゥフシャーサナおよびカウラヴァ軍の総帥ドゥルヨーダナがビーマの手によって斃されるまで, ほとんどバラタ戦争の全期間にまたがっている.[497] 大体において大叙事詩の筋を追って進むが，多岐にわたる插話の介入によって，劇的集中力を欠いている.

Veṇ. の著者は恐怖と悲愴の場面によって力（オージャス）を表現するに努め，恋愛の要素[498]は従属的に挿入されているにすぎない. 主な登場人物の性格には明瞭な輪郭が与えられ，カウラヴァ百王子を代表するドゥルヨーダナは悪徳の具現者であり，これに対してユディシュティラは穏健の美徳を発揮する. ドラウパディーは怨恨と瞋恚に燃える強い女性として描かれている. ビーマは復讐の鬼であり，その目的のためとはいえ，彼の粗暴・残忍には好感をもちえない. 両陣営に対する伝統的評価に左右されて柔軟性を欠いているが，時には作家の雄勁な筆致に救われる. 物語の要素の多いことは，全体の連絡に緊密性の薄い結果をきたしたが，插話の中には異色のものもあり，第三幕の始めに羅刹女がその夫のため戦場の死屍を漁る無気味な場面はその例である. 第五幕において老王ドリタラーシュトラとその妃ガーンダーリーとが調停に現われるが，ドゥルヨーダナは和平の勧告を拒否し，ビーマとアルジュナとの態度はあくまで冷酷である. 大体において筋の運びに自然の発展を欠き，不統一の憾みはあるが，作者は古典劇の規範を忠実に守り，Veṇ. はインドの理論家に極めて高く評価されまた引用されている.[499]

Veṇ. の写本は相当な相違を示し，少なくもデーヴァナーガリー文字本とベンゴール本との区別が認められる.[500] 言語・文体[501]は技巧的で，Skt. においても Pkt. においても長い合成語を使用して軽快を欠く. この点はバヴァブーティ (§ 85) と共通するが，Veṇ. には冗漫な部分と卓抜な部分とが並存し，個々の詩節には朗唱に堪えるものも少なくない. 要するに Veṇ. はその資料たるマハー・バーラタに依存したため，叙事詩的に進行し，純然たる戯曲というより，戯曲的カーヴィアたる感を深からしめる. Pkt. としてはシャウラセーニーのほかマーガディーが用いられ，韻律は他の古典劇と同様の段階にあるが，比較的に複雑である.

§87. アナルガ・ラーガヴァ〔An.〕[502]

An.「比いなきラグの後裔(＝ラーマ)」は，しばしば作者の名を冠して，「ムラーリ・ナータカ」と呼ばれる．ムラーリの年代および故郷は明確でないが，バヴァブーティ(8世紀，§81)のラーマ劇を範とし，ハラ・ヴィジャヤ「ハラ(＝シヴァ)の勝利」を作ったカシュミールの詩人ラトナーカラ(またはラージャーナカ，9世紀中葉)に知られていたと推定されるから，おそらく9世紀の人であったと考えられる．マーヒシュマティー(ナルマダー河畔のマンダーター)に居を構えたカラチュリ朝の或る君主に仕えたか否かは臆測の域をいでない．

An.はその名の示す通り7幕からなるラーマ劇であるが，ラーマの伝記の主要点は特別に興味ある趣向なく踏襲され，ヴィシュヴァーミトラ仙が悪魔征服のため，幼いラーマの援助を父王ダシャラタに乞う条から始まり，ランカーにおける勝利ならびに即位に終る．

ムラーリはバーラ・ヴァールミーキ「若きヴァールミーキ」と自称し，強くバヴァブーティに影響されているが，[503] 劇作者としては遠くこれに及ばず，インドの理論家の称讃は主としてその言語・文体に起因する．[504] An.は戯曲として行動に乏しく，描写が多く，過度の空想によって歪曲され，文体は誇張に富み，粉飾を凝らし，語彙は豊富であるが，珍奇な語形を交えている．[505] ただし諧音と表現力とを具備する部分を含んでいることは否めない．古来インドにおける愛好はこの点に基づくものと考えられる．[506]

§88. ラージャシェーカラとその作品*

(伝記・年代)　古典期の終末に近く現われた比較的多作の詩人Rāj.[507]は，自身の家系・生涯についてかなり詳しく語っている．彼はマハー・ラーシュトラ(マラータ)のヤーヤーヴァラ家に生れた

＊　本節の略字．Rāj.＝ラージャシェーカラ．Bbhār.＝バーラ・バーラタ．Brām.＝バーラ・ラーマーヤナ．Viddh.＝ヴィッダ・シャーラバンジカー．Karp.＝カルプーラ・マンジャリー．

クシャトリアで，チャーハマーナ王家の息女アヴァンティスンダリーを妻とした．宗教に関してはシヴァ派に属したが，決して排他的ではなかった．北印マホーダヤ(＝カニアークブジャ)に都したプラティハーラ朝のマヘーンドラ・パーラ王(9–10 世紀)[508]に師として迎えられ，次代のマヒー・パーラ王(およそ 914–931 A. D.)の時にもその宮廷に仕えた．しかし或る時期にはトリプリーに居を構えたカラチュリ朝のユヴァラージャ一世(10 世紀前半)とも関係をもったらしい．従って Rāj. の年代は 900 A. D. を中心として 9 世紀から 10 世紀にまたがったものと推定される．この年代は Skt. 文学史における後先関係からも裏づけられる．[509] Rāj. は明らかにカーリダーサ，ハルシャ(7 世紀，§75)，バヴァブーティ(8 世紀，§81)を範とし，ムラーリ(9 世紀，§87)にも負うところがある．彼はまた「ハラ・ヴィジャヤ」の作者ラトナーカラおよびドゥヴァニアーローカの著者アーナンダ・ヴァルダナ(共に 9 世紀中葉)を知っていたが，他面において彼の作品は，10 世紀後半に属するソーマデーヴァ・スーリ(「ヤシャス・ティラカ」の作者，§100. 4)ならびにダニカ[510]によって知られていた．

(作品) 詩論カーヴィア・ミーマーンサー〔Km.〕[511]のほか，Rāj. の戯曲の現存するものは 4 篇で，その中の 2 篇は二大叙事詩を題材とした Brām. と Bbhār. とで，他の 2 篇は王宮を舞台とする恋愛劇 Viddh. と Karp. とである．これら 4 篇の制作順次には諸説があり，いずれも理由をもちながら全面的な説得力を有しない．ここには仮りに Brām., Bbhār., Viddh., Karp. の順序を想定した．[512] 初 3 作は Rāj. の自伝に照らして首肯されるし，全篇 Pkt. を用いた Karp. のような野心作は，すでに詩人の名声の確立した時代にのみ可能である．[513]

Brām. I. 12 によれば，Rāj. はこれ以前すでに 6 作を発表したというが，その名称・内容は分からない．もし上述の通り Brām. をもって現存四戯曲の先頭に置くとすれば，他の 3 篇は Brām. に先だつ6作の中には入らない．また諸種の詞華集はRāj.に帰せられる多数の詩節を含み，その中には現存作品中に見いだされないものも少なくない．[514] なかんずく興味のあるのは有名な作家に関する批評を含む詩節で，その全部が彼の真作であるという保証はなくとも，文学史家の参考となる．[515] いずれにせよ，Rāj.の著作で今は散佚したもののあることは明らかで，文学作品としては戯曲「ラトナ・マンジャリー」およびマハー・カーヴィア「ハラ・ヴィラーサ」がこれに擬せられる．また文学書ではないが，一種の地理名彙集ブヴァナ・ローカはRāj.の作といわれる．[516]

次にRāj.の四戯曲[517]につき略言する．

1. バーラ・ラーマーヤナ〔Brām.〕[518]

Brām.「幼童のためのラーマーヤナ」は，マヘーンドラ・パーラ王(上記参照)のために上演されたナータカで，10幕からなっている．シーターの選夫式からラーマのアヨーディアーへの凱旋にいたる全ラーマ物語を劇化し，若干の新しい場面を加えている．ヴァールミーキの大叙事詩，バヴァブーティのラーマ劇に負うことは，作者自身の認めるところで，かつ明らかにカーリダーサの「ヴィクラマ・ウルヴァシーヤ」第四幕(§ 45)を模倣した場面がある．Skt.劇中最長のもので，詩節の数は741に達する．しかし劇としては冗漫に流れ，長い描写と過多の文飾に精力を傾けている．

2. バーラ・バーラタ〔Bbhār.〕[519]

Bbhār.「幼童のためのマハー・バーラタ」は，プラチャンダ・パーンダヴァ「激怒せるパーンダヴァ王子達」とも呼ばれ，序幕の文句によれば，マヒー・パーラ王(上記参照)のために上演されたナータカであるが，現存の形では僅かに2幕からなり，周く知られる大叙事詩の場面，すなわちドラウパディーの選夫式に始まり，ユディシュティラが賭博に敗れてドラウパディーが敵方から辱められ，パーンダヴァ五王子が追放されるまでを内容としている．Brām.の姉妹篇として宏壮な規模のもとに大叙事詩の劇化を意図したと想像されるが，実際はナータカの定義に反して2幕にとどまり，[520] 明らかに未完成の様相を呈している．Km. がこれより後に書かれたと見ることが正しければ(上記参照)，作者が中途で筆を絶ったというより，むしろ何らかの理由で第三幕以下が失われたものと考えられる．

3. ヴィッダ・シャーラバンジカー〔Viddh.〕[521]

Viddh.「彫像」はユヴァラージャ一世ケーユーラヴァルシャ(上記参照)の命によって上演されたナーティカー(§5)で4幕からなっている．ラータのチャンドラヴァルマン王に男子がなく，一人娘ムリガーンカーヴァリーを男子に仕立て，ムリガーンカヴァルマンと呼んで，宗主ヴィディアーダラ・マッラ王の宮廷に送る．ナーティカーの型通り，王と王女との恋愛に発展し，両者の会合，道化役と後宮の女性との間の葛藤，奇術師の介入，女王の策謀等の曲折を経て，最後にチャンドラヴァルマンに男子誕生の吉報がもたらされ，ムリガーンカーヴァリーは女王の従姉妹であることが判明し，万事円満に解決する．この劇においてハルシャの影響は顕著である．

4. カルプーラ・マンジャリー〔Karp.〕[522]

Karp. は4幕からなり，全篇 Pkt.(シャウラセーニーとマーハーラーシュトリー)で書かれ，劇形式の上からは，ナーティカーの一種サッタカ[523]を代表する．詩人の夫人の要請により作られ，耳ざわりの荒い Skt. を避け柔軟な Pkt. を用いたという．本書は原則として Pkt. 文学に触れないが，Rāj. の作品中最も注目すべきものであるからここに加えた．Viddh. の場合と同じく，内容はナーティカーの型をいでない．チャンダ・パーラ王とクンタラの王女 Karp. との恋愛を主題とし，両者の密会，女王の嫉妬と妨害，王女の監禁，密会の継続，奇術師の援助，王女の素性(実は女王の従姉妹)の判明，幸福な大団円へと進行する．筋は後宮の恋愛遊戯にすぎないが，Rāj. はその詩的技巧を発揮して，描写・文飾に力を注ぎ，144詩節のために17種の韻律を駆使し，Pkt. の知識を誇示するのみならず，[524] 口語ことにマラーティー語からの語彙を含んでいる．

（文体・韻律）[525] Rāj. の信念によれば，あらゆる言語に通じた者にとり，使用する言語のいかんを問わず，表現法が最も肝要である．従って彼の諸作は，劇作家としての創造力の所産というより，カーヴィアの要求する描写（日出・日没・季節・乙女の遊戯・戦争等）を快適な音韻と巧妙な修辞法とをもって飾る技能に依存している．時によき趣味の欠如，冗長の弊を曝露するとはいえ，好んで箴言的語句を用い，時には脚韻を交え，優雅な表現力によって美しい詩節を作った能力は看過すべきでない．また作詩法にも熟達し，Skt. および Pkt. の困難な韻律の使用に異常な才能を発揮している．

§89. チャンダ・カウシカ〔Ck.〕[526]

クシェーミーシュヴラ（またはクシェーメーンドラ）の Ck.「激怒せるカウシカ（＝ヴィシュヴァー・ミトラ仙）」は，5幕からなるナータカで，マールカンデーヤ・プラーナ（VII, VIII）から知られるハリシュチャンドラ王とヴィシュヴァー・ミトラ仙との物語に題材を採っている．王の不注意な行為に対する仙人の憤怒と呪詛，贖罪のため一切を放棄する王の誠意を描き，結局すべては王に対する試練にすぎず，重なる不幸は転じて幸福な結着を見る．凄惨な暗い場面，長い合成語を伴う重苦しい文体は，範をバヴァブーティにとったものと思われるが，劇としては特に傑出した点なく，インドの理論家によってほとんど顧みられていない．[527]

この劇はマヒー・パーラ王のために作られて上演された．この王はラージャシェーカラ（§88）を庇護したカニアークブジャの支配者と同一と思われるから，詩人はラージャシェーカラより少しく若い同時代の人とされる．[528]

なお同一詩人には7幕からなるナータカ「ナイシャダーナンダ」（「ナイシャダ（＝ナラ王）の喜び」）[529]が帰せられる．ナラ王物語を戯曲化した作品であるが，その首尾が知られているのみである．

§90. マハー・ナータカ〔Mn.〕[530)]

Mn.「大戯曲」またはハヌマン・ナータカ「ハヌマット劇」は，2種の伝本によって知られる．(1)西印伝本．ダーモーダラ作，14幕からなり，主としてデーヴァナーガリー文字の写本により伝えられる．詩節数581，注釈者：モーハナダーサ．(2)ベンゴール伝本．マドゥスーダナ作，9幕からなり，ベンゴール文字の写本により伝えられる．詩節数730，注釈者：チャンドラシェーカラ．ただし両伝本は約300詩節を共通にする．A.エステラーの精密な研究によれば，(1)が基本で，(2)はこれから出発したものである．[531)]

インドの伝承に従えば，Mn.の真の創作者はラーマの忠実な協力者猿将ハヌマットである．ハヌマン・ナータカの名はこれに由来する．[532)] ハヌマットはこの作品を石に刻んだが，ヴァールミーキはこれにより自作のラーマーヤナが光輝を失うことを恐れた．ハヌマットはこれを聞き，寛容にもその作品を彫りつけた石を海中に沈めるように助言した．長い年月を経て石の断片がボージャ王(＝ダーラーのボージャ・デーヴァ，11世紀)のもとにもたらされた．王はダーモーダラに命じて石片をつなぎ合わさしめ，欠けたところを補って一書にまとめさせた．

この伝説に何らかの史実がひそむか否かは分からないが，現存のMn.はラーマーヤナと価値を競う種類のものでなく，ラーマの事蹟を断片的に概観したもので，ラーマーヤナの知識を予定し，バヴァブーティ，ムラーリ(9世紀，§87)，ラージャシェーカラ(およそ900 A. D.，§88)等から多数の詩節を借用し，他面において「ドゥータ・アンガダ」(§91.1)の作者スバタ(13世紀)に知られていた．これによってMn.の年代は10世紀と13世紀との間に求められる．[532a)]

文学作品としてMn.に特別の価値は認められないが，[533)] Skt.劇として破格のものであることはしばしば指摘され，論議の的となった．序幕を欠き，道化役ヴィドゥーシャカを欠き，全篇Skt.だけで書かれ，登場人物は多数にのぼる．ほとんど全く韻文をもって構成され，詩節は物語・描写・対話を含み，散文および戯曲本来の会話は僅少な部分を占めるにすぎない．少なくも伝本(1)における幕数は，理論家の定義(：5ないし10幕)に背いている．これらの特異点をもつMn. の本質については異論が多く容易に決定されない．チャーヤー・ナータカ(「影絵芝居」)と自称する「ドゥータ・アンガダ」(§91.1)と類似点を示すことから影絵芝居説が唱えられたが，[534] 何らの確証なく，上演を目的としないLesedrama(読むためのドラマ)説も支持されない．[535] 何らかの形で上演されたことは疑いなく，ある程度まで後に説くギータ・ゴーヴィンダ(§107)或いはゴーパーラ・ケーリ・チャンドリカー(§91.2)との関連が認められる．要するに半ば戯曲化された叙事詩として吟誦されたものと見るのが最も妥当な見解と思われる．[536]

§91．前節のマハー・ナータカに関連してしばしば挙げられる作品として次の2篇に触れておく．

1．ドゥータ・アンガダ〔Da.〕[537]

スバタ作Da. はグジャラートのアナヒッラプラ(アンヒルヴァード)の支配者，チャールキア朝のトリブヴァナ・マッラの宮廷で，春の祭に上演された(1243 A. D.)．長短2種の伝本があり，小本は56詩節，広本はその2倍以上の詩節を含む．1幕3場(小本)からなり，序幕においてチャーヤー・ナータカ(下記参照)と自称している．内容はラーマーヤナの一節に取材し，マハー・ナータカの一部(第二伝本第七幕)に相当する．シーターを速かにつれ戻すため，使者としてラーヴァナのもとに派遣されたアンガダは，幻のシーターによるラーヴァナの欺瞞を看破し，これを威嚇して立ち去る．最後にラーヴァナの死とラーマの勝利とが告げられる．詩節はすでに述べたバヴァブーティ，ムラーリ，ラージャシェーカラのラーマ劇，特にマハー・ナータカから借用され，文学的に何ら傑出した点はない．

序幕を備えているが，散文は僅少で，大部分を占める詩節は，ことに広本において，戯曲的というより叙事詩的観を呈する．チャーヤー・ナータカの意味はしばしば問題とされたが，[538] 他の一聯の同種の作品と合わせて，字義通り影絵芝居と解釈するのが最も自然である．その台本として見るとき，Da. もまたマハー・ナータカと同じく，半ば戯曲化された叙事詩のジャンルに属するものといいうる．

2. ゴーパーラ・ケーリ・チャンドリカー〔Gop.〕[539]

Gop.「月の光牧夫の嬉遊」は異色ある作品の一つで6幕からなっている．作者ラーマクリシュナはグジャラートの人で，時代は不明であるが，マハー・ナータカを予想し，バーガヴァタ・プラーナを引用し，ラーマーヌジャ(12 世紀)の教義に親しんでいるから，12 世紀以後の人と推定される．

内容は，牧夫たちに取りまかれる若い神クリシュナと友達を従える寵姫ラーダーとの遊戯を主題として牧歌的であると同時に，クリシュナとそのシャクティ(女性的精力)ラーダーとの一体を説く点において宗教的・神秘的で，クリシュナの崇拝を本旨としている．序幕においてマハー・ナータカに関説し，これにならって Skt. のみを使用した作品であることを弁明している．劇の進行に関係しない叙事詩的・抒情詩的詩節を多く含んでいることは，普通の戯曲と同列に置きえない．また歌謡に用いたと思われる・押韻したアパブランシャ語の詩節を交えている点は，通俗演芸を反映するが，長い合成語を使用する文体は，全体として教養ある人士を対象としている．正規の戯曲の型に嵌まらない作品として，一方にはマハー・ナータカを想わせ，他方にはベンゴールのヤートラー(下記ギータ・ゴーヴィンダ参照)或いは北西インドのスワーング[540]と一脈相通ずるものがある．

§92. プラボーダ・チャンドローダヤ〔Prab.〕[541]

アシュヴァ・ゴーシャのシャーリプトラ・プラカラナと共に中央アジアから発見された2篇の戯曲の中の一つが寓話劇であることは

すでに述べた(§11)．その後長い年月を経て同類の戯曲が作られた．その代表的なものをクリシュナミシュラ作の Prab.「悟りの月の出」とする．6幕からなるナータカで，その作者クリシュナミシュラはチャンデッラ朝キールティヴァルマン王(1050–1116 A. D.)の宮廷に仕えた詩人で，シャンカラのヴェーダーンタ哲学とヴィシュヌ派の教義とを融合し，ヴィシュヌ神に対する誠信(バクティ)のみが正しい信仰である旨を鼓吹している．この劇に登場するのは擬人化された哲学・宗教の概念である．

最高唯一の絶対者プルシャは幻力マーヤーと結合して精神マナスを生み，これから弁別ヴィヴェーカと迷妄モーハとが生れ，これら2系統のおのおのに多数の子孫ができる．始め迷妄の一族が繁栄し，聖都ベナレスに君臨して全世界を支配する．ただし予言によれば，弁別と(神学の)奥義ウパニシャッドとの結婚から恐るべき悟証プラボーダと真知ヴィディアーとが出生し，迷妄一族を破滅させるという．弁別には二人の妃があり，一は上記の奥義で久しく別離の状態にある．他は理性マティと呼ばれ，喜んで弁別と奥義との再会に助力する．両統の間の軋轢はついに戦争によって解決するのやむなきにいたり，[542] 激戦の末，勝利の栄冠は弁別側に帰し，迷妄一族は全滅する．弁別を支持するものは寂静シャーンティ・義務ダルマ・憐愍カルナー・慈悲マイトリー・離慾ヴァイラーギア・信仰シュラッダー・忍辱クシャマー・満足サントーシャ，ヴェーダーンタの教義，ことにヴィシュヌ神に対する誠信等であり，迷妄に与(くみ)するものは愛慾カーマ・淫楽ラティ・忿怒クローダ・我執アハンカーラ・貪慾ローバ・偽善ダンバ，さらにもろもろの邪教の輩，仏教徒，ディガンバラ派ジャイナ教徒，カーパーリカ派シヴァ教徒，物質主義者チャールヴァーカ等である．精神は愛児迷妄一族の滅亡を悲しんで，[543] 死を選ぼうとするが，ヴェーダーンタの教義に説得されて思いとどまり，絶対者も幻力と分離して本来の実相に返り，弁別と奥義との結合により，かねての予言の通り，悟証が出現し，最後にヴィシュ

ヌに対する誠信は幸福な結末を称讃し，庇護を約束する.[544)]

以上の簡単な内容紹介だけから見れば，無味乾燥な教義の宣伝に終始し，文学的香気のない作品と思われるかも知れないが，事実はこれに反する．詩人としての作者は，抽象概念に基づく登場者の個性を生かし，場面の進展に劇的活気を与え，理論家の要求する諸種の描写をも怠らない．文体は特に奇を衒わず，適度に教訓的詩節を挿入している.[545)] この劇は道化役ヴィドゥーシャカを欠いているが，第三幕における邪宗門間の論争の場面から，詩人が諧謔・皮肉をも解したことが知られる．

寓話劇の白眉ともいうべき Prab. の愛好につれ，模倣が流行し，このジャンルに属する作品が引き続いて現われた.[546)]

§93. 笑劇プラハサナとバーナ

プラハサナとバーナとは正劇十種の中に数えられている．劇論の定義に従えば，プラハサナは「茶番」の一種で，原則として1幕からなり，主要情調(ラサ)は「滑稽」と規定される．日常生活に取材し，行状芳ばしくない苦行者・宗門人，身分の低い者，無頼・徒食の輩，粋人・娼婦を登場させ，多くは虚偽・瞞着・口論等を内容とし，社会的或いは宗教的な諷刺・揶揄に満ちている．

バーナは都会の典型的粋人ヴィタによって演じられる1幕の独白喜劇で，ヴィタは自身の経験を語るか或いは他人の代弁者として，舞台の上に現われない人物を相手に，身振り手振りおかしく応答する．通俗演芸に起原をもつことは明瞭であるが，理論的にはこの独演により，「勇武」または「恋情」の情調(ラサ)を喚起するという．

現存する多数の作品は概して新しく，12世紀ないし13世紀以後に属し，文学的価値に乏しい.[547)] ここには年代も古く，文学史上特筆に値いする各一例を挙げるにとどめる．

1. チャトゥル・バーニー

「四バーナ集」[548)]は1922年始めて出版されて以来，学界の注目を浴びた作品で，次の4篇を含む.

a.　ヴァラルチ作ウバヤ・アビサーリカー「二途逢引女(ふたみち)」[549)]
作者をヴァラルチとすることから何ら的確な年代を知ることはできない．しかし舞台はパータリプトラに置かれ，7世紀にはすでに衰微したと思われるこの有名な都市の華麗な描写を含む．独白者ヴィタは友人クベーラダッタに頼まれ，その愛人ナーラーヤナダッターの怒りを宥めるために派遣される．彼は途中の饒舌と脱線とに時間を費やしすぎ，ナーラーヤナダッターの家に到着したとき，すでに二人の恋人は互いに探し求めに出かけたあとであった．

b.　イーシュヴァラダッタ作ドゥールタ・ヴィタ・サンヴァーダ「無頼と粋人との対話」　徒然をまぎらすため町にいで，種々な人士を相手に多弁を振いつつウッジャイニーの町を歩み廻り，ついに遊里に足を踏みいれ，最後に無頼の夫婦ヴィシュヴァラカとスナンディーとの家を訪れる．ここでヴィシュヴァラカとヴィタとの間に，恋愛の機微に触れた問答が展開する．

c.　シュードラカ作パドマ・プラーブリタカ「蓮華の贈物」[550)]
舞台はウッジャイニーにとられ，友人カルニープトラ・ムーラデーヴァの依頼をうけ，ヴィタは友人の恋人デーヴァセーナーの心情を探るために派遣される．彼は例のごとく途中さまざまな人々と言葉を交した末，遊女デーヴァセーナーのもとにいたり，よく使命を果たし，遊女から記念として愛人に贈られた蓮華を持ちかえる．このバーナが果してムリッチャカティカーの作者と伝えられるシュードラカ(§25)の作か否かは決定されないが，同一人の作と認めることを否定するに足る証拠もない．

d.　シアーミラ(カ)作パーダ・ターディタカ「足蹴」[551)]　この作品の年代はおよそ410–415 A. D. に措定される．娼婦マダナセーニカーに頭を蹴られた青年官吏タウンディコーキ・ヴィシュヌナーガは，尊厳の汚されたのを怒って訴える．この問題は粋人たちの集会で討議され，汚れを清める必要はむしろ娼婦にあるとして，種々な浄罪法が提案されるが，結局青年の面前で，娼婦が集会議長の頭に足を載せることに決定する.

パドマ・プラーブリタカがシュードラカ(4世紀後半)の真作か否かは決定できないとしても，シアーミラ(カ)の「足蹴」の年代を5世紀の始めに置くことを認めれば，他の作品もほぼ同時代に属するものと考えられ，全体としてはおそらく6世紀を降らないと推定される．これら四バーナに共通していえることは，鋭い観察に基づいて各種の階層の人物の特徴を捉え，市井のゴシップ・スキャンダルを如実に点描し，頓智と才気とに富み，諺を挿入し，権威を恐れず，野卑に陥らぬ程度に諧謔と皮肉とをほしいままにしている．ほとんど Pkt. を交えず，自然・平易な Skt. を巧妙に使用し，しかも研究者の参考になる語彙に乏しくない．また韻律の使用も適当で効果的である.

2. マッタ・ヴィラーサ〔Mv.〕552)

マヘーンドラ・ヴィクラマヴァルマン王を作者とする Mv.「酔漢の戯れ」は，古いプラハサナとして珍重される．作者は南印パッラヴァ朝のシンハヴィシュヌヴァルマン王の子でその支配は7世紀の初期に属し，ハルシャ王(§75)とほぼ同時代の人である．Mv. は場面を首都カーンチー(現コンジーヴァラム)にとる1幕のプラハサナである．人間の頭蓋骨を施物鉢として携えるシヴァ派の乞食僧(カパーリン)サティアソーマは，情婦デーヴァソーマーと共に酒家に赴き，酔態を演じて貴重な鉢の紛失に気づき，偽善的仏教僧ナーガセーナに疑いをかける．両人の間に激しい舌戦が起こり，これまたいかがわしいパーシュパタ派のシヴァ教徒に裁決を頼む．しかし結局鉢は，これを迷い犬から取りあげていた狂人の手から所有者に返り，一同は満足して和解する.

文学的香気はさまで高くないが，登場者の性格描写に生彩があり，簡素な言語と優雅な文体とに支えられ，短篇ながら9種の韻律と種々の Pkt. とを使用している．仏教やカパーラ派に関する記述は宗教的興味をそそり，彼らの粗野な言行にもかかわらず，後世のプラハサナに見る野卑に堕していない．また文学的には，バーサ劇とテクニックを共通にしている点が指摘されている．[553)]

第6章　美文体散文の三大家ならびにチャンプー*

美文体(カーヴィア)の技法——修辞の技巧をこらした描写，長大な合成語の使用等——は散文にも適用され，いわゆる伝奇小説において絶頂に達した.[554] ここにはその代表的詩人ダンディン，スバンドゥおよびバーナの作品について述べる.

一　ダンディン

§94. ダンディンの作品と年代

Da. は従来美文体小説 Dkc.「十若人(わこうど)の冒険」と詩論 Kvd.「カーヴィアの鑑」との著者として知られていた. しかしインドでは,「Da. の三著作は三界に名高し」と伝えられ,[555] その第三作に関する論議は，比較的新しく Avk. が発見されるに及んで再燃した. Da. は南印出自のバラモンで，その年代は一般に7世紀に置かれているが，いまだ確定されず，Da. 二人説を考慮すべき余地さえある. 故にまず Dkc. と Kvd. との著者につき別々に考察することとする.

Dkc. の作者 Da. は，文体の繁簡の程度から見て，複雑の度を増す Vās. の著者および Kād. の著者に先行したと思われ，ここに Da.—Su.—Bā. の系譜が想定される. ハルシャ王(606–647 A. D., §75)に仕えた Bā. は7世紀に属するから，Da. の年代は6世紀に措定され，Su. は両者の中間に置かれる.[556]

次に Kvd.[557] の著者としての Da. と詩論家バーマハとの後先問題

---

*　本章の略字. Avk. ＝アヴァンティスンダリー・カター. Bā. ＝バーナ. Da. ＝ダンディン. Dkc. ＝ダシャ・クマーラ・チャリタ. Hc. ＝ハルシャ・チャリタ. Kād. ＝カーダンバリー. Kvd. ＝カーヴィアーダルシャ. Su. ＝スバンドゥ. Vās. ＝ヴァーサヴァダッター.

は熱心に討論され，容易に帰着するところを知らない.[558] 一般にはバーマハ(およそ 700 A. D.)—Da.—ヴァーマナ(8 世紀)の順序が認められている.[559]

Da. の年代を 6 世紀或いはそれ以前に置く場合は,[560] バーマハとの関係はしばらくおき，少なくも Da.—バーナの順序が保たれる. しかし Da. を 7 世紀後半或いは 8 世紀に置く場合には,[561] 年代の順序は当然バーナ—Da. となる. ここに小説家 Da. と詩論家 Da. との年代を調和させることの困難が生じ，かつ Kvd. の理論と Dkc. の実際との間に，完全な一致のないことに留意して，両書の著者を別人と見なす説が提唱されている.[562]

この情況のもとで新たに発見された Avk. は，Da. の第三作問題および年代論に影響するところが少なくない.[563] Da. に帰せられる Avk. の断片および韻文による摘要が公刊され,[564] さらに大量の断片が出版されるに及び,[565] これが Dkc. と同一作者の筆になったものか否かが論議された.[566] 賛否両論に分かれるが，たとい真作としても Avk. は別個独立の作品でなく，Da. の原作の総題であり，従来 Dkc. の真正部と称せられているものは，その一部であるとする説もある.[567]

Avk. は，バーナのハルシャ・チャリタ(§99. 1)と同じく，序頌において多くの文学作品・詩人名を列ね，その中にはバーサ，カーリダーサ，シュードラカのみならず，Su. および Bā. の名も見える.[568] 次いで散文をもって家系の歴史・自叙伝に移り，南印カーンチー・プラを生地としたことが述べられている.[569] またバーラヴィ(6 世紀中葉，§60)が，Da. の曾祖父たる詩人ダーモーダラと同時代人とされていることは注目に値いする. 序話に関する断片は，ラージャヴァーハナ王子がマタンガと共に地下界に到達するところで終り，その内容は現行 Dkc. のプールヴァ・ピーティカー(前篇)の約半分に該当する. しかし両者の分量は非常に異なり，Avk. が本来長篇であったことを思わせる.[570] しかもその中にはカーダンバリー物語の梗概が含まれていた．従って上記の説によれば，従来のDkc. の真正部は Avk. の中に吸収され，Da. を Bā. 以後に置くことも許容される．こうして小説家 Da. の系譜は Su.—Bā.—Da. となり，詩論家バーマハ—Da.—ヴァーマナの系譜と融和し，Da. 二人説の必要は消えて，その年代は8世紀が妥当となる．この場合文体に関して Da. は，Su. や Bā. の煩瑣を避け，独自の見識に頼ったものと考えねばならない．[571)]

もし Kvd. と Avk.(Dkc.) とが同一 Da. の真作ならば，[572)] 第三作は他に求めなければならない．ボージャ(11世紀)の詩論書が2回にわたり引用するダンディ・ドゥヴィサンダーナなる書をこれに当てる学者がある．[573)] しかしその名の示す通り，これは各詩節が二義をもち，二大叙事詩の内容を同時に物語る作品で，[574)] この種の技巧が Da. の名にふさわしいか否かは甚だ疑わしい．

要するに Da. の年代は，Da. 二人説を執って Kvd. の著者と Dkc. の作者とを別人とし，後者を6世紀の人と認めるか，或いは両者の同一であることを疑わず，Da. をバーマハ(およそ 700 A. D.)の後におくかに帰着する．両説ともに難点を抱くが，Avk. が Dkc. の作者の真作ならば，むしろ後説が有力となる．しかし十若人の経験談を中核とする著作の総題としては Dkc. の名が適当であり，いつ Avk. がこれから分離し，何故共に不完全の状態で伝承されるにいたったか，言語・文体の上から果して同一人の作と断定しうるか等，なお今後に残された問題は多い．その解明のためには，Avk. の新しい断片がさらに多く発見されることが望ましい．

§95. ダシャ・クマーラ・チャリタ〔Dkc.〕[575)]

Avk. の発見は Dkc.「十若人の冒険」に対する見解に影響を与え，かつ新たな問題を提起するが，ここには一般に流通する Dkc. の内容を述べる．

1. プールヴァ・ピーティカー(前篇)は5章からなり，全篇の発端から説きおこす．マガダ国王ラージャハンサは，マーラヴァ国王マーナサーラとの戦に敗れて森林に逃れ，そこで王妃はラージャヴァーハナ王子を生む．王の４人の大臣にも同時に一人ずつの息子が生れる．さらに他の５人の由緒ある家柄の若人が加わり，これら10人は一緒に教育されて生長し，あらゆる学問・武術・技芸を習得した．ラージャヴァーハナ王子は友人たちと共に世界征服にいでたつ．或る日王子はヴィンディア山中で，山棲者(キラータ)の外観をもつバラモン・マタンガの請いをいれ，地下界の主権獲得に援助を与え，さまざまな冒険ののち，不思議な宝石を得て地上の友人たちのもとに戻る．しかし彼らは王子の行方を尋ねて諸方へ旅立っていた．王子もまた放浪を続けつつ，次第に友人たちとめぐり合い，その経験談を聞くこととなる．現行のプールヴァ・ピーティカーは，このあとに二人の友人の物語を載せ，さらに王子とマーラヴァ国王マーナサーラの娘アヴァンティスンダリーとの結婚にまで及んでいる．

2．次に８章からなる本篇は，唐突にも，王子が悪人のために囚虜とされ，チャンパー国との戦役に巻きこまれるところから始まる．しかし彼は残りの７友人と再会し，彼らを促して銘々の冒険譚を語らせる(第一章)．このあと(第二ないし第八章)に含まれる物語は，しばしば複雑に構成され，強く伝奇・冒険・魔法・お伽噺の雰囲気に包まれ，現実から遊離することが多い．作者はカーマ・スートラに精通して熱烈な恋愛の場面を展開し，アルタ・シャーストラの知識を駆使して政略の蘊蓄を示し，王宮の生活のみならず，巧みに庶民の世界を描きだす．窃盗・賭博の技術を説き，遊女・嫖客の巷を彷彿させ，譎詐・術策・偽善・毒薬あり，バラモンに対する揶揄・皮肉あり，諷刺・諧謔あり，闘鶏・球戯あり，忘恩の悪女を点出する傍らに理想の妻の資格を論じる．登場人物の性格を躍如たらしめて真実味を添えるに成功している．世上の道義に反する手段をも許すが，道徳に無関心ではない．実社会の機微に触れるとき，文化史的興味の津々たるを覚えしめる．[576] ただし Da. は特別の意図を抱いて著作したというより，[577] これらすべての要素を包容し，あくまで興味を本位として修辞の才能を発揮したものと考えられる.

3. 本篇第八章は未完に終っているが，普通ウッタラ・ピーティカー(後篇)の名のもとに1章を添加して，その欠を補っている.

以上の3部分のうち，Da. の真作と認められるのは本篇だけで，前篇および後篇は後人の追補である．前篇と本篇との間には内容上の齟齬が少なくなく，[578] 注釈書も概してこれを顧みない.[579] また後篇が本篇と同一人の作でないことは，明瞭に看取される．しかも本篇を補充しようとする試みは一再にとどまらず，数種にのぼることが知られている.[580] これらの補足は文学的価値に乏しく，ここに詳述する必要を認めない.[581] しかし最後の部分が元来書かれないままに終ったか否かは明確になしえない.

Da. は Dkc. の輪郭物語をブリハット・カター(§117)に負うと考えられ,[582] 個々の物語の中には，ブリハット・カターの流れを汲むカター・サリット・サーガラ(§122)或いは仏教のジャータカ(本生話)の中に相応説話をもつものもある.[583]

(言語・文体)　Da. の言語・文体[584]が Su. および Bā. の伝奇小説のそれと比べて，単純・明瞭・温雅であることは，一般に認められている．インドにおいても「語句の優美」[585]が，詩人としての彼の特徴とされている．平明な短文をはさんで簡潔に物語を進行させる技能を示すと同時に，詳しい描写を試みるときは，ヴァイダルビー体(§3)の名手たる本領を遺憾なく発揮する．時に長大な合成語を交え，また文脈に明確を欠くこともあるが，修辞法の使用は概して適度の範囲を越えず，誇張・錯綜の弊に陥らない．周知の例であるが，第八章において語り手たるマントラグプタが，性愛に耽り愛人に痛く唇を嚙まれたという想定のもとに，一切の唇音の使用を避けている．末梢的な技巧と思われるかも知れないが，Kvd. III. 83 に述べられている通り，凡手のよくなしうるところでなく，インドの理論家の嗜好を考慮せずに判断してはならない.[586] また Da. が文法にも通じていたことは，完了形の厳格な用法に示されている.[587]

二　スバンドゥ

§96.　スバンドゥの年代

伝奇小説ヴァーサヴァダッター〔Vās.〕の著者スバンドゥ〔Su.〕の年代を決定するために，多くの努力が払われた.[588] 最も妥当と思われる結論を述べれば，次の諸点に要約される.

1.　Su. がニアーヤ学者ウッディオータカラ(6世紀中葉)に言及していることを認める.[589] これによって年代の上限が決定される.

2.　Bā. が,[590] 詩人たちをして顔色なからしめるものとまで称讃した Vās. を，Su. の作品以外に求めることは過度の懐疑といわざるを得ない. 内容から見ても，Bā. の Hc. は Su. に負うところがある.[591] 従って Hc. の制作年代(7世紀中葉)によって下限が決定される.

3.　以上により，Su. の年代は6世紀末期から7世紀の初期にわたり，おそらく Bā. と時代を同じくし，ややその先輩であったと考えられる.[592]

年代と同じく，Su. の故郷についても，何ら明確な証拠はない. 中印或いはその文体を考慮して東印(ベンゴール)に比定されるが臆測の域をいでない. また伝記に関しても史実の徴すべきものがない.

§97.　ヴァーサヴァダッター〔Vās.〕[593]

Vās. は2種の伝本をもち，北方本と南方本とに分かれる. 一般に後者は増補・改変のあとを示している.[594]

(内容)　チンターマニ王の子カンダルパ・ケートゥは，暁の夢に絶世の美女を見て恋慕の情に堪えず，これを探すためマカランダと共に旅に出る. 二人はヴィンディア山中にいたり，王子は眠れぬ夜の間に，頭上の木の枝にとまる一番(つがい)の物まね鳥[595]の会話を耳にする. 雌鳥が夫の帰りの遅いのを咎めたのに対し，雄鳥はその見聞したことを話す. ガンガー河畔のクスマ・プラに君臨するシュリンガーラ・シェーカラ王の一人娘 Vās. は，婚期に達しても結婚することを拒み，父王は彼女のために選夫式を挙行したが，これまた無益に終った．彼女は春のその夜に無双の美男を夢みて熱烈な恋におち，侍女タマーリカーは彼女の恋文を携えて，この木のもとに来ているという．ここでたちまち相愛の王子と王女とはクスマ・プラで結ばれるが，Vās. の父はこのときすでに彼女をヴィディアーダラ(半神族)の首長プシュパ・ケートゥに与えることにきめていた．そこで恋人たちは魔法の馬によって直ちにヴィンディア山に帰る．翌朝カンダルパ・ケートゥが目覚めたとき，Vās. の姿が見えず，彼は絶望して，まさに自殺しようとするが，天来の声により，やがて再会の可能なことを知らされて思いとどまる．長い間探し求めたあと，Vās. に似た或る石像に出逢い，これを抱擁したところ，肉身の Vās. が彼の眼前に現われる．彼女は木の実を集めに出て，2団の軍勢がおのおのその隊長のために彼女を得んとして激闘するを見て驚き，無思慮にも仙者の園に足を踏み入れて呪われ，愛人に触れられるまで石に化せられたのである．二人の恋はついに成就し，カンダルパ・ケートゥは Vās. と友人マカランダとを伴って都城に帰還し，幸福の絶頂に達する．

(評価)　修辞の技巧を主幹とする小説の筋は副次的意義しかもたない．Vās. の筋そのものに特に見るべきものはないが，正確にこれに該当する物語は他に見当たらないから，Su. 自身の創意によるものと思われる．しかし細部を満たす諸種のモチーフ——未来の配偶を夢に見ること，ものいう鳥，魔法の馬，仙人による(期限つき)呪詛，天来の声，特定の者に触れられるまでの変形——はインドの説話に類例がある．

インドの理論家は説話をカターとアーキアーイカーとに分けるが，[596] Vās. をそのいずれと見るべきかについては，しばしば論議された．しかし，Bā. の Kād.(§99. 2)がカターと呼ばれる資格のある限り，Vās. もまたカターであると答えるのが妥当である．[597] Su. は著名な詩人として，種々の文学作品や詞華集中に名を挙げられ，[598] Vās. は詩論家ヴァーマナ(8世紀)に引用され，[599] 彼の詩節は諸種の詞華集に収められている.[600] また注釈の数の少なくないことは,[601] Vās. が愛好された証左である.

（言語・文体） 古来インドにおけるSu. の名声は，言語・文体・修辞法におけるその極度の技巧に依存している.[602] 彼の文体はいわゆるガウディー体(§3)の典型で，響の強い音の多用，同一子音の反覆，長大な合成語・文句・文章の頻出，多数の形容語の羅列，誇張した表現，珍奇な単語の使用に特徴を表わし，あらゆる修辞の手段を駆使している．ことに各語に二義を持たせる修辞法シュレーシャは彼の特技で，「各音節に二義をこむる作品を著わす熟練の宝庫」をもって自任している.[603] 詩論のいわゆるヴァクロークティ(佶屈文態)[604]の名手Su. の作品は，Skt. においてのみ企てうる言語上の離れ業に終始し，時に軽快な短文をはさむとはいえ，全体としては甚だ難解で，到底他国語に翻訳するに適しない．彼の文体に関しては毀誉の声が対立しているが，現代人の感覚をもって判定しては独断の誤りに陥る．Skt. 文壇，特に7世紀の文人の嗜好を考慮の外においてはならない．カーヴィアの約束に従い，日出・月出・季節，山岳・河流，王子の勇気と王女の佳麗，戦闘の場面などの描写には定型的なものが多く，冗漫の嫌いなしとしないが，自然界の現象，肉体・精神の特徴，事件の委曲を描出する筆力に非凡なものがあり，カーマ・スートラのみならず諸般の学芸に通じていたことも明らかである．ガウディー体の特徴も巧みに適用された場合には魅力を発揮するが，Su. にあってはすべてが限度を超えて過剰となるところに欠陥が生じている．

三 バーナ

§98. バーナの伝記と年代

7世紀の前半，北印の大版図に号令した戒日王ハルシャ・ヴァルダナ(§75)に仕えた詩人バーナまたはバーナ・バッタ〔Bā.〕[605]は，その著Hc. の冒頭2章半を自家の歴史および自伝に当てている.[606]

彼はチトラバーヌを父とし，ラージアデーヴィーを母とし，ヴァーツヤーヤナ・ゴートラ（種姓）に属してシヴァ神を尊崇するバラモンの家に生まれ，ソーン河畔の村落プリーティ・クータに育った．幼時に母を失い，父の手で養護されたが，この父もまた彼が十四歳のときに世を去った．若い時代にはむしろ放縦な生活を送り，いわば文芸的なボヘミアンの社会に入り，種々な職業の仲間と接触したが，後には堅実な生活に返り，賢明な人士と交わるにいたった．放浪を終って故郷に帰ったのち，ハルシャ王に招かれ，始めは特に好遇されなかったが，次第に尊重され，詩人として王寵をかちえた．

すでに述べた通り，彼は Su. の Vās. を知り，[607] かつ Hc. の著者として王の治下に在世したことにより，その年代は高度の確実性をもって7世紀中葉に措定される．またほぼ同時代にハルシャ王に仕えた詩人にマユーラ（§110.1）があり，インドの伝承によれば Bā. の岳父（或いは義兄）と称せられる．両者はおそらく時代を同じくした競争者であったと考えられる．[608]

§99. バーナの作品

Bā. に帰せられる作品のうち，彼の文名を不朽ならしめたのは，次の2篇である．

1. ハルシャ・チャリタ〔Hc.〕[609]

Hc.「ハルシャ王紀」は，題名から見て戒日王ハルシャの伝記を内容とする歴史的カーヴィア（§§72–74）と思われるかも知れないが，実際には歴史性は従であり，巧緻な美文体散文に主点をおき，他の伝奇小説と選ぶところがない．現存の部分は第八章の中途で終り，Bā. 自身はこれをアーキアーイカーと称し，カターと呼ばれる Kād. と区別する．[610]

まず文学的興味をもつ序頌で始まり，[611] その中には大叙事詩，ブリハット・カターのほか，バーサ，カーリダーサ等の詩人名或いは Vās. のような書名が見える．[612] Bā. 自身の家譜・自伝（最初の2章半）が終ったのち，本題に入り，物語は大綱において歴史的事件を経とし,[613] 長い描写を緯として進行する．スターンヴィーシュヴァラ(§75)の王家の祖先に関する神話的記述に始まり，ハルシャの父プラバーカラ・ヴァルダナの功業，その臨終と葬儀とが感銘深く語られる．次いで妹ラージア・シュリーの嫁したマウカリ王家のグラハヴァルマンが，マーラヴァ王のために殺され，ラージア・シュリーは幽閉された旨が通告される．その復讐に出た兄ラージア・ヴァルダナは，マーラヴァ王を撃破することに成功したが，ガウダ王(シャシャーンカ)の陰謀によって非業の最期を遂げた．年少のハルシャは報復を志して出陣し，妹を探してヴィンディア山中にいたり，まさに夫に殉じようとした妹を救出するが，ここで現存の Hc. は突如として終っている．これ以後に対する Bā. の構想は知るよしもなく，本来未完のままに筆を置いたのか，或いはおそらく喪失の運命にあったのかさえ確実でない．

この種の作品に正確な史実を求めることはできないが，主要部分を形成する描写には，文学的価値のほか，参考すべき点が少なくない．ハルシャ王のほとんど神格化された威容，豪華な王宮の生活，廷臣・高官の映像，軍陣・出征の光景，バラモン教を主体としつつも寛容に庇護された仏教その他の諸宗派とその行事，諸種の職業を営む村落の状態などは，当時の社会・文化事情を知るための好資料を提供する.[614]

2.　カーダンバリー〔Kād.〕[615]

Kād. は何らの歴史的背景をもたない本格的伝奇小説で，その内容は非常に複雑である.[616]

(内容)　ヴェートラヴァティー河に臨むヴィディシャーのシュードラカ王の宮殿へ，チャンダーラ(賤民)の娘が，ヴァイシャンパーヤナという名の鸚鵡をもたらす．その鳥はよく人間の言葉を話し，父親を失ったとき救ってくれた少年の父ジャーバーリ仙から聞いた物語を復唱する．(以下鸚鵡の話) ウッジャイニーのターラーピーダ王と妃ヴィラーサヴァティーとの間に，シヴァ神の恵みによりチャンドラピーダ〔Cp.〕が生まれ，同時に王の大臣シュカ・ナーサにはヴァイシャンパーヤナ〔Vp.〕が生まれた．二人は特別に設けられた学舎で教育され，Cp. は十六歳のとき世界征服の途にのぼる．その際彼は不思議な馬インドラーユダを授けられ，母から与えられた忠実な侍女パットラ・レーカーに伴われる．また大臣シュカ・ナーサは王子に長い処世の教訓を垂れる．3年の後或る日王子は一対のキンナラ（神話的半神半獣）を追って道に迷い，ヘーマクータ山にほど近いアッチョーダ湖畔に，シヴァ神を礼拝しつつ苦行する乙女マハー・シュヴェーター〔Mś.〕（アプサラス天女の娘）に出逢い，その悲しい身の上を聞く．彼女を熱愛したプンダリーカ〔Pr.〕と死別し，その遺骸が天上に運ばれ，Pr. の友人カピンジャラ〔Kp.〕も彼を追って去ったのち，Pr. との再会に希望を託して生き長らえているという．Cp. は Mś. の友達で同じくアプサラス天女を母とする美女カーダンバリー〔Kād.〕に引き合わされ，二人はたちまち相思の仲となるが，正にこの時，父王からの招喚がありCp. 王子は急ぎ都へ帰る．侍女パットラ・レーカーも帰還して，Kād. の愛情の堅固な旨を報告する．

ここで Bā. の真作は終り，以下その子ブーシャナ・バッタの執筆したウッタラ・バーガ（「後篇」）となるが，内容はますます複雑さを加える．主要な登場者はいずれも 2 回・3 回の転生を経ているから，誰が前生において誰であったかが肝要な問題となる．例えば輪廻の観点からは Cp. ＝シュードラカ王；Pr. ＝ Vp. ＝鸚鵡；Kp. ＝駿馬インドラーユダである．結局二組の恋人，Cp. と Kād.，Pr. と Mś.，が幸福に結ばれることになるが，その道筋は複雑怪奇を極める．この小説が未完に終った原因は Bā. の死であり，後篇の作者はその子ブーシャナ・バッタまたはバッタ・プリナ[617]である．彼は後篇の序頌でその意図を述べ，自己の詩才を誇示するためでなく，卓絶した父の遺業を未完のままに放置するに忍びなかったからであるとしている．彼はたしかに父に匹敵する文才に恵まれず，物語の進展・

結末についても父子の間に，どの程度の打合せが行なわれていたかも疑問である．

（評価） Bā. 自身が Kād. をカターと呼んだことはすでに述べた．[618] その典拠がブリハット・カター（§117）であることも一般に認められている．[619] 插話の中に他の插話を組み入れる形式により話者も順次に交替し，呪詛と転生とが繰返され，現在と過去の生涯が綯いまぜられ，二人の乙女とその愛人とを主軸として多岐の内容が展開される．愛情と悲愴，希望と絶望とが交互に対照され，荒唐無稽に見える主筋の間にはさまれた長文の描写に，Bā. の本領が窺われる．しばしば限度を超えて煩瑣であるとはいえ，自然の美・静寂な苦行林に対しては華麗な宮殿・都会生活があり，優雅な恋愛，賢明な処世訓，登場人物の性格，シヴァ信徒の行事，当時の風俗・慣習など，文化史的に興味ある資料が豊富に含まれている．[620]

Bā. の作品はヴァーマナ（8 世紀），アーナンダ・ヴァルダナ（9 世紀）等の詩論家に引用され，[621] 彼に帰せられる詩節は詞華集に載せられている．[622] 彼が後世の文学に及ぼした影響は強く，[623] Kād. の梗概書・模倣が現われ，特にアビナンダ（9 世紀）の Kād. カターサーラ[624]が知られている．また近代インドの諸語にも翻訳されている．[625]

（Bā. の言語・文体）[626] Bā. の 2 篇の小説は言語・文体の上で共通し，すでに述べた Su. のそれと大差はない．好んで長大な合成語を使用し，1 個の名詞に多数の形容語を累積し，蜿蜒として続く長文を 1 個の動詞で終らせ，音形ならびに意義に関する修辞法を随所に適用し，Vās. におけると同様，ヴァクロークティ（佶屈文態）[627]の特徴を遺憾なく発揮している．Bā. は著作の理想として，新しい題材，野卑でない表現，牽強附会でないシュレーシャ（一語二義），明白な情調（ラサ）および響の強い言葉の使用を挙げ，これをすべて一個所に集めることは困難であるといっている（Kād. v. 9）．彼が理論と実際とをどの程度まで実現するに成功したかは問題であるが，音と意味とを等しく重んじるパンチャーリー体の名手として，シーラー・バッターリカー女史と並び称されている.[628] 描写の手腕はさることながら，他面冗漫・定型化の欠点は掩うべくもない．しかしSu. と比べて文才において優り，適度に対する感覚を失わず，短文の効果的使用をも会得し，諧謔をも解したことは認められる．Su. と同じく学殖が深く，語彙は豊富で,[629] 文法にも通じていた.[630]

両小説において序頌を除き本文中に挿入された詩節の数は少なく，Kād. にあってはほとんど問題とならない．それにもかかわらず上述の通り詞華集は Bā. に帰せられた詩節を載せている．ここに彼が韻文による Kād. をも作ったかという疑問さえ生じる.[631] いずれにせよ文学者としての Bā. の名声が散文にかかっていたことは明らかである.[632]

3.　その他の作品

上記の二大作のほか種々の作品が Bā. に帰せられている．根拠のない臆測によるもの,[633] 或いはヴァーマナ・バッタ・バーナ(15世紀)との混同によるもの[634]は論外とし，問題となりうるのは宗教的抒情詩チャンディー・シャタカ(§110. 2)と僅少の断片によって知られる戯曲ムクタ・ターディタカ「王冠粉砕」[635]とである．後者の残簡は余りに少ないが，大叙事詩の一節，ドゥルヨーダナとビーマとの決闘を主題とし，前者の冠の破砕に関するものと推定される．

四　チャンプー

§100.　主なチャンプー[636]

美文体叙事詩と同一の技巧を散文に施した例を，ダンディン等の伝奇小説において見た．このような美文体の詩節と散文とを，いずれにも偏せず，交互にかつ同等に使用する文学的作品をチャンプーと呼ぶ.[637] 類型は古い時代にも皆無とはいえないが,[638] 本格的チャンプーは概して新しく，現存のもので10世紀以前にさかのぼるものはなく，かつ文学作品として重要なものは少ない．内容は二大叙事詩或いはプラーナ(特にバーガヴァタ・プラーナ)の插話・伝説を骨子とすることが多く，時代の進むにつれ，疑似歴史的なもの，宗教宣伝のためのもの，その他多岐にわたるにいたった.[639] ここには比較的古い典型的なもの若干を挙げるにとどめた.

1. ダマヤンティー・カターまたはナラ・チャンプー[640]　作者はトリヴィクラマ・バッタ(10世紀)で，7章からなり(未完)，大叙事詩の有名な一插話ナラ王物語に筋を借りつつ，果しない余談に耽り，カーヴィア詩人としての技巧を誇示するに專念している．しかしこのチャンプーから詩節を採った詞華集もある.[641]

二大叙事詩そのものを題材としたチャンプーに次のものがある.

2. ラーマーヤナ・チャンプーまたはチャンプー・ラーマーヤナ[642]　始めの5篇は有名なボージャ王(1018–1060 A. D.)に帰せられ，第六篇はラクシュマナ・バッタ(11世紀)の補足による．第六篇の補足は他の人によっても試みられ，さらに第七篇の補足も存在するという.[643]

3. バーラタ・チャンプーまたはチャンプー・バーラタ[644]　12章からなる．作者アナンタ・カヴィはおそらくカンナラ出身の詩人と思われるが，その年代を確定することはできない.

4. ヤシャス・ティラカ[645]　ジャイナ教徒はチャンプーの発達に最も多く貢献したが，ディガンバラ派のソーマデーヴァ・スーリの大作ヤシャス・ティラカ「栄誉のティラカ(額飾り)」(959 A. D.)はこの文学的ジャンルの白眉である．ジャイナ文学は本書の範囲に属しないが，チャンプー作品として逸することはできない．8章からなり，ヤショーダラ物語[646]を骨子としているが，範をバーナの Kād. (§ 99. 2)にとり，輪廻転生の物語に多くの紙数を割いている．作者はラーシュトラ・クータ朝のクリシュナ王の治下に出たジャイナ教徒で，この作品の中で教義を説き，自派の宣伝に努めている．最後の3章はウパーサカ・アディアヤナと呼ばれ，在家の信者に対する説教を含む.[647] 物語と教説との結合を意図したため，物語の興味はそがれているが，文体は比較的に簡明である．

第7章　抒情詩と教訓詩

A　抒　情　詩

一　バルトリハリ〔Bhart.〕*

§101.　Bhart. の伝記と年代

詩人 Bhart. の生涯について信ずべき伝承は極めて少ない．これに対し文法家 Bhart. の著作・人物・年代に関しては，常に唐の義浄の記述が援用される．[648] やや長文であるから，内容を数節に分かって説明する．[649]

1.　彼は朱爾の注釈伐援呵利論を造った．分量：25,000頌．パタンジャリ(前2世紀中葉)のマハー・バーシアに対する注釈[650]を指しているが，その内容の紹介には不適当な点が多く，かつ Bhart. を全く仏教徒・唯識学者と見なしている．

2.　次に薄迦論．[651] 分量：700頌，釈 7,000頌．[652] 内容：「聖教の量及び比量の義を叙せり．」

3.　次に華挐．[653] 分量：3,000頌，護法(ダルマパーラ，6世紀)の注釈 14,000頌．内容：「天地の奥秘を窮め，人理の精華を極むと謂うべし．もし人あり学びて此に至れば，方に善く声明を解すという．九経百家と相似たり．」2. と 3. とは合して3篇からなるヴァーキア・パディーヤに相当し，本文の分量に関しては，当らずといえども遠くないが，内容については，言語哲学・文法学書たるヴァーキア・パディーヤのそれに合致するものとはいえない．

4.　Bhart. は俗世の享楽と僧院の戒行との間を7度往復した．こ

*　本節の略字．Bhart. ＝バルトリハリ．N. ＝ニーティ・シャタカ．Ś. ＝シュリンガーラ・シャタカ．V. ＝ヴァイラーギア・シャタカ．

の記述は文法家よりもむしろ恋愛と離欲の両面にわたって歌った詩人の性格にふさわしく思われる.[654)]

義浄は文法家としての Bhart. を知り，その著作の分量に関しては，ある程度まで首肯できるが，内容の紹介は正鵠をえていない．かつ詩人 Bhart. の作品として有名なシャタカ「百頌集」の名を挙げていない点は注目に値いする．しかし最も重要なのは，義浄がこの文章を書いた時(691 A. D.)から 40 年以前に Bhart. が他界したと述べていることである．これにより文法家 Bhart. の没年は，長らく 651 A. D. と推定されてきた．その後チベット語文献の中に見いだされるヴァーキア・パディーヤからの引用文が検討され，かつ Bhart. と仏教学者ディグナーガ(陳那，5–6 世紀)との関係年代の研究が進むにつれ，文法家 Bhart. の年代は再考を余儀なくされ，現在では一般に 5 世紀後半に措定されている．また義浄が護法を Bhart. と同時代の人とし，かつヴァーキア・パディーヤ第三篇の注釈者としていることは(上記 3. 参照)，新しい研究による年代とさまで矛盾しない.[655)] 従って義浄は文法家 Bhart. の年代に関しては誤り伝えたこととなる．さらに問題となるのは，義浄が Bhart. を徹頭徹尾仏教徒として扱っている点である.[655a)] ヴァーキア・パディーヤの著者は，その哲学的立場から見て，厳格なバラモン教徒であったし，シャタカの詩人は，シヴァ神を信奉するヴェーダーンタ学徒であった.[656)] しかし義浄が Bhart. の没年を示すのに具体的数字を用いているのは，何らかの根拠があったにちがいない．今これを詩人 Bhart. に関するものと解すれば，義浄は 5 世紀後半の文法家と 7 世紀中葉に没した同名の詩人とを同一人と誤聞したこととなる．義浄がシャタカの名を挙げなかったのは，当時寸鉄詩の名手として盛名を馳せた Bhart. の詩が，まだシャタカの名のもとに蒐集・編纂されていなかったからに過ぎない．またおそらくこの詩人には早くから，俗世と聖域との間を彷徨したという実録ないし風説が拡まり,[657)] 義浄はこれを聞き知って，文法家に転嫁したものと思

われる.[658]

もちろん同一人が文法家と詩人とを兼ねることは可能であるが，その場合は義浄の挙げた没年を全く誤伝として捨てさらねばならない．むしろ Bhart. 二人説を採用する方が妥当である.[659] 大文典家パーニニと同名の詩人との例を想起すれば，決して珍しいことではない.

§102.　シャタカ・トラヤム〔Śtr.〕[660]

詩人 Bhart. の名を冠する詩集は，Śtr.「百頌三集」[661]に総括され，シュリンガーラ「恋愛」，ニーティ「処世」およびヴァイラーギア「離慾」の3編からなっている.

(内容)　Ś.「恋愛百頌」は，特定の愛人を対象とする甘美な場面の点描よりも，恋情および女性一般を観察し，美女の容姿・思慕の愉悦・季節それぞれのその風情(ふぜい)を歌っている．ただし同時に恋愛のはかなさ，婦女のもたらす桎梏・悲哀の面をも黙過せず，熱情と寂静，耽美と閑居の両極に触れ，後続の「離慾」を予告している趣きがある.

N.「処世百頌」は，単に賢明な世過(よすぎ)の術を説くばかりでなく，世間の暗黒面・愚劣を指摘し，王を中心とする宮廷生活に対する屈辱感を吐露し，誹謗者の害毒を慨歎している.

最後に V.「離慾百頌」も，苦行の讃美に終始せず，老病死のただ中にある人間に伴う果しなき辛苦，不安定な現世に対する失望，自尊心・希望の惨めな挫折を教え，欲望からの離脱を理想として掲げている.

(伝本)　これら3詩集の写本・出版書には，詩節の数，配列の順序，語句の出入等，あらゆる点で差異が多い．D. D. コーサンビは3,000本以上と推定される現存写本の中から，377種にのぼる資料を調査し，伝承の過程を研究し，その結果を学界に提示した.[662] ここには詳細な報告を省き，基本的成果を利用しつつ，妥当と思われる Śtr. の成立過程を略述する．写本により北伝本(N-rec.)と南・西伝本(S-rec.)との2系統に大別され，各伝本はさらに多数の基礎形・類本・異本に細別される．S-rec. は N-rec. より短く，内容の類似に基づく小群(パッダティ)に分割されるのを特徴とする．しかし Śtr. は単に Bhart. に仮託した詞華集ではない.[663] もちろん伝承の実状から見て，Bhart. 自身が 3 編のシャタカに集めたのではなく，彼の作或いは彼の作と信じられていた詩節を，後人が蒐集・編纂したものと推定される.[664] 寸鉄詩人 Bhart. の作品は個々に或いは漠然たる詩集として伝えられ，時と共に増加されたのち，ある時期に N-rec. の原形に近いものが成立し，これに倣って種々な異本が生じ，さらに内容を整頓して S-rec. の原形が現われ，これに基づく多数の異本が生じた．従って今は厳格な意味における Śtr. の原始形を復元することはできない．

コーサンビは蒐集した詩節を真正度に従って 4 類に分けた；[665] I. 全般的に見てあるゆる類本に共通するもの；II. 明確に規定された 2 類本以上に含まれるが I. には入れられないもの；III. 単一の類本・個々の異本に収められたもの或いは詞華集において Bhart. に帰せられたもの；IV. 真作と認められないもの(§ 103 参照)．この基準に従い，詩節 nos. 1–200 は I. に属し，不均等に各シャタカに配分され,[666] nos. 201–352 は II. に，nos. 353–852 は III. に属する．一般的に見て，I. は真作の可能性が最も高く，II. の包容範囲は広く，真正性の程度はまちまちである．今後調査される写本の数が増すにつれ，所属に変化が起こりうる．III. にいたっては増加の可能性に際限がない．たとい研究上の出発点として Śtr. の原始形(いわゆる Ur-Śtr.)を仮定するとしても，その中にすでに真作以外のものが混入している恐れがあるから，厳正に Bhart. の真作のみを摘出することは不可能に近い．Śtr. には著名な Skt. 文学作品と共通する詩節が存在し,[667] その中には真正度 I. に属するものも見いだされる．しかもそれらの作品，例えばカーリダーサのシャクンタラーは Bhart. より新しいと思われないから，後世の編纂者が採録したものと考えざるを得ない．真正度 I. に属する詩節すら必ずしも

真作でないとすれば，機械的操作にのみ頼ることは危険である.[668]

（評価） 人生を鋭く観察し，俗世の醜悪を皮肉に曝露し，人情の機微に触れるBhart.の寸鉄詩は，古来インドで愛誦され，現在でも原文・翻訳を通じ，知識階級の間で諺として口ずさまれるという．詞華集に収められた詩節は少なくないが，[669] 明らかにBhart.の作と思われるものが，他の詩人に帰せられ，逆にBhart.の名のもとに載せられた詩節で，Śtr.の中に見いだされないものもある．また広く行なわれた作品の常として，両伝本に属する諸本の注釈が多数残っている.[670]

（言語・文体・韻律） Bhart.の作品は内容も形態も詩節ごとに完成しているムクタカ(孤立詩節，絶句)の典型で，各シャタカには主題に従って詩調の変化があり，言語は概して平明で，過度の粉飾がなく吟誦に適する.[671] 韻律[672]は多種多様で音節数の多いものが愛用されている．

§103. その他の作品

Śtr.のほかBhart.に帰せられる作品にヴィタ・ヴリッタ「粋人の行状」(84詩節)とヴィジュニャーナ・シャタカ「分別百頌」とがあるが，内容・文体から見て，共に到底真作と認められないから，ここには触れない.[673]

これらとは異なり，後世V.を主体としてŚtr.から抽出・編纂したものにプルシャールタ・ウパデーシャ「人間の目的の教訓」がある．本来141詩節からなったと思われるが，今はその中の40詩節を欠く単一の写本から知られるのみである.[674] 題名の示す通り，人生の目的たる解脱に達するために，無知・婦女の誘惑を克服し，苦行を積んで平等観・寂静の境地に至り，あらゆる現世の享楽を捨て，離慾・瞑想によって最高原理と合一すべきであると教える．またこの書の最後の10詩節(ただしその中の1詩節を省き，新しい1詩節を加えている)のみを含む単一の写本があり，プルシャールタ・ダシャカ「人間の目的十頌」と号しているが，おそらく前記のウパデ

ーシャの断片に過ぎない.[675]

二 アマル〔Am.〕*

§104. Am. の伝記と年代

抒情詩人としてカーリダーサ，バルトリハリと並び称されるアマルまたはアマルカは,[676] Pkt. 詩人ハーラ(§108)に対応する Skt. 恋愛詩壇の巨匠である．彼の生涯については，信じがたい伝説以外に何も知られず，年代も臆測の域をいでない.[677] 広く行なわれる伝説の要旨を略述すれば次の通りである．有名なヴェーダーンタ哲学者シャンカラが，神通力によってカシュミールの Am. 王の体内に入り，後宮の百女性との経験から性技の奥義に達し，その結果を歌ってシャタカ(百頌)に集めたという.[678] この伝説に一抹の真実を認める人は，Am. の故郷をカシュミールに求める.[679]

詩論家ヴァーマナ(8世紀)は Am. の名を挙げないで Amś. 中の2詩節半を引用し,[680] アーナンダ・ヴァルダナ(9世紀)は，Am. のムクタカ(絶句)を称揚して，「長篇作品におけると同様に，ムクタカに情調(ラサ)を盛りこむ詩人あり．例えば周知の通り，詩人 Am. のムクタカは，恋情に満ち，長篇作品に匹敵す.」といっている.[681] 従って Am. の詩作は 800 A. D. 以前にさかのぼり，9世紀中葉にはすでに有名であったことが知られる．しかしカーリダーサとの距離を測定することは困難で，文体から見ておそらく詩人バルトリハリと同じく7世紀に属したものと考えられる.[682]

§105. アマル・シャタカ〔Amś.〕[683]

(伝本) R. シモンの研究に従えば，4種の伝本が区別される.[684]

1. 南印伝本，101詩節.[685] シモンのテキストはこれに基づく．2. ベンゴール伝本，95詩節.[686] 3. 〔西印伝本〕. 100または102詩節.[687] 4. 混淆本(2. と 3. との混合)，95ないし115詩節．1.–3.

---

* 本節の略字．Am. ＝アマル．Amś. ＝アマル・シャタカ．

に共通する詩節の数は63，1.–4. に共通するものは51に過ぎず，いずれの一伝本も原形を代表するとはいえない．

（内容・評価）　Amś. はバルトリハリの「恋愛百頌」と同一の主題を扱い，多少の差はあっても概してその各詩節は，それぞれ珠玉の絶品をなしている．バルトリハリの場合と異なり，具体的情景を官能の面から取りあげ，微妙な感受性・繊細な想像力・鋭利な観察眼に支えられ，表現・筆致は濃艶の度を加えている．恋愛の諸相はあらゆる角度から描きいだされ，多くは愛人間の熱烈な思慕，幸福な和合・享楽の情景に取材されているが，諍い・嫉妬・怒り・歎き・別離・和解にも触れ，同一中心問題を常に新鮮に，優雅に，変化を加え，情趣豊かに歌いあげている．詩人の唯一の目的は，「恋情」を高揚・横溢させるにあった．この点において Am. は Skt. 文学史上稀に見る成功を収めたものといわねばならない．[688] Amś. は古来非常に愛好されたため多数の注釈(約20種)を生み，[689] 詩論家も高く評価して引用し，[690] 多くの詞華集にも載せられている．[691] 詩人 Am. の1詩節は100の長篇に匹敵するとさえいわれる．[692]

（言語・文体・韻律）　Amś. の言語は一般に簡明・自然で，過度の虚飾に歪められず，表現は洗練され，文法にも注意が払われている．もちろん伝統に従う常套句は反覆使用されているが，単純な対話，流麗な詠歎は，繁多な制約のもとに作られたことを忘れさせる．[693] 韻律の種類は比較的に少なく，19音節4行からなるシャールドゥーラ・ヴィクリーディタが断然第一位を占めている．[694]

三　そ の 他

§106.　チャウリー・スラタ・パンチャーシカー〔Cp.〕[695]

歴史的カーヴィア「ヴィクラマーンカ・デーヴァ・チャリタ」(§72)の著者ビルハナ〔Bil.〕は，劇作家でもあり，抒情詩人でもあった．彼の戯曲「カルナ・スンダリー」[696]は4幕からなるナーティカー(§5)で，アナヒッラプラ(アンヒルヴァード)のチャールキア朝カルナ王(1064–1094 A. D.)の結婚を祝うために書かれたものと思われる．チャールキア国王とヴィディアーダラ衆(半神族)の王女カルナスンダリーとの恋愛を主題とし，この種の戯曲の型を遵守している．ことにハルシャの「ラトナーヴァリー」(§78)を範としたことは明瞭で，特筆すべき長所を示さない．

しかし前記の2篇にも増してBil.の名を後代に伝えたのは抒情詩Cp.「忍ぶ恋の歓び五十頌」である．[697] 大別して3種の伝本に分かれる：1. 中印またはベンゴール伝本，2. 南印伝本，3. 北印またはカシュミール伝本．ただし各伝本に属する写本相互にも出入が多い．この作品の特徴をなす語句adyāpi「今もなお」で始まる詩節のうち，3伝本に共通するものは僅かに5個に過ぎない．[698] Bil.の真作をこの少数に限ることはできないが，いずれの伝本が当初の状態に最も近いかは容易に断定されない．

南伝本および注釈者はこの詩の由来に関する因縁物語を伝えている．固有名詞ならびに細部の差異を除けば，次のごとく要約される．詩人と王女との道ならぬ恋はついに父王に発見され，詩人は死の宣告を受け，刑場に達したとき，過ぎし日の甘美な性愛の歓びを想起して，この詩(「今もなお」で始まる詩節)を作った．これに感動して王は詩人を赦免し，王女との結婚を許したという．この場合「五十頌」は枠物語の中に嵌められた一部となり，全体は「ビルハナ・チャリタ」または「ビルハナ・カーヴィア」と呼ばれている．しかし詳細に検討すれば，種々の伝承は人名・地名・細目において一致せず，この物語が後世の附加である点に疑いはない．「今もなお」の詩節で一人称を用いる詩人の恋人が王女[699]とされている点から案出された架空の因縁譚に過ぎない．すなわち王女との恋愛はBil.自身の体験ではなく，詩的想定と見なすべきである．[700]

真作と模倣との識別は困難であるが，韻律ヴァサンタ・ティラカをもって書かれた「今もなお」詩節は，熱烈な恋の快楽を歌いつつ，文体は簡素・優雅で，よく調和が保たれている．古来愛誦されてき

たことも故なしとしない.[701]

§107. ギータ・ゴーヴィンダ〔Gg.〕[702]

ジャヤデーヴァ〔Jd.〕(12世紀)はベンゴールのキンドゥビルヴァ(現ケンドゥリー)を故郷とし，ベンゴールのラクシュマナ・セーナ王の宮廷詩人の一人であった.[703] 彼はこの王に庇護された詩人の特異点を挙げ，自身には他の追随を許さない「構成の純粋」[704]を帰している．その傑作Gg.「牛飼(＝クリシュナ)の讃頌」は12章からなり，Skt.文学中稀に見る佳什である.[705] 若い神クリシュナとゴーピー(牛飼女)・ラーダーとの相愛，彼女の嫉妬による別離，互いの思慕，和解，再会の歓びを内容とする．短い叙唱(レシタチヴ)詩節と，畳句・脚韻を伴う舞踏用歌詞の詩節とが交錯し，写本には唱歌に必要な旋律(ラーガ)と拍子(ターラ)とが附記されている．熱烈な慕情と牧歌的田園の叙景とが，弾力に富む言語の諧音によって，技巧的に結合されている．歌謡詩節の韻律の基調は，4音量(モーラ)を1脚とするガナ形式に依存している．Gg.が単なる恋愛抒情詩ではなく，ヴィシュヌ－クリシュナ神に対する誠信をこめたものであることは，神を讃美する語句から明瞭に看取される．この詩がいかなる文学的ジャンルに属するかについては種々の説が行なわれ，抒情詩的戯曲或いは洗練されたヤートラー(特にベンゴールの宗教的メロドラマ)と見なす学者もあった．しかしGg.は，通俗芸能の諸要素を摂取し，ヤートラーを眼中に置きつつも，本質的にはカーヴィアである.[706] 歌舞音楽を予定する詩節の構造に新機軸を出しているとはいえ，詩人は戯曲を作る意図をもたなかったに違いない．いずれにせよ，インドの注釈家およびヴィシュヌ崇拝者の間に行なわれた神秘的解釈，すなわち本源たる神(クリシュナ)から離れた個我(ラーダー)の再結合を裏面の意義と見なす説は信じるに足りない.[707]

§108. アーリアー・サプタシャティー〔Āsś.〕[708]

Pkt.の抒情詩は早くから発達し，マーハーラーシュトリー語を用いたハーラのサッタサイー「七百頌」〔Ss.〕[709]によって代表される.

少なくも6種の伝本に分かれ，合計1,200詩節の中共通するものは430に過ぎないという．作者と伝えられるハーラ・サータヴァーハナが正しくデカンのアーンドラ朝第十七代の王(プラーナの伝承)であるならば，Ss. の原形は1世紀末ないし2世紀始めにさかのぼり，以来改変・分岐の道をたどったものといわなければならない．[710] Pkt. 文学は本書の範囲に属さないが，その重要性にかんがみ一言する．マハーラーシュトラの田園風物を背景とし，日常生活に密着した職業・環境を描き，素朴な恋愛の喜びと悲しみとを優しく美しく歌っている．また箴言詩的語句も少なくない．言語は直截・淡白で，地方語の単語に富むが，文学的に洗練されている．Skt. の詩に見られない現実性と豊かな興味とに秀でている点で珍重に値いする．[711]

すでに述べたジャヤデーヴァ(§107)と共にラクシュマナ・セーナ王の宮廷詩人の一人ゴーヴァルダナ[712]は，Ss. の詩風を Skt. 詩壇に移植する野心をもち Āsś.「アーリアー調七百頌」[713]を著わした．ジャヤデーヴァはゴーヴァルダナを恋愛詩の名手と称えているが，[714] Āsś. において彼がその意図を達成したとは認められず，ハーラの塁を摩するには至らなかった．[715]

§109. 恋愛小詩集

バルトリハリ，アマル，ビルハナの流れを汲み，恋愛を主題とする抒情詩は枚挙にいとまがない．ここには小詩集2種を附記するにとどめる．

1. シュリンガーラ・ティラカ「恋愛のティラカ(額飾り)」[716]

カーリダーサの作と伝えられる小詩集で，恋愛の情緒を平易に表現し，カーリダーサとは詩風を異にするが，魅力に富む美しい詩節を含み，捨てがたき佳作である．

2. ガタカルパラ「破(や)れ水瓶」[717]

カーリダーサが「雲の使者」(§§56–58)において想定した状況とは反対に，雨期の始めに若妻が，雲に託して留守の夫に言伝を送る．

内容よりも形式に特徴があるので有名となった．4行(ab, cd)からなる1詩節のaとb，cとdとが徹底的に押韻し(ヤマカ)，作者みずからその技能を誇っている．いわゆるヤマカ・カーヴィア[718]の好例で，作者は次の語句をもってこの詩を終っている：「いかなる他の詩人によるとも，われヤマカ〔の使用〕において敗れんか，われは破れ瓶もて彼に水を運ばん．」[719] この詩はインドで名声を博し，注釈の数も少なくない．[720] 時にはカーリダーサに仮託されるが，上掲の詩句からガタカルパラを作者の名と見なす伝承もある．

§110. 宗教的抒情詩

宗教的内容をもつ抒情詩も多数に作られ，しばしばシャタカ(百頌集)の形をとり，また特定の神格を讃美する場合にはストートラ(讃歌)を構成する．[721] ここには時代を同じくし，相互に関係のあった二大家の作品を例とする．

1. スーリア・シャタカ「太陽神百頌」〔Sśat.〕

戒日王ハルシャに仕えたバーナ(§98)と時代を同じくしたマユーラ[722]は，恋愛抒情詩マユーラ・アシュタカと宗教的抒情詩スーリア・シャタカとの著者として知られる．[723]

前者[724]は8詩節からなる短篇で，逢引に赴きかつ戻る美女の肢体と恋の快楽とを描出したカーヴィアである．これに対し主著Sśat.[725]は，韻律スラグダラーを用いて太陽の光線，神車を牽く馬，御者アルナ，車駕，日輪を讃歎している．宗教的熱誠の吐露というよりも文学的効果を狙い，ガウディー体(§3)を用いて合成語が多く，構文は平明を欠き，音韻・修辞の技巧に力を注いでいる．しかしインド人の嗜好に適って多数の注釈が存在する．太陽神スーリアの治病力が述べられていること(v. 6)，また太陽には癩病を癒す効験のあるという信仰から思いついたらしく，この詩の由来に関する伝説が生まれた．[726] 伝説は種々な形を取っているが，肝要な点は次のごとくである．マユーラはバーナに嫁した自分の娘(或いは妹)の肢体を，余りに露骨に叙述したため，その女性に呪われて癩を病み，

Sśat. を作って太陽神を讃美し，快癒するをえたという．ここに問題とされる女性美の描写とは，マユーラ・アシュタカの中のそれと解される．

2. チャンディー・シャタカ〔Cśat.〕[727]

さらにインドの伝説に従えば，バーナはマユーラの Sśat. に対抗して Cśat. を作り，シヴァ神妃チャンディー(＝ウマー)の恩恵をかちえたという．Cśat. は Sśat. と同一の韻律をもって書かれ，文体にも類似点が認められる宗教詩で，特に悪魔マヒシャを退治した女神の威力を称えている．伝説はしばらくおき，両詩人の間にある程度の競争意識があったことは想像に難くない．しかし文学的に見て Cśat. は Sśat. に及ばず，インドにおいても少数の注釈を生んだに過ぎない．

B 教 訓 詩

一 チャーナキアの箴言詩〔Cā.-aph.〕[728] *

§111. 伝本と年代

政治・処世の箴言詩は，マウリア朝の創始者チャンドラグプタ(およそ313–289 B. C.)を援けた賢明な宰相チャーナキア[729]に帰せられる大量の詩節によって代表される．詩節の数，区分・編纂法を異にする多種多様の詩集として伝えられ，長い間研究の対象とされてきたが，L. スターンバックの徹底的考証により，その研究は新時代を迎えた．[730] 彼は 235 種にのぼる写本および出版書を批判的に精査し，顕著な特徴を基準として 6 種の基礎的テキスト CV., Cv., CN., CS., CL., CR. [731]を再建したのち，Cā.-aph. の集大成を印行し

---

* 本節の略字．Cā. ＝チャーナキア．Cā.-aph. = Cā. の箴言詩．LS. = Ludwik Sternbach. CNTT. = LS.: Cā.-Nīti-Text-Tradition, 2 vols. Hoshiarpur, 1963–1970. JSAIL. = LS.: Juridical studies in ancient Indian law, 2 pts. Delhi, etc., 1965, 1967.

た．重複を除き，これらの6類に含まれる詩節の総数は1,100以上に達するが，その中にCā.の真作を求めることは不可能で，すべて術策に長じた政略家としての彼の名に仮託されたものに過ぎない．Cā.に帰せられた箴言詩が口碑によって弘通し，時代と共にその数を増し，集録され，編纂されて種々のCā.詩集を生んだものと考えられる．これらの詩集が単一の本源(Ur-Cā.)にさかのぼりうるか否かの問題が起こる．しかし現存の資料からは到底これを復原することはできない．LS.の再建した6類に共通する詩節はほとんど皆無，CL.とCv.とを一単位と見てCL.以外の5類に共通するものは9個，いかなる類にせよ4類に共通するものは30ないし35個のみである．この中には二大叙事詩，マヌの法典，パンチャタントラの中に見えるものも少なくない．これら僅少の詩節を集めて原始Cā.と僭称する[732]ことは許されない．

(年代)　上記の6類相互の関係およびその成立年代についても明白でない点が多い．年代の手掛りとしては，ガルダ・プラーナ中のブリハスパティ・サンヒター[733]に非常に近いチベット語訳[734]が存在することにより(注記731参照)，CR.の一本が10世紀にさかのぼることを知るのみである．[735]

Cā.詩集の中に，他のSkt.文学作品，特に二大叙事詩，マヌの法典，パンチャタントラ(およびヒトーパデーシャ)と共通の詩節のあることは明瞭であるが，これらの文献のいずれをとっても，それ自体の成立年代が問題をはらみ，かつ箴言詩の浮動性を考慮するとき，借用関係からCā.詩集の年代を推定することは困難である．特別の場合を除きパンチャタントラ(§127以下)は貸与者と考えられるが，一般に900 A. D.よりは古くないとされるヒトーパデーシャ(§134)との貸借関係は明瞭でない．[736]

§112. 内 容 等

(内容)　Cā.-aph.は処世訓・人事・社会生活の問題から，宗教・運命・禍福に及び，婦女の性質・愛情の機微に触れている．本来のラージャ・ニーティすなわち政治・政略・治民に関する詩節は比較的に少ない.[737] 一般に各詩節がムクタカ(絶句)の性格をもつが，時には数個の詩節が一組をなす場合もある．また仏教やジャイナ教の経典に見られるように,[738] 一定の数に合わせて事例を列挙することも稀でない.

(言語・文体・韻律) Cā.-aph. の言語は概して平易単純であるが，CR. に特有な詩節には，カーヴィア体に属するものもあり,[739] シュローカ以外の韻律で書かれた例に乏しくない.[740]

(伝播) Cā.-aph. はインド内ばかりでなく，インド文化圏全域に拡まった．アラビア・ペルシャ，チベット(注記734参照)，ネパール・蒙古・満州，セイロン・ビルマ・タイ等の東南アジア，ジャワ等の南海諸島に伝わり，それぞれの地域で多かれ少なかれ文化的影響の跡を残した.[741]

二 その他

バルトリハリの「処世百頌」または「離慾百頌」(§102)，或いはCā.-aph. の系統に属する教訓・箴言詩の類も非常に多いが，概して文学的価値に乏しいか，または制作年代が余りに新しい.

§113. クッタニー・マタ「媒介女の忠告」[742]

教訓または指南の詩は必ずしも正面から問題を取扱うとは限らない．一見不道徳な内容を示しつつ，裏に人生への警告を包蔵するものもある．カシュミールのジャヤピーダ王(779–813 A. D.)の大臣ダーモーダラ・グプタの作ったクッタニー・マタは興味深い一例である．老練な媒介女ヴィカラーラーは，前例を引きつつ遊女マーラティーに，いかにして媚態と手管とによって，若い裕福な貴公子チンターマニから金銭を獲得すべきかを教える．韻律アーリアーをもって書かれた926詩節からなり，ことにハルシャの「ラトナーヴァリー」(§78)の上演を描いた個所(vv. 778 *et seq.*)は，文学史家に好い参考を提供する．機智とユーモアに富み，文体は優雅である．作者は高い教養をもち，カーマ・スートラのみならず，詩論・語彙に深い造詣を示し，歴史家カルハナ(§74)，詩論家マンマタ(11世紀)，ルッヤカ(12世紀始)に知られ，詞華集にも引用されている.[743)]

§114. クシェーメーンドラの教訓詩

1. サマヤ・マートリカー「遣手婆」[744)]

カシュミールの多作家クシェーメーンドラ(11世紀，§119)の作品の一つで，しばしば前述のクッタニー・マタと並び挙げられる．サマヤ・マートリカー(1050 A. D.)は8章からなり，韻律はシュローカを主体としている．老醜の遣手カンカーリーにより手練手管の数々を伝授された若い娼婦カラーヴァティーは，若人を誘惑してその富裕な親から財物を騙し取るに成功する．カンカーリーの若き日の恋愛遍歴の間に交渉をもった種々雑多な階層の人々についての記録は，文化史研究者に歓迎される．クシェーメーンドラの大作がややともすれば興味索然たるもののあるに対し，この詩では率直・現実的で粉飾に煩わされず，頓智の閃きと辛辣な諷刺・皮肉に彩られて，部分的にはダーモーダラ・グプタの作品を凌いでいる.

2. カラー・ヴィラーサ「技芸の戯れ」[745)]

クシェーメーンドラは10章からなるこの作品で，人間の行なう術策詭計を剔抉している．商人ヒラニアグプタはその息子チャンドラグプタの教育をムーラデーヴァに依頼する．この高名な大欺瞞家の伝授が本篇の内容となっている．偽善は大苦行者として擬人化され，地上に来てあらゆる種類の人間の中に宿り住む．高級官吏・苦行者・占術師・医者を始め，商人も従者も錺師(かざりし)も，俳優・兵士・吟遊詩人・奇術師，すべて俎上のぼらされ，貪慾・愛慾・娼婦の手管は筆鋒鋭く描きだされている．文体は概して平明で，ここにも諷刺あり，ユーモアあって，実社会の種々相に触れしめる.

3. ダルパ・ダラナ「驕慢の破摧」[746)]

7節に分かれ，家系・財産・知識・美貌・勇敢・寛裕・苦行に対する自負の無意味なことを説いている．各節は教訓的詩節をもって始まり，これを演繹する物語が続く．第二節に仏陀自身を登場させていることは注目に値いする．前記2作に比べて本篇は，教訓的傾向が強いが，激情を調御できない学者・聖者を揶揄するときには諧謔の片鱗が窺われる．やや単調の嫌いなしとしないが，諸所に社会生活の裏面が点描されている．

§115. シャーンティ・シャタカ「寂静百頌」[747]

シルハナはバルトリハリの「離慾百頌」を範として本篇を作った．名前の形から見てカシュミール出身の詩人であるが，おそらくベンゴールでも文学的活動を展開したと思われる．年代は確定できないが，13世紀より以前に属することは明らかである．[748] この百頌集は4章からなり，現世への執着のはかなさ，離慾遁世の必要と不退転の堅固心とを強調し，根本原理ブラフマンへの帰着の至福を説く．内心の煩悶を問題とするよりも，すでに寂静の境地に達した人による教訓と見るべき詩節が主調をなしている．バルトリハリから多数の詩節を借用しているが，シルハナは単なる編纂者ではなく，自作をも少なからず加えているにちがいない．ただし写本により内容・配列が浮動し，借用と自作とを判別することは困難である．またシルハナはヴェーダーンタ哲学に裏づけられたヴィシュヌ派の信仰に立ち，シヴァ神の信奉者であったバルトリハリの詩節を借用するに際して，自己の宗教的立場から字句に改変を施している．

附記　Skt. 詩壇は連綿として続き，独創性を失いつつもなお時に傑作を生んだ．ジャガンナータ(17世紀)のバーミニー・ヴィラーサ「美女の戯れ」或いは「バーミニーの戯れ」[749]はその好例で，4章からなり，なかば抒情詩なかば箴言詩というべき・美しい詩節に富んでいる．ただ年代が余りに新しく，本書の扱う範囲を超えるので，ここにはその名を挙げるにとどめる．

C 詞 華 集[750]

§116. スバーシタ・サングラハ(Skt. 詞華集)

バルトリハリ(§102)またはハーラ(§108)の名を冠する詩集が，これらの詩人の真作のみを含むとは限らず，現存の写本はむしろアンソロジーの性格を帯びている．詩論書の中には自作他作の詩節が例として引用されている．[751] しかし真の詞華集は一定の方針のもとに，恋愛・教訓・宗教的熱誠・自然の描写等を内容とする多数の詩人の名句を蒐集したもので，Skt. 文学はこの種の文献に恵まれている．しかしヒンドゥー教に属する現存のSkt. 詞華集は新しく(11 世紀以後)，[752] かつ遺憾ながら附記された作者名は必ずしも信用に値いしない．その反面未知の詩人の詩歌または既知の作品の中に見いだされないものも少なくない．詞華集が文学史家に無価の宝庫として尊重されるゆえんである．以下最も重要なもの若干を例示する．

1. ヴィディアーカラ編スバーシタ・ラトナコーシャ「名句宝蔵」[753]

編者はベンゴールのジャガッダラ僧院に住した仏教の学匠で(11 世紀)，題目に従って 50 品に細別し，総計 1,738 詩節を収めている．冒頭に仏陀品・観音菩薩品・文珠菩薩品を置くが，次いでマヘーシュヴァラ(＝シヴァ)品・ハリ(＝ヴィシュヌ)品へと進み，普通の名句集と異なるところはない．

2. シュリーダラ・ダーサ編サドゥクティ(またはスークティ)・カルナ・アムリタ「名句耳の甘露味」[754] (1205 A. D.)

編者もその父もベンゴールのラクシュマナ・セーナ王(§107)に仕えたという．5 部に分かれ 485 人から 2,370 詩節を採っている．主としてベンゴールの詩人の作を集めているが，必ずしもこの地方に制限することなく，ヴィシュヌ派的傾向のものが多い．

3. ジャルハナ編スバーシタ(またはスークティ)・ムクターヴァリー「名句真珠の頸飾」[755](1257 A. D.)

編者はヤーダヴァ朝のクリシュナ王(1247 A. D. 即位)の顧問であったという．題目別に編まれ，広本と小本との2伝本がある．しかし出版書はこれを折衷し，133品の中に240以上の詩人から2,790詩節を収めている．冒頭に載せられたSkt. 詩人および詩歌に関する詩節は研究者に好い参考となる．

4. シャールンガダラ編シャールンガダラ・パッダティ「シャールンガダラの指南書」[756](1363 A. D.)

題目別に編まれ，163品の中に約292の作品および詩人から4,689詩節を収める大詞華集.

5. ヴァッラバ・デーヴァ編スバーシターヴァリ「名句聯列」[757]

極めて重要な詞華集であるが，現存の形では15世紀以前には置きがたい．題目別に編まれ，101品の中に350人以上の作家から3,527詩節を収めている．

6. ルーパ・ゴーヴィンダ編パディアーヴァリー「韻文聯列」[758]

編者はチャイタニアの門に出たベンゴールの熱烈なクリシュナ崇拝者(1591 A. D. 没)で，クリシュナに対する誠信を吐露した詩節が主体をなしている．その教義に添う分類法により125人以上の詩人から386詩節を集め，ラクシュマナ・セーナ王(§107)およびその宮廷詩人たち[759]の作をも含んでいる．

第8章 物　　語

Skt. の説話文学を大別して，興味を本位とするものと，教訓を目的とするものとに分ける．前者は散佚したブリハット・カターの流を汲むカター・サリット・サーガラにより，後者は世界文学中に地歩を占めるパンチャタントラによって代表される．

A　ブリハット・カター系*

§117. ブリハット・カター〔BK.〕

インドの伝承によれば，かつてグナーディア〔Guṇ.〕760)がパイシャーチー語散文をもって厖大な BK.「大説話」を著わしたといい，二大叙事詩に匹敵する尊敬が払われている．著者 Guṇ. の伝記は背光に包まれ，その生地・年代に確証なく，彼の用いた言語の実体についても多くの問題がある．しかしあらゆる架空の要素を排除しても，Guṇ. なる人物がある時代に実在し，Pkt. の一種をもって浩瀚な説話集 BK.(伝説によれば約 100,000 詩節)を作ったことは否定できない．BK. は小説家スバンドゥ(§96)761)およびバーナ(§98),762)詩論家ダンディン(§94)763)に知られていたから，遅くも7世紀には存在していたと信じられる．これよりさらに幾世紀さかのぼるかについては確証がない．もしバーサのウダヤナ劇(§24. a)が直接 BK. に基づくとすれば，おそらく3世紀を降らないと考えられる．764)

BK.765)の内容の詳細は到底知りえず，諸種の派生本からわずか

---

* 本節の略字．BK.＝ブリハット・カター．BKM.＝BK・マンジャリー．BKŚS.＝BK・シュローカ・サングラハ．KBK.＝カシュミール本 BK．KSS.＝カター・サリット・サーガラ．Vh.＝ヴァスデーヴァ・ヒンディ．

にその輪郭を推定するのみである．伝説に名高いヴァッツァ王ウダヤナとヴァーサヴァダッターならびにパドマーヴァティーとの結婚を発端とし，その子ナラヴァーハダッタ〔Nv.〕の数多い恋愛の勝利を主筋とし，ことに彼と遊女マダナマンジュカー(またはマダナマンチュカー)との結婚が重要な位置を占めていたと思われる．彼女の掠奪と回復との経緯が語られたのち，Nv. はヴィディアーダラ衆(半神族)の最高君主となる．Nv. は智謀に富む親友ゴームカを伴っていた．この関係はラーマーヤナにおける英雄ラーマとその妃シーターならびに忠実な弟ラクシュマナとの冒険談によく似ている．従って主筋の大綱が範をヴァールミーキの大叙事詩に取ったことは疑いをいれない．全篇はランバ「恋愛の勝利」と呼ばれる巻に区分され，舞台は北印に繁栄したウッジャイニーとカウシャーンビーとを中心とし，すでに多数の挿話が交織されていたにちがいない．

Guṇ. が使用したといわれるパイシャーチー語〔Paiś.〕(Pkt. の一種)に関しても明確なことは述べられない．[766] その名称「ピシャーチャ(魔類の一種)の言語」[767]の奇異な点はしばらくおくとしても，その起原或いは使用範囲を知ることは困難である．Pkt. 文典の著者ヘーマチャンドラ(12 世紀)は，本来の Paiś. (IV. 303–324)ならびにチューリカー・Paiś. (IV. 325–328)に関する規則を述べ，若干の単語・短句の例を挙げている．Paiś. にも数種の別があり，広く行なわれたというが，[768] その最も顕著な特徴は有声子音の無声化(e. g. d>t)にあったらしく，諸説を総合して考えれば，その起原はヴィンディア地方よりもむしろ北西インドを思わせる．従来 BK. の Paiś. の例証としては，ヘーマチャンドラの記述に頼っていたが，ボージャによる比較的長い一節の引用が紹介され，[769] もしこれが真正の原本に基づくものとすれば，Paiś. に対する知見に寄与するところ大である．

§118. カシュミール本ブリハット・カター〔KBK.〕

Guṇ. の原作 BK. が実在したことは認められるが，KSS. が直接依存したテキストはこれではなかった．諸伝本相互の関係から見て，KSS. とその姉妹書 BKM.(下記参照)との共通の基礎として，いわゆる KBK. を想定せざるをえない.[770] この伝本もおそらく Paiś. 散文で書かれ 18 ランバ(巻)に分かれ，一面においては Guṇ. の原作を短縮し，他面においては多量の插話を補足したにちがいなく，パンチャタントラおよび「ヴェーターラ鬼二十五話」(§123)が編入されたのも，この段階においてである．KBK. に対する BKM. および KSS. の関係については，巻の序列に関する限り，BKM. がより忠実であり，個々の説話の内容については KSS. がよりよく原形を伝えていると思われる.[771] BKM. の著者クシェーメーンドラには他にも二大叙事詩の梗概があり，その正確度から推して，この場合にもよく原本の外形を保存したと想像される．BKM. が KSS. と異なる場合は，著者が他の資料を使用したか，或いは創意を加えたかであるが，原本のその部分が KSS. の著者ソーマデーヴァにより省略されたかも知れず，現存の両書から簡単に原形を復元することはできない．年代に関しても何らの確証はない．Pkt. で書かれた原本から 2 種の Skt. 本が派生するまでには，相当の年月を必要としたと考えられ，パンチャタントラの古い一伝本を摂収している点から見て，KBK. の成立はおよそ 7 世紀と想定されるに過ぎない.[772]

§119. ブリハット・カター・マンジャリー〔BKM.〕[773]

BKM. は前記の KBK. から派生した Skt. 伝本の一つで，多方面にわたる約 30 種の著作で知られるカシュミールの詩人クシェーメーンドラ(11 世紀，§114)〔Kṣem.〕[774]によって作られた．18 ランバカ(巻)[775]からなり，7,500 余の詩節[776]を含む．Kṣem. は KBK. の輪郭をほぼ忠実に伝えたと見なされるが，内容をなす説話を圧縮するに急のあまり，しばしば骨骼のみの索然たるものに化し，時には脈絡の不明瞭な個所すらある．これに反し恋愛または宗教的場面の描写には，過度に粉飾された文体を弄する嫌いがあり，文学的趣味においては，遙かにKSS.に劣る．制作年代は同種の梗概作品バーラタ・マンジャリー(1037 A. D.)とほぼ同期と考えられ，KSS.に先だつこと三,四十年である．

§120. ブリハット・カター・シュローカ・サングラハ〔BKŚS.〕[777]

KBK.の伝統とは別に，Skt.で書かれた一伝本，ブダスヴァーミン作BKŚS.「BK.の韻文摘要」がネパールの写本から発見された．[778] 現存する28章は4,500詩節以上[779]を含むが，本来はおそらく100章を超え，合計約25,000詩節に達したものと推定される．Guṇ.の原作から直接にSkt.化された要約で，内容はいちじるしくカシュミール系2伝本(BKM., KSS.)と異なり，[780] 原作の面影をより忠実に反映するものと考えられる．著者ブダスヴァーミンについては何ら的確なことは知られていない．ただスヴァーミンで終るその名前から，8ないし9世紀の人と推測されるに過ぎない．[781] しかし彼は詩人として決して凡手でなく，実社会の描写に才能を示し，日常の生活・祭典・諸種の職業の叙述に生彩がある．内容の配列・構成に留意し，主筋に関係の薄い挿話の量は多くない．しかしBKŚS.が省略した部分もあるに相違ないから，3種の韻文Skt.伝本の比較から，Guṇ.の原作を復元することは困難である．[782] さらに第四のSkt.伝本があったか否かは，にわかに断定できない．[783]

§121. ヴァスデーヴァ・ヒンディ〔Vh.〕[784]

以上のほか，BK.の研究に重要な資料を加えたのは，サンガダーサ作Vh.「ヴァスデーヴァ(クリシュナの父)の遍歴」(おそらく5世紀)の発見である．ジャイナ・マーハーラーシュトリー語の古形で書かれ，ランバ(巻)に区分され，BKŚS.がGuṇ.の原作に忠実であるという見解に傍証を提供する．その重要性が指摘されて以来，[785] 学界の注目を集めている．

§122. カター・サリット・サーガラ〔KSS.〕[786]

以上の諸伝本に触れたのち，Skt.説話文学の圧巻KSS.「説話の川の海」[787]に移る．著者ソーマデーヴァ〔Som.〕は，カシュミールのアナンタ王およびその妃スーリアヴァティーの庇護を受け，次代のカラシャ王(1063/64 A. D. 即位)の母であり・ハルシャの祖母にあたるこのスーリアヴァティー(1081/82 A. D. 没)を慰めるためにこの書を作った．従って KSS. の制作年代は 1063 A.D. と 1081 A.D. との間に置かれる．[788]

BKM.(§119)と共通の本源 KBK.(§118)を基礎として作られ，前者と同じく 18 ランバカ(巻)からなる．各巻は数タランガ(「波」)に細分されるが，これとは別に全篇を 124 タランガに分ける方法が行なわれる．詩節の数は BKM. よりも遙かに多く，約 22,000[789]に達している．輪郭物語の中に多数の説話を挿入し，時には插話の中にさらに副次的説話が織りこまれ，インドに発達したいわゆる重箱式説話の典型をなしている．KSS. の引用はランバカの数(I-XVIII)による場合とタランガ〔tar.〕の数(1-124)による場合がある．一々両者を挙げる煩を避け，かつ BKM. との対応を示すため，次にその概略を一括する．[790]

KSS. I(tar. 1- 8)	: BKM. I		KSS. X(tar. 57-66)	: BKM. XVI	
II(〃 9-14)	: II		XI(〃 67)	: VIII	
III(〃 15-20)	: III		XII(〃 68-103)	: IX	
IV(〃 21-23)	: IV		XIII(〃 104)	: XI	
V(〃 24-26)	: V		XIV(〃 105-108)	: XIII	
VI(〃 27-34)	: VII		XV(〃 109-110)	: XVII	
VII(〃 35-43)	: XIV		XVI(〃 111-113)	: XVIII	
VIII(〃 44-50)	: VI		XVII(〃 114-119)	: XII	
IX(〃 51-56)	: XV		XVIII(〃 120-124)	: X	

(内容)[791]　巻一「物語の発端」は Guṇ. 伝説[792]を含む．かつて聖山カイラーサにおいて大神シヴァは神妃パールヴァティーの懇請により，興味ある長い話を物語った．神妃はこの愉悦を独占するため，固く門扉を閉ざして盗聴を防いだ．プシュパンダというシヴァ神の一眷族は神通力によって忍び入り，この物語を聞き，後に妻ジャヤ

ーに語った．ジャヤーはその主人パールヴァティーにこれを伝えたため盗聴の事実が露見して激怒を蒙り，プシュパンダは呪われて生を人間界に受けることとなった．またプシュパンダのために取りなした友達マーリアヴァットも同様の運命におちいった．ただし呪詛に期間がつけられ，プシュパンダはカーナブーティと呼ばれる或るピシャーチャ(魔類の一種)に会い，これに物語を伝えるときに呪詛から解除され，マーリアヴァットはカーナブーティから物語を聞いたときに自由の身となる．幾多の経験の後，プシュパンダは上記の条件を満たして元の身分を回復するが，グナーディア(マーリアヴァットの地上における名前)は物語を書き残した後でなければ，呪詛から解放されない．しかも彼は後に述べる事情により，パイシャーチー語(§117)しか使用できない．そのため禽獣草木を聴衆として物語り，語り進むに従って紙葉を火中に投じていたが，サータヴァーハナ王はこれを惜しんで，まだ灰燼に帰していなかった全篇のおよそ7分の1すなわち約100,000詩節を保存した．Guṇ. は呪詛から自由にされて天上に帰り，サータヴァーハナ王はこの「物語の発端」を書いた．Guṇ. が Paiś. の使用を余儀なくされたのは次の理由に基づく．前述のサータヴァーハナ王は始め学を修めず，或る時水浴中に女王から modakaiḥ (＝mā udakaiḥ)「もう水をかけ給うな」といわれ，Skt. の母音結合の規則を知らなかったため，modaka「砂糖菓子」を打ちかけて嘲笑を受けた．そこで王は Skt. の学習を思いたち，Guṇ. はそれに6か年を要求し，シャルヴァヴァルマン(文典カータントラの著者)は6か月で完了するといった．賭の勝利は後者に帰し，約定により Guṇ. は Skt., Pkt. ならびにアパブランシャ語の使用を禁じられた．またこの伝説によれば，Guṇ. の地上における故郷はデカン地方を流れるゴーダーヴァリー河に臨むプラティシュターナ(現パイターン)[793]或いはその地の一都市スプラティシュティタとされている．プラティシュターナは，2世紀に最盛期を迎え・ヴィンディア山脈の南北にわたって勢威を振ったアンドラ・ブリティア朝の首都であり，その王はサータヴァーハナ姓を名乗った．Guṇ. はサータヴァーハナ王に仕えて大臣に任じられたというが，単にこの名だけからは，どのサータヴァーハナ王を指すか判明しない．

巻二「序説」と巻三「ラーヴァーナカ国」とは周知のウダヤナ王物語に当てられ，第四「ナラヴァーハナダッタの誕生」に進み，ここに主人公の出生が語られる．巻五「四夫人の巻」は本題から逸れた插話的性格をもつが，ここまではBKM. との相応が保たれている．巻六「マダナマンチュカーの巻」以下は巻の順序においてBKM. と一致せず，主人公による多数の恋の勝利が次々に連続し，巻十五「大灌頂式」をもって彼を中心とする長い物語は終了する．ここに全ヴィディアーダラ衆の君主ナラヴァーハナダッタは，あらゆる敵対者を平らげ，願望を成就し，灌頂の儀式を挙げ，華麗な祭典を催し，ゴームカ等の大臣，眷族・夫人一同を従え，ことにマダナマンチュカーを傍らに伴って，永遠に天界の快楽を享けるにいたる．最後の3巻は附録の性質を帯びている．

著者 Som. 自身の言によれば，原本を極めて忠実に短縮し，翻訳したという．[794] しかし実情に即して見れば，彼の興味はいかにSkt. の韻文によって巧妙に物語るかにあり，著述の重点は主筋をなすナラヴァーハナダッタの物語から編入された插話に移っている．350に達するといわれる長短さまざまな插話の内容は広汎な領域にわたり，あらゆる種類の物語を包容し，真に説話の衆川大海に注ぐ偉観を呈して題名に背かない．ここに個々の説話を詳述することはできないから，ただ若干を選んで例示する．

女性に関する物語[795]の多いのは当然で，貞女あり，不貞の妻あり，遊女あり，種々の階層の婦人が登場する．——「愚者物語」[796]はtar. 61–65にわたり，パンチャタントラ物語の間に插入されて，頤を解かしめるものがある．——悪漢物語にも乏しくなく，ことに名盗ムーラデーヴァ物語[797] (tar. 25; tar. 124)は興味が深い．——二人の盗賊ガタとカルパラの物語(tar. 64)も早くから注目され，比較文学的に研究されている.[798] ——宗教的色彩を帯びた物語[799]も少なくなく，その場合はシヴァ神とその神妃との崇拝が顕著であるが，ヴィシュヌ神に対しても敬意が払われ，神話・怪奇談・魔女・魔術師の説話に富み，通俗信仰の諸方面に触れている．ヒンドゥー教系の物語のほか，仏教のジャータカ(本生話)・アヴァダーナ(因縁談)等に類話を見いだす場合が非常に多く，[800] ジャイナ教系のものも少なくない.[801]

独立の作品がそのまま摂収された例として最も顕著なのはパンチャタントラ(tar. 60–64)と「ヴェーターラ鬼二十五話」(tar. 75–99; §123)とで，それぞれ BKM. 巻十六と巻九に相応個所をもっているから，KBK. にさかのぼると思われ，Skt. 文学史家に重要な示唆を与える．また KSS. の最終巻(XVIII: BKM. X)には有名なヴィクラマ・アーディティア物語が含まれている.[802]

特殊な一例としては，ナラヴァーハナダッタがみずからシュヴェータ・ドゥヴィーパ(「白い島」)を訪れ，ヴィシュヌ神を讃美した説話(tar. 54)がある.[803] 大叙事詩[804]における同名の地と合わせて，多くの論議を呼んだが，結局実在の地に比定することは困難である．このほか航海物語(巻五)，[805] 音楽・舞踏・絵画，実社会の生活・慣習に関する記録は，文化史の資料として尊重される.[806] KSS. は説話の宝庫として多くのインド文学作品に題材を提供したばかりでなく，世界文学の一環として説話の比較研究に寄与するところ甚大である.[807]

(言語・文体・韻律)　Som. の言語・文体[808]は内容と形式との均衡を保ち，気品に富み，淡白・優雅・流暢である．しかも過度の技巧に走ることを慎み，賢明にもカーヴィア詩人の陥り易い弊害を避けている．ただし修辞の道にも通暁していたことは，若干の插話(例えば「ヴェーターラ鬼二十五話」)から窺い知られる．韻律[809]に関しても同様に，必要に応じては高度の技能を発揮し，複雑なものをも使用している.

B その他の説話集*

§123. ヴェーターラ・パンチャヴィンシャティカー〔Vet.〕[810]

KSS. と同様に特に教訓を目的とせず，興味と機智に富み，広くインドの内外に弘通し，パンチャタントラと同じく世界文学に寄与した説話集に Vet.「ヴェーターラ鬼(死屍に宿る魔類)二十五話」がある．その比較的古い伝本が KBK. に編入され，韻文による2伝本 BKM.(IX. 2. 19–1221)および KSS.(tar. 75–99)に収められていることはすでに述べた(§122).[811] このほか独立の書物として種々な伝本が存在する．これらはすべて散文を主体とし，詩節をさしはさむ形式をとっている．

1. シヴァダーサ本[812]　輪郭物語のほか24話を含み，第二十五話は全体の結尾をなし，内容は BKM. 中の Vet. に近く，これよりさらに古い要素を保つと認められる．散文の間に挿入された詩節は教訓的なもののほか，時には物語或いは描写に関することもあり，また Pkt. で書かれたものもある．作者シヴァダーサの年代は明らかでないが，プールナバドラ作パンチャタントラ(1199 A. D.)から借用しているから，12世紀より古くはない．文体は簡素で，言語の特徴は，写本により一様でないが，Skt. 散文の新しい段階に属し，不正規な語形を含み，時には近代インド・アリアン語(特にグジャラーティー語)の影響を示している．

2. ジャンバラダッタ本[813]　ほとんど全く散文で書かれ，数種の系統の伝本[814]によって知られる．輪郭物語のほか25話(第二十五話は結尾物語につながる)を有するが，諸伝本の比較により，元

---

* 本節の略字．Vet.＝ヴェーターラ・パンチャヴィンシャティカー．Śuk.＝シュカ・サプタティ．Siṁh.＝シンハーサナ・ドゥヴァートリンシカー．

来27話を含んでいたことが分かる．作者ジャンバラダッタの年代は詳らかでなく，ただ16世紀より若干以前と推測されるに過ぎない．彼が仏教徒或いはジャイナ教徒であったという証拠はない．制作年代は新しいが，ある程度まで KBK. 中の Vet. の面影を伝えているといわれる．言語・文体は概して正則で，注目すべき語彙や新しい語法を提供する．

3. ヴァッラバダーサ本[815]　上記1.の副伝本と見られるもので，散文と挿入詩節とからなるが，いまだ全体の出版はない．

4. BKM. 中の Vet. の散文による要約本(注記812参照)．

5. バヴィシア・プラーナに含まれるもの．[816]

(内容) デカンのプラティシュターナに住むトリヴィクラマセーナ王(後世ヴィクラマ・アーディティアと同一視される)は，呪法のためヴェーターラ鬼の助力を得ようとする悪修行者クシャーンティ・シーラの高価な贈物に動かされ，その懇請をいれ，遠方の墓地の樹上から死屍を取りおろして持ち帰ることを約束する．勇敢な王は死屍を肩に担ってくるが，その中に宿るヴェーターラは，途中の憂さ晴らしと称して謎めいた話を語り，その解答を王に問う．しかし王がこれに答えるや否や，死屍は再び元の樹上に戻り，王は改めてこれを取りに行く．これを繰り返すこと24回(上記シヴァダーサ本)，最後に王が難問に答えられずに沈黙したとき，ヴェーターラは王の堅固心に感服し，悪修行者の奸計を明かし，王に策略を授けてこれを殺させ，王みずから神通力を獲得することとなる．

Vet. の宗教的背景は，輪郭物語に見える呪術的儀式から考えて，タントラ仏教を反映するが，個々の説話は興味を本位として特定の宗教に偏向していない．[817] 説話の内容をインド内外の類型に照らして比較研究することは，すでに諸家の手によって進められたが，[818] Vet. の伝播もまた研究された．[819] Vet. は近代インド諸語(ドラヴィダ語をも含む)に移植されたのみならず，遠く蒙古[820]およびチベット[821]に伝わり，またペルシャを通じてトルコに達した．特に影響の強かったのは，ラッルー・ラールによるヒンディー語訳(1805 A. D.)で，[822] これに基づく翻訳によりヨーロッパ諸国に拡まった．

§124. シュカ・サプタティ〔Śuk.〕[823]

Śuk.「鸚鵡七十話」は小本と広本との2伝本に大別される．原形に関しては種々論議されたが，おそらく散文に教訓的詩節をさしはさみ，説話の首尾に物語に関聯する詩節を添えたものと推定される．しかしこれら2種の伝本の伝承には欠陥があり，いずれも失われた原形を代表しない．小本はシュヴェーターンバラ派のジャイナ教徒の作とされるが，原形を短縮したもので，言語・文体に潤沢なく，時には理解を妨げることすらある．これに対しバラモン・チンターマニ・バッタに帰せられる広本は，カーヴィア体を模した修飾を施し，多くの改変・追加を含みつつもむしろ原形に忠実な様相を示している．原形成立の年代は明らかでないが，ヘーマチャンドラ作ヨーガ・シャーストラ(およそ1160 A. D.)はŚuk.の名を挙げている．現存の広本はプールナバドラ作パンチャタントラ(1199 A. D.)から借用しているから，これより古くはありえない．[824]

(内容) 広本による輪郭物語の概要は次の通りである．商人ハラダッタの子マダナセーナはその妻プラバーヴァティーとの愛慾に耽り，人生の他の目的を怠るのを見て，ハラダッタは絶望する．その友人バラモン・トリヴィクラマは1羽の鸚鵡と1羽のマイナ[825]とをもたらし，ハラダッタはこれを籠に入れてマダナセーナの家に置く．賢い鸚鵡の訓話により，マダナセーナは両親に対する義務を覚り，愛妻を鳥たちの保護に委ねて商用の旅にでる．孤閨のわびしさに悩む妻は，ある王子に見染められて逢引に外出しようとする．マイナがその非を咎めると，彼女は怒って頸を絞めようとするが，マイナは飛んで逃れ去る．これに反し賢い鸚鵡は，表面ではプラバーヴァティーの意図を是認しつつ，困難に際して誰某のように振舞えるなら外出されるがよいと告げる．好奇心をそそられたプラバーヴァティーの請いに応じて物語り，いよいよクライマックスに達したとき，貴女はこの際いかになさるかと問い，彼女が長考している間に夜が明け，鸚鵡はその解決法を語る．同工異曲の枠の中に毎夜物語を続けつつ，彼女の外出をさえぎり，七十夜を過ごす．ただし広本は明白な結尾を欠いている．小本によれば，六十九夜の後に夫マダナセーナが帰宅し，事なきをえたこととなる．[826)]

(伝播)　Śuk. はパンチャタントラに次いで広くインドの内外の諸国語に翻訳・翻案された．[827)] 世界文学の観点から極めて重要なのはナハシャビーのペルシャ語訳トゥーティー・ナーメー(1330 A. D.; 52 話)である．[828)] これに基づいてカーディリーの新しいペルシャ語訳(18 世紀末; 35 話)[829)]ならびにトルコ語訳[830)]が作られ，西アジア・ヨーロッパの諸国にも伝わった．インド内にあってはウルドゥー語等有力な近代インド・アリアン語に移植されて普及した．[831)] Śuk. の流行は Skt. による模倣をも生んだ．[832)] Śuk. はまたマライ文学にも入り，[833)] ガラノスによってギリシャ語に訳され，[834)] 遠く蒙古にも伝わった．[835)]

§125.　シンハーサナ・ドゥヴァートリンシカー〔Siṁh.〕[836)]

Siṁh.「獅子座三十二話」またはヴィクラマ・チャリタ「ヴィクラマ王物語」は前述の 2 書と同じくインドで愛読された説話集で，種々の伝本が生じた．

1. 南印伝本．散文の間に詩節(物語に関するものは僅少)をさしはさむ．内容の配列は原形に近いと考えられる．2. 南印韻文伝本．韻文化された新しい伝本で，一方において著しく短縮すると同時に，他方において追加部分を伴う．3. 北印伝本．散文と挿入詩節とからなり，物語はできうる限り圧縮され，ヴィクラマ王の讃美に力を注ぐ．4. 北印ジャイナ伝本．散文に詩節を挿入する形式をとる．最も広く流布する最良の伝本で，クシェーマンカラに帰せられ，マーハーラーシュトリー(Pkt. の一種)で書かれたテキストに基づいたといわれる．ある程度の短縮が行なわれているが，3. のように極端に走らず，文体は簡素平易で粉飾が少ない．5. ヴァラルチ伝本またはベンゴール伝本．4. のバラモン教的改作に過ぎず，ベンゴールに行なわれる．原典批判の目的には価値をもたない．これらの伝本のいずれも原形を代表するものではないが，その比較によりかなり正確に原形を回復することができる．[837] 物語は概して空想的で単調の嫌いがあり，Vet. や Śuk. に比べて興味が薄い．しかし原形はジャイナ教的でもなく，政治・道徳の教科書でもなく，ヴィクラマ王の勇気の礼讃を旨としたものと思われるが，次第に寛裕な王の布施行を称えることによって教訓話化が進み，ことに4. においてはジャイナ教的道徳の宣揚が増強されたに違いない．

（内容）婦女の浮薄[838]を覚ったウッジャイニーのバルトリハリ王は遁世し，弟ヴィクラマ・アーディティアに王位を譲る．この威力抜群の王がインドラ神の世界に赴いた際，神から32個の女人像で飾られた驚嘆すべき王座を授けられ，これを地上の首都に持ち帰った．王がシャーリヴァーハナとの戦争で死んだのち，この王座に値いする者がいないため，ある神格の命により，地中に埋められた．長い歳月の後，ダーラーのボージャ王はこの王座を発見し，自身の首府の華麗な広間に据えた．しかし王がその上に坐そうとすると，女人像の一つが王に告げる，「ボージャ王よ，もし汝がヴィクラマ王と同じような寛裕・勇気等の美徳を備えていないならば，この王座に坐してはならない」と．王の求めに従って女人像はヴィクラマ王の美徳を実証する物語を話す．王が再び坐そうとすると別の女人像が同様の警告を発しかつ物語り，こうして順次に他の女人像の警告と物語とが連続する．これらの女人像は本来神妃であったが，或る呪詛のため石と化したもので，ボージャ王と廻り逢って呪詛から解放され，物語が終了したのち天界へ帰還する．ボージャ王は神聖な像を王座の上に置き，自身は長く栄えて世を治めた．

Siṁh. の成立年代には確証がない．輪郭物語がダーラーのボージャ王(1018–1060 A. D.)を説話の聴き手としている点から見て，11

世紀前半より古くはありえない．Vet. を知っていたことからは，何ら確実な結論は抽出されない．しかし伝本1. と4. とはヘーマードリ作チャトゥルヴァルガ・チンターマニ「人生四目的の如意宝珠」のダーナ・カンダ「布施品」に言及し，おそらく原形もこれを知っていたと推定されるから，13世紀より古くさかのぼることはできない．

Siṁh. もSkt. 以外の言語に移植された.[839] アクバル帝の命によってペルシャ語に訳され(1574 A. D.),[840] インド内外の諸語を通じて伝播した.[841]

§126. 附　録

古来インド人は説話を愛好し，宗教のいかんを問わず多数の文献を残した.[842] ことにこの方面におけるジャイナ教徒の文筆活動は目ざましい．個々の作品について述べることはできないし，制作年代も新しいから，ここには拾遺の形で二,三の名を挙げる．

1. バラタカ・ドゥヴァートリンシカー[843]

インド人が諧謔を解し，諷刺に興じたことは，古典Skt. 劇に道化役ヴィドゥーシャカが登場し，辛辣な皮肉に富む笑劇(§93)を生んだことから窺われる．カター・サリット・サーガラの中に愚者物語が挿入されたことはすでに述べた(§122)．ムニスンダラ(1359–1446 A. D.)に帰せられる「バラタカ三十二話」も愚者物語の一種で，バラタカ(シヴァ派の乞食僧)を対象とする宗教的諷刺に終始している．ジャイナ教徒はこの派の者を無教養として攻撃の的とし，この書の中にもジャイナ教の要素が看取される．2種の伝本で知られ，言語は単純なジャイナSkt. で，通俗的表現を伴い，グジャラーティー語の影響を示している．

2. プラバンダ・チンターマニ[844]

メールトゥンガ作「文学作品如意宝珠」(1306 A. D.)は，ボージャ，ヴィクラマ・アーディティア，シーラ・アーディティア諸王に庇護された著名の文人・学匠等に関する伝説逸話を，年代・史実を顧慮することなく蒐集したものである．王宮内の生活・文学コンクールなどの記述に生彩があり，制作時に近い人物(例えばヘーマチャンドラ)に関する物語は参考に値いする．

3.　プラバンダ・コーシャ[845)]

ラージャシェーカラ・スーリの「文学作品の宝蔵」またはチャトゥルヴィンシャティ・プラバンダ「二十四人伝」(1349 A. D.)は，ヘーマチャンドラ等の学匠・詩人・国王など合計24人の著名なジャイナ教徒の疑似歴史的伝記を載せている．

4.　ボージャ・プラバンダ[846)]

上記のジャイナ教徒の作品にならい，ヒンドゥー教内に現われたものに，バッラーラの「ボージャ王逸話集」(おそらく16世紀)がある．南印本とベンゴール本との2伝本を有し，散文の中に328詩節をはさむ．ダーラーのボージャ王を囲む詩人・学匠の逸話を集め，時代錯誤を意に介さず，カーリダーサ，バヴァブーティ，ダンディン，マーガ等を王と同時代の文豪として拉し来たる．史実としての価値はないが，文学を愛好したインドの君主の日常，詩人相互の競争・評価などに関して興味ある多くの逸話を含んでいる．

C　パンチャタントラ系*

§127. 序　説

単に娯楽を目的とせず，教訓の意をこめた物語，ことに動物寓話は，5巻からなる政治・処世の指南書パンチャタントラ〔Pt.〕[847)]によって代表される．Pt.[848)]は世界文学の一員として，アジア・ヨーロッパ・アフリカにわたる約60種の言語に移植され，その伝本・

---

*　本節の略字．Pt.＝パンチャタントラ．Tkh.＝タントラ・アーキアーイカ．Spl.＝小本 Pt.　Pn̦.＝広本 Pt.　SP.＝南印 Pt.　Nep.＝ネパール本 Pt.　Hit.＝ヒトーパデーシャ．Htl.＝ヘルテル．Edg.＝エジャトン．HP. n. 851 参照; EPR. n. 852 参照．

訳本・改作の数はおよそ200にのぼるという.[849]

Pt.の学術的研究の基礎は，Th.ベンファイの名著「パンチャタントラ」(1859 A. D.)[850]によって確立され，説話・寓話の比較文学的研究に新時代が始まった．次いでJ.ヘルテルはPt.の重要な伝本を発見・出版・翻訳し，詳細な研究を発表し，Pt.の文献学的研究に不朽の功績を残した.[851] さらにこれらの成果の上に立ちF.エジャトンは，諸伝本の内容を比較検討し，綿密な考慮のもとにPt.の原形(Ur-Pt.)の復元を試みた.[852]

Pt.の分派は非常に複雑であるとはいえ，その最古の諸伝本を比較するとき，それらが今はなき或る原形にさかのぼることは容易に想像される．しかしこの原形が何人により，何時，何処で作られたかは不明であり，いかにしてこれから諸伝本が発達したかの詳細についても学者の意見は一致しない．Htl.はUr-Pt.(およそ300 A. D.)からその最も古い代表と見なされるTkh.の系統と，その他の全伝本の基礎をなすPt.の系統との2伝流を想定したが，後者に属する現存の諸伝本が分岐する経路には多くの仮説を要し，その説明は複雑である.[853] これに対しEdg.はUr-Pt.から直接に4種の系統が発展したと考え，諸伝本の歴史の説明も実情に即し簡明の利点を示す.[854] 以下もっぱらEdg.の説に依り，Skt.で書かれた伝本のみを中心として説明する.[855] Pt.に関する文献は厖大な量にのぼるが，HP.およびEPR.は必要な文献を当該個所に列挙しているから，以下の記述には，歴史的に或いは内容の上から重要なものだけに参照する．

一　タントラ・アーキアーイカ系

§128.　タントラ・アーキアーイカ〔Tkh.〕[856]

Tkh.「教訓物語からなる〔教科書〕」または「〔五〕巻からなる物語の本」は，カシュミールに保存され・シャーラダ文字で書かれた写本によって知られる．発見者Htl.は2種の副伝本α(伝承不完全)とβ(°アーキアーイカーと称す)とを区別し，その差異は著しくないが，前者を古いとして優先した．これに対しEdg.は両者の優劣を認めず，むしろβを信頼する.[857] Tkh.の発見はPt.の研究に新生面を開いたものとして重要であるが，もちろんTkh.はPt.の原形(Ur-Pt.)そのものではなく，両副伝本にはおのおの多少の改変が施されている．それゆえTkh.を過重することは許されないが，原形に最も近いSkt.伝本としてその右に出るものはない．Tkh.から窺い知られることは，大体においてUr-Pt.にも通用する．

Pt.の目的は当初から，興味ある寓話・箴言によって王侯・王子・大臣に，政治・処世の要訣を教えようとしたもので，厳粛な道徳の鼓吹ではない．目的の達成は必ずしも道義に適う手段による必要なく，謀略・欺瞞も許される．禽獣も人間と同じに語り，行動し，感情を表わし，よくその個性を発揮する．Tkh.の発端物語によれば，南印(デカン地方)にミヒラーローピア(またはマヒラーローピア)という都市があり，その王アマラ・シャクティに3人の愚かな王子があった．王は慨歎してその教育を老バラモン・ヴィシュヌ・シャルマンに託する．この碩学は6か月のうちに統治の知識を王子たちに授けることを約し，その教材として5巻からなる書すなわちPt.を作った．ただし後世この最初の目的は次第に普遍化し，一般の青年教育に適用される傾向を示した．

(年代)　著作者としてのヴィシュヌ・シャルマンについては何ら史実の拠るべきものなく，架空の人物と考えられる．Tkh.の写本はカシュミールからのみ発見されたが，上記の発端物語はUr-Pt.の発祥地としてむしろ南印を指さすがごとくで，明確な証拠はない．Pt.は570 A. D.ごろすでにパーラヴィー語(中期ペルシャ語)に訳され，これからさらに古代シリア語に転訳されていたから，Ur-Pt.ならびにTkh.の年代はこれより古く，ラテン語から転化した貨幣の名ディーナーラ[858]が挙げられていることは，おそらく2世紀以後を指示するものと思われる.[859] 今かりにTkh.の制作年代をおよそ

300 A. D. と仮定しうるならば，Ur-Pt. の年代はこれより若干古いものと考えられる．[860)]

（内容） 全体の枠としての発端物語のほか，Ur-Pt. はそれぞれ輪郭物語を備える5巻に分かれていたが，各巻の分量は非常に不均衡であったと思われる．Tkh. に従って各巻の名称と内容を述べれば次の通りである．I. ミトラ・ベーダ「友人の離反」．2匹の豺（山犬）カラタカとダマナカとが獅子の大臣として登場し，術策を用いて獅子と牡牛との友情を破綻に導く．II. ミトラ・アープティ「友人の獲得」．鳩・鼠・烏・亀・鹿の物語で，賢明な友情の利益を説き，弱者も結束すれば強者に勝ちうることを教える．III. サンディ・ヴィグラハ「平和と戦争」またはカーカ・ウルーキーヤ「烏と梟との戦争」．かつて仇敵であった者との友誼は危険であることを説き，大臣の種類・義務・王との関係・戦略・勇気などについて語る．IV. ラブダ・ナーシャ「既得物の喪失」．猿と鰐との物語により，愚者がいかに虚言に欺かれて財産を失うかを教える．V. アパリークシタ・カーリカ「軽率な行為」．思慮の足りない行動が，いかに不幸な結果を招くかを戒める．

すでに KSS.（§122）で見た通り，輪郭物語はそれぞれ若干数の插話を含み，時に插話が他の插話を包んでいる．大多数は動物寓話であるから，獅子・豺・牛・猿・鳥類等が主役を演じ，その対話・行動に微妙な人間的関係を反映し，諧謔・皮肉・諷刺に富み，廷臣の陰謀，婦人の不貞，バラモンの偽善・物慾を曝露し，微力でも賢明な者は強力でも愚鈍な者を打倒しうることを例証し，慎重・警戒・抑制を奨励し，必ずしも常に道徳的とはいえないが，民衆の健全な常識に突破口を与えている．宗教的方面は特に強調されず，バラモンを揶揄することをも怖れないが，ヒンドゥー教ことにヴィシュヌ派的な傾向を示すことは明らかで，特に仏教的な色彩は認められない．

各巻の插話のうち，Ur-Pt. にさかのぼるものと Tkh. の追加とを区別することは容易でないが，Edg. の復元と比較すれば，次のような結果となり，Tkh. はほぼ原形に近いことが推察される．Tkh. の插話数 37 に対し EPR. のそれは 32 で，[861] 詩節(内容は総括・物語・箴言に分かれる)の数については Tkh. が遙かに多く，EPR. はその約 5 分の 4 に当たる 422 を含み，しかもそのうち 30 詩節の真正性は確実でない．

(文体・韻律)[862] Tkh. の作者は物語の巧者であったばかりでなく，詩人としても優秀で，高尚な趣味を解したに違いない．文体は全般に優雅・簡易なカーヴィア体に属し，詩節には見るべきものが少なくない．技巧的な修辞・長い合成語の使用されることもあるが，物語の興味を殺ぐにはいたらず，よく節度が保たれ調和に留意されている．同様に作者は複雑な韻律を効果的に使用する技能を持ちつつも，これを濫用していない．

§129. 小本パンチャタントラ〔Spl.〕[863]

Tkh. (§128) と祖形を共通にする Spl. は，中印・北印に流通し，Tkh. が発見されるまでは，Pt. の代表として知られていた．[864] 2 種の副伝本を有するが，[865] まだ真の批判的出版はない．原形(Ur-Spl.)の内容を自由に改変し，各巻の分量を平均させようとした努力が窺われる．多くの新しい插話を追加し(Tkh. より 30 話多い)，ことに詩節の数をいちじるしく増加している(合計 869)．著者はおそらくジャイナ教徒であったと思われるが，Spl. は特にジャイナ教的色彩をもっていない．一方においてマーガ(およそ 700 A. D.; §64 参照)のシシュパーラ・ヴァダ[866]ならびにルドラタ(9 世紀中葉)のシュリンガーラ・ティラカからの引用を含み，他方においては次節に説く広本 Pt. (1199 A. D.) より古いから，その年代はおよそ 900–1100 A. D. に措定される．[867] また言語・文体は一般に Tkh. よりもさらに簡明である．

§130. 広本パンチャタントラ＝プールナバドラ作パンチャ・アーキアーナカ〔Pṇ.〕[868]

この伝本は，Htl. の研究により，ジャイナ教徒プールナバドラが

1199 A. D. に作ったものであることが明らかにされた．Ur-Spl.(§129)とTkh.(副伝本β, §128)とを基礎とし，さらに他の資料を使用し，全体として著しく拡大されている．Pṇ. は他の伝本に見いだされない插話21篇をもち，Spl. と異なり，制作年代も明瞭で，Pt. 諸伝本中最も確実な伝承に裏づけられている．言語の上にも特徴を示し，純粋なSkt. から逸脱した表現をも含んでいる．[869]

附記　1. Spl. とPṇ. とは，Skt. および近代インド・アリアン語による多数の折衷・混合・翻訳・改作を生み，その影響は非常に大きい．[870] しかしSkt. によるPt. 伝本の歴史に特筆すべき重要なものはないから，次の2篇の名を挙げるにとどめる．すなわち輪郭物語を全部除去したパンチャ・アーキアーナ[871]と古代グジャラーティー語をもって書かれたパンチャ・アーキアーナ・ヴァールティカ[872]とである．

2. 両ジャイナ伝本のSkt. 説話文学に及ぼした影響も軽視できない．最も顕著な一例はシュカ・サプタティ(§124)においても見られる．[873]

3. Pt. はジャイナ教徒の興味をひき，上記両伝本(Spl., Pṇ.)のほかにも種々な作品を残しているが，ここには説話の比較研究に価値のあるメーガ・ヴィジャヤ作パンチャ・アーキアーナ・ウッダーラ(1659/60 A. D.)[874]の名を指摘するにとどめる．

二　ブリハット・カター系

§131.　BKM.(§119)およびKSS.(§122)中のPt.[875]

カシュミール本ブリハット・カター(KBK., §118)が，Pt. のテキストを含んでいたことはすでに述べた．ただし発端物語と少なくも1個の插話(＝Tkh., EPR. I. 3)を欠いていたことは，そのSkt. 伝本KSS.(tar. 60–64)とBKM.(XVI)とから窺い知られる．クシェーメーンドラはTkh. の副伝本β(§128)をも利用したと思われるが，原本(KBK.)を圧縮するに急なため，物語は興味索然たるものとなり，時には意味の理解を妨げる嫌いがある．ただKSS.に欠けている部分をも含んでいるから，これを補う利点をもっている．これに対しKSS.は発端物語のほか原本にあった5個の插話を欠くが，著者ソーマデーヴァは過度の圧縮を避け，優雅な筆致をもって原文を忠実にSkt.化している．またKSS.がPt.の各巻の間に「愚者物語」(§122)を插入しているのは，おそらく原本の状態を踏襲したものと考えられる．

三　南印パンチャタントラ系

§132.　南印パンチャタントラ〔SP.〕[876)]

SP.は南印特有の短縮形Pt.で，少なくも5種の副伝本をもつ.[877)] Ur-Pt.の全插話を保有し，説話の一般的内容を忠実に伝えている点に勝れた価値があり，SP.自身の追加は僅かに1插話(I. 12)と若干の詩節に過ぎない．ただし発端物語における王の名はスダルシャナであり，その都市の名はパータリプトラとなっている(上記§128参照)．SP.の全貌を精確に解明した功績はHtl.に帰せられ，その言語の特異点も彼により詳細に紹介された.[878)] またSP. I, v. 151がカーリダーサの「クマーラ・サンバヴァ」II. 55に由来することは周知の事実である．

§133.　ネパール本パンチャタントラ〔Nep.〕[879)]

ネパールの写本によって知られ，詩節のみを集めたもので，SP.の副伝本の一つαに含まれる詩節のほとんど全部を収めている．しかしNep.も他の伝本と同じく，かつては散文と詩節とからなっていたと推測すべき証拠があり，その祖形(Ur-Nep.)はSP.と極めて密接な関係にあったに相違ない．ただPt.の第一巻と第二巻との順序が，Nep.においてすでに逆になっている点は，次節に説くヒトーパデーシャとの関係の緊密なことを知るために重要である．

附記　同じくネパール出自の伝本にタントラ・アーキアーナ[880]と呼ばれるものがあり，3種の形式の写本によって知られる：1. Skt.の詩節のみを含むもの，2. 詩節のほかその大部分にSkt.の説話を添えたもの，3. Skt.の詩節にネーワーリー語(ネパール語)による説話を附したものである．1.が最も古く，2.に依存していない．最初の出版者ベンドール以来，この書が仏教と関係あるがごとく考えられたが，その事実はない．また作者がジャイナ教徒であったとしても，この宗教に特別の関係を持たない．

§134. ヒトーパデーシャ〔Hit.〕[881]

Hit.「有益な教訓」は，前記Nep.と同じくその祖形Ur-Nep.の系統を引き，別の他の一資料を合わせ使用し，ほかのPt.諸伝本とは面目を異にする有名な作品となった．作者はナーラーヤナと呼ばれ，[882] おそらくベンゴールを発祥地とするらしく，この地方に広く流布している．マーガのシシュパーラ・ヴァダを引用していること，[883] 900 A. D. ごろから一般化したバッターラカ・ヴァーラ「日曜日」という単語の見えること，ならびに最古の写本の年代から，漠然と800/900–1373 A. D.を制作年代としているが，むしろその上限に近く900–950 A. D.と見るべきかと思われる．[884]

Hit.の特徴はPt.の5巻を改めて4巻とし，巻名を順次に：I. ミトラ・ラーバ「友人の獲得」，II. スフリッド・ベーダ「友人の離反」，III. ヴィグラハ「戦争」，IV. サンディ「平和」とした点にある．これによって明らかなことは，Pt.における第一巻と第二巻との順序を入れ替え(＝Nep.，上記§133参照)，Pt.第三巻の題名を二つに割って，それぞれ第三巻・第四巻に当てている．また発端物語における王名・都市名はSP.の伝統に従い，スダルシャナ王およびガンガー河畔のパータリプトラとしている．これにも増して内容の変化は著しい．Pt.第四巻は全く省かれ，第五巻の説話は，輪郭物語をも含めて，第三・第四巻中に插話として用いられている．このほかPt.の插話の位置をかえ，または全く省いている場合がある．他面において新たに17篇の插話が加えられ，各巻の分量および插話数はよく均衡を保っている．教訓的詩節に関しては，チャーナキアの箴言詩と共通するもののほか(n. 736)，好んでカーマンダキーヤ・ニーティサーラ(§7)を利用し，詩節の数は過多に増大し(最良の写本Nでは656を算する)，むしろ煩瑣の弊に陥っている．作者ナーラーヤナは，統治・処世の要訣を指南するほかに，Skt. の教育をも意図していた．引用詩節の一部を除き，彼の言語・文体は概して平明・正確で，やや単調の嫌いなしとしないが，よくこの使命を果している．多数の詩節の中には彼自身の作も含まれていると思われ，もしこの推測が正しければ，詩人としてのナーラーヤナは，決して凡手でなかったと考えられる．[885)]

附記　南印・東南アジアおよび南海におけるPt. の伝播ならびに文献の詳細についてはHP. p. 250–356参照．[886)]

四　パーラヴィー訳本系*

§135. 世界におけるPt. の伝播

パーラヴィー(中期ペルシャ語)訳を基点とする系統[887)]は，世界におけるPt. の伝播と世界文学におけるその地位を知るために重要である．

Ur-Pt. からの一伝本は，ペルシャ王Chosrau Anōsharvan(531–579 A. D.)の命を受けた医師Burzōe(Burzuyeh)により，他のインドの説話と共にパーラヴィー語に翻訳された．[888)] この基礎をなしたSkt. 原本もこの訳本も共に失われたが，前者はUr-Pt. に極めて近かったものと推定される．表題は第一巻に活躍する2匹の豺の名にちなんで，「Karaṭaka と Damanaka」であったらしく，この系統の古い訳本の名称に残っている：「Kalilag と Damanag」(古代シリ

＊　本節では固有名詞等をローマ字によって表わした．

ア語)，「Kalīlah と Dimnah」(アラビア語)，「Kalila と Digna」(古代スペイン語)．また便宜上，「Kalila と Dimna」の名によって，パーラヴィー訳本系の伝本を総括することもある．散佚したこの訳本の内容を伝えるものとしては，これから直接派生した2種の翻訳が残っている．一つは Būd による古代シリア語訳(およそ 570 A. D.)[889]であり，他は ʿAbdallah ibn al-Moqaffa によるアラビア語訳(およそ 750 A. D.)[890]である．ことに後者は，東洋・西洋における Pt. の流通に偉大な役割を演じた．[891] 主要な分派をたどるだけでも複雑な記述を要するため，ここにはすべて割愛し，ただヨーロッパにおける Pt. の普及に影響の大きかったラテン語訳についてのみ一言する．すなわち Rabbi Joël のヘブライ語訳(およそ 12 世紀)[892]から重訳された Johannis de Capua の Liber Kalilae et Dimnae, directorium vitae humanae(13 世紀)[893]を基礎として，スペイン語訳，Antonius von Pfor(r)の独訳(1483 A. D.)，[894] A. F. Doni の伊訳 La moral filosophia(Venezia, 1552)等が生まれ，最後のものは Sir Thomas North によって英訳された(The Morall Philosophie of Doni. London, 1570; 1601)．

ヨーロッパの中世において Bidpai または Pilpai(Skt. Vidyāpati「知識の主」からの転化)は，インドの哲学者の名と解され，その名を冠する寓話・訓話集が広く行なわれ，Reinecke Fuchs から La Fontaine の Fables(2e éd. 1678)にいたるまで，欧州文壇に影響を与えた．さらに詳しく世界諸国の文学に残した足跡をたどり，或いは近代インドの民間伝承の中に Pt. 寓話のモチーフを探ることは，興味ある課題にちがいないが，Skt. 文学史の中心問題から遠ざかるからすべて省略した．[895]

§136. 動物寓話の故郷

Pt. の中には少数ながら，いわゆるイーソップの寓話との共通起原を想定せざるをえない物語がある．例えば「豹の皮を着た驢馬」(Tkh., EPR. III. 1)，「心臓と耳のない驢馬」(Tkh. IV. 2, EPR.

IV. 1)等は，独立起原説で説明されない．従って早くから，インドかギリシャか，いずれの国が淵源であるかに関する論争が行なわれ，それぞれの説に有力な支持者が現われた．A. Weber は強く A. Wagener と O. Keller とのインド起原説を否定し，[896] Th. Benfey は動物寓話(Tierfabel)と他の説話(Märchen および Erzählung)とを区別し，前者はもっぱら西洋を起原とすると考えた．[897] Htl. は Meghavijaya の Pañcākhyānoddhāra (§ 130，附記 3)の寓話を比較文学的に攻究した結果，インド起原説を主張した．[898] しかし Pt. の寓話およびイーソップ寓話は個々に発生・移植の歴史をもち，一括して起原の地を決定することはできない．東西文化の交流，寓話の移動性等を考慮に入れれば，問題は複雑となり，なお断定を下しえない部分が残っている．[899]

附録　カーリダーサ抄

一　美都ウッジャイニー(「雲の使い」より)

北に進路を取りたる汝(＝雲)には，道は迂回となりもすれ，ウッジャイニーの宮殿の白堊の屋根に親しむを怠るなかれ．汝もし都の女の眼，稲妻の閃く光に怯え，眦震うそれをしも楽しまずんば，生くるとも効こそなけれ．　(27)

道すがらニルヴィンディアー(川の名)に接しては，小波の立ちさわぐなべに喧しき鳥の群を腰紐として纏い，渦の臍をあらわにし，躓きつつも心地よくうねり流るるその川の水(＝愛情)をたらふく飲め．媚態は婦女がいとしき人に示す愛情の最初の現れなれば．(28)

一筋の編毛と見ゆるまで細りて水は涸れ，岸辺に生うる木より落ちたる枯葉に色蒼ざめたるこの川(おそらくニルヴィンディアー)，別離に悩むさまにより，幸ある者(＝雲)よ，不在久しき汝に幸福をさし示すこの川を，憔悴(＝水涸れ)の見棄てんすべ(＝降雨)は，汝によりてのみ成就す．　(29)

ウダヤナ王の物語*に精しき村の故老の住むアヴァンティ国に到達し，すでに述べたるヴィシャーラー(＝ウッジャイニー)，沢なす財宝をもつ**都に向いて進め．そは積みし善果の尽きはてんとしたるとき，地上に戻りたる天の住人が，残んの浄業により運びきたりし輝く天界の一部にさも似たり．　(30)

サーラサ鶴の鋭き・恋ゆえ甘き鳴声を遠くに運び，夜明け方，開

*　ヴァッツァ族のウダヤナ王とウッジャイニーの王女ヴァーサヴァダッターとの恋愛物語．

**　原語シュリー・ヴィシャーラー．同音異義の修辞法．

きし蓮華の芳香に触れて香ぐわしき，シプラー川の微風は，そこ(＝ウッジャイニー)に，女らの手足に快く，淫楽の疲れを癒す，求めつつ睦言語る最愛の人のごと．　(31)

窓の格子より洩るる・髪を薫らす煙に身も脹らみて，友達の誼みゆえ，家飼いの孔雀に舞踏の供物を捧げられ，旅に心疲れし汝は，花の香こもり・美し女の足の臙脂*の跡しるきそこなる宮殿に一夜をすごし，　(32)

主(＝シヴァ神)が頸の色(蒼黒き色)もつと，眷族たちに恭しく見守られ，三界の長・チャンダー(＝シヴァ神妃)の夫君の聖なる祠に汝は行くべし．そこの遊園は青蓮の花粉に香ぐわしく，水遊びに余念なき若き女子の水浴の香にかおるガンダヴァティーの川風に揺れ動く．　(33)

他の時(早朝以外の時)に，雲よ，マハーカーラ(＝シヴァ)の祠に到着するとも，汝が視界に太陽の現わるるまで佇むべし．シューリン(「戟もつ神」，シヴァ)のため，朝の勤行に太鼓めでたく打ちてこそ(雷鳴を指す)，汝は緩やかなる雷鳴の果報もれなく得るならめ．(34)

そこに，足踏みしめて腰帯の鈴うち鳴らし，宝石の光鏤めたる柄もつ団扇を，優美に振りて手の疲れたる舞姫たちは，爪の傷痕(性技の一つ)に快き雨の初穂の滴りを，汝より受けて，蜜蜂の列のごと長き流眄を，汝に注がん．　(35)

そのあと，樹林さながら高く聳ゆる神の腕の上に，円輪なして蹲まり，新鮮なるジャパーの花のごと赤き薄暮の色を帯び，パシュパティ(「獣主」，シヴァ)の舞踏の始まるとき，血にぬれし象の皮**を求むる神の慾望を奪え．汝が誠信は，恐怖おさまりてまじろがぬバヴァーニー(シヴァ神妃)に認めらるべし．　(36)

---

*　化粧用の塗料，ラーガ．

**　シヴァが象の形をした悪魔ガジャを退治して，その皮を剝いだ神話．

そこに夜(よる)，針もて貫かるべき真の暗闇により，王道の目途(めじ)の阻まれたるとき，いとしき人の住家に急ぐ女(おみな)らのため，試石の上走る黄金の条(すじ)のごとうるわしき稲妻もて大地を照らしだせ．されど雨水を注ぎ，雷鳴を轟かすことなかれ．彼女らはものに怯(お)じ易き性(さが)あれば．(37)——(ed. Hultzsch)

二　シヴァと愛神カーマ(「クマーラ・サンバヴァ」より)

季節終りて日の神が，クベーラ(財宝の神)の守る方角(北方)に移り始むるとき，南の方(かた)は香ぐわしき風を口より吐きつ，悲痛の歎息(ためいき)にさも似たる．　(III. 25)

アショーカ(無憂樹)はたちまちに花を開きぬ，幹より生えし若葉とともに．足環鳴る美(うま)し女(め)の足もて触れらるるをも待たずして.*　(26)

若き芽生えを優しき羽とする・新しきマンゴの花の矢**の作られ終りしとき，春は友なる愛の神(＝カーマ)のため，あたかもその名を表わす文字のごと，はや蜜蜂をとまらせぬ．　(27)

色勝れてめでたきカルナカーラの花，匂いなければ常に心を傷めたり．造物主の活動(はたらき)は，美質の完き具足に，えてして面を背くるものなれば．　(28)

いまだ開きおえねば，新月(にいづき)のごと曲りたるパラーシャの花，あざやかに赤く輝く，心せく春との愛の語らいに，森の平地の負える爪痕に似て．　(29)

春の女神は面(おも)の上(え)に，ティラカ***画きつ，蜜蜂の作りなすアンジ

---

* アショーカの木は，美女の飾られた足に触れられると，花を開くと信じられた．この慾望をドーハダと呼ぶ．

** カーマは5本の花の矢を持ち，この矢に射られた者は恋情をおこす．下記70参照．

*** 額にえがく飾り．同時に花木の名として用いられる．

ャナ(眼膏)の条ゆえに色も綾なり．唇を——そはマンゴの赤き花——若き太陽の淡き光もて飾りたり．　(30)

プリヤーラの花房の，細かき花粉のために羚羊は，目先のほども見えわかず，恋心の昂ぶりに，風に逆らい，森のさなかに駈け入りつ，ざわめく木葉散らしつつ．　(31)

マンゴの若芽ついばみて，喉赤らみしコーキラの雄鳥のやさしき声音，誇らかの女子の怒り解く力あればや，愛の神の言葉とはなる．(32)

冬過ぎ去りて，唇の色は明るく，顔の色少しく白き，キンプルシャ(神話的存在)の妻たちに，汗は浮かびて，額の飾り模様に滴たまりぬ．　(33)

シヴァ神の森に住む苦行者たちは，時ならぬこの春のたたずまい見て，激しく動く心をば，辛くも制御し，ようやくに鎮めたり．(34)

愛の神この場に来たりぬ，花の弓に絃を張り，ラティ(カーマの妃)を伴いて．なべて夫婦は，絶頂を極めたる愛の喜びに，心ゆくまで浸りしさまを，その姿態もて示したり．　(35)

彼(＝シヴァ)は見たり愛の神を，右の眦に拳を当て，肩を垂れ，左の膝を折り曲げて，美しき弓を車輪のごとく円く引き絞り，まさに射放さんと構えしを．　(70)

苦行を妨げられて怒りは増長し，眉根ひそめて，形相いとも凄まじき彼の第三眼(前額にある)より，突如閃き燃えあがる火は，ほとばしり降りぬ．　(71)

主よ，怒りを解け，解けと，マルト神群(風神)の声空中に響くときおそし，シヴァの目より発したる火は，すでに愛の神を灰と化したり．　(72)

この苦行の障碍を苦行者(＝シヴァ)は，雷電の木を裂くごとく，たちどころに滅ぼして，婦女の接近を避けんと欲しつつ，有類の主(＝シヴァ)は眷族もろとも姿をかくしたり．　(73)

深き苦悩より生じ，五感の作用を停止せしむる喪心の状態は，夫

の死をも知らしめずして，ラティにはしばしかりそめの救いとなりぬ．　(74)

さてカーマの妻(＝ラティ)は，気を失いて力なかりしを，運命は目ざましめたり，堪えがたき苦しみ多き・若き寡婦(やもめ)のありようを経験せしめんとて．　(IV. 1)

気絶のはてに開きし両眼に，ラティは注意を集めたり．とはいえいまだ知らざりし，最愛の夫の姿，飽かず眺むる両の目に，とわに再び映ることなきを．　(2)

ああ，わが命の君，生き給うやと呼びかけて，立ちあがりつるラティの前，大地の上に見えしはただ，ハラ(＝シヴァ)の怒りの火に燃えし，人の形の灰燼のみ．　(3)

ラティは再び心傷み，地を抱きしむれば胸乳黒ずみ，髪の毛いたくかき乱れ，声高らかに泣き叫びぬ，あたかも大地を，同じ不幸に歎かしむるがごとく．　(4)——(ed. Suryakanta)

三　アジャ王の哀哭(「ラグ・ヴァンシャ」第八章より)*

音締(ねじめ)くるいしヴィーナー(インド琵琶)の，律呂ふたたびただすごと，心やさしきアジャ王は，冷き妻のなきがらを，抱きしめのせぬ膝の上，日頃なれにし膝の上．　(41)

魂ぬけはててありし日の，花のかんばせ色あせし，空しき妻を膝にだく，王の姿はあかつきの　月にも似たり，その中に　見ゆる羚羊**影あわく．　(42)

日頃雄々しき王なれど，あまりにことのはかなさに，涙に咽びよよと泣く，火(ほ)中に焼かば黒がねも，溶くるをましてうつし世の，神ならぬ身のむべにこそ．　(43)

---

*　ラーマの祖父アジャ王が，突然最愛の妃インドゥマティーを失い，悲歎にくれる一節．

**　インドでは月輪の中の斑点を，兎または羚羊の形と見た．

かつて心の中にだに，なれに背きしことなきに，なぜにわが身を棄てされる．今はた広き地を統ぶる，王とは名のみ，なれにこそまことの愛はささげつれ．　(52)

かざりの花のさわにして，蜂にもまごう烏羽玉の，なれが黒髪風そよぎ，漣なせば，手弱女よ，この世にまたもよみがえる，ながおとずれぞ願わしき．　(53)

さればや早く目をひらき，わがこのなやみ払えかし．雪の深山(ヒマーラヤ山)に生うという，夜も輝く光草*，ほこらの奥のくらやみを，かき消すごとく払えかし．　(54)

額にかかる乱れ髪，言の葉もれぬくちびるを，見るにつけても思いわぶ．一本立ちの蓮なれや，夜半のねむりの静けくて，宿る蜂さえ音をしのぶ．　(55)

月はふたたび夜に逢い，契りも堅き夫妻鳥(チャクラヴァーカ)，やがて恋妻かえり来ん，ともにしばしのもの思い．さあれとことわになれ去りし，わが悲しみのやまめやも．　(56)

なが爪先にふれられて，喜びひらく無憂華**の，花のゆくえも今はなし．なが緑なす黒髪の，かざしの花をいかでわれ，その奥津城にかざらまし．　(62)

足環の音のさえざえと，鳴りし形よきなが足の，触れしこよなきよろこびを，思いかえすか無憂華は，花の涙の雨しげく，なれを慕いて泣くなめり．　(63)

なれが息吹をさながらに，香りゆかしきバクラ花，われともどもの戯れに，帯になかばはしつらえて，なぜに早くもまどろめる，声うるわしきわが妻よ．　(64)

よきにあしきになれ思う，友多かるに，新月の　みめうるわしき子はあるに，ただ一筋になれを恋う，夫はあるに，さりとては，む

---

*　原語トリナジオーティス．

**　アショーカのドーハダについては，訳例二，注*参照．

ごくもしつるなが心．　(65)

わが雄心や恋ごころ，今はあとなく消え去りて，季節まつりのにぎわいも，歌もろともに今たえぬ．黄金や珠のかざり棄て，こよいは閨も空しかり．　(66)

わが宿の妻，内そとに　心ゆるせし友つひと，または女子の身だしなみ，いそしく学ぶまな弟子の，なれを奪いし死の神は，そも今あとに何を残せる．　(67)

心やわらぐうま酒の，こもる思いも口うつし，飲みし君はも，今いかに，わがたなごころ一くみの，涙に濁る阿伽（あか）の水，あの世にありて飲み給う．　(68)

高き位はのこるとも，なれなき後はこのアジャの，栄（は）え仕合せもこれまでぞ．世のなにものもわが心，ひくに足らざり，なれにのみ，すべての望みかけてしか．　(69)

コーサラ王(アジャ)はかくばかり，妃を慕い悲しみて，かこち歎けば心なき，森の木さえも梢もる，汁を涙にうちしおれ，ともに歎くぞあわれなる．　(70)——(ed. K. P. Parab)

四　マーラヴィカーの恋(「マーラヴィカーとアグニミトラ」第三幕より)

マーラヴィカー　お心も知らぬ殿さまをお慕いする妾（わらわ）はほんに，われとわが身に恥ずかしい．どうしてこの事を，妾のいとしい友達に打ちあけることができましょう．恋は妾にどれだけ長く，逃れ道のない苦しい思いをさせるつもりやら，妾には分かりませぬ．(数歩あゆんで)さて妾はどこへ行くのやら．(考えて)ああ，女王さまがご命じになったのでした：ガウタマ(道化役の名)の不注意のためブランコから落ち，足を動かすことができぬゆえ，そなたが黄金（こがね）アショーカのドーハダ(開花の望み)*をかなえておやり．

* 上記訳例二，注*参照．

もしその木が五日の中に花を咲かせるならば，そのときは——(中途で歎息し)——そなたの願いを満たす恩恵を施しましょうと．そこで妾は先に用事の場所に来ましたが，すぐあとからバクラーヴァリカーさん(女王の侍女，マーラヴィカーの友達)が，妾の足飾りを持って参りましょう．それゆえしばし邪魔されずに，悲しみに耽ることにいたしましょう．(歩き廻る．)

ヴィドゥーシャカ(道化役ガウタマ)　ははあ，酒を飲みすぎて苦しむ者にとって〔の妙薬〕砂糖黍の汁がここにいる．

王　おお，それは何か．

ヴィドゥーシャカ　すぐ近くマーラヴィカーが，衣服もあまり着飾らず，顔色も悲しげに，ただ独りここに立っております．

王(喜んで)　なんとマーラヴィカーが．

ヴィドゥーシャカ　その通り．

王　今余の命はながらえられる．

いとしき人近きにありと汝(なれ)より聞き，悩みおののくわが心，息吹きかえしつ，渇きに悩む旅人の心のごとく，サーサラ鶴の鳴く音(ね)より，樹木とりまく流れ近しと知りしとき．　(6)

してその人はいずこに．

ヴィドゥーシャカ　その方は並木の中を通って，きっとこちらへ参られます．

王　友よ，あの人が見える．

臀(いしき)はまるくふくよかに，腰細く胸乳(むなち)高まり，眼(まなこ)の切れのいと長き，わが命こなたに来たる．　(7)

友よ，あの人は以前と大分変わられた．何となれば，

身の飾りいとつつましきかの君の頬，シャラの茎のごと蒼白し．

春さりて若葉出づれば，そこばくの花咲きそめしクンダ(ジャスミン)に似たり．　(8)

ヴィドゥーシャカ　あの方もまた王さまと同じように，恋の患いに独り悩んでいるのでありましょう．

王　お前の友情がそう見えさせるのだ．

マーラヴィカー　このアショーカは，優にやさしいドーハダを待ちこがれ，花の衣裳を身につけず，妾のあこがれをまねております．それならその木蔭で涼しい石台の上に坐って，休息いたしましょう．

ヴィドゥーシャカ　王さまはあの方が，あこがれているといったのをお聞きなさいましたか．

王　それだけでは，お前の推量が当っているとは思わない．何となれば，

クラバカの花粉を運び，若芽をほころばす雨の滴(しずく)を従えて，マラヤの山より吹く風は，わけあらなくにあこがれを，人の心に喚び起す．　(9)

マーラヴィカー坐る．

王　友よ，さてここにわれら両人，蔓草の蔭にかくれよう．

ヴィドゥーシャカ　イラーヴァティー(第二王妃)さまが，遠くにおられるような気がいたします．

王　象は蓮の群を見たとき，鰐を恐れぬものだ．(眺めつつ立つ．)

マーラヴィカー　心よ，みのりなき願望をおやめなさい．なぜ妾をお苦しめなさるのか．

ヴィドゥーシャカ，王を眺める．

王　いとしき人よ，わが愛情の思うに任せぬことを見られよ．

君は明かさずあこがれの因(もと)を．推量は同じからず真実を知ると．
とはいえわれはみずからを，腿うるわしき人よ，ながその悩みの的とし思う．　(10)

ヴィドゥーシャカ　今や王さまの疑いは晴れましょう．恋の使命を託しましたバクラーヴァリカーが独りして，こちらへ参ります．

王　われらが願いを覚えておろうか．

ヴィドゥーシャカ　ほんにどうしてあいつめが，王さまの重き使命を忘れましょうや．私でさえそれを忘れはいたしません．

バクラーヴァリカー足飾を持って登場.

バクラーヴァリカー　あなたごきげんいかが.

マーラヴィカー　ああ，バクラーヴァリカーさんがおいでになりました．あなたごきげんよう．お坐り遊ばせ.

バクラーヴァリカー　友よ，あなたはドーハダを行なう役目をいいつかりました．それゆえあなたの片足をおだし遊ばせ，わたくしが臙脂(えんじ)*を足指に塗ってさしあげますほどに.

マーラヴィカー(独語)　心よ，もう幸福(しあわせ)を願うのをおやめなさい．この〔不可抗〕力が加わりました．どうしたら今身まかることができるでしょう．ままよ，これこそが妾の死出の飾りとなりましょう.

バクラーヴァリカー　なぜためらっていらっしゃいますの．女王さまはほんにこの黄金アショーカの開花を待ちこがれておられます.

王　何と，この一件は，アショーカのドーハダのためであったのだ.

ヴィドゥーシャカ　どうしてご存知ないのですか，いわれなく女王さまがあの方に，後宮の装身具をつけさせることのないのを.

マーラヴィカー(足をさしだす.)　あなたどうかお赦しください.

バクラーヴァリカー　おお，あなたはわたくしの命でございます．(装身具で足を飾り始める.)

王　いとしき人の爪先につけられし，みずみずしき色の条(すじ)，見よ友よ，ハラ(＝シヴァ)に焼かれし「愛の木」**の，若き芽生えの初萌えに似かようを.　(11)

ヴィドゥーシャカ　げに足にふさわしい任務が，あの方に課せられております.

王　お前の申す通りだ.

爪うるわしく輝ける，若芽色なす足の先，これもて乙女は，二つ

---

*　化粧用の塗料.

**　愛神カーマを指す．訳例二の神話参照.

のものを蹴るをえん，或る(あ)はドーハダ待ちて，まだ花咲かぬアショーカの木，或るはまた近く犯せし罪(男の不貞)ゆえに，低く頭(こうべ)をうなだるる愛人を．　(12)——(ed. Sh. P. Pandit)

五　プルーラヴァス王の彷徨(「ヴィクラマ・ウルヴァシーヤ」第四幕より)*

そのとき王狂人の扮装で登場．

王　ああ，悪性の羅刹(らせつ)(悪魔)よ，止まれ，止まれ．わが最愛の君を捉えて，いずこにか行く．さては山の頂から空中に昇り，彼は矢もてわが上に雨を降らすのだ．(考えて)

こは雨孕む新雲(にいぐも)，高慢なる悪魔にはあらず．こは虹にして，決して引き絞られし弓にはあらず．こはまた激しき豪雨，矢の雨にはあらず．そは黄金の条(すじ)のごと麗わしき稲妻にして，わがいとしきウルヴァシーにはあらず．　(1)

(見て)ああ，驟雨に息つく山肌の石に登って，

孔雀は雲を仰ぎ見る，尾羽は強き向い風に打たれつつ，高々と上げたる喉は，鋭き声に満ち満ちて．　(8)

(近づいて)さて彼に訊ねよう．

青頸の孔雀よ，この森に，優しき頸のわが君をなれ見しや，切れ長の眼(まなこ)の主を，眦(まなじり)白きものよ，見るも楽しきかの君を．　(9)

こはいかに，答をしないで踊り始めた．いったい何が彼の喜びの因(もと)なのか．(考えて)それは分った．

いとしき君の雲隠れに時をえて，彼の濃き艶やかなる尾羽は，微風(そよかぜ)に吹き分けられて，並びなきものとはなりつ．髪うるわしきかの君の，快楽(けらく)のあとに紐解けて，花に蔽われたらんとき，この孔雀何するものぞ．　(10)

---

* 失踪した愛妃ウルヴァシー(本来天女)が，禁制の聖林に踏入って，蔓草に化せられたのを知らずに，プルーラヴァス王は狂人のごとくその行方を探す．

(歩み廻り，耳傾けて)ああ，南の方に，いとしい君の歩みを告げる足環の音が聞こえる．さてそこに行ってみよう．(歩み廻って)ああ，これはしたり，これはしたり．

雲黒き方処を望み見て，マーナサ湖*へと心あこがるる，ラージャ・ハンサ(最高級の鷲鳥)の声にして，こは足環の鳴る音にあらざりし．　(14)

よし，マーナサ湖へと心あこがれるこれらの鳥が，この湖から飛立たないうちに，彼らからいとしい君の消息を聞きださねばならない．(近づいて)おお，おお，水鳥の王者よ，

なれやがてマーナサ湖に向いて飛ばん．なが旅の糧・蓮茎を〔口より〕棄てよ，後に再び取るをえん．そのひまにまずわれを，悲しみより救えかし，いとしき君が消息伝えて．善き人にとり，歎願者への奉仕は，おのが業務より重きものなれば．　(15)

顔を上向けて眺めているところから判じて，マーナサ湖へと心あこがれていたために，かの君を見なかったと申すのが，彼の返事らしい．

なれもし，ハンサよ，湖の岸辺にて，三日月の眉もつ・わがいとしき君に，逢うことなかりせば，いかにして，盗人よ，かの女の歩みぶり，恋ゆえに定かならぬ足もとを，生き写しに取りえんや．
(16)

ハンサよ，われに恋人を返し与えよ．かの君の歩みぶり，なれはそを奪いたり．盗みし品の一片を，発かれし人，返還を求められたるとき，すべてを返し戻すべし．　(17)

(笑って)彼は余を，盗人を懲らしめる王と思い，恐れて飛び去った．

(傍らを見て)ああ，スラビカンダラと呼ばれる特に美しい山が見える．またこれは，天女たちの好む山である．或いは姿うるわし

---

*　シヴァ神の居所カイラーサ山の上にある神聖な湖で，ハンサ鳥の故郷．

い君が，その麓で見つけられるかも知れない．(歩み廻り，うち眺めて)さては余が悪しき行ないの報いで，雲すら稲妻を欠いている．とはいえ，この山岳に問わずして，引返すわけには参らぬ．

胸乳の間せばまりて，節々いとも円やかに，腰美しき女，いますや，広き裾野もつ山よ，愛の神の領土なる，この森の奥深く．(26)

こはいかに，山は黙したままである．思うに余り遠く離れているため，山に聞こえないのだ．その近くに行って，もう一度訊ねてみよう．(歩き廻って)

山々の王者よ，全姿くまなく佳麗なる，美しき君，われより離れたるかの女を，この美しき森の辺に，見たりやなれは．　(27)

(聞きいり，喜びをもって)こはいかに，余のいいたる通りに，「見たり」と申す．おん身もまた，これに増して吉きことを聞けよかし．さらばわが最愛の君は，いずこにおわすや．(楽屋の中で，全く同じことのいわれるのを聞いて)これはしたり，これは洞穴の口から洩れでる余の言葉の反響であった．

〔再会を可能にする宝石を拾った後〕(歩み廻り，うち眺めて)ああ，いかなれば実に，花もないこの蔓草を見る余は，喜びを感じるのであろうか．或いはまた，余のこの喜びは当然である．何となれば，この

なよびたる蔓草，雨水に葉は濡れて，涙に下唇の洗われたるごとく，盛りの時の過ぎたれば，花咲きいづることもなく，身の飾り着けざるに似て，蜜蜂の囁く声のやみぬれば，深き思いの無口に耽るがごとし．気性激しきかの君が，その足もとに跪く，われを推しやりしあと，悔いに悩むにさも似たり．　(38)

さていとしい君に似たこの蔓草を抱擁したいと存ずる．(といって蔓草を抱く．)

(正にこの時ウルヴァシー登場)

王(目を閉じて感触を表わすこなし.)　ああ，余が身はあたかもウ

ルヴァシーの手足に触れたように快い．とはいえやはり自信がない．何となれば，

始めには，いとしき君が身寄(みより)かと信じたるもの，みなたちまちに，縁(ゆかり)なきものと化す．さればや急ぎ両の眼を，開くことあらじ，触れ心地より，いとしき君と知れりとも．　(39)

(徐ろに目を開いて)こはいかに，まことにわが最愛の君．

ウルヴァシー(涙を流して)　大王さまに勝利あれ，勝利あれ．

王　君としも別れしゆえに立ちこめし，なよびし君よ，闇に沈みてわれは今，あらめでた，再び君を得てしかな，息絶えしのち，また物心つきしがごとく．　(40)――(ed. Sh. P. Pandit)

六　シャクンタラーの訣別

(「シャクンタラー」第四幕より)*

カンヴァ　おお，森の神々を宿す苦行林の木立よ，

なが根の土の潤いを，見るまで水は飲まざりし，かざしに欲しき花つぼみ，されどなが身をいとおしみ，萌ゆる若芽は折らざりし，春の初花まちかねて，その日を祝い喜びし，そのシャクンタラー今ぞ去る．な惜みそよ餞(はなむけ)の，さらばさらばの一言を．　(11)

シャールンガラヴァ**(コーキラ鳥の鳴声を聞いたこなし)　お師匠さま，

ゆるしを得たりシャクンタラー，森に住む身の友とする，木々も別れをうべないつ．聞き給わずやこだまする，声音(こわね)めでたきコーキラの，歌にかずけしその答(いら)え．　(12)

(楽屋の中で)　蓮(はちす)のみどり池に映え，旅のつかれを慰めん．木陰すずしき道のべに，照る日の光うすらがん．蓮の花しべ粉ちりて，やわき埃にまがいつつ，そよ吹く風の頬つとう，旅路安かれ幸多

---

*　シャクンタラーが養父カンヴァ仙の庵をいで，ドゥフシャンタ王のもとへ旅立つに際し，苦行林の草木禽獣に別れを惜しむ場面．

**　シャクンタラーに随行するカンヴァの門人の一人．

く．　(13)

一同驚いて，耳を傾ける．

ガウタミー(老苦行女)　いとし子よ，苦行林の神々が，縁者に向ってのように親切に，そなたの鹿島立ちを嘉みせられてじゃ．尊い神々にぬかずきなされ．

シャクンタラー(ぬかずきつつ歩み廻って)　プリヤンヴァダーさま(友達の一人)，背の君(ドゥフシャンタ王)にお逢いしたいは山々なれど，庵をあとに去ると思えば，わらわの足も，とかく渋って進みませぬ．

プリヤンヴァダー　あなたさまばかりが，苦行林とのお別れを，傷まれるのではございませぬ．間もなくあなたさまと別れねばならぬ苦行林のたたずまいを，ご覧あそばせ．

牝鹿は，食みし若草口より落し，雌孔雀は，舞の足どりはたとやめ，朽葉ふるいし蔓草は，梢しなだる．　(14)

シャクンタラー(思いだして)　お父さま(カンヴァ仙)，妹と思う蔓草のマーダヴィーに，別れの言葉をかけとう存じます．

カンヴァ　まな子よ，そなたがそれを慈しむ心根は，よく知ってじゃ．それすぐその右手にある．見るがよい．

シャクンタラー(その蔓草に近づき，抱きしめて)　妹の蔓草さん，枝の手でわらわを抱いてたも．今日からは，そなたと遠く離れて住む身となりまする．お父さま，わらわと思召して，これを世話してやってくださいませ．

カンヴァ　まな子よ，

なれを思えばかねてより，胸にえがきしわが理想，いみじき徳の効ありて，身にふさわしき背の君を，嬉しやなれは選びけり．今は心も安らぎて，その蔓草の婿選び，かたえに生うるマンゴーを，いとし夫と定めなん．　(15)

さあ，この道を進まれよ．

シャクンタラー(二人の友達に近づいて)　お二人さま，この蔓草は，あなた方お二人さまの手に，お預けいたします．

二人の友達　しかしわれらは，誰に預けられるのでございます．（といって，涙を流す．）

カンヴァ　アナスーヤー，プリヤンヴァダー（二人の名前），泣くのはおやめ．シャクンタラーの気を引きたててやるのが，そなたたちの務めじゃ．

一同歩み廻る．

シャクンタラー　お父さま，孕み子の重さに足も鈍って，小屋のほとりを歩いておりますこの牝鹿が，めでたく分娩いたしましたときには，どうぞ誰なりと，その嬉しい知らせを告げる使者を，わらわのもとへお遣わしくださいませ．

カンヴァ　まな子よ，それは必ず忘れまい．

シャクンタラー（歩みを阻まれたこなし）　あれ足もとに追いすがるようにして，わらわの着物の裾に，たえず寄り添うのは，いったい誰なのかしら．（振り返り，うち眺める．）

カンヴァ　鋭きクシャ（草の名）の葉をなめて，傷つき痛む口のうち，なれが手ずから塗りやりし，イングディー油を忘れめや．いとし赤子と育（はぐく）みて，餌（えさ）には稗（ひえ）の一握り．むべなりなれが足跡を，その小男鹿の離れぬも．　(16)

シャクンタラー　かわいい鹿，起き伏しを共にした方々を，棄てて去りゆくわらわのあとを，なぜに追ってはこられます．そなたを生んで間もなくみまかった母親なしに，わらわの手で育てられたように，これからは，わらわと別れても，お父さまがそなたの面倒を見てくださりましょう．それゆえあとへお戻りなさい，かわいい鹿，お戻りなさい．（といって，泣きつつ進む．）

カンヴァ　まな子よ，泣くのはおやめ．しっかりなされ．ここから行手を眺めてごらん．

睫毛（まつげ）の反りの美しき，まなこに宿り眼路（めじ）はばむ，重き涙の露の玉，心たしかに払われよ．とかくに道は高低くの，定かにそれと見えわかず．なれぬ足なみ乱れては，つまずくことのなからめや．
(17)

シャールンガラヴァ　お師匠さま，親愛の人を送るに，水際をもって境となすという掟を，想い起されませ．してここは池の岸でございます．ここでわれらにお指図なされまして，お引取りくださいませ．――(ed. R. Pischel)

注

まえがき

1. 広汎な Veda 文献の概観としては：拙著「インド文明の曙——ヴェーダとウパニシャッド——」岩波新書，1967.

2. 二大叙事詩の内容紹介は随所に見いだされる. E.g. ヴィンテルニッツ著・中野義照訳：叙事詩とプラーナ. 高野山大学，1965.

3. 〔**Bibl.**〕の項では，原則として **EUL**.(略字の説明を見よ)に参照し，戯曲の場合には **SBSD**. をも添えた.

4. ローマ字転写法が一定していないために，種々な困難が生じる. 研究史上重要な書籍を除き，一般にはしばしば多少の統一を行なった. 例えば種々な長母音符号：ā, â, á, を ā に統一し，同一子音(e.g. ś)に対する転写の差異(e.g. ś, ç, sh)を無視し，固有名詞 Kālidāsa, Kalidasa, Calidasa をすべて略字 K. によって示した等.

第 1 章

5. Cf. **OLAI**. p. 192–203. **WGIL**. p. 1–4; p. 31–37: **HIL**. p. 1–5; p. 35–41. **KHSL**. p. 39–51; p. 338–351. **DHSL**. p. 1–42. **RIC**. §§ 1747–1763: p. 195–205. 特に言語の問題については：**RHLS**. p. 135–205; Renou: Sur la structure du kāvya. JA. 1959, p. 1–114.

6. E.g. 天文・占術・数学の大家 Varāhamihira(6 世紀)作 Bṛhatsaṁhitā.

7. 拙訳「リグ・ヴェーダ讃歌」(抜粋). 岩波文庫，1970 参照.

8. Cf. e.g. **KHSL**. p. 45–48.

9. 文学史に対する碑文の価値を実証した画期的論文としては：G. Bühler: Die ind. Inschriften u. das Alter der ind. Kunstpoesie. SWAW. Bd. 122, 11, Wien, 1890.

10. 詩論・修辞学は一般に alaṁkāra と呼ばれる. 〔**Bibl.**〕 **EUL**. nos. 1863–1977: p. 174–185. 〔**Gen.**〕 **OLAI**. p. 203–212. **WGIL**. p. 4–27; **HIL**. p. 5–31. **KCSL**. p. 129–144. **KHSL**. p. 372–400.

DHSL. p. 513–610. **RIC**. §§ 1556–1578: p. 105–118. 〔**Ref.**〕 S. K. De: Studies in the hist. of Skt. poetics, 2 vols. Ldn., 1923, 1925. ——Do.: Some problems of Skt. poetics. Calc., 1959. ——Do.: Skt. poetics as a study of aesthetics. Berkeley and Los Angeles, 1963. ——J. Nobel: The foundations of Ind. poetry and their historical development. Ldn.-Calc., 1925. ——V. Raghavan: Some concepts of the Alaṁkāra Śāstra. Adyar, 1942. ——Do.: Bhoja's Śṛṅgāra Prakāśa. Madras, 1963. ——P. V. Kane: Hist. of Skt. poetics. 3rd ed., Delhi-Varanasi-Patna, 1961. ——G. Jenner: Die poetischen Figuren der Inder von Bhāmaha bis Mammaṭa. Hamburg, 1968. ——H. Jacobi: Schriften zur ind. Poetik u. Ästhetik. Mit einer Vorbem. von H. Losch. Darmstadt, 1969. ——韻律に関しては古来 Piṅgala に帰せられる Chandaḥsūtra「韻律綱要書」(A. Weber, IS. VIII, 1863, p. 157–480)が権威をもっている. Cf. **WGIL**. p. 27–31: **HIL**. p. 31–35. **KHSL**. p. 415–421. **RIC**. §§ 1553–4: p. 104–5.

11. 音韻の遊戯三昧は，大詩人といえどもこれを恥じなかった; cf. § 63 (Bhāravi); § 67 (Māgha).

12. E.g. Śiśup. XVI. 2–15 (dūtavākya); cf. § 67.

13. 全篇二義をもつ作品(dvisaṁdhāna-kāvya): e.g. Sandhyākara Nandin (12 世紀)の Rāmapālacarita (約 200 詩節からなり，韻律は āryā) は各詩節ごとに Rāma の物語と Pāla 朝の Rāmapāla 王(11 世紀末)の事蹟とを歌い，Dhanaṁjaya (12 世紀のジャイナ教徒)の Rāghavapāṇḍavīya (18 章) および Kavirāja (別名 Mādhavabhaṭṭa, 12 世紀)の同名の作品(13 章)は，各詩節の意味の取り方に従って，Rām. と Mbh. との梗概を述べている. 同様に Haradatta Sūri (年代未詳)の Rāghavanaiṣadhīya は，Rāma 物語と Nala 王物語との二義を含む. 新しい作品ではあるが，Cidambara の Rāghavapāṇḍavayādavīya にいたっては，二大叙事詩のほか Bhāgavata-Pur. をも加えて 3 種の意味を兼ねている (tryarthin). Cf. **WGIL**. p. 74–75: **HIL**. p. 82–83. **KHSL**. p. 137–9. **RIC**. § 1752: p. 198.

14. Cf. § 31 (Kālidāsa の逸話); § 58.

15. 劇論は一般に nāṭyaśāstra と呼ばれる. 〔**Bibl.**〕 **EUL**. nos.

1978–2004: p. 186–8. **SBSD**. p. 16–18; cf. p. 18–23. 〔**Gen.**〕 **SLTI**. p. 1–152; cf. Ren. Rech., p. 45–47. **OLAI**. p. 236–286. **SKID**. p. 1–37. **WGIL**. v. n. 10. **KSD**. p. 290–371. **DHSL**. p. 55–68. **RIC**. §§ 1579–1590: p. 118–124. Ren. Rech., p. 44–47. ——Skt. 劇の理論と作品全般については，**SLTI**., **SKID**., **KSD**. に詳述されているから細説を省く．比較的新しい著作については: Ren. Rech., p. 28, n. 2; e. g. I. Shekhar: Skt. drama, its origin and decline. Ldn., 1960.

16. 参考文献については n. 15 参照．ここには 1926 年に第一巻を出した GOS. 版が，1964 年に第四巻を上梓して完結したこと；Manmohan Ghosh の英訳(BI. 279) vol. 1(1951), vol. 2(1960) が出版されたことをつけ加える．——このほか劇論としては，Dhanaṁjaya の Daśarūpa (ka) も広く行なわれる；cf. G. C. O. Haas: The Daśarūpa. ......Now first transl. from the Skt. with the text and an introd. N. Y., 1912. ——異色あるものとしては，Sāgaranandin の Nāṭakalakṣaṇaratnakośa (おそらく 13 世紀) がある；cf. Ren. Rech., p. 47, n. 3.

17. rasa については多くの論著が発表されたが，ここには比較的新しい一書を挙げるにとどめる: V. Raghavan: The number of rasas. Madras, 1940; 2nd ed. 1967; cf. Ren. Rech., p. 46, n. 4.

18. このほか劇の構造・登場人物等については，拙訳「シャクンタラー」(1956), p. 175–205 参照.

19. 戯曲における諸言語の使用は，容易に解決できない問題を含んでいる．Cf. e. g. **RHLS**. p. 150–157; **WRIG**. p. 19 c. n. 272: p. 78; Ren. Rech., p. 40–41.

20. それゆえインドにおける社会劇の様相をもつ．Cf. V. Raghavan: Social plays in Sanskrit. Bangalore, 1952.

21. 〔**Gen.**〕 **WHIL**. p. 196–200. **SILC**. p. 591–3. **SLTI**. p. 297–366. **MHSL**. p. 346–7. **OLAI**. p. 236–245. **VHLI**. p. 274–6. **PIL**. p. 178–9. **SKID**. p. 38–49 (*lit.*). **WGIL**. p. 160–180, p. 644 (Nachtr.) (*lit.*): **HIL**. p. 178–197. **KSD**. p. 12–77 (*lit.*). **DHSL**. p. 42–55. **DGHSL**. p. 630–654. **RIC**. §§ 1845–1850: p. 259–262. Ren. Rech., p. 29–34 (*lit.*). 辻: シャクンタラー, p. 191–8. ——これらの一般参考書は主要な研究文献を引用しているから，ここには

列挙を省く．しかしこの問題に関する見解はその後も発表され続けている．Cf. e.g. W. Ruben: Über die Ursprünge des ind. Dramas. Türk Tarih Kurumu Bulletin IV, 14/15(1940), p. 213–233. ——J. Gonda: Zur Frage nach dem Ursprung u. Wesen des ind. Dramas. AO. 19(1943), p. 329–453. ——P. Horsch: Die ved. Gāthā- u. Śloka-Lit. (Bern, 1966), p. 308–343.

22. 特に E. Windisch: Der griech. Einfluss im ind. Drama. V. OC. (Bln., 1881), Bln., 1882. これに対する最も有力な反論は：**SLTI**. p. 343–366.

23. Vājas. Saṁh. XXX. 6: nṛttāya sūtaṁ, gītāya śailūṣam「舞踊にはスータを，歌謡にはシャイルーシャを.」

24. naṭa は語根 naṭ(<nṛt, cf. nṛtya「身振」, nṛtta「舞踊」)からの派生語, cf. nāṭya, nāṭaka.

25. Cf. Th. Bloch(: Ein griech. Theater in Indien), ZDMG. 58(1904), p. 455–7; H. Lüders: Ind. Höhlen als Vergnügungsorte. ib., p. 867–8.

26. R. Pischel: Die Heimat des Puppenspiels. Halle a. S., 1900. ——Do.: Das altind. Schattenspiel. SBAW. 1906, p. 482–502. ——H. Lüders: Die Śaubhikas. Ein Beitrag zur Geschichte des ind. Dramas. SBAW. 1916, p. 698–737=Philol. ind., p. 391–428. Cf. **WGIL**. p. 178, n. 1.: **HIL**. p. 195, n. 1. **KSD**. p. 33–36; p. 55–56. Ren. Rech., p. 33–34 c. nn. (*lit.*).

27. 〔**Bibl.**〕**EUL**. nos. 3381–7: p. 341–2. 〔**Gen.**〕**WGIL**. p. 536–540: **HIL**. p. 620–624. **KHSL**. p. 51–4; p. 467–470. **RIC**. §1608: p. 134. 〔**Tr.**〕R. Schmidt: Das Kāmasūtra des Vatsyāyana, die ind. Ars Amatoria, nebst dem vollständigen Commentare(Jayamaṅgalā) des Yaśodhara, aus dem Skt. übers. Lzg., 1897; 6. Aufl., 1920 が最も重要な翻訳である．Cf. Do.: Liebe u. Ehe im alten u. modernen Indien. Bln., 1904. ——Do.: Beiträge zur ind. Erotik. Lzg., 1902; 2. Aufl., Bln., 1911. ——S. K. De: Ancient Indian erotics. Calc., 1959. ——岩本裕：完訳カーマ・スートラ．東京，1949.

28. Candragupta Maurya の宰相 Cāṇakya とは本来別人であった．Cf. n. 729.

29. 〔**Bibl.**〕**EUL**. nos. 3280–3289: p. 330–331. 〔**Gen.**〕**WGIL**.

p. 509–524: **HIL.** p. 574–596. **KHSL.** p. 452–462; cf. p. XVII–XX. **RIC.** §§ 1593–8: p. 125–8. 〔**Tr.**〕 J. J. Meyer: Das altind. Buch vom Welt- und Staatsleben, das Arthaçāstra des Kauṭilya. Aus dem Skt. übers. u. mit Einleitung und Anmerkungen versehen. Lzg., 1926 が最も重要な翻訳・研究である. Cf. Do.: Über das Wesen der altind. Rechtsschriften u. ihr Verhältnis zu einander und zu Kauṭilya. Lzg., 1927. ——新しい出版・翻訳としては: R. P. Kangle: The Kauṭilīya Arthaśāstra, 3 pts. Bomb., 1960–1965 がある. ——断片の発見については: Muni Jina Vijaya: A fragment of the Koutalya's (*sic*) Arthaśāstra alias Rājasiddhānta, with the fragment of the commentary named Nītinirṇīta of Āchārya Yogghama alias Mugdhavilāsa, Preface by D. D. Kosambi. Bomb., 1959. 〔**Ref.**〕 研究書類は非常に多いが, 最近の主要なもの若干を例示する: F. Wilhelm: Politische Polemiken im Staatslehrbuch des Kauṭalya. Wiesbaden, 1960. ——H. Scharfe: Untersuchungen zur Staatsrechtslehre des Kauṭalya. ib., 1968. ——Th. R. Trautmann: Kauṭilya and the Arthaśāstra. A statistical investigation of the authorship and evolution of the text. Leiden, 1971.

30. **EUL.** nos. 3275–9: p. 330. ——**WGIL.** p. 524–7: **HIL.** p. 596–601. **KHSL.** p. 462–3. **RIC.** p. 128–9: § 1599.

31. **EUL.** nos. 2324–2359: p. 225–8. ——**WGIL.** p. 486–495: **HIL.** p. 546–557. **KHSL.** p. 439–445. **RIC.** I, §§ 868–874: p. 433–7. ——G. Bühler: The laws of Manu, transl. with extracts from seven commentaries. Oxford, 1886 が最もよく知られている. ——和訳: 中野義照: マヌ法典. 高野山, 1951. ——田辺繁子: マヌの法典. 岩波文庫, 1953.

32. **EUL.** nos. 2360–2377: p. 228–230. ——**WGIL.** p. 497–9: **HIL.** p. 560–564. **KHSL.** p. 446–7. **RIC.** I, §§ 875–6: p. 437–8. ——A. F. Stenzler: Yājnavalkya's Gesetzbuch. Sanskrit und Deutsch. Bln.-Ldn., 1849. ——和訳: 中野義照: ヤーヂュニャヴァルキヤ法典. 高野山, 1950.

第 2 章

33. A. およびその作品全般に関して: B. C. Law: Aśvaghoṣa. Calc., 1946.——金倉圓照：馬鳴の研究. 京都, 1966. ——Cf. e. g. S. Lévi: Açvaghoṣa, le Sūtrālaṁkāra et ses sources. JA. 1908 II, p. 57–184. ——平等通昭: 梵文仏伝文学の研究(東京, 1930), p. 19–99.——E. H. Johnston: The Buddhacarita, tr. (Calc., 1936), Introd.——**WGIL**. II, p. 201–211; p. 375–6 (Nachtr.); III, p. 637–8 (Nachtr.): **HIL**. II, p. 256–269. ——**DHSL**. p. 69–81. ——**RIC**. §§ 1764–6: p. 205–7; § 1854: p. 264. ——山田龍城: 梵語仏典の諸文献(1959), p. 67–77.

34. 義浄の記述は文学史の見地から重要である.「又尊者馬鳴は, 亦歌詞及び荘厳論〔Sūtrālaṁkāra〕を造り, 幷びに仏本行の詩〔Bc.〕を作れり. 大本にして若し訳すれば十余巻有り. ……」(大正大蔵経 vol. 54, p. 228, a.)

35. 以上の二点は彼の作品の写本に見えるコロフォンから知られる.

36. 近時の学界の趨勢を知るためには: Papers on the date of Kaniṣka submitted to the conference on the date of Kaniṣka, London, 20–22 April, 1960, edited by A. L. Basham. Leiden, 1968.

37. Cf. 金倉, op. cit., p. 3–25. 一般には古来説一切有部説が有力であるが, 博士は Sk. に見える思想と成実論との密接な関係を指摘し, 経部説の捨てがたいことを述べている.

38. Cf. TKVS. Introd., p. 25–29; B. C. Law, op. cit., p. 1–3; 金倉, op. cit., p. 26–55 (最もよく整理された列挙).

39. Cf. S. Lévi, JA. 1928 II, p. 207–216; JA. 1929 II, p. 255–271; 金倉, op. cit., p. 33–36; 山田, op. cit., p. 74–76.

40. 〔**Bibl.**〕 **EUL**. nos. 3694–6; p. 372. ——〔**Gen.**〕 S. Lévi, JA. 1908 II, p. 57–60. ——**WGIL**. II, p. 209–210 (*lit.*): **HIL**. p. 265–6. **KSD**. p. 80; cf. Buddhist philosophy (Oxford, 1923), p. 227. **KHSL**. p. 56. **DHSL**. p. 71. **DGHSL**. p. 613, n. 3. ——金倉, op. cit., p. 31–32; p. 56–61. ——山田, op. cit., p. 73. —— 〔**Ed.・Tr.**〕 A. Weber: Die Vajrasūcī des Açvaghosha. ABAW. 1859, p. 205–

264, Bln., 1860(最初の学術的研究). ——S. Mukhopadhyaya: The Vajrasuci of A. Santiniketan, 1950. ——〔**Tr.**〕高楠順次郎，ウパニシャット全書 8(1923), p. 1–16; p. 367–9(解題). ——中村元，仏典 I (筑摩書房，1966), p. 339–347; p. 426–9(解説および Vaj.-Up. の和訳).

41. Veda, Bhārata (Harivaṁśa を含む), Smṛti, 特に Manu-Smṛti からの引用と称しているが，当該詩節は必ずしも現存のテキスト中に発見されない.

42. Cf. Weber, op. cit., p. 207–218; cf. **WHIL**. p. 161–2. ——Mukhopadhyaya, op. cit., p. 41–43 (text). ——N. K. Aiyar: Thirty minor Up. (Madras, 1914), p. 110–112 (transl.). ——高楠, op. cit., p. 1–4(和訳). ——中村，v. supra n. 40.

43. Cf. 南条目録 no. 1303: 法称造, 法天訳. チベット語訳はない.

44. 最近にいたっても A. の真作か否か両論がある. 例えば B. Bhattacharya: The V°: an apocryphal work of A. VishIJ. 4 (1966), p. 51–52 は否定論を唱え，岩本裕: 仏教説話研究序説 (1967), p. 172–3 は肯定説を述べている.

45. Cf. S. Lévi, JA. 1908 II, p. 70, n. 1.

46. 南条目録 no. 1182: 馬鳴造, 鳩摩羅什訳.

47. S. Lévi: Açvaghoṣa, le Sūtrālaṁkāra et ses sources. JA. 1908 II, p. 57–184. ——E. Huber: S° traduit en français sur la version chinoise de Kumārajīva. Pa., 1908; cf. Trois contes du S° d'A. conservées dans le Divyāvadāna. BEFEO. 4(1904), p. 709–726.

48. H. Lüders: Bruchstücke der Kalpanāmaṇḍitikā des Kumāralāta. Lzg., 1926. 題名は K° または Kalpanālaṁkṛtikā 'die mit dichterischen Erfindungen Geschmückte' (*scil.* ākhyāyikā または kathā「物語」) と推定された(特に op. cit., p. 19, p. 26).

49. S. Lévi: La Dṛṣṭāntapaṅkti et son auteur. JA. 1927 II, p. 95–113; Note additionelle, ib., p. 113–129; JA. 1928 II, p. 196–7; JA. 1929 II, p. 271–280 (Tib. Dṛṣṭāntamālya について). Lévi に従えば kalpanāmaṇḍitikā は D° の修飾語で 'accommodée d'ornements de fantasie' を意味するという.

50. Cf. e.g. J. Przyluski: Açvaghoṣa et la Kalpanāmaṇḍitikā. Bull. Acad. roy. de Belgique, 5e série, 16(1930), p. 425–434; Sautrāntika et Dārṣṭāntika. RO. 8(1932), p. 14–24; D°, S° and Sarvāstivādin. IHQ. 16(1940), p. 246–254. ——全く別の見解に立つ学者もある: E. Tomomatsu: Sūtrālaṁkāra et Kalpanām. JA. 1931 II, p. 135–174; p. 245–337.

51. Cf. J. Nobel, NGGW. 1928, p. 295–304; do. 1931, p. 330–336.

52. 漢訳「犍椎梵讃」, 南条目録 no. 1081: 法天訳. 西蔵語訳: 東北目録 no. 1149. ——漢訳題名第二字は稚の方がよい. 犍稚は gaṇḍī の音写である, cf. Johnston: The Gaṇḍīst. (v. infra), p. 61; 仏書解説大辞典 3(1933), p. 166.

53. A. von Staël-Holstein: Kien-ch'ui-fan-tsan (Gaṇḍīstotra-gāthā). Bibl. buddh. 15, Sanktpetersburg, 1913. ——〔**Ed.**•**Tr.**〕E. H. Johnston: The Gaṇḍīstotra. IA. 62(1933), p. 61–70. —— **WGIL**. II, p. 376 (Nachtr. ad p. 211. line 6) : **HIL**. p. 266. **KHSL**. p. 56; cf. Buddhist philosophy (1923), p. 229. **DHSL**. p. 71–72. ——金倉, op. cit., p. 32. ——山田, op. cit., p. 73–74.

54. Cf. v. Staël-Holstein, op. cit., p. XXI (図解).

55. 特に Johnston, op. cit., p. 61–62; The Bc. tr. (1936), p. XXII, p. 232 (Add.). ——**DHSL**. p. 72.

56. H. Lüders: Bruchstücke buddhistischer Dramen. Bln., 1911. ——Do.: Das Śāriputraprakaraṇa, ein Drama des Aśvaghoṣa. SBAW. 1911, p. 388–411=Philol. ind., p. 190–213. —— **SKID**. p. 50–51. **WGIL**. p. 180–182: **HIL**. p. 198–9; cf. **HIL**. II, p. 266–7. **KSD**. p. 80–90. **DHSL**. p. 76–77. **RIC**. §§ 1854–5: p. 264–5; cf. Ren. Rech., p. 34–35 c. n. 1 (*lit*.). ——金倉, op. cit., p. 31. ——山田, op. cit., p. 71.

57. 文字学的研究は, Kuṣāṇa 朝 Kaniṣka 王および Huviṣka 王の時代, すなわち 1–2 世紀を指示する; cf. Lüders: Bruchstücke, p. 3–11.

58. B. Bhattacharya: The co-ordination among the fragments of A.'s Śārip. and two other Buddhist dramas. XXIV. OC. (München, 1957), p. 585–8 は, 全断片が Śārip. に属すると主張し

ている．

59. Bc.(ed. Johnston) XII. 75 が劇中に用いられていること(cf. Lüders: Das Śārip., p. 392 *init.*; p. 398)；階級の上下を度外視する思想が述べられ(cf. Lüders, op. cit., p. 404; p. 406 *init.*)，上記のヴァジュラ・スーチーの主張に繋がることは注目に値いする．

60. Cf. Lüders, op. cit., p. 392; p. 398–9.

61. 例えば遊女と道化役とは Śaurasenī の古形を，悪漢(duṣṭa)は Māgadhī の古形を，他の或る人物は Ardhamāgadhī の古形を話す．しかし Ardham. は後世の劇中にほとんど実例をもたない．

62. 言語・韻律については：Lüders: Bruchstücke, p. 26–64; Das Śārip., p. 401. ——**KSD**. p. 85–90.

63. 付法蔵因縁伝五．

64. Bhadrabāhu の Piṇḍaniryukti.

65. Cf. S. Lévi, JA. 1928 II, p. 199–204.

66. Vādanyāya ed. by R. Sāṁkṛtyāyana, JBORS. 21, pt. 4, p. 67. Cf. V. Bhattacharya: A new drama of A. JGIS. 5(1938), p. 15 et seq.

67. この問題に関しては：E. H. Johnston: The Rāṣṭrapālanāṭaka. JGIS. 5(July 1938); cf. IHQ. 14(1938), p. 882. ——P. C. Bagchi: The R° of A. Fs. Sardesai(1938), p. 261–3. ——K. Krishnamoorthy: A new play by A.? JOIB. 11(1962), p. 428–432. ——Winter. **HIL**. II, p. 623(Add. to p. 267, n. 1). **RIC**. p. 265: § 1855. ——山田, op. cit., p. 77. ——金倉, op. cit., p. 28, n. 1(否定説).

68. 例えば仏書解説大辞典 11, p. 169–170, sub 頼吒和羅経(大正大蔵経, vol. 1, no. 68).

69. 漢訳「仏所行讃」，南条目録 no. 1351: 北凉曇無識訳(414–426 A. D.)．大正大蔵経, vol. 4, no. 192. ただし訳者はむしろ宝雲と見るべき理由がある；cf. 金倉, op. cit., p. 39–40. ——漢訳からの英訳：S. Beal: Fo-sho-hing-tsan-king, a life of Buddha by A. Bodhisattva. SBE. 19, Oxford, 1883. Cf. E. Wohlgemuth: Über die chines. Version von A.s Bc. Bln., 1916. ——英訳よりの独訳：Th. Schultze: Buddhas Leben u. Wirken. Lzg.(Reclam), [1895]. ——和訳：平等通昭，国訳一切経，本縁部，vols. 4–5(1929).——蔵訳：東北目録 no. 4156. ——F. Weller: Das Leben des Buddha von A. Tibetisch u. Deutsch, 2 Hefte. Lzg., 1926, 1928. ——寺本婉雅：西蔵伝訳仏所行讃. 東京，1924.

70. 〔**Bibl.**〕 **EUL.** nos. 3680–3691: p. 371–2. Cf. Johnston: The Bc. tr. (1936), p. VII–IX; 山田, op. cit., p. 67–69. ——〔**Gen.**〕 **MHSL.** p. 319. **WGIL.** II, p. 203–6; p. 375, p. 376 (Nachtr.): **HIL.** p. 258–262; p. 264–5. **KCSL.** p. 22–24. **KHSL.** p. 58–59. **GLI.** p. 147: ed. 1961, p. 182. **DHSL.** p. 73–74. **RIC.** § 1764: p. 205. ——泉芳璟：仏教文学の鑑賞 (1940), p. 81–87. ——金倉, op. cit., p. 29–30; p. 39–40. ——〔**Ed. • Tr.**〕 部分的出版・翻訳を省き，Cowell と Johnston との労作をもって代表させる. E. B. Cowell: The Buddha-*k*arita of A*s*vagosha, ed. from three mss. Oxford, 1893. ——Do., tr. from the Sanskrit. SBE. 49 (Oxf., 1894), p. 1–207. ——E. H. Johnston: The Bc.: or acts of the Buddha. Part I—Skt. text. Part II—Cantos I to XIV tr. from the original Skt. supplemented by the Tibetan version together with an introduction and notes. Calc., 1935, 1936. Cf. Johnston: The text of the Bc. JRAS. 1927, p. 209–226; do. 1929, p. 537–552. ——Sarga XV–XXVIII も，XIV. 32–108 (supra tr., p. 207–217) と同様に，漢訳を参考しつつ蔵訳に基づいて訳出された: J°: The Buddha's mission and last journey: Bc. XV–XXVIII. AO. 15 (1936/37), p. 26–62; p. 85–111; p. 231–252; p. 253–292. ——J° の出版・英訳・序文は極めて重要であるから，諸家の書評が現われた: e.g. S. M. Katre, ABORI. 18 (1937), p. 222–3; Keith, BSOS. 9 (1937), p. 214–220; Edgerton, JAOS. 57 (1937), p. 422–5; F. O. Schrader, JRAS. 1938, p. 130–135.

71. Cf. S. Beal cit. supra n. 69.

72. S. Lévi: Le Bc. d'A. JA. 1892 II, p. 201–236; cf. JA. 1908 II, p. 61–64; p. 79–80.

73. Cf. E. B. Cowell cit. supra n. 70. ——この出版は学界の注目を浴び，Böhtlingk, Kielhorn, Speyer 等の諸家は競って本文の改訂，語句の解釈に関する見解を発表した; cf. Winter. **HIL.** II, p. 258, n. 3; Johnston: The Bc. tr., p. VII–IX. これらはすべて J° により考慮されているから，ここには列挙しない.

74. Cf. Cowell: The Bc., ed., p. VI; cf. E. Leumann, WZKM.

7(1893), p. 193–200.

75. Cf. E. H. Johnston cit. supra n. 70.

76. Cf. Johnston: The Bc. ed., p. VI–X. ——両出版の比較により，ed. Cowell I. 1–24, 26–28, 43 d–45, XIV. 33–*finis* は前記 Amṛtānanda の補筆であることが分かる．しかしこの中少なくも I. 1–24 は詩的鑑賞に堪え，A° の単なる追補ではなく，今は失われた或る古い仏伝から借用したものかと思われる；cf. A. Gawroński, RO. 1(1914/15), p. 12–13. ——中亜発見の写本の 2 断片(年代未詳)は，ed. Johnston III. 16–29 およびネパール写本に欠けている XVI. 20–36 に相当する部分を含むが，零細な残存部分から知りうるところは多くない；cf. F. Weller: Zwei zentralas. Fragmente des Bc. ASAW. 46, Heft 4, Bln., 1953.

77. 特に Johnston: Early Sāṁkhya(Ldn., 1937), p. 7–10, etc.(cf. Index p. 89 sub A.).

78. 言語・文体・韻律については：§ 14.

79. 〔**Bibl.**〕 **EUL**. nos. 3697–3700: p. 373. ——〔**Gen.**〕 **WGIL**. II, p. 206–8; p. 376(Nachtr.); III, p. 638(Nachtr.): **HIL**. II, p. 262–4. **KCSL**. p. 24–25. **KHSL**. p. 56–58. **DHSL**. p. 74–75. **RIC**. § 1765: p. 205–6. ——金倉，op. cit., p. 30–31. ——山田，op. cit., p. 69–70. ——〔**Ed.** • **Tr.**〕 Haraprasād Śāstrī: Sk. BI. 192, Calc., 1910; re-issue with additions by Ch. Chakravarti, ib. 1939. ——(sarga I–II の仏訳) A. Baston: Le Sk. d'A. JA. 1912 I, p. 79–100. ——E. H. Johnston: The Saundarananda of A., critically ed. with notes. Ldn., 1928. ——Do.: The S. or Nanda the Fair, transl. Ldn., 1932. ——J° の出版・英訳については：e. g. E. J. Thomas, JRAS. 1929, p. 352–4; 1933, p. 165–6; W. Ruben, OLZ. 1929, col. 779–781; J. Charpentier, IA. 59(1930), p. 39, cf. JRAS. 1934, p. 113–9; M. Lalou, JA. 1930 II, p. 174–5; E. Frauwallner, WZKM. 41(1934), p. 318. ——和訳：松濤誠廉：端正なる難陀. 大正大学研究紀要 42(1957), p. 135–184.

80. Cf. supra n. 79.

81. 両出版の中間に諸家は本文の改訂を提案し或いは語句の解釈に関する見解を開陳した；cf. Johnston ed.(1928), p. XIV; tr.(1932), p. XI. その後も研究は継続し，本邦の学者もこれに参加した：e.g. 金倉圓照：サウンダラナンダの慈と悲. Fs. 宮本正尊(1954), p. 232–242＝馬鳴の研究(1966), p. 61–76. ——木村秀雄：「美男ナンダ」の文学と美術. 仏教美術 38(1958), p. 72–86. ほか数点. ——松濤誠廉：瑜伽行派の祖としての馬鳴. 大正大学研究紀要 39(1954), p. 191–224＝松濤論文集(1967), p. 123–171. ——Bc. の場合に似て, Sk. の断片 1 葉が中央アジアから発見された. IV. 37–45, V. 1–6(: ed. Johnston IV. 39–46, V. 1–6)を含み, F. Weller: Ein zentralas. Fragment des Sk. Mitt. des Inst. für Orientforschung I(Bln., 1953), p. 400–423 に詳しく報告されている. 断片の IV. 45 は明らかに後の挿入であるから, sarga IV は元来 44 詩節からなり, ed. J° より 2 詩節少ない. 後者が果して真正でない 2 詩節を包蔵しているか否かは判明しない.

82. 典拠については：H. Śāstrī ed., p. XII–XX; Johnston tr., p. VII–VIII; 平等通昭：馬鳴作孫陀羅難陀詩の資料について. 日本宗教学会第四回大会紀要(1938), p. 224–234. ——内容梗概：e.g. H. Ś° ed., p. VI–XI; Baston, JA. 1912 I, p. 80–83.

83. 専門家の間に意見の一致がない. Bc. 先行説, e.g. H. Ś°, p. III–IV; J° tr., p. XIX. Sk. 先行説, e.g. Hultzsch, ZDMG. 72 (1918), p. 121–2(ad. IV. 23); Keith, BSOS. 9(1937), p. 215, cf. **KCSL**. p. 22; **KHSL**. p. 57.

84. Cf. Sk. XVIII. 63–64.

85. Sk. の写本断片が中亜から発見されたことはすでに述べた(cf. n. 81). この Nanda-sundarī 物語が中亜に行なわれたことを示す証拠として, Agni 語(＝Tokharian A)で書かれた文献が存在する. これは韻文を交えた散文で綴られ, おそらく或るインド劇を叙事詩化したもので, その表題は *Saundaranandacarita であったと推測される. Cf. E. Sieg u. W. Siegling: Tocharische Sprachreste (Bln. u. Lzg., 1921), p. 51, p. 252(Nachtr.).

86. Vasubandhu の Abhidharmakośa(倶舎論)に引用され, Yaśomitra(称友)の Vyākhyā(倶舎論疏)は, XII. 22, XI. 50 を引いている. Cf. S. Lévi, JA. 1927 II, p. 111. ——G. Tucci: Note sul Sk. di A. RSO. 10(1923), p. 145–9. ——またしばしば指摘されている通り, Sk. I. 24, Bc. VIII. 13 は Amarakośa の注釈者 Rāyamukuṭa により, Sk. VIII. 53 は Amarak. の他の注釈者 Sarvānanda (15 世紀始め) および Uṇādisūtra の注釈者 Ujjvaladatta (13 世紀中葉以後) によって引用され, Sk. がかなり後世まで知られていたことを示す. Cf. e. g. H. Śāstrī ed., p. XXI; Baston, op. cit., p. 91, n. 1; TKVS. p. 29.

87. PDSV. p. 8; cf. JRAS. 1891, p. 334–5. TKVS. p. 29; cf. KGSRK. p. 12 (ad v. 2). ——Johnston: The Bc. tr., p. XXIII.

88. Bc. (§ 13) について述べた点をも参照.

89. 特に Johnston: The Bc. tr., p. LXII–XCVIII; cf. The Sk. ed., p. X. ——**KCSL**. p. 24–25. **KHSL**. p. 59–64. **DHSL**. p. 75–76. **RIC**. p. 206–7: § 1766; cf. **RHLS**. p. 211–3; **WRIG**. p. 27, n. 359: p. 92–93 (*lit.*). ——S. Sen: On the 'Bc.' of A. IHQ. 2 (1926), p. 657–662; The language of A.'s Sk. JASBeng. n. s. 26 (1930), p. 181–206. ——B. C. Law: A. (Calc., 1946), p. 23–54: A. the poet. ——H.-P. Diwekar: Les fleurs de rhétorique dans l'Inde (Pa., 1957), p. 55–71. ——木村秀雄: Sk. における掛言葉的表現. 龍大論集 360 (1959) [repr. 19 pp.]. ——松濤誠廉: Sk. に現れた śabdālaṁkāra. Fs. 中野義照 (1960), p. 107–122.

90. Cf. Cowell: The Bc. ed., p. X–XIV; tr., p. XI–XII. ——O. Walter: Übereinstimmungen (1905), p. 11–13. ——Gawroński, RO. 1 (1914/15), p. 13–15; Bc. and Rām.=Studies about the Skt. Buddh. lit. (w Krakowie, 1919), p. 27–40. ——Hillebrandt: Kālidāsa (Breslau, 1921), p. 102–3 c. n. 138: p. 160. ——Hultzsch, ZDMG. 72 (1918), p. 145–7. ——Johnston: The Bc. tr., p. XLVII–L; p. LXXXII–IV. ——B. C. Law, op. cit., p. 19–21. ——**WGIL**. I, p. 417, n. 3; p. 437–8: **HIL**. p. 490, n. 3; p. 512–3. **WGIL**. p. 56, n. 3: **HIL**. p. 59, n. 1. **KCSL**. p. 23–24. **KHSL**. p. 59; p. 61–63; p. 101, n. 2. ——A. の作品と他の文献との交渉: e. g. E. Windisch: Māra u. Buddha (Lzg., 1895), p. 227–9, p. 269–315 (: Pāli-lit.). ——Gawroński, op. cit. (1919), p. 49–56 (: Divyāvadāna). ——Hultzsch, ZDMG. 73 (1919), p. 229–231 (: 古典詩人). ——Johnston: The Bc. tr., p. LXXIX–LXXXII. ——干潟龍祥: 馬鳴の仏所行讃とその余韻. Fs. 金倉 (1966), p. 337–357 (: 仏本行経, etc.). ——松濤誠廉, op. cit. (supra n. 81: 坐禅三昧経).

91. Cf. Tāranātha's Geschichte des Buddhismus, übers. von A.

Schiefner (St. Petersburg, 1869), p. 90. 若干の学者によれば, Śūra は Triratnadāsa とも同一視されたという, ib., p. 140; cf. F. W. Thomas, IA. 32 (1903), p. 345.

92. Cf. F. W. Thomas: The works of Āryaśūra, Triratnadāsa and Dhārmika-Subhūti. Album-Kern (Leiden, 1903), p. 405–8; IA. 32 (1903), p. 345–8. ——Triratnad. の Guṇāparyanta-stotra については: L. de la Vallée-Poussin, JRAS. 1911, p. 1064–7. 蔵訳(東北目録 no. 1155)のほか, Skt. 断片が存在する; cf. D. Schlingloff: Buddhistische Stotras (Bln., 1955), p. 5, n. 1; p. 12 c. n. 26; p. 14. ——Dh. Subhūti については: S. Lévi, JA. 1928 II, p. 204–7; cf. Johnston: The Buddhac. tr., p. XXIII–IV. —— P. Mus: La lumière sur les six voies (Pa., 1939), chap. I. —— Sh. Bailey: The Śatapañcāśatka (Cambridge, 1951), p. 10 c. n. 2.

93. 同人説に対しては賛否両論が行なわれた. 近くは Sh. Bailey, op. cit., p. 9–15 参照. ただし彼が同人説の可能性を留保している点には賛成できない; cf. 辻直四郎, 東洋学報 33 (1951), p. 426–7; J. W. de Jong, TP. 42 (1954), p. 402–3.

94. Cf. F. W. Thomas, IA. 32 (1903), p. 345–350; ERE. 8 (1915), p. 495, b–7, a. ——S. Lévi, JA. 1910 II, p. 451–3. ——A. F. R. Hoernle: Ms. remains of Buddhist liter. found in Eastern Turkestan (Oxford, 1916), p. 58–60. ——Lin Li-Kouang: L'aide-mémoire de la vraie loi (Pa., 1949), p. 306–9. ——Sh. Bailey, op. cit., Introd. (最も重要); cf. BSOAS. 13 (1950), p. 672, n. 2. —— 金倉圓照: マートリチェータ雑説. 文化 20 (1956), p. 569–584 ＝馬鳴の研究 (1966), p. 92–116. ——**WGIL**. II, p. 211–2; p. 376 (Nachtr.) : **HIL**. p. 269–272. **DHSL**. p. 79–80. ——山田龍城: 梵語仏典の諸文献 (1959), p. 77–79.

95. 南海寄帰伝第四, 大正大蔵経 vol. 54, p. 227, b, c.

96. Cf. F. W. Thomas, ERE. 8, p. 496, b.

97. 義浄, op. cit., p. 227, b; Mañjuśrīmūlakalpa (v. Sh. Bailey, op. cit., p. 5–6; Tāranātha's Gesch., p. 85).

98. 四百讃の中にこの伝説に言及した詩節 (II. 1–2) が存在するとする学者もあるが, cf. F. W. Thomas, IA. 34 (1905), p. 145; Sh. Bailey, BSOAS. 13 (1950), p. 679, n. 7, その解釈には困難な点

がある，cf. 辻，op. cit., p. 439–440.

99. Cf. TKVS., p. 26–28(Skt., Tib., Chin.); Sh. Bailey, op. cit., p. 1(Tib.).

100. Śārdūlavikrīḍita 韻律で書かれた26詩節からなる. Cf. D. Schlingloff: Buddh. Stotras(1955), p. 19(: Hs. 1229); p. 32; p. 116(Schlussverse u. Kolophone); Die Buddhastotras des M.(Bln., 1968), p. 5, n. 1. ——B. Pauly, JA. 1960, p. 529–538: "Six vers de l'Anaparādha-stotra de M." ——W. Couvreur, Or. Gand. 3 (1966), p. 160; p. 180–181; p. 184(Skr.-Tokhar.).

101. Maticitra 造 Mahārājakani(ṣ)kalekha, 東北目録 no. 4184; no. 4498.——Cf. F. W. Thomas: M. and the Mahārājakanikalekha. IA. 32(1903), p. 345–360; ERE. 8(1915), p. 496, b. ——S. Lévi, JA. 1936 I, p. 86; p. 101–3. ——Sh. Bailey, op. cit., p. 3; p. 9; p. 15. ——この種の書簡の先例として有名なのは，Nāgārjuna(龍樹)の Suhṛllekha「友人への書簡」であるが，漢訳(南条目録 nos. 1440, 1441, 1464)と蔵訳(東北目録 no. 4496)とがあるのみで，Skt. 文は伝わらない.

102. Cf. Sh. Bailey, op. cit., p. 237(Add.); BSOAS. 13(1950), p. 947; p. 975, n. 3.

103. ただし同讃 VIII. 10 については：金倉：馬鳴の研究，p. 114–5.

104. 南条目録 no. 1456：義浄訳. 蔵訳：東北目録 no. 1147(ただし Aśvaghoṣa の作とする). 別名 Prasādapratibhodbhava-stotra「信心による弁才所産の讃頌」.

105. Cf. S. Lévi, JA. 1910 II, p. 450–456. ——L. de la Vallée-Poussin, JRAS. 1911, p. 762–9. ——Hoernle: Ms. remains(1916), p. 58–75.

106. [**Gen.**] F. W. Thomas, ERE. 8(1915), p. 496. ——**KHSL.** p. 64. ——[**Ed.・Tr.**] K. P. Jayaswal and Rāhula Sāṁkṛtyāyana: Adhyardhaśataka "Hymn of one hundred-fifty[verses]" by M. JBORS. 23(1937), pt. 4. ——D. R. Shackleton Bailey: The Śatapañcāśatka of M. Skt. text, Tibetan transl. and commentary, and Chinese transl., ed. with an introd., English transl. and notes. Cambridge, 1951.(最も重要.) Cf. Do.: A note on the titles of three Buddhist stotras. JRAS. 1948, p. 55–60. (書評)辻, 東洋学報 33(1951), p, 423–440; J. W. de Jong, TP. 42(1954), p. 397–405.——和訳：奈良康明, 中村元編仏典 I (1966), p. 325–337; p. 425–6(解題).

107. Dignāga(陳那)は各詩節の前に1詩節を加えて Miśraka-stotra(「雑讃」義浄; 東北目録 no. 1150)を作り, 後に鹿苑の名僧釈迦提婆(Śākyadeva)はさらにこれを敷衍して, 陳那作の各詩節の前に新詩節を加えて Miśraka-miśraka-stotra(「揉雑讃」義浄)を作った. 前者は蔵訳のみ残り, 後者は伝わらなかった; cf. Sh. Bailey, op. cit., App. II=p. 182–198.

108. Catuḥśataka-stotra または Varṇārhavarṇa-stotra. 蔵訳：東北目録 no. 1138, 作者名 Maticitra.

109. F. W. Thomas: The Varṇanārhavarṇana of M. IA. 34 (1905), p. 145–163; cf. TKVS. p. 27, ERE. 8, p. 496, ab.

110. 渡辺海旭：摩咥里制吒讃仏頌の原文. 宗教界 8(1912)=壷月全集 上, p. 653–661. ——A. F. R. Hoernle: Ms. remains(1916), p. 75–84. ——〔**Ed.** • **Tr.**〕D. R. Sh. Bailey: The Varṇārhavarṇa Stotra of M. BSOAS. 13(1950), p. 671–701, p. 947–1003. Cf. JRAS. 1948, p. 55–60. ——B. Pauly, JA. 1964, p. 197–271: Matériaux pour une édition définitive du V° de M.; cf. J. W. de Jong, IIJ. 10(1967), p. 181–3. ——D. Schlingloff: Die Buddhastotras des M. Faksimilewiedergabe. Bln., 1968; cf. Buddh. Stotras(Bln., 1955), p. 14–15; p. 24–28. ——Bln. 蒐集の断片を整理し, Sh. Bailey の出版の基礎を作った W. Siegling(† 1946)の業績については: **WGIL**. II, p. 212: **HIL**. p. 271, n. 1; Sh. Bailey, BSOAS. 13(1950), p. 671; Schlingloff: Buddh. Stotras, p. 14; Die Buddhastotras des M., p. 5 c. n. 5.

111. 蔵訳はこの後に第十三章(32 詩節)を附加している.

112. Cf. Sh. Bailey, BSOAS. 13(1950), p. 673; The Śatap. (1951), p. 14; p. 18–19. ——**RHLS**. p. 213 c. n. 2.——辻, 東洋学報 33(1951), p. 433–8.

113. Cf. Schlingloff: Buddh. Stotras, p. 14–15.

114. (四百讃)Sieg u. Siegling: Tocharische Sprachreste(Bln. u. Lzg., 1921), nos. 392; 420; 422; 423; 427. (一百五十讃)ib. no.

426; Do.: Tochar. Sprachreste, Sprache B, Heft 2(hg. von W. Thomas, Göttingen, 1953), nos. 251; 357. ——Sh. Bailey: The Śatap. (1951), App. I=p. 181; cf. p. 22(B-dialect). ——W. Couvreur: Die Fragmente Stein Ch 00316 a^2 u. Hoernle H. 149.47 u. 231. KZ. 72(1955), p. 224–5; Do.: Sanskrit-Tochaarse Mātṛceṭa-fragmenten, Or. Gand. 3(1966), p. 159–185.

115. Cf. H. Kern: Der buddhistische Dichter Çūra. Fs. Böhtlingk(Stuttgart, 1888), p. 50–51. ——J. S. Speyer: The *G*ātakamālā tr.(Ldn., 1895), p. XXVII–IX. ——Mātṛceṭa 等と同一視される伝承についてはすでに述べた(§15).

116. Cf. F. W. Thomas, Album-Kern(1903), p. 405–6; TKVS. p. 26–28.

117. Cf. 南海寄帰伝第四「社得迦摩羅〔=Jm.〕も亦同じくこの類なり」以下(大正大蔵経 vol. 54, p. 227, c–p. 228, a).

118. 南条目録 no. 1349.

119. E. g. Thomas, loc. cit.; **WGIL**. II, p. 214 *in f.*: **HIL**. p. 276. ——確実性は上限に関してのみである; cf. A. Gawroński: Studies about the Skt. Buddh. lit.(1919), p. 22–23.

120. 南条目録 no. 1324; 3世紀前半に漢訳された.

121. Avadānaśataka 37. Śaśa-avad. の中に(ed. Speyer I, p. 210. 1–2=ed. P. L. Vaidya, Darbhanga, 1958, p. 94 *in f.*), Jm. 6: Śaśajātaka v. 29: na santi mudgā……が借用されている; cf. L. Alsdorf, WZKSO. 5(1961), p. 3–4.

122. 南条目録 no. 1312. 蔵訳: 東北目録 no. 4150. ただし漢訳の実態については: J. Brough: The Chinese pseudo-transl. of Ā.'s Jm. AM. n. s. 11(1964), p. 27–57.

123. 〔**Bibl.**〕**EUL**. nos. 3714–6: p. 374. ——〔**Gen.**〕**WGIL**. II, p. 212–4, p. 376(Nachtr.); III, p. 639(do.): **HIL**. II, p. 273–6. **KCSL**. p. 101. **KHSL**. p. 67–69, cf. p. IX. **DHSL**. p. 80–81. ——岩本裕: 仏教説話研究序説(京都, 1967), p. 5. ——〔**Ed.**〕H. Kern: The Jm. Stories of Buddha's former incarnations,……Critically ed. Cambridge(Mass.), 1891; second issue, 1914. ——P. L. Vaidya: Jm. Darbhanga, 1959. ——〔**Tr.**〕J. S. Speyer: The *G*ātakamālā or Garland of birth-stories by Ārya *S*ūra, transl. from the Skt. Ldn., 1895. ——Kern の出版は Speyer によって修正されたが，さらに Gawroński によって改訂された：Studies about the Skt. Buddh. lit. (1919), p. 40–49: Critical notes on the printed text of the Jm. ——〔**Ref.**〕出版・翻訳の序文のほか，特に：S. d'Oldenburg-H. Wenzel: Dr. Selge d'O° "On the Buddhist Jātakas," II. Jm. JRAS. 1893, p. 306–334. ——個々の Jātaka の研究は多い；e. g. no. 6. Śaśaj.: L. Alsdorf: Śaśa-J. u. Śaśa-Avad. WZKSO. 5 (1961), p. 1–17. ——19. Bisaj.: J. Charpentier, ZDMG. 64 (1910), p. 65–83. ——31. Sutasomaj.: S. d'Oldenburg-H. Wenzel, JRAS. 1893, p. 325–6; p. 331–4.

124. Paris の写本は第十六話と第十七話との間に，Kacchapaj. を挿む，*apud* Kern p. VI–VII, p. 240–241 (text), *apud* Vaidya, App. I=p. 249–250. Jm. とは関係なく，Mahāvastu ed. Senart, vol. II, p. 244–5 に相当するが (cf. S. d'Oldenburg-Wenzel, op. cit., p. 306)，その言語は Mahāv. と同じく，散文・韻文ともに仏教梵語の特徴をもつ；cf. Edgerton: BHS., language and liter. (Baranas, 1954), p. 35.

125. 各本生話の梗概については：d'Oldenburg-Wenzel, op. cit., p. 309–327; cf. p. 328. Pāli-J. および Cariyāpiṭaka との対照は：Kern: The Jm. ed., p. VIII–IX. なお Speyer が各話の翻訳の始め或いは終りに附した解説参照.

126. Cf. Speyer: The *G*ātakamālā, tr., p. XXIV–VII. ただし彼は結尾の部分の真正性に疑いをもっている (p. XXVII).

127. Cf. F. Weller: Die Fragmente der Jm. in der Turfansammlung der Berliner Akademie. Bln., 1955.

128. Cf. H. Lüders: Ā.s Jm. u. die Fresken von Ajantā. NGGW. 1902, p. 758–762=Philol. ind., p. 73–77.

129. Cf. S. d'Oldenburg, JAOS. 18 (1897), p. 197–200; cf. JRAS. 1895, p. 621–7.

130. Ā. の言語・文体・韻律については：Speyer, op. cit., p. XXIII–IV. ——Oldenberg, NGGW. 1918, p. 464–8. = Kleine Schriften, p. 1104–8. ——Lüders: Bruchstücke der Kalpanām. (1926), p. 55–56. ——Sh. Bailey: The Śatap. of Mātṛc. (1951), p. 10–12.——特に韻律に関しては：Kern, Fs. Böhtlingk, p. 50 (: 31

種を算える). ——'Pālismen' については: R. O. Franke, IFA. 5(1895), p. 31–34. ——仏教梵語の要素に関しては: Edgerton: BHS. Grammar, p. 8, n. 17, cf. p. XXVI sub Jm.; BHS., lang. and lit.(1954), p. 35.

131. Dharmakīrti が或る王の質問に答えた文句; cf. Tāranātha's Gesch. des Buddh., üb. von A. Schiefner(1869), p. 181.

132. Saduktikarṇāmṛta V. 129 は彼の言語を viśuddhokti と称えている, v. Aufrecht, ZDMG. 36(1882), p. 366. ——Jm. XI, v. 18: PDSV. no. 272. ——XXXIII, v. 4: KGSRK. no. 1292, cf. p. CII.——X, v. 31 cd: Kāvyālaṁk.-vṛtti(ed. Cappeller, p. 75, line 3).

133. Cf. S. Lévi, Comptes rendus de l'Ac. des inscriptions 1899, p. 15–16. ——F. W. Thomas, Album-Kern(1903), p. 406; TKVS. p. 26; p. 28. ——〔**Ed.**〕A. C. Banerjee: Subhāṣitaratnakaraṇḍakathā of Ā. Darbhanga, 1959=P. L. Vaidya: Jm. ed., p. 275–307. ——蔵訳: 東北目録 nos. 4168, 4511.

134. Cf. e. g. **SLTI**. p. 157–8; App., p. 31–32. ——Bh. およびその作品に関説する文献の集録: C. R. Devadhar: Bhāsanāṭakacakram. 2nd ed.(Poona, 1951), p. 573–7(App. C.); cf. Pusalker: Bh. 2nd ed.(Delhi, 1968), p. 26–49; p. 72–81; p. 99–101; p. 566–8(App. IV).〔以下 Pus. と略す.〕

135. Mālavikāgnimitra ed. Bollensen, p. 3. 12–14.

136. Harṣacarita 序頌 16, ed. Führer, p. 7.——やや異なる解釈としては: G. K. Bhat, JOIB. 20(1970), p. 37; p. 42 c. n. 4.

137. Sūktimuktāvalī(v. PDSV. p. 81):「鑑識者たちが吟味のため, 一連の Bh. の戯曲を火中に投じたるとき, 火も Sv. を焼く能わざりき.」Cf. Vākpati(8 世紀): Gaüdavaha v. 800(ed. BSS., p. 221): bhāsammi jalaṇamitte(=Skt. bhāse jvalanamitre)「炎の友」. Śārṅgadharapaddhati において Rājaśekhara に帰せられる詩節(VIII. 17 ed. Aufrecht; cf. ZDMG. 27(1873), p. 77)は, 古典作家を列挙して, bhāso rāmila-somilau で始まっている. ——Bh. と並び挙げられる Rāmila, Somila(Saumilla), Kaviputra(°trau)については: F. Hall: Fragments of the early Hindu dramatists, Bh., Rāmila and Somilla. JASBeng. 28, p. 28–30. ——**SLTI**. p.

160–161; Peterson, JRAS. 1891, p. 331–4; cf. PDSV. p. 18, p. 103–4; **SKID**. p. 56: § 76. **KSD**. p. 127–8.

138. Prasannarāghava I, v. 22 (ed. Bomb., 1914), p. 6: bhāso hāsaḥ kavikulaguruḥ kālidāso vilāsaḥ | harṣo harṣo...‖

139. Cf. Aufrecht, ZDMG. 27 (1873), p. 65; 36 (1882), p. 370–371; IS. XVII (1885), p. 168–170: Fernere Strophen von Bh. ——PDSV. p. 80–82; JRAS. 1891, p. 331–2. ——L. Sarup: The vision of Vāsavadattā (Lahore, 1925), p. 63–66. ——H. Weller: Ein Beitrag zu der Bh.-Frage. Fs. Jacobi (1926), p. 114–125. ——Devadhar, op. cit., p. 578–580 (App. D.); Sv. (Poona, 1928), p. 133–4. ——Pus., p. 114–121; p. 499–501; p. 561–3 (App. II).

140. ほとんど同時に考古学者 R. Narasimhachar も Sv. の写本を Madras (Gov. Or. Mss. Lib.) で発見した; v. Pus., p. 2 c. n. 3.

141. Bh. およびその作品に関する文献は非常に多い. 以下は抄録に過ぎない. ——〔**Bibl.**〕 **EUL**. nos. 1704–1740: p. 160–163. ——V. S. Sukthankar: A bibliographical note. JRASBomb. 26 (1921/22), p. 230–249 (1921 年までの文献を網羅). ——**DHSL**. p. 102, nn. 1, 2; p. 107, n. 1. ——Winter. **HIL**. III (S. Jhā), p. 201, n. 1. ——Ren. Rech., p. 36, n. 1; cf. **RHLS**. p. 152, n. 2. ——Pus., p. 477–507 (: Survey of the recent work on Bh.); p. 530–549 (App. I). ——〔**Gen.**〕 **SLTI**. p. 153; p. 157–160; App., p. 31–32. **MHSL**. p. 186–190. **SKID**. §§ 61–75: p. 51–56 (*lit.*). **WGIL**. p. 184–202; p. 644–6 (Nachtr.): **HIL**. p. 201–224. **KSD**. p. 91–126. **KHSL**. p. XII–XVI. **GLI**. p. 188: ed. 1961, p. 238–240. **DHSL**. p. 101–117. **DGHSL**. p. 708–727. **RIC**. §§ 1857–1863: p. 265–270; cf. Ren. Rech., p. 35–36. ——〔**Ed.**〕 G. Ś. の出版は The Sv. of Bh., ed. with notes. Bh.'s works no. 1. TSS. 15, Trivandrum, 1912 (2nd ed., 1915; etc.) を始めとし, TSS. 16, 17, 20, 21, 22, 26, 39, 42 (Pratimānāṭaka, 1915) に収められ, 多くの場合版を重ねている (詳しくは **EUL**. l. c.). 各巻は序文を含むが, 特に Sv. と Pratimā の Introd. に注意. しかしすでに入手困難なものが多く, 全作品を 1 冊の中に見るためには, C. R. Devadhar: Bhāsanāṭakacakram. Plays ascribed to Bh., original thirteen texts in Devanāgarī, critical edition. Poona, 1937; 2nd ed., 1951 が便利であ

る．個々の戯曲については当該個所参照．——〔**Tr.**〕個々の作品の翻訳は別として，Triv. 劇全部を通覧するためには：A. C. Woolner and Lakshman Sarup: Thirteen Trivandrum plays ascribed to Bh., transl. into English, 2 vols. Ldn., 1930, 1931. ——〔**Ref.**〕Bh. 全般については，A. D. Pusalker: Bh. A study. Lahore, 1940; 2nd rev. ed., Delhi, 1968(=Pus., supra n. 134; cf. Bh. Bomb., 1943)が最も該博で便利である．そのほか：G. Ś.: Bh.'s works. A critical study. Triv., 1925. ——A. Krishna Pishatori: Bh.'s works. A criticism. Triv., 1925. ——A. S. P. Ayyar: Bh. Madras, 1942; 2nd ed., 1957.

142. ただし Sv. 等においては，冒頭の祝福の詩節の中に，登場人物の名が暗示されている．

143. Karṇabhāra を除き，sthāpanā(: 古典劇 prastāvanā)と呼ばれる．

144. Cd. および Dūtaghaṭotkaca はこれを欠く．

145. G. Ś.: Sv.(ed. 1924), Introd., p. 2–3. ——Sarup: The vision of Vāsavad.(1925), Introd., p. 8–37. ——Sukthankar: A concordance of the dramas(=Studies in Bh. IV). ABORI. 4 (1923), p. 167–187. ——Pus., p. 14–15. Cf. Woolner-Sarup: Thirteen Triv. plays I(1930), p. VI, n. 1: "The two plays without verbal resemblances are the Dūtaghaṭotkaca and the Karṇabhāra, both of them short."

146. 主な肯定者と否定者の名については：Pus., p. 1–2; p. 477–8. いずれの陣営にも属さず，部分的に肯定する者或いは真偽未定とする学者も少なくない．以下若干を例示する．詳しくは Pus., App. I 参照．なお著者の名のあとに(*contra*)とあるのは否定者を示す．——Sten Konow: Zur Frühgeschichte des ind. Theaters. Fs. E. Kuhn(1916), p. 106–114. ——M. Lindenau: Bh.-Studien, ein Beitrag zur Gesch. des altind. Dramas. Lzg., 1918. ——V. S. Sukthankar: Studies in Bh. I–VI(1920–1925), etc.; cf. Pus., p. 541. ——G. Morgentierne: Über das Verhältnis zw. Cārudatta u. Mṛcchakaṭikā(Halle a. d. S., 1920), spec. p. 5–21. ——L. D. Barnett (*contra*): The plays ascribed to Bh. and the Mattavilāsa. JRAS. 1919, p. 233–4; cf. JRAS. 1921, p. 587–9; BSOS. 3(1923–25), p.

519–526; JRAS. 1924, p. 655–6; etc. ——F. W. Thomas: The plays of Bh. JRAS. 1922, p. 79–83; cf. JRAS. 1924, p. 449–450; do. 1925, p. 104–7; etc. ——Jackson: Priyadarśikā(1923), p. LXVI, n. 19. ——K. Rama Pishatori and A. Krishna Pishatori (*contra*): Bh.'s works. Are they genuine? BSOS. 3(1923–25), p. 107–117; The Bh. theory again—a reply to Prof. Keith. IHQ. 5(1929), p. 552–8. ——A. Krishna Pishatori: Bh.'s works. A criticism. Trivandrum, 1925; etc. ——G. Ś.: The works of Bh. BSOS. 3(1923–25), p. 627–637; Bh.'s works. A critical study. Triv., 1925. ——M. Winternitz: Der ind. Dramatiker Bh. OZ. 9(1922), p. 282–299; Bh., *in* Some problems of Ind. lit.(Calc., 1925), p. 110–130; Bh. —What do we really know of him and his work? Woolner-Vol.(1937), p. 297–308. Winter. の見解の変化については: Pus., p. 478–9. ——C. Kunhan Raja(*contra*): Bh.: another side. ZII. 2(1923), p. 247–264. ——Jyotischandra Ghatak: The dramas of Bh. JDLC. 12(1925), p. 1–46. ——H. Weller: Ein Beitrag zu der Bh.-Frage. Fs. Jacobi(1926), p. 114–125. ——Hirananda Sastri(*contra*): Bh. and the authorship of the thirteen Trivandrum plays. MASI. no. 28. Calc., 1926. ——C. R. Devadhar (*contra*): Plays ascribed to Bh. Their authenticity and merits. Poona, 1927. ——O. Stein: Contributions to the Bh.'s question. IHQ. 14(1938), p. 633–659. ——S. K. De: The dramas ascribed to Bh. IHQ. 17(1941), p. 415–429=**DHSL**. p. 101–117. ——U. Venkatakrishna Rao: Bh. IHQ. 34(1958), p. 96–113.

147. 例えば Kāñcī 王 Mahendravikramavarman(600–625 A. D.) の Mattavilāsa(§ 93. 2). この点に注意を促したのは L. D. Barnett (JRAS. 1919, p. 233–4)である. ——なお G. Ś. による Triv. 劇の出版の後, Bh. の作に類似し, 彼の作に擬せられる数篇の戯曲が現われた; cf. Pus., p. 109–114; **RIC**. p. 270: § 1863; Ren. Rech., p. 37, n. 1(*lit.*). ——特に Dāmaka-prahasana の実態に関しては: J. Jolly: Über das Dāmakaprahasana. Fs. Garbe(1927), p. 115–121; cf. Pus., p. 112. ——同じく Bh. 劇の模倣であるが, 相当に注目を浴びた Yajñaphala については: Pus., p. 507–529; cf. p. 562–572: Subhāṣitas from the Y°.

148. Abhinavagupta の Dhvanyālokalocana(ed. KM., 1911, p. 152 *ad* III. 14)に yathā svapnavāsavadattākhye nāṭake として引用された詩節 saṁcitapakṣmakapātaṁ etc. は, Triv. 劇中の Sv. には存在しない.

149. 例えば Daṇḍin(§ 94)の Kāvyādarśa II. 362(cf. 226) : limpatīva tamo 'ṅgāni etc. は Bālacarita I. 15 および Cd. I. 19(: Mṛcchak. I. 34 ed. Parab)に相当し, Vāmana の Kāvyālaṁkāra-vṛtti の引用する詩節 : śaraccandrāṁśu° (*sub* IV. 3. 25)は Sv. VI. 8 に, tāsv eva pūrvabali° (*sub* V. 1. 3)は Cd. I. 2, cd(: Mṛcchak. I. 9, cd)に, yo bhartṛpiṇḍasya etc. は Pratijñāyaug. IV. 3, d(cf. Kauṭ.-Arthaś. X, 3, v. 31, ed. Kangle, p. 366)に相当するが, Bh. の名は見えない. ――また Bhāmaha の Kāvyālaṁkāra IV. 38–45(または 40–47)は, Pratijñāyaug. の第一幕を予想しているといわれる ; cf. G. Ś.: P° ed.(1920), p. 1–3; Woolner-Sarup., op. cit., p. 10; Pus., p. 74–75. ――Cd. の散佚部分に関しては : S. Lévi, JA. 1923 II, p. 217–8.

150. Cf. spec. **DHSL**. p. 107–9. **DGHSL**. p. 717.

151. 諸説の論拠・結論を詳説する煩を避け, 総括的記述としてただ Pus. p. 63–84; p. 480–481 に参照する.

152. Cf. Pus., p. 63, n. 2.

153. その論拠については : Pratimā(ed. 1924), Introd., p. 9–35. ――Pus. もまた Bh. の年代を前 4 世紀, Candragupta Maurya の治下に求めている(p. 71–72).

154. Cf. E. H. Johnston: The Buddhac. tr.(1936), p. LXXX–LXXXI c. n. 1. 特に Buddhac. XIII. 60 と Pratijñāyaug. I, v. 18 との類似は著しい ; cf. Gawroński: Studies about the Skt. Buddh. liter.(1919), p. 26–27; Pus., p. 77–78.

155. Cf. M. Lindenau: Bh.-Studien(1918). Sv., Pratimā, Avimāraka と Kālid. の作品, 特に Śakuntalā との類似は注目に値いする ; cf. G. Ś.: Sv.(ed. 1924), Introd., p. 11–15; Pratimā(ed. 1924), Introd., p. 3–8; **KSD**. p. 124–6.

156. Cf. e. g. V. Lesný: Die Entwicklungsstufe des Prakrits in Bhāsas Dramen und das Zeitalter Bhasas. ZDMG. 72(1918), p. 203–8; **WGIL**. p. 187 : **HIL**. p. 205. **KSD**. p. 93–95.

157. Cf. Pus., p. 107–9.

158. Cf. G. Ś.: Sv. (ed. 1924), Introd., p. 10–11; p. 18. ——C. J. Ogden: Lexicographical and grammatical notes on the Sv. of Bh. JAOS. 35(1915), p. 269–272. ——**KSD**. p. 114–122. ——Devadhar, op. cit., p. 568–573(App. B.). ——**RHLS**. p. 152 c. n. 2 (*lit.*)–153; **WRIG**. p. 94; n. 361(*lit.*). ——Pus., p. 17; p. 94–95. ——修辞法に関しては：Pus., p. 95–99; p. 550–560. ——原実：Bh. の戯曲にみえる月の比喩. Fs. 結城令聞(1964), p. 109–133.

159. Cf. V. S. Sukthankar: On the versification of the metrical portions(=Studies in Bh. II). JAOS. 41(1921), p. 107–130.

160. Dūtavākya は Pkt. を含まない.

161. Cf. V. Lesný, op. cit. (supra n. 156). ——Sukthankar: On certain archaisms in the Pkt. of the dramas(=Studies in Bh. I). JAOS. 40(1920), p. 250–259. ——Do.: On the Pkt. of the dramas (=Studies in Bh. VI). JRASBomb. 1925, p. 103–117. ——W. Prinz: Bh.'s Pkt. Frankfurt a. M., 1921. ——J. Hertel: Muṇḍaka-upaniṣad(Lzg., 1924), p. 8–10. ——**KSD**. p. 121–2; cf. BSOS. 3 (1923–25), p. 295–7. **DHSL**. p. 105 c. n. 5(*lit.*). **RIC**. p. 266: § 1858. ——Pus., p. 17; p. 126–133.

162. Cf. Pus., p. 87–92.

163. E.g. S. A. Dange: The order of the "Duryodhana" plays of Bh. JUB. 23(1954), p. 49–59. ——Cf. Pus., p. 122–6; p. 482–4.

164. 個々の戯曲の内容を簡単に知るためには：**SKID**. §§ 62–75: p. 52–56. **WGIL**. p. 188–202: **HIL**. p. 206–224. **KSD**. p. 95–105. **DGHSL**. p. 722–7. **RIC**. §§ 1859–1863: p. 266–9. ——Pus., p. 188–307. ——Woolner-Sarup tr., 各篇の序文. ——総括的文献は上記 n. 141 に挙げたから，以下は個々の作品に関する参考書のみに限った.

165. 〔**Tr.**〕P. E. Pavolini: I drammi mahabharatiani di Bhāsa I. Madhyamavyāyoga. GSAI. 29(1916), p. 1–27.

166. Cf. Winternitz: Mbh. II, 68, 41 ff. und Bh.'s Dūtavākya. Fs. Kuhn(1917), p. 299–304. ——G. C. Jhala: D°: an unusual stage-play. Fs. Munshi(1963), p. 69–75.

167. 〔**Tr.**〕 H. Weller: Eine ind. Tragödie? Duryodhanas Ende. Ein Bhasa zugeschrieb. Einakter, verdeutscht. Stuttgart, 1933.

168. 〔**Ed.・Tr.**〕 W. G. Urdhwareshe: Pañcarātra, ed. with Skt. comm. by Kṛṣṇācārya and introd., English transl. and notes. Indore, 1920.

169. Cf. e. g. Weller, op. cit., p. 1–21(: keine Tragödie).——Belvalkar: Rama's later history(1915), p. LVII, n. 1(: 悲劇説).——Cf. Pus., p. 136–140.

170. 〔**Ed.・Tr.**〕 H. Weller: Bālacarita, Text hg.; Die Abenteuer des Knaben Krischna. Lzg., 1922.——S. R. Sehgal: Bh.'s B°. New Delhi, 1959.——〔**Ref.**〕 M. Winternitz: Kṛṣṇa-Dramen. 2. Bh.'s B°. ZDMG. 74(1920), p. 125–137.——R. Garbe: Bemerkungen zu Bh.s B°. Fs. Jacobi(1926), p. 126–130.

171. 〔**Ed.・Tr.**〕 Sh. M. Paranjape: Pratima Naṭaka of Bh. Ed. with introd., transl., crit. and explanatory notes and appendices. Poona, 1927.——〔**Ref.**〕 E. Sl'uszkiewicz: Bh. et le Rāmāyana. RO. 21(=Mém. Schayer, 1957), p. 409–421(spec. p. 410–415).

172. 〔**Ed.・Tr.**〕 V. Venkataram Shastri: Abhiṣekanāṭaka. Critic. ed. with Skt. comm., introd., notes and transl. Lahore, 1930.——〔**Ref.**〕 Sl'uszkiewicz, op. cit., spec. p. 415–420.

173. 出典に対する疑惑(J. Hertel, P. D. Gune)については: **WGIL**. p. 188, n. 1; p. 645(Nachtr. ad p. 198, n. 2): **HIL**. p. 205, n. 3; p. 220, n.——Mudrārākṣasa(§ 28)との関係については: W. Ruben: Der Sinn des Dramas......(Mudrār.)(Bln., 1956), p. 180–185(cf. infra n. 207).——なお Udayana 伝説に関する文献は尨大であるが, 特に Jackson: Priyadarśikā(1923), p. LXII–LXXV 参照. 最近のものとしては: Niti Adaval: The story of King U° as gleaned from Skt., Pāli and Pkt. sources. Varanasi, 1970.

174. この劇自身の序幕で prakaraṇa と呼ばれているが, 的確に定義することは困難である; cf. Pus., p. 272–4.

175. Cf. Kathāsaritsāgara III: 12–14.——C. J. Ogden: Bh.'s treatment of the Ud. legend, JAOS. 43(1923), p. 169 によれば, Kathās. 以外の資料も用いられたらしいという. Cf. Jackson, op.

cit., p. LXXI–II.

176. Bhāmaha: Kāvyālaṁkāra IV. 45(または 47; cf. supra n. 149)は，このトリックを拙劣と非難している.

177. 一般に prakaraṇa と認められている．しかし Pus., p. 287 参照.

178. Cf. Kathās. III: 15–16; Bṛhatkathāmañjarī II. 1–2; Bṛhatkathāślokasaṁgraha IV–V. 当該個所の必要部分は，L. Sarup: The vision of V.(1925), p. 67–86 に印刷されている．——F. Lacôte: Les sources de la V. de Bh. JA. s. 11, t. 13(1919), p. 493–525.

179. 〔**Bibl.**〕**EUL.** nos. 1732–1740: p. 163. ——Sukthankar: V. (Ldn., 1923),〔p. 94:〕Select bibliography. ——Pus., p. 532–3.——〔**Gen.**〕**SKID.** § 72: p. 54–55. **WGIL.** p. 194–8; p. 645(Nachtr.): **HIL.** p. 214–9. **KSD.** p. 103–5. **GLI.** p. 188: ed. 1961, p. 239–240. **DHSL.** p. 111. **DGHSL.** p. 726–7. **RIC.** p. 267–8: § 1861. ——Pus., p. 279–294. ——〔**Ed.・Tr.**〕G. Ś. の ed. princeps(Triv. 1912; cf. supra n. 141)以来，しばしば英訳・注解を添えて出版された. E. g. L. Sarup: The vision of V. Lahore, 1925. ——C. R. Devadhar: Sv. 2nd ed., Poona, 1928. ——〔**Tr.**〕多数の中から若干を例示する: H. Jacobi: Sv. Intern. Monatsschrift für Wissenschaft, Kunst u. Technik 7(1913), p. 653–690. —— A. Baston: V. Drame en six actes de Bh. Avec une préface de M. S. Lévi. Pa., 1914. ——Belloni-Filippi: La V. di Bh. Lanciano, 1916. ——V. S. Sukthankar: V. Ldn., etc., 1923. ——H. Weller: Wāsawadattā. Ein Schauspiel nach Bh. Lzg., 1926. ——〔**Ref.**〕G. Ś.: Sv. ed., Introd. ——L. H. Gray: V.: a Skt. romance by Subandhu(N. Y., 1913), p. 1–2(: Sv. の影響). ——C. J. Ogden, JAOS. 35(1915), p. 269–272(v. supra n. 158). ——K. R. Pishatori: Sv. and Bhāva-prakāśa. BSOS. 3(1923–25), p. 639–642. ——L. D. Barnett: Who is the author of Sv.? JRAS. 1925, p. 99. ——F. W. Thomas: Bhāsakṛta Sv. ib., p. 100–104; The date of Sv. ib. p. 877–890.

180. Cf. Pus., p. 26–35.

181. Cf. supra n. 148.

182. 〔**Tr.**〕E. Beccarini-Crescenzi: L' "Avimāraka" di Bh.

GSAI. 28(1915), p. 1–40. ——H. Weller: Awimaraka. Schauspiel von Bh. Lzg., 1924. ——〔**Ref.**〕J. Masson: A note on the sources of Bh.'s(?)Avimāraka. JOIB. 19(1969), p. 60–70.

183. Cf. Kathās. XVI: 112, v. 89–109. ——一般には prakaraṇa と認められている. しかし Pus., p. 239 参照.

184. Mṛcchak. I–IV の 129 詩節に対し Cd. は 55 詩節を含むにすぎず, そのうち 13 は前者に見えず, 共通する 42 のうち全く同一のものは僅かに 2, 他は多少の相違を示す; cf. **WGIL**. p. 205, n. 4: **HIL**. p. 228, n. 1. **DHSL**. p. 242, n. 1.

185. ただし Cd. 第四幕には Āryaka に関して何もいわれていない. ——両劇の関係については: § 25 c. n. 189.

186. Mṛcchakaṭika または °kā は種々に転写されるが(e. g. Mṛichchha°), 以下すべて Mṛc. と略する.

187. 〔**Bibl.**〕**SBSD**. p. 86–88. **EUL**. nos. 1809–1828: p. 169–171. ——**SKID**. p. 59, nn. 21, 22. **WGIL**. p. 201, n. 2: **HIL**. p. 224, n. 1. **DHSL**. p. 756, n. 5. ——Oliver: Mṛc. tr.(1938), p. 28–34.——〔**Gen.**〕**SLTI**. p. 196–211; App., p. 40–43. **MHSL**. p. 360–361. **PIL**. p. 216. **SKID**. § 76: p. 56–59. **WGIL**. p. 202–9; p. 646(Nachtr.): **HIL**. p. 226–232. **KSD**. p. 122–142; cf. p. 64. **GLI**. p. 188–9: ed. 1961, p. 240–241. **DHSL**. p. 239–248; cf. Treatment of love in Skt. lit.(Calc., 1929), p. 80–87; Tales from Skt. dramatists(Madras, 1930), p. 62–92. **RIC**. §§ 1864–6: p. 270–272; cf. Ren. Rech., p. 41–42 c. n. 1. ——〔**Ed.**〕Ed. princeps: Calc., 1829. ——A. F. Stenzler: Mṛc., id. est, curriculum figlinum Sūdrakae regis fabula. Bonnae, 1847. ——N. B. Goḍabole: The Mṛc. or clay cart, a prakaraṇa by King Ś.(vol. I), containing two comm.(1)the Suvarṇālaṁkaraṇa of Lalla Dikshita and(2)vṛitti or vivṛti by Pṛithvīdhara, and(3)various readings. BSS. 52, Bomb., 1896. ——K. P. Parab: The Mṛc. ......with the comm. of Pṛithvīdhara. Bomb., 1900; 5th ed. rev. by V. L. Shāstrī Paṇsīkar, 1922. ——〔**Ed.** • **Tr.**〕M. R. Kāle: The Mṛc., ed. with the comm. of Pṛithvīdhara......, various readings, a literal English transl., notes, introd. and appendices. Bomb., 1924. ——〔**Tr.**〕(英)H. H. Wilson: The Mrichchakati, or the toy cart, a drama, transl. from the original Sanscrit, *in*: Select specimens of the theatre of the Hindus (in 3 vols.), Calc., 1827; 2nd ed. (in 2 vols., Ldn., 1835), vol. I, p. 1–182. ——A. W. Ryder: The little clay cart......transl. from the original Skt. and Pkts into English prose and verse. Cambridge (Mass.), 1905; cf. Notes on the Mṛc. JAOS. 27 (1907), p. 418–454. ——R. P. Oliver: Mṛc. The little clay cart......, now newly transl. from the Skt. with introd. and notes. Urbana, 1938. ——J. A. B. van Buitenen: Two plays of ancient India: The Little Clay Cart ascribed to Sudraka. N. Y. and Ldn., 1968; cf. The elephant scene of Mṛc., Act two. JAOS. 83 (1963), p. 26–29.——(独) O. Böhtlingk: Mṛc., d. i. das irdene Wägelchen. St. Petersburg, 1877. ——L. Fritze: Mṛc....... metrisch übers. Chemnitz, 1879. ——H. C. Kellner: Vasantasenā. Lzg. (Reclam), 1893; 3. Aufl. mit einer Einleit. von J. Nobel, [1922]. ——(仏) H. Fauche: Le petit chariot d'argile, drame en six actes, *in*: Une tétrade, ou drame, hymne, roman et poème traduits, vol. I. Pa., 1861.——P. Regnaud: Le chariot de terre cuite,......trad. et annoté des scolies inédites de Lallā Dīkshita. Pa., 1876–1877. ——(その他) J. Ph. Vogel: Het leemen wagentie. Amsterdam, 1897. ——M. Kerbaker: Il corretto di argilla. Alpino, 1908; cf. Introduzione alla versione del Mṛc. Firenze, 1872. ——岩本裕：土の小車．インド集(筑摩書房，1959)，p. 181–274. ——上演のための翻案が多数ある；cf. Oliver, op. cit., p. 31–34. フランスを例とすれば：Méry et G. de Nerval: Le chariot d'enfant. Drame en vers, en cinq actes et sept tableaux. Pa., 1850. ——V. Barrucand: Le chariot de terre cuite. Pa. [s. a.] がある；cf. S. Lévi: Le théâtre indien à Paris. Revue de Paris 1895, p. 818–829. ——[**Ref.**] [H.] C. Kellner: Einleitende Bemerkungen zu dem ind. Drama "Mṛc." Zwickau, 1872. ——E. Windisch: Über das Drama Mṛc. und die Kṛshṇa-Legende. BSGW. 37 (1885), 4 (Lzg., 1856), p. 439–479. ——C. Cappeller: Zur Mṛc. Fs. Böhtlingk (1888), p. 20–22. ——A. Boltz: Vasantasenā u. die Hetären im ind. Drama. Darmstadt, 1894. ——N. Chattopādhyāya: Mṛc. or the toy cart of King Ś.: a study. Mysore, 1902.

——A. Gawroński: Am Rande des Mṛc. KZ. 44(1911), p. 224–284. ——R. G. Basak: Indian society as depicted in the Mṛc. IHQ. 5(1929), p. 299–325. ——B. Faddegon: Mṛc. and King Lear. Fs. Vogel(1947), p. 113–123. ——W. Ruben: The Mṛc. Oriens 1(1948), p. 74–104. ——G. V. Devasthali: Introd. to the study of Mṛc. Poona, 1951. ——L. Renou: Śudraka, *in*: "Ecrivains célèbres" I(1952), t. 1, p. 208–211. ——G. K. Bhat: Preface to Mṛc. Ahmedabad, 1953. ——B. H. Kapadia: Omens, astrology etc. in the Mṛc. of Ś. JOIB. 16(1967), p. 233–8.

188. 関係個所の集録: e. g. **SLTI**. p. 197–8; App., p. 41. ——K. C. Mehendale, Bhandarkar-Vol.(1917), p. 370–374. ——**SKID**. p. 56–57. ——Oliver, op. cit., p. 13–17. ——Ś. は sabhāpati の一人として Rājaśekhara に挙げられている(Kāvyamīm. ed. GOS., Baroda, 1916, p. 55); cf. Jackson: Priyad.(1923), p. XXXVI c. n. 7; Stchoupak-Renou: La Kāvyamīm. tr.(1946), p. 159 c. nn.

189. Cd. と Mṛc. との関係については特に: G. Morgenstierne: Über das Verhältnis zwischen Cd. u. Mṛc. Halle a. d. S., 1920; Lzg., 1921. ——V. S. Sukthankar: On the relationship between the Cd. and the Mṛc. JAOS. 42(1922), p. 59–74. ——**WGIL**. p. 646(Nachtr. ad p. 201, n. 1): **HIL**. p. 223, n. 1. ——G. C. Jhala: Cd. and Mṛc. JRASBomb. 27(1952), p. 272–4. ——Oliver, op. cit., p. 19–24; p. 243–4. ——Pusalker: Bhāsa(1968), p. 155–178; p. 480–488. ——これに反し Cd. を Mṛc. の短縮と見る説(e. g. C. R. Devadhar: Cd. ed., Poona, 1939. ——V. V. Mirashi: On the interpretation of a passage from the Mṛc. JOIB. 14(1965), p. 346–9), 或いは Ś. を今はなき本来の Cd.(the original Cd.)の著者とし，現行の Mṛc. を後世の作家による改作(a recast)とする見解(G. H. Schokker: Ś., the author of the original Cd. Fs. Kuiper(1968), p. 585–600)には賛成できない. ——Mṛc. の真作者を Daṇḍin と推定した R. Pischel の説(特に Rudraka's Çṛṅgāratilaka(Kiel, 1886), p. 16–21)に対しては，たちまち反対が起り(e. g. Böhtlingk: Kāvyādarśa(Lzg., 1890), p. IV–V. ——M. Nyāyaratna: On the authorship of the Mṛc. PASBeng. 1887, p. 193–200), 特に A. Gawroński は言語の上から，決定的に Daṇḍin 説を否定した(Sprachl.

Untersuchungen über das Mṛc. u. das Daśak. Lzg., 1907). Cf. Hari Chand: Kālidāsa (1917), p. 78–79.

190. Cf. e. g. The Mṛc. ed. by H. M. Śarmā Śāstrī and K. P. Parab (2nd ed., Bomb., 1910), p. VI, n. 4.

191. Kāvyālaṁk.-vṛtti *sub* III. 2. 4, *apud* Cappeller p. 31. 24.

192. dyūtaṁ hi nāma......(*sub* IV. 3. 23: p. 54. 5) は Mṛc. II. 7 の前にのみ見いだされる．これに対し tāsv eva pūrvabali°(*sub* V. 1. 3: p. 57. 11–12) は Mṛc. I. 9, cd に相当するが，Cd. I. 2, cd の方が一層近い．——Kāvyād. II. 362 に見える有名な詩節 limpa-tīva tamo 'ṅgāni......(cf. II. 226) は Mṛc. I. 34 に一致するが，Cd. I. 19=Bālac. I. 15 にも見え，Daṇḍin が直接 Mṛc. から引用したとは断定されない．Cf. supra n. 149.

193. E. g. **SLTI**. p. 196–8; p. 208; App., p. 42–43 (Kālid. 以後；ただし JA. s. 9, t. 19 (1902), p. 123 を見よ)．——Gawroński, KZ. 44 (1911), p. 241–7 (Kālid. 以前，3 または 4 世紀)．——Sten Konow, Fs. Kuhn (1916), p. 107–9 (3 世紀前半)；**SKID**. p. 56–57. ——K. C. Mehendale: Date of Ś.'s Mṛc. Bhand.-Vol. (1917), p. 367–374 (6 世紀中葉)．——H. Jacobi: Bhavisattakaha (München, 1918), p. 83*, n. 1 (Kālid. 以後)．——J. Charpentier: Author and date of the Mṛc. JRAS. 1923, p. 593–607. ——**WGIL**. p. 202–4: **HIL**. p. 224–6. **KSD**. p. 128–131. **DHSL**. p. 239–242. **DGHSL**. p. 756–8 (前 1 世紀と後 1 世紀との間)．**RIC**. p. 270: § 1864 (4 世紀)；cf. Śudraka (1952), p. 208. ——Oliver, op. cit., p. 25–28 (ca. 400 A. D.).

194. Cf. PDSV. p. 103–4 *sub* Rāmilaka. ——**SLTI**. p. 160; p. 198. **KSD**. p. 127. ——Oliver, op. cit., p. 14. ——Ś.-kathā については: V. Raghavan: Bhoja's Śṛṅg. Prak. (1963), p. 819–821. ——H. C. Bhayani: About the language of the Ś.-kathā. JOIB. 18 (1969), p. 315–7. ——このほか Ś. に関する作品の名としては，Ś.-vadha (Aufrecht, ZDMG. 28, p. 117), Vikrānta-Ś. が知られ (**SLTI**. App., p. 41–42 *ad* p. 198), 後者は Bhoja の Sarasvatīkaṇṭhābharaṇa (ed. Calc., 1883), p. 378 に挙げられている (Raghavan, op. cit., p. 892–3; Oliver, op. cit., p. 15).

195. Avantisundarī-kathā ed. Ś. K. Pillai, Triv., 1954, p. 2. v. 9. この svacarita「自伝」については: Nobel, ZII. 5(1927), p. 139. ——PDSV. no. 1271(cf. Introd., p. 130)は Ś. 作の1詩節を載せているが, Mṛc. の中には見当らない.

196. Āryaka は本来 Avanti 王 Gopāla の子で, 将来王位に登るという予言があり, 叔父 Pālaka はこれを恐れて迫害する. Ār°-Gopāla-Pālaka 説話については: Oliver, op. cit., App. Q: p. 244–250.

197. 年代未詳の詩人 Nīlakaṇṭha は, 大団円の場面の構成にあきたらず, Mt., Cd. 夫人なども登場させるために若干の追加を行なった. Cf. e. g. **SLTI**. p. 210–211; App., p. 42; Oliver, op. cit., p. 206, n. 68.

198. Mṛc. と詩論家・詞華集との関係については: supra § 25 c. n. 190–192.

199. Cf. J. Jolly: Hindu law of partition, inheritance and adoption. Togore Law Lectures(Calc., 1883), p. 68 et seq. ——P. V. Kane: History of Dharmaśāstra, III.(1946), p. 279–280. ——H. S. Ursekar: Court scene in Mṛc. Velankar-Vol.(1965), p. 180–189.

200. Gawroński: Sprachl. Untersuchungen. Lzg., 1907; KZ. 44 (1911), p. 234–241. ——Morgenstierne: Über das Verhältnis zw. Cd. u. Mṛc.(Halle, 1920), spec. p. 70–72. ——**KSD**. p. 136–9. ——Renou: Śudraka(Pa., 1952), p. 211; **RHLS**. p. 152–3.

201. Cf. Gray, JAOS. 27(1907), p. 419 et seq.

202. Cf. **SLTI**. p. 206–7. ——Gawroński, KZ. 44(1911), p. 247–279. ——**KSD**. p. 140–142. ——Oliver, op. cit., p. 240–241. ——A. N. Upadhye: Interpretation of passages from Mṛc. Fs. Varma I.(1950), p. 265–6. ——S. N. Ghosal: The Apabhraṁśa elements in the Mṛc. JOIB. 16(1966), p. 124–130.

203. Cf. SKMS. p. 15–17. ——**KSD**. p. 142.

204. 同一人物であることについては: Raghavan: Bhoja's Śṛṅg. Prak.(1963), p. 881–2.

205. 種々な見解を代表する文献若干を選んだ. Wilson: Mud. tr., p. 128, p. 251, n.(11 または 12 世紀). ——Telang: Mud. ed.,

Introd., p. 13–27(7 または 8 世紀). ——Jacobi: On Vd. WZKM. 2(1888), p. 212–6(860 A. D.). ——K. H. Dhruva: The age of Vd. do. 5(1891), p. 25–35(9 世紀). ——Keith: The date of the Bṛhatkathā and the Mud. JRAS. 1909, p. 145–9(*contra* Speyer); **KSD**. p. 204 c. n. 3(9 世紀). ——J. Agrawal: The date of the dramatist Vd. VishIJ. 4(1966), p. 53–64(8 世紀前半). ——Burrow, ABORI. 48/49(1968), p. 31(6 世紀). ——Cg. II. 説: e. g. Speyer: Studies about the Kathāsarits.(1908), p. 51–54. ——**SKID**. p. 70–71 c. n. 7(*lit.*). ——Ruben: Der Sinn des Dramas "das Siegel u. Rā."(1956), p. 180–185; cf. p. 204–8(Bhāsa 以前). ——van Buitenen: Two plays(1968), p. 38–39. ——Charpentier: The date of the Mud. JRAS. 1923, p. 585–593(*sub* Skandagupta). ——**WGIL**. p. 210 c. n. 3(*lit.*); p. 646(Nachtr.): **HIL**. p. 233 c. n. 3. ——Srikantha S. Sastri: Date of the Mud. IHQ. 7(1931), p. 163–9. ——Oliver: Mṛcchak. tr.(1938), p. 25, n. 40. ——**DHSL**. p. 262. **DGHSL**. p. 760.

206. var. lec.: Dantivarman, Rantivarman, Avantivarman. これらの異読から起こる複雑な問題は割愛する.

207. [**Bibl.**] **SBSD**. p. 94–95. **EUL**. §§ 1788–1798: p. 167–8. ——**SKID**. p. 72, n. 13. **WGIL**. p. 210, n. 1; p. 646(Nachtr.): **HIL**. p. 233, n. 1. ——Ruben: Der Sinn(1956), p. 210–211; cf. p. 202–9. ——[**Gen.**] **SLTI**. p. 225–8; App., p. 44–45. **SKID**. § 81: p. 70–72. **WGIL**. p. 210–213; p. 646(Nachtr.): **HIL**. p. 232–7. **KSD**. p. 204–212. **DHSL**. p. 262–271. **DGHSL**. p. 760. **RIC**. §§ 1867–8: p. 272; Ren. Rech., p. 42 c. n. 3. ——[**Ed.**] Ed. princeps: Calc., 1831; cf. Ruben, op. cit., p. 202, n. 9. ——K. T. Telang: Mud. by Vd. with the comm. of Ḍhuṇḍhirāja, ed. with critical and explanatory notes. Bomb., 1884; 6th ed.(rev. by V. S. Ghāte), 1918; cf. Hillebrandt, ZDMG. 39(1885), p. 107–122. ——K. H. Dhruva: Mud. Ahmedabad, 1900; 2nd ed., Poona, 1923. ——M. R. Kāle: The Mud. with the comm. of Ḍhuṇḍhir. Bomb., 1900; 2nd ed., 1916. ——A. Hillebrandt: Mud. by Vd. Ed. from MSS. and provided with an index of all Pkt. words. Breslau, 1912; cf. ZDMG. 67(1913), p. 129–130. ——[**Tr.**](英)

H. H. Wilson: The Mudrā Rākshasa, or the signet of the minister, a drama, transl. from the original Sanscrit, *in*: Select specimens of the theatre of the Hindus (in 3 vols.), Calc., 1827; 2nd ed. (in 2 vols., Ldn., 1835), vol. II, p. 125–254. ——J. A. B. van Buitenen: Two plays of ancient India,......The minister's seal by Prince Vd. N. Y. and Ldn., 1968, p. 38–45 (Introd.); p. 181–271; p. 276–8 (notes). —— (独) L. Fritze: Mud. oder des Kanzlers Siegelring. ......Aus dem Skt. zum ersten Male u. metrisch ins Deutsch übers. Lzg. (Reclam), [1883]. ——(仏) V. Henry: Le sceau de Rākchasa (Mud.). Pa., 1888. ——(その他) A. Marazzi: Mud., ossia il ministro Rassasso vittima del suo sigillo. Teatro scelto indiano trad., vol. 2 (Milano, 1874), p. 1–87. ——J. Ph. Vogel: De zegelring van Rāksjasa door Wisjākhadatta. Leiden, 1946. [**Ref.**] F. Haag: Beiträge zum Verständnis von Vd.'s Mud. mit besond. Berücksichtigung des Codex Parisinus, Teil I. Burgdorf, 1886. ——G. V. Devasthali: Introd. to the study of Vd. and his Mud. Poona, 1948. ——W. Ruben: Der Sinn des Dramas "das Siegel und Rākṣasa" (Mud.). Bln., 1956 (極めて重要).

208. Mud. と Pratijñāyaug. との後先関係について，バーサをむしろ模倣者とする Ruben, op. cit., p. 180–185 の見解には賛成しない. ——Pratijñāyaug. に対応して Bhīma 作 Pratijñā-cāṇakya があったことは，Abhinavagupta および Bhoja の引用から知られる; cf. **DHSL**. p. 271, n. 1 *in f.*; Raghavan: Some old lost Rāma plays (Annamalainagar, 1961), p. 93, n. 1.

209. 前提物語および劇の筋の理解に資するために，数種の梗概書が作られ，注釈者 Ḍhuṇḍhirāja (18 世紀) も韻文の前提物語を冒頭に置いている (cf. Telang: Mud. ed., p. 42–46; Wilson: Mud. tr., p. 143–7). これらの書類の詳細については: Ruben, op. cit., p. 192–200; cf. Ren. Rech., p. 42, n. 3.

210. 劇中で vṛśala＝śūdra と呼ばれている. しかし Nanda 王家の庶子であったか否かは明らかでない.

211. 或いは単に Nanda 王.

212. Cā.-Cg. 伝説一般については: Th. R. Trautmann: Kauṭilya and the Arthaśāstra (Leiden, 1971), p. 10–67.

213. viṣakanyā 'poison-girl' の使用. Cf. N. M. Penzer: The ocean of story, vol. II(1924), p. 275–313.

214. Cf. Ruben, op. cit., p. 7–9.

215. 死神ヤマの画像を携える大道芸人, yamapaṭika.

216. mudrā. 劇の題名はこれに由来する.

217. 蛇使に変装, āhituṇḍaka.

218. bṛhatkathāmūlaṁ mudrārākṣasam, *ad* Daśarūpa I. 61 ed. Hall; 68 ed. Parab; 129 *apud* Haas: p. 39.

219. Cf. spec. Ruben, op. cit., p. 153–171.

220. Cf. spec. Ruben, op. cit., p. 175–177.

221. Arthaś. との関係については: Hillebrandt: Über das Kauṭilīyaśāstra u. Verwandtes. 86. Jb. des schles. Ges. für vaterländ. Kultur(1908), p. 13 et seq. ——Do.: Aus Alt- u. Neuindien(Breslau, 1922), p. 48–50. ——Tantrākh. との関係については: Telang: Mud. ed.(1884), p. 27–28. ——**DHSL**. p. 263, n. 2 *in f.* ——Ruben, op. cit., p. 177–180.

222. Cf. Telang, op. cit., p. 4–5; p. 20. ——Ruben, op. cit., p. 200–202. ——Nāṭakalakṣaṇaratnakośa, tr. M. Dillon, M. Fowler and V. Raghavan(Philadelph., 1960), p. 15; p. 24.

223. 文体・Pkt.・韻律については: **KSD**. p. 209–212. **DHSL**. p. 269–271. ——韻律については: SKMS. p. 45–46. ——Pkt. については特に: Hillebrandt: Zur Kritik des Mud. NGGW. 1905, p. 429–453. ——Do.: Mud. ed.(1912), p. III–IV; Pt. II: Index of Pkt. words.

224. PDSV. nos. 1548, 1728; cf. Introd. p. 123; Raghavan: Bhoja's Śṛṅg. Prak., p. 881. 前者は Jalhaṇa の Sūktimuktāvalī にも含まれる. 後者については: **KSD**. p. 209. ——Saduktikarṇāmṛta no. 230(ed. S. Ch. Banerji, 1965, p. 63): rāmo 'sau bhuvaneṣu により, Vd. 作の Rāma 劇があったと推測する学者がある; cf. Ruben, op. cit., p. 185, n. 1; J. Agrawal, VishIJ. 4(1966), p. 53 c. n. 2. しかしこれを支持する具体的証拠はない.

225. Abhinavabhāratī, Bhoja の Śṛṅg. Prak., Rāmacandra と Guṇacandra との Nāṭyadarpaṇa, Sāgaranandin の Nāṭyalakṣaratnakośa 中の引用については: S. Lévi, JA. 1923 II, p. 200–208;

Raghavan, op. cit., p. 858–864.

226. Cf. Sten Konow, JBORS. 23(1937), no. 4. ——Raghavan, op. cit., p. 858–880; cf. J. of the Benares Hindu Univ. 2(1937/38), p. 23–54; p. 307; The social play in Skt. The Ind. Inst. of culture, Basavangudi, Bangalore, Trans. no. 11(1952), p. 7 et seq. ——**DHSL**. p. 271, n. 1. **RIC**. §1869: p. 273; cf. Ren. Rech., p. 42 c. n. 4. ——Ruben, op. cit., p. 185–8(*lit.*: p. 186, n. 1).

227. Bāṇa の Harṣacarita VI c. comm. Śaṁkara(ed. Führer, p. 271. 12–13; tr. Cowell and Thomas, p. 194), Rājaśekhara の Kāvyamīm. IX(ed. GOS. 1, 1924, p. 47; tr. Stchoupak et Renou, p. 140–141 c. n. 76: *lit.*)を始め，インドの古い文献および近代の歴史家の所論については，特に Raghavan, op. cit., p. 868–880 に詳しく述べられているから，ここには最近の論文若干に参照する：D. C. Sircar: Studies in Indian coins(Delhi, etc., 1968), p. 226–9. ——G. S. Gai: Three inscriptions of Rāmagupta. JOIB. 18 (1969), p. 247–251. ——R. C. Agrawala: Newly discovered sculptures from Vidiśā. ib., p. 252–3. ——A. Chattopadhyay: Mujmali-t-Tawarikh and the Rāmagupta-problem of Gupta dynasty. ib.(1969), p. 331–6. ——V. V. Mirashi: Some aspects of the Rāmagupta problem. do. 19(1969), p. 139–151. ——U. P. Shah: A further note on R°-inscriptions. do. 18(1969), p. 254–5; Some aspects of the R° problem. A reply to Mm. Mirashi. do. 19(1969), p. 152–6.

228. Abhinavabhāratī および Śṛṅg. Prak. の引用については：Raghavan, op. cit., p. 880–881. Cf. R. Ramamurti: A forgotten play by Vd. JORM. 2(1928), p. 156–8. ——**DHSL**. p. 271, n. 1. **RIC**. p. 273: §1869 *in f.*

第 3 章

229. Cf. **SLTI**. p. 165–6. **OLAI**. p. 216. **WGIL**. p. 41–42 c. nn.(*lit.*): **HIL**. p. 44–45. Hillebrandt: K.(Breslau, 1921). [Kālī-dāsa 伝説] Tāranātha's Gesch. des Buddhismus übers. von A. Schiefner(1869), p. 76–78. ——R. V. Tullu: Traditionary account of K. IA. 7(1878), p. 115–7. ——C. H. Tawney: The Prabandhacintāmaṇi(Calc., 1901), p. 5 c. n. 3–p. 7 c. n. 6. この伝説の中国における余韻としては：L. Finot: K. in China. IHQ. 9(1933), p. 829–834. ——Sten Konow; K. in China. do. 10(1934), p. 566–570.

230. 〔Ceylon における K.〕E. g. Lassen: Ind. Alterthumskunde, Bd. IV(1861), p. 293 c. n. 1. ——Weber *in*: Über das Jyotirvidābharaṇa. ZDMG. 22(1868), p. 730〔nach Knighton〕. ——T. W. Rhys Davids: K. in Ceylon. JRAS. 1888, p. 148–9. ——C. Bendall: K. in Ceylon. ib., p. 440. ——G. Huth: Die Zeit des K.(Bln., 1890), p. 51–54. ——Liebich, IF. 31(1912/13), p. 203. ——**SKID**. p. 60 c. *lit*. ——Kumāradāsa 王と同名の詩人との関係については：v. infra §69.

後世の書物(e. g. Bhojaprabandha)には，K. に関する多くの逸話が載っているが，史実に即したものはない. Cf. e. g. Th. Pavie: Le poète K. à la cour de Bhôja, roi de Malwa. JA. 1854 II, p. 385–431. ——L. H. Gray: The narrative of Bhoja(New Haven, 1950), p. 98 *sub* K. ——Bhoja 王の主席パンディットと伝えられる医学者兼詩人 Ḍallana と K. とに関する逸話については：G. A. Grierson: Some further notes on K. JASBeng. 48(1879), p. 32–48; JRAS. 1906, p. 692–3. しかしこの逸話の学匠と Suśruta-Saṁhitā の注釈者との間に関係はない；cf. Hoernle, JRAS. 1906, p. 669–670. ——Ujjain には近世までも K. の伝説が残っていた；cf. A. V. W. Jackson: Notes from India. 1. A legend of K. preserved at Ujjain. JAOS. 22(1901), p. 331–2. ——Hillebr., op. cit., p. 17 c. n. 44: p. 154. ——**WGIL**. p. 42, n. 1: **HIL**. p. 45, n. 3.

231. 〔**Gen.**〕**SLTI**. p. 163–5; App., p. 34–36. **MHSL**. p. 324–6. **OLAI**. p. 215–6. **SKID**. p. 61. **WGIL**. p. 40–45: **HIL**. p. 44–48. **KCSL**. p. 31–32. **KSD**. p. 143–7. **KHSL**. p. X; p. 79–82. **DHSL** p. 124–5. **RLI**. p. 26. **RIC**. §1767: p. 207–8. ——〔**Ref.**〕Gen. の中の若干は豊富な文献を含む. 下記の注記をも参照. 以下特に重要なものを例示する. Weber: Māl. tr.(Bln., 1856), p. XXVI–XL; cf. **WHIL**. p. 200–204 c. n. 211. ——G. Huth: Die Zeit des K. Mit einem Anhang: Zur Chronologie der Werke des

K. Bln., 1890. ——T. Bloch: Die Zeit K.s. ZDMG. 62(1908), p. 671–6. ——B. Liebich: Das Datum Candragomin's u. K.'s. Breslau, 1903; Das Datum des K. IF. 31(1912/13), p. 198–203. ——A. Gawroński: The digvijaya of Raghu and some connected problems. RO. 1(1914/15), p. 43–82. ——Hillebr., op. cit., p. 13–27. ——W. Ruben: K.(Bln., 1956), p. 11–13. ——R. H. A. de Pompignan: Megh.(Pa., 1938), p. X–XIII. ——比較的に新しく総合的なもの: V. V. Mirashi: Recent theories on the date of K. Cahiers d'histoire mondiale, 6(1960), p. 303–330; repr. *in*: Studies in Indology, IV(1966), p. 1–28; cf. Traditions about Vikramāditya and K., repr. ib. p. 29–41. 諸説の論拠を検討し，反対理由を述べ，ca. 400 A. D. を最も妥当と主張している．文献も詳しく添えられているから，以下再録の労を省く．

232. F. Kielhorn: Aihoḷe inscription of Pulikēśin; Śaka saṁvat 556. EI. 6(1900), p. 1–12(spec. p. 3 et seq.); cf. PDSV. p. 79–80(*sub* Bhāravi); **WGIL**. p. 45 c. n. 3(*lit.*): **HIL**. p. 48.

233. CII. vol. 3 by J. F. Fleet, no. 18. Mandasor stone inscription of Kumāragupta and Bandhuvarman. The Malava years 493 and 529.

234. CII. vol. 3, p. 83. 17–18.

235. Cf. Kielhorn: Inschrift von Mālava Jahre 529(=472 n. Chr.) und K.'s Ṛtu. NGGW. 1890, p. 251–3=Kl. Schriften, p. 392–4. ——G. Bühler: Die ind. Inschriften u. das Alter der ind. Kunstpoesie. SWAW. 122(1890), p. 24–25; p. 71; cf. Gawroński, RO. 1(1914/15), p. 71(懐疑的).

236. CII. vol. 3, p. 81. 6–7.

237. Megh. ed. Hultzsch, v. 64. Cf. Bühler, op. cit., p. 17–19; p. 70–71.

238. Cf. H. Jacobi, MBAW. 1873, p. 554 et seq.; Beiträge zur ind. chronologie. ZDMG. 30(1876), p. 302–7: Varāhamihira (6世紀)より古い段階に属する．

239. 九宝(navaratna)とは，Dhanvantari, Kṣapaṇaka, Amarasiṁha, Śaṅku, Vetālabhaṭṭa, Ghaṭakarpara, Kālidāsa, Varāhamihira, Vararuci を指す．出典については: **WHIL**. p. 201, n.;

Jyotirvidābharaṇa に関しては：Weber, ZDMG. 22(1868), p. 708–730. ——九宝に関しては：ib., p. 723. Cf. **SKID**. p. 61, n. 11(*lit.*). **WGIL**. p. 42–43 c. n. 1: **HIL**. p. 46.

240. 他の諸説の列挙を避け，±400 A. D. 或いは 400–450 A. D. 説を支持する学者の非常に多く，5世紀後半または6世紀説の可能性の少ないことを附言するにとどめる．なお n. 231 に挙げた文献参照．——古くは K. の年代を西紀前に置く学者もあり，ことに前 56/57 に始まる Vikrama 紀元と関連させ，K. の生存期を前1世紀とする説が行なわれた．この見解は比較的新しい時代においても跡を断たない．E. g. K. G. Śarkar: The date of K. IHQ. 1(1925), p. 309–316. ——K. M. Shembavanekar, JUB. I, 4(1931), p. 232–242. ——M. V. Kibe: Further light on the date of K. Fs. Varma, vol. 2(1950), p. 165–6. ——**DGHSL**. p. 753–4. ——G. V. Devasthali *in*: The classical age=HCIP. vol. 3(1954), p. 303 c. n. 1. ——Sabnis: K.(1966), p. 1–15.

241. Ragh. IV の digvijaya「世界征服」，Māl. および Ragh. の aśvamedha「馬祀」は Samudragupta(335–375 A. D.)の事蹟を反映し，Vik. は Vikramāditya すなわち Candrag. II の称号を暗示し，Kum. は Kumārag.(414–455 A. D.)の誕生を謳歌したものと考える等．Weber: Māl. tr.(Bln., 1856)はすでに K. と Gupta 朝盛時との関係に論及している；cf. **WHIL**. p. 204, n. 211；しかし K. の年代を2ないし4世紀としている．——T. Bloch, op. cit.(supra n. 231), p. 671–6. ——E. Windisch: Gesch. der Skt.-Philologie (Strassburg, 1917), p. 175, n. 2. ——Hillebr., op. cit., p. 14 c. n. 38: p. 154. ——Gawroński, RO. 1(1914/15), p. 62–70. ——**SKID**. p. 61. **WGIL**. p. 43–44 c. n. 1: **HIL**. p. 46–47. **KHSL**. p. 80. **GLI**. p. 162: ed. 1961, p. 202.

242. Cf. **KCSL**. p. 48 *in f.*; **KHSL**. p. 106 *fin.*–107: 反対の理由として，ここに用いられた修辞法 śleṣa(一語二義，cf. § 4)が，K. の文体にそぐわないことを指摘している．

243. 〔**Bibl.**〕作品全般：**SBSD**. p. 44–61. **EUL**. nos. 918–1014: p. 93–101; nos. 1500–1608: p. 145–153. ——作品集(cf. **SBSD**. p. 59; **EUL**. p. 93, p. 145; **SKID**. p. 62, n. 35)：古く次の翻訳集が出た：H. Fauche: Oeuvres complètes de K. Trad. du sct. en français pour la première fois, 2 vols. Pa., 1859, 1860.(ただし Māl. を欠き，真作以外のものをも含む.)——Do.: Oeuvres choisies de K. trad., Pa., 1865.(Śak., Ragh., Megh.)——A. W. Ryder: The translation of Shakuntala and other works. Everyman's Library, Ldn.-N. Y., 1912, etc. Repr. with 'Preface by G. L. Anderson.' N. Y., 1959.(Śak. のほか他の作品の概要或いは抜粋訳を含む.)——K. 一般: A. Hillebrandt: K. Ein Versuch zu seiner literarischen Würdigung. Breslau, 1921. ——Hari Chand Śāstrī: K. et l'art poétique de l'Inde. Pa., 1917; cf. J. Nobel, ZDMG. 73(1918), p. 186–196. ——比較的新しいもの: W. Ruben: K. Die menschliche Bedeutung seiner Werke. Bln., 1956. ——S. A. Sabnis: K., his style and his times. Bomb., 1966; cf. R. H. Gandhi, JOIB. 16 (1966), p. 192–3.——〔**Gen.**〕 **SILC**. p. 548–561; p. 604–7; p. 610–628. **SLTI**. p. 163–183; App., p. 34–38. **MHSL**. p. 324–8; p. 335–9; p. 353–360. **OLAI**. p. 215–220; p. 259–261. **VHLI**. p. 215–8; p. 282–290. **PIL**. p. 211–213. **SKID**. § 77: p. 59–62; §§ 78–80: p. 62–70. **WGIL**. p. 40–46: **HIL**. p. 44–49; p. 53–63: p. 57–67; p. 105–111: p. 117–124; p. 213–226: p. 237–251. **KCSL**. p. 31–48. **KSD**. p. 143–167. **KHSL**. p. X; p. 79–108. **GLI**. p. 162–6: ed. 1961, p. 201–8; p. 189–190: p. 241–2. **DHSL**. p. 118–154. **DGHSL**. p. 747–754. **RLI**. p. 26–28; p. 40–42. **RIC**. §§ 1767–1774: p. 207–215; § 1791: p. 225; §§ 1871–7: p. 273–280; cf. Ren. Rech., p. 43, n. 2(*lit.*). ——このほか K. 概観は随所にある. E. g. R. C. Majumdar(ed.): The classical age(=HCIP. vol. 3. Bomb., 1954), p. 302–7. ——Thumb-Hauschild: Hb. des Skt. I, 1(1958), p. 144–5; p. 148; p. 150–151. ——辻直四郎: シャクンタラー(1956), p. 161–173. ——〔**Ref.**〕 辞書・索引: A. Scharpé: K.-Lexicon は vol. I: Basic text of the works(Brugge, 1954 et seq.)を出したのみで，辞典自体は未刊行. ——Hari Chand, op. cit., chap. V: Index alphabétique des pratīka des stances de K. ——T. K. R. Aiyyar: A concordance of K.'s poems. Ed. by V. Raghavan. Madras, 1952(: a pāda-concordance of Megh., Kum., Ragh.). ——V. Shastri Joshi: Bhāratīya Rājanīti Koṣa. K.-khāṇḍa. Poona, 1954(: a political vocabulary). ——S. Ch. Banerji: K.-Kośa: A classified register of the flora, fauna, geographical names, musical instruments and legendary figures in K.'s works. Varanasi, 1968. ——Realia: Bh. S. Upadhyaya: India in K. Allahabad, 1947. ——V. M. Apte: The flora in K.'s literature. ABORI. 32(1952), p. 76–84. ——B. C. Law: Geographical aspect of K.'s works. Calc., 1954. ——H. Hengsen: Die Fauna bei K. I. IIJ. 2(1958), p. 33–53. ——T. S. Nandi: The elements of setting and costumes in the plays of K. JOIB. 13(1963), p. 134–140.

244. Cf. e. g. M. Sashagiri Śastri[=Śeshagiri Sāstrī], IA. 1 (1873), p. 340. ——Aufrecht: CC.(1891), p. 99. ——Hari Chand, op. cit., 'Index alphabétique,' p. 1. ——Hillebr., op. cit., p. 81; p. 156.

245. Kuntaleśvaradautya(または Kunteśvarad°)は Bhoja(Sarasvatīkaṇṭhābharaṇa, Śṛṅgārapsakāśa), Kṣemendra(Aucityavicāracarcā)および Rājaśekhara(Kāvyamīmāṁsā)の引用によって伝えられる. ——Cf. A. Sreenivasa Iyengar(publ.): Padāvalī of Meghasandeśa and Kuntaleś. of K., compiled by H. H. Sree Yatirāja. Triplicane, 1939. ——**DHSL**. p. 119, n. 1. ——V. V. Mirashi: The Kunteś. of K. Stud. in Indology, vol. I(1960), p. 3–11; cf. Recent theories(v. supra n. 231), p. 324–6. ——V. Raghavan: Bhoja's Śṛṅg. Prak.(1963), p. 778–784; cf. B. C. Law-Vol., 2(1946), p. 191 et seq. ——**RIC**. p. 209; § 1768 *in f.*; cf. p. 207 *fin*. et seq.; Ren. Rech., p. 143 c. n. 1: "on n'est même pas sûr qu'il s'agit d'un drame."

246. Ṛtu. はしばらくおき，真作でないことの明瞭なものの中にも，非常に有名なもの(e. g. Pravarasena 王(6 世紀)に帰せられる Pkt. カーヴィア Setubandha「架橋」, 別名 Rāvaṇavaha「R° の殺戮」)或いは簡素な佳篇(e. g. Śṛṅgāratilaka, v. infra § 109. 1)が含まれているが，ここには詳説しない.

247. 種々な試みにもかかわらず，見解の相違は甚だしく，客観的に確実な成果は得られない. Cf. e. g. Huth: Die Zeit des K. (Bln., 1890), p. 63–68. ——M. Chakravarti, JRAS. 1903, p. 185–6. ——**PIL**. p. 211–3. ——Gawroński, RO. 1(1914/15), p. 76. ——

Hillebr., op. cit., p. 28.

248. **WGIL**. p. 42 c. n. 2: **HIL**. p. 45. **KCSL**. p. 45–46. **KSD**. p. 160. **KHSL**. p. 98–100. **RIC**. p. 208: § 1767. ——Ch. Harris: An investigation of some of K.'s views. Evensville, Indiana, 1884. ——M. T. Narasimhiengar: K.'s religion and philosophy. IA. 39 (1910), p. 236 et seq. ——Hillebr., op. cit., p. 137–147. ——W. Ruben: K.'s Ragh., der klass. ind. Fürstenspiegel (Ankara, 1947), p. 181–192. ——Do.: K.'s Ragh., eine Gallerie altindischer Despoten. Ankara, 1948. ——V. Raghavan: Love in the poems and plays of K. Bangalore, 1955. ——K. A. Nilakanta Sastri: K.'s quest after the cultured mind. Fs. Belvalkar (1957), p. 163–8. ——B. Tubini: La naissance de Kumara (Pa., 1958), p. 33: Bibliographie relative à la valeur morale des œuvres de K.

249. Cf. e. g. Kum. II. 4–15.

250. Cf. e. g. Ragh. X. 16–32.

251. Cf. K. B. Aiyyar: A study of K. in relation to political science. III. AIOC. (Madras, 1924), p. 1–16. ——Ruben, opera cit. supra n. 248.

252. 特に Kum. VIII. Cf. H. Jacobi, V. OC. (Bln., 1882), II, 2, p. 133–156. ——O. Walter: Übereinstimmungen (1905), p. 14–15. ——Hillebr., op. cit., p. 149 c. n. 281: p. 166. ——V. Raghavan, op. cit. supra n. 248.

253. Cf. Mary Summer: Les héroïnes de K. et les héroïnes de Shakespeare. Pa., 1879. ——Sailendranath Dhar: The women of the Megh. IHQ. 4 (1928), p. 297–305. ——K. S. Ramaswami Sastri: K.'s heroes and heroines. Madras, 1935. ——W. Ruben: K.s mytholog. Frauengestalten Śak., Urvaśī, Pārvatī (Bln., 1954), p. 104–143. ——Kamala Ratnam: K. and the problems of women of his times. New Delhi, 1960; cf. XXV. OC. (Moskva, 1960), vol. IV (1963), p. 213–227.

254. Cf. e. g. Hillebr., op. cit., p. 95–103. K. の著作の出典問題と関連するから，個々の作品の解説参照.

255. 特に Walter, op. cit., p. 11–13 (Aśvagh.); p. 14–18 (Rām.); p. 18–32 (Kumāradāsa, Bhāravi, Māgha). ——Bhavabhūti (およ

び Daṇḍin) を K. と同時代の人とする伝説がある；cf. Hillebr., op. cit., p. 10 c. n. 14: p. 153 (*lit.*)；Belvalkar: Rama's later history (1915), p. XXXIX–XL. しかしもちろん時代錯誤で，Bhavabh. はむしろ K. に影響されている；cf. Belvalkar, op. cit., p. XL–XLI; Stchoupak: Uttararāmacarita (1935), p. XXXI. ——K. の三戯曲と Harṣa の Priyadarśikā との関係については：Jackson: P° (1923), p. LXXXVIII–XC. ——H. Hengsen: Bemerkungen zum kosmolog. Abschnitt des Brahmāṇḍa-, Vāyu- u. Matsya-Purāṇa. ZDMG. 108 (1958), p. 161–3: K. をこの Pur. 群より後と主張している. ——Ruben: Tagore and K. RO. 21 (=Mém. S. Schayer, 1957), p. 351–372.

256. Aufrecht, ZDMG. 27 (1873), p. 15–17; Strophen des K., do. 39 (1885), p. 306–312 (真作中にない詩節を集む). ——PDSV., p. 18–23. ——TKVS., p. 30–34. ——KGSRK., p. LXXVIII. Cf. **WGIL**. p. 46, n. 1 (*lit.*) : **HIL**. p. 49, n. 1. ——Hari Chand, op. cit., p. 119–224. ——A. Scharpé: K.-Lexicon, vol. I, 3 (1958), p. 201–224: Incerta. ——Jacob, JRAS. 1897, p. 305 (: *apud* Bhoja); do. 1908, p. 326 (: *apud* Maṁmaṭa). ただし詩論家の中には時に批判的発言をしている場合もある；cf. e. g. **KHSL**. p. 87 c. n. 5 (: Kum. VIII); p. 101, n. 1.

257. Sehgal: Kum. ed. (New Delhi, 1966), p. 107 に，K. に対する讃辞が集められている.

258. Cf. W. Jones: Sacontalā, ed., Edinburgh, 1796, Pref. p. 4–5.

259. upamā ('simile') kālidāsasya......; cf. e. g. Hari Chand, op. cit., p. 243; Hillebr., op. cit., p. 112–120. ——R. K. Gode: A psychological study of K.'s "upamās". I. AIOC. (Poona, 1919), vol. II, p. 205–226.

260. saṁcāriṇī dīpaśikheva rātrau......; cf. Peterson, VI. OC. (Leide, 1883), vol. III, 2, p. 239 et seq.

261. Cf. supra n. 138.

262. Harṣacarita ed. Führer, v. 17: p. 8.

263. Cf. e. g. **WGIL**. p. 41, n. 1 (*lit.*) : **HIL**. p. 44, n. 1.

264. 最も普通に行なわれるのは三 K. 説 (kālidāsatrayī) である；

cf. eko 'pi jīyate hanta......(Rājaśekhara), PDSV. p. 19. —— Sashagiri, op. cit. (supra n. 244), p. 340–343 (K. *sub* Bhoja). —— **WHIL**. p. 204, n. 211 *in f.*; Weber, ZDMG. 27 (1873), p. 182= IStr. III (1879), p. 228–9, cf. ZDMG. 22 (1868), p. 713. ——Hari Chand, op. cit., 'Index alphab.', p. 1–2. ——**WGIL**. p. 46, n. 1 (*lit.*) : **HIL**. p. 49, n. 1: navakālidāsa, abhinavak., akbarīyak.

265. Cf. **SLTI**. p. 182–3; App., p. 37–38. **KCSL**. p. 46–48. **KSD**. p. 155–6. **KHSL**. p. 101–8. **DHSL**. p. 147–154. **RIC**. p. 215: § 1774; § 1877: p. 279–280; cf. **RHLS**. p. 159–160; p. 166 ('épismes') ; **WRIG**. n. 360: p. 93 (*lit.*). ——Hillebr., op. cit., p. 104–143. ——Hari Chand, op. cit., p. 242–3. Cf. supra n. 243.

266. K. の韻律については: SKMS. p. 18–24. ——Huth, op. cit., 附表. ——n. 265 の文献をも参照. 特に mandākrānta の使用については: Hillebr., op. cit., p. 157, n. 92. ——**KCSL**. p. 36. **KHSL**. p. 107–8. **DHSL**. p. 151.

267. 詳しくは Abhijñāna-śakuntalā〔A.-śak.〕「思い出により(取り戻された)Śak.」または単に Śākuntalam, Śakuntalā.

268. 〔**Bibl.**〕 **SBSD**. p. 47; p. 56; cf. JAOS. 22 (1901), p. 237–248. **EUL**. nos. 1504–1560: p. 145–9. ——**SKID**. p. 68–70. **WGIL**. p. 220, n. 1: **HIL**. p. 244, n. 1. **DHSL**. p. 140, n. 1. —— 〔**Gen.**〕 **SILC**. p. 613–620. **SLTI**. p. 170–177. **MHSL**. p. 353–8. **OLAI**. p. 259–261. **VHLI**. p. 282–9. **PIL**. p. 212–3. **SKID**. § 80: p. 66–70. **WGIL**. p. 213–220; p. 646 (Nachtr.) : **HIL**. p. 237–244. **KSD**. p. 152–5; p. 157–160; p. 160–167 pass. **GLI**. p. 189–190: ed. 1961, p. 241–2. **DHSL**. p. 140–146. **DGHSL**. p. 747–9. **RLI**. p. 40–41. **RIC**. §§ 1873–6: p. 275–9. ——Hari Chand, op. cit., p. 119–133; p. 227–230; p. 248. ——Hillebr., op. cit., p. 77–87; p. 100–102. ——Ruben: K. (1956), p. 53–65. —— Sabnis: K. (1966), p. 16–30. ——〔**Ed.・Tr.**〕 Ed. princeps: Calc., 1761.—— (Devanāgarī-rec.) O. Boehtlingk: K.'s Ring-Çakuntalā, hg., übers. u. mit Anm. versehen. Bonn, 1842; cf. Einige Nachträge zu meiner Ausgabe der Ring-Çak. Bull. de la cl. des sciences histor. ......de l'Acad. de St. Pétersbourg 2 (1845), p. 119. —— Monier-Williams: Śak., a Skt. drama...... . The Devan. rec. of the text, ed. with literal transl. of all the metrical passages, schemes of the metres, and notes, critical and explanatory. Hertford, 1853; 2nd ed., Oxford, 1876. ——C. Burkhard: Sakuntala annulo recognita, fabula scenica Cālidasi. Vratislaviae, 1872. (pars prior =text; p. posterior=glossarium skt. (-pkt.) -lat.); cf. Flexiones Prācriticae quas editioni suae Sākuntali pro supplem. adiecit Carolus B°. ib., 1874; Lectiones codicis Çāk. Bikānīrensis. Progr. des Franz-Josephs Gymn. Vindobanae, 1882. ——N. B. Godabole and K. P. Parab: A.-śak., with the comm. of Rāghavabhaṭṭa, ed. with English notes. Bomb., 1853; 10th ed. by W. L. Shāstrī Pansīkar, 1933. ——P. N. Patankar: K.'s A.-śak., ed. with a preface, a close English transl. Poona, 1889; 2nd ed., 1902. ——M. R. Kāle: The A.-śak. with the comm. of Rāghavabh., ed. with an English transl. ......notes and various readings. Bomb., 1898. ——なお諸伝本を比較して原形に近づこうとした試みとしては，C. Cappeller: K.'s Śak. (Kürzere Textform), mit krit. u. erklärenden Anm. Lzg., 1909 が最も批判的で，これに基づいて Capp. みずから翻訳した：K.'s Sak., nach der kürzeren Textform übers. Lzg., 〔1922〕. ——(南印本または Drav.-rec.) Cf. **SKID**. p. 69. ——R. Pischel: Über eine südind. Rec. des Çak. NGGW. 1873. ——T. Foulkes: A complete collection of the various readings of the Madras mss., vols. 2 and 3. Madras, 1904. ——(Beng.-rec.) A. L. Chézy: La reconnaissance de Sacountala, drame sanscrit et pracrit de Calidasa, publ. pour la première fois, en original, sur un ms. de la Bibliothèque du Roi, accomp. d'une trad. franç., de notes......suivi d'un appendice〔=Śakuntalopākhyānam, texte et trad.〕. Pa., 1830; cf. Notes et corrections supplémentaires pour l'édition...... Pa., 1832. ——R. Pischel: Çak. The Bengālī rec. with critical notes. Kiel, 1877; K.'s Çak., ...critic. ed. in the original Skt. and Pkt. of the Bengali rec., 2nd ed., Cambridge (Mass.), 1922; cf. Cappeller, Jenaer Literaturzeitung 1877, Art. 117. ——(Kashmir.-rec.) K. Burkhard: Die Kaçmīrer Çak.-Hs. Wien, 1884; Nachtrag, ib. 1887 (=SWAW. 114, 2. Heft, p. 373). ——S. K. Belvalkar: The A.-śāk. of K.〔Text〕. New Delhi, 1965.

その他多数のインド版の中，S. R. Ray(Calc., 1910, etc.)，Ramanath Jhā(Darbhanga, 1957)のいわゆる Maithilī-rec.(実際は Beng.-Kashm. 系に属する)については：V. Raghavan, Pref. to Belvalkar's ed.(supra).

Devan.-rec. と Beng.-rec. との総合的テキストと，各詩節に対する全 rec. ならびに詩論書中の引用に見られる var. lect. を含む出版：A. Scharpé: K.-Lexicon, vol. I, 1. Brugge(België), 1954.

〔**Tr.**〕前記の作品集(n. 243)および上記の出版書中に含まれるものを除き，多数にのぼる翻訳書の若干を例示する．(Beng.-rec.) W. Jones: Sacontalā; or the fatal ring: an Indian drama by Cālidās. Transl. from the original Sct. and Pct. Calc., 1789; Ldn., 1790; etc. これからの重訳は非常に多い：e. g. G. Forster: Sak. ......und aus diesem ins Deutsch üb. mit Erläuterungen. Mainz u. Lzg., 1791. ——Zweite rechtmässige von I. G. v. Herder besorgte Ausgabe. Frankfurt a. M., 1803; zweiter Abdruck. Heidelberg, 1820; Lzg., 1879.——A. Bruguière: Sac., ou l'anneau fatal, drame trad. ......et de l'anglais en français......, avec des notes des traducteurs, et une explication abrégée du système mythologique des Indiens, trad. de l'allemand de M. Forster. Pa., 1803.——(仏)A. L. Chézy: La reconnaissance de Sacountala...... Pa., 1832(cf. supra).——A. Bergaigne et Lehugeur: Calidasa. Sacountala, drame en sept actes mélé de prose et de vers. Pa., 1884.——(独)B. Hirzel: Sak. oder der Erkennungsring. Zürich, 1833; 2. Aufl., 1849. ——L. Fritze: Sak., metrisch übers. Schloss-Chemnitz, 1877.——(英)M. B. Emeneau: K.'s A.-śak., transl. from the Bengali recension. Berkeley and Los Angeles, 1962.——(Devan.-rec.) (英)Monier-Williams: Sakoontalā, or the lost ring. Transl. into Engl. prose and verse, from the Skt. of K. Hertford, 1853, etc. ——(独)E. Meier: Sak. Ein ind. Schuspiel von K. Aus dem Skt. u. Pkt. übers. u. erläutert. Stuttgart, 1852; 〔metrisch übers.〕 Hildburgshausen, 1867.——H. C. Kellner: Sak. Drama in sieben Akten von K. Lzg.(Reclam), 〔1890〕.——Rückert の翻訳草案については：**WGIL**. p. 220, n. 1: **HIL**. p. 244, n. 1.——(仏)Ph. E. Foucaux: La reconnaissance de Sakountala,......trad.

de skt. Pa., 1867; 1874. ——その他多数の欧州語・近代インド諸語等に訳された, cf. supra〔**Bibl.**〕: **SBSD**. l. c. **EUL**. l. c. ——和訳も数回行なわれた: 泉芳璟・江連政雄(1922); 河口慧海(1924); 辻直四郎: シャクンタラー(東京, 1956. Beng.-rec.); 田中於菟弥(インド集, 筑摩書房, 1959, p. 275–329. Beng.-rec.). ——Śak. はヨーロッパで劇・オペラ・バレーとして翻案上演された. Cf. e. g. **WGIL**. p. 217–8 c. nn.: **HIL**. p. 242–3. ここには代表として次の一書を挙げる: L. v. Schroeder: Sak. Romantisches Märchendrama in fünf Akten u. einem Vorspiel frei nach K. für die deut. Bühne bearbeitet. München, 1905. ——〔**Ref.**〕出版・翻訳は多くの場合, 有益な序文・解説を含む. Śak. に関説する論文・著書の数は, 列挙するには余りに多いから, ここにはこの劇の所要日数(time analysis)を論じた A. V. W. Jackson, JAOS. 20(1899), p. 345–351 を例とするにとどめる.

269. Cf. e. g. **SKID**. p. 61, n. 1. **WGIL**. p. 213–5 c. nn.(*lit.*): **HIL**. p. 237–8. ——Hillebr., op. cit., p. 77–78. ——Ruben: K. (1956), p. 7–9.

270. Śatapatha-Br. XIII. 5. 4. 11; cf. P. Horsch: Die ved. Gāthā- u. Śloka-Lit.(Bern, 1966), Nr. 104: p. 143; p. 454; WZKSO. 6(1962), p. 4.

271. Mbh. Vulg. I. 68–74; Crit. ed. I. 62–69. ——この物語はしばしば紹介され或いは翻訳されている. E. g. Ch. Wilkins: The story of Dooshwanta and Sakoontalā, transl. from the Mbh.(Originally publ. in the Oriental Repertory by Dalrymple). Ldn., 1795. ——*apud* Chézy, ed., 1830, Appendice; tr., 1832, App.(supra n. 268). ——B. Hirzel: Sak. üb., 1833; 1849, Anhang(do.).——C. Rabe: De Calidasae Sak. Vratislaviae, 1845. ——B. Müller: Kālidāsas Çak. u. ihre Quelle. Breslau, 1874. ——**WGIL**. I, p. 319–321; III, p. 624(Nachtr.): **HIL**. I, p. 376–8. ——J. J. Meyer: Das Weib im altind. Epos(Lzg., 1915), p. 69–76; p. 138–9; p. 254–5: Engl. tr., p. 90–99; p. 183–4; p. 340–341. ——W. Porzig: Die wichtigsten Erzählungen des Mbh., I(Lzg., 1923), p. 50–75; p. 123–133; p. 138–145. ——Hillebr., op. cit., p. 100–102. ——F. Belloni-Filippi: La leggende mahābhāratiana di Śak. nell' ed.

crit. di Poona. GSAI. n. s. 2(1932), p. 135–140.

272. E. g. Bhāgavata-Pur. IX. 20. 8–32; cf. **WGIL**. I, p. 466: **HIL**. p. 557; Porzig, op. cit., p. 123–4.

273. Padma-Pur.(Beng.-rec.)III, 1–5. Cf. **WGIL**. I, p. 454 c. n. 1: **HIL**. p. 540 c. n. 1. **WGIL**. p. 215, n. 2: **HIL**. p. 238, n. 3. ——H. Śarmā: Padmapur. and K. Calc., 1925, spec. p. 27–36; cf. 辻直四郎：シャクンタラーの指環. 象徴 4(1948), p. 22–36. ——F. Belloni-Filippi, op. cit.(supra n. 271). ——**DGHSL**. p. 747–8 c. n. 1.

274. 特に H. Śarmā, loc. cit.

275. Cf. **DGHSL**. p. 140, n. 2. ——辻：シャクンタラー，和訳 (1956), p. 172–3. ——Ragh. と Padma-Pur. との関係をも参照 (§ 50).

276. Kaṭṭhahāri-Jātaka. Cf. B. C. Law: Women in Buddhist literature(Calc., 1927), p. 7. ——**WGIL**. p. 215, n. 2: **HIL**. p. 238, n. 3. ——A. Gawroński: Notes sur les sources de quelques drames indiens(w Krakowie, 1921), p. 39–42.

277. **SLTI**. p. 181; App., p. 37. **SKID**. p. 66–67. **WGIL**. p. 219–220; p. 646(Nachtr.): **HIL**. p. 243–4. **KSD**. p. 154–5. **RIC**. p. 276–7: § 1874. ——R. Pischel: De Kālidāsae Çākuntali recensionibus, partic. I. Vratislaviae, 1870; Zur kenntniss der Çaurasenī. Kuhns Beiträge 8(1876), p. 129–150, spec. p. 139; Die Recensionen der Çak. Eine Antwort an Herrn Prof. Dr. Weber. Breslau, 1875. ——A. Weber: Pkt.-Studien. 1. Die Çaurasenī des Vararuci u. die Recensionen der Çak.[geschr. 1874]. IS. XIV (1876), p. 35–68; Die Recensionen der Çak. ib., p. 161–305. ——F. Bollensen: Die Recensionen der Sak. NGGW. 1880, p. 365 et seq. ——Hari Chand, op. cit., p. 227–236(*contra* Pischel). ——S. K. Belvalkar: The original Śāk. Fs. Mookerjee, vol. III, 2(1925), p. 344–359. このほか Belv. は Śak. の原形復元に関する数篇の論文を発表した; e. g. AM. 2(1925), p. 79–104; Fs. Leumann(1929), p. 187–192; Bull. Deccan Coll. Res. Inst. 20(1960), p. 19–24, cf. Raghavan: Pref. to Belv.'s A.-śāk. ed.(1965), p. I–II. ——辻：シャクンタラー(1956), p. 169–170.

278. Cf. **SKID**. p. 66. **KSD**. p. 154. **DGHSL**. p. 748, n. 3. **RIC**. p. 277: § 1874.

279. 特に王の名: 1. Duṣyanta: 3. Duḥṣanta.

280. 1.(ed. Böhtlingk)の194に対し, 3.(ed. Pischel)は221詩節をもつ.

281. Cf. A. W. Ryder: Kṛṣṇanātha's comm. on the Bengal rec. of the Çak. JAOS. 23(1902), p. 79–83.

282. 例えばn. 277に挙げたBelvalkarの論文参照. ——Cappeller の 'kürzere Textform'(supra n. 268)はこの方向を推進したもので, 追加の疑いある部分を排除し, 簡潔で通読に堪える伝本1.の一種(189詩節を含む)を提示したものといえる.

283. 王族に許された自由結婚.

284. 王が再会までの記念としてŚak.に贈った指環を指す.

285. 古来インドではこの第四幕を高く評価して, 文学は劇, 劇はŚak., Śak.は第四幕, その中の4詩節(ed. Pischel, IV. 8, 20–22)を精華と称し, 或いは, K.の最高作はA.-śak., その中の第四幕, Śak.訣別の場が最も勝れていると伝える. Cf. W. Jones: Sakontala, Pref., p. 2; Nandargikar: Ragh. ed., Introd., p. 31 et seq.; **WGIL**. p. 215–6: **HIL**. p. 239–240. **DGHSL**. p. 748, n. 2.

286. 世界を征服する帝王.

287. Vik.との後先関係については: § 44 c. n. 303.

288. K.の文才の評価・作詩技能については, すでに述べた(§§ 36, 37). Śak.のみに関しては: e. g. Hari Chand, op. cit., p. 119–133(詩論家による引用); SKMS. p. 19–21(韻律); **KSD**. p. 160–167 pass.(文体・言語・韻律).

289. Cf. e. g. M. Summer: Les héroïnes de K.(1879; v. supra n. 253), p. 24–45.

290. 〔**Bibl.**〕 **SBSD**. p. 56–59; cf. JAOS. 23(1902), p. 98–101. **EUL**. nos. 1584–1608: p. 151–3. ——**SKID**. p. 65–66. **WGIL**. p. 223, n. 1, n. 3: **HIL**. p. 247, n. 1; p. 248, n. 1. **DHSL**. p. 138, n. 1. ——〔**Gen.**〕 **SILC**. p. 620–625. **SLTI**. p. 177–182. **MHSL**. p. 358–9. **VHLI**. p. 289–290. **PIL**. p. 211–2. **SKID**. § 79: p. 63–66. **WGIL**. p. 220–223: **HIL**. p. 244–8. **KSD**. p. 149–152; p. 156–7; p. 159–160; p. 160–167 pass. **GLI**. p. 189: ed. 1961, p.

241. **DHSL**. p. 138–140. **DGHSL**. p. 749–750. **RLI**. p. 40. **RIC**. § 1872: p. 274–5. ——Hari Chand: K. (1917), p. 134–141; p. 230–232; p. 248–9. ——Hillebrandt: K. (1921), p. 87–94. ——Ruben: K. (1956), p. 65–78. ——Sabnis: K. (1966), p. 31–36. ——[**Ed.** • **Tr.**] Ed. princeps: Calc., 1830. ——R. Lenz: Urvasia. Fabula Calidasi. Textum sanscritum edidit, interpretationem latinam et notas illustrantes adiecit Robertus L°. Berolini, 1833; cf. Apparatus criticus ad Urvasiam. Berolini, 1834. ——F. Bollensen: Vikramorvaśī, das ist, Urwasi, der Preis der Tapferkeit, ein Drama Kalidasa's in fünf Akten, hg., übers. u. erläutert. St. Petersburg, 1846. ——Monier Williams: Vikramorvaśī, ed. Hertford, 1849. ——R. Pischel: K.'s Vikramorvaçīyaṁ nach dravid. Hss. MBAW. 1875, p. 609–670. ——Sh. P. Pandit: The Vik., ... ed. with Engl. notes containing extracts from two comm. Bomb., 1879; 3rd ed. rev. by Bh. P. Arte, 1901. ——K. P. Parab and M. R. Telang: The Vik. of K. with the comm. (Prakāśikā) of Raṅganātha, ed. Bomb., 1888. ——M. R. Kāle: The Vik. of K. with the comm. styled Arthaprakāśikā, ed. with an Engl. transl., critical and explanatory notes, and various readings. Bomb., 1898; 6th ed., 1922. ——W. L. Shāstrī Paṇsīkar: The Vik. of K. with the comm. of Ranganātha. Bomb., 5th ed., 1922. ——Charu Deva Shastri: The Vik. of K., with Katayavema's comm., the Kumaragirirajiya, for the first time critic. ed., with a literal Engl. transl., an introd., copious notes in Skt. and Engl. and a comprehensive vocab. Lahore, 1929. ——H. D. Velankar: Vik.-Koṇeśvarī. ABORI. 38 (1958), p. 255–298; The Vik. of K., critic. ed. New Dehli, 1961. ——T. Foulkes, op. cit. (supra n. 268), vol. 4, Madras, 1907. ——A. Scharpé: K.-Lexicon, vol. I, 2 (Gent, 1956), p. 61–127; p. 131 et seq. ——[**Tr.**] (英) H. H. Wilson: Vikrama and Urvaśī, or the hero and the nymph, a drama, transl. from the original Sct., *in*: Select specimens, 2nd ed. (Ldn., 1835), vol. I, p. 183–274; Vikrama and Urvasi......tr., Calc., 1901. ——E. B. Cowell: Vik. ......tr. into Engl. prose. Hertford, 1851. ——(独) K. G. A. Hoefer: Urwasi, der Preis der Tapferkeit, ...aus dem Skt.

u. Pkt. üb. Bln., 1837. ——B. **Hirzel**: Urwasi u. der Held, ... aus dem Skt. u. Pkt. metrisch üb. Frauenfeld, 1838. ——E. Lobedanz: Urvasi, ...Deutsch metrisch bearbeitet. Lzg., 1861; 3. Aufl., 1884. ——L. Fritze: Urvasi, ...metrisch üb. Lzg.(Reclam),〔1880〕. ——Rückert の訳業については: **WGIL**. p. 222, n. 1: **HIL**. p. 244, n. 2. ——(仏)H. Fauche: Oeuvres complètes de K., vol. I (1859), p. 1–125. ——Ph. E. Foucaux: Vikramorvaçi. Ourvasi donnée pour prix de l'héroïsme, Pa., 1879. ——その他多数の欧州語・近代インド諸語に訳された, cf. supra〔**Bibl.**〕: **SBSD**. l. c. **EUL**. l. c. ——〔**Ref.**〕出版・翻訳に伴う序文・解説のほか: A. V. W. Jackson, JAOS. 20(1899), p. 351–9(time analysis).

291. または troṭaka(北印本), cf. § 44.

292. Ṛgveda X. 95; Śatapatha-Br. XI. 5. 1. 1–17; Kathāsaritsāgara tar. 17. 4–30.

293. Cf. K. Geldner, Ved. Studien, I(1888), p. 243–295; Sh. P. Pandit: The Vik. ed.(1901), p. 161–177.

294. Wilson, op. cit., p. 190–192; cf. e. g. Hillebr., op. cit., p. 95–97; **SKID**. p. 63 *in f.* **WGIL**. p. 221, n. 1: **HIL**. p. 245, n. 1. **KSD**. p. 156, n. 1. **DHSL**. p. 138, n. 2. ——Velankar: Vik. ed. (1961), p. XXXX, XXXXII.

295. Cf. A. Gawroński: Notes sur les sources de quelques drames indiens(w Krakowie, 1921), p. 18–39: K. はおそらく民話としての物語を知っていた.

296. 北印本 Vikramorvaśī. troṭaka または toṭaka は戯曲の一種で, 劇論家によれば神々と人間とを扱い, 5ないし9幕を有し, 各幕に vidūṣaka(道化役)が登場する. Cf. e. g. **SKID**. § 30: p. 33. **KSD**. p. 350–351. Velankar, op. cit., p. LXV. Vik. をこれに属させているのは, おそらく第四幕に Apabhraṁśa 詩節による歌舞の場面のあることに起因するものと思われる.

297. 南印本 Vikramorvaśīya. Cf. e. g. **SLTI**. p. 181–2. **SKID**. p. 64.

298. 11 Apabh., 20 Māhārāṣ., 1 Skt. 詩節.

299. Pischel: Gram. der Pkt.-Sprachen(1900), p. 30: § 29; Materialien zur Kenntnis des Apabh. Bln., 1902; **PIL**. p. 212. Cf.

SLTI. p. 181–2; App., p. 37.

300. E. g. Sh. P. Pandit, op. cit., Critical notice, p. 8–10. ——Th. Bloch: Vararuci u. Hemacandra (Gütersloh, 1893), p. 14–21. ——H. Jacobi: Bhavisattakaha (1918), p. 58*, n. 1. ——**SKID**. p. 64. **KSD**. p. 151–2. Cf. Hillebr., op. cit., p. 88 c. n. 123: p. 159. ——**WGIL**. p. 223, n. 2: **HIL**. p. 248, n. 1. **DHSL**. p. 139, n. 1. **DGHSL**. p. 750, n. 1. **RIC**. p. 275: § 1872.

301. H. D. Velankar: Vik. ed. (1961), p. LIV–LXXXVIII.

302. Bhavabhūti の Mālatīmādhava (§ 84) IX との関係については: Gawroński, op. cit., p. 31, n. 2; p. 44 c. n. 3.

303. Śak. 先行説: e. g. Huth: Die Zeit des K. (Bln., 1890), p. 64–68. Gawroński によれば, Vik. は Ragh. の後章と同時の作で, K. の死後上演されたという. しかし反対説もある, cf. e. g. Hillebr., op. cit., p. 87.

304. 詩論家による引用については: Hari Chand, op. cit., p. 134–141; p. 230–232; p. 248–9. ——詩的技能については: SKMS. p. 21–22 (韻律); **KSD**. p. 160–167 (言語・文体・韻律). ——女主人公については: M. Summer, op. cit. (1879), p. 45–56.

305. [**Bibl.**] **SBSD**. p. 44–47; cf. JAOS. 23 (1902), p. 93–97. **EUL**. nos. 1561–1583: p. 149–151. ——**SKID**. p. 63. **WGIL**. p. 124, n. 1; p. 226, n. 2: **HIL**. p. 248, n. 3; p. 251, n. 1. **DHSL**. p. 136, n. 1. ——[**Gen.**] **SILC**. p. 626–8. **SLTI**. p. 166–170. **MHSL**. p. 359–360. **VHLI**. p. 305–313. **PIL**. p. 211. **SKID**. § 78: p. 62–63. **WGIL**. p. 224–6: **HIL**. p. 248–251. **KSD**. p. 147–9; p. 159–160; p. 160–167 pass. **GLI**. p. 189: ed. 1961, p. 241. **DHSL**. p. 136–8. **DGHSL**. p. 750. **RLI**. p. 40. **RIC**. § 1871: p. 273–4. ——Hari Chand, op. cit., p. 141–3; p. 232–4. ——Hillebr., op. cit., p. 70–76. ——Ruben, op. cit., p. 78–95. ——Sabnis, op. cit., p. 37–48. ——[**Ed. • Tr.**] O. F. Tullberg: Malavika et Agnimitra, drama indicum Kalidasae adscriptum. Textum primus edidit......Bonnae ad Rhenum, 1840. ——Sh. P. Pandit: The Māl. .... Ed. with notes. Bomb., 1869; 2nd ed. with the comm. of Kāṭayavema. 1889. ——F. Bollensen: Māl. .... Mit krit. u. erklärenden Anmerk. hg. Lzg., 1879. (このテキストは J. Varenne: Textes skts.

(1966)中に採用された.)——K. P. Parab: The Māl. ......, with the comm. of Kāṭay. Bomb., 1890; 6th ed. by Paṇśīkar, 1924. (ただし英文注釈を欠く.)——M. R. Kāle: The Māl. ......with the comm. Kumāragirirājīya of Kāṭay., considerably enlarged. Ed. with introd., notes......Engl. transl. Bomb., 1918. ——R. D. Karmarkar: Māl. .... Ed. with a Skt. comm. (Saralā) by Shri Rangasharmā and an introd., transl. ......notes. Poona, 1918; Māl. ......, ed. with a complete transl. into Engl., introd., notes and appendices. Poona, 1950. ——A. Scharpé: K.-Lexicon, vol. I, 2 (Gent, 1956), p. 9–59; p. 131 et seq. ——〔**Tr.**〕(英) H. H. Wilson: Select specimens, 2nd ed. (Ldn., 1835), vol. II, p. 345–353 (summary). ——G. R. Nandargikar: Māl. ......literally transl. into Engl. prose. Puna, 1879. ——G. H. Tawney: The Māl. ......literally transl. into English. Calc., 1875; 2nd ed., 1891. ——A. W. Ryder: Malavika, a five-act comedy of K., transl. Berkeley (Cal.), 1915; cf. K. Transl. of Shakuntala and other works. Everyman's Libr. (Ldn., 1912, etc.), p. 109–114. ——(独) A. Weber: Mālavikā u. Agnimitra. Ein Drama des K. in fünf Akten. Zum ersten Male aus dem Skt. übers. Bln., 1856; cf. Zur Erklärung der Mālavikā. ZDMG. 14 (1860), p. 261–9. ——L. Fritze: Mālav. u. Agnim. ...... Metrisch übers. Lzg. (Reclam), 〔1881〕. (翻案) L. von Schroeder: Mālav. u. Agnim. Prinzessin Zofe......frei für die deut. Bühne bearbeitet. München, 1902. ——L. Feuchtwanger: Der König u. die Tänzerin. München, 1917. ——(仏) Ph. E. Foucaux: Malav. et Agnim. ......trad. pour la première fois en français. Pa., 1877. ——V. Henry: Agnim. et Mālav. Pa., 1889. ——その他多数の欧州語・近代インド諸語に訳された, cf. supra 〔**Bibl.**〕: **SBSD**. l. c. **EUL**. l. c. ——〔**Ref.**〕 F. Bollensen: Beiträge zur Erklärung der Mālavikā. ZDMG. 13 (1859), p. 480–490. ——C. Cappeller: Observationes ad Kālidasae Māl. Regimonti, 1869. ——A. V. W. Jackson, JAOS, 20 (1899), p. 143–5 (time analysis). ——Haraprasād Sāstrī: A dissertation on K.'s Māl. Calc., 1907.

306. この劇の歴史的背景については: e. g. J. Filliozat, **RIC**. I (1947), p. 222: §412; p. 226–7: §422.

307. Cf. e. g. Huth, op. cit., p. 68; **PIL**. p. 211; Gawroński, RO. 1(1914/15), p. 76(: Megh. 以前); Hari Chand, op. cit., p. 233; **SKID**. p. 62; Hillebr., op. cit., p. 71. ——これに反し Cappeller: Observationes(supra n. 305 *in f.*)は Māl. を最終作とするが, 信じられない. ——**VHLI**. l. c.(n. 305 *sub*〔**Gen.**〕)は Māl. を激賞し, Śak. よりも勝れているといっているが, 過大評価の嫌いがある.

308. 実は Mv. を護衛した一行の一人, 上述の山賊襲撃に際し, 兄 Sumati を失った.

309. かつて Wilson は Select specimens, 2nd ed.(1835), vol. II, p. 345–8 において, Māl. を K. の真作でないと論じ, 学界に波紋を起こしたが, Weber がその誤解を詳しく反駁して以来(Māl. üb., 1856, p. VI–XXVI), その真正性を疑う者はない; cf. spec. **SKID**. p. 62(*lit.*).

310. Cf. spec. M. Summer, op. cit., p. 56–68.

311. 詩論家による引用については: Hari Chand, op. cit., p. 141–3. 詩的技能については: SKMS. p. 18–19(韻律); Weber: Māl. üb., p. XXIII–V; Hari Chand, op. cit., p. 232–4; **KSD**. p. 160–167 pass.(言語・文体・韻律).

312. 〔**Bibl.**〕 **EUL**. nos. 988–1014: p. 99–101; cf. nos. 918–921: p. 93. ——**WGIL**. p. 58, n. 2: **HIL**. p. 62, n. 1. ——〔**Gen.**〕 **MHSL**. p. 326–8. **WGIL**. p. 58–63; p. 643(Nachtr.): **HIL**. p. 62–67. **KCSL**. p. 40–48. **KHSL**. p. 92–97. **GLI**. p. 163–4: ed. 1961, p. 203–4. **DHSL**. p. 129–132. **DGHSL**. p. 747. **RLI**. p. 27–28. **RIC**. § 1772: p. 211–2; § 1773: p. 212–5. ——Hari Chand, op. cit., p. 236–8. ——Hillebr., op. cit., p. 40–66; p. 150–151. ——Ruben, op. cit., p. 42–43. ——Sabnis, op. cit., p. 49–68. ——〔**Ed.・Tr.**〕 A. F. Stenzler: Raghuvansa, Kālidāsae carmen, sanskrite et latine edidit Adolphus Fredericus S°. Ldn., 1832. ——Sh. P. Pandit: The Ragh. of K. with the comm. of Mallinātha, ed. with notes. Bomb., 1869–1874; pt. 1(cantos I–VI), 2nd ed., 1897. ——K. P. Parab: The Ragh. of K. with the comm. of M°. Ed. with various readings. 3rd ed., Bomb., 1886; 6th ed., 1910. ——G. R. Nandargikar: The Ragh. of K. ......with the comm. of M°. Ed. with a literal Engl. transl., with copious notes. 3rd ed.,

Bomb., 1897. ——M. R. Kāle: The Ragh. of K., with the comm. (Sanjīvinī) of M°. With a literal transl. into Engl., copious notes in Skt. and Engl., and various readings., etc. etc. Cantos I–X [in two vols.], 3rd rev. ed., Bomb., 1922. ——T. Foulkes, op. cit. (supra n. 268), vol. 1. Madras, 1904. ——A. Scharpé: K.-Lexicon, I, 4 (1964). ——R. Gnoli: Udbhaṭa's comm. on the Kāvyālaṁkāra of Bhāmaha with an appendix by Margherita Taticchi. Rome, 1962, p. 81–101: Kafirkoṭha 附近発見の śāradā 文字で書かれた birch-bark 写本断片(10ないし12世紀)に含まれる Ragh. の若干詩節. Mallin. の text と異なる点がある. ——注釈は約40種に及ぶという; cf. **DHSL**. p. 129, n. 2. **RIC**. p. 212: § 1772. Cf. L. G. Parab: Vallabhadeva and Mallin. as commentators of the Ragh. Fs. Velankar (1965), p. 82–90. ——[**Tr.**] Demetrios Galanos のギリシャ語訳(en Athēnais, 1850)或いは短い部分訳は別とし, 英・独・仏語による全訳がある. 英訳はしばしばインド出版書に添えられている. ——A. W. Ryder: K. Transl. of Shakuntala and other works. Everyman's Libr. (Ldn., 1912, etc.), p. 121–153(抜粋). ——O. Walter: Ragh. oder Raghus Stamm....... Zum ersten Male vollständig aus dem Skt. in das Deutsche übertragen. München-Lzg., 1914. ——H. Fauche: Oeuvres complètes de K., vol. I (1859), p. 139–443; Oeuvres choisies de K. (1865), p. 131–306. ——L. Renou: K. Le Raghuvança. Pa., 1928. ——[**Ref.**] M. Collins: The geographical data of the Ragh. and Daśakumāracarita considered more especially in their bearing upon the date of these works. Lzg., 1907. ——A. Gawroński: The digvijaya of Raghu and some connected problems. RO. 1 (1914/15), p. 43–82. ——W. Ruben: K.'s Ragh., der klass. ind. Fürstenspiegel. Annales de l'Univ. d'Ankara 1 (1946/47), p. 139–192; K.s Ragh., eine Gallerie altindischer Despoten. do. 2 (1947/48), p. 231–269.

313. H. Śarmā: Padmapurāṇa and K. Calc., 1925. Winternitz の示唆に基づく; cf. **HIL**. I, p. 540 c. nn. 1–2. Raghu に関しては特に p. 8–9; p. 36–47 参照. Śak. に関しては: supra § 39 c. n. 275.

314. Hillebr., op. cit., p. 41–43 はこれらの2章を K. の真作と

認めない．しかし種々な欠陥にもかかわらず，真正性を否定する必要はない；cf. e. g. **WGIL.** p. 643(Nachtr.)：**HIL.** p. 67, n. 1.

315. Cf. e. g. J. J. Meyer: Daçakumārac.(Lzg., 1902), p. 107, n. 1; R. Schmidt: Liebe u. Ehe(Bln., 1904), p. 134–142.

316. K.の血統を引きDhārāに住む人々が，26章からなるtextを所有するということ(Weber, ZDMG. 27, 1873, p. 182＝IStr. III, p. 228)或いは25章からなる写本を持つ人がUjjayinīにいたということ(Sh. P. Pandit: Ragh. ed., 1874, Pref.)が報告されているが，詳細は不明で信頼性に乏しい．

317. 詩論家による引用については：Hari Chand, op. cit., p. 175–212. インド詩論家はRagh.を高く評価しつつも，些細の瑕瑾にも盲目でなかった．Cf. Hari Chand, ib., p. 237–8: XI. 20に関する非難に対する弁護．——Kum.との後先関係については：infra § 55.——Rām., Buddhac.その他の作家・作品との関係については：Walter: Übereinstimmungen, p. 11–32.——Ragh. III: Buddhac. Iについては：Gawroński, RO. 1(1914/15), p. 13–15. なおKathās. XIX(Vatsa Udayanaのdigvijaya)は明らかにK.の影響を示す：ib., p. 47–55, cf. p. 77–82.——韻律については：SKMS. p. 22–23; Hopkins: The Great Epic(1901), p. 226, p. 235.——言語・文体・韻律について：Hari Chand, op. cit., p. 236–8; Hillebr., op. cit., p. 107–8; p. 111; **KCSL.** p. 46. **KHSL.** p. 105. **RIC.** p. 212: § 1772.

318. 他に同名の作品があり，特に有名な詩論家Udbhaṭa(8世紀)に同名の詩のあることは注目に値いする；cf. Huth: Die Zeit des K.(1890), p. 52, n. 2; Hari Chand, op. cit., p. 82.

319. 〔**Bibl.**〕**EUL.** nos. 936–954: p. 94–96; cf. nos. 918–920: p. 93.——**WGIL.** p. 55, n. 2: **HIL.** p. 57, n. 2. **DHSL.** p. 126, n. 1.——〔**Gen.**〕**MHSL.** p. 328. **WGIL.** p. 55–58: **HIL.** p. 57–61. **KCSL.** p. 36–40. **KHSL.** p. 87–92. **GLI.** p. 162–3: ed. 1961, p. 203. **DHSL.** p. 126–8. **RLI.** p. 28. **RIC.** § 1771: p. 210–211.——Hillebr., op. cit., p. 33–39.——Ruben, op. cit., p. 33–42; cf. Tagore u. K. RO. 21(1957), p. 351–371(: Tagores Schiffbruch).——Sabnis, op. cit., p. 69–82.——〔**Ed.・Tr.**〕写本はsarga I–VIIのみを含む場合が少なくない．初期の出版はこれにならったが，

sarga VIII–XVII は Viṭṭhala Śāstrī により始めて Paṇḍit 誌上に上梓された(1866–67; cf. **EUL**. no. 937). その後も真正の部(sarga I–VIII)のみの出版が多い. A. F. Stenzler: Kumāra Sambhava, Kālidasae carmen, sanskrite et latine edidit Ad. Fr. S°. Bln., 1838 [I–VII].——T. Gaṇapati Śāstrī: The Kum. of K. with the two comm. Prakāśikā of Aruṇagirinātha and Vivaraṇa of Nārāyaṇa-paṇḍita. Trivandrum, 1913[I–VIII]. ——M. R. Kāle: K.'s Kum., cantos I–VII. Ed. with the comm. of Mallinātha, a literal Engl. transl., notes and introd. 2nd ed. Bomb., 1917; cantos I–VIII. 5th ed., 1923. ——N. Bh. Parvaṇīkāra-K. P. Parab-Paṇasīkar[= Paṇśīkar]: The Kum. of K., with the comm. (Sanjīvinī) of Mallin. (1–7 sargas) and of Sītārāma (8–17 sargas). Bomb., 2nd ed., 1886, etc.; 10th ed. (by Paṇśīkar), 1927 (cf. **EUL**. no. 947). ——Surya-kanta: The Kum. of K. New Delhi (Sahitya Akad.), 1962[I–XVII]. —— S. R. Sehgal: K.'s Kum. [Cantos I–VII]. New Delhi, 1966[c. Griffith's transl.]. ——T. Foulkes, op. cit. (supra n. 268), vol. 1. Madras, 1904. ——A. Scharpé: K.-Lexicon, I, 3 (1958), p. 9–125[I–VIII]. ——注釈は約 40 種に及ぶという; cf. **RIC**. p. 211: §1771. 重要な研究としては: E. Möhrke: Vallabhade-va's Comm. zu K.'s Kum. (I–VII) in seinem Verh. zu and. Comm. vornehml. zu dem des Mallin. Eine textkrit. Untersuchung. Würzburg, 1933. ——[**Tr.**] (英) R. T. H. Griffith: The birth of the war-god. A poem by K. Transl. from the Skt. into Engl. verse. Ldn., 1853; 2nd ed., 1879[I–VII]. ——A. W. Ryder: K. Transl. of Shakuntala......(1912, etc.), p. 155–180(抜粋). ——(独) O. Walter: Der Kum. od. die Geburt des Kriegsgottes, ...zum ersten Male aus dem Skt. vollständig in deut. Prosa übertr., eingeleitet u. mit erläuternden Anmerk. versehen. München-Lzg., 1913[I–VIII]. ——H. Neckel: Ein Bruchstück aus K.s Kum. Fs. Hillebr. (1913), p. 121–143[III, IV, V]. ——(仏) H. Fauche: Oeuvres complètes de K., vol. II (1860), p. 259–361[I–VII]. ——B. Tubini: Kum. La naissance de Kumara. Poème trad. du skt. et précédé d'une étude intitulée: Les devoirs des dieux et des hommes. Pa., 1958.

320. 詩論家による引用については: Hari Chand, op. cit., p. 143–175.

321. E. g. Ānandavardhana: Dhvanyāloka III. 6: p. 137–8, übers. von Jacobi, p. 78–79.

322. この点を最初に明確にした功績は Weber に帰せられる: ZDMG. 27(1873), p. 174–182=IStr. III(1879), p. 217–229; cf. ZDMG. 22(1868), p. 713; IStr. II(1869), p. 370–371. ——Hari Chand, op. cit., p. 234–6; Hillebr., op. cit., p. 33–35; **WGIL**. p. 56–58 c. nn.(*lit.*): **HIL**. p. 60–61. **KCSL**. p. 36–38; cf. **KHSL**. p. 89–90. **DHSL**. p. 126–7 c. n. 1(*lit.*). ——近時 sarga IX–XVII の真正性を信じる学者は稀であるが, 例外はある: S. Bhattacharyya: The authorship of the latter half of the Kum. JASBeng. 20 (1954), p. 360 et seq.(cf. **WRIG**. n. 360: p. 93).

323. Cf. Hari Chand, op. cit., p. 246.

324. E. g. Huth, op. cit., p. 67–68; 但し韻律から見た年代(巻末附表)参照. ——M. Chakravarti, JRAS. 1903, p. 186; Gawroński, RO. 1(1914/15), p. 76; Hillebr., op. cit., p. 148–9, cf. p. 33; n. 101: p. 158. Cf. **WGIL**. p. 55: **HIL**. p. 57. **KHSL**. p. 91–92.

325. E. g. Hari Chand, op. cit., p. 236; Gawroński, RO. 1, p. 73–75; **KHSL**. p. 91.

326. Cf. e. g. **WGIL**. p. 58 c. n. 1: **HIL**. p. 61.

327. 詩論家の引用については: supra n. 320. ——Rām., Buddhac. その他の作家・作品との関係については: Walter: Übereinstimmungen, p. 11–13; Hillebr., op. cit., p. 97–98 c. nn. 128, 129: p. 159; **WGIL**. p. 56, n. 3: **HIL**. p. 59, n. 1. **KHSL**. p. 90–91; p. 101, n. 2. **RIC**. p. 211; §1771. ——韻律については: SKMS. p. 23–24.

328. [**Bibl.**] **EUL**. nos. 955–987: p. 96–99; cf. nos. 879, 886, 918–921. ——S. K. De: A select bibliography for the textual study of K.'s Megh. Fs. Belvalkar(1957), p. 149–162=The Megh. ed.(1957), p. 81–92. Cf. Hultzsch: Megh. ed.(1911), p. V–VIII; **WGIL**. p. 105, n. 2; p. 643(Nachtr.): **HIL**. p. 117, n. 2. **DHSL**. p. 132, n. 2. **DGHSL**. p. 751, nn. 1–2; de Pompignan: Megh. tr. (1938), p. XXVII–XXXIII; 木村秀雄: 季節集・雲の使者(1965),

p. 24–25; p. 30–34. ——〔**Gen.**〕 **SILC**. p. 548–554. **MHSL**. p. 335–6. **OLAI**. p. 217–220. **VHLI**. p. 215–7. **WGIL**. p. 105–9; p. 643 (Nachtr.) : **HIL**. p. 117–122. **KCSL**. p. 34–36. **KHSL**. p. 84–87. **GLI**. p. 164 : ed. 1961, p. 204–5. **DHSL**. p. 132–4. **DGHSL**. p. 750–751. **RLI**. p. 27. **RIC**. § 1769 : p. 209. ——Hillebr., op. cit., p. 29–32; p. 99–100. ——Ruben, op. cit., p. 24–33. ——Sabnis, op. cit., p. 83–90. ——〔**Ed. · Tr.**〕 H. H. Wilson: The Megha Dūta or cloud messenger: a poem in the Skt. language by K. Transl. into Engl. verse, with notes and illustrations. Calc., 1813; 2nd ed., Ldn., 1843; 3rd ed., Ldn., 1867 (c. 'Vocabulary by Fr. Johnson'), etc. (cf. **EUL**. no. 970) ; Tr.=Works vol. IV (Ldn., 1864), p. 310–400.——J. Gildemeister: Kalidasae Megh. et Çringaratilaka. Bonnae, 1841. ——A. F. Stenzler: Megh., der Wolkenbote. Gedicht von K. mit krit. Anmerk. u. Wörterbuch. Breslau, 1874. ——その他多数. 比較的新しいものとしては: S. K. De: The Megh. of K. Critic. ed. New Delhi, 1957. ——T. Foulkes, op. cit. (supra n. 268), vol. 1. Madras, 1904. ——A. Scharpé: K.-Lexicon, I, 3 (1958), p. 137–172. ——A. Sreenivasa Iyengar, op. cit. (supra n. 245) : index verb.

注釈は 50 ないし 60 種に達し (cf. **DHSL**. p. 132, n. 2 *in f.*; De, Fest. Belv., p. 155–161), インド出版は多くの場合 Mallinātha の釈 (Saṁjīvinī) を伴う : e. g. by N. B. Godabole-K. P. Parab-Paṇaśīkar, Bomb., 2nd ed., 1886, etc. (v. **EUL**. no. 964) ; by G. R. Nandargikar, Bomb., 1894 (c. Engl. tr.) ; by M. R. Kāle, Bomb., 4th ed., 1947 (do.) . ——Vallabhadeva (12 世紀) の釈 (Pañjikā) を伴う最も重要な出版: E. Hultzsch: K.'s Megh. Ed. from mss. with the comm. of V° and provided with a complete Skt.-Engl. vocabulary. Ldn., 1911. ——Dakṣiṇāvartanātha (ca. 1200 A. D.) の釈を伴う出版: T. Gaṇapati Śāstrī: The Megh. ...... with the comm. Pradīpa of D°. Trivandrum, 1919. ——R. D. Karmarkar; Megh. of K., ed. with a complete transl. into Engl., introd., ...and extracts from the comm. of Vallabh., D° and Mallin. Poona, 2nd ed., 1947. ——他の注釈の出版については: De, op. cit., p. 151. その後の重要な出版としては: W. H. Maurer:

Sugamānvayā Vṛtti. A late comm. in Jaina Skt. on K.'s Megh. by the Jaina Muni Sumativijaya, critic. ed. with an introd. and explanatory and critical notes. 2 vols., Poona, 1965. [**Tr.**] (英) すでに挙げた出版書中に含まれているもののほか多数. E. g. G. A. Jacob; Megh., literally tr. Poona, 1870. ——A. W. Ryder: K. Transl. of Shakuntala……(1912, etc.), p. 181–208(抜粋). ——Ch. King: The cloud-messenger. Ldn., [1930]. ——G. H. Rooke: The Megh. of K. Ldn., 1935(c. tex.). ——H. Kimura: Megh. of K. Kyoto, 1960(c. tex.). ——F. and E. Edgerton: K. The cloud messenger, tr. from the Skt. A bilingual edition. Ann Arbor, 1964; repr. 1968. ——(独)Max Müller: Megh. oder der Wolkenbote. Königsberg, 1847. ——C. Schütz: K.'s Wolkenbote, üb. u. erläutert. Bielefeld, 1859. ——L. Fritze: Megh. ……aus dem Skt. metrisch üb. Chemnitz, 1879. ——(仏)H. Fauche: Oeuvres complètes de K., vol. I(1859), p. 445–480; Oeuvres choisies de K. (1865), p. 307–332. ——A. Guérinot; Megh. Le nuage messager, poème hindou de K. Pa., 1902. ——Marcelle Lalou: Meghadouta (le nuage messager) de K. Pa., 1921. ——R. H. A. de Pompignan: Megh. ……, poème élégiaque de K. trad. et annoté. En appendice Ṛtusaṁhāra. Pa., 1938(c. tex.). ——その他インド内外の多数の言語に翻訳された. 和訳: 小野島行忍(1922); 泉芳璟(1926); 木村秀雄: 詩聖カーリダーサ作季節集・雲の使者. 京都, 1965(c. tex.). ——チベット語訳(13 世紀; 117 詩節): H. Beckh: Die tibet. Übers. von K.s Megh. Nach dem roten u. schwarzen Tanjur hg. u. ins Deutsche übertragen. Bln., 1907; cf. Ein Beitrag zur Textkritik von K.s Megh. Bln., 1907. [**Ref.**] A. Gawroński: Notes sur les sources de quelques drames indiens(1921), p. 43–63; cf. RO. 1(1914/15), p. 71, p. 76. ——L. D. Greene: Nature study in the Skt. poem Megh. IA. 59(1930), p. 114–7; p. 131–3. ——Gode: Antiquity of a few spurious verses found in some mss. of the Megh. of K. ABORI. 15(1934), p. 111–114. ——H. Kimura: The beauty of love in the Megh. ——in comparison with the Japanese classical poem Man-yō-shū. Fs. 中野義照(1960), p. 59–106.

329. Cf. e. g. **WGIL**. p. 107 c. n. 2: **HIL**. p. 120. ——Schiller

の Maria Stuart(1800)における雲の伝言は Megh. の影響によったものではない, cf. Hultzsch: Megh. ed.(1911), p. V. ——Lenau の「雲に託す」と Megh. との関係については: E. Schwentner: Zu Lenaus Gedicht "An die Wolke". Germ.-roman. Monatschrift 24 (1936), p. 466–8.

330. 詩論家による引用については: Hari Chand, op. cit., p. 212–222.

331. E. g. 111 vv. *apud* Vallabhadeva; 110 vv. *apud* Dakṣiṇāvartanātha; 121 vv. *apud* Mallinātha. Cf. Hultzsch, op. cit., p. XV–XIX; p. 59–67: spurious verses; Pathak: Megh. ed., p. XXIV–XXVII; **DHSL**. p. 132, n. 3.

332. Cf. Hari Chand, op. cit., p. 238–240.

333. Kāvyālaṁkāra I. 42–44; cf. A. B. Dhruva: Introd. to the ed.(1928), p. 4–5; Hari Chand, op. cit., p. 77.

334. Cf. Hultzsch, op. cit., p. VIII–X. ——Hillebr., op. cit., p. 30. ——**WGIL**. p. 108–9(*lit.*): **HIL**. p. 120–121. **DGHSL**. p. 751–2(*lit.*). **RIC**. § 1770: p. 209–210. ——Saṁdeśa 文学に関しては: Th. Aufrecht, ZDMG. 54(1900), p. 616–620. —— Ch. Chakravarty: Origin and development of Dūta-Kāvya literature in Skt. IHQ. 3(1927), p. 273–297. ——E. P. Radhakrishnan: The Megh. and its imitations. JORM. 10(1936), p. 269 et seq.; 13(1939), p. 23 et seq. ——J. B. Chaudhuri: Skt. dūtakāvya-saṁgraha. 6 vols., Calc., 1940–1953; cf. History of the dūta-kāvya of Bengal [in Skt.]. Calc., 1953. ——Ch. Vaudeville: A note on the Ghaṭakarpara and the Megh. JOIB. 9(1959), p. 125–134. ——S. V. Iyer: The Meghasandeśa tradition in Kerala. VishIJ. 3(1965), p. 61–8. ——ことにセイロン島において, Megh. は Sinhala 語に翻訳されたのみならず, Mayūra-sandeśaya(14 世紀後半)を始めとし, Saṁdeśa 文学が隆昌した; cf. e. g. W. Geiger: Litter. u. Sprache der Singhalesen(Strassburg, 1900), p. 9.

335. いわゆる samasyapūraṇa の技巧による.

336. K. B. Pathak: The Megh. as embodied in the Pārśvābhyudaya with the comm. of Mallin. ......and a literal English transl. Poona, 1894; 2nd ed., 1916 は Jinasena の作品を利用して

いる. Cf. Hultzsch, op. cit., p. VI–VIII; **WGIL**. II, p. 338, n. 3: **HIL**. p. 512, n. 5.

337. Cf. **WGIL**. II, p. 338, n. 2: **HIL**. p. 512, n. 3.

338. 〔**Bibl.**〕**EUL**. nos. 922–935: p. 93–94; cf. nos. 879, 881, 918–9. Cf. **WGIL**. p. 109, n. 4; p. 643(Nachtr.): **HIL**. p. 122, n. 2; de Pompignan: Megh. tr.(1938), p. 51–52; 木村秀雄: 季節集・雲の使者(1965), p. 28–29. ——〔**Gen.**〕**SILC**. p. 555–561. **MHSL**. p. 337–9. **VHLI**. p. 217–8. **WGIL**. p. 109–111; p. 643–4(Nachtr.): **HIL**. p. 222–4. **KCSL**. p. 32–34. **KHSL**. p. 82–84. **GLI**. p. 164: ed. 1961, p. 205. **DHSL**. p. 122–3. **DGHSL**. p. 752. **RLI**. p. 26–27. **RIC**. § 1791: p. 225; cf. Skt. et culture(1950), p. 145; **WRIG**. n. 360: p. 93. ——Hari Chand, op. cit., p. 240–242. ——Hillebr., op. cit., p. 66–68. ——Sabnis, op. cit., p. 91–96. ——〔**Ed.**・**Tr.**〕W. Jones: The seasons: a descriptive poem, by Cālidās, in the original Sanscrit. Calc., 1792. ベンゴール文字による出版. Skt. 文献学の新時代の開幕; cf. e. g. E. Windisch: Gesch. der Skt.-philologie. Strassb., 1917, p. 24. Repr.: The seasons...... . Der älteste ind. Druck eines Sanskrittextes in Faksimile mit einem Geleitwort, neu hg. von H. Kreyenborg. Hannover, 1924. ——P. von Bohlen: Ṛtu., id est Tempestatum cyclus. Lipsiae, 1840(text, Latin tr., metrical German tr.). Cf. H. Kreyenborg: K. Der Kreis der Jahreszeiten. Nach der metr. Übersetzung P. von Bohlens neu hg., mit Anmerk. u. einem Nachwort versehen. Lzg. *s. a.* ——その後インドでしばしば出版され, 英訳を伴う場合もある. E. g. W. L. Śāstrī Paṇsīkar: Ṛtu. of K. With the comm.(the Chandrikā) of Maṇirāma. Bomb., 5th ed., 1917; etc. ——M. R. Kāle: The Ṛtu. ......with a new comm. by Shastri Vyankatāchārya Upadhye......and introd., notes and transl. Bomb., 1916. —— A. Scharpé: K.-Lexicon, I, 3(1958), p. 173–200. ——〔**Tr.**〕H. Fauche: Le Gita-govinda et le Ritou-sanhara. Pa., 1850, p. 111–180; Oeuvres complètes de K., vol. II(1860), p. 1–48. —— R. H. A. de Pompignan: Megh. .... En appendice Ṛtu. Pa., 1938(c. tex.). ——K. V. Zetterstéen: An old transl. of the Ṛtu. MO. 4(1910), p. 1–23. ——A. W. Ryder: K. Transl. of Shakuntala……(1912, etc.), p. 209–216(抜粋). ——(和訳)泉芳璟(京都, 1924); 小野島行忍(1937); 木村秀雄: 季節集(大阪, 1947); 季節集・雲の使者(京都, 1965; c. tex.); 田中於菟弥: 季節のめぐり(平凡社世界名詩集大成18: 東洋, 1960, p. 245–260). ——〔**Ref.**〕O. Walter: Übereinstimmungen(1905), p. 6–10.

339. 一般には春から始まる. Ṛtu. が夏を最初に置いているのはその特徴の一つである.

340. 真作と認めない学者: e. g. Walter, op. cit., p. 6–9. ——J. Nobel: Zur Echtheit des Ṛtu. ZDMG. 66(1912), p. 275–282; The authenticity of the Ṛtu. JRAS. 1913, p. 401–9. Cf. Keith(*contra*): The authenticity of the Ṛtu. JRAS. 1912, p. 1066–1070; do. 1913, p. 410–412. ——Gawroński, RO. 1(1914/15), p. 71, n. 3. ——Johnston: The Buddhac. tr.(1936), p. LXXXI; p. XCIV; cf. Keith, BSOS. 9(1937), p. 215. ——supra n. 338,〔**Gen.**〕中の Hari Chand, **GLI**., **DHSL**., **DGHSL**. ll. cc. ——他の学者は積極的に真作と認めるか, 或いは多少の疑問を表明している. ただし近来は懐疑的傾向が強い. Cf. e. g. Hillebr., op. cit., p. 66–68; **WGIL**. p. 109, n. 5(*lit.*): **HIL**. p. 122, n. 3; Keith v. supra, spec. **KHSL**. p. 82, n. 3(*lit.*); de Pompignan, op. cit., p. 49.

341. PDSV.(15世紀)にいたって始めて詞華集に採録されている: no. 1678=Ṛtu. VI. 20.

342. Cf. e. g. Hillebr., op. cit., p. 68; **KCSL**. p. 32. **KHSL**. p. 82–83. **RLI**. p. 26. **RIC**. p. 208: § 1766; p. 225: § 1791.

第 4 章

343. 〔**Bibl.**〕**EUL**. nos. 1182–1192: p. 116. ——C. Cappeller: Bhā.'s poem Kir.(1912), p. XXII–IV: Ausg. u. Übers. des Kir. ——Zusammengestellt von A. Blau; cf. p. XI–XII. ——〔**Gen.**〕**MHSL**. p. 329. **WGIL**. p. 66–67: **HIL**. p. 70–72. **KCSL**. p. 51–53. **KHSL**. p. 109–116. **GLI**. p. 169–170: ed. 1961, p. 213. **DHSL**. p. 177–182. **DGHSL**. p. 621–3. **RIC**. §§ 1775–1776: p. 215–6. ——〔**Ed.**〕Ed. princeps: Calc., 1814(=**EUL**. no. 1183). —— N. B. Godabole and K. P. Parab: The Kir. of Bhā. with the comm. (the Ghaṇṭāpatha) of Mallinātha. Bomb., 1885; later ed. by

Durgāprasād and Parab; 10th ed. rev. by Paṇśīkar, 1926.(このほか Mallin. 釈を添えたインド版は多数ある.)——T. Gaṇapati Sāstrī: The Kir. of Bhā. with the comm. Śabdārthadīpikā of Chitrabhānu. Trivandram, 1918. ——〔**Tr.**〕C. Schütz: Bhā.'s Kir. (Der Kampf Arjuna's mit dem Kiraten). Gesang I u. II aus dem Skt. übers. Bielefeld, 1845. ——C. Cappeller: Bhā.'s poem Kir. ...... transl. from the original Skt. into German and explained. Cambridge (Mass.), 1912. 同書 p. 200–203 には VIII. 27–57 の Rückert 訳が再録されている; cf. p. XI. ——〔**Ref.**〕H. Th. Colebrooke: On Skt. and Pkt. poetry (originally As. Res. 10, 1808, p. 389–474), *in*: Miscellanious essays, vol. II (Ldn., 1873), p. 76–78; p. 96–99. Kir. V. 16–20; I. 37–46 の原文と英訳を含み, ヨーロッパの学界に本書を最初に紹介したもの. ——H. Jacobi: On Bhā. and Māgha. WZKM. 3 (1889), p. 121–144. ——J. P. Thaker: Costumes and docorations in Bhā. JOIB. 19 (1969), p. 75–89.

344. Kir. III. 14, b は Kāś.-Vṛtti *ad* Pāṇ. I. 3. 23 に引用されている; cf. Kielhorn, IA. 14 (1885), p. 327 = Kl. Schriften, p. 188.

345. Walter: Übereinstimmungen (1905), p. 24–26; cf. infra §66.

346. Cf. Jacobi, WZKM. 3 (1889), p. 144: 6世紀始; PDSV. p. 79–80; **KCSL**. p. 51. **KHSL**. p. 109. **RIC**. §1775: p. 215–6.

347. Mbh. III. 27–41: crit. ed. 28–42.

348. Mbh. の物語と Kir. の内容との関係は: 特に Capp (eller), op. cit., p. XVI–XXI.

349. Mbh. の Duryodhana を詩人は Suyodhana (「善戦士」) と呼ぶ.

350. ただしこのうち sarga IV–XI は詩人の補充.

351. 大体において Mbh. の物語の筋を追う.

352. Cf. e. g. PDSV. p. 79–80; Capp., op. cit., p. 198–9; **DGHSL**. p. 621.

353. Cf. **DGHSL**. p. 621, n. 4; **RIC**. p. 216: §1776 (: 約40種).

354. 'arthagaurava'; supra n. 259 に挙げたと同一詩節において.

355. Cf. Capp., op. cit., p. 190–192: Verz. der von Mallin.

hervorgehobenen Redefiguren und Versschemata. ——X. 13 については: R. V. Joshi: The Figure of speech in Kir. JOIB. 12 (1963), p. 340–344; T. N. Dave: Ekāvalī in Bhā., X. 13, do. 13 (1963), p. 102–5. ——V. 39:「木槿(むくげ)群れ咲くかの森より，立昇る蓮の花粉は，風のまにまに四方の空，くまなく渦まき散りて，黄金の日傘の美を呈す」から，彼は ātapatra-bhāravi(「日傘の Bhā.」)の名を得た. Cf. Peterson, supra n. 260; **WGIL**. p. 67, n. 1: **HIL**. p. 72, n. 1.

356. 同様に v. 5 は各行順次に s, y, l, ś のみを含む(ekākṣara-pāda). v. 38 は c, r で始まる音節のみからなる(dvyakṣara). ——逆に v. 7, v. 29 は唇音を欠く(nirauṣṭhya). ——v. 16, v. 50 においては ab=cd, ただし音節の切り方と単語の意味の取り方により別義を生じる. ——v. 18, v. 20 において ab, cd は逆読しても順読と同一になる(pratilomānulomapāda). ——v. 23 を逆読すれば，v. 22 を順読した場合と同一になる(pūrvaślokasyāyaṁ pratilomaḥ). ——v. 5 の音形は a=b=c=d, ただし意味は異なる(mahāyamaka). ——v. 45 は 3 種の意味に解される. ——図形に 1 音節ずつ書きこみ，特別の順序に読む配列法(citrabandha)も発達した: v. 12, v. 25, v. 27. Cf. infra n. 370(Māgha).

357. Renou: Sur la structure du kāvya. JA. 1959, p. 1–114 の記述は，Kir. を基礎としている. ——Bhā. の言語ことに文法上注意すべき点については: Walter, op. cit., p. 35(語根 tan- の頻繁な使用)，p. 36(特に 3. Sg. Pf. Āt. の用法)，p. 38. ——Capp., op. cit., p. 176–9: Über den Gebrauch der Tempora u. Modi bei Bhā.; p. 180–182: Das medio-passive Perfectum bei Bhā. ——Renou: La valeur du parfait dans les hymnes védiques(Pa., 1925), p. 87. ——**KHSL**. p. 114–5.

358. Cf. Walter, op. cit., p. 38: Vergleich aus dem Gebiet der Grammatik.〔Kālid., Kumārad., Bhā., Māgha〕

359. Cf. SKMS. p. 25–26; Capp., op. cit., p. 193–7; **KHSL**. p. 115–6. **DHSL**. p. 181 c. n. 1.

360. 〔**Bibl.**〕 **EUL**. nos. 1203–1213: p. 118. ——〔**Gen.**〕 **MHSL**. p. 329–330. **WGIL**. p. 67–70: **HIL**. p. 72–76. **KCSL**. p. 55–56. **KHSL**. p. 124–131. **GLI**. p. 170: ed. 1961, p. 213–4. **DHSL**. p.

188–194. **DGHSL**. p. 622. **RIC**. §§ 1777–8: p. 216–8. ——〔**Ed.**〕 Ed. princeps: Calc., 1815(=**EUL**. no. 1203). ——Durgāprasād and Śivadatta: The Śiṣ. of Mā. with the comm. (Sarvankashā) of Mallinātha. Bomb., 1888; 9th ed. rev. by Paṇśīkar, 1927. ——A. Śāstrī Vetāl: The Śiṣ. by……Mā. with two comm. ——the Sandehaviṣauṣadhi by Vallabha Deva and the Sarvaṅkaṣā by Mallin. ……carried through the press by……J. Śāstrī Hośing. Benares, 1929. ——〔**Tr.**〕 C. Schütz: Mā.'s Tod des Çiçupala. ……Erste Abtheilung, Übersetzung, Gesang I–XI. Bielefeld, 1843. ——C. Cappeller: Bālamāgha. Mā.'s Śiṣ. im Auszuge bearbeitet. Stuttgart, 1915(c. tex.). ——E. Hultzsch: Mā.'s Śiṣ. nach den Komm. des Vallabhad. u. des Mallin. ins Deutsche übertragen. Lzg., 1926.——H. Fauche: Une tétrade……(supra n. 187), vol. III, Pa., 1863. ——〔**Ref.**〕 H. Jacobi: On Bhāravi and Mā. WZKM. 3(1889), p. 121–145. ——E. Hultzsch: Sāṁkhya u. Yoga im Śiṣ. Fs. Garbe(1927), p. 78–83.

361. Cf. F. Kielhorn: Vasantagaḍh inscription of Varmalāta of the〔Vikrama〕year 682; and the age of the poet Mā. NGGW. 1906, p. 143–6=Kl. Schriften, p. 428–431. ——Śiṣ. 末尾の自叙伝(kavivaṁśavarṇana)参照.

362. Cf. Jacobi, WZKM. 3(1889), p. 140–144; Ānandavardhana and the date of Mā. do. 4(1890), p. 236–244(*contra* Klatt: The date of the poet Mā. ib. p. 61–71). ——Walter: Übereinstimmungen(1905), p. 26–32; cf. supra § 60 c. n. 345. ——Hultzsch, ZDMG. 72(1918), p. 146–8: Śiṣ. VI. 15, I. 19, I. 47 は Bhaṭṭikāvya(§ 68) X. 21, XI. 47, XII. 59 から借用したもの. ——**KCSL**. p. 54–55. **KHSL**. p. 124 によれば, Mā. はおそらく Bhaṭṭik. と Jānakīharaṇa(§ 69)を知り, 確かに Harṣa の Nāgānanda(§ 79)を知っていたという(: Śiṣ. XX. 44, cf. **SLTI**. Append., p. 40); *contra*: Hultzsch: Śiṣ. tr.(1926), *ad loc.*: p. 219, n. 3. ——Mā. が Kāśikāvṛtti(ca. 650 A. D.)のみならずその注釈 Nyāsa(ca. 700 A. D.)をも知っていたとする説(Vallabhad., Mallin., Pathak)に反しては: Kielhorn: On Śiṣ. II, 112. JRAS. 1908, p. 499–502=Kl. Schriften, p. 1017–1020; cf. Capp., Bālamā., p. XII–XIII; Hultzsch, op. cit., p. 23, n. 3.——ただし **KHSL**. p. 124 はなおその可能性を留保する；cf. **RIC**. p. 216: § 1777. ——このほか Mā. の年代の総括的記述としては：Capp., op. cit., p. X–XIII (*lit.*)；Hultzsch, op. cit., p. IV–VII; **WGIL**. p. 50 c. nn. 2, 3: **HIL**. p. 52–53. **DHSL**. p. 188 c. n. 1–p. 189 c. n. 1 (*lit.*). **RIC**. p. 216–7: § 1777.

363. Mbh. II. 33–45: crit. ed. 30–42.

364. Mbh. の物語と Śiṣ. の内容との関係は：Capp., op. cit., p. XV–XIX; **KHSL**. p. 124–6. ——注釈家 Vallabhad. の底本と Mallin. のそれとの間には相当の差異があり，特に sarga XV において著しい．Cf. Hultzsch, op. cit., p. III–IV; p. 166–8; p. 225–241: Krit. Anhang.

365. Cf. Capp.: Die Zitate aus Mā.s Śiṣ. mit ihren Varianten. Fs. Kuhn (1916), p. 294–8; Jabobi, WZKM. 4 (1890), p. 239–244; **DHSL**. p. 188, n. 1.

366. Cf. e. g. PDSV. p. 87. TKVS. p. 69–71. KGSRK. p. XC.

367. Cf. **DGHSL**. p. 622, n. 4; **RIC**. p. 218: § 1778.

368. 特に Jacobi : On Bhā. and Mā. WZKM. 3 (1889), p. 121–145; **WGIL**. p. 67: **HIL**. p. 72 *fin*.–73.

369. n. 259 に挙げたと同一の詩節によれば，Kālid. の upamā, Bhā. の arthagaurava (n. 354) および Daṇḍin の padalālitya (n. 585) の三徳を一身に集めるという．——修辞法については：特に Capp., op. cit., p. 186: Beispiele für die wichtigsten Redefiguren (Vgl. Vām. Buch IV). ——IV. 20:「太陽は光線を紐のごとく高く引き延べて昇り，〔同時に〕月は西山に傾くとき，この山は，垂れゆらぐ二つの鈴もて背を挾まれし象王の美観を呈す」から，彼は ghaṇṭā-māgha (「鈴の Mā.」) の名を得た．Cf. Peterson, supra n. 260; PDSV. p. 88; **WGIL**. p. 68, n. 1: **HIL**. p. 74, n. 1.

370. Cf. supra n. 356 (Bhā.). 少数子音の使用：v. 3 (各行 j, t, bh, r のみ)，84 (n, l のみ)，85 (v, bh のみ)，114 (d のみ). ——逆に v. 11 は唇音を欠き，110 は口蓋音を欠く．——逆読の技巧：v. 40 の各行はいずれも順読＝逆読；88, ab (順読)＝cd (逆読)；34 逆読＝33 順読．——v. 90 は順読するも逆読するも同一意義を生じる．——v. 45 は 3 種の意味に解される．——図形の技術 (citrabandha)

は複雑の度を加え，詩人は v. 41 においてその 3 種の名(sarvatobhadra, cakra, gomūtrikā)を挙げている．実例：v. 27, 29, 46, 72. v. 120(cakra)は最も複雑で，音節の配列により，mahākāvyam idam および śiśupālavadhaḥ という語句が読みとられる．

371. Cf. Walter, op. cit., p. 35(語根 tan- の頻繁な用法)，p. 36–37(特に 3. Sg. Pf. Āt. の用法)，p. 37(avyayībhāra 合成語の頻繁な用法)．——Capp., op. cit., p. 185–8: Verzeichnis der in unserem Text angewandten Regeln Pāṇini's und Vāmana's. ——**KHSL**. p. 130. **WRIG**. p. 26–27 c. nn. 391–6: p. 96.

372. Cf. Walter, op. cit., p. 38; Capp., op. cit., p. XII, n. 2; **WRIG**. n. 401: p. 97.

373. Cf. SKMS. p. 28–30; Jacobi, IS. XVII(1885), p. 442–451 passim; WZKM. 3(1889), p. 124; p. 125. ——**WGIL**. p. 67: **HIL**. p. 73. **KCSL**. p. 55–56. **KHSL**. p. 130–131. **DHSL**. p. 192 c. n. 1(*lit.*).

374. [**Bibl.**] **EUL**. nos. 1154–1163: p. 113–4. ——[**Gen.**] **WGIL**. p. 70–71, cf. p. 47, n. 3: **HIL**. p. 77–79, p. 50, n. 3. **KCSL**. p. 53. **KHSL**. p. 116–9. **DHSL**. p. 183–5. **DGHSL**. p. 614–7. **RIC**. § 1779: p. 218. ——[**Ed.**] Ed. princeps: Calc., 1828(=**EUL**. no. 1154). ——by G. Sh. Shāstrī Bāpata with Jayamaṅgala's comm. Bomb., 1887. ——by K. P. Trivedī with the comm. of Mallinātha and critic. and explanatory notes, 2 vols. Bomb., 1898. ——[**Ed.•Tr.**] (sarga I–IV) by V. G. Pradhan. Poona, 1897. ——(s. I–V) by M. R. Kāle with Jayam.'s comm. Bomb., 1897. ——[**Tr.**] (s. XVIII–XXII) C. Schütz: Fünf Gesänge des Bhk. Bielefeld, 1837. ——[**Ref.**] Renou: Monographie skte. I(1937), p. 48–53: 1. Bhk.(Index des sūtra de Pāṇini sur lesquels repose le texte du Bhaṭṭi.)——C. Hooykaas: The contents of the Bhk. JOIB. 8(1958), p. 132–147.

375. 古い詩論家特に Bhāmaha との関係については：S. K. De: Skt. poetics, vol. I(1923), p. 51–57(：ほぼ同時代)．——**WGIL**. p. 71, n. 2(Daṇḍin と Bhāmaha との中間)．**KHSL**. p. 116 (Bhām. 以前)．Cf. C. Hooykaas: On some arthālaṅkāras in the Bhk. X. BSOAS. 20(1957), p. 351–363. ——大類純：バーマハと

バッティとの聯関に関する一考察. Fs. 宮本正尊(1954), p. 89–106 (*term. ad quem*: ca. 650 A. D.).

376. 特に Bhk. XI. 47: Śiṣ. I. 19; Bhk. XII. 59: Śiṣ. I. 47; cf. Hultzsch, ZDMG. 72(1918), p. 146–8.

377. I. kāṇḍa=sarga I–IV は Pāṇini 文典の個別規定, II. k.=s. V–IX は統轄規定を, IV. k.=s. XIV–XXII は動詞の時・法の用法を例解する.

378. III. k.=s. X–XIII. この中 X は個々の修辞法, XI は「優美」, XII は「鮮明な記述」の説明に当てられ, XIII は同一詩節を Skt. または Pkt. として読みうる作例を含む.

379. Cf. SKMS. p. 26–28. **KHSL.** p. 118.

380. Bhk. の成功は当然模倣を誘発した: e. g. Bhauma(ka) の Rāvaṇārjunīya (年代不明); Halāyudha の Kāvyarahasya (10 世紀). Cf. **WGIL.** p. 72–73: **HIL.** p. 79–80. **DGHSL.** p. 616–7. **RIC.** p. 218: §1779.

381. [**Gen.**] **WGIL.** p. 65 c. n. 4(*lit.*): **HIL.** p. 69–70 c. n. 1. **KCSL.** p. 54. **KHSL.** p. 119–124. **DHSL.** p. 185–8. **DGHSL.** p. 763–4(*lit.*). **RIC.** § 1780: p. 218–9. ——[**Ed.** • **Tr.**] (I–XV) reconstructed and ed. by Dharmarāma Sthavira with the revised Sanna in the Sinhalese script. Colombo, 1891. ——(Do., in the Devanāgarī) ed. by Haridāsa Śāstrī and publ. by Kālīpada Bandyopādhyāya. Calc., 1893. ——(XVI) L. D. Barnett: Jh. XVI. BSOS. 4(1926), p. 285–293 (Malayālam 文字の Skt. 写本による; 20 sargas). ——(I–X) G. R. Nandargikar: The Jh. of Kd. With copious notes in Engl., with various readings, with an introd. determining the date of the poet from the latest antiquarian researches, with a literal Engl. transl. and with appendices. Bomb., 1907 (Skt. 写本より). [**Ref.**] E. Leumann: Zum Jh. des Kd. WZKM. 7(1893), p. 226–232. ——Śeṣagiri Śāstri: Notes on the Jh. Madras, 1894. ——F. W. Thomas: The Jh. of Kd. JRAS. 1901, p. 253–280; cf. Keith: The date of Kd. ib., p. 578–582. ——G. R. Nandargikar: Kd. and his place in the Skt. literature. Poona, 1908.

382. Cf. supra n. 230.

383. n. 381,〔**Ref.**〕に挙げた Thomas および Keith の論文参照. Cf. **KCSL.** p. 54: 7 世紀後半, **KHSL.** p. 119; TKVS. p. 34. Nandargikar は 8 世紀最後の四半期から 9 世紀の前半に措定し, **DHSL.** p. 185, n. 4 もこれに賛同している.

384. Cf. spec. Walter, op. cit., p. 18–26.

385. Cf. spec. Thomas, JRAS. 1901, p. 266–7.

386. : Māgha, cf. Thomas, ib., p. 268; Walter, op. cit., p. 32 (Jh. I. 4: Śiṣ. XX. 47); **KHSL.** p. 119. ——: Vāmana, cf. Thomas, ib., p. 266–7; Keith, JRAS. 1901, p. 581; **KHSL.** p. 119.

387. しかし KGSRK. p. LXXIII は, Jh. の 2 詩節が Jānāśrayī (ca. 600 A. D.) に引用されていることを指摘し, Kd. の年代を Kālid. と 600 A. D. との間に置く. もしこの説を肯定すれば, Kd. が Kāś.-vṛtti を知っていたことを否定しなければならない. 従って問題はなお今後に残されている.

388. Sanna から: sarga I–XIV, XV (不完全), 使者 Aṅgada を Rāvaṇa のもとへ派遣するまで, 並びに XXV の最後の詩節. —— Skt. 写本から: sarga I–X, XVI, v. supra n. 381,〔**Ed.** • **Tr.**〕.

389. 語法・語彙の特徴については: Thomas, op. cit., p. 260–276; Walter, op. cit., p. 34–35 (語根 tan- の頻繁な使用); p. 35 (3. Sg. Pf. Āt. の非人称的用法). ——文体・韻律については: **KHSL.** p. 120–124.

390. Cf. Leumann, WZKM. 7 (1893), p. 228–232; Aufrecht, ZDMG. 27 (1873), p. 17; PDSV. p. 24–25; TKVS. p. 34–36; KGSRK. p. LXXIII–IV.

391. Jalhaṇa の Sūktimuktāvalī (13 世紀) IV. 76.

392. Kālid. の作品名と「ラグの後裔」すなわちラーマとの意味を兼ねる.

393. Kd. の作品名と「シーターの掠奪」との意味を兼ねる.

394. 〔**Gen.**〕 **WGIL.** p. 78: **HIL.** p. 86. **KCSL.** p. 58. **KHSL.** p. 136–7. **DHSL.** p. 322–3. **DGHSL.** p. 627–8. **RIC.** § 1782, b: p. 220.——〔**Ed.**〕 Durgāprasāda and K. P. Parab: The Śrīkaṇṭhacharita of Mankhaka with the comm. of Jonarāja. Bomb., 1887; 2nd rev. ed., 1900. ——〔**Tr.**〕 Elisabeth E. Kreyenborg: Der XXV. Gesang des Śrīkaṇṭhacaritam des Maṅkha. Ein Beitrag zur altind. Literaturgeschichte. Münster i. Westf., 1929. ——〔**Ref.**〕B. N. Bhat: Some noteworthy peculiarities of M°'s Ś°. JOIB. 20(1970), p. 163–171.

395. Cf. Śrīk. XXV. 26–30. Ruyyaka との関係については: S. K. De: Skt. poetics, vol. I(1923), p. 190–194. Ruyyaka はその著 Alaṁkārasarvasva の中に, Śrīk. から 5 詩節を引用している.

396. Cf. Rājataraṅgiṇī VIII. 3354.

397. 詞華集の引用については: PDSV. p. 83–84.

398. 〔**Bibl.**〕**EUL.** nos. 1293–7: p. 126–7; cf. **DHSL.** p. 325, n. 3. ——〔**Gen.**〕**WGIL.** p. 76–77: **HIL.** p. 83–85. **KCSL.** p. 58–59. **KHSL.** p. 139–142. **DHSL.** p. 325–330. **DGHSL.** p. 624–6. **RIC.** p. 219: § 1781, a. ——〔**Ed.**〕(sarga I–XI) by Prema Chandra Pandita. Calc., 1836. ——(s. XII–XXII) by E. Röer: The Uttara Naiṣadha Charita by Sri Harsha with the comm. of Nārāyaṇa. Calc., 1855. ——by Śivadatta with the comm. of N°, ed. with critical and exegetical notes. Bomb., 1894; 5th ed. rev. by Paṇsīkar, 1919. ——by J. Vidyāsāgara〔with the comm. of Mallinātha〕, 2 vols. Calc., 1875, 1876. ——〔**Tr.**〕K. K. Handiqui: The Nc. of Śrīharsha (Cantos I–XXII). For the first time transl. into Engl. with critical notes and extracts from unpublished commentaries, appendices and a vocabulary. Lahore, 1934; 2nd ed., Poona, 1956. ——〔**Ref.**〕M. B. Emeneau: Notes on Śrīharṣa's Nc. Semitic and Or. Studies. Univ. of Calif. Publ. in Sem. philology 11(1951), p. 87–192. ——A. N. Jain: A critical study of Śrīharṣa's Nc. Poona, 1959.

399. インドにおける愛好の結果 20 数種の注釈を生んだ; cf. Handiqui, op. cit., p. XVII–XLI; **DGHSL.** p. 624, n. 1.

400. 一般の見解に従えば, ヴェーダーンタ哲学の論書 Khaṇḍanakhaṇḍakhādya「駁論の珍味」も彼に帰せられる.

401. Cf. SKMS. p. 30–32; **KHSL.** p. 141.

402. 全体として宗教および哲学に関する教説が多く, 特に Śaṁkara の教義を宣揚している (cf. sarga XVII).

403. Cf. e. g. **WGIL.** p. 80–95: **HIL.** p. 88–106. **KHSL.** p. 144–174.

404. 〔**Gen.**〕 **WGIL**. p. 85–86: **HIL**. p. 93–95. **KCSL**. p. 64–66. **KHSL**. p. 153–8. **DHSL**. p. 350–353. **DGHSL**. p. 677. **RIC**. § 1786: p. 222–3; cf. Filliozat, **RIC**. I, p. 131: § 217. ——〔**Ed.**〕 G. Bühler: The Vc., a life of Vikramāditya-Tribhuvanamalla of Kalyāṇa....... Ed. with an introd. Bomb., 1875. (重要な introd. は内容概観を含む.) ——〔**Tr.**〕 S. Ch. Banerji and A. K. Gupta: Bil.'s Vc. Glimpses of the history of the Cālukyas of Kalyāṇa. First Engl. rendering. Calc., 1965. ——A. Haack の訳業については: **EUL**. nos. 1152–3: p. 113; **WGIL**. p. 85, n. 3: **HIL**. p. 93, n. 3. ——M. L. Nagar: Bil.'s Nārāyaṇapura—temple, tank and town. JOIB. 20 (1971), p. 264–270.

405. Cf. Bühler, op. cit., Introd., p. 6–24. ——W. Solf: Die Kaçmīr-Rec. der Pañcāçikā (Kiel, 1886), p. X–XXI. ——**WGIL**. p. 52–53; cf. p. 86: **HIL**. p. 55, cf. p. 94–95. **KHSL**. p. 153. **DHSL**. p. 350–351.

406. Khonamukha または °muṣa, 現 Khunmuh.

407. Cf. Aufrecht, ZDMG. 27, p. 55–56; PDSV. p. 62–72. ——彼の他の作品については下記 § 106 参照.

408. Cf. SKMS. p. 70–71.

409. 〔**Gen.**〕 **WGIL**. p. 92–93: **HIL**. p. 102–3. **KCSL**. p. 69. **KHSL**. p. 172. **DHSL**. p. 361–2. **RIC**. p. 222: § 1785; cf. Filliozat, **RIC**. I, p. 130: § 217. ——〔**Ed.**〕 (sarga I–XX) by Abaji Vishnu Kathavato with a comm. by Abhayatilakagaṇi, 2 vols. Bomb., 1915, 1921.——(s. XXI–XXVIII) by Shankar Pāṇḍurang Paṇḍit with a comm. by Pūrṇakalaśagaṇi. Bomb., 1900.

410. 特に G. Bühler: Über das Leben des Jaina-Mönches Hem. Wien, 1889.

411. Cf. Jinavijaya Muni: Kumārapāla Caritrasaṁgraha. A collection of works of various authors relating to life of King K° of Gujarat. Bomb., 1956.

412. 宗教書: Yogaśāstra. ——聖者伝: Triṣaṣṭiśalākāpuruṣacarita「六十三聖賢伝」; ことにその附録 Pariśiṣṭaparvan は重要である. 〔**Ed.**〕 H. Jacobi: Sthāvirāvalī Charita or P°. Calc., 1883–1891; 2nd ed., 1932. 〔**Tr.**〕 J. Hertel: Ausgewählte Erzählungen aus Hem.s P°. Deutsch mit Einleit. u. Anmerk. Lzg., 1908; cf. Beiträge zum Skt.-wörterbuch aus Hem.s P°. ZDMG. 62(1908), p. 361–9. ——叙事詩: Rāmacarita.

413. 文法: Siddhahemacandra. Cf. F. Kielhorn: A brief account of Hēmachandra's Skt. grammar. WZKM. 2(1888), p. 18–24=Kl. Schr., p. 258–264; NGGW. 1894, No. 1=Kl. Schr., p. 276–289; IA. 15(1886), p. 181=Kl. Schr., p. 242. ——Th. Bloch: Vararuci u. Hem. Gütersloh, 1893. ——S. K. Belvalkar: Systems of Skt. grammar(Poona, 1915), p. 73–81. ——L. Nitti-Dolce: Grammairiens prakrits(Pa., 1915), p. 147–177. ——語彙: Abhidhānacintāmaṇi, etc. Cf. Th. Zachariae: Die ind. Wörterbücher (Strassburg, 1897), p. 30–35. ——詩論: Kāvyānuśāsana. Cf. S. K. De: Skt. poetics, vol. I(1923), p. 203–4; Hari Chand: Kālidāsa(1917), p. 110–111; **KCSL**. p. 140. **KHSL**. p. 395; V. Raghavan: Bhoja's Śṛṅg. Prak.(1963), p. 708–9.

414. 本書の別名 Dvyāśrayakāvya「二語に基づくカーヴィア」はこの事実に由来する.

414[a]. ただし最後の2章はもっぱら道徳・宗教に関係する.

414[b]. Cf. R. Pischel: Hem.'s Grammatik der Prākritsprachen (Siddhahemacandram Adhyāya VIII). Mit krit. u. erläuternden Anmerk. hg. I. Theil. Text u. Wortverzeichniss. II. Theil. Übers. u. Erläut. Halle a. S., 1877, 1880.

415. [**Bibl.**] **EUL**. nos. 906–912: p. 92. ——[**Gen.**] **WGIL**. p. 86–92: **HIL**. p. 95–102. **KCSL**. p. 66–69. **KHSL**. p. 158–172; p. 174. **DHSL**. p. 353–9. **DGHSL**. p. 677. **RIC**. § 1787: p. 223; cf. **RHLS**. p. 132; Filliozat, **RIC**. I, §§ 212–4: p. 127. ——[**Ed.**] Ed. princeps: Calc., 1835. ——Durgāprasāda: The Rt. of Kal., 3 vols.[with three supplem.], Bomb., 1892, 1894, 1896. ——[**Ed.** • **Tr.**] A. Troyer: Rādjataranginī, histoire des rois du Kachmīr. Trad. et commentée. Pa., 1840, 1852. ——M. A. Stein: Kal.'s Rt. or chronicle of the kings of Kashmir. Vol. I. Skt. text with critical notes. Bomb., 1892. ——Do., transl. with an introd., comm., and appendices. Vol. I: Introd., Books I–VII; Vol. II: Book VIII. Notes, geograph. memoir, index, maps. Westminster, 1900.

Repr. Delhi-Patna-Varanasi, 1961. Cf. **WGIL**. p. 86, n. 3: **HIL**. p. 95, n. 1. Stein の出版・英訳は Rt. 研究の標準となり，在来のテキスト・翻訳は不用となった. ——最近の出版としては: Vishva Bandhu: The Rt. of Kal. Critic. ed.[in collaboration with other scholars; with three supplem. by Srikanth Kaul], 4 vols. Hoshiarpur, 1964–1967. Cf. V. V. Mirashi, VishIJ. 2(1964), p. 396–8; 6(1968), p. 152–3. ——[**Ref.**] Oldenberg: Aus dem Indien(Bln., 1910), p. 67; p. 81–96. ——A. L. Basham: Kashmir chronicle. Historians of India, ...ed. by C. H. Philips. Oxford, 1961=Studies in Ind. hist. and culture(Calc., 1964), p. 45–56. ——L. M. Joshi: Buddhist gleanings from the Rt. JOIB. 14(1964), p. 155–163.

416. E. g. Harṣac.(§ 99. 1); Padmagupta(10 世紀)の Navasāhasāṅkacarita; Vikramāṅkadevac.(§ 72).

417. 例えば第三章において，Raṇāditya の治世を 300 年としている.

418. ことに Ananta 王(1081 A. D. 没)の妃 Sūryamatī の悲愴な焚死(VII. 472 et seq.); Harṣa 王紀(VII. 829 et seq.); Sussala 王紀(VIII. 482 et seq.).

419. Jonarāja(1489 A. D. 没)の Rājataraṅgiṇī は Sultān Zainu-l-'ābidīn までの時代を，その門下 Śrīvara は Jaina-Rt. によって 1459–1486 A. D. の期間を補い，Prājyabhaṭṭa とその弟子 Śuka とは Rājāvalipatāka を作って，Akbar 帝によるカシュミール併合(1556 A. D.)直前までに及んでいる. ——これらの続篇は上記 n. 415,[**Ed.**]に挙げた出版書: ed. princeps: Calc., 1835; ed. Durgāprasāda, vol. III(1896); ed. Vishva Bandhu, vols. III–IV(by Kaul; 1966, 1967)に含まれている. Cf. Stein, Rt. tr., vol. II, p. 373–4.

第 5 章

420. 南条目録 no. 1071. 大正大蔵経 vol. 32, no. 1684. 'Aṣṭamahāśrīcaityastotra.' ——Cf. S. Lévi: Une poésie inconnue du roi Harṣa Çīlāditya. X. OC.(Genève, 1894), 2e partie, section 1(Leide, 1897), p. 189–203. ——M. L. Ettinghausen: Harṣa Vardhana (1906), p. 176–9(仏訳と原文). ——Jackson: Pr.(1923, v. infra

n. 436), p. XLV. ——榊亮三郎：所謂戒日王御製の八大霊塔梵讃について. 芸文 4(1913), no. 5, p. 39–50; no. 6, p. 21–30. ——泉芳璟：仏教文学の鑑賞(1940), p. 179 c. nn. 2, 3(p. 182). ——Suprabhātastotra. Cf. Minayeff, Zapiski, N. S. t. 2, fasc. 3, p. 233(原文・露訳). ——F. W. Thomas, JRAS. 1903, p. 703–722(原文・蔵訳). ——Ettinghausen, op. cit., p. 168–175 (仏訳・原文). ——Jackson, op. cit., p. XLV.

421. Cf. PDSV. p. 138. TKVS. p. 117–120. KGSRK. p. CV. ——Jackson, op. cit., p. XLIV c. nn. 36, 37; p. XCI.

422. Cf. Ettinghausen, op. cit., p. 145–6; p. 179–180.——Jackson, op. cit., p. XLIII–IV.

423. 巻第五. 大正大蔵経 vol. 51, p. 894, a–896, a; 国訳一切経, 史伝部 16, p. 82–87; 水谷真成訳大唐西域記(1971), p. 163–9.

424. 巻第四. 大正大蔵経 vol. 54, p. 228, a; 国訳一切経, ib., p. 371.

425. インド史或いは Skt. 文学史で H. の事蹟に触れないものはない. Cf. e. g. S. J. Warren: Koning H. van Kanyākubja. ’s-Gravenhage, 1883. ——V. Smith: The early history of India. 4th ed., Oxford, 1924, p. 348–372; Oxford history of India (Oxf., 1919), p. 165–171. ——M. L. Ettinghausen: H. Vardhana, empereur et poète, de l’Inde septentrionale(606–648 A. D.), étude sur la vie et son temps. Londre-Pa.-Louvain, 1906. ——R. Mookerji: H. Ldn., 1926. ——**SLTI**. p. 184–5; App., p. 38–9. **WGIL**. p. 48–49: **HIL**. p. 51–52. ——Jackson, op. cit., p. XXII–XXXIV. ——M. Lehot: Rv.(1933), p. X–XI. ——Filliozat, **RIC**. I, §§ 491–6: p. 258–261; cf. § 511: p. 266–7; p. 166: § 300(碑文); p. 183–4: § 342(貨幣). A. L. Basham: India(1954), p. 68–69. ——R. C. Majumdar *in*: The classical age(HCIP.), Bomb., 1954, p. 96–123. ——D. Devahuti: H. A political study. Oxford, 1970.

426. Ng. の後半をも参照.

427. H. の著作の真正性に関しては：特に Jackson, op. cit., p. XXXV–XLIX; 3 篇相互の類似個所の詳細は：ib., p. LXXVII–LXXXVII.

428. Pr. IV. 12(bharatavākya)： Rv. IV. 85.

429. Pr. III. 3=Ng. IV. 1; Pr. III. 10=Ng. I. 14.

430. Pr. I. 3: Rv. I. 6: Ng. I. 3.

431. Harṣac. v. 18(=19 ed. Führer). この詩節に見える単語 āḍhyarāja は H. を指す; cf. Pischel, NGGW. 1901, p. 485–7. ただし V. Raghavan: Bhoja's Śṛṅg. Prak., p. 829–831 はこれを Sātavāhana と見なしている. ——Cf. Harṣac. ed. Führer, p. 121. 8–11; p. 112. 12; Ettinghausen, op. cit., p. 98; Jackson, op. cit., p. XL–XLI.

432. Dāmodaragupta: Kuṭṭanīmata(§ 113)777–787; 856–7, ed. KM.(1887), p. 98–99; p. 104–5; J. J. Meyer tr.〔1903〕, p. 129–130; p. 143–4. Cf. **SLTI**. p. 389–391. **SKID**. p. 74. ——Jackson, op. cit., p. XLI c. n. 25.

433. この問題に関しては多くの論文があり, 1922年までの文献は最も便利に Jackson, op. cit., p. XXI–III に集められている; cf. p. XLVI–VIII. ここには重複を避け, ただ若干を追記する. **SILC**. p. 628; p. 646–7(むしろ代作説). **PIL**. p. 217: GGA.(1883), p. 1235–1241 以来の立場を堅持し, Dhāvaka を作者とする. ——一般には真作説に傾く. Cf. **KSD**. p. 170–171(真作或いは Bāṇa 以外の詩人による代作). ——Lehot: Rv.(1933), p. XI–XII. ——A. Scharpé: Bāṇa's Kādamb.(Leuven, 1937), p. 29, n. 3; p. 88. ——**DHSL**. p. 255–6. **DGHSL**. p. 758–9. **RIC**. p. 280: § 1878. ——原実: Ng. tr., *in*: 仏典 I(1966), p. 430.

434. Cf.「〈歌声の歓喜〉(gīr-harṣa)の名にし負う〔Śrī-harṣa〕王により, Bāṇa は億万の黄金をもって敬われたり.」Soḍḍhala(11世紀): Udayanasundarīkathā(ed. GOS., Baroda, 1920), p. 2; Jackson, op. cit., p. XLII.

435. Cf. e. g. Jackson, op. cit., p. LXXXVII. —— 3篇を1冊に集めたものとしては: Bak Kun Bae: Śrī Harṣa's plays. Transl. into Engl. with full Skt. text. Bomb., 1964; cf. S. G. Kantawala, JOIB. 16(1966), p. 101–4. ——M. Schuyler: A bibliography of the plays attributed to Harṣadeva, XIII. OC.(Hamburg, 1902), Leiden, 1904, p. 33–37. なお詳しくは各作品の項を見よ.

436. 〔**Bibl.**〕 **SBSD**. p. 39. **EUL**. nos. 1849–1852: p. 172–3. ——**SKID**. p. 76, n. 1. Jackson, op. cit., p. XV–XVI; cf. p.

XVII–XXIII. ——〔**Gen.**〕 **SLTI**. p. 188–190; App., p. 39. **VHLI**. p. 313. **SKID**. § 85: p. 75–76. **WGIL**. p. 226–7; p. 228: **HIL**. p. 251–2; p. 253. **KSD**. p. 173–4; cf. p. 175–181. **GLI**. p. 190: ed. 1961, p. 243. **DHSL**. p. 256–8; cf. p. 260–262. **DGHSL**. p. 759. **RIC**. p. 280: § 1878; p. 280–281: § 1879. ——〔**Ed.**〕 V. D. Gadré: The Pr. of Śrīharshadeva. Ed. with notes and Prākṛita chhāyā. Bomb., 1884. ——R. V. Krishnamachariar: Pr. with a comm. and bhūmikā. Srirangam, 1906. ——〔**Tr.**〕 G. Strehly: Pr. ......, trad. .... sur l'édition de V. D. Gadré. Pa., 1888. ——G. K. Nariman, A. V. W. Jackson and Ch. J. Ogden: Pr. A Skt. drama by H., ... Transl. into Engl. ......, with an introd. and notes by the two latter together with the text in transliteration. N. Y., 1923. ——〔**Ref.**〕 前記 Jackson-Ogden の introd.〔Jackson と略す〕が最も肝要. ——Ettinghausen, op. cit., p. 105–7. ——Jackson, JAOS. 21(1900), p. 94–101('time analysis'), cf. op. cit., p. LIV–LXII.

437. Cf. Jackson, op. cit., p. LXII–LXXVI.

438. 両戯曲の類似については: Jackson, op. cit., p. LXXVII–LXXXIII.

439. いわゆる garbhāṅka「劇中劇」; cf. Jackson, op. cit., p. CV–CXI.

440. 〔**Bibl.**〕 **SBSD**. p. 39–41. **EUL**. nos. 1853–1860: p. 173. ——**SKID**. p. 75, n. 1. ——〔**Gen.**〕 **SILC**. p. 644–5. **SLTI**. p. 185–190; App., p. 39. **MHSL**. p. 361–2. **VHLI**. p. 313. **SKID**. § 84: p. 74–75. **WGIL**. p. 226–8: **HIL**. p. 251–3. **KSD**. p. 171–3, cf. p. 175–181. **GLI**. p. 190: ed. 1961, p. 243. **DHSL**. p. 256–8. **DGHSL**. p. 759. **RIC**. p. 280: § 1878; p. 281: § 1879; cf. Ren. Rech., p. 44, n. 1. ——〔**Ed.**〕 by C. Cappeller *in*: Böhtlingks Skt.-Chrestomathie. 2. Aufl., 1877, p. 290–329; 3. Aufl., 1909, p. 326–382; p. 413–6. ——by N. B. Godabole and K. P. Parab, Bomb., 1882; 2nd ed., 1890. ——by K. P. Parab, with the comm. of Govinda. Bomb., 1895. ——by V. S. Ghāte, Bomb., 1907. ——(c. tr.) by S. R. Vindyavinode, with an original comm., transl. 〔Engl. and Beng.〕, notes, etc. Calc., 1919, 2nd ed., 1922. ——by

M. R. Kāle, with an exhaustive introd., a new Skt. comm., various readings, a literal Engl. transl., copious notes and useful appendices. Bomb., 1921; 2nd ed. rev., 1925. ——〔**Tr.**〕(英)H. H. Wilson: Ratnāvalī or the necklace. A drama, transl. from the original Sct. Select specimens, 2nd ed. (Ldn., 1835), vol. II, p. 255–319. ——(独)L. Fritze: Rv. oder die Perlenschnur. ......Aus dem Original zum ersten Male ins Deutsche übersetzt. Chemnitz, 1878. ——H. Melzig: Rv. ......in deutscher Nachahmung. Stuttgart, 1928. ——(仏)M. Lehot: H. Rv., texte traduit. Pa., 1933 〔tex.=ed. Cappeller〕. ——その他の欧州語および近代インド諸語への翻訳: **SBSD**. p. 40. 特に 17 世紀の Kannara 語翻案については: H. W. Schomerus *in*: **GLI**. p. 309: ed. 1961, p. 425. ——〔**Ref.**〕 Ettinghausen, op. cit., p. 104–5; p. 107. ——Jackson, op. cit., p. LXXIII–V; p. LXXVII–LXXXIII (: Pr.); p. LXXXVI (: Ng.); JAOS. 21 (1900), p. 90–94 ('time analysis'). ——比較的新しくは Lehot, op. cit., introd. が要を得ている.

441. Cf. O. Pertold: The legend of the Princess Rv. as a problem of the popular religion of the Singhalese. XVIII. OC. (Leiden, 1931), p. 143–4.

442. 〔**Bibl.**〕 **SBSD**. p. 37–39. **EUL**. nos. 1835–1845: p. 171–2. ——原実: ナーガーナンダ, *in*: 仏典 I (1966), p. 431–2. ——〔**Gen.**〕 **SILC**. p. 645–7. **SLTI**. p. 190–195; App., p. 39–40. **MHSL**. p. 362. **VHLI**. p. 295–6. **SKID**. § 86: p. 76–77. **WGIL**. p. 228–231: **HIL**. p. 253–8. **KSD**. p. 174–5; cf. p. 175–181. **GLI**. p. 190: ed. 1961, p. 243. **DHSL**. p. 258–260; cf. p. 260–262. **DGHSL**. p. 759. **RIC**. § 1880: p. 281–2; cf. p. 280: § 1878. ——〔**Ed.**〕 by T. Gaṇapati Śāstrī, with the comm. Ng.-vimarśinī by Śivarāma. Trivandrum, 1917. ——by R. D. Karmarkar, with an introd., transl., notes critical and explanatory and appendices. Bomb., 1919; 2nd ed., 1923. ——by Baladeva Upādhyāya, with introd. and notes. Calc., 1957. ——〔**Tr.**〕 P. Boyd: Ng. or the joy of the snake-world, Transl. into Engl. prose, with explanatory notes, ... With an introd. by Prof. Cowell. Ldn., 1870. ——B. H. Wortham: The Buddhist legend of Jīm. ......dramatized in the

Ng. ......transl. Ldn.,〔1911〕. ——A. Bergaigne: Ng. la joie des serpents, drame bouddhique. Pa., 1879. ——(和訳)高楠順次郎：龍王の喜び. 東京, 1923. ——原実: ナーガーナンダ. 中村元編仏典 I (1966), p. 373–413; p. 429–432. ——〔**Ref.**〕 Ettinghausen, op. cit., p. 107–113. ——Jackson, op. cit., p. LXXXIII–VI (: Pr.); p. LXXXV (: Rv.); JAOS. 21 (1900), p. 101–8 ('time analysis').

443. 大正大蔵経 vol. 54, p. 228, a; 国訳一切経, 史伝部 16, p. 371.

444. KSS. tar. 90 (=Vet. XVI. 話); BKM. IX. 766–935 (do.); Vet. rec. Śivadāsa, XV. 話; rec. Jambalad., XXIII. 話; そのほか KSS. tar. 22. 16–257; BKM. IV. 50–108. ——F. D. K. Bosch: De legende van Jīm. in de Skt.-Litteratuur. Leiden, 1914. ——N. M. Penzer: The ocean of story, vol. VII (1927), p. 233–240. ——**SLTI**. p. 191–3. ——Ettinghausen, op. cit., p. 109. ——B. H. Wortham, op. cit., p. 1–19. ——Ch. Chakravarti: The story of Jīm. in Eastern India. Adyar Libr. Bull. (Jub. vol., 1961), p. 308–312: 中世後期の Bengal の作品 Jīvitavāhanarājār upākhyāna について; ただしその内容は Śibi 王物語.

445. 詞華集中の詩節については: supra n. 421.

446. Cf. supra n. 439.

447. Cf. Jackson, op. cit., p. LXXXVII–XCI.

448. Cf. e. g. Schuyler: The origin of the Vidūṣaka and the employment of this character in the plays of Harṣadeva. JAOS. 20 (1899), p. 338–340.

449. Cf. **SLTI**. p. 189–190; p. 194–5; Ettinghausen, op. cit., p. 107; Jackson, op. cit., p. XCI–II; Lehot, op. cit., p. XIV–XV; **KSD**. p. 175–181. **DHSL**. p. 260–262.

450. harṣo harṣo hṛdayavasatiḥ. Prasannarāghava I, v. 22; cf. § 21 c. n. 138.

451. SKMS. p. 41–44; Jackson, op. cit., p. XCVI–IX; Lehot, op. cit., p. XIX–XXI; **KSD**. p. 181. **DHSL**. p. 261, n. 1. **RIC**. p. 282: § 1880.

452. 主要な出版・翻訳の序文のほか: A. Borooah: Bhav. and his place in Skt. literature. Calc.-Ldn., 1878. ——L. Kretzschmer:

Bhav., der Dichter des "Dharma." Halle(Saale), 1936. ——R. G. Harshe: Observations sur la vie et l'œuvre de Bhav. Pa., 1938. ——Cf. **SILC**. p. 647–8. **SLTI**. p. 211–2; App., p. 43. **MH-SL**. p. 362–3. **PIL**. p. 217. **SKID**. § 88: p. 78–79. **WGIL**. p. 231–2: **HIL**. p. 258–9. **KSD**. p. 186–7. **GLI**. p. 190–191: ed. 1961, p. 243. **DHSL**. p. 277–280. **RIC**. § 1881: p. 282; cf. Ren. Rech., p. 43, n. 3(*lit.*).

453. Mvc. に最も詳しく，Urc. は僅少の資料を提供するのみ.

454. Padmapura, 現 Padampur(Āmgaon 近傍). Cf. V. V. Mirashi: The birth-place of Bhav. IHQ. 11, p. 257 et seq.=Stud. in Indology, vol. I(1960), p. 21–34; do. vol. IV(1966), p. 65–72.

455. 祖父は Bhaṭṭagopāla, 父は Nīlakaṇṭha, 母は Jātukarṇī (Jātū°, Jatu°)と呼ばれた.

456. Bhav.(Bhava=Śiva)はおそらく後の称呼. ただしその起原に関する伝説は信用しがたい. Cf. T. Mall: Mvc. ed., p. XXIV c. n. 2; Stchoupak: Urc. tr., p. X c. n. 1.

457. Kālapriyanātha; おそらく Ujjayinī の Mahākāla を指す. ——この見解に反しては: V. V. Mirashi: Identification of Kālapr., Stud. in Indol., vol. I(1960), p. 35–40: K° は太陽神でシヴァではない. その祠は Kalpī にあって Ujjain ではない; do. vol. IV (1966), p. 71–80.

458. Cf. Keith: Bhav. and the Veda. JRAS. 1914, p. 729–731.

459. Cf. P. Peterson: Bhav. and Kāmasūtra. JRASBomb. 18 (1891), p. 109 et seq.

460. 北印に雄飛した Yaśovarman は，ハルシャ王の衣鉢を継ぎ，文雅の士を庇護したばかりでなく，みずから優秀な詩人として，今は散佚した戯曲 Rāmābhyudaya を作った. Cf. **SLTI**. p. 212 *init*. **SKID**. § 92: p. 82. **KSD**. p. 220; p. 221; p. 222. **DHSL**. p. 299–300; spec. V. Raghavan: Some old lost Rāma plays(1961), p. 1–25.

461. Cf. Rājatar. IV. 134, 144.

462. Cf. Gaüdavaho v. 799.

463. 多少の出入はあるが，諸家の見解は概ね一致し，一般に 7

世紀末から8世紀中葉までの間を妥当としている. Cf. Bhandarkar: Mm. ed.(1905), p. XIII–XVII; Belvalkar: Urc. tr., p. XXXIX–XLVI; Hertel, AM. 1(1924), p. 23: Mvc. と Gaüdav. の年代は 733 A. D. より少し以前; T. Mall: Mvc. ed., p. XXVI–VIII; Stchoupak: Urc. tr., p. XII; Kretzschmer, op. cit., p. V, n. 1. ——**WGIL**. p. 231: **HIL**. p. 258. **SKID**. p. 79: § 88. **KSD**. p. 187. **DHSL**. p. 279–280. **RIC**. p. 282: § 1881. ——なお Bhav. を有名な Mīmāṁsā 学者 Kumārila(7 世紀後半)の門弟で注釈家たる Umbekācārya と一致させる説は, Mm. の一写本の記載に基づくもので信憑性を欠く. Cf. Bhandarkar, op. cit., p. VIII–IX; Belvalkar, op. cit., p. XLI–II; **KSD**. p. 186; **DHSL**. p. 278, n. 2; V. V. Mirashi: Bhav. and Umbeka. IHQ. 34, p. 2 et seq.=Stud. in Indol., vol. I(1960), p. 43–53; do. vol. IV(1966), p. 80–84.

464. Cf. Bhandarkar, op. cit., p. X; Belvalkar, op. cit., p. XLVII; T. Mall, op. cit., p. XXX–XXXI; Stchoupak, op. cit., p. XIII–XIV. ——**SKID**. p. 79. **DHSL**. p. 284, n. 1: Mvc. と Mm. との順序は不確実.

465. 〔**Bibl.**〕 **SBSD**. p. 28; cf. JAOS. 25(1904), p. 191–2. **EUL**. nos. 1687–1693: p. 159. ——**SKID**. p. 80, n. 1; T. Mall, op. cit., p. XLVII–VIII. ——〔**Gen.**〕 **SILC**. p. 651–2. **SLTI**. p. 269–272. **MHSL**. p. 364. **VHLI**. p. 291. **PIL**. p. 217. **SKID**. § 89: p. 79–80. **WGIL**. p. 232: **HIL**. p. 259. **KSD**. p. 188–190; p. 192; p. 193–4. **GLI**. p. 191: ed. 1961, p. 243. **DHSL**. p. 285–8. **DGHSL**. p. 763. **RIC**. § 1884: p. 284. ——〔**Ed.**〕 by F. H. Trithen, Ldn., 1848. ——by A. Borooah, with a Skt. comm. and a Skt.-Engl. glossary. Calc., 1877. ——Todar Mall: Mvc. .... Ed. with critical apparatus, introd. and notes....... Rev. and prepared for the press by A. A. Macdonell. Ldn., 1928. ——by T. R. R. Aiyar, S. Rangachariar and K. P. Parab, with the comm. of Vīrarāghava. Bomb., 1892; 2nd ed., 1901; 4th ed. rev. by Paṇśīkar, 1926. ——〔**Tr.**〕 J. Pickford: Mvc. .... Transl. into Engl. prose from the Skt. Ldn., 1871; repr., 1892. ——(梗概) H. H. Wilson: Mahavira Cheritra; a drama in seven acts. Select specimens, 2nd ed.(1835), vol. II, p. 323–334. ——〔**Ref.**〕 T. Mall, op. cit.,

Introd. が肝要. Cf. Nève: Urc. tr., p. 57–73; Belvalkar, op. cit., p. LXIII–VII; Kretzschmer, op. cit., p. 11–50.

466. Vālmīki の Rām. との関係については: Belvalkar, op. cit., p. XLIII–LXVII.

467. Cf. J. Hertel: A note on Bhav. and on Vākpatirāja. AM. 1(1924), p. 1–23. ——T. Mall, op. cit., p. XVIII–XX; cf. p. VIII–IX. ——**DHSL**. p. 286; cf. IA. 59(1930), p. 13–18. ——C. R. Devadhar: The textual problem of the Mvc. JOIB. 9(1960), p. 243–255.

468. Cf. T. Mall, op. cit., App. A: p. 279–285.

469. Cf. T. Mall, op. cit., App. B: p. 286–306; ed. Aiyar(v. supra n. 465).

470. 特に Devadhar(v. supra n. 467). Cf. T. Mall, op. cit., p. XVIII–XX.

471. 〔**Bibl.**〕**SBSD**. p. 30–31; cf. JAOS. 25(1904), p. 192–4. **EUL**. nos. 1668–1686: p. 158–9; cf. nos. 1480–1481: p. 143. ——**SKID**. p. 80, n. 1; T. Mall: Mvc. ed., p. XLIX–L; Stchoupak: Urc. tr., p. LXII–IV; **DHSL**. p. 277, n. 3; **DGHSL**. p. 763; G. K. Bhat: Urc. ed., p. VIII. ——〔**Gen.**〕**SILC**. p. 652–5. **SLTI**. p. 219–224. **MHSL**. p. 364–5. **OLAI**. p. 278–281. **VHLI**. p. 291–2; cf. p. 228. **PIL**. p. 215. **SKID**. § 90: p. 80. **WGIL**. p. 232–4; p. 646(Nachtr.): **HIL**. p. 259–261. **KSD**. p. 190–2; p. 194–5. **GLI**. p. 191: ed. 1961, p. 243. **DHSL**. p. 288–298; cf. p. 284, n. 1; p. 285, n. 1. **DGHSL**. p. 763. **RIC**. § 1885: p. 284–5; § 1886: p. 285–6. ——〔**Ed. • Tr.**〕Ed. princeps: Calc., 1831. ——by P. V. Kane, with the comm. of Ghanaśyāma and notes, Engl. transl. by C. N. Joshi. Bomb., 1915; 3rd ed., 1929. ——by S. K. Belvalkar, text only. Poona, 1921. ——by Sankara Rama Sastri, with the comm. of Nārāyaṇa. Madras, 1932. ——by T. R. R. Aiyar and K. P. Parab, with the comm. of Vīrarāghava. Bomb., 1899, etc.; 10th ed. with footnotes in Skt. by Narayana Rama Acharya, 1949. ——by M. R. Kāle, with the comm. of Vīrar., various readings, introd., a literal Engl. transl., exhaustive notes and appendices. 3rd ed. Bomb., 1924. ——by Saradranjan Ray, with Skt.

comm., Engl. transl., critical and explanatory notes and introd. Calc., [1924]; 2nd ed. by Kumudranjan Ray, [1926]. ——by G. K. Bhat, [with introd., Engl. transl. and notes]. Surat, 1953. ——[**Tr.**] (英) H. H. Wilson: Uttara Rama Cheritra or continuation of the history of Rama, a drama, transl. from the original Sanscrit. Select specimens, 2nd ed. (1835), vol. I, p. 275–384.——C. H. Tawney: Urc. transl. into Engl. Calc., 1871; 2nd ed., 1874. ——S. K. Belvalkar: Rama's later history. Pt. 1: Introd. and transl. Cambridge (Mass.), 1915. ——(仏) F. Nève: Le dénouement de l'histoire de Rama......, trad. du sct. avec une introd. sur la vie et les œuvres de ce poète. Bruxelles-Pa., 1880. ——N. Stchoupak: Urc. (La dernière aventure de Rama), ...trad. et annoté. Pa., 1935 [c. tex.]. ——[**Ref.**] Belvalkar, op. cit., Introd. (spec. p. LXXVI–LXXXV) および Stchoupak, op. cit., Introd. が肝要. Cf. Nève, op. cit., p. 74–99; p. 117–124; Kretzschmer, op. cit., p. 66–85; p. 113–6. ——V. W. Karambelkar: Bhav.'s philosophy of speech (In the Urc.). Fs. Mirashi (1965), p. 165–174. ——H. W. Wells: Urc. and "the descent of the Ganges". JOIB. 16 (1966), p. 144–8. ——Dignāga の Kundamālā (ed. by Kali Kumar Dutta, Calc., 1964) 先行説: H. D. Sankalia: Kundam. and Urc. JOIB. 15 (1966), p. 322–334. ただし確証なし; cf. **DHSL**. p. 464 c. n. 1.

472. Belvalkar: Stage emendations in the Urc. JAOS. 34 (1915), p. 428–433 は, 2種の 'text-traditions' を認めている.

473. Rām. との関係については: Stchoupak, op. cit., p. XXII–VIII; cf. supra n. 466.

474. [**Bibl.**] **SBSD**. p. 28–29; cf. JAOS. 25 (1904), p. 189–191. **EUL**. nos. 1694–1703: p. 160; cf. nos. 1480–1482: p. 143. ——**SKID**. p. 81, n. 1; T. Mall, op. cit., p. XLVIII. ——[**Gen.**] **SILC**. p. 648–651. **SLTI**. p. 212–6; App., p. 43–44. **MHSL**. p. 363–4. **VHLI**. p. 302–4. **PIL**. p. 217. **SKID**. §91: p. 81. **WGIL**. p. 234–7: **HIL**. p. 261–5. **KSD**. p. 187–8; p. 192–3. **GLI**. p. 191: ed. 1961, p. 243–4. **DHSL**. p. 280–285. **DGHSL**. p. 763. **RIC**. §1883: p. 283–4. ——[**Ed.**] Ed. princeps: Calc., 1830. ——Ch. Lassen: Malatimadhavae fabulae Bhavabhutis actus primus...... .

Bonnae, 1832. ——R. G. Bhandarkar: Mm. ......with the comm. of Jagaddhara. Ed. with notes, critical and explanatory. Bomb., 1875; 2nd ed., 1905. ——M. R. Kāle: Bhav.'s Mm. with the comm. of Jagaddh. Ed. with a literal Engl. transl., notes and introd. Bomb., 1908; 2nd ed., 1928. ——M. R. Telang: The Mm. of Bhav. with the comm. of Tripurāri〔for I–VII, and of Nānyadeva for VIII–X〕and Jagaddh. Bomb., 1900; 5th ed., 1926. ——〔**Tr.**〕H. H. Wilson: Mālatī and Mādhava or the stolen marriage. A drama, transl. from the original Sanscrit. Select specimens, 2nd ed. (1835), vol. II, p. 1–123. ——L. Fritze: M° u. M°. Ein ind. Drama von Bhav. Zum ersten Male und metrisch aus dem Original ins Deutsche übers. Lzg. (Reclam),〔1884〕. ——G. Strehly: Madhava et Malati, drame en dix actes et un prologue de Bhav., trad. du sct. et du pct. Précédé d'une préface par A. Bergaigne. Pa., 1885. ——〔**Ref.**〕Nève, op. cit., p. 32–45; Belvalkar, op. cit., p. LXVII–LXXVI; Kretzschmer, op. cit., p. 58–61; p. 85–102.

475. 主筋に関しては: KSS. XIII (=tar. 104), BKM. XI. Cf. **SLTI**. p. 212–3; Belvalkar, op. cit., p. LXVIII c. nn. 2, 3; **WGIL**. p. 329, n. 1: **HIL**. p. 364, n, 1; **DHSL**. p. 280 c. nn, 4, 5.

476. Cf. F. Cimmino: Osservacioni sul rasa nel Mm. Napoli, 1915. ——ちなみにこの学者には Mm. の伊訳(1915)があるほか, Kālid., Harṣa等の戯曲の翻訳・研究が多数に存する; cf. e. g. infra n. 526.

477. uttararāmacarite bhavabhūtir viśiṣyate といいならわされている. また sārasvate vartmani sārthavāhaḥ「文雅の道の嚮導者」とさえ呼ばれた(Udayanasundarīkathā, p. 154).

478. Mm. I, 8. Cf. G. C. Jhala: Bhav. and his contemporary detractors. JOIB. 14 (1965), p. 448–463.

479. Kāvyāl.-vṛtti *sub* I. 2. 12 (*apud* Cappeller, p. 5): Mvc. I. 54; *sub* IV. 3. 6 (*apud* Capp., p. 48): Urc. I. 38.

480. Cf. Aufrecht, ZDMG. 27 (1873), p. 63–64. PDSV. p. 77–78. TKVS. p. 60–62. KGSRK. p. LXXXVII. ——Bhandarkar: Mm. ed., p. XVII–XVIII; Belvalkar, op. cit., p. XLVI–

VII; T. Mall, op. cit., p. XXIX–XXX; p. XLIII–VII; Stchoupak, op. cit., p. XIV–XVII. ——13詩節からなる短詩集Guṇaratna(ed. J. Vidyāsāgara: Kāvyasaṁgraha I (Calc., 1888), p. 299–305)は時に Bhav. に帰せられるが，信頼するに足りない; cf. T. Mall, op. cit., p. XXVIII–IX; Stchoupak, op. cit., p. XIV c. n. 1.

481. 特に A. Gawroński: Notes sur les sources de quelques drames indiens (w Krakowie, 1921), p. 43–63: Meghad. et Mm.; cf. p. 63–83: La fable dramatique de Mm. dans la littérature populaire turque. ただし Gawr. は，Vik. IV と Mm. IV と間に直接影響があったとすることは必ずしも確実でないとする，cf. p. 31, n. 2. ——Cf. T. Mall, op. cit., p. XXXIX–XL; Stchoupak, op. cit., p. XXVIII–XXXI; **DHSL**. p. 153–4.

482. Cf. **SLTI**. p. 215–6; p. 222–4. **WGIL**. p. 232; p. 234–7: **HIL**. p. 258–9; p. 261–5. **KSD**. p. 192–203. **DHSL**. p. 285, n. 1. **RIC**. § 1882: p. 282–3; p. 283–4: § 1883; p. 284: § 1884; p. 285: § 1885. ——Nève, op. cit., p. 22–31; Belvalkar, op. cit., p. LXXXV; p. LXXXVI–VII; p. XLVI–VII; p. LXXI–VI; p. LXXVIII–LXXXV; T. Mall, op. cit., p. XXXI–IX; p. XL–XLII ('self-repetions'); Stchoupak, op. cit., p. XXXI–LIII.

483. padavākyapramāṇajña「語句の正しい用法に精通した」(Urc. 序幕)参照.

484. Cf. e. g. Stchoupak, op. cit., p. XL.

485. Bhojaprabandha v. 248 (tr. Gray, p. 70)は，Bhav. の言葉の中にこの特徴を利用している.

486. 時には Māhārāṣṭrī 形の混在が認められる. Cf. Belvalkar, op. cit., p. LXXXV; T. Mall, op. cit., p. XXXVIII–IX; Stchoupak, op. cit., p. XL; **DHSL**. p. 285, n. 1.

487. Cf. Govardhana: Āryasaptaśatī I. 36; cf. e. g. Kretzschmer, op. cit., p. V–VI.

488. Cf. supra § 84.

489. vaśyavacas, Bhojaprab. l. c. (supra n. 485).

490. E. g. Urc. IV; cf. **KSD**. p. 192, n. 1.

491. Cf. SKMS. p. 46–50. **KSD**. p. 203. **DHSL**. p. 285, n. 1. **RIC**. p. 283: § 1882. ——Belvalkar, op. cit., p. LXXXVII–VIII;

T. Mall, op. cit., p. 324–330; Stchoupak, op. cit., p. XL–XLI.

492. Cf. **DGHSL**. p. 769.

493. Cf. e. g. V. Raghavan: Some old lost Rāma plays. Annamalainagar, 1961.

494. 〔**Bibl.**〕 **SBSD**. p. 72–73. **EUL**. nos. 1646–1656: p. 156–7. **SKID**. p. 78, n. 6. ——〔**Gen.**〕 **SLTI**. p. 224–5; App., p. 44. **SKID**. § 87: p. 77–78. **WGIL**. p. 51; p. 643 (Nachtr.); p. 238: **HIL**. p. 53; p. 266–7. **KSD**. p. 212–9. **DHSL**. p. 271–7. **DGHSL**. p. 762–3. **RIC**. § 1887: p. 286–7. ——〔**Ed.・Tr.**〕 J. Grill: Veṇ.: die Ehrenrettung der Königin. Ein Drama in 6 Akten von Bhaṭṭa Nārāyaṇa. Kritisch mit Einleitung u. Noten hg. Lzg., 1871; cf. Weber, IStr. III (1879), p. 100–104. ——by M. R. Kāle, with the comm. of Jagaddhara curtailed or enlarged as necessary, various readings, a literal Engl. transl. and……notes in Engl. 2nd ed., Bomb., 1919. ——by K. N. Dravid, with copious notes and transl. of verses in Engl. 2nd ed. rev. and enlarged. Poona, 1922. ——by K. P. Parab, with the comm. of Jagaddhara and various readings, revised by Paṇśīkar. Bomb., 1918; 6th ed., 1925. ——by G. V. Devasthali, with complete Engl. transl. Poona, 1953. ——〔**Tr.**〕 Sourindro Mohun Tagore: Veṇ. nāṭaka or the binding of the braid…… . Calc., 1880. 著者はみずから原作者の後裔と称する．翻訳というよりむしろ翻案; cf. **WGIL**. p. 238, n. 2: **HIL**. p. 266, n. 3. ——〔梗概〕 H. H. Wilson, op. cit., p. 334–344.

495. Bhaṭṭanārāyaṇa には序幕の中で Mṛgarājalakṣman という称号が冠せられている．なお詞華集 Śārṅgadharap. は Niśānārāyaṇa の名のもとに，Veṇ. の若干の写本に含まれる nāndī (祝禱) 詩節を挙げている; cf. Aufrecht, ZDMG. 27 (1873), p. 45.

496. Cf. e. g. Wilson: Select specimens, 2nd ed. (1835), vol. II, p. 343 (8 または 9 世紀); Lassen: Ind. Alterthumsk. vol. III (1858), p. 718–720 (7 世紀); Grill: Veṇ. ed., p. III–XXXV (特に p. VI: 6 世紀後半); **SKID**. p. 77 (7 世紀後半); **WGIL**. p. 51 c. n. 2; p. 643 (Nachtr.): **HIL**. p. 53 c. n. 5 (8 世紀).

497. Cf. Mbh., critical ed., V. 70–IX. 57.

498. 特に第二幕 Duryodhana とその妃 Bhānumatī との場面.

499. Cf. e. g. **WGIL**. p. 238, n. 1: **HIL**. p. 266, n. 5. ——ここにはVeṇ. の年代決定に関係ある2書に参照する. Vāmana: Kāvyāl.-vṛtti *ad* IV, 3. 28 (ed. Cappeller, p. 55): Veṇ. V. 36, d (=ed. Grill, V. 152: p. 81). ——Dvanyāloka, ed. KM. p. 80 (tr. Jacobi, p. 44): Veṇ. I. 21; p. 81 (tr., ib.): III. 32 (ed. Grill, III. 85); p. 225 (tr., p. 140): V. 26 (ed. Grill, V. 142). なお p. 150 (tr., p. 88) は Veṇ. の欠陥をついている. 作者の規定に対する余りに無理な盲従には, ほかにも非難の声があった, cf. e. g. **WGIL**. p. 238, n. 5: **HIL**. p. 267, n. 1. ——また Dhanika の Daśarūpāvaloka は Ratnāv. (§ 78) と並んで Veṇ. を頻りに援用している, cf. Weber, IStr. III (1879), p. 103; Haas: The Daśarūpa (1912), p. XXXVI c. n. 1.

500. Cf. Grill, op. cit., p. XXVII–XXXIII. ほかに南印本の区別も考えられる, v. ib., p. VI–VII.

501. 言語・文体・韻律については: e. g. **KSD**. p. 215–9. **DHSL**. p. 275–7. ——韻律については: SKMS. p. 50–52.

502. 〔**Bibl.**〕**SBSD**. p. 71. **EUL**. nos. 1756–8: p. 164–5. ——〔**Gen.**〕**SLTI**. p. 277–280. **SKID**. p. 83–84. **WGIL**. p. 241: **HIL**. p. 270–271. **KSD**. p. 225–231. **DHSL**. p. 449–453. **DGHSL**. p. 760–761. **RIC**. p. 288–9: § 1890. ——〔**Ed.**〕Durgāprasāda and K. P. Paraba: The An. of Murāri with the comm. of Ruchipati. Bomb., 1887; 2nd ed., 1894.——〔梗概〕H. H. Wilson: Select specimens, 2nd ed. (1835), vol. II, p. 375–383.

503. 語句の模倣については: Stchoupak: Uttararāmac. (1935), p. XXXV.

504. 詞華集中の引用については: Aufrecht, ZDMG. 27 (1873), p. 74. PDSV. p. 91–92. TKVS. p. 71–75. KGSRK. p. XCI–II.

505. 韻律については: SKMS. p. 62–64.

506. Murāri を Bhavabh. または Bāṇa より勝れた詩人とする1詩節(作者不明)すら残っている; cf. Aufrecht, loc. cit.; PDSV. p. 91.

507. Cf. **SLTI**. p. 228–9; App., p. 45; p. 47–48. **SKID**. p. 84–85 (*lit.*). **WGIL**. p. 51–52 (*lit.*): **HIL**. p. 54. **KSD**. p. 231–2. **DHSL**. p. 454–5. **RIC**. p. 287: § 1888. ——Rāj. の伝記・年代の決

定に特に重要な貢献をした学者は: Fleet(1887); Kielhorn(1899); Hultzsch, IA. 34(1905), p. 177–9. ——V. Sh. Apte: Rāj., his life and writings. Poona, 1886. ——S. Konow: Karp.(1901), p. 173–209(*lit.*). ——Dalal and A. R. Sastry: Kāvyamīm. ed.(Baroda, 1924), p. X–XV.

508. Mahendrapāla は Nirbhaya または Nirbhara と号し, 893–907 A. D. にわたって碑文を残す.

509. Cf. e. g. **SLTI**. p. 292–5. Konow: Karp.(1901), p. 187; p. 204. ——Haas: The Daśarūpa(1912), p. XXXVI. ——**KSD**. p. 39. **DHSL**. p. 455. Stchoupak: Uttararām.(1935), p. XXXVI.

510. Dhanika *ad* Daśarūpa III. 16; IV. 61.

511. C. D. Dalal and R. A. Sastry: Km. of Rāj. Ed. with introd. and notes. GOS. 1, Baroda, 1924. ——N. Stchoupak et L. Renou: La Km. de Rāj., trad. du skt. Pa., 1946.

512. この点は Dalal-Sastry, op. cit., p. XIV に同じ. ——Cf. Apte, op. cit.; **SKID**. l. c.; **KSD**. l. c. V. V Mirashi: The chronological order of Rāj.'s works. Pathak-Vol.(1934), p. 359 et seq.=Studies in Indology, vol. I(1960), p. 54–61: Karp. を Viddh. より先に置く. ——Stchoupak-Renou, op. cit., p. 2 は Km. を Brām. と Bbhār. との間に置く. しかし Bbhār. I. 2 は Km. XIII. 17(ed. Baroda, p. 71; Stchoupak-Renou, op. cit., p. 194 c. n. 37) に引用されているから, Km. を最後に置くのが妥当である.

513. Cf. **WGIL**. p. 240: **HIL**. p. 268–9.

514. Cf. Aufrecht, ZDMG. 27(1873), p. 77–78; PDSV. p. 100–103. TKVS. p. 80–92. KGSRK. p. XCIII–IV. Konow: Karp. (1901), p. 189–191.

515. Durgāprasāda-Paraba: Karp. ed.(1887), Introd., p. 4–11 はこの種の詩節を集めている.

516. Cf. Konow, op. cit., p. 188–9. **SKID**. p. 84. **KSD**. p. 232. Stchoupak-Renou, op. cit., p. 2.

517. 〔**Bibl.**〕 **SBSD**. p. 76–78. **EUL**. nos. 1763–1775: p. 165–6. ——〔**Gen.**〕 **SLTI**. p. 245–251; p. 272–7; App., p. 47–48. **SKID**. p. 85–86(*lit.*); cf. Karp.(1901), p. 184–8. **WGIL**. p. 239–241(*lit.*): **HIL**. p. 267–270. **KSD**. p. 232–5. **DHSL**. p. 455–9. **RIC**. p.

287–8: §§ 1888–9.

518. [**Ed.**] by Govinda Deva Śāstrī, Benares, 1869. ——by J. Vidyāsāgara, Calc., 1884. ——[**Tr.**] (Act I–V) by S. Venkatarama Sastri, Bangalore, 1910.

519. [**Ed.**] C. Cappeller: Pracaṇḍapāṇḍava, ein Drama des Rāj. zum ersten Male hg. Strassburg-Ldn., 1885. ——*in*: Durgāprasāda-Paraba: Karp. ed. (1887). ——Cf. H. H. Wilson: Select specimens, 2nd ed. (1835), vol. II, p. 361–2.

520. 規定によれば，ナータカは 5 ないし 10 幕からなる，cf. supra § 5.

521. [**Ed.**] by Bh. R. Ārte, with the comm. of Narayana Dixit [18th cent.]. Poona, 1886. ——[**Tr.**] L. H. Gray: The Viddh. of Rāj., now first transl. from the Skt. and Pkt. JAOS. 27 (1906), p. 1–71. ——Cf. H. H. Wilson, op. cit., p. 354–360.

522. [**Ed.**] by Durgāprasāda and K. P. Paraba, with the comm. of Vāsudeva. Bomb., 1887 [tog. with Bbhār.]. ——Sten Konow-Ch. R. Lanman: Rāja-Çekhara's Karp. A drama by the Indian poet Rāj. (about 900 A. D.), critic. ed. in the original Pkt., with a glossarial index, and an essay on the life and writings of the poet by Sten Konow and transl. into Engl. with notes by Ch. R. Lanman. Cambridge (Mass.), 1901. ——[**Tr.**] G. Tucci: Rājaçekhara, La Karp. Prima traduzione italiana dall' originale pracrito con introd. e note. Città di Castello, 1922.

523. saṭṭaka; cf. e. g. **SKID**. § 32: p. 33–34.

524. ただし彼の Pkt. は批判されている；cf. spec. Konow, op. cit., p. 199–204.

525. Cf. Konow, op. cit., p. 199–209. **KSD**. p. 236–9. **DHSL**. p. 459–461. ——韻律については：SKMS. p. 52–57 をも参照.

526. [**Bibl.**] **SBSD**. p. 66–67. **EUL**. nos. 1623–7: p. 154. ——[**Gen.**] **SKID**. p. 86–87. **WGIL**. p. 249–250: **HIL**. p. 279. **KSD**. p. 239–240. **DHSL**. p. 469–470. **RIC**. p. 292: § 1896. ——[**Ed.**] by J. Tarkālaṁkāra, Calc., 1867. ——by J. Vidyāsāgara, Calc., 1884. ——[**Tr.**] L. Fritze: Kausika's Zorn (Tschandakauçika). Ein ind. Drama von Kschemisvara. Zum ersten Male u. metrisch übers. Lzg. (Reclam), [1883]. ——F. Cimmino: Kshemīçvara. Ck. La collera di Kausika, dramma indiano in cinque atti. Prima trad. italiana. Città di Castello, 1923; cf. Sul dramma Ck., Rendiconto dell' Accad. di Archeologia, Lettere e Belle Arti, 19 (1905), p. 31–76.

527. 韻律に関しては: SKMS. p. 58–59.

528. これに対しては異論を唱える学者がある, e. g. Kṛṣṇamacharya (cf. **WGIL**. p. 249, n. 4: **HIL**. p. 279, n. 1) 或いは H. P. Sastri (cf. **DHSL**. p. 470, n.). 後者は問題の王を Bengal の Mahīpāla 王 (11 世紀) に比定している. Cf. Renou: Lit. skte. (1946), p. 64, *s. v.* Kshemīshvara.

529. Cf. P. Peterson: Report III (Bomb., 1887), p. 340–342. ——**SKID**. p. 86; p. 87. **WGIL**. p. 249, n. 4: **HIL**. p. 279, n. 3. **KSD**. p. 240–241.

530. [**Bibl.**] **SBSD**. p. 35–37. **EUL**. no. 1693: p. 155 (rec. 1); nos. 1747–1750: p. 164 (rec. 2). ——[**Gen.**] **SLTI**. p. 243–4; App., p. 46–47. **SKID**. p. 88–90 (*lit.*). **WGIL**. p. 242–4; p. 646 (Nachtr.): **HIL**. p. 272–3. **KSD**. p. 270–272. **GLI**. p. 192: ed. 1961, p. 245. **DHSL**. p. 505–511. **RIC**. § 1891: p. 289–290; cf. Ren. Rech., p. 33, n. 1 (*lit.*). ——[**Ed.**] rec. 1 はしばしば Bomb. で出版された; e. g. Veṅkateśvara Press, 1909. ——rec 2: by J. Vidyāsāgara, Calc., 1878; 2nd ed., 1890. ——[梗概] H. H. Wilson: Select specimens, 2nd ed. (1835), vol. II, p. 363–373. ——[**Ref.**] R. Pischel, SBAW. 1906 [Das altind. Schattenspiel], p. 498–501; cf. **PIL**. p. 178–9. ——H. Lüders, SBAW. 1916 [Die Śaubhikas], p. 698–714. ——S. K. De: The problem of the Mn. IHQ. 7 (1931), p. 537–627; p. 709–723 (mispr. 629–643): textus simplicior I, II, III *init.* を含む. ——Sivaprasad Bhattacharyya: The Mn. problem. IHQ. 10 (1934), p. 493–508 (: Bengal の職業的 Purāṇa 暗誦者のための手引書). ——A. Esteller: Die älteste Rezension des Mn. Ein Beitrag zur Geschichte des ind. Bühnen- und Schattenspiels u. der Rāma-Sage. Lzg., 1936 (最も重要な研究).

531. なお 'textus simplicior' (S. K. De, op. cit.) は rec. 2 を簡略にしたもので, 独立の伝本とは認められない, cf. Esteller, op.

cit., p. 31; p. 197–225.

532. この伝説は異なった形で，rec. 2 の末尾，両注釈ならびに Bhojaprabandha (ed. Paṇśīkar, Bomb., 1921, p. 70, cf. tr. Gray, 1950, p. 87) に挙げられている．ここでは rec. 1 の注釈者 Mohanadāsa の記述に従った．

532ª. Ānandavardhana (9 世紀), Rājaśekhara, Dhanika (10 世紀) の詩論書は Mn. と共通の詩節を含んでいるが，ほしいままに借用する Mn. の性質から見て，必ずしも Mn. を出典と見ることはできない．——Prasannarāghava (ca. 1200 A. D.) 中の共通詩節につき，もし Mn. が借用者ならば，Dāmodara の年代は 13 世紀に置かれうる．

533. 韻律については：SKMS. p. 60–62 (rec. 2).

534. 特に Pischel および Lüders; 文献については：cf. infra n. 538.

535. 伝本の関係を最も詳細に研究した Esteller は結論として曰く，"Das Mahānāṭakam in der Dām-Rez. ist eine Mischung aus Lesedrama + campū + ṭīkā——das Produkt eines minderwertigen Epigonen." (op. cit., p. 224.)

536. Cf. **DHSL.** p. 508: "a recitable semi-dramatic poem."

537. 〔**Gen.**〕 **SKID.** p. 90–91 (*lit.*). **WGIL.** p. 244–5 (*lit.*): **HIL.** p. 274. **KSD.** p. 269. **GLI.** p. 192: ed. 1961, p. 245. **DHSL.** p. 502–3. **RIC.** p. 290: § 1892. ——〔**Ed.**〕 by Durgāprasād and K. P. Parab (later D° and Paṇśīkar), Bomb., 1891; 4th ed., 1922. ——〔**Tr.**〕 L. H. Gray: The Da. of Subhaṭa, now first transl. from Skt. and Pkt. JAOS. 32 (1912), p. 58–77. ——G. Jacob: Da., ... ein altind. Schattenspiel. Übertragung als Einwurf für eine Aufführung, mit Einl. u. Komm. versehen. Lzg., 1931. ——Cf. H. H. Wilson: Select specimens, 2nd ed. (1835), vol. II, p. 390.

538. Cf. spec. R. Pischel: Das altind. Schattenspiel. SBAW. 1906, p. 482–502 (*ad* Da. v. p. 494–502). ——H. Lüders: Die Śaubhikas. Ein Beitrag zur Gesch. des ind. Dramas. SBAW. 1916, p. 698–737 (*ad* Da. v. p. 698–9) = Philol. indica (1940), p. 391–428. (ただし śaubhika を影絵芝居の説明者とする説には賛成しがたい.) ——インドにおける影絵芝居の存在については：Gray, op. cit., p.

62–63. **SKID**. p. 90–92(*lit.*). **WGIL**. p. 245, n. 1: **HIL**. p. 274, n. 3. **KSD**. p. 269–270(cf. p. 33–36; p. 53–57: *contra* Lüders). **RIC**. p. 290: § 1892; cf. Ren. Rech., p. 33–34 c. nn.(*lit.*). ——(影絵芝居一般)H. Losch: Das ind. Schattentheater. Stuttgart, 1931.

539. [**Gen.**] **SKID**. p. 99 *in fin*. **WGIL**. p. 245–6; p. 646 (Nachtr.): **HIL**. p. 274–5; cf. Rāmakṛṣṇas Gop. ZDMG. 74 (1920), p. 137–144. **KSD**. p. 272–4. **DHSL**. p. 509–510. **RIC**. § 1893: p. 291; cf. Ren. Rech., p. 33, n. 1(*lit.*). ——[**Ed.**] W. Caland: Een onbekend Indisch tooneelstuk(gopālakelicandrikā). Text met inleiding. Amsterdam, 1917.——[**Ref.**] F. B. J. Kuiper: Three lexicographical notes on the Gop. Fs. Chatterji=Ind. Ling. 16(1955), p. 86–105.

540. swāng; cf. e. g. **WGIL**. p. 164, n. 2: **HIL**. p. 183, n. 1.

541. [**Bibl.**] **SBSD**. p. 63–64; cf. JAOS. 25(1904), p. 194–6. **EUL**. nos. 1613–9: p. 153–4. **SKID**. § 103, n. 4: p. 92–93. —— [**Gen.**] **SILC**. p. 658–666. **SLTI**. p. 229–235. **WGIL**. p. 252–6: **HIL**. p. 282–8. **KSD**. p. 251–3. **DHSL**. p. 480–484. **RIC**. I, p. 444: § 888; cf. II, p. 293: § 1898. ——[**Ed.**] H. Brockhaus: Prabodha Chandrodaya Krishna Misri comoedia. Edidit scholiisque [=comm. of Rāmadāsa and Maheśvara]instruxit H. B°. Lipsiae, 1835, 1845. ——by V. L. Śāstrī Paṇaśīkara, with the comm.: Nāṇḍillagopaprabhu's Candrikā and Rāmadāsa's Prakāśā. Bomb., 1898; 5th ed., 1924. ——[**Tr.**] J. Taylor: Prabhoda Ch° ......and Atma Bodha. Ldn., 1812; Calc., 1854; Bomb., 1893, 3rd ed., 1916. ——B. Hirzel: Prab. oder der Erkenntnismondaufgang. Philosophisches Drama von Krischnamisra. ......Meghadūta...... von Kālidāsa. Beides metrisch übers. Zürich, 1846. ——S. Devèze: Le lever de la lune de la connaissance. Revue de linguistique 32–36(1899–1903). ——[**Ref.**] J. W. Boissevain: Het ind. tooneelstuk Prab. I. Toelichting en beoordeling. Leiden, 1905.

542. 大叙事詩におけるパーンダヴァ軍とカウラヴァ軍との大戦争参照.

543. 大叙事詩における老王 Dhṛtarāṣṭra の悲歎参照.

544. 以上の梗概中に用いた術語に難解なものはないが，念のため順を追って Skt. の単語を列挙する. puruṣa, māyā, manas, viveka, moha, upaniṣad, prabodha, vidyā, mati; śānti, dharma, karuṇā, maitrī, vairāgya, śraddhā, kṣamā, saṁtoṣa; kāma, rati, krodha, ahaṁkāra, lobha, dambha.

545. 韻律については: SKMS. p. 64–65.

546. Cf. **WGIL**. p. 256–7; p. 647 (Nachtr.): **HIL**. p. 288–9. **KSD**. p. 253–6. **DHSL**. p. 484–7. **RIC**. I, p. 444: § 889.

547. Cf. **SLTI**. p. 155–6. **SKID**. p. 31–32; p. 115–7 (prahasana); p. 119–123 (bhāṇa). **KSD**. p. 260–264. **DHSL**. p. 487–500; cf. A note on the Skt. monologue-play (bhāṇa), with special reference to the Caturbhāṇī. JRAS. 1926, p. 63–90. **RIC**. §§ 1899–1901: p. 293–5; cf. Ren. Rech., p. 34, nn. 3, 4. ——日本で批判的に出版された作品: Y. Ojihara (大地原豊): Kāleyakutūhala. Prahasana de Bhāradvāja. Mem. of the Fac. of Letters, Kyoto Univ. No. 6 (1960), p. 1–51. ——Do.: Madanasaṁjīvana. Bhāṇa de Ghanaśyāma. Bull. de la Maison franco-jap., n. s. IV, no. 4. Tokyo, 1956.

548. [**Ed.**] by M. Ramakrishna Kavi and K. Ramanatha Sastri. Sivapuri (Trichur), 1922. ——by Moti Chandra and V. S. Agrawala (with Hindī transl.). Bomb., 1959. ——Cf. F. W. Thomas; Four Skt. plays. JRAS. 1924, Centenary supplem., p. 123–136; cf. do. 1924, p. 262–5. ——S. K. De, JRAS. 1926, p. 85–90; **DHSL**. p. 248–253. ——**RIC**. p. 294: § 1899; Ren. Rech., p. 37 c. n. 2 (*lit.*). ——J. R. A. Loman: The comic character of the Caturbhāṇī. Adyar Libr. Bull. 25 (1961), p. 173–187. ——Winter. **HIL**. (S. Jhā), p. 299–300 (*lit.*).

549. [**Tr.**] by S. Sen, Calc. Review 1926, p. 127–147. ——freely tr. by C. C. Mehta, Baroda, 1969 (tog. with Bhagavadajjukam and Mattavilāsa). ——Cf. J. Agrawal, JOIB. 15 (1966), p. 475–6.

550. [**Tr.**] J. R. A. Loman: The Padmaprābhṛtakam. An ancient bhāṇa assigned to Śūdraka. Amsterdam, 1956.

551. [**Ed.**] G. H. Schokker: The Pādatāḍitaka of Śyāmila. A text-critical edition. The Hague • Paris, 1966. ——Cf. F. W. Thomas: The Pādat. of Śyām. JRAS. 1924, p. 262–5. ——T.

Burrow: The date of Śyām.'s Pādat. JRAS. 1946, p. 46–53. ——J. Agrawal, JOIB. 15(1966), p. 476–7.

552. 〔**Gen.**〕 **WGIL.** p. 263, n. 3: **HIL.** p. 297, n. 1. **KSD.** p. 182–5. **DHSL.** p. 254–5. **RIC.** p. 295: § 1901; cf. Ren. Rech., p. 37–38 c. n. 1. ——〔**Ed.**〕 by T. Gaṇapati Śāstrī, Trivandrum, 1917. ——〔**Tr.**〕 L. D. Barnett: Matta-vilāsa: a farce by Mahendravikramavarman. BSOS. 5(1928–30), p. 697–717. ——J. Hertel: König Mahēndra Wikramawarman. Die Streiche des Berauschten. Lzg., 1924. ——C. C. Mehta, v. supra n. 549. ——〔**Ref.**〕 L. D. Barnett: The plays ascribed to Bhāsa and the Mv. JRAS. 1919, p. 233–4; The Mv. and Bhāsa. BSOS. 1, 3(1920), p. 35–38; Some notes on the Mv. do. 3(1923–25), p. 281–5.

553. Cf. supra n. 147(§ 21). ——このほか多くの prahasana のうち，比較的古く，おそらく 10 世紀以前に属し，内容も興味あるものとして，Bodhāyana 作の Bhagavadajjukīya の名を挙げる. 〔**Ed.**〕 by Anujan Achan, with critical notes and introd. Jayantamangalam, 1925. ——〔**Tr.**〕 by C. C. Mehta, v. supra n. 549. ——小林信彦: 笑劇遊女上人. 日印文化，特集号 1(1960), p. 63–79. ——Cf. **DHSL.** p. 294–5. **RIC.** p. 295: § 1901; cf. Ren. Rech., p. 38 *init.* Winter. **HIL.** (S. Jhā), p. 300–301.

第 6 章

554. 伝奇小説一般: cf. e. g. L. H. Gray: Literary studies on the Skt. novel. WZKM. 18(1904), p. 39–58. ——**DHSL.** p. 217: 真の prose-kāvya は Vās. と Kād. ——言語に関しては: **WRIG.** p. 27 c. nn. 402–4: p. 98.

555. Rājaśekhara *in*: Sūktimuktāvalī IV. 74; v. Aufrecht, ZDMG. 27(1873), p. 34; Peterson: Dkc. ed. (1891), pref., p. 3; etc., etc.

556. Cf. Weber, IStr. I (1868), p. 312–5; cf. p. 353; p. 373.

557. 〔**Ed.** • **Tr.**〕 O. Böhtlingk: Daṇḍin's Poetik (Kāvjādarça). Skt. u. Deutsch. Lzg., 1890. ——S. K. Belvalkar and R. B. Raddi: Da.'s Kvd. Ed. with a new Skt. comm. Bomb., 1919–1920. ——S. K. Belvalkar: Kvd. of Da. Skt. text and Engl. transl.

Poona, 1924. ——Cf. Hari Chand: Kālidāsa(1917), p. 25 *sub* no. 214(*lit.*); p. 78. ——S. K. De: Skt. poetics, vol. I(1923), p. 58–71.—— P. V. Kane: Hist. of Skt. poetics(1961), p. 88–102; p. 414(comm.). ——**WGIL**. p. 12–16: **HIL**. p. 13–18. **KCSL**. p. 131–3. **KHSL**. p. 376–381. **DHSL**. p. 529–533. **RIC**. p. 107: § 1559. ——Da. の名で諸種の詞華集に収められた詩節はほとんど全部 Kvd. から採られている; cf. Aufrecht, ZDMG. 27(1873), p. 34–35. TKVS. p. 42–43. KGSRK. p. LXXX. ——詩論家による引用については: Hari Chand, op. cit., p. 78. ——注釈家の引用については: V. Raghavan: Bhoja's Śṛṅg. Prak., p. 838–9.

558. Vāmana 先行説(Peterson: Dkc. ed., pt. II(1891), pref., p. 1–3, p. 8)は承認されない.

559. Bhāmaha 先行説, 特に: H. Jacobi: Über die Vakrokti u. über das Alter Da.'s. ZDMG. 64(1910), p. 130–139(spec. p. 134 et seq.)=Schriften(1969), p. 318–327. ——Ein zweites Wort über die Vakrokti u. über das Alter Da.'s. ibid., p. 751–9(spec. p. 755 et seq.)=Schriften, p. 329–337〔: *ad* C. Bernheimer, ibid., p. 586–590〕. ——Bhāmaha u. Da., ihr Alter u. ihre Stellung in der ind. Poetik. SBAW. 1922, p. 210–226=Schriften, p. 338–354: Da. は8世紀の始め或いは前半. ——Cf. Hari Chand, op. cit., p. 72–76; p. 80–81. **WGIL**. p. 11, n. 1(*lit.*); p. 641(Nachtr.): **HIL**. p. 11, n. 3. **DHSL**. p. 209 c. nn. 2, 3; p. 531 c. n. 1 (*lit.*)–533. **RIC**. p. 106–7: § 1559; p. 253: § 1836; cf. Lit. skte. (1946), p. 35 *s. v.*; Raghavan, op. cit., p. 284–5. ——大類純は数次にわたり両詩論家の関係年代を論じている: e.g. 印仏研 no. 6 (1955), p. 59–65; 東洋大学紀要 10(1957), p. 25–34: Da. の年代 ca. 700–800 A. D.; cf. 印仏研 no. 38(1971), p.(73). ——Da. 先行説, 特に: Keith: Da. and Bhāmaha. Fs. Lanman(1929), p. 167–185; cf. **KCSL**. p. 70–72; p. 130–131. **KHSL**. p. 296–7; p. 375–6. ——Kane, op. cit., p. 414; p. 415.

560. Weber *cum suis*; cf. supra n. 556.

561. Jacobi *cum suis*; cf. supra n. 559.

562. Cf. e. g. **DHSL**. p. 207–9; p. 531–3.

563. 第三作に擬せられたもののうち, Mṛcchakaṭikā(§§ 25, 26),

cf. R. Pischel: Rudraṭa's Çṛṅgāratilaka (Kiel, 1886), p. 13–21; **PIL**. p. 206, は現在もはや顧みられない. ——Kvd. の中に挙げられる Chandoviciti (I. 12), cf. Jacobi, IS. XVII (1885), p. 447, は書名と見る必要なく, Kalāpariccheda (III. 171) はおそらく Kvd. の附録として予定されたものに過ぎず, 問題とするに足りない. ——三作問題に関する比較的新しい論及としては: S. K. De: Skr. poetics, vol. I (1923), p. 62, n.; p. 71; **KCSL**. p. 71; **KHSL**. p. 296; Mahādeva Śāstrī: Avk. ed. (1954), p. 7–10. ——なお Anāmaya-stotra の作者は同名異人である, cf. Hari Chand, op. cit., p. 80. これによっても Da. という名が単独の人を指すとは限らないことが分かる; cf. **DHSL**. p. 208.

564. M. Ramakrishna Kavi: Avk. and Avk.-sāra. Madras, 1924.

565. K. S. Mahādeva Śāstrī [M. Ś.]: Avantisundarī of Ācārya Daṇḍin. Trivandrum, 1954.

566. 真作説: e. g. J. Nobel: Die Avk. ZII. 5 (1927), p. 136–152. ——上記の出版者および Raghavan (infra n. 567). ——反対説: e. g. **KHSL**. p. XVI–XVII; p. 296, n. 2; p. 332, n. 1. **DHSL**. p. 211. ——Ruben: Die Erlebnisse der zehn Prinzen (Bln., 1952), Anhang (=p. 86–88). ——不明とする者: e.g. **RIC**. p. 253–4: § 1836.

567. V. Raghavan, op. cit., p. 836–7; cf. NCC. I (1949), p. 308–310. ——出版者 M. Ś. (v. n. 565) も賛同している, cf. op. cit., Introd., p. 10.

568. Cf. Nobel, ZII. 5 (1927), p. 139–145; p. 150–152; M. Ś., op. cit., Introd., p. 23.

569. Cf. Nobel, op. cit., p. 145–8; Raghavan: NCC. I, p. 308–9; M. Ś., op. cit., Introd., p. 2–7.

570. Dkc. ed. Bühler の 33 pp. に対し, Avk. ed. M. Ś. は 246 pp. を占める.

571. Kād. ed. Peterson, p. 102. 17–18 と Kvd. II. 197 との関係は, Bā. 先行説を支持する; cf. Peterson: Dkc. ed., pt. II, p. 3, n.; Jacobi, SBAW. 1922, p. 214=Schriften, p. 342; **WGIL**. p. 643 (Nachtr.): **HIL**. p. 51.

572. Avk. 真作説を前提とする研究も出ている; e. g. V. S. Agrawala: Palace-architecture in Da.'s 'Avantisundarī.' JOIB. 13(1964), p. 332–340.

573. Raghavan, op. cit., p. 837–8; M. Ś., op. cit., Introd., p. 9; p. 10. Cf. **KHSL**. p. XVI, n. 5.

574. Cf. supra § 4 c. n. 13.

575. [**Bibl.**] **EUL**. nos. 1076–1089: p. 106–7. Cf. **DHSL**. p. 207, n. 1; Hertel: Dkc. tr., Bd. 3(1922), p. 127–8; 田中・指田: 十王子物語(1966), p. 238–241. ——[**Gen.**] **VHLI**. p. 267; p. 268–273. **WGIL**. p. 353–8; p. 649(Nachtr.): **HIL**. p. 388–394. **KCSL**. p. 72–77. **KHSL**. p. 297–307. **GLI**. p. 182: ed. 1961, p. 231. **DHSL**. p. 210–217. **RIC**. §§ 1835–6: p. 252–4. ——[**Ed.**] H. H. Wilson: The Daśa Kumāra Charita, or adventures of ten princes. Ldn., 1846. ——G. Bühler: The Dkc. of Da. Ed. with critical and explanatory notes. Part I, Bomb., 1873; 2nd ed. rev., 1887. ——P. Peterson: Do. Part II, 1891. ——Do. in one volume, rev. by G. J. Agashe, 1919. ——M. R. Kāle: The Dkc. of Da. with comm. Ed. with......notes and an introd. Bomb., 1917. ——N. B. Godabole and K. P. Parab: The Dkc. of Da. with the comm. (Padachandrikā and Bhūshaṇā) of Kavīndra Sarasvatī and Śivarāma. Ed. with various readings. Bomb., 1883; 2nd ed., with three comm.[: the above two and the Laghudīpikā], 1889; 3rd ed., 1898; 6th ed., by Godabole and Paṇsīkar, 1910; 10th ed., with four comm.[: the above three and the Padadīpikā], 1925; 15th ed., 1951. ——[**Tr.**](英)A. W. Ryder: Da.'s Dkc. The ten princes, transl. from the Skt. Chicago, 1927. ——(独)J. J. Meyer: Da.'s Dkc. Ein altind. Schelmenroman. Zum ersten Male aus dem Skt. ins Deutsche übers. Nebst einer Einl. u. Anmerk. Lzg.,[1902]. ——M. Haberlandt: Dkc., ...übers., eingeleit. u. mit Anmerk. versehen. München, 1903. ——J. Hertel: Die zehn Prinzen. .... Vollständig verdeutscht, 3 Bde. Lzg., 1922. ——(仏)H. Fauche *in*: Une tétrade......(v. supra n. 187). vol. II, Pa., 1862. ——(日)田中於菟弥・指田清剛: 十王子物語. 東京, 1966. ——[**Ref.**] 上記 Wilson ed., Introd.=Works, vol. III

(Ldn., 1864), p. 324–379; Peterson ed., Preface; Meyer tr., Einleitung; Hertel tr., Bd. 3＝Anhang は極めて重要. ——A. Weber, MBAW. 1859, p. 18–56＝IStr. I(1868), p. 308–351. ——M. Collins: The geographical data of the Raghuv. and Dkc. Lzg., 1907. ——A. Gawroński: Sprachliche Untersuchungen über das Mṛcchak. u. das Dkc. Lzg., 1907. ——D. Ch. Sircar: Glimpses into domestic and social life......in the Dkc. J. Ind. Hist., 1945. ——W. Ruben: Die Erlebnisse der zehn Prinzen. Eine Erzählung Da.s. Bln., 1952.

576. Cf. e. g. **WGIL**. p. 357: **HIL**. p. 393; Meyer tr., Einl., p. 66–117; Hertel tr., Bd. 3, p. 5–30; Ruben: Die Erlebnisse (1952), p. 7–51.

577. 'Schelmenroman' (Meyer), 'ein politischer Märchenroman' (Hertel), 'Sittenroman' (Pischel) 等は内容の一面を示すにすぎない.

578. Cf. Hertel, op. cit., p. 30–46; **KHSL**. p. 298–9(: 前篇の中にも二人の筆が区別される). ——言語の差異については: Gawroński: Sprachl. Unters. (v. supra n. 575), p. 47–48. ——前篇と Avk. との相違点については: M. Ś., op. cit. (v. n. 565), Introd., p. 10–22. ——Meyer, op. cit., p. 134–9 は前篇をも Da. の真作と認めるが, これに対しては: 特に Gawroński, op. cit., p. 45–48; **WGIL**. p. 358, n. 1: **HIL**. p. 394, n. 1.

579. 4 種の注釈書のうち最も新しい Padadīpikā は前篇のみを釈し, 他はこれを顧みない.

580. 後篇についても, 印行されたもののほか, デカン出自のバラモン Cakrapāṇi Dīkṣita 作の Śeṣa (4 章) が存在する.

581. Cf. Wilson ed., p. 4–6; Hertel, op. cit., p. 46–53; **WGIL**. p. 358, n. 1; p. 649 (Nachtr.) : **HIL**. p. 394, n. 1; **DHSL**. p. 210–211 c. nn. (*lit.*).

582. Cf. Kathāsarits. tar. 69–103: Mṛgāṅkadatta 王子と十人の伴侶の物語.

583. Cf. **WGIL**. p. 356–7 c. n. 1: **HIL**. p. 392–3; Ruben, op. cit., p. 52–85; 田中・指田, op. cit., p. 237–8.

584. Cf. Gawroński: Sprachl. Unters. Lgz., 1907 (v. supra n.

575). ——**KCSL**. p. 76–77. **KHSL**. p. 304–7. **DHSL**. p. 216–7. **WRIG**. p. 27 c. nn. 402–4: p. 98.

585. 'padalālitya', supra n. 259 に挙げたと同一詩節において.

586. Cf. Jacobi, ZDMG. 40(1886), p. 99–100: niroṣṭhyavarṇa; **WGIL**. p. 356 c. n. 1: **HIL**. p. 392 c. n. 2. **KHSL**. p. 306 c. n. 2.

587. この点 Bā. に等しく, Su. と異なる, cf. infra n. 630.

588. Cf. Weber, IStr. I(1868), p. 373–4; p. 386(Nachtr.); Telang: Su. and Kumārila. JRASBomb. 18(1891), p. 147–167; Haraprasād Śāstrī: Some notes on the dates of Su. and Diṅ-nāga. JASBeng. 1(1905), p. 253–5: 5 世紀始め; L. H. Gray: Vās. tr. (1913), p. 8–12. ——**WGIL**. p. 48, n. 1(*lit.*); p. 643(Nachtr.): **HIL**. p. 51; p. 358 c. n. 3–359: p. 394–5. **KCSL**. p. 77. **KHSL**. p. 307–8. **DHSL**. p. 217–9; 特に Bā. との関係年代については: p. 218 c. n. 6(*lit.*). **RIC**. p. 254: § 1837.

589. Cf. Vās. ed. Hall, p. 235; Gray, op. cit., p. 8; p. 11; p. 12; p. 114(tr.), p. 180(text). ——ただし Dharmakīrti(7 世紀中葉)への関説は認められない, cf. Hall, loc. cit.; Gray, op. cit., p. 7–8; p. 180; 大類純, 印仏研 no. 38(1971), p.(70)–(73) *c. lit.*

590. Hc. ed. Führer, v. 12.

591. Cf. W. Cartellieri: Su. u. Bā. WZKM. 1(1887), p. 115–132; F. W. Thomas: Su. and Bā. do. 12(1898), p. 21–33; Hultzsch, ZDMG. 73(1919), p. 229–230; A. Scharpé: Bāṇa's Kād.(1937), p. 59–70.(Hc. と Kād. との関係にも及ぶ.)

592. Bhāsa の Svapnavās.(supra § 24. a)が, Su. の作品と名称以外に関係のないのと同じく, Mahābhāṣya *ad* vt. *sub* Pāṇ. IV. 3. 87: p. 313. 21(cf. *ad* vt. *sub* IV. 2. 60: p. 284. 9)が, ākhyāyikā の名として挙げる Vās. とも関係はない.

593. [**Bibl.**] **EUL**. nos. 1277–1281: p. 125. Cf. Gray, op. cit.(v. infra), p. 39–40(mss., edd.); p. 197–9. ——[**Gen.**] **WGIL**. p. 358–362: **HIL**. p. 394–8. **KCSL**. p. 77–79. **KHSL**. p. 308–313. **DHSL**. p. 217–225. **DGHSL**. p. 754–5. **RIC**. § 1837: p. 254–5. ——[**Ed.**] (北方本) F. Hall: The Vās., a romance by Su., accompanied by Śivarāma Tripāṭhin's perpetual gloss, entitled Darpaṇa. Calc., 1859. ——(南方本) Ed. in Telugu script. Madras,

1861, repr. 1862(v. Gray, op. cit., p. 39; p. 197). ——R. V. Krishnamachariar: Vās. with comm. Srirangam, 1906–8. ——〔**Tr.** *c. tex.*〕 L. H. Gray: Vās., a Skt. romance by Su., transl. with an introd. and notes. N. Y., 1913.(極めて重要. 上記 Telugu 文字版のローマ字転写を添え, Hall 版との差異を示す.)——〔**Ref.**〕 Weber: Die Vās. des Su. ZDMG. 8(1854), p. 530–538=IStr. I(1868), p. 369–386. ——Th. Zachariae: Bruchstücke alter Verse in der Vās. Fs. Weber(1896), p. 38–40. ——W. Cartellieri: Das Mahābh. bei Su. u. Bā. WZKM. 13(1899), p. 57–74; cf. supra n. 591. ——Hall および Krishnamachariar の出版は重要な序文を含むが, 以下は簡便のため, 主として Gray の Introd. に参照することとした.

594. Cf. Gray, op. cit., p. 38–40.

595. 雄は śuka 鸚鵡, 雌は sārikā 'maina', 椋鳥.

596. 結局両者を明確に区別することは困難である; cf. Kvd. I. 28; Lacôte, Fs. Lévi(1911), p. 250–272; S. K. De: The ākhyāyikā and the kathā in class. Skt. BSOS. 3(1923–25), p. 507–517; Nobel: The foundations of Indian poetry(Ldn.-Calc., 1925), p. 156–187.

597. Cf. Gray, op. cit., p. 14–16.

598. Cf. Gray, op. cit., p. 3–5; p. 42.

599. Cf. **DHSL**. p. 219 c. n. 1. なお Bhavabhūti: Mālatīm. v. 10 には Vās. を模倣した跡がある, cf. **DHSL**. p. 219, n.

600. Cf. Aufrecht, CC. I(1891), p. 726; ZDMG. 27(1873), p. 95; PDSV. p. 133–4. KGSRK. p. CIII–IV. Gray, op. cit., p. 13–14.

601. Cf. Hall: Vās. ed.(1859), p. 43–48; Gray, op. cit., p. 39; **DGHSL**. p. 755, n. 1. ——Śivarāma Tripāṭhin(18 世紀; cf. S. K. De: Skt. poetics, vol. I(1923), p. 318)の注釈については: Gray: Śivarāma's comm. on the Vās. JAOS. 24(1903), p. 57–63.

602. Cf. Gray, op. cit., p. 16–26. **WGIL**. p. 359; p. 360–362: **HIL**. p. 395; p. 397–8. **KCSL**. p. 78–79. **KHSL**. p. 310–313. **DHSL**. p. 220–225. ——語彙については: L. H. Gray: Lexicographical addenda to the St. Petersburg lexicons from the Vās. of Su. ZDMG. 60(1906), p. 355–368; op. cit., p. 200–214.

603. Vās. v. 13, ed. Hall, p. 9; Gray, op. cit., p. 146.

604. 「Su. と Bā. と Kavirāja の三人のみ, vakrokti に熟達し, 第四の者は存在せず.」Kavirāja: Rāghavapāṇḍavīya I. 41.

605. Cf. Peterson: Kād. ed. (1883), Introd., p. 44–104; Ettinghausen: Harṣa Vardhana (1906), p. 113–4; Scharpé: Kād. tr. (1937), p. 1–52. **WGIL**. p. 48–50 pass.: **HIL**. p. 51–52; p. 362: p. 399; p. 364–5: p. 401–2. **KCSL**. p. 62; p. 71; p. 77. **KHSL**. p. 314–6. **DHSL**. p. 225–6. **RIC**. § 1838: p. 255.

606. Kād. の序頌をも参照.

607. Cf. supra § 96 c. n. 591.

608. Harṣa–Bāṇa–Mayūra の関係については: 特に G. R. Quackenbos: The Skt. poems of Mayūra (N. Y., 1917), p. 3–33.

609. [**Bibl.**] **EUL**. nos. 1138–1145: p. 112–3. Cf. Scharpé: Kād. tr. (1937), p. 28, n. 1; V. S. Agrawala: The deeds of Harsha (1969), p. 261–3. ——[**Gen.**] **WGIL**. p. 362–7: **HIL**. p. 399–405. **KCSL**. p. 62–64. **KHSL**. p. 316–9. **DHSL**. p. 226–9. **RIC**. §§ 1839–1840: p. 255–6. ——[**Ed.**] K. P. Parab and Sāstrī Dhondo Paraśurām Vaze: The Hc. of Bā. with the comm. (Saṅketa) of Śankara. Bomb., 1892; 5th ed. rev. by Paṇśīkar, 1925. ——A. A. Führer: śrīhc.-mahākāvyam. Bā.'s biography of King Harshavardhana of Sthāṇvīśvara with Śaṅkara's comm., Saṅketa. Ed. with critical notes. Bomb., 1909. ——P. V. Kane: The Hc. of Bā. (Ucchvāsa I–VIII). Ed. with an introd. and notes. Bomb., 1918; 2nd ed., Delhi, etc., 1965. ——[**Tr.**] E. B. Cowell and F. W. Thomas: The Hc. of Bā. Transl. Ldn., 1897. ——[Ucchv. V] A. A. Führer: Bā.'s biography of Śrīharshav. of Sthāneśvara. VI. OC. (Leide, 1883), III, 2 (1885), p. 201–243.

610. Cf. Hc. vv. 20, 21 ed. Führer; Kād. v. 20 ed. Peterson. ——ākhyāyikā と kathā との区別については: § 97 c. n. 596.

611. 21 詩節; ただし ed. Führer では 22 詩節.

612. このほか挙げられているのは: 散文家 Haricandra, Pkt. 劇 Setubandha の作者 Pravarasena, Pkt. 抒情詩集 Sattasāī の著者 Sātavāhana＝Hāla.

613. Cf. M. Collins: The geographical data of the Raghuv.

and Dkc. (Lzg., 1907), p. 50–54; Ettinghausen, op. cit., p. 115–9; Filliozat, **RIC**. I, § 216: p. 129–130.

614. Cf. K. R. Potdar: Contemporary life as revealed in the works of Bā. JUB. 11(1942). ——V. S. Agrawala: The deeds of Harsha. [Being a cultural study of Bā.'s Hc.] Varanasi, 1969; cf. Palace architecture in Bā.'s Hc. Mél. Renou (1968), p. 7–22; Bhāskaravarman's presents to Harṣav. JOIB. 10(1960), p. 101–6; Description of Harṣa as Darpaśāta by Bā. VishIJ. 2(1964), p. 247–253.

615. [**Bibl.**] **EUL**. nos. 1127–1137: p. 111–2. Cf. Scharpé, op. cit., p. 108–127. ——[**Gen.**] **OLAI**. p. 233–6. **WGIL**. p. 367–371: **HIL**. p. 405–410. **KCSL**. p. 79–84. **KHSL**. p. 319–326. **GLI**. p. 182–3: ed. 1961, p. 232. **DHSL**. p. 229–239. **RIC**. §§ 1841–1842: p. 256–8. ——[**Ed.**] Ed. princeps by M. M. Tarkālaṁkāra, Calc., 1850. ——by P. Peterson, Bomb., 1883; 2nd ed., 1889; 3rd ed., 1900. —— by M. R. Kāle, with a Skt. comm., notes in Engl. Bomb., 1896; 2nd ed., 1914 (pūrvabhāga). ——by P. V. Kāne, with an introd., notes and appendices. Bomb., 1911; 3rd ed., 1921. ——by K. P. Parab: The Kād. of Bāṇabhaṭṭa and his son (Bhūshaṇabhaṭṭa) with the comm. of Bhānuchandra and his disciple Siddhachandra. Bomb., 1890; 3rd ed. rev. by Pansikar, 1908; 6th ed., 1921; etc. ——by P. L. Vaidya, Poona, 1935. —— [**Tr.**] C. M. Ridding: The Kād. of Bā. Transl. with occasional omissions, and accomp. by a full abstract of the continuation of the romance by the author's son Bhūṣaṇabhaṭṭa. Ldn., 1896. ——A. Scharpé: Bā.'s Kād. Vertaling, ...van het Uttarabhāga en van gedeelten van het Pūrvabhāga, met inleiding, aantekeningen en lexicographisch appendix. Leuven, 1937. (序文は極めて重要.)

616. Cf. e. g. Weber: Analyse der Kād. ZDMG. 7(1853), p. 582–9 = IStr. I (1868), p. 352–368; Peterson, op. cit., Introd., p. 1–35; Lacôte, Fs. Lévi, p. 259–262; Gray, WZKM. 18(1904), p. 54–58: Reincarnation as a novelistic device; Ettinghausen, op. cit., p. 119–122; Scharpé, op. cit., p. 52–56.

617. Bhaṭṭa Pulina 或いは Pulinda; cf. **DHSL**. p. 229, n. 1; Scharpé, op. cit., p. 18–20. ——なお表現の上から見た Hc. と Kād. との関係については: Scharpé, ib., p. 68–70, cf. supra n. 591.

618. § 99. 1 c. n. 610; cf. § 97 c. n. 596.

619. Cf. KSS. tar. 59. 22–178 (Sumanas 物語), BKM. XVI. 183–251 (Sumānasa 物語); L. v. Mańkowski: Bā.s Kād. u. die Gesch. vom König Sumanas in der Bṛhatkathā. WZKM. 15 (1901), p. 213–250; do. 16 (1902), p. 147–182; Scharpé, op. cit., p. 56–59.

620. Cf. spec. Scharpé, op. cit., p. 72–108.

621. Cf. spec. Scharpé, op. cit., p. 50–52; **DHSL**. p. 226, n. 2.

622. Cf. PDSV. p. 62–66. TKVS. p. 55–59. KGSRK. p. LXXXV–VI. Scharpé, op. cit., p. 38–40. ——Kād. にはすでに出版されたもののほか多数の comm. があるという, cf. **DGHSL**. p. 756, n. 4. Hc. に対しては Ruyyaka の注釈があったというが未発見, cf. Hari Chand: Kālid. (1917), p. 105 *in f.*

623. Cf. Scharpé, op. cit., p. 40–50. **KHSL**. p. 331. ——P. M. Upadhyo: Influence of Vimalasūri's Paumacariya and Bā.'s Kād. on Uddyotanasūri's Kuvalayamālā. JOIB. 16 (1967), p. 371–4.

624. **EUL**. nos. 893–5: p. 91. ——**WGIL**. p. 74 c. n. 5: **HIL**. p. 82. **KCSL**. p. 101. **KHSL**. p. 135. **RIC**. p. 221: § 1784.

625. Cf. Scharpé, op. cit., p. 124–7. **RIC**. p. 257–8: § 1842. ——Bhālan (1434–1514) の Gujarātī 語訳については: **GLI**. p. 238: ed. 1961, p. 310 *init.*

626. Cf. **WGIL**. p. 365–7; p. 369–370: **HIL**. p. 402–5; p. 407–9. **KCSL**. p. 83–84. **KHSL**. p. 326–330. **DHSL**. p. 229–239. **RIC**. p. 255 *fin.*–256: § 1839; p. 257: § 1842; cf. **WRIG**. p. 27 c. nn. 402–4: p. 98.

627. Cf. § 97 c. n. 604.

628. Śārṅgadharap. VIII. 8 (anonym). Jalhaṇa の Sūktimuktāvalī はこれを Rājaśekhara に帰している. Cf. PDSV. p. 130. **KCSL**. p. 83. **KHSL**. p. 331.

629. Cf. F. W. Thomas: Two lists of words from Bā.'s Hc. JRAS. 1899, p. 485–517. ——Scharpé, op. cit., p. 303–479.

630. Perfectum の厳格な用法については Da. と同じである, cf. § 95 c. n. 587.

631. Cf. PDSV. p. 63; Raghavan: Bhoja's Śṛṅg. Prak., p. 886.

632. Cf. Sarasvatīkaṇṭhābh. II. 20, Raghavan, op. cit., p. 886 *init.*

633. E. g. Ratnāvalī (§ 78).

634. E. g. Pārvatīpariṇaya, Sarvacarita.

635. Cf. Peterson: Kād. ed. (1883), Introd., p. 98; PDSV. p. 63. **KSD.** p. 182, n. 3 *in f.* **RIC.** p. 255: § 1838. Scharpé, op. cit., p. 29–31 *cum lit.* ——Mukuṭatāḍitaka の存在は, Trivikrama 作 Nalacampū (§ 100. 1) の注釈者 Caṇḍapāla および Guṇavinayagaṇi の引用する 1 詩節により推定されていたが, Bhoja はさらに他の 2 詩節を伝えた, cf. Raghavan, op. cit., p. 886–7.

636. Cf. **WGIL.** p. 374–6: **HIL.** p. 413–5. **KCSL.** p. 86–87. **KHSL.** p. 332–7. **DHSL.** p. 433–440. **RIC.** § 1844: p. 258–9. ——M. K. Suryanarayana Rao: Origin and development of Campūs. Fs. Mirashi (1965), p. 175–185.

637. Cf. Kvd. I. 31: campū の定義.

638. E. g. Jātakamālā (§ 20).

639. Cf. **DHSL.** p. 438–440.

640. [**Gen.**] **WGIL.** p. 375: **HIL.** p. 414. **KCSL.** p. 86. **KHSL.** p. 332–3. **DHSL.** p. 435. **RIC.** p. 258: § 1844. —— [**Ed.**] by Nārāyaṇa Bhaṭṭa Parvaṇīkar, Durgaprasāda and Śivadatta, with Caṇḍapāla's comm. Bomb., 1885. ——by N. K. Śarma, with Caṇḍapāla's comm. Benares, 1932. —— [**Ref.**] V. V. Mirashi: The author of Madālasacampū. Stud. in Indology, vol. IV (1966), p. 89–94 によれば, Nalacampū の作者と Madāl.-c. の作者とは別人である.

641. Cf. Aufrecht, ZDMG. 27 (1873), p. 32–33; PDSV. p. 43; **DHSL.** p. 435 c. n. 3.

642. [**Gen.**] **WGIL.** p. 375: **HIL.** p. 414. **KCSL.** p. 87. **KHSL.** p. 336. **DHSL.** p. 437. **RIC.** p. 258: § 1844. ——[**Ed.**] K. P.

Parab: The Champū-Rāmāyaṇa of King Bhoja (1–5 kāṇḍas) and Lakshmaṇa Sūri (6th kāṇḍa) with the comm. of Rāmachandra Budhendra. Bomb., 1898; 6th ed. by Paṇśīkar, 1924.

643. Cf. **DHSL**. p. 437 c. n. 2.

644. [**Gen.**] **WGIL**. p. 375: **HIL**. p. 414. **KHSL**. p. 336. **DHSL**. p. 437. **RIC**. p. 258: § 1844. ——[**Ed.**] K. P. Parab: The Champū-bhārata of Ananta Kavi with the comm. of Rāmachandra Budhendra. Bomb., 1903; 3rd ed. by Parab and Paṇśīkar, 1919.

645. [**Gen.**] **WGIL**. II, p. 336; III, p. 640 (Nachtr.): **HIL**. II p. 534, p. 637 (Add. *ad* p. 503). **KCSL**. p. 86–87. **KHSL**. p. 333–6; cf. p. 142. **DHSL**. p. 435–6. **RIC**. p. 259: § 1844. ——[**Ed.**] Śivadatta and K. P. Parab: The Yaśastilaka of Somadeva Sūri with the comm. of Śrutadeva Sūri, 2 vols. Bomb., 1901, 1903; vol. I, 2nd ed. by Śivadatta and Paṇśīkar, 1916. ——[**Ref.**] K. K. Handiqui: Yaśast. and Indian culture. Sholapur, 1949. ——V. Raghavan: Gleanings from Somadeva's Yaśast. campū. JGJRI. I, 2 and 3.

646. Yaśodhara 物語については: Hertel: Jinakīrtis Geschichte von Pāla u. Gopāla (Lzg., 1917), p. 81–98.

647. Cf. Kailash Chandra Shastri: Upāsakādhyayana (a portion of the Yaśast.-campū) of Somadeva Sūri, ed. Kashī, 1964.

第 7 章

648. 南海寄帰伝第四: 大正大蔵経 vol. 54, p. 229, a–b; 国訳一切経, 史伝部 16, p. 77–78 (小野玄妙); tr. J. Takakusu (Oxford, 1896), p. 178–180.

649. 従来一般に文法家と詩人とを同一視したため, 文学史家は詩集 Śatakatrayam の説明に際し, 義浄の言葉を引用して Bhart. の伝記に触れている; cf. infra n. 660, [**Gen.**]. ここには重複を避け若干の書名を挙げる. K. T. Telang: The N. and V. (Bomb., 1874), Introd. ——D. D. Kosambi: The epigrams attrib. to Bhart. (Bomb., 1948), p. 78–81; cf. On the authorship of the Śatakatrayī. JORM. 15 (1946), p. 64–77; The quality of renunciation in

Bhart.'s poetry, Bhār. Vidyā 7(1946), p. 49–62. ——中村元：ことばの形而上学(1956), p. 6–24.

650. Cūrṇi=Patañjali 作 Mahābhāṣya の注釈書 Mahābh.-ṭīkā または °dīpikā. ——在 Bln. の写本断片については：F. Kielhorn: Mahābh. ed., vol. II(Bomb., 1906), Preface, p. 12–21; cf. e. g. B. Liebich: Kṣīrataraṅgiṇī(Breslau, 1930), p. 285; Renou: La Durghaṭavṛtti, vol. I(Pa., 1940), p. 24; 中村元, op. cit., p. 13–14; V. Swaminathan: Bhart.'s authorship of the comm. of the Mahābh., Adyar Libr. Bull. 27(1963), p. 59–70. ——最近 K. V. Abhyankar and V. P. Limaye: Śrīmahopādhyāya-bhartṛharikṛta-mahābhāṣya-dīpikā. ABORI. 43–47(1962–66): āhnika 1–5; do. 50(1969): āh. 6 and 7 により, Mahābh. I. 1. 7 までに及ぶ原文が出版され，その様相が明らかにされた.

651. Vākyapadīya I, II を指す. この書については中村元, op. cit. に詳述されているから，ここには文献の列挙を省く. 従来もっぱら不満足な出版(BenSS., 1887–1907; 1928–1937)に頼らざるをえなかったが，近時批判的研究の資料が提供され，ことに第一篇の理解には多大の便宜が与えられた：K. A. Subrahmania Iyer: Vākyap. of Bhart. with the comm. Vṛtti and Paddhati of Vṛṣabhadeva. Kāṇḍa I, critic. ed. Poona, 1966; Do. with the comm. of Helārāja. Kāṇḍa III, pt. 1, critic. ed., 1963; Do. with the Vṛtti, chapter I, Engl. transl., 1965. ——Cf. W. Rau: Über sechs Hss. des V°. Oriens 15(1962), p. 374–398; Hss. des V°. Zweiter Teil. Mss. 7–10(G–K). do. 17(1964, released 1967), p. 182–198. ——M. Biardeau: Bhart. V° Brahmakāṇḍa avec la vṛtti de Harivṛṣabha, texte reproduit de l'édition de Lahore. Traduction, introd. et notes. Pa., 1964. ——Ashok Aklujkar, IIJ. 13(1971), p. 174: Bibliography.

652. この注釈と Carudeva Śāstrī が出版した Vṛtti(Lahore, 1937)との関係については：P. Hacker: Vivarta(Wiesbaden, 1953), p. 201–5; Biardeau, op. cit., Introd.: Vṛtti の著者は Bhart. と異なる.

653. Pkt. Paiṇṇa, Skt. Prakīrṇa(ka). Vākyap.(或いはむしろ Trikāṇḍī, v. A. Aklujkar, IIJ. 13, 1971, p. 161, n. 1)III を指す.

Cf. Kielhorn: On the grammarian Bhart. IA. 12(1883), p. 226–7＝Kl. Schr., p. 185–6; Liebich: Kṣīratar. (1930), p. 266–7; Renou: La Durghaṭav. vol. I(1940), p. 36–37; 中村元, op. cit., p. 9.

654. Max Müller はこの点に留意して，義浄は Śataka の詩人をも念頭に置いたと判断した，cf. India. what can it teach us? (Ldn., 1883), p. 347–353, spec. p. 349.

655. Cf. H. R. Rangaswamy Iyengar: Bhart. and Diṅnāga. JRASBomb. n. s. 26(1951), p. 147–9: 5th cent. ——中村元: ヴェーダーンタ哲学の発展(1955), p. 10–33; Tibetan versions of Bhart.'s verses and his date. Fs. Yamaguchi(1955), p. 122–136; ことばの形而上学(1956), p. 21. ——E. Frauwallner: Diṅnāga, sein Werk u. seine Entwicklung. WZKSO. 3(1959), p. 145–152.

655ª. 文法家 Bhart. を仏教徒とする説: K. B. Pathak: Was Bhart. a Buddhist? JRASBomb. 18(1893), p. 341–9 の論拠は決定的でない. ——原典に対する直接の知識によらず，すべてを仏教の観点から考えた義浄の誤解は無理もないと思われる.

656. Cf. J. Filliozat: À propos de la religion de Bhart. Silver Jub. Vol. of the Jimbun Kagaku Kenkyūsyo(Kyoto, 1954), p. 116–120. ——Gaurinath Sastri: Monism of Bhart. Fs. Frauwallner(1968), p. 319–322. ——Śatakatrayam における Bhart. の宗教については異論がない.

657. 義浄の引用する 1 詩節参照: 由染便帰俗. 離貪還服緇. 如何両種事. 弄我若嬰児. ただしこれに該当する原文は発見されない.

658. Bhart. に関する後世の伝説には荒唐無稽のものが多く，彼は伝説に名高い Ujjayinī の Vikramāditya 王の兄弟とされた: Siṁhāsana-dvātriṁśikā(§ 125), Introd. (Edgerton ed., p. 5–13; tr., p. 5–14; cf. p. LXVII–VIII); Prabandhacintāmaṇi(§ 126. 2; C. H. Tawney tr., Calc., 1901, p. 198). ——Cf. A. Rogerius: De Open-Deure(ed. Caland, 1915), p. 169–170; Weber IS. XV (1878), p. 210; p. 212–5; p. 270–273; Bohlen: Bhartriharis sententiae(1833), p. VI–VII; Telang: The N. and V. ed. (1874), p. I–II; Jackson, JAOS. 23(1902), p. 313–4; H. v. Glasenapp: Die Liebeslyrik(München, 1923), p. 221–5; **WGIL**. p. 142 c. nn.:

HIL. p. 158 c. nn.; **KHSL**. p. 176–8; Kosambi: The epigrams (1948), p. 79–80. ――伝説を戯曲化したもの: Bhart.-nirveda of Harihara, ed. by Durgaprasad and K. P. Parab. Bomb., 1892; 3rd ed. by D° and Paṇshīkar, 1912; tr. by L. H. Gray, JAOS. 25 (1904), p. 197–230. ――Cf. **DHSL**. p. 479 c. n. 4; cf. p. 161, n. 2. **RIC**. I, p. 444–5: § 889.

659. Śataka の中に不正規の語形の見いだされることも，二人説を裏づける. Cf. Kosambi, op. cit., p. 74: śikṣatu (no. 48); gacchatām (no. 25); p. 76: juhvantam *inst. of* °vatam (no. 60); ārambhante *inst. of* °rabhante (no. 115); p. 79. ――新しい年代の主張される前にも，同人説を疑った学者があった: e. g. **WGIL**. p. 141–2: **HIL**. p. 157–8. (ただし詩人の方が古いかも知れぬといっている.) **DGHSL**. p. 672–3 は明瞭に別人説を唱えている.

660. [**Bibl.**] J. Gildemeister: Bibliothecae sktae......specimen. Bonnae, 1847, nos. 254–263: p. 70–73; **EUL**. nos. 1164–1180: p. 114–6, cf. nos. 876, 878–880; D. D. Kosambi: The epigrams (1948), Introd., p. 4–8. ――[**Gen.**] **SILC**. p. 398 (V.); p. 563–7 (Ś.); p. 667–9 (N., V.); p. 681 (N.); cf. Reden u. Aufsätze (1913), p. 163–6: Über die ind. Poesie (1899). **MHSL**. p. 340–341 (Ś.); p. 378 (N., V.). **OLAI**. p. 221; p. 226. **VHLI**. p. 228–235. **PIL**. p. 215. **WGIL**. p. 137–144: **HIL**. p. 153–161. **KCSL**. p. 118–9; p. 124 (N.). **KHSL**. p. 175–183. **GLI**. p. 174–5: ed. 1961, p. 220–221. **DHSL**. p. 161–5. **DGHSL**. p. 669–673. **RIC**. p. 94: § 1532; §§ 1801–3: p. 232–3; cf. **WRIG**. p. 35 c. n. 528: p. 115. ――[**Ed.**] 多数存在，個々の Śat. 或いは抜粋も多い. W. Carey: Three Satacas or centuries of verses by Bhartrĭ Hari, *in*: Hitopadēśa or salutary instruction. Serampore, 1804. ――P. a Bohlen: Bhartriharis sententiae...... . Ad codicum mstt. fidem edidit, latine vertit et commentariis instruxit Patrus a B°. Berolini, 1833; cf. A. Schiefner et A. Weber: Variae lectiones ad Bohlenii ed. Bhart. sententiarum pertinentes, e codicibus extractae. Berolini, 1850; C. Schütz: Krit. u. erläut. Anmerkungen zu der von ......Bohlen besorgten Ausg. der Chaurapanchāsikā u. Bhartriharis. Bielefeld, 1835. ――K. T. Telang: The N. and V. of Bhart., with extracts from two Skt. comm., ed. with notes. Bomb., 1874. ——K. P. Parab: Subhāshita-triśatī of Bhart. with the comm. of Rāmacandra Budhendra. Bomb., 1902; 6th ed. by Paṇśīkar, 1912. ——M. R. Kāle: The Nīti and Vairāgya Śatakas of Bhart. Ed. with notes, a short comm. in Skt., and an Engl. transl. 4th ed., Bomb., 1913. ——D. D. Kosambi: [Bhart. Śatakas] Ed. with the comm. of Rāmarṣi. Poona, 1945, [the Northern rec.]; Śtr., ed. with an anonymous Skt. comm. ed. by K. V. Krishnamoorthi Sharma. Bomb., 1946, [the Southern rec.]; Ed. in collabor. with N. R. Acharya, with the comm. Sauhṛdayanandinī of Rāmacandra Budhendra. Bomb., 1957, [do.]; The epigrams attributed to Bhart. including the three centuries for the first time collected and critically ed., with principal variants and an introduction. Bomb., 1948. ——[**Tr.**] N. と V. とは A. Rogerius: De Open-Deure (Leyden, 1651; Chr. Arnold による独訳, Nürnberg, 1663; Thomas la Grue による仏訳, Amsterdam, 1670) 中のオランダ語訳を通じ, 最初にヨーロッパに紹介されたSkt. 文学作品である. De Open-Deure tot het verborgen Heydendom door Abraham Rogerius, ed. W. Caland, 's-Gravenhage, 1915, p. 171–188 (V.); p. 188–204 (N.). ——N. と V. とのギリシャ語訳は, D. Galanos: Indikõn metaphráseōn pródromos. en Athēnais, 1845, p. 1–31 (N.); p. 33–62 (V.) に含まれている. ——(英) C. H. Tawney: Two centuries [N. and V.] of Bhart. Transl. into Engl. verse. Calc., 1877. ——B. H. Wortham: The Śatakas [N. and V.] of Bhart. Ldn., 1886. ——C. W. Gurner: A century of Passion [Ś.]. Calc. and Simla, 1927. ——(独) P. von Bohlen: Die Sprüche des Bhartriharis. Hamburg, 1835. ——O. Böhtlingk *in*: Ind. Sprüche, 2. Aufl., St.-Petersburg, 1870–1873; cf. Bd. I, p. X. ——その他 Herder (cf. **WGIL**. p. 143, n. 2: **HIL**. p. 159, n. 2), A. W. von Schlegel, F. Rückert 等による部分訳多数. ——(仏) H. Fauche: Bhart. et Tchaura. Pa., 1852. ——P. Regnaud: Les stances érotiques, morales et religieuses de Bhart. 2e éd., Pa., 1875; cf. Études sur les poètes scts. de l'époque classique. Bhart. ——Les centuries. Pa., 1871. ——(日) 松山俊太郎: 詩集処世百頌, 恋愛百頌, 離欲百

頌(抄). 世界名詩集大成 18(平凡社, 1960), p. 265–276. ——〔**Ref.**〕特に重要なのは, Telang ed., Introd. のほか Kosambi の出版書の序文, ことに The epigrams(1948) の Introd.

661. 写本にはこのほか種々の名が見える: e. g. Subhāṣitatriśatī, Subhāṣitaratnāvalī, Bhartṛhariśatakam, etc., cf. e. g. K. V. Sarma, VishIJ. 6(1969), p. VII.

662. 上記 n. 660 に挙げた D. D. Kosambi の出版書, 特に The epigrams(1948) の序文参照; cf. Some extant versions of Bhart.'s Śatakas. JRASBomb. 21(1945), p. 17–32.

663. J. Hertel: Ist das N. von Bhart. verfasst? WZKM. 16 (1902), p. 202–5; Die Bhart.-strophen des Pañcatantra. ib., p. 298–304; Tantrākhyāyika. Üb. I. Teil, p. 4 c. n. 4 の見解に対しては: e. g. **WGIL**. p. 138–140: **HIL**. p. 154–6; Kosambi: Śtr. (1946), p. 12, n. 1; The epigrams(1948), p. 7–8.

664. Śtr. の分類は, 詩人の生涯に関する伝説によったものかも知れない.

665. Cf. The epigrams(1948), p. 65–68.

666. 内訳: nos. 1–7 'Unplaced', すなわちいずれの Śat. に帰属するか断定しがたいもの; nos. 8–76=N.; nos. 77–147=Ś., nos. 148–200=V. ただし p. 70 の修正により約 17 詩節は II. に移されるから, 上記の数字に変動が起こる.

667. Aśvagh., Saundar. VIII. 35, cd(var.)=Kosambi no. 298, ab. なお no. 40 および no. 226 は若干の詞華集において Aśvagh. に帰せられている. ——Kālid., Śak. ed. Böhtl. v 109, ed. Pischel V. 13(*apud* Cappeller 103)=no. 63; ed. Böhtl. v 43, ed. Pischel II. 11(*apud* Capp. 37)=no. 203. Cf. Sen, JASBeng. n. s. 26(1930), no. 1, p. 181–2 c. n. 2. ——Mudrārākṣasa ed. Hillebrandt II. 17 =no. 277; II. 18=no. 232. ——Tantrākhyāyika ed. Hertel I. 7 (*apud* Edgerton: Pañcat. reconstr. I. 9)=no. 350; I. 8(: I. 10) =no. 57; I. 185(: I. 177)=no. 59. Cf. Hertel, WZKM. 16(1902), p. 298–304(v. supra n. 663).

668. Kosambi は逆にこれらの作家・作品を借用者と見なし, Bhart. の年代を 'the opening centuries of the Chr. era' とする, cf. On the authorship of the Śatakatrayī. JORM. 15(1946), p.

64–77(spec. p. 75); Śtr.(1946), p. 12 c. n. 1; The epigrams (1948), p. 78–80. この結論には賛同できない.

669. Cf. Aufrecht, ZDMG. 27(1873), p. 60–61. PDSV. p. 74–5. KGSRK. p. LXXXVI–VII. ——Śilhaṇa の Śāntiśataka (§ 115) との関係: K. Schönfeld: Das Śāntiś.(Lzg., 1910), p. 16–18; p. 24–31(: Bhart. が先行); p. 37–38; p. 41. ——Hitopadeśa (§ 134) との関係: L. Sternbach: The Hitop. and its sources(New Haven, 1960), p. 15: § 33(: Śtr. は Hitop. の出典の一).

670. Cf. e. g. Kosambi: Śtr.(1946), p. 7–8; The epigrams (1948), p. 21–38; p. 70–71.

671. Cf. P. Regnaud: Bhart. ——Les centuries. Pa., 1871(v. supra n. 660); **OLAI**. p. 221–6. **KHSL**. p. 178–182. **DHSL**. p. 161–5.

672. Cf. SKMS. p. 34–35; Gray, JAOS. 20(1899), p. 157–9; **KHSL**. p. 165, n. 1. **DHSL**. p. 182–3.

673. Cf. Kosambi: The epigrams(1948), p. 67–68; p. 206–225 (text).

674. Cf. K. V. Sarma: Puruṣārthopadeśa of Bhart., critic. ed. with introd. and appendix. Hoshiarpur, 1969(=VishIJ. 6, Append.).

675. Cf. K. V. Sarma, op. cit., p. XIII; p. 25–28(text).

676. Amaru(ka)のほか写本には Amarū(ka), Amaraka の形が見える; cf. R. Simon: Das Amaruçataka(Kiel, 1893), p. 16–17.

677. Cf. Simon, op. cit., p. 16–21.

678. Śaṁkara の伝記 Ś°-digvijaya および Amś. の注釈により伝えられる; cf. Simon, op. cit., p. 17–19; **WGIL**. p. 113 c. n. 3: **HIL**. p. 127 c. n. 2.

679. これに反し彼を南方の住者とする学者もある; cf. Kapadia, JOIB. 17(1968), p. 285; p. 287–8.

680. Kāvyāl.-vṛtti III. 2. 4=Amś.(ed. Simon)18; IV. 3. 12= rec. II, 30(Simon, p. 123); V. 2. 8=Amś. 89, a(*v. l.*).

681. Dhvanyāl. III. 7: tr. Jacobi, p. 81.

682. Cf. Simon, op. cit., p. 21; **KHSL**. p. 183: ca. 650–750 A. D. **RIC**. p. 225: § 1792: 7 世紀.

683. [**Bibl.**] **EUL**. nos. 900–903: p. 91; cf. nos. 879--880: p. 87–88. Cf. Simon, op. cit., p. 4–16; Nachträge zum Amś. ZDMG. 49(1895), p. 577–582. ——[**Gen.**] **SILC**. p. 568–572. **MHSL**. p. 342. **OLAI**. p. 226–8. **VHLI**. p. 220; p. 228. **PIL**. p. 214–5; cf. Rudraṭa's Çṛṅgāratilaka(Kiel, 1886), p. 9–11. **WGIL**. p. 112–6: **HIL**. p. 126–131. **KCSL**. p. 116–8. **KHSL**. p. 183–7. **GLI**. p. 175: ed. 1961, p. 221–2. **DHSL**. p. 158–160. **DGHSL**. p. 668–9. **RIC**. §§ 1792–4: p. 225–7. ——[**Ed.**] Durgāprasād and K. P. Parab: The Amś. of Amaruka with the comm. of Arjunavarmadeva. KM. 18, Bomb., 1889; 3rd ed. by D° and Paṇaśīkar, 1916. ——R. Simon: Das Amaruçataka in seinen Recensionen dargestellt mit einer Einleitung u. Auszügen aus den Commentatoren versehen. Kiel, 1893. ——S. K. De *in*: Our heritage, vol. II, 1, p. 9–75, with the comm. of Rudramadevakumāra; cf. Kapadia, op. cit.(supra n. 679), p. 289–290. ——[**Tr.**] A. L. Apudy [=pseud. of A. L. de Chézy]: Amś.-sāraḥ. Anthologie érotique d'Amarou. Texte sct., trad., notes et glosses. Pa., 1831. [51 vv.] ——F. Rückert: Die hundert Strophen des Am. Nach der Hs. der preuss. Staatsbibliothek hg. von J. Nobel. Hannover, 1925. Cf. Skt. Liebesliedchen, aus Amś. oder Am.s hundert Strophen, Wendts Musenalmanach f. das Jr. 1831, p. 127–143. [38 vv.] ——O. Böhtlingk *in*: Ind. Sprüche, 2. Aufl., 1870–1873; cf. Bd. I, p. IX. ——H. v. Glasenapp: Ind. Liebeslyrik(München, 1921), p. 90–105. ——その他部分訳多数. ——[**Ref.**] Simon, op. cit., Einl. が重要.

684. Simon, op. cit., p. 27–42, cf. p. 4–16; **WGIL**. p. 113 c. n. 1: **HIL**. p. 126 c. n. 5. ——O. Friš: The recensions of the Amś. Arch. Or. 19(1951), p. 125–176: Rec. 1. が最良. ——B. H. Kapadia: Amś. as in two mss. JOIB. 17(1968), p. 285–307.(Surat からの 2 写本について: 計 10 個の新詩節を含むという.)

685. 注釈者: Vemabhūpāla(14 世紀), Rāmānandanātha.

686. 注釈者: Ravicandra.

687. 注釈者: Arjunavarmadeva (ca. 1215 A. D.), Kokasaṁbhava. Durgāprasād の出版(=KM. 18)はこれに属する. 102 詩節

のほか，Pariśiṣṭa として他の伝本，詞華集に含まれる 61 詩節を収めている(p. 69–84).

688. Ravicandra (*ad* rec. 2) その他の注釈家が，śṛṅgāra「恋情」のみならず śānta「寂静」の見地から各詩節を説明しているのは，詩人の本意に反する; cf. Simon, op. cit., p. 24, p. 26, p. 27; **WGIL**. p. 113, n. 3: **HIL**. p. 127, n. 2; **DGHSL**. p. 668.——Amś. を nāyikā (劇の女主人公) のタイプの例示とする見解 (Vemabhūpāla *ad* rec. 1; Pischel: Çṛṅg.-tilaka, p. 9–10) 或いは種々な alaṁkāra (修辞法) の例示と解する説は，すべて正鵠を得ていない; cf. **KHSL**. p. 184.

689. Cf. Aufrecht: CC. I, p. 27–28; Raghavan: NCC. I (1949), p. 251–3; Simon, op. cit., p. 21–27, cf. p. 4–16; ed. KM. 18, p. 2–3; **DGHSL**. p. 668.

690. Cf. supra n. 680.

691. Cf. Aufrecht, ZDMG. 27 (1873), p. 7–8; PDSV. p. 1–3. TKVS. p. 22–23. KGSRK. p. LXX–LXXI; ed. KM. 18, p. 81–84. ——詞華集は出版本の中に見いだされない詩節を含み，逆に Amś. 中の詩節を他の詩人に帰していることもある. ——なお Amś. からの引用一般については: Simon, op. cit., p. 42–46.

692. Arjunavarmadeva *ad* v. 2, ed. KM. 18, p. 6; cf. Arjunav., Introd., v. 3: p. 1.

693. 言語芸術の評価は内容の紹介と切離しがたく，かつその際若干の訳例を伴うのを常とする: e. g. **SILC**. p. 568–572, cf. Reden u. Aufsätze (1913), p. 158–161. **OLAI**. p. 226–8. **WGIL**. p. 114–6: **HIL**. p. 127–131. **KCSL**. p. 117–8. **KHSL**. p. 184–7. **DHSL**. p. 159–160. **RIC**. p. 226: § 1793; p. 226–7: § 1794.

694. Cf. SKMS. p. 35–36; Simon, op. cit., p. 46; **KHSL**. p. 187. **DHSL**. p. 159, n. 1; Kapadia, op. cit., p. 287, p. 290.

695. [**Bibl.**] **EUL**. nos. 1147–1150: p. 113; cf. no. 879: p. 87; no. 1166: p. 114; no. 1169: p. 115. ——[**Gen.**] **WGIL**. p. 117–9; p. 644 (Nachtr.): **HIL**. p. 132–4. **KCSL**. p. 120. **KHSL**. p. 188–190. **DHSL**. p. 367–9. **DGHSL**. p. 657–9. **RIC**. § 1790: p. 224–5. ——[**Ed.** • **Tr.**] P. a. Bohlen: Bhartriharis sententiae et carmen quod Chauri nomine circumfertur eroticum. ……Berolini, 1833;

cf. C. Schütz: Krit. u. erläut. Anmerkungen...... Bielefeld, 1835, p. 1–10; v. supra n. 660.〔Rec. 1.〕——J. Haeberlin: Kāvya-saṁgraha (Calc., 1847), p. 227 et seq.; J. Vidyāsāgara: Kāvya-saṁgrahaḥ (3rd ed., Calc., 1888), p. 596–617.〔Rec. 1.〕——E. Ariel: Tchorapantchaçat, publié, trad. et commenté. JA. 1848 I, p. 469–534.〔47 adyāpi-verses=v. 69–115. Rec. 2.〕——KM. pt. 13 (1903; rev. ed., 1916), p. 145–169.〔50 adyāpi-verses=v. 75–124. Rec. 2.〕——W. Solf: Die Kaçmīr-Recension der Pañcāçikā. Ein Beitrag zur ind. Text-Kritik. Kiel, 1886.〔Rec. 3.〕——S. N. Tadpatrikar: Caurapañcāśikā. An Ind. love lament of Bil. Kavi. Critic. ed. with introd., notes, transl. and appendices. Poona, 1966.〔Govt. Mss. Libr., Madras の写本に依る. Ed. Ariel におけると同様な枠物語(pūrvapīṭhikā)をもちつつ, adyāpi 詩節は多少の出入を別にして ed. Bohlen に等しい.〕——〔**Tr.**〕上記の出版書 (Ariel, Solf, Tadpatrikar)に含まれるもののほかに: H. Fauche: Bhart. et Tchaura. Pa., 1852 (cf. n. 660). ——(自由訳) E. Arnold: An Ind. love-lament. Ldn., 1896. ——(部分訳) L. v. Schroeder: Mangoblüten (Stuttgart, 1892), p. 59–75.

696. Karṇasundarī. 〔**Gen.**〕**SLTI**. p. 248. **SKID**. p. 112. **WGIL**. p. 250: **HIL**. p. 280. **KSD**. p. 256. **DHSL**. p. 472. **RIC**. p. 292: § 1897. ——〔**Ed.**〕by Durgāprasād and K. P. Parab, Bomb., 1888; 2nd rev. ed., 1895.

697. Caurīsuratapañcāśikā または略して Caurap°, Corapañcāśat と呼ばれる. ——作者の名を Cora, Caura または Sundara とする伝承もあるが信頼に値いしない. Cf. Solf, op. cit., p. XXI–XXIII. Caura および Cora は Cp. の略称から遊離したものと思われる. 本来 Cora=Bil. の形容詞 sundara「美貌の」が固有名詞化して Bil. の別名となったことは不可能でない. ただし Cora と称する詩人が別に存在したことを認めれば問題は複雑化する; cf. Aufrecht, ZDMG. 27 (1873), p. 3, p. 69; PDSV. p. 39; Prasannarāghava (ed. Bomb., 1914), p. 6, v. 22: Cora は Mayūra, Bhāsa, Kālid., Harṣa, Bāṇa と並び挙げられている.

698. ed. Bohlen 1(?), 2, 11, 12, 50; cf. Solf., op. cit., p. XXIII–XXVI.

699. Cf. v. 55 (Solf) : 45 (Bohlen) ; v. 37 (Solf) : 11 (Bohlen) : 73 (Ariel).

700. v. 48 (Solf) の antakāle「死の時に際して」は，後の改変と思われる．これに相応する v. 37 (Bohlen) にはこの語なく，南印伝本は相応詩節を欠く．——北印伝本の冒頭 vv. 1–2 (Solf) は Kuntalapati＝Vikramāditya VI と詩人自身の名を含むが，その真義は明確でない．

701. Cp. に対応して王女の悲歎を内容とする詩 Bilhaṇa-pañcāśat-pratyuttara (Bhūvara 作，年代未詳) が現われた; cf. Tadpatrikar, op. cit., App. 3＝p. 35–38 (text) ; **RIC**. p. 224–5 : § 1790.

702. 〔**Bibl.**〕 **EUL**. nos. 1058–1067 : p. 105; cf. no. 879 : p. 87; no. 881 : p. 88. Cf. **WGIL**. p. 127, n. 1 : **HIL**. p. 142, n. 1.——〔**Gen.**〕 **WHIL**. p. 210 c. n. 219 a. **SILC**. p. 581–590. **MHSL**. p. 344–5. **OLAI**. p. 283–6. **VHLI**. p. 218–221. **PIL**. p. 219. **WGIL**. p. 127–132; p. 644 (Nachtr.) : **HIL**. p. 142–7. **KCSL**. p. 120–123. **KHSL**. p. 190–198. **GLI**. p. 176 : ed. 1961, p. 222–3. **DHSL**. p. 338–396. **DGHSL**. p. 665–8. **RIC**. §§ 885–7 : p. 442–3.——〔**Ed.**〕 Ch. Lassen: Gita Govinda Jayadevae poetae indici dramma lyricum. Textum ad fidem librorum manuscriptorum recognovit, scholia selecta, annotationem criticam, interpretationem latinam adiecit Christianus Lassen. Bonnae ad Rhenum, 1836.——M. R. Telang and W. L. Śāstrī Paṇsīkar: The Gg. of Jd. with the comm. Rasikapriyā of King Kumbha and Rasamañjarī of MM. Shaṅkara Mishra. 6th ed., Bomb., 1923.——V. M. Kulkarṇi: Jd.'s Gg. with King Mānāṅka's comm. Ahmedabad, 1967.——〔**Tr.**〕 W. Jones: Gg. or the songs of Jd. As. Res. 3, p. 185–207; cf. Gildemeister: Bibl. skt. (1847), p. 78; repr., Calc., 1894.——これに基づいて種々の独訳が現われた: by F. H. von Dalberg, Erfurt, 1802; F. Mayer, As. Magazin 2 (1802), p. 294–375; A. W. Riemenschneider, Halle, 1818.——(英) E. Arnold: The Indian song of songs from the Skt. of the Gg. of Jd. Ldn., 1875; cf. Indian poetry, containing "The Ind. song...... ." Ldn., 1881.——(独) F. Rückert: Gg., aus dem Skt. übers. ZKM. 1 (1837), p. 129–173; cf. Sprachl. Bemerkungen zu Gg. ib., p.

286–296; (Neue Ausg.) H. Kreyenborg: Gg. Nach der metr. Übers. F. Rückerts neu hg. Lzg., o. J. ——(仏) H. Fauche: Le Gg. et le Ritou-sanhara, trad. du sct. en français pour la première foix. Pa., 1850. ——G. Courtillier: Le Gg., pastorale de Jd., trad. .... Avec une préface de M. Sylvain Lévi. Pa., 1904. ——(蘭) B. Faddegon: Gg. Pastrale van Djajadēwa in Nederlandsche versen overgebracht. Santpoort, 1932. ——(日) 田中於菟弥: 牛飼いの歌〔抄〕. 世界名詩集大成 18(平凡社, 1960), p. 277–282; cf. 印度さらさ (1943), p. 131–178.

703. Cf. R. Pischel: Die Hofdichter des Lakṣmaṇasena. AGGW. 1893, spec. p. 17–24.

704. saṁdarbhaśuddhi, Gg. I. 4.

705. 詞華集はこの作品からのみ引用している; cf. Aufrecht, ZDMG. 27 (1873), p. 30; PDSV. p. 37–39. ——彼の短詩の Hindī 語訳については: **WGIL**. p. 127, n. 2: **HIL**. p. 142, n. 3.

706. 章を sarga と呼んだ点にも Jd. の意図が窺われる.

707. この神秘説によって Gg. は Viṣṇu 派に重要視され, Jd. をめぐって多くの伝説が生じた. ——Gg. が愛好された証拠として, その注釈は 30 種に達するという; cf. **DGHSL**. p. 666 c. n. 3.

708. 〔**Gen.**〕 **WGIL**. p. 119–120 (*lit.*) : **HIL**. p. 134–5. **KCSL**. p. 116. **KHSL**. p. 202. **DHSL**. p. 370–371. **DGHSL**. p. 659. **RIC**. § 1789: p. 224. ——〔**Ed.**〕 by Durgāprasād and K. P. Parab, Bomb., 1886; 2nd rev. ed., 1895. Cf. Pischel: Die Hofdichter (v. supra n. 703), p. 31–32.

709. 〔**Gen.**〕 **WGIL**. p. 97–104: **HIL**. p. 108–116. **KCSL**. p. 114–6. **KHSL**. p. 223–5. **DHSL**. p. 155; p. 156–7. **RIC**. §§ 1795–7: p. 227–9. ——〔**Ed.** • **Tr.**〕 A. Weber: Ueber das Saptaçatakam des Hāla. Ein Beitrag zur Kenntniss des Prākṛit. AKM. 5, no. 3, Lzg., 1870; Das Saptaç. des Hāla. AKM. 7, no. 4, Lzg., 1881; Ueber Bhuvanapāla's Comm. zu Hāla's Saptaç. IS. XVI (1883), p. 1–204. ——Durgāprasād and K. P. Parab: Gāthāsaptaśatī of Sātavāhana with the comm. of Gangādharabhaṭṭa. Bomb., 1889.

710. Cf. V. V. Mirashi: The date of Gāthāsaptaśatī. Fs. Varma vol. 2 (1950), p. 173–183.

711. Cf. e.g. 木村秀雄: Ss. の青春文学. Fs. 石浜(1958), p. 178–208; Ss. の研究. 龍大仏教文化研紀要 4(1965), p. 12–23.

712. Govardhana: cf. Pischel, op. cit., p. 30–33.

713. Āryāsaptaśatī の各章は vrajyā と呼ばれ, アルファベット順に a 章から kṣ 章にいたっている.

714. Gg. I. 4; cf. supra n. 704.

715. しかし Hindī 文学に重きをなす Bihārilāl の Satsaī は範を Āsś. にとっている.

716. [Gen.] **WGIL**. p. 111: **HIL**. p. 124. **KCSL**. p. 114. **KHSL**. p. 199–200. **DGHSL**. p. 752 c. n. 4(*lit.*). **RIC**. p. 223 *fin.*–224: § 1788. —— [**Ed.**] by J. Gildemeister *in* : Kalidasae Meghad. et Çringaratilaka. Bonnae, 1841. [23 vv.] ——by W. L. Śāstrī Paṇsīkar *in*: The Ṛtusamhāra of Kālid. ......and the Sṛingāratilaka. Bomb., 5th ed., 1917. [31 vv.] ——[**Tr.**] O. Böhtlingk *in*: Ind. Sprüche, 2. Aufl., 1870–1873. ——H. Fauche *in*: Oeuvres complètes de Kalidasa, vol. I (Pa., 1859), p. 127–138.

717. [Gen.] **WGIL**. p. 111–2(*lit.*) : **HIL**. p. 125. **KCSL.** p. 114. **KHSL**. p. 200–201. **DHSL**. p. 120–121. **DGHSL**. p. 752 c. n. 5 (*lit.*). **RIC**. p. 224: § 1788. ——Cf. Ch. Vaudeville: A note on the Ghaṭakarpara and the Meghadūta. JOIB. 9(1959), p. 125–134. ——木村秀雄: Gh°-kāvya の研究. Fs. 金倉(1966), p. 197–228. ——[**Ed.** • **Tr.**] G. M. Dursch: gh° oder das zerbrochene Gefäss. Ein sktisches Gedicht, hg., üb., nachgeahmt u. erläut. Bln., 1828. [22 vv.]——J. B. Chaudhuri: The Gh°-yamaka-kāvya, crit. ed. for the first time with an introd. in Engl., indices, appendices, copious extracts from various unpubl. comm. and a new comm. Calc., 1953. [23 vv.] ——A. L. Chézy's transl., JA. 1823 II, p. 39 et seq., repr. *in*: Dursch, op. cit., p. 52–55.

718. Bhaṭṭik. (§ 68) X を別にして, 古い yamaka-kāvya としては Nītivarman の Kīcakavadha (ed. by S. K. De, Univ. of Dacca, 1929) がある. なおこの kāvya の sarga III は śleṣa の例示に当てられている, cf. **DHSL**. p. 337, p. 339. **RIC**. p. 220: § 1783.

719. ed. Dursch v. 22, cd.; *pareṇa*: ghaṭakar*pareṇa* を脚韻としている.

720. Cf. Chaudhuri, op. cit., p. 22–42. ——韻律については: SKMS. p. 33.

721. 近時出版されたstotra集の一例として: K. Parameswara Aithal: Stotrasamuccaya. A collection of rare and unpublished stotras, 2 vols. Madras, 1969. ——哲学者 Śaṁkara (ca. 700–750 A. D.) に帰せられる stotra もあり，そのうち批判的に出版・翻訳されたものとしては: W. Norman Brown: The Saundaryalaharī or Flood of beauty, traditionally ascribed to Śaṅkarācārya. Ed., transl., and presented in photographs. Cambridge (Mass.), 1955.

722. Cf. G. R. Quackenbos: The Skt. poems of Mayūra. N. Y., 1917, p. 1–66. ——Harṣa–Bāṇa–Mayūra の関係については: ib., p. 3–33, cf. supra § 98 c. n. 608.

723. 詞華集はしばしばMayūraの名を挙げる; cf. Aufrecht, ZDMG. 27 (1873), p. 70–71. PDSV. p. 86. TKVS. p. 67–68. KGSRK. p. XC. Quackenbos, op. cit., p. 227–242.

724. 〔**Gen.**〕 **WGIL**. p. 116: **HIL**. p. 132. **KHSL**. p. 201–2. **DHSL**. p. 168. **RIC**. p. 224: § 1788. ——〔**Ed.** • **Tr.**〕 Quackenbos, op. cit., p. 67–79; cf. JAOS. 31 (1910), p. 343–354: The Mayūrāṣṭaka, an unedited Skt. poem by Mayūra.

725. 〔**Bibl.**〕 Quackenbos, op. cit., p. 103–6. ——〔**Gen.**〕 **WGIL**. p. 116; p. 121–2: **HIL**. p. 132; p. 136–7. **KCSL**. p. 120. **KHSL**. p. 211–3. **DHSL**. p. 168–170. **RIC**. I, p. 441: § 882. ——〔**Ed.**〕 by Durgāprasād and K. P. Parab (later by D° and Paṇśīkar) with the comm. of Tribhuvanapāla, Bomb., 1889; 3rd rev. ed., 1927. ——〔**Ed.** • **Tr.**〕 Quackenbos, op. cit., p. 81–225.

726. Cf. supra n. 725, 〔**Gen.**〕. 詳しくは: Ettinghausen: Harṣa Vardhana (1906), p. 124–6; spec. Quackenbos, op. cit., p. 16–33.

727. 〔**Gen.**〕 **WGIL**. p. 120–121: **HIL**. p. 136–7. **KHSL**. p. 210–211, cf. p. 213–4. **DHSL**. p. 170–171. **RIC**. I, p. 441: § 882. ——〔**Ed.** • **Tr.**〕 Quackenbos, op. cit., p. 243–357 (c. introd.). Cf. A. Scharpé: Bāṇa's Kādambarī (1937), p. 29, n. 2 (*lit.*).

728. 〔**Bibl.**〕 **EUL**. nos. 1037–1048: p. 103–4. Cf. CNTT. II, 1 (1970), p. 23–35 (研究史); p. 35–39 ('Greater India'). ——〔**Gen.**〕 **VHLI**. p. 238–9. **PIL**. p. 215. **WGIL**. p. 135–7: **HIL**. p. 150–

153. **KCSL**. p. 124. **KHSL**. p. 227–231. **GLI**. p. 176: ed. 1961, p. 223. **DHSL**. p. 196. **RIC**. § 1800: p. 231–2. ——〔**Ed.・Tr.**〕 ed. princeps(1817)から CNTT. にいたる間の主要文献を詳述する代りに，研究に多大の貢献をした学者の名だけを挙げ，カッコの中に **EUL**. の番号を添えた. A. Weber(1043); O. Böhtlingk *in*: Ind. Spr., 2. Aufl., 1870–1873; J. Klatt(1044); E. Teza(1045); E. Monseur(1046); O. Kressler(1047); E. Bartoli(1040, 1041); Isvara Chandra Sastri, with a foreword by J. van Manen(1042). ——D. Galanos のギリシャ語訳(1845)については: G. M. Bolling, Fs. Bloomfield(1920), p. 49–74; CNTT. I, 1, p. CXXXV–VII; I, 2, p. XII–XV; II, 1, p. 24. ——(蔵訳) S. Pathak: Cā.-rājanītiśāstram. Tibetan and Skt. Santiniketan, 1958; Nītiśāstra of Masūrakṣa ed. JGIS. 17, p. 92 et seq., cf. LS., JAOS. 82(1962), p. 407–411.

729. 一般に信じられる Cā.=Kauṭalya, Viṣṇugupta に反しては: T. Burrow: Cā. and Kauṭalya. ABORI. 48/49(1968), p. 17–31; cf. J. D. M. Derretts, IIJ. 13(1971), p. 49–52: Arthaś. の年代としては1世紀が最も妥当(ib. p. 52 *init.*); Th. R. Trautmann: Kauṭilya and the Arthaśāstra. Leiden, 1971: Arthaś. は a composite work で，その成立は ca. 150 A. D. が妥当.

730. L. Sternbach: Cā.-Nīti-Text-Tradition. Vol. I〔in 2 parts〕: Six versions of Cā.'s collections of maxims, reconstructed and critically ed., for the first time, with introductions and variants from original mss., all available printed editions and other materials. Hoshiarpur, 1963, 1964. Vol. II〔in 3 parts〕: Pt. I: Introduction(1970). Pt. II: Cā.'s six versions of maxims: an attempt to reconstruct the Ur-text(1967). Pt. III: B. Maxims of doubtful origin. C. Reconstructed fragmentary maxims(1968). ——Vol. I の内容については: N. T(suji), IIJ. 9(1966), p. 301–7; Vol. II: 同誌近刊.

731. CV.=Cā.-nīti-darpaṇa, Vṛddha-Cā. textus ornatior: 336 vv.; Cv.=Vṛddha-Cā. t. simplicior: 124 vv.; CN.=Cā.-śloka, Cā.-śataka, Cā.-nītiśāstra: さらに3群に分かれるが，第一群は 108 vv. を有し(aṣṭottaraśata)，インドの内外に広く流布する; CS.=

Cā.-sāra-saṁgraha: 300 vv., 北西インドおよび Nepal に行なわれる; CL.=Laghu-Cā. 91 vv., 最短のテキストで Cv. と合して一単位を形成するがごとく見える; CR.=Cā.-rāja-nīti-śāstra: 最長のテキストで 472 ないし 658 vv. を含み, 洗練された言語・文体を示す詩節が多い. CR. とほとんど同一の Bṛhaspati-saṁhitā=G(aruḍa)-Pur. adhy. 108–115 および後者に非常に近いチベット語訳(10世紀, 253 vv.)との関係は特筆に値いする. これら6種の 'basic versions' は LS. によりしばしば叙述されている, e. g. CNTT. I, 1, p. X–XII; N. T., IIJ. 9(1966), p. 302–4. ——K. V. Sarma: Cā.-saptati. Hoshiarpur, 1965=VishIJ. 3, 1(1965), App. は, Malayālam 文字の一写本を調査して, 第七類の設定を提唱したが, LS. はその必要を認めず, CN. の一異本と見なしている, v. CNTT. II, 1, p. 72–73.

732. CNTT. II の副題に 'An attempt to reconstruct the Urtext' とあるが, この場合の ur-text は特殊の意味をもつ(cf. op. cit., pt. 1, p. V–VI: "the oldest text of individual Cā.'s sayings"; p. 70–72). CNTT. II は3部に分かれ, A. (nos. 1–1119) は同書Iの 'the six basic versions' に収められた全詩節(CN., CL., CR. の Group II すなわち真正性不確実なものをも含む)をできうる限り本初の形に改訂してアルファベット順に列挙したもの. B. (nos. 1120–2103) と C. (nos. 2104–2234) とは A. に採用されなかった詩節を集め, A. と同様の体裁でここに始めて刊行したもの. B. と C. との区別は後者が断片的様相を呈する点にある(cf. op. cit., p. V; p. 77–78).

733. GP. 108–115=Bṛh.-Saṁh. との関係については: LS.: An unknown Cā.-Ms. and the GP. IIJ. 1(1957), p. 181–200. ——The Cā.-Rāja-Nīti-Śāstra and the Bṛh. Saṁh. of the GP. ABORI. 37 (1957), p. 58–110. ——Cā.'s aphorisms in Purāṇas. Purāṇa 6, 1 (1964), p. 40–52. ——A new abridged version of the Bṛh.-Saṁh. of the GP. Ramnagar-Varanasi, 1960. ——Cf. CNTT. I, 2, § 15: p. XXXVIII–LVIII.

734. LS.: The Tibetan Cā.-Rāja-Nīti-Śāstra. XXV. OC. (Moskva, 1960), vol. IV(1963), p. 135–142; ABORI. 42(1962), p. 99–122. ——Cā.-R°-N° (Madras, 1963), p. 14–15; p. 16. ——Cf. CNTT. I, 2, p. LVI; p. LXI–IV; The spreading of Cā. aphorisms

(Calc., 1969), p. 16–20.

735. LS. は Bṛh.-Smṛti ならびに Bāṇa 作 Kādamb.(§ 99. 2)からの詩節を CR. の中に見いだし(CNTT. I, 2, p. XXXVII: CR. I. 32=CNTT. II, 1, no. 151; V. 20=no. 2), CR. は 7 世紀と 10 世紀との間に編纂されたとする. ——Daṇḍin が, Viṣṇugupta(=Cā.)により Maurya(=Candragupta)のために作られた 6,000 śloka の daṇḍanīti(統治学)に言及していることは(Daśak. pt. 2, ed. Peterson, 1891, p. 52. 10–12), しばしば論議されているが(cf. N. T., op. cit., p. 305, n. 13; CNTT. II, 1, p. 68–69), Kauṭ. Arthaś. I. 1. 18 がその全量を示すに用いた 6,000 śl. と考え合わすとき, śl. は散文のためにも 32 音節の単位を示すから, Arthaś. の分量を表示し, Cā.-aph. との関係は考えられない; cf. Th. R. Trautmann: A metrical origin of the Kauṭ. Arthaś.? JAOS. 88(1968), p. 347–9.

736. Hitop. を貸与者と見る説としては: 特に D. H. H. Ingalls: The Cā. collections and Nārāyaṇa's Hitop. JAOS. 86 (1966), p. 1–19; これに対しては: LS. ib. p. 306–8; JSAIL. pt. 2 (1967), p. 196, n. 3. ただし LS. も CN. については, Hitop. から借用した可能性を認めている, cf. CNTT. I, 1, p. CXVII, p. CLXVI; The Hitop. and its sources(1960), p. 14–15. ——LS. は CNTT. の準備として多数の論文を発表した(cf. CNTT. II, 1, p. 32–35, p. 38). ここには他の Skt. 文献との関係を論じたものを摘記する. Mbh.: M° verses in Cā.'s compendia. JAOS. 83(1963), p. 30–67=JSAIL. pt. 2(1967), p. 365–373. ——Rām.: R° verses in Cā.'s compendia *in*: Fs. Gopinath Kaviraj(1964)=JSAIL. no. 31(未見). ——Manu: Mānava-dharmaśāstra verses in Cā.'s compendia. JAOS. 79(1959), p. 233–254=JSAIL. pt. 2, p. 321–364. ——Pañcat.: Cā.'s aphorisms in the P°. In memor. E. Diez(Istambul, 1963), p. 331–350=JSAIL. pt. 2, p. 296–320. ——Hitop.: Cā.'s aphorisms in the H°. New Haven, 1958=ibid., p. 196–295. ——The Hitop. and its sources. New Haven, 1960(spec. p. 11–15), v. supra. ——Purāṇa: Cā.'s aphorisms in Purāṇas. Purāṇa 6, 1(1964), p. 40–52; GP. については: supra n. 733. ——Anthologies: The Subhāṣita-saṁgrahas: treasuries of Cā.'s aphorisms. VishIJ. 1(1963), p. 66–77. ——The S° as treasuries of

Cā.'s sayings. Hoshiarpur, 1966. ——De l'origine des vers cités dans le Nītipaddhati du Subhāṣitāvali de Vallabhadeva. Mél. Renou (1968), p. 683–714. ——The Vyāsa-Subhāṣita-Saṁgraha, critic. ed. for the first time. Varanasi, 1969.

737. LS.: Cāṇakya-rāja-nīti. Madras, 1953 はこの種の詩節を集め，内容に従って分類している，cf. N. T., IIJ. 9(1966), p. 307–8.

738. 例えば仏教の Aṅguttaranikāya; ジャイナ教の Ṭhāṇaṁga.

739. Cf. CNTT, I, 2, p. XXXVIII.

740. 韻律については: Kressler: Stimmen indischer Lebensklugheit (Lzg., 1907), p. 43; **KHSL**. p. 231. **DHSL**. p. 196, n. 7. **DGHSL**. p. 173–4; CNTT. I, 1 and 2 pass. (cf. N. T., IIJ. 9, p. 306 c. n. 17); CNTT. II, 1, p. 78–92.

741. LS.: The spreading of Cā.'s aphorisms over "greater India". Calc., 1969; CNTT. II. 1, p. 35–67 に，豊富な文献を添えて詳説されているから，ここには細説を省いた.

742. Kuṭṭanīmata または Śambhalīmata. 〔**Gen.**〕**WGIL**. p. 151–2; p. 644 (Nachtr.): **HIL**. p. 169. **KCSL**. p. 124–5. **KHSL**. p. 236–7. **DHSL**. p. 197–9. **DGHSL**. p. 675–6. **RIC**. p. 235–6: § 1805. a. ——〔**Ed.**〕 KM. pt. 3 (1887), p. 32–110. ——〔**Tr.**〕 J. J. Meyer: Dāmodaragupta's Kuṭṭanīmatam (Lehren einer Kupplerin). Ins Deutsche übertragen. Lzg., 〔1903〕.

743. Cf. Aufrecht, ZDMG. 27 (1873), p. 135. PDSV. p. 44–45. TKVS. p. 46–47. KGSRK. p. LXXX.

744. Samayamātrikā. 〔**Gen.**〕 **WGIL**. p. 152: **HIL**. p. 169–170. **KCSL**. p. 125. **KHSL**. p. 237–8. **DHSL**. p. 405–6. **RIC**. p. 236: § 1805. b. ——〔**Ed.**〕 by Durgāprasād and K. P. Parab, Bomb., 1888; 2nd ed., 1925. ——〔**Tr.**〕 J. J. Meyer: Kṣemendra's Samayamatrika (Das Zauberbuch der Hetären). Ins Deutsche übertragen. Lzg., 〔1903〕.

745. 〔**Gen.**〕 **WGIL**. p. 153–4: **HIL**. p. 170–172. **KCSL**. p. 125. **KHSL**. p. 238; p. 239–240. **DHSL**. p. 407–8. **DGHSL**. p. 675. **RIC**. p. 236: § 1806. ——〔**Ed.**〕 KM. pt. 1 (1886), p. 34 et seq. ——

[Tr.] R. Schmidt: Aus Kṣemendra's Kalāvilāsa. Fs. E. Mehliss (Eisleben, 1914), p. 3–33[I–IV]; K°s Kalāv. V–X. WZKM. 28 (1914), p. 406–435. Cf. J. J. Meyer: K°'s Samayam. (supra n. 744), p. XL–LVIII.

746. [**Gen.**] **WGIL**. p. 154: **HIL**. p. 172. **KHSL**. p. 238–9. **DHSL**. p. 407. **RIC**. p. 236: § 1806. ——[**Ed.**] KM. pt. 6(1890), p. 66 et seq. ——B. A. Hirszbant: Über Kshemendras Darpadalana. St. Petersburg, 1892(抜粋出版・翻訳). ——[**Tr.**] R. Schmidt: Kṣemendra's D°(Dunkelsprengung). ZDMG. 69(1915), p. 1–57.

747. [**Gen.**] **WGIL**. p. 145: **HIL**. p. 162. **KCSL**. p. 119–120. **KHSL**. p. 232–3. **DHSL**. p. 401–2. **RIC**. p. 235: § 1804. a. ——[**Ed.** • **Tr.**] K. Schönfeld: Das Śāntiśataka, mit Einl., krit. Apparat, Übers. u. Anmerk., hg. Lzg., 1910. 序文に詳細な解説がある. Bibl. は p. 5–9; p. 13(comm.)参照. Cf. Keith, JRAS. 1911, p. 257–260.

748. 彼の詩節は Śrīdharadāsa の Saduktikarṇāmṛta(1205 A. D.)に引用されている.

749. [**Gen.**] **WGIL**. p. 147–9: **HIL**. p. 164–6. **KHSL**. p. 234. **RIC**. p. 235: § 1804. b. ——[**Ed.** • **Tr.**] A. Bergaigne: Le Bhāminīvilāsa. Recueil de sentences du Pandit Djagannātha[=Ja°]. Texte sct. publié pour la première fois en entier avec une traduction en français et des notes. Pa., 1872. ——V. Henry: Trente stances du Bhāminīv. accomp. de fragments du comm. inédit de Maṇirāma, publ. et trad. Pa., 1885. ——K. P. Parab and M. R. Telang: The Bh°......with the comm. (Praṇayaprakāśa) of Achchyutarāya[=Acyuta°] Modak. Bomb., 1894; 2nd rev. ed. by Paṇśīkar, 1927. ——D. Galanos: Indikōn metaphráseōn pródromos(en Athēnais, 1845), p. 125–155 は第一章から 98 詩節を訳している.

750. [**Gen.**] **WGIL**. p. 156–160: **HIL**. p. 173–8. **KCSL**. p. 225. **KHSL**. p. 222–3. **DHSL**. p. 411–6. **RIC**. § 1798: p. 229–230. Cf. L. Sternbach: The Subhāṣita-saṁgraha as treasuries of Cāṇakya's sayings(Hoshiarpur, 1966), p. 4–20.

751. 特に Bhoja の Sarasvatīkaṇṭhābharaṇa.

752. Jayavallabha の Vajjālagga (ed. J. Laber, Calc., 1914–1923; cf. Laber: Über das V° des J°. Lzg., 1913) が 9 世紀に属するならば非常に古いが，これは Pkt. の詞華集で，所収の 795 詩節のうち 76 は Hāla の Sattasaī に相応をもつ．編者は Śvetāmbara 派のジャイナ教徒であるが，特にジャイナ教的内容をもたない．——ジャイナ教系詞華集としては: Amitagati 編 Subhāṣitaratnasaṁdoha (10–11 世紀), ed. by Bhavadatta Śāstrī and K. P. Parab (later Paṇshīkar), Bomb., 1903; 2nd ed., 1909; cf. R. Schmidt, ZDMG. 58 (1904), p. 447–450. ——R. Schmidt u. J. Hertel: A°'s S°. Skt. u. Deutsch. ZDMG. 59 (1905), p. 265–340; p. 523–577; do. 61 (1907), p. 88–137, etc.; repr., Lzg., 1908. ——仏教系のものとしては: C. Bendall: Subhāṣitasaṁgraha, an anthology of extracts from Buddhist works compiled by an unknown author to illustrate the doctrines of scholastic and of (tāntrik) Buddhism. Le Muséon, n. s. 4 (1903), p. 375–402; 5 (1904), p. 5–46; repr., Louvain, 1905. 詩節のみならず散文をも収めている．

753. F. W. Thomas: Kavīndravacanasamuccaya, a Skt. anthology of verses, ed. with introd. and notes. Calc., 1912. 不完全な写本により，全体の約 3 分の 1 に当たる部分を出版し，仮りに題名をつけたもの，重要な資料に富む序文を伴う．——D. D. Kosambi and V. V. Gokhale: The Subhāṣitaratnakoṣa. With an introd. Cambridge (Mass.), 1957. ——D. H. H. Ingalls: An anthology of Skt. court poetry, Vidyākara's "S°", transl. ibid., 1965; [in selection] Skt. poetry from Vidyākara's "Treasury", transl. ibid., 1968. ——Cf. **WGIL**. p. 156: **HIL**. p. 174. **KCSL**. p. 125. **KHSL**. p. 222. **DHSL**. p. 112. **RIC**. p. 229: § 1798.

754. Śrīdharadāsa: Sadukti (or Sūkti)-karṇāmṛta, ed. by S. Ch. Banerji, Calc., 1965. ——[in selection] Th. Aufrecht: Beiträge zur Kenntniss indischer Dichter. ZDMG. 36 (1882), p. 378–383; p. 509–559. Cf. **WGIL**. p. 156–7: **HIL**. p. 174–5. **KCSL**. p. 125. **KHSL**. p. 222. **DHSL**. p. 413–4. **RIC**. p. 229–230: § 1798.

755. Jalhaṇa: Subhāṣita (or Sūkti)-muktāvalī or Sūktimālikā, ed. by E. Krishnamacharya, Baroda, 1938. Cf. **WGIL**. p.

157: **HIL**. p. 175. **KHSL**. p. 222. **DHSL**. p. 414. **RIC**. p. 230: § 1798.——同名の詞華集で編者・年代(Ms. A のコロフォン：1623)不明のものも出版されている：R. N. Dandekar: Subhāṣitamuktāvalī. JUP. Hum. Section, no. 15, Poona, 1962. 題目に従って 32 品(muktāmaṇi)に分かれている.

756. Śārṅgadhara: Ś°-paddhati, ed. by P. Peterson: The Paddhati of Ś°, a Skt. anthology, vol. I: The text. Bomb., 1888.——[in selection, with transl.] Th. Aufrecht: Ueber die Paddhati von Ç°. ZDMG. 27 (1873), p. 1–120; cf. Böhtlingk, ibid., p. 626–683. Cf. **WGIL**. p. 157–8: **HIL**. p. 175–6. **KCSL**. p. 125. **KHSL**. p. 222. **DHSL**. p. 414. **RIC**. p. 230: § 1798.

757. Vallabhadeva: Subhāṣitāvali, ed. by P. Peterson and Durgāprasāda, Bomb., 1886 (重要な Introd. を伴う); cf. VI. OC. (Leide, 1883), III, 2 (1885), p. 339–465. Cf. **WGIL**. p. 158–9: **HIL**. p. 176–8. **KCSL**. p. 125. **KHSL**. p. 222–3. **DHSL**. p. 413. **RIC**. p. 230: § 1798.——同名の詞華集は他にもある. 例えばカシュミール出身の Śrīvara 編のものは 380 人以上からの詩節を載せている. Cf. **WGIL**. p. 159: **HIL**. p. 178. **KHSL**. p. 223. **DHSL**. p. 415. **RIC**. p. 230: § 1798.

758. Rūpa Gowinda: Padyāvalī, ed. by S. K. De: Rūpasvāmin: The Padyāvalī. An anthology of Vaiṣṇava verses in Skt. Cf. **WGIL**. p. 159, n. 3: **HIL**. p. 178, n. 2. **KHSL**. p. 219–220; p. 223. **DHSL**. p. 415. **RIC**. I, p. 442: § 884; cf. p. 645: § 1313.

759. Umāpatidhara, Śaraṇa, Dhoyin.

第 8 章

760. Guṇāḍhya については: F. Lacôte: Essai sur Guṇ. (1908), p. 10–39.——Speyer: Studies about the KSS. (1908), p. 59–60.——**WGIL**. p. 313–4: **HIL**. p. 347–9. **KCSL**. p. 89–90. **KHSL**. p. 266–8.——V. V. Mirashi: The home of Guṇ. Stud. in Indology, vol. I (1960), p. 65–69 (orig. Oriental Thought 1, p. 41 et seq.): Supratiṣṭha=mod. village Pothrā.

761. Vāsavad. ed. Hall, p. 110; *apud* Gray, p. 160, tr. p. 75; ed. Hall, p. 147; *apud* Gray, p. 166, tr. p. 88.

762. Kādamb. ed. Peterson (1883), p. 51. 15; tr. Ridding (1896), p. 212; cf. Peterson, op. cit., p. 82–96; Ridding, op. cit., p. XII; L. v. Mańkowski: Bāṇa's Kādamb. und die Gesch. vom König Sumanas in der BK. WZKM. 15 (1901), p. 213–250. —— Harṣac. ed. Führer (1909), introd. verse 18: p. 8.

763. Kāvyād. I. 38. ——Daśarūpa その他の証拠については: Lacôte, op. cit., p. 13–18. ——V. Raghavan: The BK., the Mudrarākṣasa, and the Avaloka of Dhanika on the Daśarūpa. Ind. Culture 1 (1934/35), p. 491–3. ——Bhoja に関しては: V. Raghavan: Bhoja's Śṛṅg. Prak. (1963), p. 839–844.

764. Cf. e. g. Lacôte, op. cit., p. 30; Speyer, op. cit., p. 44–60: ±400; **SLTI**. p. 317. **WGIL**. p. 313: **HIL**. p. 347. Keith, JRAS. 1909, p. 145–8; **KCSL**. p. 90; p. 94. **KHSL**. p. 265. **DHSL**. p. 92: 4 世紀. ——ただし余りに古く 1 世紀にまでさかのぼらせる説(e. g. Lacôte, Fs. Lévi (1911), p. 270)は妥当でない(cf. **KCSL**. p. 94, n. 2).

765. Cf. Lacôte: Essai sur Guṇ. et la BK. Pa., 1908; cf. C. D. Chatterjee, Ind. Culture 1 (1934/35), p. 209–225. ——J. Speyer: Het zoogenaamde groote verhaal (De Bṛhatkathā) en de tijd zijner samstelling. Amsterdam, 1907; Studies about the KSS. (Amsterdam, 1908), p. 27–43. ——**WGIL**. p. 312–5: **HIL**. p. 346–9. **KCSL**. p. 89–94; p. 98. **KHSL**. p. 266–272. **DHSL**. p. 92–95; p. 100. **DGHSL**. p. 687–696. **RIC**. § 1821: p. 243–4.

766. Cf. R. Pischel: Hemacandra's Grammatik der Pkt.-sprachen (Halle, 1877, 1880), Text, p. 148–152; Üb., p. 174–8; De grammaticis prācriticis. Vratislaviae, 1874, p. 33; Gramm. der Pkt.-Sprachen (1900), § 27: p. 27–29 (*lit.*). ——G. A. Grierson: Paiśācī, Piśācas, and "Modern Piśāca". ZDMG. 66 (1912), p. 49–86; JRAS. 1913, p. 391: Mārkandeya (17 世紀中葉)による Kekaya-Paiś. の一例を挙げているが, BK. が 17 世紀にも存在した証拠とはならない, cf. **WGIL**. p. 315, n. 1: **HIL**. p. 349, n. 1. **KHSL**. p. 269, n. 1. ——Lacôte, op. cit., p. 40–59; p. 201–6 (les fragments). ——**WGIL**. p. 314 c. n. 3 (*lit.*), p. 318, n. 3; p. 648 (Nachtr.): **HIL**. p. 348 c. nn. 4–9; p. 352, n. 3. **KCSL**. p. 90–91.

KHSL. p. 269–270: a Vindhya-dialect. **DHSL**. p. 94–95. **WRIG**. p. 89, n. 332 (*lit.*).

767. Daṇḍin: Kāvyād. I. 38 はこれを bhūtabhāṣā と称しているから，piśāca を魔類の意味に解したにちがいない.

768. Cf. Raghavan: Bhoja's Śṛṅg. Prak., p. 848–9.

769. Cf. Raghavan, op. cit., p. 846–855. ——この一節は KSS. tar. 121. 109–114 に相当し，内容も一種の羽衣伝説 (cf. Penzer: The ocean of story, vol. VIII, p. 213–234=App. I: The "swan-maiden" motif) に属するものとして興味が深い.

770. 特に Lacôte, op. cit., p. 122–145. この仮定は一般に承認されている；cf. e. g. **WGIL**. p. 315: **HIL**. p. 349. **KHSL**. p. 275–6. **DGHSL**. p. 691–692. **RIC**. p. 244: § 1822. ——これに対し Bosch: De legende van Jīmūtavāhana (Leiden, 1914), p. 43–49; p. 85–88 は KBK. の介在を認めず，Vetālap. (§ 123) はすでに Guṇ. の原本に存在したと主張する. (*contra*: e. g. **WGIL**. p. 318, n. 3: **HIL**. p. 352, n. 3)

771. Cf. Lacôte, op. cit., p. 123–134. Speyer (op. cit., spec. p. 36–43) との意見の相違については: p. 330; cf. S. Rangachar: On the immediate source of the KSS. IHQ. 14 (1938), p. 57–73. ——**WGIL**. p. 318, n. 2: **HIL**. p. 352, n. 2. **KHSL**. p. 276.

772. Cf. e. g. Lacôte, op. cit., p. 144–5.

773. [**Gen.**] **MHSL**. p. 376–7. **VHLI**. p. 265. **WGIL**. p. 318: **HIL**. p. 352. **KCSL**. p. 89–92; p. 95; p. 98. **KHSL**. p. 276–280. **DHSL**. p. 95–100. **RIC**. § 1824: p. 245. Cf. Lacôte, op. cit., p. 111–122; Speyer, op. cit., p. 9–26; p. 27–43. ——[**Ed.**] by Śivadatta and K. P. Parab, Bomb., 1901; cf. Speyer, op. cit., p. 12–15; p. 25–26. ——[**Ref.**] G. Bühler: On the Vṛihatkathā of Kshemendra. IA. 1 (1872), p. 302–9. ——S. Lévi: La BKM. de Kshem. (extrait) Pa., 1886. (lamb. I; Vetāla 物語 1 と 2 のテキストおよび仏訳を含む.) —— L. v. Mańkowski: Der Auszug aus dem Pañcatantra in Kṣem.s BKM. Lzg., 1892. ——Gawroński: The digvijaya of Raghu and some connected problems. RO. 1 (1914/15), p. 47–55; p. 77–82.

774. Cf. Bühler, op. cit. (v. supra n. 773). ——S. Lévi, op. cit.

(do.), p. 1–14. ——M. B. Emeneau: Kṣem. as kavi. JAOS. 53 (1933), p. 124–143. ——Sūryakānta: Kṣem. studies. Poona, 1954. ——**RIC**. p. 220–221: § 1783. ——V. V. Rāghavāchārya and D. G. Padhye: Minor works of Kṣem. Hyderabad, 1961.

775. 長い lambaka は guccha に分割される.

776. 正確には 7,561 詩節.

777. [**Gen.**] **WGIL**. p. 315–7: **HIL**. p. 349–352. **KCSL**. p. 91–92; p. 94–95. **KHSL**. p. 272–5. **DHSL**. p. 95–100. **RIC**. § 1823: p. 245; §§ 1827–1828: p. 246–8; cf. **RHLS**. p. 147 c. n. 1; Remarkable words (and meanings) from the BKŚS. Vāk 4 (1954), p. 89–113. Cf. Lacôte, op. cit., p. 146–195; Speyer, op. cit., p. 41–42; p. 57–59. ——[**Ed.** • **Tr.**] F. Lacôte (et L. Renou): Budhasvāmin, BKŚS. Texte skt. publié pour la première fois avec des notes critiques et explicatives et accompagné d'une trad. franç. Pa., 1908–1929. ——[**Ref.**] Lacôte: Une version nouvelle de la BK. de Guṇ. JA. 1916 I, p. 19–56.

778. Cf. Hara Prasād Shāstri: On a new find of old Nepalese manuscripts. JASBeng. 62 (1893), p. 245–255.

779. 正確には 4,539 詩節.

780. Cf. Lacôte, op. cit. (Essai), p. 193–5.

781. Cf. Lacôte, op. cit., p. 147.

782. Cf. **WGIL**. p. 314–5 c. n. 1: **HIL**. p. 349 c. n. 1.

783. Śṛṅg.-prak. 中の引用文を検討した Raghavan によれば (op. cit., p. 839–844; cf. § 117 c. n. 769), Bhoja は Paiś. の BK. のほか, Skt. の一伝本を知っていたと結論している. この伝本は Guṇ. 伝説 (§ 122 c. n. 792) ならびに Udayana 物語 (§ 24. a c. n. 173) を含みつつも既知の 3 種の Skt. 伝本のいずれとも異なるという. ただし彼がこの Skt. 伝本を, Durvinīta 王 (6 世紀前半) に帰せられるもの (cf. R. Narasimhachariar: An old Skt. version of the BK. JRAS. 1913, p. 389–390; IA. 42 (1913), p. 204) と同一視している点には容易に賛同しえない; cf. **WGIL**. p. 315, n. 2: **HIL**. p. 349, n. 2. ——BK. のペルシャ語訳或いはタミル語訳については, 正確な報告をなしえないから省略する. Cf. Lacôte, op. cit., p. 197–9; **WGIL**. p. 315, n. 2: **HIL**. p. 349, n. 2. **KHSL**. p. 268, n. 2.

784. Saṅghadāsa: Vasudevahiṇḍi. [**Gen.**] **GLI**. ed. 1961, p. 229. **RIC**. p. 244–5: § 1822. ——[**Ed.**] by Caturvijaya and Puṇyavijaya, Bhavnagar, 1930, 1931. ——[**Tr.**] (in Gujarātī) by B. J. Sandesara, ib., 1946. ——[**Ref.**] L. Alsdorf: Zwei neue Belege zur "indischen Herkunft" von 1001 Nacht. ZDMG. 89 (1935), p. 275–314. ——Do.: The Vh. A specimen of archaic Jaina-Māhārāṣṭrī. BSOS. 8 (1936), p. 319–333. ——Do.: Der Veḍha in der Vh. Fs. Weller (1954), p. 1–11. ——B. J. Sandesara: Cultural data in the Vh. ......by Saṅghadāsagaṇi (ca. 5th cent. A. D.). JOIB. 10 (1960), p. 7–17. ——V. M. Bedekar: Mahābhārata and Vh. JOIB. 10 (1960), p. 99–100.

785. L. Alsdorf により第 XIX 回 OC. (Roma) において, Eine neue Version der verlorenen BK. des Guṇ. の題下に報告された.

786. [**Bibl.**] **EUL**. nos. 1312–1321: p. 129–130. Cf. Penzer: The ocean of story, vol. X (1928), p. 46–56=App. VI: Chronological list of works on the BK. and its chief recensions; **WGIL**. p. 319, n. 2: **HIL**. p. 353, n. 2. ——[**Gen.**] **SILC**. p. 546–7. **MHSL**. p. 376–7. **OLAI**. p. 231–3. **VHLI**. p. 265–6. **PIL**. p. 199–200. **WGIL**. p. 319–330; p. 648 (Nachtr.) : **HIL**. p. 353–365. **KCSL**. p. 89–92; p. 95–98. **KHSL**. p. 281–7. **GLI**. p. 181: ed. 1961, p. 229–230. **DHSL**. p. 95–100. **RIC**. §§ 1825–1826: p. 245–6. Cf. Lacôte, op. cit., p. 61–111. ——[**Ed.**] H. Brockhaus: Katha Sarit Sagara. Die Märchensammlung des Sri Somadeva Bhatta aus Kaschmir. Erstes bis fünftes Buch. Skt. u. Deutsch, hg., Lzg.-Paris, 1839; Buch VI, VII, VIII, hg., Lzg., 1862; Buch IX–XVIII, hg., Lzg., 1866; cf. H. Kern: Remarks on Prof. Brockhaus' ed. of the KSS., lambaka IX–XVIII. JRAS. 3 (1867), p. 167–182. ——Durgāprasād and K. P. Parab: The KSS. of Somadeva. Bomb., 1889; 2nd ed., 1903; 3rd ed. rev. by Paṇsikar, 1915. ——[**Tr.**] (梗概) H. H. Wilson: Hindu fiction. Works, vol. III (Ldn., 1864), p. 156–268. ——(全訳) C. H. Tawney: The Kathā Sarit Sāgara or ocean of the streams of story, 2 vols. Calc., 1880–1887. ——N. M. Penzer: The ocean of story, being C. H. Tawney's transl. of Somadeva's KSS. .... New ed. with introd., fresh explanatory notes and terminal essay. In ten vols., Ldn., 1924–1928. [POS.]——部分訳は非常に多い. E. g. H. Brockhaus: Die Märchensammlung des Som. Bhatta aus Kaschmir. Aus dem Skt. ins Deutsch übers., 2 Bde. Lzg., 1843. [I–V; 上記の出版もこの部分の独訳を伴う.]——A. Wesselski: Som.s KSS. od. Ozean der Märchenströme, 1. Bd. Bln., 1914/15. [I–IV.]——H. Schacht: Ind. Erzählungen......ins Deut. übertr. Lausanne, 1918. [X.]——J. Hertel: Bunte Geschichten aus dem Himalaya. München, 1903. ——F. Lacôte: L'histoire romantique d'Udayana, ...extraite du KSS. ......et traduite......en français avec une introd. et des notes. Pa., 1924. ——岩本裕: インド古典説話集カター・サリット・サーガラ, 4 vols. (岩波文庫), 1954–1961. [I–VI, XII.]——[**Ref.**] J. S. Speyer: Studies about the KSS. Amsterdam, 1908.

787. この書物に KSS. 以外の名称はなかったと思われる; cf. **WGIL**. p. 319, n. 3: **HIL**. p. 353, n. 3.

788. Cf. G. Bühler: Ueber das Zeitalter des kašmirischen Dichters Somadeva. SWAW. 110, Heft 2 (1885), p. 545–558. ——S. Lévi: La BKM. de Kshemendra (extr. 1886), p. 122–8.

789. 正確には 21,388 詩節.

790. Cf. Lacôte, op. cit., p. 114; Speyer, op. cit., p. 15.——BKŚS.: KSS.-BKM. の対応については: Lacôte, op. cit., p. 193–5.

791. KSS. の内容一般については: Wilson: Works, vol. III (1864), p. 156–268 (v. supra n. 786). ——Lacôte, op. cit., p. 67–111. ——**WGIL**. p. 322–8: **HIL**. p. 356–361. **KCSL**. p. 96–98. **KHSL**. p. 281–4. POS. IX (1928), p. 93–121.

792. Guṇ. 物語は KSS. および BKM. のほか, Rājānaka Jayaratha の Haracaritacintāmaṇi (12 世紀) XXVI ならびに Nepālamāhātmya XXVII–XXX (Lacôte, op. cit., p. 33–36; p. 291–304) に含まれる.

793. Pratiṣṭhāna を北印に求め, Gaṅgā と Yamunā との合流点, Kauśambī または Ujjayinī 地域に比定する説もある: cf. **WGIL**. p. 313–4: **HIL**. p. 348. ——V. V. Mirashi の見解については: supra n. 760.

794. KSS. tar. I. 10.

795. Cf. **WGIL**. p. 324–6 c. nn. (*lit.*) : **HIL**. p. 358–360 c. nn.

796. Cf. J. Hertel: Ein altind. Narrenbuch I. BSGW. 64, 1. Heft, Lzg., 1912; *in*: Zwei ind. Narrenbücher. Lzg., 1922. ——岩本裕 *in*: インド集(筑摩書房, 1959), p. 350–360: 四十七話を和訳し, 百喩経(493 A. D. 訳)との対応を添えている(p. 349). ——**WGIL**. p. 323, n. 1; p. 648 (Nachtr.) : **HIL**. p. 357, n. 1.

797. Cf. Bloomfield: The character and adventures of Mūladeva. Proc. Amer. Philos. Soc. 52 (1913), p. 615–650; The Art of stealing in Hindu fiction. AJPh. 44 (1923), p. 97–133; p. 193–229. ——POS. II, p. 183, n. 1. ——**WGIL**. p. 324, n. 1: **HIL**. p. 358, n. 1.

798. Cf. E. Huber: Le trésor du roi Rhampsinite. Une nouvelle version du conte d'Hérodote. BEFEO. 4 (1904), p. 701–7. ——POS. II, App. II (p. 245–286) : The origin of the story of Ghaṭa and Karpara. ——田中於菟弥: 説話の流伝——エジプトから日本へ. 中大・文学部紀要・史学科 10 (1964), p. 33–49: 漢蔵和の相応個所を挙げている.

799. Cf. **WGIL**. p. 327–8 c. nn.: **HIL**. p. 361–2 c. nn.

800. Cf. **WGIL**. p. 326–7 c. nn.: **HIL**. p. 361 c. nn. ——岩本裕: サンスクリット文学における仏教(1). 印仏研 no. 10 (1957), p. (20)–(25).

801. Cf. e. g. J. Charpentier: Paccekabuddhageschichten (Uppsala, 1908), p. 41–51.

802. Tr. c. nn. POS. IX, p. 2–85.

803. キリスト教との関係は, Weber: Die Griechen in Indien (repr. 1890), p. 34 以来諸家の論ずるところとなり, ことに Śvetadvīpa の住人を Nestorians と見なす説が行なわれた. 早期の文献は, キリスト教徒との関係を否定した W. E. Clark: Śākadvīpa and Śvetadvīpa. JAOS. 39 (1919), p. 209–242 に譲り, その後の文献若干を挙げる: R. Garbe: Bhagavadgītā. 2. Aufl. (Lzg., 1921), p. 41 (c. n. 1)–43 は, Indien u. das Christentum (Tübingen, 1914), p. 192–200 のネストリア教徒説を変えていない. ——K. Rönnow: Some remarks on Śvetadvīpa. BSOS. 5 (1929), p. 253–284. ——POS. IV (1925), p. 185, n. 2. ——Winter. **HIL**. I (tr. S. Ketkar,

1927), p. 440(: 神話説). ——**RIC**. I, p. 394: §792(: むしろ仏教徒, cf. Rönnow). ——V. Pisani, Fs. Kirfel(Bonn, 1955), p. 246–253(ante I.-E. origin 説).

804. Mbh. XII. 336–337; crit. ed. XII. 322–323.

805. Cf. 岩本裕: カター・サリット・サーガラ(二), p. 77–157 (和訳); p. 177–184(解説).

806. Cf. e. g. A. Chattopadhyay: Martial life of Brāhmaṇas in early medieval India as known from the KSS. JOIB. 16(1966), p. 52–59. ——The institution of "devadāsīs" accord. to the KSS. do.(1967), p. 216–222. ——Spring festival and festival of India in the KSS. do. 17(1967), p. 137–141. ——Female dress and ornaments in the KSS. do.(1968), p. 308–315. ——The ancient Indian practice of drinking wine with reference to the KSS. do. 18(1968), p. 145–152. ——Polygamy in the KSS. do. 19(1969), p. 102–105.

807. POS. 各巻の Append. 参照.

808. **WGIL**. p. 320; p. 328 c. n. 3: **HIL**. p. 354; p. 363 c. n. 1. **KHSL**. p. 286–7. **RHLS**. p. 147 c. n. 1. **WRIG**. p. 28 c. n. 410: p. 99.

809. Cf. Speyer, op. cit., p. 174–8; **WGIL**. p. 320, n. 3: **HIL**. p. 354, n. 3. **KCSL**. p. 95. **KHSL**. p. 286.

810. [**Bibl.**] **EUL**. nos. 1415–1445: p. 137–9. ——[**Gen.**] **WGIL**. p. 330–335; p. 648(Nachtr.): **HIL**. p. 365–370. **KCSL**. p. 98–99. **KHSL**. p. 288–290, cf. p. XI–XII. **DHSL**. p. 421–3. **RIC**. § 1829: p. 249; cf. Contes du vampire(1963), Introd.; **RHLS**. p. 149–150; **WRIG**. n. 410: p. 99. ——[**Ref.**] POS. VI(1926), p. 225–294. ——W. Ruben: Die 25 Erzählungen des Dämons. Helsinki, 1944.

811. (*in*: BKM.) [**Ed. • Tr.**] S. Lévi: La BKM. de Kshemendra (extr. 1886), p. 96–122. Cf. M. B. Emeneau: Kṣem. as kavi. JAOS. 53(1933), p. 124–143. ——(*in*: KSS.) [**Tr.**] F. v. der Leyen: Ind. Märchen. Halle, 1898; Der König und der Bettler. Wiesbaden, 1953. ——J. A. B. van Buitenen: Sprookjes van een spook. Leiden, 1952; Tales of ancient India. Chicago, 1959. ——L.

Renou: Contes du vampire. Pa., 1963.

812. [**Ed.**] H. Uhle: Die Vetālapañcaviṁçatikā in den Rezensionen des Çivadāsa und eines Ungenannten mit krit. Commentar. Lzg., 1881: anonyme Rez. der Hs. f.(p. 67–92)=Auszug aus Kṣem.s BKM. od. eine gekürzte Übertragung in Prosa der Verse des Kṣem.; cf. no. 4. ——Die Vet. des Śivadāsa nach einer Hs. von 1487(saṁv. 1544). Text mit krit. Apparat nebst einer Inhaltsangabe der Erzählungen. BSGW. 66, Heft 1, Lzg., 1914. ——[**Tr.**] H. Uhle: Vetalapantschavinsati, die fünfundzwanzig Erzählungen eines Dämons. München, 1924. Cf. J. Hertel: Śivadāsas Vet. Fg. Streitberg(1914), p. 135–154. ——H. Uhle: Die fünfzehnte Erz. der Vetālapantschavinçati. Skt.-text mit Übers. u. Anmerk. Dresden, 1877: die Jīmūtavāhana-Legende in Śiv. u. Jambaladattas Versionen u. im Prosa-Auszug von Kṣem.s Version. Cf. F. D. K. Bosch: De legende van Jīmūtav. (Leiden, 1914), p. 22–89: I. Hs. f en Çivadāsa; II. Redactie van Jambalad. —— Th. Zachariae: Die sechzehnte Erz. der Vetālapañcaviṅçati. BB. 4(1878), p. 360–383.

813. [**Ed.** • **Tr.**] M. B. Emeneau: Jambaladatta's version of the Vetālapañcaviṁśati. A crit. Skt. text......with an introd. and Engl. transl. New Haven, 1934. Cf. Emeneau: A story of Vikrama's birth and accession. JAOS. 55(1935), p. 59–88. —— N. A. Gore: Vetālapañcaviṁśati of Jambalad., crit. ed. with an introd., summary of each tale and glossary in Engl. Poona, 1952.

814. Bengālī-rec., Nepālī-rec., Newārī-version.

815. Cf. J. Eggeling: Catalogue of the Skt. mss. in the Libr. of the India Office, vol. VII(1904), p. 1564–5.

816. Bhaviṣya-Pur. III. 2. 1–21. W. Rubenにより始めて指摘・利用された; cf. Ruben: Die 25 Erz. des Dämons (Helsinki, 1944), p. 3–4.

817. 仏教的説話としては，Jīmūtavāhana 物語(rec. Śivad. XV; rec. Jambalad. XVI)がある; v. supra n. 812.

818. 特にPenzerおよびRubenの研究(supra n. 810)参照.

819. 伝播を知るに簡便なのは: **WGIL.** p. 335 c. nn.: **HIL.** p.

370 c. nn.; Renou: Contes du vampire (1963), p. 17–18.

820. 'Siddhi-kür'「神通力をもつ死者」(十三話). B. Jülg: Kalmückische Märchen. Die Märchen des Siddhi-kür od. Erzählungen eines verzauberten Todten......übers. Lzg., 1866.

821. A. F. Francke: Die Geschichten des toten No-rub-can. ZDMG. 75 (1921), p. 72–96; Zur tib. Vet. (Siddhikür). ZDMG. 77 (1923), p. 239–254.

822. Hindī の古形 Braj Bākhā 訳(18 世紀)から, さらに Lallū Lāl により Hindī に訳された 'Baitāl Pachishi'. Cf. **EUL**. nos. 1430–1440: p. 138–9.

823. [**Bibl.**] **EUL**. nos. 1458–1476: p. 140–142.——[**Gen.**] **WGIL**. p. 342–7; p. 649 (Nachtr.): **HIL**. p. 377–383. **KCSL**. p. 100. **KHSL**. p. 290–292. **DHSL**. p. 445–6. **RIC**. §§ 1832–1833: p. 250–251; cf. **RHLS**. p. 150; **WRIG**. n. 413: p. 99.——[**Ed.** • **Tr.**] (tex. spl., tex. orn.) R. Schmidt: Vier Erzählungen aus dem Çuk. Skt. und Deutsch. Halle a. S., 1890.——(tex. spl.) Die Çuk., Textus simplicior hg. Lzg., 1897.——Die Çuk. (Textus simplicior). Aus dem Skt. übers. Kiel, 1894.——Śuk., das ind. Papageienbuch. Aus dem Skt. übers. München, 1913. [Einl. = Verbesserter Abdruck der Habilitationsschrift: Über die Śuk. Halle a. S., 1898; p. 123–236 = Ikens Übers. von Kādirīs pers. Version, 1822, abgedruckt.]——Anmerkungen zu dem Tex. spl. der Śuk. ZDMG. 48 (1894), p. 580–628.——Der Tex. spl. der Śuk. in der Rec. der Hs. A. ZDMG. 54 (1900), p. 515–547; do. 55 (1901), p. 1–44.——B. H. Wortham: The enchanted parrot, being a selection from the "Suka Saptati" or, the seventy tales of a parrot, transl. from the Skt. text. Ldn., 1911.——(tex. orn.) R. Schmidt: Der Textus ornatior der Çuk. Ein Beitrag der Märchenkunde. Stuttgart, 1896.——Der Tex. orn. der Śuk. Kritisch hg. München, 1898.——Die Śuk. (Tex. orn.). Aus dem Skt. übers. Stuttgart, 1899.——田中於菟弥: 鸚鵡七十話. 東京, 1963.

824. Cf. J. Hertel: Das Pañcatantra (1914), p. 234–249. (本来の輪郭物語の研究を含む.)

825. Skt. śārikā "Predigerkrähe" (Schmidt).

826. 本来の輪郭物語については: Hertel, op. cit., p. 238 et seq.; 田中, op. cit., p. 353–5.

827. 伝播を知るに簡便なのは: **WGIL**. p. 346–7 c. nn.: **HIL**. p. 381–2 c. nn.; 田中, op. cit., p. 337–346.

828. Cf. W. Pertsch: Ueber Nachschabi's Papageienbuch. ZDMG. 21(1867), p. 505–551.

829. Cf. F. Gladwin: The Tooti Nameh[i. e. Tūtī Nāmeh], or tales of a parrot in the Persian language, with an Engl. transl. Ldn., 1801.——C. J. L. Iken: Touti Nameh, eine Sammlung persischer Märchen von Nachschabi[! 正しくは Kādirī]. Deut. Übers. .... Stuttgart, 1822; Neudruck mit einer Einleit. von R. Schmidt. Bln. u. Lzg., 1905; cf. Schmidt: Śuk., das ind. Papageienb.(1913), p. 123–236(v. supra n. 823).

830. Cf. G. Rosen: Tuti-Nameh. Nach der türkisch. Bearbeitung zum ersten Male übers., 2 Teile. Lzg., 1858.

831. Urdū: Totākahānī; Bengālī: Totā Itihāsa; Marāthī: cf. R. Schmidt: Śukabāhattarī. Die Marāthī Übers. der Śuk. Marāthī u. Deutsch. Lzg., 1897; 東部 Rājasthānī: cf. J. Hertel: Über die Suvābahuttarīkathā. Fs. Windisch(1914), p. 138–152. Devadatta 作の或る Skt. テキストに基づき，いわゆる 'Solomon の判決' の類話を含む. ——なおこの説話は Vikramodaya 第十四話にも見いだされる，cf. **WGIL**. p. 341: **HIL**. p. 376. これは Vikrama 説話集の一つで，ここでは Vikramāditya 自身が鸚鵡の姿をとって賢明な判決を下す. Cf. M. Bloomfield: On the art of entering another's body: a Hindu fiction motif. Proc. Amer. Philos. Soc. 56(1917), p. 21 et seq.; **WGIL**. loc. cit. c. n. 3: **HIL**. loc. cit. c. p. 377, n. 1. **KHSL**. p. 293. **RIC**. p. 250: § 1831.

832. E. g. cf. R. Schmidt: Specimen der Dinālāpanikāśukasaptati. ZDMG. 45(1891), p. 629–681; do. 46(1892), p. 664–683. **WGIL**. p. 347–8: **HIL**. p. 383.

833. Hikayat bayan budiman として知られる.

834. D. Galanos *in*: Khitopadassa......(en Athēnais, 1851): Psittakou mythologiai nykterinai.

835. Cf. B. Jülg: Mongol. Märchen. Erzählung aus der Ardsch

Bordsch, ein Seitenstück zum Gottesgericht in Tristan u. Isolde, mongolisch u. deutsch nebst dem Bruchstück aus Tristan u. Isolde. Innsbruck, 1867; cf. Mongol. Märchen. Die neun Nachtragserz. des Siddhi-kür...... . Innsbruck, 1868, p. X; p. 111–9.

836. [**Bibl.**] **EUL.** nos. 1446–1457: p. 140. ——[**Gen.**] **WGIL.** p. 336–340: **HIL.** p. 371–6. **KCSL.** p. 100. **KHSL.** p. 292. **DHSL.** p. 424–5. **RIC.** § 1829: p. 249–250. ——[**Ed.** · **Tr.**] A. Weber: Siṅhāsanadvātriṅçikā. IS. XV (1878), p. 185–453. (Jaina-rec.)——F. Edgerton: Vikrama's adventures or the thirty-two tales of the throne. ......Ed. in four different recensions of the Skt. original (Vikramacharita or Sinhasana-dvatrinçaka) and transl. into Engl. with an introd. Pt. 1: Transl., in four parallel recensions[with Introd.]. Pt. 2: Text, in four parallel recensions. Cambridge (Mass.), 1926. ——[**Ref.**] 上記 Edgerton の Introd. が最も重要，それ以前の研究については: ibid., p. XXVII–VIII. Cf. Edgerton, AJPh. 33 (1912), p. 249–284.

837. Cf. Edgerton, op. cit., p. LXVI–CIII.

838. この際「手から手へ移った不老不死の果実」のモチーフが用いられている; cf. **WGIL.** p. 337, n. 3: **HIL.** p. 372, n. 2.

839. Cf. e. g. **WGIL.** p. 340 c. nn.: **HIL.** p. 375–6 c. nn.

840. これからの仏訳がある: D. Lescallier, N. Y., 1817.

841. Bengālī by Mṛtyuñjaya; これからの仏訳がある: L. Feer, Pa., 1883. ——Hindī; Gujarātī; Tamil; Newārī, cf. H. Jørgensen: Batīsaputrikākathā (text and Engl. tr.), København, 1939. ——Thai; Mongol., cf. B. Jülg: Mongol. Märchen. Die neun Nachtragserzählungen des Siddhi-kür u. die Geschichte des Ardschi Bordschi [Rāja Bhoja] Chan aus dem Mongol. übers. Innsbruck, 1868.

842. Cf. e. g. Fr. von der Leyen: Ind. Märchen. Halle, 1898. ——J. Hertel: Ind. Märchen. Jena, 1919; 1925. ——J. A. B. van Buitenen: Tales of ancient India. Chicago, 1959. ——岩本裕: インドの説話 (紀伊国屋新書), 1963; 仏教説話 (筑摩書房), 1964.

843. [**Bibl.**] **EUL.** nos. 4113–5: p. 416. ——[**Gen.**] **WGIL.** p. 350; p. 649 (Nachtr.): **HIL.** p. 385. **KHSL.** p. 293. **DHSL.** p. 426. **RIC.** p. 251: § 1834; cf. **RHLS.** p. 224–6. ——[**Ed.**] J. Hertel: The thirty-two Bharataka stories. Lzg., 1921.——[Tr.] A. Weber: Über einige Lalenburger Streiche. MBAW. 1860, p. 68–74=IStr. I(1868), p. 245–251.

844. [Gen.] **WGIL.** II, p. 332–3; III, p. 640(Nachtr.): **HIL.** II, p. 520. **KHSL.** p. 293. **RIC.** p. 620: § 2417.——[**Ed.**] by Rāmacandra Dīnānātha, Bomb., 1888.——[Tr.] C. H. Tawney: Prabandhacintāmaṇi composed by Merutuṅga Ācārya. Calc., 1901.——[**Ref.**] B. J. Sandesara and J. P. Thaker: Lexicographical studies in 'Jaina Skt.', I. JOIB. 8(1958), Appendix.

845. [Gen.] **WGIL.** II, p. 333: **HIL.** p. 520–521. **KHSL.** p. 293. **RIC.** p. 620: § 2417.——[**Ed.**] by Jinavijaya Muni, Santiniketan, 1935.——[**Ref.**] Sandesara and Thaker, op. cit.(n. 844), II. JOIB. 10(1960)–12(1962), Appendix.——J. Deleu: Lexicographical addenda from Rājaśekhara-suri's Prabandhakośa. Turner-Vol. II(1959), p. 180–219.

846. [Bibl.] **EUL.** nos. 1119–1126: p. 111.——[Gen.] **WGIL.** p. 352: **HIL.** p. 387–8. **KHSL.** p. 293. **RIC.** p. 252: § 1834.——[**Ed.**] Th. Pavie: Bhōdjaprabandha, histoire de Bhōdja, roi de Mālwa et de paṇḍites de son temps par Ballāla. JA. 1854 I, p. 185–230; II, p. 385–431; 1855 I, p. 76–105(in autography). Pa., 1855.——by K. P. Parab, Bomb., 2nd ed., 1904; by V. L. Paṇaśīkara, Bomb., 1913, etc.; 10th ed., 1932.——L. Oster: Die Rezensionen des Bhojaprab. Darmstadt, 1911.——[Tr.] L. H. Gray: The narrative of Bhoja (Bhojaprab.) by Ballāla of Benares. New Haven, 1950.

847. この表題および下記 Tantrākhyāyikā に含まれる tantra の意味は明瞭でない. 単に「巻・篇」を意味するのか, 或いは「行為の教訓特に統治法・処世法」を意味するのか断定できない. Htl. に従えば t°='Klugheitsfall', cf. WZKM. 25(1911), p. 125–6; Tkh. Einl.(1909), p. 7–8; Das Pt.(1914), p. 10. A. Venkatasubbiah は本来の名称を Pañcatantrākhyāna 'the five tantras(or treatises on Arthaśāstra) in the form of stories' としている, cf. IHQ. 13 (1937), p. 668–9. Cf. **WGIL.** p. 275, n. 3; p. 286, n. 1: **HIL.** p. 311, n. 1; p. 321, n. 1. **KCSL.** p. 104: t°='politics as art or science', or='book'. **KHSL**. p. 247. **DHSL**. p. 88. **DGHSL**. p. 702: t°='way of procedure'. **RIC**. p. 239: § 1812.

848. 〔**Bibl.**〕(Tkh. および Hit. を除く)**EUL**. nos. 1322–1363: p. 130–134. ——〔**Gen.**〕(Pt. 一般)**WHIL**. p. 211–2. **SILC**. p. 521–541. **MHSL**. p. 368–373. **OLAI**. p. 230–231. **VHLI**. p. 252–9. **PIL**. p. 200. **WGIL**. p. 272–311; p. 647–8(Nachtr.): **HIL**. p. 307–346. **KCSL**. p. 102–113. **KHSL**. p. 242–263; p. 357–9. **GLI**. p. 178–9: ed. 1961, p. 225–7. **DHSL**. p. 86–92. **DGHSL**. p. 696–797. **RIC**. §§ 1812–1820: p. 238–243.

849. Htl.: Das Pt., p. 451–2; Edg.: The Pt. reconstructed, vol. II(1924), p. 3; **WGIL**. p. 298, n. 2: **HIL**. p. 333, n. 1. **RIC**. p. 242: § 1819.

850. Theodor Benfey: Pantschatantra: Fünf Bücher indischer Fabeln, Märchen und Erzählungen. Aus dem Skt. übers. mit Einleitung u. Anmerkungen. Erster Theil. Einleitung: Über das ind. Grundwerk sowie über die Quellen u. Verbreitung desselben. Zweiter Theil. Übers. u. Anmerk. Lzg., 1859. ——Neue Ausg.: Pt. Aus dem Skt. übertr. von Th. B°(1859). Zusammenges. u. sprachl. bearbeitet von Friedmar Geissler. Mit Nachworten von W. Ruben u. F° G°. Wien, 1962.

851. Johannes Hertel〔Htl.〕の著作目録: B. Schindler, AM. 8 (1933), p. 1–22. ——Pt. 全般に関しては: 特に Tkh. Einl.(1909) および Das Pt., seine Geschichte und Verbreitung. Lzg. u. Bln., 1914(以下 HP. と略す). ——内容の詳細な一覧表: Das südl. Pt. Übersicht über den Inhalt der älteren "Pt."-Rezensionen bis auf Pūrṇabhadra. ZDMG. 58(1904), spec. p. 24–68; Tkh. Einl., p. 98–126: Übersicht über die Rahmenabschnitte, Strophen u. Erzählungen der ältesten Fassungen des Pt.

852. Franklin Edgerton: The Panchatantra reconstructed. An attempt to establish the lost original Skt. text of the most famous of Ind. story-collections on the basis of the principal extant versions. Vol. 1. Text and critical apparatus. Vol. 2. Introduction and translation. New Haven, 1924(以下 EPR. と略す). Text ed., Poona, 1930. Tr.: The Pt. transl. from the Skt.

Ldn., 1965; L. Alsdorf: Pt. Fünf Bücher altindischer Staatsweisheit u. Lebensklugkeit in Fabeln u. Sprüchen. Bergen, 1952.

853. Htl. の設定した系譜(Stammbaum)を知るには: e. g. Tkh. Einl.(1909), p. 40; The Pt.-text of Pṇ.(HOS. 12, 1912), p. 5; HP. p. 427(cf. p. 427–446).

854. Edg. の設定した系譜を知るためには: EPR. II, p. 48(cf. p. 12–47); *in*: Penzer: The ocean of story, vol. V(1926): genealogical table of the Pt.(inserted after p. 242). ——R. Geib: Zur Frage der Urfassung des Pt. Wiesbaden, 1969 については補遺参照.

855. いわゆる Vasubhāga の Pt. 'Tantropākhyāna', ed. by K. Sambaśiva Śastri, Trivandrum, 1938; cf. A. Venkatasubbiah, ZII. 6(1928), p. 255–318; 7(1929), p. 8–32; 8(1931), p. 228–240; IHQ. 10(1934), p. 104–111 に対しては: Edg., ZII. 7. p. 184–8; 9(1934), p. 331–4. その重要性は否定できないが(cf. spec. G. T. Artola: A dated ms. of the Pt. of Vasubhāga, XXIV. OC.(München, 1957), 1959, p. 538–540; Adyar Libr. Bull. 12(1957), p. 220–225; A new Pt. text. Fs. Munshi(1963), p. 76–95), これにより独立の一系統を認める必要はない. Cf. **RIC**. p. 242: §1817.

856. [**Bibl.**] **EUL**. nos. 1364–8: p. 134. ——[**Gen.**] **WGIL**. p. 276–285: **HIL**. p. 311–321. **KCSL**. p. 104–110. **KHSL**. p. 259–260. **GLI**. p. 178: ed. 1961, p. 225–6. **DGHSL**. p. 698–707. ——HP. p. 26–29; cf. Htl.: Einzelbemerkungen zu den Texten des Pt. WZKM. 25(1911), p. 1–48; Indolog. Analecta. ZDMG. 67(1913), p. 609–629; 68(1914), p. 64–84; 69(1915), p. 113–128. ——EPR. II, p. 12–17. ——[**Ed.**] Htl.: Über das Tkh., die kašmīr. Rezension des Pt. Mit dem Texte der Hs. Deccan Coll. VIII, 145. Lzg., 1904. ——Eine zweite Rez. des Tkh. ZDMG. 59(1905), p. 1–30. ——Tkh. Die älteste Fassung des Pt. Nach den Hss. beider Rez. zum ersten Male hg. Bln., 1910. ——The Panchatantra. A collection of ancient Hindu tales in its oldest rec., the Kashmirian, entitled Tkh. The original text, editio minor. Cambridge(Mass.), 1915. ——[**Tr.**] Tkh. Die älteste Fassung des Pt., aus dem Skt. übers. mit Einleitung u. Anmerk. I. Teil: Einleit.; II. Teil:

Übers. u. Anmerk. Lzg. u. Bln., 1909. ——〔**Ref.**〕 W. Ruben: Das Pt. u. seine Morallehre. Bln., 1959; spec. p. 10–185. ——L. Sternbach: The Pt. and the Smṛtis. Bhārat. Vidyā 9, 3–4 (1950), p. 221–309=JSAIL. pt. 2 (1967), p. 1–91.

857. HP. p. 19 *versa* EPR. 2, p. 11.

858. dīnāra<Lat. denarius.

859. Cf. HP. p. 9. **WGIL**. p. 281, n. 2: **HIL**. p. 317, n. 1. **KHSL**. p. 248, cf. JRAS. 1915, p. 504.

860. Cf. Htl.: Tkh. Einl. (1909), p. 20–22; HP. p. 8–9. **WGIL**. p. 281: **HIL**. p. 317. **KCSL**. p. 105.

861. Tkh. の插話 37 の各巻における配分は: I.: 17, II.: 5, III.: 11, IV.: 2, V.: 2. Edg. はこの中から I. 8 'Der blaue Schakal'; I. 13 'Der listige Schakal'; II. 4 'Der arme Somilaka'; III. 7 'König Śibi'; III. 11 'Der alte Haṁsa als Retter'; IV. 1 'Der bestrafte Zwiebeldieb' を省き, Tkh. Anhang から *β*, III. 6 'Alter Mann, Junge Frau und Dieb' を加えている.

862. Cf. **WGIL**. p. 276–7: **HIL**. p. 311–2. **KCSL**. p. 108–110. **KHSL**. p. 255–9. **RHLS**. p. 148–9 (Pt. 文献一般).

863. 〔**Ed.**〕 I. G. L. Kosegarten: Pantschatantram......ex codicibus manuscriptis edidit cum comm. criticis auxit. Pars prima, textum sct. simpliciorem tenens. Bonnae, 1848. Pars secunda, textum sct. ornatiorem tenens. Particula prima. Gryphiswaldiae, 1859. Cf. Htl.: Krit. Bemerk. zu Kosegartens Pt. ZDMG. 56 (1902), p. 293–326. ——G. Bühler and F. Kielhorn: Pt. I. Ed. by F. K°. Bomb., 1869; 6th ed., 1896; II and III. Ed. by G. B°. 1868; 4th ed., 1891; IV and V. by G. B°. 1868; 4th ed., 1891. ——〔**Tr.**〕 Th. Benfey: Pt. Zweiter Theil. Lzg., 1859 (v. n. 850). ——L. Fritze: Pt. ......neu übers. Lzg., 1884. ——E. Lancereau: Pt. ou les cinq livres......trad. du sct. et annoté. Pa., 1871; ed. nouv. avec une introd. de L. Renou. Pa., 1965. ——〔**Ref.**〕 Htl.: Über die Jaina-Rezensionen des Pt. BSGW. 54 (1902), p. 23–134; cf. HP. p. 20; p. 70–76; EPR. II, p. 27–30.

864. 小本と広本(§130)とを合わせてしばしばジャイナ伝本と呼ぶが, 内容の上からジャイナ教の傾向を示すためではなく, 両者がジャイナ教徒によって作られたからである．また共に Pañcākhyânaka とも呼ばれる．

865. H 群と σ 群 (Htl.). Ed. Kosegarten は前者に，ed. Bühler-Kielhorn は後者に依る．

866. Cf. Htl.: Tkh. Einl., p. 145–6.

867. Cf. Htl.: Über die Jaina-Rez. (1902), p. 121; HP. p. 20; p. 72; **WGIL**. p. 286: **HIL**. p. 322. **KHSL**. p. 260. **RIC**. p. 241: § 1816.

868. [**Ed.**] Htl.: The Panchatantra. ......in the rec. called Panchakhyanaka, and dated 1199 A. D., of the Jain monk, Purṇabhadra. HOS. 11, Cambridge (Mass.), 1911. ——The Pt.-text of Pṇ., critic. introd. and list of variants. HOS. 12, ibid., 1912. ——The Pt.-text of Pṇ. and its relation to texts of allied recensions as shown in parallel specimens. HOS. 13, ibid., 1912. ——[**Tr.**] R. Schmidt: Das Pt. (Textus ornatior). Eine altind. Märchensammlung zum ersten Male übers. Lzg., [1901]. ——A. W. Ryder: The Pt. Transl. from the Skt. Chicago, 1925. ——ギリシャ語訳は D. Galanos: Khitopadassa ē Pantsa-tantra (penta-teukhos). en Athēnais, 1851, p. 1–74 に含まれる. ——Cf. EPR. II, p. 30–39.

869. Prakritism, 特に注目すべき Gujaratism. Cf. Htl.: The Pt.-text of Pṇ., critic. introd. ......(HOS. 12, 1912), p. 29–36.

870. Cf. HP. p. 91–249: Nordwestind. Mischrezensionen, Auszüge u. Entlehnungen.

871. Cf. HP. p. 119–120; Über die Jaina-Rez. (1902), p. 132–4: 'eine dritte Jaina-Rez. des Pt.'

872. Htl.: The Pañcākhyānavārttika. Part 1 containing the text. Lzg., 1922. ——Pantschākhjāna-Wārttika. Eine Sammlung volkstümlicher Märchen u. Schwänke vollständig verdeutscht. Lzg., 1923. Cf. HP. p. 122–157.

873. Cf. Htl.: Über die Jaina-Rez. (1902), p. 125–7; HP. p. 234–249. ——Vetālap. (§ 123) については: Htl., op. cit., p. 123–4. ——Bhartṛhari の Śatakatrayam との関係については: supra n. 667. ——Cāṇakya-aphorisms との関係については: supra n. 736. ——なお下記 Hitop. (§ 134) の項をも参照．

874. Meghavijaya: Pañcākhyānoddhāra. Cf. Htl.: Eine vierte Jaina-Recension des Pt. ZDMG. 57(1903), p. 639–704; HP. p. 21; p. 105–113; **WGIL**. p. 289: **HIL**. p. 325. **KHSL**. p. 261.

875. Cf. L. von Mańkowski: Der Auszug aus dem Pt. in Kṣemendras BKM. Lzg., 1892. ——HP. p. 30–32. ——EPR. p. 23–27.

876. [**Ed.**] M. Haberlandt: Zur Geschichte des Pt. I. Text der südlichen Recension. SWAW. 1884, p. 397–476. ——Htl.: Das südl. Pt. Skt.-text der Rez. *β* mit den Lesarten der besten HSS. der Rez. *α*. Lzg., 1906. ——Htl.: Das südl. Pt. Übersicht über den Inhalt der älteren "Pt."-Rezensionen bis auf Pūrṇabhadra. ZDMG. 58(1904), p. 1–68, spec. p. 3–23. Cf. HP. p. 35–37; EPR. II, p. 17–19. ——H. Blatt: Das südl. Pt. Skt.-text nach der Rez. *α* mit erstmaliger Verwertung der Hs. K. Lzg., 1930.

877. その中の一つに SP. の拡大本がある. Cf. Htl.: Über einen südl. textus amplior des Pt. ZDMG. 60(1906), p. 769–801; 61 (1907), p. 18–72. ——[**Tr.**] Abbé J. A. Dubois: Le Pantcha-Tantra ou les cinq ruses, fables du Brahme Vichnou-Sarma; aventures de Paramarta, et autres contes, traduits pour la première fois sur les originaux indiens. Pa., 1872. Cf. Htl., op. cit. (1906), p. 769 c. n. 1; p. 772. **WGIL**. p. 290 c. n. 1: **HIL**. p. 325 c. n. 4.

878. Cf. Htl.: Das SP. (1906), p. LXXXII–III.

879. Cf. Htl.: Das SP. (1906), p. LXXXVIII–XCI; p. 117–134(: Anmerk. für Buch I–III); Tkh. hg. (Bln., 1910), p. XXVII (Anhang: Anmerk. für Buch IV u. V); HP. p. 37–38; EPR. II, p. 19–20.

880. [**Ed.**] C. Bendall: The Tantrākhyāna, a collection of Indian folklore, from a unique Skt. MS. discovered in Nepal. JRAS. 1888, p. 465–501. ——HP. p. 313–337: Das T°(jinistisch). Drei Rezensionen. Cf. Htl.: Über einige Hss. von Kathāsaṁgraha-Strophen. ZDMG. 64(1910), p. 58–62; **WGIL**. p. 290: **HIL**. p. 325–6.

881. [**Bibl.**] Gildemeister: Bibliothecae sanskritae(1847), nos.

222–235: p. 97–103. ——**EUL.** nos. 1369–1415: p. 134–7. ——HP. p. 42–69. ——〔**Gen.**〕 **SILC.** p. 542. **MHSL.** p. 373–4. **WGIL.** p. 291–3; p. 647 (Nachtr.) : **HIL.** p. 326–8. **KCSL.** p. 111–2. **KHSL.** p. 263–5. **GLI.** p. 179: ed. 1961, p. 227. **DGHSL.** p. 704 c. n. 3 (*lit.*). **RIC.** § 1818: p. 242. HP. p. 38–39; cf. Zwei Erzählungen aus der Bonner Hit.-Hs. Ch. ZDMG. 55 (1901), p. 487–494; p. 693–6 (Nachtr.). EPR. II, p. 20–22. ——出版・翻訳は非常に多い. 以下若干を選択して挙げる. 〔**Ed.**〕 Carey: Hitōpadēśa, or salutary instruction, in the original Sct. ......Serampore, 1804 (Nāgarī 文字で印刷された最初の Skt. 書籍). ——〔A. Hamilton:〕 The Hit. in the Sanskrita language. Ldn., 1810. ——A. G. a Schlegel et Ch. Lassen: Hitopadesas, id. est, Institutio salutaris, ...Pars I: textum skt. tenens. Pars II: commentarium criticum tenens. Bonnae ad Rhenum, 1829, 1831. ——F. Johnson: Hit. The Skt. text, with a grammatical analysis alphabetically arranged. Ldn., 1847. ——Max Müller: The first book of the Hit.: containing the Skt. text, with interlinear translit., grammat. analysis, and Engl. transl. Ldn., 1864; The second, third and fourth books of the Hit.: containing the Skt. text with interlin. transl. 1865. ——P. Peterson: Hit. by Nārāyaṇa. Bomb., 1887. ——H. Blatt: Nārāyaṇa, Hit., nach der nep. Hs. N neu hg., Bln., 1930. (Ed. Peterson の利用者に便利.) ——N. B. Godabole and K. P. Parab: The Hit. ......Ed. with explanatory Engl. notes. Bomb., 3rd ed., 1890; 12th ed. by Parab, rev. by Paṇśīkar, 1929. ——M. R. Kāle: The Hit. Ed. with a Skt. comm. and notes in Engl. Bomb., 1896; Ed. with a Skt. comm., transl. and notes in Engl. 2nd ed., 1906. ——〔**Tr.**〕 D. Galanos: Khitopadassa....... en Athēnais, 1851 (v. supra n. 868). ——(英) Ch. Wilkins: The Hĕĕtōpădēs of Vĕĕshnŏŏ-Sărmā......transl. Ldn., 1787; Fables and proverbs from the Skt. being the Hit. transl. Ldn., 1885; 2nd ed., 1886; 3rd ed., 1888. ——W. Jones: Hitopadesa, or the salutary institution of Vishnu Sarman. ......Transl. into Engl. Calc., 1816; *in*: Works (Ldn., 1799), vol. 6; Works (Ldn., 1807), vol. 13, p. 1–210. ——F. Johnson: Hit., or salutary counsels of Vishnu Sarman......transl. Ldn.,

1848. (new ed.) Hit. The book of wholesome counsel. ......rev. and in part re-written with an introd. by L. D. Barnett. Ldn., 1928. ——(独) Max Müller: Hit. Eine alte indische Fabelsammlung aus dem Skt. zum ersten Mal in das Deutsche übers. Lzg., 1844. ——L. Fritze: Hit. Eine ind. Fabelsammlung......mit metr. Übers. der Verse. Breslau, 1874; Hit. Ein ind. Lehrbuch der Lebensklugheit in Erzählungen u. Sprüchen. Aus dem Skt. neu übers. Lzg., 1888. ——J. Schoenberg: Der Hitopadescha. Altind. Märchen u. Sprüche. Aus dem Skt. übers. Wien, 1884. ——Htl.: Hit. Die freundl. Belehrung....... Ins Deutsche übers. Lzg. (Reclam), 〔1895〕. ——(仏) L. Langlès: Fables et contes indiens ......trad. .... Pa., 1790. ——E. Lancereau: Hit. ou l'instruction utile. Pa., 1855; 1882. ——(日)金倉圓照・北川秀則: ナーラーヤナ著ヒトーパデーシャ——処世の教え——. 東京(岩波文庫), 1968. ——このほか諸種のヨーロッパ語・近代インド語の翻訳がある; cf. **EUL.** nos. 1408–1414: p. 137; **WGIL.** p. 294 *init.* c. n. 2: **HIL.** p. 329 c. n. 4. ——或る Hindī 訳本は Alberūnī (11 世紀) に知られていた; cf. HP. p. 69. ——ペルシャ語よりの Urdū 語訳については: Htl., ZDMG. 72 (1918), p. 65–86; 74 (1920), p. 95–117; 75 (1921), p. 129–200. ——セイロン語訳については: H. Bechert: Skt.-texte aus Ceylon, I (München, 1962), p. 49–54.

882. Peterson: Hit. ed. (1887), p. I–VI; *contra*: Böhtlingk: Wer ist der Verfasser des Hit.? ZDMG. 43 (1889), p. 596–7. しかし作者名に関し今は Peterson の見解が定説となっている; cf. spec. Htl.: Über Text u. Verfasser des Hit. Lzg., 1897.

883. Cf. supra § 129 c. n. 866, v. Htl.: Tkh. Einl., loc. cit.

884. Cāṇakya-aphorisms との関係につき, Hit. を貸与者と考え, Hit. の年代を 800–900 (遅くも 950) A. D. とする Ingalls の主張については: supra n. 736. ——Cāṇ. (n. 736) 以外の Skt. 文献との関係も Sternbach により詳しく研究された. Manu: The Mān.-DhŚ. verses in the Hit. Mem. Schayer (1957), p. 427–454. ——Dharma-lit. (Yājñav., Viṣṇu, Nārada, Bṛhaspati): Fs. Belvalkar (1957), p. 127–148. ——Smṛti: The Hit. and the Smṛtis. The tale of the young wife and the old husband. Mem. Gode (1960) = JSAIL.

pt. 2, p. 122–150; Indian tales and the Smṛtis. The tale of the gullible husband and his cunning wife. ABORI. 34, p. 128–165 =op. cit., p. 92–121.

885. Cf. **KHSL**. p. 264–5; Ingalls, JAOS. 86(1966), p. 18–19. 韻律はA. Ballini: Hit. Il buono ammaestramento (Milano, 1925), p. XXVIII–IXに表示されている.

886. HP. p. 250–290: Das Pt. in Marāṭha; p. 291–337: Südind. Mischrezensionen u. Übersetzungen; p. 338–356: Hinter- und inselind. Rezensionen.

887. Cf. V. Chauvin: Bibliographie des ouvrages arabes, vol. 2. Liège, 1897. ——I. G. N. Keith-Falconer: Kalīlah and Dimnah (Cambridge, 1885), Introd. ——F. Schulthess: Kalila und Dimna, vol. II (Bln., 1911), p. V–VI. ——HP. p. 357–416: Die sogen. semitischen Rezensionen: Kalila und Dimna. ——Pt. の伝播は n. 848, [**Gen.**]に列挙した概説書に多少なり略述されている; cf. e. g. **WGIL**. p. 294–307: **HIL**. p. 329–342.

888. Cf. Th. Nöldeke: Burzōes Einleitung zu dem Buche Kalīla wa Dimna. Strassburg, 1912; HP. p. 362–390; EPR. II, p. 40–43.

889. G. Bickell: Kalilag und Damnag. Alte syrische Übers. des ind. Fürstenspiegels. Text u. deut. Übers. Mit einer Einleit. von Th. Benfey. Lzg., 1876. ——F. Schulthess: Kalila und Dimna. Syrisch und Deutsch. I. Syrischer Text. II. Übersetzung. Bln., 1911. Cf. Htl., WZKM. 25(1911), p. 33–48; HP. p. 390–391.

890. H. A. Schultens: Pars versionis arabicae libri Calailah wa Dimnah sive fabularum Bidpai...... Lugduni Batavorum, 1786. ——S. de Sacy: Calila et Dimna ou fables de Bidpai. Pa., 1816. ——W. Knatchball: Kalila and Dimna, or the fables of Bidpai. Transl. from the Arabic. Oxford, 1819. ——Ph. Wolff: Calila und Dimna, oder die Fabeln Bidpai's. Verdeutscht. 2. Aufl., Stuttgart, 1839. ——P. L. Cheikho: La version arabe de Kalilah et Dimnah d'après le plus ancien manuscrit daté. Pa., 1905. ——W. Norman Brown: A comparative transl. of the Arabic Kalīla wa-Dimna, chapter VI. JAOS. 42(1922), p. 215–250. Cf. HP. p.

391–3.

891. 詳しくは: HP. p. 393–416. Cf. EPR. II, p. 43–44.

892. J. Derenbourg: Deux versions hébraïques du livre de Kalīlāh et Dimnāh. Pa., 1881.

893. J. Derenbourg: Johannis de Capua. Directorium vitae humanae, ...publié et annoté. Pa., 1887.

894. W. L. Holland: Das Buch der Beispiele der alten Weisen. Stuttgart, 1860. Cf. **SILC**. p. 523–5.

895. 東亜における Pt. の例証としては: Ed. Huber, BEFEO. 4 (1904), p. 707–9: Pt. V. 1: 雑宝蔵経. ——蒙古語訳は B. Ja. Vladimirtsov によって研究・翻訳された (Petrograd, 1921). ——近代インドの folklore に与えた影響については: e. g. W. N. Brown: The Pt. in modern Indian folklore. JAOS. 39 (1919), p. 1–54.

896. A. Weber: Ueber den Zusammenhang indischer Fabeln mit griechischen, mit spec. Beziehung auf Essai sur les rapports qui existent entre les apologues de l'Inde et les apologues de la Grèce par A. Wagener. ......Bruxelles 1854. IS. III (1855), p. 327–373. ——**WHIL.** (1904), n. 221: p. 211–2. (*contra* O. Keller: Untersuchungen über die Geschichte der griech. Fabel. Jb. f. klass. Philologie 4 (Lzg., 1862), p. 309–418.)

897. Benfey: Pt. vol. I (1859), p. X–XI; p. XXI–XXII; etc. (cf. **WGIL**. p. 308, n. 3: **HIL**. p. 343, n. 3).

898. ZDMG. 57 (1903), p. 662–704. Cf. Z. des Vereins f. Völkerkunde in Bln. 16 (1906), p. 149–156 (: Eine alte Pt.-Erzählung bei Babrius); p. 249–278 (: Meghavijayas Auszug aus dem Pt.).

899. Cf. **SILC**. p. 517–521. **WGIL**. p. 307–311: **HIL**. p. 342–6. **KHSL**. p. 352–7; cf. p. X–XI.

補　　遺

Note **10**. E. Gerow: A glossary of Indian figures of speech. The Hague • Paris, 1971.

Note **15**. J. Jacquot(éd.): Les théâtres d'Asie. Pa., 1961, 2me éd., 1968. インドに関しては: p. 7–68 par L. Renou, etc.

Note **205**. A. B. L. Awathi: Age of the Mud. re-examined. XXVI. OC.(New Delhi, 1964), III, 1(1969), p. 161–7 は, グジャラートにおける歴史的事件——Pṛthivīrāja III と Bhīma II との争覇戦——の反映を認め, Mud. を 12 世紀末の作と主張している.

Note **243**: p. 225, K. 一般の項下. V. V. Mirashi and N. R. Naviekar: K. Bomb., 1969.——ib.〔Ref.〕の項下. A. Scharpé: Additions to the K. basic text. India maior=Fs. Gonda(Leiden, 1972), p. 177–186.

Note **343**: p. 249,〔Ref.〕の項下. J. P. Thaker: Flora in Bhāravi. JOIB. 20(1971), p. 461–478.

Note **605**. Neete Sharma: Bāṇabhaṭṭa. A literary study. Delhi, 1968.

Note **651**. K. A. Subrahmania Iyer: Bhart.: a study of the Vākyap. in the light of the ancient commentaries. Poona, 1969: 文法家・詩人同一人説, 文法家 Bhart. は 5 世紀より遅くない.

Note **683**: p. 297,〔Ref.〕の項下. Ajay Mitra Shastri: The cultural background of the Amaru-śataka. JOIB. 21(1971), p. 90–98.

Note **741**. LS.: Les aphorismes dits de Cā. dans les textes bouddhiques du Tibet et du Turkestan oriental. JA. 1971, p. 71–82.

Note **812**. LS.: On the kāvya-portions of the Śivadāsa version of the Vet. XXVI. OC.(New Delhi, 1964), III, 1(1969), p. 259–323: Śivad. 本の詩節は主として Cāṇakya 詩集(§ 111)から取られた.

Note **854**. R. Geib の著書は Pt. の研究に新しい刺激を与えた. Ur-Pt. の作者の意図は nīti(政治・処世の知識)を教えるにあったとし, これを規準として寓話の真正性を鑑別し, 主要な伝本相互の関係を調査する(cf. spec. p. 143–185). Pt. の系譜に関しては大体 Htl. のそれと同一の結果に達し, 強く Edg. の再建方法に反対している.

年　　表

古典Skt. 文学の作家・作品で年代の明確なものは少ないから，厳格な年表を作ることはできない．以下は本文の中に現われた作家・作品ならびにこれと関連する人物を，その推定年代に従って並べたに過ぎない．同一世紀に属する人々の後先関係は多くの場合明らかでない．前後二世紀にまたがると思われる人々は，百年を表わす数字の直後に挙げ，名称の前に連結のしるし({)をつけた．

西紀前の事項

ca. 2000 を中心として前後約1000年(?)：インダス河文明

ca. 1500 を中心としてインド・アリアン人の北西インド侵入

ca. 1200 中心：リグ・ヴェーダ讃歌

ca. 1000 中心：アタルヴァ・ヴェーダ讃歌

ca. 800–500：最古のウパニシャッドを含む主要ヴェーダ文献の成立

6–5世紀：仏陀(ca. 563–483)，ジャイナ教の大成者マハー・ヴィーラ(ca. 540–468)

5世紀：パーニニ文典，古典Skt. の基礎成る

4世紀から後4世紀の間：二大叙事詩(Mbh. とRām.)の現形成る

3世紀：アショーカ王(ca. 264–227)

2世紀中葉：パタンジャリ著マハー・バーシア，文学的例証を含む

2世紀と後2世紀との間：マヌの法典

世紀	A. D.	
I		ルドラダーマンのギルナール碑文(ca. 150)
	100	{アシュヴァ・ゴーシャ(馬鳴)；アーリア・シューラ；ハーラ作サッタサイー
II		カニシュカ王即位(ca. 128?)；カウタリーヤ・アルタ・シャーストラ(ca. 150)

	200	{ナーガールジュナ(龍樹); マートリチェータ
		クマーララータ(童受)
III		グナーディア原作ブリハット・カターはおそらく
		3世紀を降らない
	300	タントラ・アーキアーイカ(ca. 300)
		バーサ(ca. 300–350); シュードラカ作ムリッチ
		ャカティカー(ca. 350–400); ヤージュニャヴ
		ァルキア・スムリティ; カーマ・スートラ(?);
		ヴァスバンドゥ(世親); ヴィシャーカダッタ
IV		作ムドラー・ラークシャサ(ca. 400)
		グプタ朝諸王: チャンドラグプタI(320–335),
		サムドラグプタ(335–375), チャンドラグプタ
		II(375–414), クマーラグプタ(414–455), スカ
		ンダグプタ(455–467 ?)
	400	{クマーラジーヴァ(鳩摩羅什); カーリダーサ
		文法家バルトリハリ; シアーミラ(カ)作パーダ・
V		ターディタカ; サンガダーサ作ヴァスデーヴ
		ァ・ヒンディ
	500	{ディグナーガ(陳那)
		ヴァラーハミヒラ; プラヴァラセーナ作セート
		ゥバンダ; バーラヴィ(中葉); パンチャタン
		トラのパーラヴィー語訳, シリア語訳(ca. 570)
VI		チャトゥル・バーニー(全体としては6世紀を降
		らない)
		バラタ作ナーティア・シャーストラ(現形は6或
		いは8世紀)
	600	{スバンドゥ; バッティ
		ハルシャ王(606–647); バーナ; マユーラ; 玄
		奘(600–664, 在印630–644); 義浄(635–713,
		旅行671–695); チャンドラ・ゴーミン(ca.
		620–680); 詩人バルトリハリ(651没と伝えら
		れる); アマル; カーシカー・ヴリッティ(ca.
VII		650); ダルマキールティ(法称)(中葉); カシ
		ュミール本ブリハット・カター(パンチャタン

		トラとヴェーターラ鬼二十五話を含む)； マヘーンドラ・ヴィクラマヴァルマン作マッタ・ヴィラーサ； マーガ(後半)； クマーラダーサ作ジャーナキー・ハラナ
	700	{詩論家バーマハ(ca. 700)； バヴァブーティ
		ダンディン(作家と詩論家とはおそらく同一人)； バッタ・ナーラーヤナ作ヴェーニー・サンハーラ； ヴァークパティ・ラージャ作ガウダ・ヴァホー； 詩論家ヴァーマナ； 同ウドバタ；
VIII		カーマンダキーヤ・ニーティサーラ； シャンカラ(ca. 700–750)； パンチャタントラのアラビア語訳(ca. 750)； ブダスヴァーミン作ブリハット・カター・シュローカ・サングラハ(或いは9世紀)
	800	{ダーモーダラ・グプタ作クッタニー・マタ
		ムラーリ作アナルガ・ラーガヴァ； 詩論家アー
IX		ナンダ・ヴァルダナ； ラトナーカラ作ハラ・ヴィジャヤ(中葉)； 詩論家ルドラタ
	900	{ラージャシェーカラ； クシェーミーシュヴァラ作チャンダ・カウシカ
		小本パンチャタントラ(900–1100 の間)； チャーナキア箴言詩集の一本がチベット語に訳された．
		ナーラーヤナ作ヒトーパデーシャ(ca. 900–950; 従来の説によれば 800/900–1373 の間)
X		トリヴィクラマ・バッタ作ダマヤンティー・カター； ダナンジャヤ作・ダニカ釈ダシャルーパ； ソーマデーヴァ・スーリ作ヤシャス・ティラカ； マハー・ナータカ(10 世紀と 13 世紀との間)
	1000	ダーラーのボージャ王(1018–1060)； クシェーメーンドラ； ヴィディアーカラ編スバーシタ・ラトナコーシャ； ソーマデーヴァ作カター・
XI		サリット・サーガラ(1063–1081)； 詩論家マンマタ

クリシュナミシュラ作プラボーダ・チャンドローダヤ

1100 {ヘーマチャンドラ; ビルハナ

カルハナ; ジャヤデーヴァ作ギータ・ゴーヴィンダ; ゴーヴァルダナ作アーリアー・サプタシャティー; ラーマーヌジャ(1137没); マンカ(カ)作シュリーカンタ・チャリタ; シュリー・ハルシャ作ナイシャダ・チャリタ; プールナバドラ作広本パンチャタントラ(1199);
XII ジャヤデーヴァ(ギータ・ゴーヴィンダの作者とは異なる)作プラサンナ・ラーガヴァ(ca. 1200); 詩論家ルッヤカ; 注釈家ヴァッラバ・デーヴァ; 同ダクシナーヴァルタ・ナータ(ca. 1200); パンチャタントラのヘブライ語訳; シルハナ作シャーンティ・シャタカ(13世紀以前)

1200 広本シュカ・サプタティ(1199以後); ラーマクリシュナ作ゴーパーラ・ケーリ・チャンドリカー(12世紀以後); シヴァダーサ作ヴェーターラ鬼二十五話(同上); シュリーダラ・ダーサ編サドゥクティ・カルナ・アムリタ(1205);
XIII ジャルハナ編スバーシタ・ムクターヴァリー(1257); スバタ作ドゥータ・アンガダ; シンハーサナ・ドゥヴァートリンシカー(13世紀より古くない); パンチャタントラのラテン語訳

1300 メールトゥンガ作プラバンダ・チンターマニ(1306); ラージャシェーカラ・スーリ作プラバンダ・コーシャ(1349); ムニスンダラ(1359-
XIV 1446)作バラタカ・ドゥヴァートリンシカー; シャールンガダラ・パッダティ(1363)

1400 ヴァッラバ・デーヴァ編スバーシターヴァリ(15世紀以前ではない); ジャンバラダッタ作ヴェ
XV ーターラ鬼二十五話(16世紀より若干以前); 注釈家マッリナータ

XVI, XVII	1500	バッラーラ作ボージャ・プラバンダ；ルーパ・ゴーヴィンダ編パディアーヴァリー；メーガ・ヴィジャヤ作パンチャ・アーキアーナ・ウッダーラ (1659/60)；ジャガンナータ作バーミニー・ヴィラーサ
	1700	

索　　引

本文中に片仮名で書き表わしたサンスクリット語の作者・作品の名および若干の術語・事項のローマ字転写を載せ，主要な参照個所を添えた．その中特に肝要なパラグラフまたはページはゴシック文字で示した．簡略を主として網羅主義を避けたから，作品梗概中に挙げられた固有名詞を含まず，サンスクリット文学史の観点から見て重要性の少ない人名・地名等はなるべく省いた．

略字：(書)＝書名，(人)＝人名．

ア　行

アイホーレ(Aihoḷe)碑文　p.42, 45, 61

アヴァダーナ・シャタカ(書)　Avadānaśataka　p.21

アヴァンティスンダリー・カター(書)　Avantisundarīkathā　§ **94**, cf. p.31

アヴィマーラカ(書)　Avimāraka　p.**27**

アーキアーイカー「物語」　ākhyāyikā　p.115, 117

アシュヴァ・ゴーシャ(人)　Aśvaghoṣa　§§ **8–14**, cf. p.17–21 *passim*

アーシュ・カヴィ「即興詩人」　āśukavi　p.4

アーディ・カヴィ「最初の詩人」　ādikavi＝ヴァールミーキ　p.2

アーディ・カーヴィア「最初のカーヴィア」　ādikāvya＝ラーマーヤナ　p.2

アナパラーダ・ストートラ(書)　Anaparādhastotra　p.**18**

アナルガ・ラーガヴァまたはムラーリ・ナータカ(書)　Anargharāghava *or* Murārināṭaka　§ **87**

アーナンダ・ヴァルダナ(人)　Ānandavardhana　p.93, 96, 120, 130

アナンタ・カヴィ(人)　Anantakavi　p.**122**

アネーカールタ・コーシャまたはマンカ・コーシャ(書)　Anekārthakośa *or* Maṅkhakośa　p.68

アパブランシャ語　Apabhraṁśa　p.2, 50, 51, 102

アビサーリカー・ヴァンチタカまたはアビサーリカー・バンディタカ(書)　Abhisārikāvañcitaka *or* °bandhitaka　§ **30.b**

アビシェーカ・ナータカ(書) Abhiṣekanāṭaka p.26
アビジュニャーナ・シャクンタラ(書)＝シャクンタラー
アビナンダ(人) Abhinanda p.120
アマル(カ)(人) Amaru(ka) §§104-105
アマル・シャタカ(書) Amaruśataka §105, cf. §104
アムリターナンダ(人) Amṛtānanda p.15
アーリアー(韻律) āryā 音量(mora)によって規定されるmetre (gaṇacchandas)の一種，普通第一行は30 morae，第二行は27 moraeを有する p.134, 138
アーリアー・サプタシャティー(書) Āryāsaptaśatī §108
アーリア・シューラ(人) Āryaśūra §§19-20, p.17, 18
アーリア・デーヴァ(人) Āryadeva p.18, 19
アルタ・シャーストラ(書) Arthaśāstra p.9, 37, 112
アルダ・マーガディー語 Ardhamāgadhī p.25
イーシュヴァラダッタ(人) Īśvaradatta p.105
ヴァイダルビー文体 vaidarbhī-rīti p.3, 45, 55, 113
ヴァイラーギア・シャタカ(書) Vairāgyaśataka, *v.* シャタカ・トラヤム
ヴァーキア・パディーヤ(書) Vākyapadīya p.125, 126
ヴァークパティ・ラージャ(人) Vākpatirāja p.85
ヴァクロークティ(修辞) vakrokti p.116, 120
ヴァーサヴァダッター(書) Vāsavadattā §97, cf. §96
ヴァサンタ・ティラカ(韻律) vasantatilaka 14音節4行からなる p.132
ヴァジュラ・スーチー(書) Vajrasūcī §9.1
ヴァジュラ・スーチー・ウパニシャッド(書) Vajrasūcī-upaniṣad p.12
ヴァスデーヴァ・ヒンディ(書) Vasudevahiṇḍi §121
ヴァスバンドゥ(人) Vasubandhu p.16
ヴァーダ・ニアーヤ(書) Vādanyāya p.15
ヴァッツァバッティ(人) Vatsabhaṭṭi p.42
ヴァーツヤーヤナ(人) Vātsyāyana p.8
ヴァッラバダーサ(人) Vallabhadāsa p.152
ヴァッラバ・デーヴァ(人) Vallabhadeva p.142
ヴァーマナ(人) Vāmana p.31, 67, 93, *etc.*
ヴァーマナ・バッタ・バーナ(人) Vāmanabhaṭṭa Bāṇa p.121
ヴァラルチ(人) Vararuci(学匠) p.41, 48；(「シンハーサナ・

ドゥヴァートリンシカー」の一伝本） p.155；（ウバヤ・アビサーリカーの作者） p.105
ヴァルナールハ・ヴァルナ・ストートラ（書）＝チャトゥフシャタカ・ストートラ
ヴァールミーキ（人） Vālmīki p.2, 45, *etc.*
ヴィアーサ（人） Vyāsa p.45
ヴィアーヨーガ（戯曲の一種） vyāyoga p.25
ヴィクラマ（人） Vikrama p.59
ヴィクラマ・アーディティア（人） Vikramāditya p.43；（物語） p.154–155, cf. p.150, 152
ヴィクラマ・ウルヴァシー（ヤ）（書） Vikramorvaśī(ya) §§43–46, cf. p.91, 97
ヴィクラマ・チャリタ（書）＝シンハーサナ・ドゥヴァートリンシカー
ヴィクラマーンカ・デーヴァ・チャリタ（書） Vikramāṅkadeva-carita §72
ヴィシャーカダッタまたはヴィシャーカデーヴァ（人） Viśākhadatta *or* °deva §§27–30
ヴィジュニャーナ・シャタカ（書） Vijñānaśataka p.129
ヴィジュニャーネーシュヴァラ（人） Vijñāneśvara p.9
ヴィタ「食客，粋人」 viṭa p.104, 105, cf. p.28, *etc.*
ヴィタ・ヴリッタ（書） Viṭavṛtta p.129
ヴィッダ・シャーラバンジカー（書） Viddhaśālabhañjikā p.98
ヴィディアーカラ（人） Vidyākara p.141
ヴィドゥーシャカ「道化役」 vidūṣaka p.14, 26, *etc.*
ヴィナーヤカ（人） Vināyaka p.86
ヴェーターラ・パンチャヴィンシャティ（カー）（書） Vetālapañcaviṁśati(kā) §123, cf. p.145, 150
ヴェーニー・サンハーラ（書） Veṇīsaṁhāra §86
ウダヤナ（Udayana）王伝説 p.26, 77, 144, 149
ウッジャイニー（地名） Ujjayinī p.41, 58, 144
ウッタラ・ピーティカー（書） Uttarapīṭhikā p.113
ウッタラ・ラーマ・チャリタ（書） Uttararāmacarita §83, cf. §85
ウッディオータカラ（人） Uddyotakara p.114
ウバヤ・アビサーリカー（書） Ubhayābhisārikā p.105
ウール・バンガ（書） Ūrubhaṅga p.25

カ 行

カーヴィア「美文体(作品)」 kāvya §§1-2

カーヴィアーダルシャ(書) Kāvyādarśa p.3, 109, 110

カーヴィア・プラカーシャ(書) Kāvyaprakāśa p.77

カーヴィア・ミーマーンサー(書) Kāvyamīmāṁsā p.96

カヴィプトラ(人) Kaviputra p.22

カウタリアまたはカウティリア(人) Kauṭalya *or* Kauṭilya p.9

ガウディー文体 gauḍī-rīti p.3, 65, 92, 116, 135

カーシカー・ヴリッティ(書) Kāśikāvṛtti p.61, 67

カター「物語」 kathā p.115, 117

カタカ「暗誦者」 kathaka p.8

ガタカルパラまたはヤマカ・カーヴィア(書) Ghaṭakarpara *or* Yamakakāvya §109.2

カター・サリット・サーガラ(書) Kathāsaritsāgara §122, cf. p.143–146 *passim,* p.162–163

カーダンバリー(書) Kādambarī §99.2

カーダンバリー・カターサーラ(書) Kādambarīkathāsāra p. 120

カニアークブジャ(地名) Kanyākubja p.76, 85

カニシュカ一世および二世(人) Kaniṣka I *and* II p.11, 18, 19

カーマ・スートラ(書) Kāmasūtra p.8–9, 16, 45, *etc.*

カーマンダキーヤ・ニーティサーラまたはカーマンダカ(書) Kāmandakīyanītisāra *or* Kāmandaka p.9, 165

カラー・ヴィラーサ(書) Kalāvilāsa §114.2

カリアーナ(人)＝カルハナ

カーリダーサ(人) Kālidāsa §§31–37, cf. §§38–59, p.134, 135, *etc.*; p.169–185(カーリダーサ抄)

ガルダ・プラーナ(書) Garuḍapurāṇa p.137

カルナ・スンダリー(書) Karṇasundarī p.131–132

カルナ・バーラ(書) Karṇabhāra p.25

カルハナまたはカリアーナ(人) Kalhaṇa *or* Kalyāṇa p.72–73, cf. p.69

カルパナーマンディティカー(書) Kalpanāmaṇḍitikā p.12

カルプーラ・マンジャリー(*Pkt.*)(書) Karpūramañjarī p.98–99, cf. p.96

ガンディー・ストートラ(書) Gaṇḍīstotra §10

ギータ・ゴーヴィンダ(書)　Gītagovinda　§107, cf. p.101
キラータ・アルジュニーヤ(書)　Kirātārjunīya　§§60–63
ギルナール(Girnar)碑文　p.2
クシェーマンカラ(人)　Kṣemaṁkara　p.154
クシェーミーシュヴァラ(人)　Kṣemīśvara　p.99
クシェーメーンドラ(人)　Kṣemendra　§114, cf. p.145
クシーラヴァ「俳優」　kuśīlava　p.8
クッタニー・マタ(書)　Kuṭṭanīmata　§113
グナーディア(人)　Guṇāḍhya　p.143, 147–149
クマーラ・サンバヴァ(書)　Kumārasaṁbhava　§§53–55, cf. p 67, 163
クマーラジーヴァ(人)　Kumārajīva　p.11
クマーラダーサまたはクマーラバッタ(人)　Kumāradāsa *or* °bhaṭṭa　p.67–68, cf. p.42
クマーラパーラ・チャリタ(書)　Kumārapālacarita　§73
クマーララータ(人)　Kumāralāta　p.12, 13
グランティカ「演述者」　granthika　p.8
クリシュナ(戯曲・叙事詩の主題として)　Kṛṣṇa　p.25–26, 66, 102, 103, *etc.*
クリシュナミシュラ(人)　Kṛṣṇamiśra　p.103, cf. p.14
クンタレーシュヴァラ・ダウティアまたはクンテーシュヴァラ・ダウティア(書)　Kuntaleśvara° *or* Kunteśvaradautya　p.44
ゴーヴァルダナ(人)　Govardhana　p.134
ゴーパーラ・ケーリ・チャンドリカー(書)　Gopālakelicandrikā　§91.2, cf. p.101

サ　行

サウミッラ(人)　Saumilla　p.22, 31
サウンダラ・ナンダ・カーヴィア(書)　Saundaranandakāvya　§14
サータヴァーハナ(人)＝ハーラ
サッタカ(戯曲の一種)　saṭṭaka　p.98
サッタサイー(*Pkt.* 抒情詩)　Sattasaī　p.133–134
サドゥクティ・カルナ・アムリタまたはスークティ・カルナ・アムリタ(書)　Sadukti° *or* Sūktikarṇāmṛta　§116.2
サマスヤ・プーラナ(修辞)　samasyapūraṇa　p.4, cf. p.42
サマヤ・マートリカー(書)　Samayamātṛkā　§114.1
サンガダーサ(人)　Saṅghadāsa　p.146

サンスクリット語(Saṁskṛta-bhāṣā, saṁskṛtam)および文学
§§ 1–7(総説), cf. p.VI(読み方)
シアーミラ(カ)(人) Śyāmila(ka) p.105, 106
シヴァダーサ(人) Śivadāsa p.151
シシュパーラ・ヴァダまたはマーガ・カーヴィア(書) Śiśupāla-vadha *or* Māghakāvya §§ 64–67, cf. p.161, 164
ジナセーナ(人) Jinasena p.59
ジームータ・ヴァーハナ(人) Jīmūtavāhana p.81
シャイルーシャ「歌謡者」 śailūṣa p.7
シャウビカ「演技者」 śaubhika p.7
シャウラセーニー語 Śauraseni p.24, 34, 46, 92, *etc.*
シャカーラ(劇中の役名) śakāra p.28, 32, 33
ジャガンナータ(人) Jagannātha p.140
シャクンタラーまたはアビジュニャーナ・シャクンタラ(書) Śakuntalā *or* Abhijñānaśakuntala §§ 38–42, cf. p.6, 58, *etc.*
シャタカ「百頌集」 śataka p.135
ジャータカ(*Pāli*)(書) Jātaka p.21, 113, 150
シャタカ・トラヤム(書) Śatakatrayam § 102, cf. p.126
ジャータカ・マーラー(書) Jātakamālā § 20
シャタ・パンチャーシャトカ・ストートラ(書) Śatapañcāśatka-stotra § 17, cf. § 18
ジャーナキー・ハラナ(書) Jānakīharaṇa § 69
ジャヤデーヴァ(人) Jayadeva (ギータ・ゴーヴィンダの作者) p.133 ; (プラサンナ・ラーガヴァの作者) p.22, 45
シャーラダ文字 śārada p.158
シャーリプトラ・プラカラナまたはシャーラッドヴァティープトラ・プラカラナ(書) Śāriputra- *or* Śāradvatīputra-prakaraṇa p.13–14
シャールドゥーラ・ヴィクリーディタ(韻律) śārdūlavikrīḍita 19音節4行からなる p.131
ジャルハナ(人) Jalhaṇa p.142
シャールンガダラ(人) Śārṅgadhara p.142
シャールンガダラ・パッダティ(書) Śārṅgadhara-paddhati § 116.4
シャンカラ(人) Śaṁkara p.130
シャーンティ・シャタカ(書) Śāntiśataka § 115
ジャンバラダッタ(人) Jambaladatta p.151–152

シュヴェータ・ドゥヴィーパ(Śvetadvīpa)物語　p.150
シュカ・サプタティ(書)　Śukasaptati　§124, cf. p.162
シュードラカ(人)　Śūdraka　(ムリッチャカティカーの作者) §25, cf. §26；(パドマ・プラーブリタカの作者)　p.105
シュードラカ・カター(書)　Śūdrakakathā　p.31
シューラ(人)＝アーリア・シューラ
シュリーカンタ・チャリタ(書)　Śrīkaṇṭhacarita　§70
シュリーダラ・ダーサ(人)　Śrīdharadāsa　p.141
シュリー・ハルシャ(人)　Śrīharṣa　(ナイシャダ・チャリタの作者) p.69；＝ハルシャ・ヴァルダナ
シュリンガーラ・シャタカ(書)　Śṛṅgāraśataka　*v.* シャタカ・トラヤム
シュリンガーラ・ティラカ(書)　Śṛṅgāratilaka　§109.1, cf. p. 161
シュレーシャ(修辞)　śleṣa　p.4, 116, 120
シュローカ(韻律)　śloka　8音節4行からなる　p.20, 24, 34, 92, 138, 139
シーラ・アーディティア＝ハルシャ・ヴァルダナの称号
シーラー・バッターリカー(人)　Śīlābhaṭṭārikā　p.121
シルハナ(人)　Śilhaṇa　p.140
シンハーサナ・ドゥヴァートリンシカー(書)　Siṁhāsanadvātriṁśikā　§125
スヴァプナ・ヴァーサヴァダッター(書)　Svapnavāsavadattā p.26–27, cf. p.23
スークティ・カルナ・アムリタ(書)＝サドゥクティ・カルナ・アムリタ
スークティ・ムクターヴァリー(書)＝スバーシタ・ムクターヴァリー
ストートラ「讃歌」　stotra　p.135
スートラ・アランカーラ(書)　Sūtrālaṁkāra　p.12–13
スートラ・ダーラ「座頭」　sūtradhāra　p.23
スバーシターヴァリ(書)　Subhāṣitāvali　§116.5
スバーシタ・サングラハ(書)　Subhāṣitasaṁgraha　§116
スバーシタ・ムクターヴァリーまたはスークティ・ムクターヴァリー(書)　Subhāṣita° *or* Sūktimuktāvalī　§116.3
スバーシタ・ラトナカランダ・カター(書)　Subhāṣitaratnakaraṇḍakathā　p.22

スバーシタ・ラトナコーシャ(書) Subhāṣitaratnakośa §116.1
スバタ(人) Subhaṭa p.100, 101
スバンドゥ(人) Subandhu §§96–97, cf. §94, p.120–121, 143
スプラバータ・ストートラ(書) Suprabhātastotra p.75
スブラフマニア(人) Subrahmaṇya p.86
スラグダラー(韻律) sragdharā 21音節4行からなる p.135
スーリア・シャタカ(書) Sūryaśataka §110.1
ソーマデーヴァ(人) Somadeva p.146–147, 149, 150, cf. p.145
ソーマデーヴァ・スーリ(人) Somadevasūri p.122, cf. p.96
ソーミラ(人) Somila p.31

タ 行

ダーヴァカ(人) Dhāvaka p.77
ダシャ・クマーラ・チャリタ(書) Daśakumāracarita §95, cf. §94
ダシャルーパ(書) Daśarūpa p.83
ダニカ(人) Dhanika p.37, 96
ダマヤンティー・カターまたはナラ・チャンプー(書) Damayantīkathā *or* Nalacampū §100.1
ダーモーダラ(人) Dāmodara p.100
ダーモーダラ・グプタ(人) Dāmodaragupta p.76–77, cf. p.138
ターラ「拍子」 tāla p.133
ダリドラ・チャールダッタまたはチャールダッタ(書) Daridracārudatta *or* Cārudatta p.27–29, cf. p.30, 31, 34
ダルパ・ダラナ(書) Darpadalana §114.3
ダルマキールティ(人) Dharmakīrti p.12, 15
ダルマパーラ(人) Dharmapāla p.125
ダンディ・ドゥヴィサンダーナ(書) Daṇḍidvisaṁdhāna p.111
ダンディン(人) Daṇḍin §§94–95, cf. p.143
タントラ・アーキアーイカ(書) Tantrākhyāyika §128, cf. p.161, 162
タントラ・アーキアーナ(書) Tantrākhyāna p.164
チャウラ・パンチャーシカー(書)＝チャウリー・スラタ・パンチャーシカー
チャウリー・スラタ・パンチャーシカーまたはチャウラ・パンチャーシカー(書) Caurīsuratapañcāśikā *or* Caurapañcāśikā

§106
チャトゥフシャタカ・ストートラまたはヴァルナールハ・ヴァルナ・ストートラ(書)　Catuḥśatakastotra *or* Varṇārhavarṇa-stotra　§18
チャトゥルヴァルガ・チンターマニ(書)　Caturvargacintāmaṇi p.156
チャトゥルヴィンシャティ・プラバンダ(書)＝プラバンダ・コーシャ
チャトゥル・バーニー(書)　Caturbhāṇī　§93.1, cf. p.31
チャーナキア箴言詩(書)　Cāṇakya-aphorisms　§§111–112
チャーヤー・ナータカ「影絵芝居」　chāyānāṭaka　p.101, 102
チャリヤー・ピタカ(*Pāli*)(書)　Cariyāpiṭaka　p.21
チャールダッタ(書)＝ダリドラ・チャールダッタ
チャンダ・カウシカ(書)　Caṇḍakauśika　§89
チャンディー・シャタカ(書)　Caṇḍīśataka　§110.2, cf. p.121
チャンドラグプタ(人)　Candragupta　(マウリア朝)　p.35, 136；(グプタ朝, C° II)　p.34, 35, 39–40, 41, 43
チャンプー(書)　Campū　§100
チャンプー・バーラタ(書)＝バーラタ・チャンプー
チャンプー・ラーマーヤナ(書)＝ラーマーヤナ・チャンプー
チューリカー・パイシャーチー語　Cūlikā-paiśācī　p.144
チンターマニ・バッタ(人)　Cintāmaṇibhaṭṭa　p.153
ディグナーガ(人)　Dignāga　p.43, 126
ディーナーラ(貨幣)　dīnāra (*Lat.* denarius)　p.159
デーヴァナーガリー文字　devanāgarī　p.47, 50, 94, 100
デーヴィー・チャンドラグプタ(書)　Devīcandragupta　§30.a, cf. p.35
ドゥータ・アンガダ(書)　Dūtāṅgada　§91.1
ドゥータ・ヴァーキア(書)　Dūtavākya　p.25
ドゥータ・ガトートカチャ(書)　Dūtaghaṭotkaca　p.25
ドゥールタ・ヴィタ・サンヴァーダ(書)　Dhūrtaviṭasaṁvāda p.105
トリヴィクラマ・バッタ(人)　Trivikramabhaṭṭa　p.122
ドリシュターンタ・パンクティまたはドリシュターンタ・マーラー(書)　Dṛṣṭāntapaṅkti *or* °mālā　p.12–13
トロータカまたはトータカ(戯曲の一種)　troṭaka *or* toṭaka　p. 50

ナ　行

ナイシャダ・チャリタまたはナイシャディーヤ・チャリタ(書)　Naiṣadha° *or* Naiṣadhīyacarita　§71
ナイシャダーナンダ(書)　Naiṣadhānanda　p.99
ナーガーナンダ(書)　Nāgānanda　§79, cf. §80
ナーガールジュナ(人)　Nāgārjuna　p.19
ナタ「俳優」　naṭa　p.7
ナータカ「戯曲，その代表的形式」　nāṭaka　p.5–6, 7
ナタ・スートラ(書)　Naṭasūtra　p.7
ナーティア「演劇」　nāṭya　§§5–6
ナーティア・シャーストラ(書)　Nāṭyaśāstra　p.4–5
ナーティカー(戯曲の一種)　nāṭikā　p.6, cf. p.77, 79, 83, 98, 131
ナテーシュヴァラ「舞踏者の主」　naṭeśvara＝Śiva 神　p.7
ナラ王物語(書)　Nalopākhyāna　p.III, 58, 69, 99, 122
ナラ・チャンプー(書)＝ダマヤンティー・カター
ナーラーヤナ(人)　Nārāyaṇa　p.164, 165
ナーンディー「祝禱」　nāndī　p.23
ニーティ・シャーストラ「処世の学」　nītiśāstra　p.16
ニーティ・シャタカ(書)　Nītiśataka　*v.* シャタカ・トラヤム
ネーミ・ドゥータ(書)　Nemidūta　p.59

ハ　行

パイシャーチー語　Paiśācī　p.143, 144, 145, 148
バーヴァ「感情」　bhāva　p.3, 5
バヴァブーティ(人)　Bhavabhūti　§§81–85, cf. p.93–101 *passim,* 157
バヴィシア・プラーナ(書)　Bhaviṣyapurāṇa　p.152
バーガヴァタ・プラーナ(書)　Bhāgavatapurāṇa　p.102, 122
バーサ(人)　Bhāsa　§§21–24, cf. p.38, 45, 53, 77, *etc.*
パーダ・ターディタカ(書)　Pādatāḍitaka　p.105–106
パタンジャリ(人)　Patañjali　p.2, 7, 8
バッタ・ナーラーヤナ(人)　Bhaṭṭanārāyaṇa　p.93
バッタ・プリナまたはブーシャナ・バッタ(人)　Bhaṭṭapulina *or* Bhūṣaṇabhaṭṭa　p.119
バッティ(人)　Bhaṭṭi　p.66–67
バッティ・カーヴィアまたはラーヴァナ・ヴァダ(書)　Bhaṭṭikā-

vya *or* Rāvaṇavadha　§68
バッラーラ(人)　Ballāla　p.157
パディアーヴァリー(書)　Padyāvalī　§116.6
パドマ・プラーナ(書)　Padmapurāṇa　p.47, 55
パドマ・プラーブリタカ(書)　Padmaprābhṛtaka　p.105, cf. p. 31, 106
バーナ(人)　Bāṇa　§§98–99, cf. §§94, 96, 110.2, p.22, 23, 45, 77, *etc.*
バーナ「独白喜劇」bhāṇa　p.104
パーニニ(人)　Pāṇini　p.III, 127
ハヌマット(神話, マハー・ナータカの作者)　Hanumat　p.100
ハヌマン・ナータカ(書)＝マハー・ナータカ
バーマハ(人)　Bhāmaha　p.59, 109, 110, 111
バーミニー・ヴィラーサ(書)　Bhāminīvilāsa　p.140
ハーラ(・サータヴァーハナ)(人)　Hāla (Sātavāhana)　p.133-134
バーラヴィ(人)　Bhāravi　p.61, cf. p.64, 65, 66
ハラ・ヴィジャヤ(書)　Haravijaya　p.95
ハラ・ヴィラーサ(書)　Haravilāsa　p.97
バラタ(人)　Bharata　p.4
バラタまたはバーラタ「俳優」　bharata *or* bhārata　p.8
バラタ・ヴァーキア「バラタ祝詞」　bharatavākya　p.23, 35
バラタカ・ドゥヴァートリンシカー(書)　Bharatakadvātriṁśikā　§126.1, cf.「愚者物語」p.149, 163
バーラタ・チャンプーまたはチャンプー・バーラタ(書)　Bhārata-campū *or* Campūbhārata　§100.3
バーラタ・マンジャリー(書)　Bhāratamañjarī　p.146
バーラ・チャリタ(書)　Bālacarita　p.25
バーラ・バーラタまたはプラチャンダ・パーンダヴァ(書)　Bāla-bhārata *or* Pracaṇḍapāṇḍava　p.97–98
バーラ・ラーマーヤナ(書)　Bālarāmāyaṇa　p.97
バリ (Bali)の捕縛(神話)　p.7
ハリ・ヴァンシャ(書)　Harivaṁśa　p.III, 47
ハルシャ(ハルシャ・ヴァルダナまたはハルシャ・デーヴァ, シュリー・ハルシャ)(人)　Harṣa *or* °vardhana, °deva, Śrīharṣa　§§75–80, cf. p.98, 109, 116, 117, *etc.*
ハルシャ・チャリタ(書)　Harṣacarita　§99.1, cf. p.70, 75, *etc.*

パールシュヴァ・アビウダヤ(書)　Pārśvābhyudaya　p.59
バルトリハリ(人)　Bhartṛhari　§§101–103, cf. p.131, 140
パンチャ・アーキアーナ(書)　Pañcākhyāna　p.162
パンチャ・アーキアーナ・ヴァールティカ(書)　Pañcākhyānavārttika　p.162
パンチャ・アーキアーナ・ウッダーラ(書)　Pañcākhyānoddhāra　p.162, cf. p.167
パンチャ・アーキアーナカ(書)＝広本パンチャタントラ
パンチャタントラ(書)　Pañcatantra　§127(序説), §128(タントラ・アーキアーイカ), §129(小本 Pt.), §130(広本 Pt.), §131(ブリハット・カター系 Pt.), §132(南印 Pt.), §133(ネパール本 Pt.), §134(ヒトーパデーシャ), §135(パーラヴィー訳本系 Pt.), §136(動物寓話), cf. p.143, 145, 150, 151, 154, *etc.*
パンチャラートラ(書)　Pañcarātra　p.25
パンチャーリー文体　pañcālī-rīti　p.121
ヒトーパデーシャ(書)　Hitopadeśa　§134, cf. p.137, 163
ビルハナ(人)　Bilhaṇa　§106, cf. p.70–71
ビルハナ・カーヴィアまたはビルハナ・チャリタ(書)　Bilhaṇakāvya *or* °carita　p.132
ブヴァナ・ローカ(書)　Bhuvanaloka　p.97
ブーシャナ・バッタ(人)＝バッタ・プリナ
ブダスヴァーミン(人)　Budhasvāmin　p.146
ブッダ・チャリタ(書)　Buddhacarita　§13
プラヴェーシャカ「序曲」　praveśaka　p.47
プラカラナ(戯曲の一種)　prakaraṇa　p.6, 14, 28, 29, 89
プラークリタ・プラカーシャ(書)　Prākṛtaprakāśa　p.48
プラークリット語　Prākṛt　p.III, 1, 5, 34, 46, 48, *etc.*, *spec.* p.71, 98, 133
プラサンナ・ラーガヴァ(書)　Prasannarāghava　p.22
プラチャンダ・パーンダヴァ(書)＝バーラ・バーラタ
プラティジュニャー・ヤウガンダラーヤナ(書)　Pratijñāyaugandharāyaṇa　p.26, cf. p.23, 35
プラティマー・ナータカ(書)　Pratimānāṭaka　p.26
プラーナ(書)　Purāṇa　p.47, 50, 57, 66, 93, 122
プラハサナ「茶番」　prahasana　p.104
プラバンダ・コーシャまたはチャトゥルヴィンシャティ・プラバンダ(書)　Prabandhakośa *or* Caturviṁśatiprabandha　§126.3

プラバンダ・チンターマニ(書)　Prabandhacintāmaṇi　§126.2
プラボーダ・チャンドローダヤ(書)　Prabodhacandrodaya　§92, cf. p.14
ブリハスパティ・サンヒター(書)　Bṛhaspatisaṁhitā　p.137
ブリハット・カター(書)　Bṛhatkathā　§117, cf. p.26, 27, 37, 77, *etc.* ; (カシュミール本)　§118, cf. p.146, 147, 150, 151, 152, 162–163
ブリハット・カター・シュローカ・サングラハ(書)　Bṛhatkathā-ślokasaṁgraha　§120
ブリハット・カター・マンジャリー(書)　Bṛhatkathāmañjarī　§119, cf. p.81, 145, 146, 147 (KSS. と対照)
プリヤダルシカー(書)　Priyadarśikā　§77, cf. §80, p.79
プールヴァ・ピーティカー(書)　Pūrvapīṭhikā　p.111–112, 113, cf. p.110
ブルークンシャ「女役」　bhrūkuṁśa　p.7
プルシャールタ・ウパデーシャ(書)　Puruṣārthopadeśa　p.129
プルシャールタ・ダシャカ(書)　Puruṣārthadaśaka　p.129
プールナバドラ(人)　Pūrṇabhadra　§130, cf. p.151, 153
ヘーマチャンドラ(人)　Hemacandra　p.71, cf. p.144, 153, 157
ヘーマードリ(人)　Hemādri　p.156
ボージャ(人)　Bhoja　p.42, 100, 111, 122, 144, 155, 157
ボージャ・プラバンダ(書)　Bhojaprabandha　§126.4

マ　行

マウドガリアーヤナ(人)　Maudgalyāyana　p.14
マーガ(人)　Māgha　p.64, cf. p.61, 66, 67
マーガ・カーヴィア(書)＝シシュパーラ・ヴァダ
マーガディー語　Māgadhī　p.25, 34, 46, 84
マッタ・ヴィラーサ(書)　Mattavilāsa　§93.2
マツヤ・プラーナ(書)　Matsyapurāṇa　p.50
マッリナータ(人)　Mallinātha　p.43, 60
マディアマ・ヴィアーヨーガ(書)　Madhyamavyāyoga　p.25
マドゥスーダナ(人)　Madhusūdana　p.100
マートリチェータ(人)　Mātṛceṭa　§§15–18
マーナヴァ・ダルマ・シャーストラまたはマヌ・スムリティ(書)　Mānavadharmaśāstra *or* Manusmṛti　p.9, 137
マヌ・スムリティ(書)＝マーナヴァ・ダルマ・シャーストラ

マハーヴィーラ・チャリタ(書) Mahāvīracarita §82, cf. §85
マハー・カーヴィア「大カーヴィア」 mahākāvya §3, cf. p.16, 55, 58, 61, 63, 66
マハー・ナタ「大舞踏者」 mahānaṭa=Śiva 神 p.7
マハー・ナータカまたはハヌマン・ナータカ(書) Mahānāṭaka *or* Hanumannāṭaka §90, cf. p.101, 102
マハー・バーシア(書) Mahābhāṣya p.2, 125
マハー・バーラタ「大叙事詩」(書) Mahābhārata p.III, 25, 45, 47, 50, 97, *etc.*
マーハーラーシュトリー語 Māhārāṣṭrī p.46, 98, 133, 154 ; (ジャイナ) p.146
マヘーンドラ・ヴィクラマヴァルマン(人) Mahendravikramavarman p.106
マユーラ(人) Mayūra §110.1, cf. p.75, 117
マユーラ・アシュタカ(書) Mayūrāṣṭaka p.135, cf. p.136
マーラヴィカーとアグニミトラ(書) Mālavikāgnimitra §§47–49, cf. p.22, 31
マーラティーとマーダヴァ(書) Mālatīmādhava §84, cf. §85, p.6
マールカンデーヤ・プラーナ(書) Mārkandeyapurāṇa p.99
マンカ(カ)(人) Maṅkha(ka) p.68–69
マンカ・コーシャ(書)=アネーカールタ・コーシャ
マンダークラーンタ(韻律) mandākrānta 17音節4行からなる p.46, 58
マンダソール(Mandasor)碑文 p.42, 59
マンマタ(人) Mammaṭa p.77, 139
ミタークシャラー(書) Mitākṣarā p.9
ムクタカ「孤立詩節, 絶句」 muktaka p.129, 130, 138
ムクタ・ターディタカ(書) Mukuṭatāḍitaka p.121
ムドラー・ラークシャサ(書) Mudrārākṣasa §§28–29
ムニスンダラ(人) Munisundara p.156
ムーラデーヴァ(Mūladeva)物語 p.149
ムラーリ(人) Murāri p.95, cf. p.96, 100, 101
ムラーリ・ナータカ(書)=アナルガ・ラーガヴァ
ムリッチャカティカー(書) Mṛcchakaṭikā §§25–26, cf. p.28, 35
メーガ・ヴィジャヤ(人) Meghavijaya p.162

メーガ・ドゥータ(書)　Meghadūta　§§ 56–58, cf. p.42, 46, 91
メールトゥンガ(人)　Merutuṅga　p.156

ヤ　行

ヤシャス・ティラカ(書)　Yaśastilaka　§ 100.4
ヤージュニャヴァルキア・スムリティ(書)　Yājñavalkyasmṛti　p.9
ヤートラー(宗教的メロドラマ)　yātrā　p.102, 133
ヤマカ・カーヴィア(書)＝ガタカルパラ

ラ　行

ラーヴァナ・ヴァダ(書)＝バッティ・カーヴィア
ラーガ「旋律」　rāga　p.133
ラグ・ヴァンシャ(書)　Raghuvaṁśa　§§ 50–52, cf. p.45, 57, 67
ラグ・カーラ「ラグ・ヴァンシャの作者」　Raghukāra＝カーリダーサ　p.55
ラクシュマナ・セーナ(人)　Lakṣmaṇasena　p.133, 134, 142
ラクシュマナ・バッタ(人)　Lakṣmaṇabhaṭṭa　p.122
ラサ「情調」　rasa　p.3, 5, 73, 91, 92, 104, 120, 130
ラージャシェーカラ(人)　Rājaśekhara　§ 88, cf. p.22, 31, 68, 100, 101
ラージャシェーカラ・スーリ(人)　Rājaśekharasūri　p.157
ラージャ・タランギニー(書)　Rājataraṅgiṇī　§ 74
ラージャーナカ(人)＝ラトナーカラ
ラージャ・ニーティ「政治の学」　rājanīti　p.138
ラーシュトラパーラ・ナータカ(書)　Rāṣṭrapālanāṭaka　§ 12
ラッルー・ラール(人)　Lallū Lāl　p.153
ラトナーヴァリー(書)　Ratnāvalī　§ 78, cf. § 80, p.6, 53, 77–78, 132, 138
ラトナーカラまたはラージャーナカ(人)　Ratnākara *or* Rājānaka　p.95, 96
ラトナ・マンジャリー(書)　Ratnamañjarī　p.97
ラーマ(Rāma)物語　p.26, 55, 66, 67, 95, 97
ラーマグプタ(人)　Rāmagupta　p.39–40
ラーマクリシュナ(人)　Rāmakṛṣṇa　p.102
ラーマーヌジャ(人)　Rāmānuja　p.102
ラーマーヤナ(書)　Rāmāyaṇa　p.III, 2, 17, 26, 45, 55, 59, 86–101

passim, etc.
ラーマーヤナ・チャンプーまたはチャンプー・ラーマーヤナ(書) Rāmāyaṇacampū *or* Campūrāmāyaṇa §100.2
ラーミラ(人) Rāmila p.31
ランバ(カ)(ブリハット・カターの巻の名) lambha(ka) p.144, 145, 146, 147
リグ・ヴェーダ(書) Ṛgveda p.2, 6
リーティ「文体」 rīti p.3, 121(パンチャーリー文体)
リトゥ・サンハーラ(書) Ṛtusaṁhāra §59, cf. p.42, 44
ルッヤカ(人) Ruyyaka p.68, 69, 139
ルーパ・ゴーヴィンダ(人) Rūpagovinda p.142

■岩波オンデマンドブックス■

サンスクリット文学史

1973年2月27日　第1刷発行
1974年11月20日　第2刷発行
2016年5月10日　オンデマンド版発行

著　者　辻直四郎（つじなおしろう）

発行者　岡本　厚

発行所　株式会社　岩波書店
〒101-8002　東京都千代田区一ツ橋2-5-5
電話案内　03-5210-4000
http://www.iwanami.co.jp/

印刷／製本・法令印刷

ISBN 978-4-00-730410-1　　Printed in Japan